아우라지 가는 길

김 원 일
소   설
전 6 집

김원일 장편소설

아우라지 가는 길

일러두기

1. 이 소설전집의 맞춤법 및 외래어 표기는 현행 맞춤법통일안에 따랐다.

2. 수록된 모든 작품은 최종적인 개고와 수정을 거쳤다.

3. 권별 장편소설 배열과 중단편소설집 배열은 발표 순서에 따르는 것을 원칙으로 하
   였으나, 여러 권짜리 소설 『늘푸른 소나무』와 『불의 제전』은 장편소설 끝자리에 배
   치하였고, 연작소설은 별도로 묶었다.

김 원 일
소 설
전 6 집

차 례

1. 그늘 속의 사람들

밤이 깊다. 센바람에 창틀 유리가 떤다.

내 옷을 벗기는 인희 엄마 손길이 바쁘다. 나는 알몸이 된다. 인희 엄마가 내 위로 몸을 싣는다. 나는 고개를 젖히고 잠든 인희 쪽을 본다. 인희의 숨소리가 고르다.

"뭘 봐. 걘 한잠 들었다니깐."

내 귓바퀴에 인희 엄마가 입김을 뿜는다. 나는 인희 엄마의 화장 내음을 맡는다. 어젯밤과 내음이 다르다. 어젯밤엔 레몬 냄새가 났다. 오늘밤은 쑥내음이다. "식물 잎사귀 뒤쪽마다 약 백만 개의 공기 구멍이 있어. 공기 구멍으로 식물은 향기를 내뿜어. 그 향기가 산소야. 은은한 향기에서 강한 향기까지, 이 세상 모든 향기는 식물이 만들지. 동물 몸에서 나는 건 향기가 아니라 냄새일 뿐이야." 아버지가 말했다. 산이 첩첩한 산골이었다. 강이 흘렀다. 두 갈래 내가 합치는 여울목을 아우라지라 불렀다. 나루터가 있는 조그만 마을이 싸리골이었다. 우리 식구는 그 마을에서 살았다. 어느 봄날, 어머니가 누이를 데리고 집을 나가버렸다. 또 한차례 봄이 지났다. 어느 봄날, 날씨가 따뜻했다. 햇살이 눈부시게 맑았고 향기가 온 산과 들에 진동했다. 수수밭 지나 솔바위 오름이었다. 하얀 토끼풀꽃, 좁쌀 같은 분홍 냉이, 보라색 엉겅퀴꽃이 언덕에 가득 피어 있었다. 나비와 벌이 꽃들 사이로 숨바꼭질을 했다. 지친 아버지가 토끼풀밭에 누웠다. 가쁜 숨을 내쉬며 하늘을 보던 아버지 눈을 감았다. 숨소리가 낮아지더니 내내 말이 없었다. 나는 옆에 앉아 아버지가 깨어나기를 기다렸다. 오랜 시간이 지나 해가 서산에 걸렸을 때다. 아버지가 너무 오래 잔다. 나는 아버지를 흔들었다. 아버지는 움직이지 않았다. 아버지가 쓴 검은 테 안경이 풀밭에 떨어졌다. 아버지가 마셔버린 빈 소주병이 그 옆에 있었다. 아버지가 숨을 쉬고 있는 것 같지 않았다. 나는 겁이 났다. 할머니를 데려오려 언덕길을 뛰어내려갔다. 머릿골이 바늘로 찌르듯 아팠다.

"앤 시작할 때면 왜 이렇게 늘 목석 같냐. 어떻게 좀 움직여봐." 인희 엄마가 말한다.

인희 엄마가 내 아래에 깔린다. 나는 푹신한 풀밭에 누운 듯하다. 인희 엄마 몸에서 땀내가 난다. 그때, 나는 무슨 소리를 들은 듯하다.

"문 열어!" 누가 식당문을 발길로 찬다.

"시간이 몇 신데, 웬 작자야. 모른 체하면 가겠지 뭐."

"어서 문을 열라니깐!"

경찰봉을 떠올리자 내 가슴이 뛴다.

"인희 아빈지 몰라. 뜸하면 나타나 돈이나 뜯어 가는 개자식. 뒈졌는지 몇 달째 보이지 않더니만."

인희 엄마가 일어난다. 어둠 속에 옷을 찾아 입는다. 나는 인희 아버지를 본 적이 없다. 나도 청바지를 찾아 입고 스웨터를 뒤집어쓴다.

"이 밤중에 누구야?" 인희 엄마가 방을 나선다. 형광등을 켠다. 홀이 환해진다.

"어서 문을 따라니깐!"

인희 엄마가 식당 문고리를 벗기자, 밖에서 문을 열어젖힌다. 점퍼 입은 사내 둘이 홀로 들어선다. 나는 방 입구에서 떨고 서 있다. 머릿골이 바늘로 찌르듯 아프다. 놀랄 때면 늘 그렇게 머릿골이 쑤셨다. "저 앤 놀라면 골치부터 아픈가봐." 엄마가 말했다.

"너 마두 맞지?"

한 사내가 구둣발째 방을 덮친다. 사내는 허리춤에서 꺼낸 수갑으로 내 손목을 채운다. 잠을 깬 인희가 울음을 터뜨린다.

"우리 시우, 무슨 죄가 있어요?" 인희 엄마가 형사 둘에게 묻는다. 저쪽의 대답이 없자, 나를 본다. "시우야, 너 여기 오기 전에 무슨 죄졌니?"

나는 떨고만 있다. 대답이 나오지 않고 머릿골만 아프다. 수갑을 채운 형사가 내 뒷덜미를 잡아 누른다. 홀로 끌어낸다. 아우라지에 살 때다. 마을 사람들이 올가미 맨 개를 강가로 끌고 갔다. 그들은 개를 나무에 매달고 장작개비로 팼다. 개가 소리를 지르다, 울부짖음이 약해졌다. "개는 때려서 잡아야 맛이 좋아. 그래야 살이 부드럽다니깐." 팔배 아저씨가 말했다. 그날 저녁 밥상머리에서 할머니가 아버지께 말했다. "오늘 복날이라구 마을에서 개를 잡았어." 그 말을 듣자, 아버지는 숟가락을 놓아버렸다. 아버지는 채식주의자였다.

식당의 열린 문으로 겨울 바람이 밀려든다. 나는 한길로 끌려 나온다. 외등 아래 순찰차가 대기하고 있다. 차 지붕 위의 비상등이 번쩍인다. 칼바람이 얼굴을 친다. 인희 엄마가 방으로 뛰어가며 소리친다.

"봐요, 옷이라도 입혀서 데려가요."

수갑 채운 형사가 순찰차 뒷자리에 나를 우겨넣는다. 인희 엄마가 내 파카를 차 안에 던진다. 은행 쪽 꺾인 길로 반코트 입은 사내가 온다. 외등 불빛에 얼굴이 드러난다. 나는 그를 본 적이 있었다. 나는 한 번 본 사람은 반드시 기억한다.

"아줌마도 가줘야겠어. 허가증 가지구 나와요." 은행 쪽에서 온 형사가 점잖게 말한다.

나는 그 사내가 찡오 형님으로부터 돈을 받는 걸 본 적이 있었다. 그는 황금호텔 지하 업소에 자주 들렀다.

"어느 서예요?" 인희 엄마가 묻는다.

"가보면 알아." 나에게 수갑을 채운 형사가 말한다.

"이 밤중에 뭣 땜에 경찰서로 가자는 거예요? 우리 시우가 무슨 잘못이 있수? 거기다 왜 나까지?" 인희 엄마가 점잖게 말한 형사에게 따진다.

"참고인으로 조사가 필요해요."

인희 엄마는 대들기를 포기하고 식당으로 들어간다. 나는 차 안에서 식당 옆 미화꽃집을 본다. 꽃집은 셔터가 내려져 있다. 꽃들은 어둠에 묻혀 보이지 않는다. 미미는 내게 장미 한 송이를 준 적이 있었다. 나는 컵에 물을 부어 그 꽃을 골방에 꽂아두었다.

인희 엄마가 외투를 입고 밖으로 나온다. 운전석 옆자리에 탄다. 한길로 나선 인희가 발을 구르며 운다. 내복만 입은 인희가 추워 보인다.

"엄마!" 인희가 울며 제 엄마를 부른다.

"아침에 엄마 늦게 오면 빵 챙겨 먹어. 오늘은 장사 안하는 날이야." 인희 엄마가 말한다.

"제기랄, 정초부터 집에두 못 들어가구 잔챙이나 낚으러 다니니." 운전석에 앉은 형사가 말한다.

운전석에 앉은 형사가 차의 시동을 건다. 순찰차가 모퉁이를 돈다. 큰길로 나서니, 인적이 끊겼다. 순찰차가 네온사인만 번쩍이는 빈 거리를 달린다.

"경찰서라더니, 어디로 가는 거요?" 인희 엄마가 묻는다.

"서가 어디 와부읍에만 있소? 구리시 경찰서요." 내 옆에 앉은 점잖은 형사가 말한다.

"이십 리 길인 거기까지? 순진뜨기 시우가 도대체 무슨 죄를 졌기에? 시우야, 너 여기 오기 전 구리에서 무슨 죄졌니?"

나는 머리가 아파 가만있다. 그걸 다 말하기가 힘들다. 구리시는 여기로 오기 전에 내가 있던 도시다. "마두, 교문리 알지? 서울로 들어가는 길목 말야. 교문리로 토껴. 시네마극장 옆 팔팔당구장이야." 키요가 내게 말했다. 그때, 나는 할머니를 생각했다. 아우라지로 돌아가고 싶었다. 교문리가 어디에 있는지 몰랐다. 어떻게 가야 하는지도 몰랐다. 구리시에서 강이 있는 쪽으로 무작정 걸었다. 가을밤이라 달이 밝았다. 한참을 걸으니 강이 나왔다. 달빛 아래, 검푸른 강물이 흘렀다. 얼마를 걸었는지 몰랐다. 삼사층 건물이 늘어선 도시가 나왔다. 도시는 텅 비어 있었다. 나는 배가 고파 더 걸을 수가 없었다. 뒷거리를 찾아들어 꽃집 앞에 주저앉아버렸다. 한참 뒤, 먼동이 터왔다. 미화꽃집 앞이었다.

순찰차가 교외로 들어선다. 한쪽은 강인데, 다른 쪽은 비닐하우스가 많다. 순찰차의 전조등 불빛을 받아 비닐하우스가 번쩍인다. 센바람에 펄럭이는 번쩍거림이 강철 같다. "땅은 제 몸을 터 삼고 있는 모든 생물과 무생물까지, 품기만 하면 다 녹이지. 비닐은 썩지 않아. 비닐과 플라스틱은 안 돼." 아버지가 말했다. 비닐 조각이 개천에 널려 겨울바람에 펄럭이고 있었다. 아버지가 개천으로 내려가 비닐 조각을 걷어내기 시작했다. 땅속에 박힌 비닐까지 빼내려 용을 썼다. "마선생이 왜 저래. 학교서도 잘리고 술로 지새더니, 이젠 어떻게 된 게 아냐. 마선생, 해동되면 치우든지 해요." 길례댁이 지나가며 말했다.

순찰차가 구리 시내로 들어선다. 가로등과 네온사인만 휘황할 뿐 사람이 뜸하다. 순찰차가 경찰서 안으로 들어간다. 수갑을 채운 형사가 나를 끌어내린다. 나를 끌고 계단으로 올라간다. 어두컴컴한 복도를 지난다. 점잖은 형사가 여러 문을 거쳐 어떤 사무실 문을 연다.

"형사 2계?" 인희 엄마가 팻말 글자를 읽는다.

나는 글자를 잘 읽지 못한다. 받침 있는 글자는 더욱 그렇다. 떠듬떠듬 글을 읽으면, 틀렸다고 지적받기 일쑤였다. 뒤에서 형사가 내 등을 떼민다. 사무실 책상에 형사 둘이 앉아 있다. 벽 쪽 긴 의자에 가죽점퍼와 파카가 웅크리고 있다. 둘이 우리를 본다. 꽁지머리 키요와 머리통 큰 짱구 형이다. 가슴이 뛰고, 머릿골이 너무 아프다. 작년 가을, 나는 키요가 말한 교문리 팔팔당구장을 찾지 않았다. 나는 우리 조 식구를 만나고 싶지 않았는데 여기서 만나게 되었다. 나는 키요의 눈길을 마주볼 수가 없다.

"앉아. 아주머니도 앉구요." 점잖은 형사가 말한다. 그가 조사철을 책상에 놓고 펼친다. 타자기에 새 종이를 갈아 끼우고 나를 본다. "자네 이름 뭐야?"

나는 떨고만 있다. 인희 엄마가, 대답해 하고 말한다.

"이름요? 마두, 시우예요."

"본적지는?"

"본 적요? 본 적 있어요." 나는 키요와 짱구 형 쪽을 돌아본다.

"뭘 봤단 말야. 고향, 몰라?"

내 집은 아우라지 싸리골이다. 아우라지를 떠나기 전까지, 아우라지 싸리골에서 살았다.

"앤 머리가 모자라요." 인희 엄마가 말한다.

"나이는?" "아버지 이름은?" "어디서 태어났냐 말야!" 점잖은 형사가 거푸 묻는다.

나는 떨고만 있다. 골이 쑤신다. "시우야, 넌 되도록 말하지 마.

바보라 놀리는데 대답두 옳게 못하면서." 할머니가 말했다. 할머니는 아버지 다음으로 내게 많은 이야기를 들려주었다.

"아주머니, 마군이 식당에서 무슨 일 합니까." 점잖은 형사가 인희 엄마를 상대한다.

"식당 허드렛일이나 하죠 뭘."

"언제부터 데리고 있었나요?"

"작년 가을인가, 새벽에 문을 여니 식당 앞에 쭈그리고 앉았기에…… 거지는 아닌 것 같은데 말도 잘 못하구…… 불쌍해서 거뒀죠. 심부름할 사람도 필요했구요."

그때도 인희 엄마가 내게 이름과 고향과 나이를 물었다. 나는 이름만 겨우 말했다. 배가 몹시 고팠으나 말을 못했다. 인희 엄마가 나를 식당으로 불러들였다. "축 늘어진 걸 보니 꽤나 굶었겠어" 하곤 인희 엄마가 국밥 한 그릇을 주었다. 그날부터 나는 식당에서 일했다. 곰팡이 냄새 나는 골방에서 잠을 잤다.

"너 저치들 알지?" 점잖은 형사가 뒤쪽 의자에 앉은 둘을 손가락질한다.

키요는 계집애같이 얼굴이 곱상하고 짱구 형 얼굴은 아무렇게나 뭉친 메주 같다.

"아, 알지요."

"이름을 대봐."

나는 너무 두렵고 떨려 입이 떨어지지 않는다.

"이 친구 정말 바봅니까?" 점잖은 형사가 인희 엄마에게 묻는다.

"그렇다구 했잖아요. 제 나이두 잘 몰라요. 스물두세 살쯤 됐을까. 고향은 강원도 정선 어디래나봐요."

"너, 주민등록증 없어?"

"그런 것도 못 봤어요." 인희 엄마가 대답한다.

"아줌만 가만있어. 내가 아줌마한테 묻는 게 아니잖소." 점잖은 형사가 인희 엄마를 나무란다. 그가 나를 보고 다그친다. "그날 밤, 최상무파가 미금시 해방촌 먹자빌딩 애마룸살롱을 습격할 때 말야. 작년 시월 이십칠일. 저치 둘도 일본도와 회칼 들고 설쳤지?"

그때, 나는 현장을 보지 않았다. 나는 먹자빌딩 지하 홀에서 어떤 일이 벌어졌는지 알지 못했다. 내가 가만있자, 점잖은 형사가 의자에서 일어난다. 내 멱살을 틀어쥔다.

"따라와, 이 새끼. 누굴 속이려구. 네가 진짜 바보라면, 폭력배가 조직원으로 쓸 리 없어."

점잖은 형사가 나를 끌고 간다. 그는 안쪽 샛문을 열더니 나를 데리고 들어간다. 방문을 닫고 잠금고리를 채운다. 눈높이 벽에 대못이 박혀 있다. 그는 수갑 채운 내 손을 위로 치켜 대못에 수갑을 건다. 고향에 있을 적에 나무에 매달린 개가 생각난다. 경찰봉이 등줄기를 친다. 종아리를 개 패듯 때린다. 나는 비명을 지른다.

"밖에 있는 두 놈, 이름을 말해!"

"이름요? 기, 키요와 장, 짱구 형." 나는 헐떡이며 말한다.

키요는 김기요의 별명이다. 짱구 형의 이름은 장명구다. 점잖은 형사가 다시 내 등줄기와 어깨를 팬다.

"저치 둘이 일본도와 회칼을 휘둘렀지? 누구야? 누가 회칼을 쥐고 있었어?"

"해, 회칼요? 회칼 아무도……"

나는 거짓말을 할 수 없다. 거짓말을 해본 적이 없다. "너들은 신참이라 아직 쪽(얼굴)이 안 팔렸어. 첫 실적 삼아, 조져봐." 우리 다섯에게 불곰 형님이 말했다. 쌍침 형님을 합쳐 우리 조는 여섯이었다. 짱구, 킹콩, 합죽이, 키요, 내가 쌍침 형님의 새끼(조직원)였다. "형, 내가 앞장설게요." 쌍침 형님이 나섰다. "왜, 너까지. 넌 리더 아냐. 빠져도 돼." 찡오 형님이 쌍침 형님에게 말했다. "괜찮아요. 내가 애들 보호자니깐." 쌍침 형님이 대답했다. "가자, 해방촌으로." 쌍침 형님이 앞장을 섰다. 우리는 승용차 두 대에 나누어 탔다. 황금호텔 앞에서 차 두 대가 출발했다. 승용차가 네거리를 지났다. 곧 큰 개울이 나왔다. 차가 다리를 건너자 굴뚝 높은 큰 공장이 나섰다. 그곳도 도시였다. 차가 속력을 줄였다. 쌍침 형님이 휴대폰으로 전화를 걸었다. 한참 동안 저쪽 말을 듣더니, 알았다고 말했다. 차가 네거리 번화가에 멈추었다. 우리는 차에서 내렸다. 뒷자리에 탔던 키요, 합죽이, 나도 내렸다. 짱구 형이 몰고 온 차도 멈추었다. 쌍침 형님이 뒤 트렁크에서 골프백을 꺼내었다. "마두, 넌 여기서 망봐. 여기로 뛰어오는 녀석이 있으면 룸으로 내려와 고함부터 질러." 쌍침 형님이 말했다. 다섯은 재빨리 지하 업소로 내려갔다. 나는 입구에서 업소로 들어가는 손님을 보고 있었다. 이쪽으로 오는 녀석은 없었다. 잠시 뒤, 검정 양복이 이마에 피를 흘리며 계단을 뛰어올라왔다. 그는 롱다리였다. 그가 "당했다!" 하고 소리질렀다. 와이셔츠에 검정 조끼 입은 자가 뒤따라 나왔다. 절룩거리던 그는 계단 앞에서 쓰러졌다. 흰 양말을

16

적시며 피가 흘러내렸다. 그는 밤송이머리에 키가 작았다. 땅개같이 땅땅했다. 쓰러진 땅개를 보고 나는 몇 발 물러섰다. 셋이 뒤따라 셔츠 차림으로 뛰어나와 옆골목으로 도망쳤다. 그중 둘은 다리를 절었다. 길 가던 여자들이 비명을 지르며 비켜섰다. 쌍칠 형님이 지하에서 먼저 올라왔다. 형님이 승용차에 올랐다. 잠시 뒤, 짱구 형이 지하에서 뛰쳐나왔다. 형은 쇠파이프를 들고 있었다. 킹콩, 합죽이, 키요가 뛰어나왔다. 킹콩은 일본도를 들었다. 키요는 야구 방망이를 들고 있었다. "뜨자." 짱구 형이 말했다. 나는 떨고만 있었다. 타고 왔던 차를 식구와 함께 타기가 두려웠다. 그들은 재빨리 승용차 두 대에 나누어 탔다. 키요가 열린 차창으로 나를 보았다. 그가 얼굴을 내밀고 소리쳤다. 그때, 나는 교문리 팔팔당구장이란 말을 들었다. 차는 급하게 떠나버렸다. 지하에서 사람들이 몰려나왔다. 길 가던 사람들이 쓰러진 땅개를 에워쌌다. 호루라기 소리가 들렸다. 방범대원 둘이 뛰어왔다. 잠시 뒤, 경찰차가 사이렌을 울리며 왔다. 방범대원 둘이 땅개를 들었다. 차에 실리는 땅개 한쪽 발이 늘어져 있었다. 잠시 보이지 않던 롱다리와 다리 절던 밤송이머리가 나타났다. 손수건으로 눌린 롱다리의 이마에서 피가 보였다. "구리시 최상무파 짓입니다" 하고 그가 순경에게 말했다. 롱다리와 밤송이가 순찰차에 탔다. 모여 섰던 사람들이 흩어졌다. 나도 그 자리를 떠났다. 그러나 우리 업소로 찾아가기 싫었다.

점잖은 형사가 경찰봉을 내던진다. 쇠고리에 걸린 수갑을 벗긴다. 나는 밖으로 끌려나온다.

"이 친구가 다 불었어. 넌 회칼 들었고, 넌 일본도 들고 있었어."
점잖은 형사가 키요와 짱구 형에게 거짓말을 한다.

나는 그런 말을 하지 않았다. 그때, 둘은 칼을 들고 있지 않았다.

"쟨 백치예요. 재 말을 믿지 마세요. 쟨 현장에 있지도 않았어요.
마두 쟨 밖에서 망을 봤다구요!" 키요 목소리가 새울음같이 날카
롭다.

"칼을 휘두른 합죽이와 킹콩이 아직 교도소에 있잖아요. 대질을
시켜주슈. 그럼 우리가 거짓말 안하는 줄 알 게 아닙니까." 짱구
형이 말했다.

나는 숨길이 가빠진다. 키요가 달려와 나를 개 패듯 때릴 것만
같다.

"저치 둘, 일단 영창에 처넣어." 점잖은 형사가 다른 형사에게
말한다.

키요와 짱구 형이 끌려나간다. 둘이 수갑 하나에 한쪽 손목씩
채워져 있다. 합죽이와 킹콩은 교도소에 있다고 짱구 형이 말했다.
둘이 붙잡혀 국립호텔(교도소)에 있는 줄 나는 여태 몰랐다. 그때
는 분명 그 둘도 식구들과 함께 승용차를 탔다.

"아줌마, 서방 있소?" 점잖은 형사가 인희 엄마에게 묻는다. 인
희 엄마가 대답하지 않는다. "이 친구와 한방 쓰오?"

"주방 뒤 골방이 따로 있어요."

"한방에서 나오던데?"

"심심해서 불러다 화투 쳤지 뭐. 손님도 없구 해서……"

"화투 치고 난 다음, 같이 자우?"

"시운 순진한 청년이에요. 좀 모자라는 애들이 그렇잖아요? 멍청한 쑥떡 같은 애들. 이건 정말이에요." 인희 엄마가 말한다.

*

나는 긴 의자에 앉은 채 잠을 잤다. 깨어보니 날이 밝다. 머리가 아프지 않다. 사무실 안은 형사들로 북적댄다. 내 손에는 수갑이 채워져 있다. 인희 엄마가 보이지 않는다. 키요와 짱구 형도 없다. 창문에 성에가 하얗게 끼어 있다. 꽃을 닮은 성에, 잎 모양의 성에, 수수 열매 같은 성에도 있다. 나는 갖가지 모양의 성에를 멍하니 본다. 어릴 적이었다. 여름방학 때면 아버지는 나와 시애를 데리고 산속으로 들어갔다. 그 적만 해도 아버지는 술을 덜 마셨다. 아버지는 산속에 텐트를 쳤다. 며칠을 우리는 산속에서 보냈다. 아버지는 열심히 식물 채집을 했다. 시애가 아버지를 도왔다. 아버지는 채집한 식물을 책갈피에 끼웠다. 처음은 돌로 그 책을 눌러두었다. 나중에 보면 표본은 종이처럼 납작해져 있었다. 아버지는 그중 잘된 표본만 골라 마분지에 붙였다. 식물 이름과 채집 장소, 날짜를 적어두었다. 싸리골 우리 집에는 그런 채집품이 골방에 가득했다. 성에꽃도 식물 표본과 똑같았다. 집 뒤란에는 창고가 있었다. 어느 겨울 아침, 나는 창고 창문에 생긴 성에꽃을 떼려 했다. 떼어서 아버지께 주고 싶었다. "오빠, 그건 곧 물로 변해." 시애가 말했다.

점잖은 형사와 젊은 의용경찰대원이 내 쪽으로 온다.

"갱생원이나 부랑아 수용소 같은 데말구, 그 있잖아, 미금시 원진레이온 거쳐, 해방촌 지나 한참 가면 와부읍으로 빠지는 네거리 나오잖아. 거기서 우회전하면 '장애복지원'이 있어. 언덕배기에 있는 거지 같은 이층 건물이야. 거기 가면 의사나 간호사가 있을 거야. 보육사가 있든지. 거기서 검사받게 하구, 소견서나 한 장 끊어와." 점잖은 형사가 의경한테 말한다.

"이 사람은 어떡하구요?"

"장애자 아냐. 일단 거기다 수용시켜둬. 넌 검사 끝내고 이치 수감되는 것까지 보고 와."

점잖은 형사가 주머니에서 열쇠 묶음을 꺼낸다. 그는 내 손목의 수갑을 풀어준다. 수갑에 채워졌던 살갗이 까졌다. 그 부위가 쓰리다.

"이거 당신 옷이오?" 의경이 내게 묻는다.

의경이 옆자리에 있는 검정 파카를 입으라고 말한다. 나는 파카를 입고 의경을 따라나선다. 경찰서 마당 한쪽에 여러 대의 순찰차가 있다. 그중 한 차 운전석에 의경이 타고 있다. 안경쟁이다. 의경과 나는 뒷자리에 탄다. 차가 경찰서를 빠져나간다. 나는 다시 이곳으로 오고 싶지 않다. 경찰서에 오면 어쨌든 맞기부터 한다. 철창 안에 갇힌다. 차가 경찰서를 멀리하자 가슴 두근거림이 차츰 가라앉는다.

순찰차가 시내를 벗어난다. 다리를 건넌다. 건너편으로 굴뚝이 높게 선 큰 공장이 나온다. 창틀이 뜯겨나간 낡은 공장이다. 먹자빌딩 애마룸살롱을 칠 때, 이 공장 앞을 지났다. 폐차장을 지난다. 언덕에 굴집(재개발지역)들이 많다. 순찰차가 산등성이로 난 도로를 탄다. 구름 한 점 없는 맑은 겨울 날씨다. 산새 몇 마리가 푸른 하늘로 날아간다. 참새가 아니다. 멧새다. 다복솔밭을 지난다. 떨기나무들이 아침 햇살을 쬔다.

왼쪽으로 울타리가 나선다. 그 안에 철조망이 담을 쳤다. 철대문 앞에 순찰차가 멎는다. 안경쟁이 의경이 차에서 내린다. 흙색 제복을 입은 젊은 남자가 수위실에서 나온다. 안경쟁이가 그에게 무슨 말을 한다. 수위가 철대문을 열어준다. 안경쟁이가 차에 오르고, 차는 운동장으로 들어간다. 회칠이 벗겨져 누더기 같은 길다란 이층집이 나선다. 창문마다 쇠막대가 있다. 경찰서 유치장이 그렇다. 대전에 있던 부랑자 수용소도 그랬다. 창 하나에서 알머리 젊은이가 내다본다. 여윈 얼굴이 종잇장 같다. 목이 유난히 길다. 멍뚱한 그 얼굴을 보자 나는 겁이 난다. 그동안 편안하던 가슴이 다시 뛴다. 오줌이 마렵다. 옆자리 의경이 차에서 내리자 나를 보고 내리라고 말한다. 우리는 건물 안으로 들어간다. 복도 먼 쪽에서 울음소리가 들린다. 이상한 괴성도 들린다. 복도에는 퀴퀴한 냄새가 난다. 식당 골방과는 다른 냄새다. 개 사육장에서 그런 냄새가 났다. 한 팔을 뒤튼 소년이 절뚝걸음으로 걸어온다. 알머리 소년이다. 푸른색 제복을 입고 있다. 방망이 찬 흙색 제복이 그 뒤를 따른다. 소년이 나를 보더니 삐뚜름한 입으로 웃는다. 머리를 까딱인다. 나도 머리를 까딱인다.

"형, 새 봤어?" 소년이 묻는다.

"새? 응. 봤어." 차를 타고 올 때 나는 멧새를 보았다.

"난 날개 없는 새야. 형은?"

"새? 난 새가 아냐."

의경이 내 팔을 잡아끌고 사무실로 데리고 들어간다. 젊은 남자, 아주머니, 큰 소리로 울고 있는 사내애가 있다. 사내애의 머리통이 유난히 크다.

"글쎄, 받아줄 수 없다잖아요. 고아 장애자도 수용할 형편이 못되는데 부모 있는 자식을 어찌 받으라고 떼를 써요." 회색 홈스펀 윗도리를 입은 젊은 남자가 말한다.

"공사 현장이 지방으로 이동하게 돼서…… 집엔 애 봐줄 사람이 없어요. 애 아버지와는 헤어졌구. 이 바보 자식을 달고 갈 순 없잖아요. 반년만 맡아줘요. 밥값은 내겠어요." 낡은 스웨터에 몸뻬 입은 아주머니가 통사정을 한다.

"정초부터 왜 강짜요? 안 된다면 안 되는 줄 아세요. 애를 고아원에 맡기든 길에 버리든 마음대로 하구려!"

"원장님 계세요?" 의경이 끼어들어 홈스펀에게 묻는다.

"어디서 왔어요?"

"본섭니다."

홈스펀이 맞은편 방문을 열어준다. 가운 입은 영감이 의자에 앉아 졸다 우리를 본다. 때가 탄 가운이 꾀죄죄하다. 주름진 영감의 얼굴이 게저분하다. 의경이 주머니에서 종이를 꺼내어 영감에게 준다.

"사건 용의잔데, 정신박약증인지…… 지능지수가 어느 정도나 될까 하고…… 별도 지시가 있을 때까지……" 의경이 자주 나를 돌아보며 영감에게 한참 속달거린다.

오줌이 몹시 마렵다. 마지막으로 오줌을 눈 게 어제 저녁이다. 원장이 종이의 글자를 읽는다.

"이봐, 미스 노."

옆방 문이 열린다. 안경 낀 여자가 나온다. 키가 자그마하고 말총머리에 각진 얼굴이다. 여자인데도 키요보다 못생겼다. 체크무늬 윗도리에 청바지를 입고 있다.

"이 친구 데려가 아이큐 테스트 한번 해봐. 사건 용의자래." 원장이 귀찮은 듯 말하더니 기지개를 켜며 하품을 한다.

나는 엉거주춤 일어선다. 오줌을 쌀 것 같아 제대로 걸을 수가 없다. 나는 샅께를 싸쥔다. 미스 노가 알아차려 나를 데리고 복도로 나간다. 아주머니와 사내애가 저만큼 가고 있다. 머리 큰 사내애가 큰 소리로 운다. 의경이 내 옆에서 따라온다. 미스 노가 복도 중간을 손가락질한다. 나는 비척이며 걸어가 급히 문을 열고 들어간다.

"거긴 여자용이에요!" 미스 노가 소리친다.

나는 오줌을 더 참을 수가 없다. 소변기가 없어 나는 대변기에 오줌을 싼다. 나는 밖으로 나온다.

"여자용 남자용도 구별 못해요?" 미스 노가 나를 노려본다.

나는 고개를 숙인다. 화장실 앞 팻말을 살펴볼 짬이 없었다. 남자용과 여자용은 팻말 그림이 다르다.

나는 미스 노가 나왔던 방으로 따라 들어간다. 낡은 책상과 의자가 두 개씩 있다. 홈스펀이 잡지책을 들치고 있다. 라디오에서 민요 가락이 흘러나온다. 신년맞이 민요 잔치라고 아나운서가 말한다. 할머니도 노래를 좋아했다. 일을 할 때면 노래를 흥얼거렸다. "시우 할머니 노랫가락은 어찌두 저리 구성질까." 동네 아주머니들이 말했다. 할머니가 부르는 노래는 「아라리」였다. 아라리는 아우라지 민요라고 사람들이 말했다. 벽에는 포스터와 사진판이 여러 개 붙어 있다. 머리가 큰 애의 사진이 눈에 띈다. 저런 아이를 대두아라고 아버지가 말했다. 눈은 사시이고 목이 삐뚜름하다. 어릴 적, 나는 그런 장애아를 많이 보았다. 그런 아이들과 섞여 있을 때, 나는 늘 두려웠다.

미스 노가 앉으라고 말한다. 나는 빈 책상 쪽 보조 의자에 앉는다. 미스 노가 서랍을 여닫으며 무엇인가 찾는다. 종이철을 꺼낸다. 내게 묻는다. 이름, 나이, 본적지…… 처음 만날 때, 사람들이 내게 묻는 말이다. 그럴 때마다 나는 대답을 잘 못한다. 나이만 해도 그렇다. 나는 나이를 까먹었다. 아우라지를 떠났을 때, 내 나이는 스무 살쯤 되었다. 아우라지를 떠나기 전, 그때는 이른 봄이었다. 나는 정수와 함께 읍내로 들어갔다. 할머니가 따라왔다. 학교 운동장에는 내 또래의 많은 청년이 모여 있었다. 거기서도 내게 이름, 나이, 본적지, 가족 관계를 물었다. 나는 대답하지 못했다. 나는 거기서 무슨 테스트를 받고 신체 검사도 받았다. 가운 입은 의사, 간호사, 군복 입은 군인들이 여러 가지를 검사했다. 마지막으로 장교 복장의 군인이, "넌 입대가 불가능해. 집에서 쉬어" 하고 말했다.

"시계를 읽을 줄 아세요?" 미스 노가 묻는다.

"시계요? 자, 잘 못 읽어요."

숫자 계산은 어려웠다. "여덟시 십오분이야. 시침은 한 칸 사이가 한 시간, 분침은 한 칸 사이가 5분, 초침은 까딱 움직일 때가 1초구." 아버지는 벽시계를 보고 나를 가르쳤다. 시계 읽기는 정말 어려웠다. 시, 분, 초침이 각각 달랐다. 움직이는 빠르기도 달랐다. 풀밭에서 쓰러지기 전까지, 아버지는 나를 두고 시계 읽기를 되풀이 가르쳤다. 나는 끝내 시계를 읽을 수 없었다. 나는 1부터 10까지 숫자만 익혔다. 어릴 적부터 손가락셈으로 더하기 빼기도 배웠다. 엄마도 나를 가르쳤다. 한 번도 맞는 답을 못했다. 겨우 10까지, 더하기 빼기만 익혔다. 더 이상은 어려웠다. 빼기를 할 때 윗 단위 숫자가 모자라면 앞쪽 큰 숫자에서 빌려온다고 말했다. 빌려온다는 게 어려웠다. "아이구, 이 돌대가리야" 하며, 엄마는 내게 꿀밤을 먹였다. 몇 해가 지났다. 엄마는 내게 가르치기를 포기했다.

"그럼 이름부터 말하세요." 미스 노가 묻는다.

"마, 마두, 시우요." 내 이름은 마시우다.

"시우씨, 정말 아무것두 몰라요?"

"경주씨, 그 친군 테스트조차 필요없을 것 같은데." 홈스펀이 거든다.

"전 해야겠어요. 이건 한종씨가 참견할 성질이 아니잖아요. 제 임무예요."

경주씨가 얄팍한 책 세 권을 꺼낸다. 경주씨가 책장을 넘긴다. 책장 넘기는 손이 선머슴애 손같이 마디가 억세다. 경주씨가 책장 그림을 손가락으로 가리킨다. 동그라미 여러 개가 쌓여 있다. 하수도 토관을 묻기 전에 그렇게 쌓아둔다.

"이게 모두 몇 개지요?"

나는 턱짓으로 동그라미를 센다. 어느새 턱짓 한 번에 오른손 손가락을 하나씩 꺾는다. 오른손이 주먹이 된다. 왼손 손가락까지 동원한다.

"여덟 개."

"그럼 이건 모두 몇 개지요?"

경주씨가 책 다른 쪽을 펼친다. 네모난 상자가 삼각형꼴로 쌓였다. 뒤쪽에도 같은 상자가 반쯤 보인다. 그 상자를 모두 셀 수 없다.

"정말 몰라요?"

나는 민망해져 경주씨를 본다. 안경알 안쪽 눈 아래에 주근깨가 소복하다. 눈썹은 가늘고 눈꼬리가 찢어졌다. 얇은 입술이 조그맣다. 목 달린 검정 스웨터를 입었다. 비누 냄새가 난다. 인희가 옆에 오면 비누 냄새가 났다. 인희가 보고 싶다.

"이것과 이것 중에 어느 것이 커요?" 경주씨가 펼친 다른 책에 동그라미 두 개가 그려져 있다.

나는 큰 동그라미를 가리킨다. 내 답이 맞으면 경주씨는 말이 없다. 그녀가 다음 쪽을 펼친다. 별 세 개가 그려져 있다. 그녀가 세 개 중에 어느 것이 중간 크기냐고 묻는다. 나는 한 개를 손가락으로 짚는다.

"틀렸어요. 시우씨, 적당히 대답하는 건 아니죠?"

나는 엉터리로 대답하지 않았다. 세 별은 크기가 비슷하다.

"포기를 하래두 그러네. 아이큐가 육십 정도 될까. 네 살 정도? 겨우 주어, 술어에 보어를 조금 활용하는 정도지. 수리 능력은 그

나마 세 살. 물건도 제대로 못 살걸." 한종씨가 우리 쪽을 넘겨보며 참견한다.

경주씨는 한종씨 말을 들은 척 않는다. 그녀는 마지막 책 한 권을 펼친다. 한 가지 색으로 한 동물씩 칠해놓은 그림이다. 경주씨가 손가락으로 동물을 짚는다.

"이건 무슨 동물이지요?"

"동물? 사자."

"무슨 색깔입니까?"

"색깔? 빨간색."

"이건 무슨 동물, 무슨 색깔?"

"색깔? 갈색."

"동물 이름은?"

"이름은, 원숭이."

나는 한쪽 손가락을 갈퀴로 만들어 턱을 긁는다. 경주씨가 웃는다. 내가 동물 흉내를 내면 인희도 재미있어했다.

"그럼 이건?"

"이건? 치와와, 노란색."

"치와와가 뭐지요?" 하며, 경주씨가 놀란 눈으로 나를 본다.

"뭐지요? 방에 있는 작은 개."

치와와는 개지만 사람이 잡아먹을 수 없다는 말을 하고 싶다. 먹을 수 없다는 생각을 하자 뱃속이 쓰리다. 배가 고프다.

그 책에는 많은 짐승과 새가 알록달록 그려져 있다. 나는 그 이름을 다 맞힌다. 색 구별도 틀리지 않는다. 코알라, 라마까지 이름을 맞힌다. 경주씨가 동물과 새에 칠해진 색상을 묻는다. 나는 그 색상도 구별해낸다. 풀색, 녹두색, 진보라, 분홍색, 꽈리색, 쥐색, 남색도 맞힌다.

"제법인데. 그 방면은 여덟이나 아홉 살쯤 되겠군. 그렇담 정박이 아니라 자폐아 아냐?" 한종씨가 내 옆에 서서 말한다.

경주씨는 대답하지 않는다. 나는 식물 이름은 더 많이 안다. 식물 이름을 맞히는 책은 없다. 경주씨가 빈 종이에 무엇인가 기록한다.

"됐어요. 이제 이걸 테스트해보기로 해요."

경주씨가 서랍에서 종이 여러 장을 꺼낸다. 짝짓기 그림, 미로찾기, 숨은그림찾기 따위다. 나는 테스트를 더 받기 싫다. 나는 이런 종류의 테스트를 받은 적이 있었다. 어릴 적이었다. 아버지는 나를 정선 읍내로 데리고 나갔다. 그 시절, 우리 식구는 여량 읍내에 살았다. 아버지와 나는 여량역에서 기차를 탔다. 기차는 강을 따라 달렸다. 나는 노랗게 질려 있었다. 속이 메스꺼워 토할 것만 같았다. 읍내로 나갈 적마다 나는 낯선 세계가 두려웠다. 아버지는 읍내 어느 큰 건물로 나를 데리고 갔다. 그곳에서 테스트를 받았다. 테스트가 끝났을 때, 아버지 표정이 참담했다. 아버지가 나를 데리고 나오며 분개했다. "이따위 지능지수 검사를 믿을 수 없어. 비네는 단순히 장애아의 학습 능력에 도움을 주기 위해 비네 척도를 만들어냈을 뿐이야. 그런데 망할 놈의 생물학자, 심리학자들이 이를 인종 차별, 인간 차별주의로 몰아간 거야. 어떤 작자는 백인종은 침팬지 후예구, 황인종은 오랑우탄 후예구, 흑인은 고릴라 후예라구? 웃기구 자빠졌네. 한술 더 떠서 모롱(정신박약자)이 범죄자가 될 확률이 많다구? 인종과 지능이 범죄와 상관 관계가 있다니? 우생학적 유전 좋아하네. 착각이 오류를 범하고, 오류를 인정하려 들지 않는 고집이야말로 무엇보다 완강한 법이지. 시우야, 넌 너대로 삶의 길이 있어. 내가 너에게 그 길을 가르쳐줄 테야. 이따위 지능지수 검사가 엉터리임을 내가 증명해 보이겠어!"

경주씨가 종이 한 장을 내 앞에 내민다. 짝짓기 그림이다. 한쪽에는 바나나, 나비, 얼룩소, 풀이 그려져 있다. 다른 한쪽에는 우유, 꽃, 원숭이, 염소 그림이다. 경주씨가 볼펜을 준다. 나는 그런 연결은 할 수 있다. 인희는 짝짓기 그림책을 가지고 있었다. 우리는 방바닥에 엎드려 그 놀이 공부를 즐겼다. 인희가 가르쳐주었다.

"왜 안해요?" 내가 볼펜을 쥐고만 있자, 경주씨가 묻는다.

"안해요."

나는 머리를 흔든다. 그녀가, 하기 싫으냐, 아니면 못하느냐고 다시 묻는다.

"싫어요."

엄마가 나를 때렸다. 뺨을 갈기고 주먹으로 등을 쳤다. "넌 왜 안해요, 싫어요, 못해요, 그 말밖에 할 줄 모르니! 이 웬수야, 너 죽고 나 죽자! 네놈 때문에 내가 미치든, 먼저 죽겠다. 그럼 네가 할 수 있는 건 뭐냐? 뭘 할 수 있어?" 엄마가 다시 주먹으로 내 머리를 때렸다. 나는 큰 소리로 울었다. 할머니가 부엌에서 쫓아 나왔다. "시우를 왜 때려. 갠 그런 애 아냐. 몰라서 그래? 온전하다면 누가 걱정해." 할머니가 나를 껴안았다. "아버지……" 나는 아버지를 찾았다. 아버지는 학교에 가고 없었다. 아버지가 집에 있을 때면 엄마가 나를 때리지 못했다.

"반드시 해야 돼요." 경주씨가 단호히 말한다.

나는 정말 테스트를 더 받기 싫다. 그날, 아버지가 말했다. "앞으로 이따위 테스트로 너를 재단하려는 모든 세력에 나는 반대한다. 한 인간의 인격이 몇 장의 설문지로 규정되지는 않는다. 식물까지 포함해서, 모든 생명체는 누구도 풀 수 없는 신비 그 자체야. 하물며 식물도 정신을 가졌는데."

"아직 끝나지 않았어요?" 문을 열고 의경이 경주씨에게 묻는다.

"특교 출신 티를 내고 있답니다. 저 고집은 못 말려요." 한종씨가 대답한다.

"특교 출신?"

특수교육학과라고 한종씨가 말한다. 한종씨는 창문 아래 세워진 죽도를 집어든다. 나는 검도장에서 그 대나무칼을 본 적이 있었다.

"감독 잘하나 슬슬 한 바퀴 둘러볼까." 한종씨가 열린 문밖으로 나간다.

"시간이나 때우는 인간 쓰레기." 경주씨가 문 바깥을 보며 말한다.

경주씨가 갑자기 의자에서 일어난다. "순경아저씨, 저 좀 봐요" 하고 부르며 바깥으로 나간다. 잠시 뒤 그녀가 돌아온다.

"시우씨가 정말 폭력배였어요?" 경주씨가 묻는다.

나는 잠자코 있다. 구리시로 올라오기 전, 남쪽 항구에 있을 적이다. "저런 치도 쓸데가 있어요. 성, 「레인 맨」 봤지요? 성님으로 나오는 멍청이 말예요. 상대방 트럼프를 기똥차게 잘 맞추잖아요. 말대가리 쟤도 어느 구석엔가 빤짝하는 머리가 있을 거예요." 키요가 쌍침 형님에게 그렇게 말했다. 키요는 형을 성이라고 불렀다. 말대가리는 내 별명이었다. 처음은 나를 말대가리라 불렀다. 구리시로 오고부터 마두라 불렀다.

"시우씨가 칼로 사람을 찔렀어요?"

"칼요? 칼은 주방 있어요."

나는 칼로 사람을 찌른 적이 없다. 남을 때려본 적도 없다. 나는 사람들로부터 많이 맞았다. 부랑아 수용소와 멍텅구리배를 타고 있을 때가 그랬다. 수용소에서는 많이 굶었다. 배가 너무 고파 풀이며 종이까지 먹었다. 나는 바다가 싫었다. 늘 배에 갇혀 있었다. 허구한 날 바다만 보았다. 멍텅구리배를 함께 탔던 강훈 형이 나를 구해주었다. 멍텅구리배 최씨가 강훈 형은, 경찰에 쫓기는 대학생이라고 말했다. "널 집까지 데려다주었으면 좋겠지만 난 부산으로 가거든. 일단 대전까지 올라가. 충주로 가서, 정선 가는 버스를 타야 할 거야. 우린 이제 자유의 몸이야. 인간의 행복권이야말로 자유가 첫째야. 아니, 행복권의 오 할이 자유구 나머지가 의식주 해결, 사회보장제도쯤 되겠지. 나도 수배에서 해제됐으니깐. 내가 준 약도 잘 간직해. 어느 차를 타야 할는지 모를 때, 그 약도를 보여. 운전사나 순경한테 내보여. 젊은 치는 말구. 차비도 잘 간수하구. 속주머니를 자주 확인해." 강훈 형이 말했다. 버스 터미널에서 강훈 형이 먼저 떠났다. 나는 거기서 어정거리다 키요를 만났다. 키요가 나를 화장실 뒤로 끌고갔다. 내 주머니를 털었다.

"너 멍충이군그래" 하고 키요가 말했다. "갈 데가 마땅찮으면 우리가 거둬주지" 하며, 키요가 나를 데리고 갔다. 그즈음, 짱구 형, 키요, 킹콩, 합죽이, 쌍침 형님이 그 항구에 살았다. 쌍침 형님은 조직을 거느리고 있었다. 한 달 뒤, 형님은 그 조직을 헝그리 형에게 넘겨주었다. "구리시에서 찡오 형님이 쌍침 형님을 불러. 찡오 형님도 여기 출신이지. 서로는 의형제 사이야." 짱구 형이 말했다. 우리 여섯은 항구를 떠나 구리시로 올라왔다. 조직체 업소로 찾아갔다. 찡오 형님이 우리를 반겼다. 최상무님도 만났다. 그는 최상무파의 보스였다. 키요가 나를 두고 찡오 형님에게 말했다. 멍청이지만 쓸모가 있다고 말했다. "빈대하고 기도나 보게 하지." 찡오 형님은 나이트클럽 지배인이었다.

"다시 테스트를 시작해요."

경주씨가 자기 의자에 앉는다. 나는 따라 하지 않을 수 없다. 나는 여러 장의 테스트 시험을 치른다. 경주씨는 부지런히 종이에다 결과를 채점한다.

"비행기는, 하고 내가 물으면 하늘로 난다, 하고 대답해봐요. 다른 걸 물을 때도 그런 식으로." 경주씨가 내 얼굴을 빤히 본다.

"두더지는?" 경주씨가 묻는다. 나는 가만있다. "비행기가 하늘로 난다면 두더지는 어떻게 해요?"

"두더지요? 땅 밑에 긴다."

나의 대답에, 경주씨가 연달아 질문을 쏟아낸다.

"잠수함은?" "바다 밑에 다닌다." "치타는?" "뛴다." "거북은?" "긴다." 나는 숨을 몰아쉬며 대답한다. 갑자기 경주씨의 질문이 바뀐다. "사람이 빌딩에서 뛰어내리면?" "죽는다." "곰은?" "죽는다." 그 대답도 어렵지는 않다. 경주씨 다음 질문부터 어려워진다. "날다람쥐는?" "……" "나비는?" "주, 죽지 않는다." "낙하산 탄 사람은?" "죽지 아, 않는다." "낙하산이 펴지지 않으면?" "죽는다." "불에 타는 숲에 떨어지면?" "불에 타 죽는다." "바다에 떨어지면?" "떨어지며? 그, 글쎄요……" "낙하산이 수면에서 공기 주머니 구실을 하니깐 거기에 매달리면 살지요." 경주씨가 말하며 뱅긋 웃는다.

나도 따라 웃는다. 웃는 모습이 천진스럽다고 경주씨가 말한다. 나는 그런 말을 많이 들었다.

"이제 테스트는 끝났어요. 시우씨가 당분간 여기 있어야 하는 모양인데…… 어떤 사람들과 같이 있고 싶으세요? 정신박약, 노이로제, 치매, 이런 말 들어봤어요?"

"어떤 사람? 예. 아니, 아니오."

"그럼 어떤 사람?"

"사람 아니오. 혼자서."

나는 정말 혼자 있고 싶다. 이상한 사람들과 함께 있고 싶지 않다. 그들은 부랑아 수용소에서처럼 나를 때리지 않을는지 모른다. 놀리지도 않을 터이다. 그러나 그들이 두렵다. 괴상한 동작과 기이한 표정을 보면 겁이 난다. 나는 그런 사람들과 생활한 적이 있었다. 아버지가 나를 아우라지에서 먼 도시로 데리고 갔다. 내 또래 아이들이 초등학교에 입학했던 어느 봄날이었다. 기차를 타고, 버스는 두 번 갈아탔다. 나는 멀미로 엄청 토했다. 아버지는 나를 그곳 '장애자 재활원'에다 넣었다. 아버지는 혼자 여량으로 돌아갔다. 나는 그곳에서 몇 달을 보냈다. 여러 종류의 교육을 받았다. 경주씨 테스트 같은 교육이었다. 장애아들과 함께 배우고 놀았다. 잘하는 것은 잘했고 못하는 것은 아주 못했다. 여름에 엄마가 나를 데리러 왔다. 엄마와 함께 여량으로 돌아왔다. 또 한번은, 새우잡이 멍텅구리배를 타기 전이었다. 대전에 있을 때였다. 일요일이었다. 모처럼 직공들이 신탄진으로 놀이를 갔다. 직공은 모두 일곱으로, 나처럼 멍청이들이었다. 감독 조씨가 줄곧 우리를 지켰다. 그는 육군 중사 출신이었다. 저녁에 우리는 시내로 들어왔다. 시장통에서 나는 일행을 놓쳐버렸다. 도망을 치고 싶어서가 아니었다. 어느 순간, 조씨와 멍청이들이 보이지 않았다. 나는 혼자 지하실 공장으로 찾아갈 수 없었다. 거리를 돌아다니다 풍류 아저씨를 만났다. 공원 벤치에서 잠을 잤다. 아저씨도 옆 벤치에서 잠을 잤다. "너도 풍류로군. 이리 와봐." 새벽녘, 잠이 깨었을 때 아저씨가 말했다. 아저씨는 벙거지를 쓰고 있었다. 꾀죄죄한 양복 차림에 수염이 텁수룩했다. 한쪽 귀에는 리시버를 꽂고 있었다. 나를 때리거나 어디로 데려갈 것 같아 두려웠다. 그러나 아저씨는 마음씨가 착했다. "난 집도 있고 처자식도 있어. 이래봬두 마누라가 초등학교 음악 선생님이셔. 나도 한땐 중소기업체 사원이었구. 어느 날 출근길에 무조건 대구를 떠나버렸어. 난 자유인이 되고 싶거던." 풍류 아저씨는 나와 달리 말을 아주 잘했다. 순경을 만나거나 거지를 만나도 아저씨는 말로 떼웠다. "자유인이 되던 처음에 리어카로 사탕을 팔았지. 그러나 그것도 완전한 자유인이 아니더군.

못 팔아도 걱정이요, 비가 와도 걱정이요, 부랑자를 만나면 판째 뒤엎어지기도 하구. 그래서 완전한 자유인이 되기로 했지." 풍류 아저씨는 그길로 거지가 되었다고 했다. 아저씨와 나는 여름 한철을 함께 지냈다. 일요일이면 주로 교회나 성당 앞에서 구걸을 했다. 옷은 그런 곳에서 구호품 헌옷을 얻어 입었다. "옷 잘 입은 거지에게는 동냥을 줘도 벗은 거지는 문전박대 당한다는 옛말이 있어." 풍류 아저씨가 말했다. 돈이 있으면 역 앞 쪽방에서 잠을 잤다. 병원 대기실, 역, 공원, 아파트 노인정이 우리 숙소였다. 풍류 아저씨는 구걸 때 말곤 고물 '마이마이'를 통해 늘 음악을 들었다. 잠잘 때도 이어폰을 꽂고 잤다. 테이프는 하나밖에 없었다. 나도 이어폰을 통해 그 음악을 들었다. "아쟁 산조지" 하고 아저씨가 말했다. "아쟁과 거문고 병주, 아쟁과 대금 병주, 시나위야. 난 이 소리를 들으면 풍류의 멋이 무엇인가를 알지. 자유인의 육신은 그 혼을 따라가지. 서양은 히피가 있고, 인도에 고행자가 있다면, 우리나라엔 풍류가 있어. 너도 들어봐. 이 가락에는 슬픔, 고독 같은 것, 그러면서도 신명 같은 게 살아 있잖아." 아저씨가 말했다. 나는 아쟁보다 대금 소리가 듣기 좋았다. 나는 이어폰을 귀에 꽂고 자주 '아쟁과 대금 병주'를 들었다. 포도에 낙엽이 지던 어느 날이었다. 아저씨는 대구 집에 잠시 다녀오겠다고 했다. 이틀 뒤 처음 만난 공원 벤치에서 다시 만나자고 말했다. 풍류 아저씨를 만나기 전, 나는 순경에게 붙잡혔다. 순경이 나를 '부랑아 수용소'로 보냈다. 나는 그곳에서 배를 많이 곯았다. 그곳 감독관은 아침부터 저녁까지 뒤 언덕 까뭉개는 일만 시켰다. 떨며 일하고, 언 몸으로 잠을 잤다. 풍류 아저씨가 보고 싶었다. 아저씨가 생각나면 느껴 우는 대금 가락부터 귀에 울렸다. 나는 부랑아 수용소에서 몇 달을 보냈다. 봄이 올 때, 대추코가 나에게 도망가자고 말했다. 대추코는 정신이 오락가락하는 내 또래였다. 일을 하다 쉬는 짬에, 우리는 산을 넘었다. 열심히 뛰어 시내로 들어왔다. 역에 개찰원이 없을 때, 울을 넘어 승강장으로 들어가면 된다는 것이다. 대추코는 서울로 함께 가자고 말했다. 마침 역 개찰구에는 제복 입은 사람이 없었다. 그는 정말 개찰구에서 울을 넘고 들어갔다. 나는 겁이 나 울을 넘을 수 없었다. 빨리 넘어오라고 대추코가 채근했다. 내가 머리를 흔들자, 그는 어디론가 가버렸다. 나는 대합실 의자에서 하룻밤을 잤다. 배가 너무 고파서 쓰레기통을 뒤졌다. 새벽이었다. 납작모자를 쓴 중늙은이가 내게 말을 걸었다. "쯔쯔, 길 잃은 부랑아군. 내가 취직시켜줄까. 나하고 같이 가. 날마다 고기 반찬에 쌀밥 먹여줄 테니." 납작모자가 말했다. 나는 그를 따라갔다. 그날 밤, 나는 납작모자와 기차를 탔다. 동행자가 둘 있었다. 강훈 형과 언청이아저씨였다. 강훈 형은 등산모자에 작업복 차림이었다. 구석자리에서 줄곧 신문으로 얼굴을 가렸다. 언청이아저씨는 동저고리에 핫바지를 입고 있었다. 법정에 끌려가는 사람이 그랬다. 언청이아저씨는 공연히 실죽실죽 웃었다. 납작모자가 소주 한 병을 사서 그에게 주었다. 그는 단숨에 소주병으로 나발을 불더니 잠에 곯아떨어졌다. 새벽에 기차가 항구 도시에 도착했다. 우리는 부두 터미널로 갔다. 뒷골목 여인숙에서 하룻밤을 잤다. 이튿날 새벽, 납작모자가 우리를 선주에게 인계했다. 우리 셋은 발동선을 타고 바다로 나갔다. 그날부터 나는 멍텅구리배를 탔다. 새우잡이 배였다. 그 배는 바다 가운데 닻을 내리고 있어 움직이지 않았다. 그곳에서는 도망칠 수가 없었다. 맑은 날은 까마득히 육지가 보였다. 그곳은 육지가 아닌, 섬이라 했다.

"왜 혼자 있고 싶으세요?"

"혼자 있고 싶어요."

나는 어릴 적부터 혼자 있는 데 익숙했다. 방에는 나밖에 없었기 때문이다. 함께 있으면 사람들은 나를 때리고, 굶겼다.

"남이 시우씨를 보면 두려워요?"

나는 대답하지 않는다. 배가 고프다고 말하고 싶다. 그런데 경주씨가, 배가 고프냐고 묻지 않는다.

"절 따라오세요."

나는 경주씨를 따라간다. 그로부터 원장 의사, 의경, 한종씨를 차례대로 만난다. 나는 겉옷을 벗고 푸른색 제복으로 갈아입는다. 옷에서 쉰내가 난다.

"책임지고 보호 관찰을 해주세요. 하루에 한 번씩 전화를 넣겠어요." 의경이 한종씨에게 말한다.

한종씨가 알겠다고 하자, 의경이 돌아간다.

"하마, 조직 폭력배 하수인께서 독방을 원하신다. 잘 모셔라."

한종씨가 나를 상고머리에게 인계한다. 하마는 씨름 선수 같은 녀석이다. 불곰 형님 체격이 그렇다. 우람한 몸집을 보자 배가 더욱 고프다. 하마는 흙색 제복을 입었다. 한 손에 방망이, 한 손에 열쇠꾸러미를 들었다. 따라오라며 하마가 앞장을 선다. 열쇠꾸러미가 철렁철렁 소리를 낸다. 복도 벽은 회칠 가루가 떨어졌고 얼룩이 심하다. 그가 이층으로 올라간다. 이층 복도가 썰렁하다. 어느 방에서 앓는 소리가 들린다. 훌쩍거리는 울음소리가 들린다. 철문마다 숫자가 붙어 있다. 철문 앞에는 신발들이 흩어져 있다. 운동화, 농구화, 고무신 따위이다. 철문에는 시찰구가 있다. 어느 시찰구에서 깡마른 노인의 얼굴이 나타난다.

"진통제를 줘요, 제발. 너무 아파요." 백발 노인이 애원한다.

하마는 대답하지 않는다. 한가롭게 복도를 질러간다. 2, 0, 8이란 팻말이 철문에 붙었다. 하마가 철문을 연다.

"신발 벗어."

나는 농구화를 벗는다. 맨발이 꺼멓다. 그가 안으로 들어가라고 말한다. 방 안으로 들어선다. 썰렁한 냉기가 코에 묻는다. 벽지가 내 발처럼 꺼멓다. 건너 벽 쪽에 캐시밀론 이불과 요가 개켜져 있다. 오줌 깡통도 있고 절어빠진 베개도 하나 있다. 그 위 높다랗게 환기창이 나 있다. 그 들창에는 쇠막대가 질러져 있다. 하마는 밖으로 나갔다. 문을 잠그는 소리가 들린다. 나는 쪼그리고 앉는다. 합성수지 비닐 방바닥이 차갑다. 작은 방이 마음에 든다. 나는 혼자라 보호받는 느낌이다. 어둠 속에 혼자 있는 게 좋다. 마음이 편안하다. 어깨가 시려오고 등줄기도 당긴다. 시찰구나 들창으로 나를 보는 사람이 없다. 요를 깔고 이불을 둘러쓴다. 절어빠진 이불에서 퀴퀴한 냄새가 난다. 고린내와 곰팡이 냄새다. 키요와 짱구 형이 어찌되었을까 궁금하다. 합죽이, 킹콩도 이런 방에 있을 터이다. 그들은 언제 그곳에서 나올는지 모른다. 그곳에서 나오면,

훈장 하나 달았다고 식구들이 반겼다. 나는 여기서 나가도 훈장을
달 수 없다. 여기는 국립호텔이 아니다.

긴 시간이 흐른다. 갑자기 복도가 시끄럽다. 방마다 쇠문 여는
소리가 난다. 누군가, 내 방의 쇠문도 열쇠로 연다. 하마의 굵은
몸집이 문에 꽉 찬다.

"깡통 들고 나와. 식사 시간이야."

나는 둘러썼던 이불을 걷는다. 오줌 깡통을 들고 복도로 나선다.
각 방에서 나온 푸른색들이 복도 벽을 따라 한 줄로 걷는다. 남자
도 있고 여자도 있다. 소년 소녀도 있다. 깡통 든 푸른색도 있다.
쩔룩거리거나 비틀걸음을 걷는 장애자가 많다. 추레한 푸른색 옷
차림이 거지 아닌, 거지 같다. 흙색들이 서서 그 행렬을 지켜본다.
모두 방망이를 쥐었다.

"줄에 붙어 서." 하마가 말한다.

나는 줄 꼬리에 선다. 행렬은 화장실로 들어간다. 국립호텔에서
는 화장실을 뻥기통이라 말한다고 짱구 형이 말했다. 오줌을 누는
푸른색도 있다. 똥은 못 누게 한다. 깡통의 오물을 그때 비운다.
화장실에서 잠시 멈추었던 행렬이 일층으로 이어진다. 지하실 계
단으로 내려간다. 김치 냄새가 나고 된장국 냄새가 난다. 나는 배
가 고프다 못해 아프다. 입 안에 가득 맹물이 돈다. 푸른색들의 행
렬이 식당 안으로 들어선다. 먼저 식사를 하는 푸른색들이 있다.
그들은 휠체어에 앉아 밥을 먹는다. 경주씨가 손이 뒤틀린 장애자
의 식사를 돕는다. 그녀는 앞치마를 입었다. 입구에 재여 있는 식
기판을 푸른색이 하나씩 집는다.

"줄을 맞춰. 밥을 먹을 땐 사담 말구, 정숙해야 한다." 배식구 앞에서 한종씨가 말한다.

한종씨만이 양복 차림이다. 그는 죽도를 들었다. 식당 한쪽은 칸막이가 질러져 있다. 흙색들은 그쪽에서 식사를 한다. 배식구 안은 김이 뽀얗다. 밥과 국을 퍼주는 주방 아줌마들은 흰 가운을 입었다.

"어제는 설날이라고 시장님이 방문했잖아. 고깃국 먹었구." 내 앞 남자가 불퉁거린다.

"어제까진 명절날이었으니깐." 그 앞쪽의 남자가 돌아보며 대답한다.

"밥 많이 주슈. 늘 배가 고파요." 앞의 남자가 주방 아줌마에게 말한다.

"당신 많이 주면 뒷사람 굶게. 주는 대로 먹지."

내가 끝으로 배식을 받는다. 아줌마가 양푼의 남은 밥을 다 긁어 식기판에 담아준다. 앞사람보다 양이 많다. 반찬은 배춧국, 김치다. 나는 식기판을 들고 빈자리를 찾는다. 여자와 남자 자리가 구별되어 있다. 중년 남자가 깡그리 비운 식기판을 무릎에 얹는다. 목이 삐뚜름한데 턱을 떤다. 휠체어를 밀고 나간 자리에 나는 끼어든다.

"처음 보는 젊은이구먼."

건너편 노인이 풀썩 웃는다. 체머리를 떨고, 숟가락 쥔 손도 떨린다. 나는 수저를 찾는다. 점박이 노인이 수저통을 가리킨다. 나는 푸석한 밥을 퍼먹기 시작한다. 김치는 너무 짜고 배춧국은 건

더기가 없다. 시장했던 모양이구려, 하고 점박이 노인이 다시 묻는다. "젊은이, 치료 받나?"

"치료? 치료요?"

"원장 의사 자주 만나냐 말야."

"안 만나요."

"만나지 마. 원장 의사는 주정뱅이야. 술만 퍼마셔. 정말 자격증이 있는지 몰라. 폐품 의사지."

"폐품 의사?"

"마누라 죽고 여기서 숙식해. 조만간 우리 신세가 될걸. 자식들이 주정뱅이 아비를 안 모시니깐. 월급을 술로 탕진해버리지. 원장은 허수아비야. 이사장이 모든 실권을 쥐고 있어. 이사장은 한 달에 몇 차례만 들러. 난 주정뱅이 원장 치료를 거부해. 약도 없구. 치료를 안 받는 게 빨리 죽는 방법이니깐." 점박이 노인이 계속 구시렁거린다.

나는 건너 자리 노인보다 빨리 식기판을 비운다. 내가 일어서자, 노인이 말한다.

"식기를 반납 안하면 혼나. 저기 회색 양복, 저치 조심해. 이사장이 박아놓은 질 나쁜 종자야."

노인의 말에 나는 주위를 둘러본다. 회색 양복은 한종씨뿐이다. 밥을 먹고 난 푸른색들이 빈 식기판을 들고 간다. 배식구로 나른다. 휠체어를 탄 사람들도 마찬가지다. 무릎에 식기판을 얹어놓고, 두 손으로 발통을 굴린다. 아직 식사를 하고 있는 푸른색들도 많다. 손을 제대로 못 놀리는 사람이 있다. 입가로 밥풀과 국물을 흘리는 사람이 있다. 찡그리거나 울며 먹는 사람이 있다. 먹지 않고 멍하니 앉아 있는 사람이 있다. 식기판을 옮기다 수저를 떨어뜨리는 사람이 있다. 신체 중증 장애자는 숫제 식기판을 옮기지도 못한다. 경주씨가 그들의 식기판을 배식구로 나르고 있다. 허기를 면하니 비로소 그런 모습이 눈에 들어온다. 밥을 먹기 전까지 그들을 자세히 보지 못했다. 나는 식기판을 반납하고 문으로 걷는다.

"남으라고 했잖아요, 시우씨."

나는 뒤돌아본다. 경주씨다. 나는 칸막이 쪽으로 걷는다. 흰색들이 식사를 하고 있다. 식사를 마치고 잡담을 하는 치도 있다.

"이쪽으로 와요. 몇 마디 더 물을 게 있어요." 경주씨가 말한다.

나는 안쪽 자리로 들어간다. 그녀 맞은편 자리에 앉는다.

"미스 노, 허우대 멀끔하다고 마음에 드셨나봐." 한종씨가 커피잔을 든 채 말한다.

"미스 노가 이제 연구 대상을 잡았어요. 모르모트를 실험하듯, 저치가 꽤나 시달림을 당할걸." 하마가 말한다.

한종씨가 거위 울음같이 소리 내어 웃는다. 그의 식기판에는 돼지고기 양념 무침이 있다.

"시우씨, 태어나서 자란 곳이 어디예요?" 경주씨가 묻는다.

나는 가만있다. 여러 사람이 있는 데서는 말하기가 더 서툴다. 수도꼭지가 잠기듯, 그 무엇이 말문을 막는다.

"곰곰이 생각해보세요. 엄마 아버지와 함께 살던 그곳이 어디인지. 집과 차가 많은 도시였나요, 산과 개울이 있는 시골이었어요?"

나는 여전히 가만있다. 경주씨가 갑자기 화를 낸다. 대답을 안하면 저녁밥을 안 주겠다고 말한다. 밥을 주지 않는다는 말이 겁난다. 멍텅구리배에 있을 때, 최씨가 그 방법을 썼다. 그때 많이 굶었다. 무엇보다 배고픔은 참을 수가 없다.

"가, 강원도, 정선." 나는 겨우 대답한다.

"정선 어디예요?"

나는 설명이 복잡해서 가만있다. 동네 사람들은 우리가 사는 곳을 아우라지라고 말했다. 누가 물으면, 아우라지에 살지요 하고 대답했다. 마을 앞강은 송천이었다. 그 강 아래쪽이 새총 가지 꼴로 두 내가 합해졌다. 조양강이었다. 싸리골은 열 집 정도 되는 작은 마을이었다. 아버지 학교는 강 건너 여량읍에 있었다. 아버지는 자전거를 타고 출퇴근했다. 언제나 낡은 가죽 가방을 들고 다녔다. 혼자 나룻배 타기가 미안하다며 팔배아저씨 신세를 지지 않았다. 먼길을 자전거로 둘러 다녔다. 그런 아버지를 두고 엄마가 대들었다. "당신이란 사람은 참으로 알다가도 모르겠어요. 자전거 타고 십 리 길 다니기가 지겹지도 않아요? 여량이면 면사무소 있고 시장과 슈퍼 있고 미장원과 목욕탕도 있고, 학교까지 몇 발자국도 안 되고, 좀 좋아요. 강 건너 이 산골까지 들어올 게 뭐예요. 전 정말 미치겠어요. 감옥도 이런 감옥이 없어요. 시우는 그렇다 치구, 시애 학교만 해도 좀 불편해요. 어린것이 날마다 유천리까지 걸어다녀야 하니." 시애가 초등학교에 다닐 적이었다. 나는 정선 읍내에 살았던 기억은 하나도 없다. 여량 읍내에 살았던 기억은 조금 남아 있다. 엄마 말에 아버지는 대답이 없었다. 한참 있다 아버지는 마당으로 나갔다. 뒷짐을 지고 송천 건너쪽을 바라보

왔다. 산이 겹쳐 있었다. 멀리 옥갑산봉이 보였다. 그 너머로 상원산이 우뚝 솟아 있었다. 상원산은 높디높은 메였다. 언젠가 아버지가 말했다. "산이 나를 부른다. 잠결에도 산이 나타나서 내게 말하지. 오라, 내 가까이로 오라, 시우를 데리고 여기 와서 살아라, 하고 우렁우렁 말하지." 그 말을 듣고 시애가, "아버지, 산이 어떻게 말을 해요?" 하고 물었다. "산을 진정으로 사랑하는 사람만이 산이 하는 말을 알아듣지. 나도 이제 산이 하는 말을 조금은 알아들을 수 있어." 아버지는 정말 산이 하는 말을 알아듣는지도 몰랐다. 아버지는 동물도 말을 한다고 했다. 식물도 사람 말을 알아듣는다고 말했다. 그런 말을 할 때, 아우라지 사람들은 아버지를 도통한 사람이라 했다. "나팔꽃이나 호박꽃을 봐요. 새벽이면 정확하게 꽃이 피잖아요. 식물이 인간처럼 시간을 잴 수 있다는 증거지요. 파리를 잡아먹는 파리지옥풀은 한 번 건드리면 가만있어요. 두 번 건드리면 반드시 닫혀. 수를 셀 수 있다는 증거지요." 아버지가 말했다. 사람들은 아버지를 식물학자라 불렀다. 아버지를 마도사라고 부르기도 했다. 아버지는 학교에 나가지 않는 날이면 산을 찾아 떠났다. 배낭을 메고 탄광 도로를 거쳐 옥갑사로 올랐다. 옥갑사를 넘어 능선을 타고 계속 오르면 상원산에 닿았다. 상원산 산마루에 서면 사방이 한눈에 들어왔다. 남으로 조양강이 굽이도는 아래쪽 멀리, 정선 읍내까지 가이없이 눈에 들어왔다. 동으로는 동해가 가물가물 잡혔다. 아버지는 늘 나를 데리고 산으로 올랐다. 남쪽으로 떠나 반륜산이나 상정바위 산마루에 오르기도 했다. 그 적만 해도 아버지는 술을 덜 마셨다. 우리는 저물 무렵에야 아우라지로 돌아왔다.

"정선이면 아주 깊은 산골이네. 정선 읍내였어요? 아니면, 정선 읍에서 또 시골로 들어갔어요? 아버지는 농사를 지었나요? 아니, 거기 탄광도 많잖아요. 아버지가 광부였어요?" 경주씨가 여러 말을 묻는다.

여러 가지 질문을 한꺼번에 하면 나는 대답하지 못한다. 무엇을 시킬 때도 그렇다. 어떤 사람은 내게 두 가지 세 가지 일을 한꺼번에 시킨다. 그럴 때, 나는 처음 시킨 일만 한다. 인희 엄마가 처음에는 그랬다. "시우야, 물컵 가져가구, 저기 빈 그릇 챙겨와. 참, 저쪽 자리에 깍두기 한 접시 갖다드려." 그럴 때, 나는 새로 온 손님에게 식수 담긴 컵을 가져갔다. 갔다 오면 그다음 시킨 일이 기억나지 않았다. 인희 엄마는 여러 날이 지난 뒤 내 습관을 알았다. 그 뒤부터 늘 한 가지 일만 시켰다. 그 일을 내가 끝내면, 다른 일을 시켰다.

"정선이라면 산이 있고, 강도 있잖아요. 어디예요?"

"어디요? 아우라지."

"아우라지강?"

"아우라지 싸리골."

"싸리골에서 살다 언제 그곳을 떠났어요?"

나는 말문이 막힌다. 그곳을 떠나고 많은 낮과 밤이 흘렀다. 그 뒤 나는 한 차례도 그곳을 찾지 않았다. 아우라지는 너무 멀었다.

"아까 테스트할 때처럼 손가락으로 세어봐요. 일 년을 손가락 하나로 치면 몇 년이 지났나요?"

나는 손가락을 꼽는다. 세 개를 꼽으니, 3년 같다. 네 개를 집으니 4년 같다.

　"못 말리겠군."

　내가 산골을 떠나기는 어느 해 가을이었다. 마당에 고추잠자리 떼가 맴을 돌았다. 나는 강아지를 안고 마루 끝에 앉아 있었다. 가위질 짤랑거리는 소리가 들렸다. 밀짚모자를 쓴 사내가 삽짝 안으로 들어왔다. 할머니는 여량장으로 고추를 팔러 가고 없었다. 그는 내게, 고물 팔 것이 없느냐고 물었다. 나는 가만있었다. 그는 집 안을 한바퀴 둘러보았다. 집 뒤란에는 오래된 절구통이 있었다. 그는 그 절구를 팔라고 내게 말했다. 나는 가만있었다. 집 안에 어른이 없냐고 물었다. 나는 안고 있는 강아지만 만졌다. "너, 벙어리니?" 나는 머리를 저었다. "바보로군, 그렇지?" 그가 다시 물었다. 그가 갑자기 내 팔을 잡아챘다. "누가 너보구 맛있는 걸 사주겠다 해두 따라나서면 안 돼. 세상은 참말 험악하단다. 도시는 시우 너 같은 순진뜨기를 속여먹는 도둑놈들 소굴이야." 할머니가 했던 말이 생각났다. 강아지가 내 손에서 빠져나갔다. "복실아!" 나는 강아지를 불렀다. 울음이 터지려 했다. 어서 할머니가 나타나주기를 바랐다. "할머니" 하고 부르며, 나는 울음을 터뜨렸다. "할머니가 어디 가셨어?" 나는 울면서 골지천 쪽 나루터를 가리켰다. "내가 널 데려다주마. 할머니가 널 데려오라고 했어. 할머니가 여량장으로 나가신 게 맞지?" 나는 머리를 끄덕였다. 사내가, 너 이름이 뭐냐고 물어, 나는 시우라고 대답했다. "시우야, 나랑 할머니 만나러 장에 가자." 그가 말했다. 고물장수는 나를 데리고 나룻배를 탔다. 그는 사공인 팔배아저씨에게 말했다. "시우 할머니가 장에서 신발을 사준대요. 문수를 몰라 시우를 데리고 나오라지 뭐예요. 짜장면도 사먹일 거라며." 나는 훌쩍거리고만 있었다. 머리가 너무 아팠다. 그 시절만 해도 나는 정말 바보였다. 아우라지 사람들 말처럼, 나는 말이 없는 순둥이었다. 아버지가 싸리골 사람들에게 말했다. "물론 지각이 들 나이부터 사람은 배워야지요. 교육을 받아 지식을 습득하는 과정에서 자기가 살아갈 길을 결정할 수가 있으니깐요. 현대 사회는 직업이 다원화되고 세분화되었습니다. 그만큼 직업이 많아졌다는 뜻이지요. 그러나 교육이 만능은 아닙니다. 여기만 해도 교육을 전혀 받지 않은 사람이 많지 않습니까. 그래도 자연 속에서 넉넉한 마음으로 살고 있지 않습니까. 우리 시우도 그렇게 살게 할 겁니다. 그 길이 더 인간다운 길일는지도 모릅니다." 윤이장과 한서방이 머리를 끄덕였다. 아버지는 내가 그곳에 묻혀 살기를 원했다. 할머니도 그런 말을 했다. 고물장수는 여량읍에서 할머니를 찾지 않았다. 장을 둘러보지도 않았다. 나를 앞세워 서둘러 버스를 탔다. 정선 읍내로 나오자, 우리는 버스에서 내렸다. 역으로 가서 기차를 탔다. 어느 역에 내려, 다시 버스를 탔다. 나는 울 힘도 없었다. 할머니가 보고 싶었다. 다시 기차를 탔을 때는 밤이었다. 이튿날 새벽, 큰 역에 내렸다. 나중에 알았지만, 그곳은 대전이었다. 그가 나를 데리고 간 곳은 폐지 더미, 폐차, 비닐하우스가 많은 도시 변두리였다. 그는 드럼통과 플라스틱 상자들이 쌓인 집으로 나를 데리고 갔다. "김사장, 얌전한 직공 하나 모셔왔어요." 고물장수가 집주인에게 말했다. 우락부락하게 생긴 사내가 내 나이를 물었다. 나는 가만있었다. "열예닐곱쯤 될 것 같은데" 하고 고물장수가 말했다. "이런 멍청이들은 실제 나이보다 훨씬 어려 보이는 법이지." 사장이 말했다. 사장이 고물장수에게 돈을 건네주었다. "당신 낚시질 솜씨는 알아줘야 해." 사장은 나를 데리고 지하실로 내려갔다. 이상한 냄새가 코를 찔렀다. 눈이 따가워 눈물이 쏟아졌다. 컴컴한 지하실이라 눈물을 닦으며 한참을 살폈다. 비로소 지하실 안 광경이 보였다. 나보다 더 어린 소년 여럿이 있었다. 그들은 꼼지락거리며 무슨 일인가 하고 있었다. 그들이 일손을 놓고 나를 보았다. 나는 표정을 잃은 그런 아이들을 많이 보았다. 장애자 보육원에 갔을 적이다. 그들을 정박아라고 사람들이 말했다. 그날부터 나는 그 집 지하실에서 일했다. 슬리퍼 밑창을 접착제로 붙이는 일이었다. 우리 멍청이들은 말없이 지하실에서 먹고 잠을 잤다. 똥오줌도 멸치젓 통에다 쌌다. 약품 냄새와 똥내음과 지린내가 뒤섞였다. 감독 조씨가 줄곧 우리를 감시했다. 반찬은 늘 김치나 단무지 한 가지뿐이었다. 더러 허연 비계가 뜬 시래깃국이 나왔다. 어떤 때는 온도계 만드는 일도 했다. 나는 그곳에 오래 갇혀 살았다. 날수가 어떻게 지나가는지도 몰랐다. 그 지하실에서 일할 동안 식이와 용태가 나갔다. 식이는 너무 아파 일을 못했다. 몸이 젓가락같이 말랐고 얼굴은 해골이었다. 늘 숨을 할딱거렸다. 용태는 앞을 못 보게 되었다. 일을 할 때, 그는 자꾸 헛손질을 했다. 그는 끝내 나를 알아보지도 못했다. 그 둘 대신, 새 식구가 들어왔다. 역시 멍청이들이었다. 나는 늘 어질병을 앓았다. 고되다는 말만 해도 감독 조씨가 매질을 했다.

"경주씨가 그 친구 독방에 넣겠어요? 이백팔혼데."

하마가 식기판을 들고 일어선다. 흙색들도 모두 식사를 끝낸 뒤다.

"시우씨, 이만해요, 내가 바쁘니깐요. 방에서, 살아왔던 지난날을 잘 생각해봐요." 경주씨가 말한다.

경주씨는 나를 하마에게 인계한다. 나는 칸막이 앞으로 나온다. 흙색들이 식당에 남은 푸른색들을 내몬다. 방망이를 휘두르며 어서 나가라고 말한다. 어떤 흙색은 방망이로 상을 두드리며 호통을 친다. 젊은이가 밥을 채 먹지도 못하고 숟가락을 놓는다. 눈빛이 두려움에 질린다.

"그렇게 위협을 주지 말라고 말했잖아요. 당신네들은 이분들을 돌보기 위해 있는 분들이잖아요." 경주씨가 식탁의 식기판을 나르며 말한다.

"임시직이다, 이 말씀이지? 미스 노, 사람 깔보지 마슈. 쥐꼬리만한 봉급에 수당이라곤 코끼리 비스켓만큼도 못 주면서." 주먹코가 볼멘소리를 한다.

"봉급 주는 사람 따로 있잖아요. 왜 저한테 그걸 따져요."

"우리도 심통 안 부리게 됐소?"

"왜 심통을 이분들한테 부려요. 몸과 머리가 불편하다고 그렇게 무시해도 되는 거예요?"

"경주양, 그만큼 해둬요." 배식구 안의 아주머니가 말한다.

흙색들이 바지춤을 올리며 변소에서 나온다. 나는 이층 내 방으로 돌아온다. 하마가 밖에서 철문을 잠근다. 나는 요 위에 앉아 이불을 둘러쓴다. 무슨 소리가 들린다. 나는 이불깃 사이로 주위를 살핀다. 분명 쥐 소린데 쥐가 보이지 않는다. 방바닥과 벽이 만나는 선을 노려본다. 새앙쥐 한 마리가 벽을 따라 지나간다. 쥐가 먹을 게 없다. 밥풀을 남겨올걸, 하고 나는 생각한다. 밥풀을 앞에 놓아두면 언젠가 쥐를 잡을 수 있다. 며칠 동안 쥐는 겁을 내며 밥풀을 먹는다. 그때는 쥐를 잡을 수 없다. 차츰 쥐는 겁을 내지 않는다. 그때 쥐를 덮치면 된다. 멍텅구리배에도 쥐가 있었다. 나는 그 쥐와 그렇게 동무가 되었다. 쥐는 내 손바닥에까지 올라와 밥풀을 먹었다. 나는 그 쥐를 찍찍이라 불렀다. 나는 찍찍이와 늘 말을 했다. 찍찍이가 없었다면, 나는 정말 벙어리가 되었을 것이다.

*

며칠이 지난다.

아침밥 먹고 복도 청소할 때, 하마가 나를 사무실로 데려간다. 인희 엄마가 나를 보자 활짝 웃는다.

"시우야, 고생 많지? 경찰서로 가니 네가 여기 있다더구나. 너는 별 혐의가 없나봐. 걔들 둘은 신문에 기사가 났어. 누굴 찔러 중상을 입혀, 늦게 잡혔대. 넌 순둥이니 그럴 리가 없지. 내가 너 내복 사왔어. 이 겨울에 얼마나 춥겠니."

인희 엄마가 포장한 상자를 내민다. 키요와 짱구 형은 어찌됐어요, 하고 묻고 싶은데 목이 메어 말이 나오지 않는다. 인희도 보고 싶다. 미미는 잘 있는지 모르겠다.

"시우야, 내가 보증을 섰으니 여기서 나오게 될 거야. 나오면 식당 찾아와. 인희가 보고 싶대. 와부읍 신촌 네거리, 우리 식당 찾을 수 있지? 내가 직원한테 차비 맡기구 가마."

나는 차비가 없어도 걸어갈 수 있다. 작년 가을, 밤길에 코스모스 따라 거기까지 걸었다.

"미스 노라 했나요. 경찰서에서 석방 연락이 올 때까지 우리 시우 잘 보살펴줘요. 사실 쟨 여기서 보호할 정도의 백치는 아니에요. 시키는 일은 곧잘 한답니다. 마음씨도 착하구. 우리 식당엔 시우가 필요해요." 인희 엄마가 경주씨에게 말한다.

경주씨는 자기 자리에 앉아 있다. 무슨 서류인가 만들다 고개를 돌린다.

"시우씨를 우리가 임시직으로 채용할 수도 있어요. 경찰서에서 석방 통지서가 오면."

"어쭈, 미스 노가 이사장이오? 채용 가부를 결정하게. 임시직을 저런 바보들로 채워놓으면 통솔이 될 것 같아요?" 한종씨가 라디오의 유행가를 듣다 참견한다.

"저 좀 잠시 뵈올까요." 인희 엄마가 한종씨에게 말한다.

한종씨가 인희 엄마를 따라나간다. 경주씨가 곱지 않은 눈길을 그쪽에 보낸다.

"보호자들 오면 돈이나 받아 챙기는 브로커. 코빼기도 안 보이는 이사장이나, 주정뱅이 원장이나, 너희나, 한통속이야. 저들이야말로 마음이 장애자지." 경주씨가 쫑알거린다. 그녀가 그들이 나간 쪽에 대고 말한다. "아주머니, 가실 때 저 잠시 뵙구 가세요."

하마가 내게, 방으로 가자고 말한다. 나는 그를 따라나선다.

"시우씨, 저 선물 상자 가져가요" 하고 경주씨가 말한다.

나는 상자를 들고 나선다. 창밖은 햇살이 맑다. 환한 바깥을 내다보기도 오랜만이다. 버드나무가 빈 가지를 늘였다. 아우라지에는 버드나무가 많았다. 능수버들, 갯버들이 강가에 늘어서 있었다. 겨울이면 얼음 언 강에서 썰매를 탔다. 송판 아래 철사를 댄 판자때기 썰매였다. 나는 늘 다른 애들 등을 밀었다. 내가 타는 것보다 그렇게 밀어주는 게 즐거웠다.

또 며칠이 지난다.

나는 쥐와 동무가 된다. 밥을 먹고 나면 빨리 방으로 가고 싶다. 밥 한 숟가락을 몰래 주먹에 쥔다. 흥부식당에선 먹는 걱정은 안 했다. 밥 한 숟가락도 아쉽지만, 찍찍이 몫을 남겨야 한다. 내가 방에 돌아오는 걸 찍찍이는 용케 안다. 밥 쥔 손바닥을 펴면 찍찍이가 달려온다. 찍찍이가 밥을 먹을 때, 나는 찍찍이를 잡는다.

넌 밥만 먹고 사니? 네 형제는 누구니? 아버지 엄마 있지? 나는 찍찍이에게 여러 말을 묻는다. 아버지는, 쥐도 저희끼리 말을 한다고 했다. "쓰는 말은 달라도 인간은 동물과 의사소통이 가능해. 억양, 눈빛, 표정, 동작을 보면 알 수 있거든."

찍찍이가 제 집으로 가면, 나는 높다란 들창을 본다. 파란 하늘이 쇠창살 사이에 걸렸다. 이따금 새가 그 창을 가로지른다. 까치, 참새, 더러는 동박새, 굴뚝새도 있다. 하늘과 새를 보면, 날개 없는 새라고 말한 소년이 떠오른다. 식당에서 그 소년을 보았다. 아우라지도 생각난다. 아버지, 엄마와 시애, 할머니가 떠오른다. 그들은 내게 많은 말을 한다.

식사를 하고 돌아왔을 때, 배가 부르면 인희 엄마 생각이 난다. 인희 엄마는 몸이 피둥했다. 젖퉁이가 불룩하고 허리가 굵다. 손님이 끊기면, 인희 엄마가 나를 불러들였다. 나를 안방으로 불러들인 첫날이었다. 인희는 잠에 들어 있었다. 인희 엄마는 화투를 치자고 말했다. 나는 화투 칠 줄을 몰랐다. "내가 가르쳐주지" 하고 인희 엄마가 화투장을 나누어주었다. "같은 그림끼리 먹으면 되는 거야." 먹는다는 것은 닮은 그림이 그려진 화투 두 장을 자기 앞으로 가져오는 일이었다. 나는 판판이 졌다. 어떻게 졌는지 알 수 없었다. "너는 어떤 게 점수가 되는지, 잘 먹을 줄 모르는구나. 내가 먹는 걸 가르쳐주지." 인희 엄마가 일어나 형광등 스위치를 눌렀다. 방 안이 깜깜했다. 인희 엄마가 부시럭거리며 옷을 벗었다. "너도 벗어." 그 말에 나도 옷을 벗었다. 인희 엄마가 나를 껴안았다. 나는 그 짓이 처음은 아니었다. 인희 엄마가 앓기 시작했다. "넌 참 힘찬 연장을 가졌구나. 오늘은 이 방에서 자도 돼. 내일 아침, 인희가 깨기 전에 나가." 나는 그날 밤 세 번이나 그 짓을 했고, 안방에서 잠을 잤다. 그런 생각이 떠오르면, 나는 내 그것을 만진다. 그 손장난은 누가 배워주지 않았다. 어느 날 갑자기, 그렇게 만지작거리니 기분이 좋았다.

2. 사랑은, 나누는 기쁨

어느 날, 저녁때다. 시찰구에 한종씨 얼굴이 나타난다. 그가 열쇠로 문을 연다. 한종씨가 내 청바지와 파카를 던져준다.

"제복 벗구, 네 옷 입어. 이제 여기서 나가도 돼."

바깥은 이미 어둑하다. 나는 혼자 현관을 나선다. 눈가루가 떨어져 내린다. 운동장은 어둠 속에 비어 있다. 철대문이 있는 쪽에 외등이 켜져 있다. 그쪽으로 걷다 뒤돌아본다. 쇠창살 사이, 불빛이 희미하다. 푸른색들의 울음소리, 울부짖는 소리가 귀에 쟁쟁하다. 나는 독방에서 그들의 울음소리를 들었다. 밤중에 그런 소리를 들으면 온몸에 소름이 돋았다. 그들은 배가 고프다고 했다. 아프다며 소리를 질렀다. 부모 형제가 보고 싶다고 말했다. 그들이 너무 불쌍해서 함께 있고 싶지 않았다.

어디로 가야 할는지 모른다. 생각나는 곳은 아우라지와 흥부식당뿐이다. 아우라지는 너무 멀다. 그곳을 찾아갈 수가 없다. 흥부식당은 어느 쪽인지 종잡을 수 없다. 눈이 푸슬푸슬 내린다.

"넌 뭐냐?"

수위실 창문이 열린다. 흙색 제복 입은 수위다. 수위가 어디에다 전화를 건다. 그가, 알았다고, 내보내겠다고 대답한다. 철문을 열어준다. 나는 장애복지원을 나선다. 언덕길을 걷자니 눈이 쌓여 미끄럽다. 길 주위로는 아카시아나무, 은사시나무, 졸참나무들의 빈 가지가 눈을 받지 못하고 떨군다. 키요와 짱구 형이 어디선가 나타날 것만 같다. 여기서 마주친다면, 하고 생각하자 겁이 난다. 둘은 숲속으로 데려가 나를 팰 터이다. 킹콩과 합죽이는 아직 국립호텔에 있다고 했다. 나는 자유의 몸이 되었다. 풍류 아저씨는 자신을 자유인이라 했다. 내가 남을 사랑하는 마음으로 대하면 남이 나를 해코지 않는다고 말했다.

나는 흥부식당까지 걷기로 작정한다. 먼길인데, 걸을 수밖에 없다. 길을 모르므로 물어야 한다. 나는 누구한테 뭘 묻는 게 싫다. 작년 가을에 걸을 땐 달이 밝았다. 오늘은 눈이 내린다. 뒤쪽에서 불빛이 다가온다. 클랙슨을 빵빵 눌러댄다. 돌아보니 회색 꼬마차다.

"시우씨." 꼬마차가 내 옆에서 멈춘다. 창문으로 경주씨가 내다본다. "타세요."

경주씨가 앞좌석 옆문을 열어준다. 차 안에 비누 냄새가 난다.

"망할 자식. 나한테 말도 않고 내보내다니." 경주씨가 혼잣말을 하다가 나를 본다. "방들을 둘러보고 와서 퇴근 차비를 하는데, 전화가 걸려왔지 뭐예요. 한종씨가 받더니, 시우씨를 내보내라 말하데요. 정문인 줄 알았죠."

차가 조심스럽게 언덕길을 내려간다. 전조등 앞에 눈가루가 떨어진다. 싸리골에 눈이 내리면 길이 막혔다. 함박눈이 솜처럼 퍼부으면, 종아리까지 쟁였다. "시우야!" 강 건너에서 아버지가 나를 불렀다. "팔배아저씨 집에 가서 배 좀 보내달래라. 눈이 차여 자전거를 못 타겠어!" 아버지가 소리쳤다. 아버지는 눈사람이 되어 잘 보이지 않았다.

"시우씨가 여기서 며칠 동안 있었는지 아세요?" 내가 가만있자, 경주씨가 말한다. "열이틀이에요. 시무식 날 왔었고, 오늘이 십사일이니깐. 아줌마 있는 와부읍 그 식당으로 갈 거예요?"

"갈 거예요."

경주씨가 차비는 있느냐고 묻는다. 나는 돈이 없다.

"망할 자식. 식당 아줌마가 주고 간 차비까지 챙겼어. 이 눈길에 어딜 어떻게 가라구." 경주씨가 투덜거린다. "걸어서 가려면 복지원에서 거꾸로 재를 넘어가야죠. 이쪽으로 가면 반대 방향이잖아요. 해방촌에서 와부읍 가는 버스 정류장까지 데려다줄게요."

승용차가 미끄러지듯 굴러내려간다. 앞쪽이 네거리다. 차들이 눈길에 엉기고 있다. 클랙슨을 울려댄다. 신호등이 바뀌어도 차가 잘 빠지지 않는다. 경주씨 차도 빠져나가지 못한다. 경주씨가 핸드백에서 지폐 두 장을 꺼낸다.

"차비 하세요."

"차비요?"

나는 머리를 젓는다. 와부읍까지 걸어갈 수 있다. 식당에 도착하면 인희 엄마가 반길 것이다. "시우 아저씨 왔어" 하며 인희 엄마가 인희를 깨운다. "정말 시우 오빠 왔네" 하며, 인희가 내 품에 안긴다. 그 생각만 해도 즐겁다. 즐겁게 눈길을 걸어갈 수 있다. 차에서 내리고 싶다. 문을 어떻게 여는지 알 수 없다.

"여기서부터 걸어가겠다는 거예요?"

"걸어서…… 강 나, 나오지요?"

"복지원 뒤쪽 재 넘어 내려가면 한강이 나오고, 곧 와부읍이긴 한데……" 경주씨가 잠시 무슨 생각을 한다. "제가 데려다줄게요. 해방촌까지 나가면 와부읍 쪽 길이 있어요. 그쪽으로 강변도로를 타면 돼요. 아줌마가 그러던데, 와부읍 신촌 네거리에 있는 홍부식당 맞죠?"

"맞아요. 홍부식당."

차가 겨우 네거리에서 우회전을 한다. 차들은 속력을 내지 못한다. 눈은 아스팔트 바닥에서 잿가루가 되어 튄다. 아스팔트 눈과 아우라지 눈이 다르다. 눈이 오면 아우라지는 온 천지가 하얀 눈 세상이 된다. 아스팔트의 눈은 잿가루가 된다.

"와부읍까지 십오 분이면 갈 수 있는데 한 시간도 넘겠는걸." 경주씨가 투덜거린다.

차가 건물들이 늘어선 시가지로 들어선다. 차가 엉금엉금 기다 미끄러진다. 차들이 밀려 움직이지 못한다. 경주씨가 창문을 열고 밖을 내다본다. 난리가 났어요, 하고 건너편 운전사가 말한다.

나는 차에서 내리려 구멍이나 고리, 이것저것에 손가락을 넣는다. 문을 밀어본다.

"차를 돌릴 수도 없는데, 혼자 가면 난 어떡하라구." 경주씨가 뽀로통해한다.

차문이 열린다. 나는 차 뒤로 돌아간다. 차를 힘껏 밀어본다. 꼬마차라 조금씩 움직인다.

"시우씨, 눈도 눈이지만 길이 막혀 차가 못 나가잖아요."

경주씨 말에 나는 손바닥의 눈을 턴다. 갓길에는 멈춰 선 차들이 있다. 차바퀴 옆에 엎드려 체인을 감는 운전사도 있다. 나는 눈이 내리는 하늘을 올려다본다. 어둠 속에 억만 개의 눈가루가 떨어진다. 하늘에 대형 풀무가 있는 모양이다.

"아무래도 안 되겠어요. 차를 다시 밀어봐요."

경주씨가 창밖으로 얼굴을 내민다. 나는 차 트렁크 뚜껑을 힘껏 민다. 차가 천천히 갓길로 빠진다. 갓길에서 차가 멈춰 선다. 손이 시리다. 흥부식당에서 찬물로 그릇을 씻으면 손이 시렸다. 벌겋게 부푼 손이 누워 잘 때도 쓰렸다. 아우라지에 살 때, 눈 오는 날은 즐거웠다. 눈이 그치고 햇볕이 나면, 산과 마을이 온통 하얗게 빛났다. 나무에 핀 눈꽃이 아름다웠다. 나는 차 안으로 들어간다.

"어차피 차가 못 굴러가니 얘기나 해요. 시우씨, 내가 묻는 말에 분명한 대답을 해야 해요. 머리를 끄덕이거나 흔들지 말구. 되묻지도 말구. 예, 아니오, 이렇게 대답해요. 말은 자꾸 해야 익숙해져요. 갓난아기도 그렇게 말을 배우잖아요. 와부읍 그 식당으로 가기 전, 구리시에서 폭력배들과 같이 있었다면서요?"

"예, 아니오."

식구들은 폭력배란 말을 쓰지 않았다. 조직, 또는 식구라 불렀다. 최상무파는 구리시 중심부 유흥가 일대가 나와바리(관할구역)다.

"한 가지만 대답하래도 그러네. 거기서 무슨 일을 했나요?"

"무슨 일? 기도."

"문지기 말이에요? 어디서?"

"어디서? 호텔, 지하."

"나이트클럽?"

나는 클럽 문지기로 있었다. 빈대 아저씨도 문지기였다. "성님, 봐요. 기도를 시켜놓으니 마두 쟤가 한몫하잖아요. 사람을 기똥차게 집어내거든요. 특히 색상에 밝아요. 아까, 갈색 마후라 한 놈 들어왔냐고 물으니 금방 맞히잖아요. 귀도 밝구요. 우린 눈치 못 챘는데 바깥 발자국 소리를 들어요. 냄새도 잘 맡구. 설렁탕과 닭곰탕을 냄새만으로도 분별하죠." 키요가 찡오 형님에게 말했다.

"무슨 나이트클럽? 클럽도 여러 갠데?"

"여러 개? 황금……"

"아, 수택동 이촌에 있는 황금호텔 지하. 거기서 얼마나 있었나요? 참, 숫자에는 젬병이지. 그럼, 거기 있기 전에 어디 있었죠? 역추적하면 정선을 떠난 햇수를 알 수 있어요."

그만 물어요, 하고 말하고 싶다. 사람들은 뭘 꼬치꼬치 알고 싶어한다. 그냥 나를 나로 보면 될 터이다. 이름을 묻는다. 나이를 묻는다. 고향을 묻는다. 뭘 하는지 알고 싶어한다. 나는 아우라지를 떠난 뒤, 슬리퍼와 온도계 만드는 지하실에서 일했다. 풍류 아저씨와 거지 노릇을 했다. 부랑아 수용소에서 가을과 겨울을 났다. 그 뒤, 먼바다로 나가 멍텅구리배에서 새우를 잡았다. 강훈 형이 빼내어주었다. 버스 정류장에서 키요를 만났다. 항구에서 쌍칩 형님 아래 새끼로 있었다. 우리 조직 여섯이 구리시로 올라왔다. 그걸 다 경주씨에게 말할 수 없다. 머릿속에 그 시절들이 사진처럼 떠오를 뿐이다. 나는 다시 차 문을 연다.

"시우씨, 어디 가요? 걸어가게?"

나는 홍부식당까지 갈 수 있다. 경주씨가 차에서 내린다.

"우리 걸어요. 네거리까지 바래다줄게요. 이런 눈구덩이에 와부읍 가는 버스가 있을는지 모르지만." 경주씨가 내 팔을 당긴다. 우리가 가버리면 꼬마차는 외롭다. "어차피 차는 못 움직여요. 길이 꽉 막혔잖아요. 이럴 땐 문명의 이기가 아무런 쓸모가 없죠."

차들이 모두 멈춰 있다. 전조등을 켜고 소리만 요란하게 낸다. 그 소리들이 차의 비명 같다. 경주씨와 나는 눈을 맞으며 걷는다. 그녀가 미끄러지려다 내 팔을 잡는다.

"시우씨, 제발 말 좀 해봐요."

"말요? 말은 타고 갈 수 있어요."

"타고 가는 말 말구요. 시우씨한테도 여자가 있었나요?"

"여자요? 할머니, 엄마, 시애하고……"

그날이 생각난다. 눈이 많이 내린 날이었다. 길이 막혔는지 아버지가 학교에서 돌아오지 않았다. 엄마 말이, 오늘이 아버지 봉급날이라 했다. "쥐꼬리만한 봉급을 전교조(전국교원노동조합) 자금으로 다 날리니. 중늙은이 주제에, 자기가 무슨 운동꾼이라구. 봉급 빼앗아와야 해. 달린 입이 몇인데." 엄마가 말했다. 엄마는 십 리도 넘는 길을 둘러 읍내로 들어갔다.

"시애가 여동생인가보죠?"

"여동생? 맞아요."

경주씨가 미끄러진다. 엉덩방아를 찧는다.

"이래도 되지요?"

경주씨가 내 팔을 낀다. 내가 업소 문지기를 볼 때, 술에 취한 아가씨들이 그랬다. 차 좀 잡아줘요, 하며 내 팔을 꼈다. 어떤 아가씨들은 너무 취해 걸음을 제대로 걷지 못했다.

우리는 말없이 걷는다. 눈을 밟는 기분이 좋다. 눈이 발아래서 뽀드득하며 다져진다. 새가 눈 위로 걸으면 뽀드득 소리가 나지 않는다. 경주씨가 뭘 묻지 않으니 편하다. 경주씨는 키가 작다. 머리가 내 어깨에 매달리다시피 따라붙는다. 로션 냄새가 난다. 알로에 로션이다. 인희 엄마도 그 로션을 썼다. 차들이 엉금엉금 기어온다.

"난 고등학교를 졸업할 때까지 서울 봉천동 산동네에서 살았죠. 신림동 낮골에서 겨우 빠져나온 곳 역시 산동네였죠. 산동네는 눈이 오면 질색이에요. 연탄재를 뿌려도 길이 미끄러워, 내려올 수가 있어야지요. 옆집 노친네 한 분이 미끄러져 뇌진탕으로 죽는 사고도 났지요. 그래서 전 눈이 오면 즐겁지가 않았죠. 꿈도 없었고, 낭만을 모르고 자랐어요. 장애자 아버진 고등학교 이학년 때 돌아가시구. 지금까지 살아 계셔도 평안도 고향엔 못 가셨겠지만. 눈이 오면 큰오빠 둘째오빠는 공사장에 나가지 않아도 되었죠. 엄마 대신 물지게 지고 아랫동네, 공동 수돗물을 날랐어요. 눈이 오면 엄만 물지게 질 일을 걱정했고, 난 등교가 왜 그렇게 싫던지…… 그런데 오늘은 이렇게 눈이 오니, 좋군요. 그럴 나이도 지났는데……" 경주씨가 포옥 한숨을 쉰다. 머리가 눈꽃을 쓰고 있다. "나이트클럽에 있었담 시우씨도 여자들과 사귀었겠어요?"

"사귀었어요."

그 지하 업소에는 호스티스가 많았다. 낮에는 놀고 저녁때 출근하는 아가씨들이다. 화장을 짙게 하고, 향수 냄새를 풍겼다. 아가씨들은 나와 빈대 아저씨에게 아이스크림, 호떡, 군고구마 봉지를 안겼다. 빈대 아저씨는 난쟁이였다. 마음씨가 좋았다. 빈대 아저씨와 나는 문밖에만 서 있었다. 빈대 아저씨는 손님이 오면, 셔 옵쇼 하고 된소리로 외쳤다. 나도, 셔 옵쇼 하고 따라 말했다. 빈대 아저씨가 홀의 문을 열어주며 손님 세 분, 하고 말했다. 나는 그 말까지 따라 하지는 않았다. 빈대 아저씨는 손님 수를 잘 세었다. 나는 업소 안에서 웨이터로 근무하지 않아 좋았다. 그 안은 음악이 너무 시끄러웠다. 한참 들으면 귀가 아팠다. 밖에 나와서도 한동안 귀에서 소리가 났다. 나는 대금과 콘트라베이스 소리 듣기를 좋아했다.

경주씨가 내 주머니에 손을 넣는다. 털장갑이 닿는다. 경주씨가 내 손을 쥐더니 내 어깨에 머리를 기댄다. 로션 냄새가 은은하다. 경주씨는 말이 없다. 내게 묻기를 아예 포기한 모양이다. 멀리로 환한 주유소 불빛이 보인다. 불빛 뒤로 네온사인이 반짝인다. 우리는 주유소 앞에서 멈춰 선다. 주유소에는 체인을 감는 차들이 있다.

"여기가 해방촌 네거리예요. 와부읍까지가 시오 리쯤 될까. 복지원에서 곧장 넘어갔담 십 리 길인데 오히려 둘러왔군요. 시우씨,

걸어갈 수 있겠죠?" 경주씨가 입김을 뿜으며 말한다.

"홍부식당, 어디요?"

"저쪽, 바이엘 약품 광고탑 보이죠."

나는 경주씨에게 절을 한다. 나는 해방촌을 빨리 떠나고 싶다. 갑자기 머릿골이 쑤신다. 해방촌 네거리에 먹자빌딩이 있다. 그 지하실이 애마룸살롱이다. 작년 가을, 우리 식구가 그 룸살롱을 습격했다. 나는 먹자빌딩이 어디 있는지를 안다. 어서 홍부식당으로 가고 싶다. 인희와 미미가 보고 싶다. 눈은 계속 쏟아져 발목까지 찬다.

"시우씨!" 뒤에서 경주씨가 부른다. 눈을 차며 뛰어온다. "날 여기다 버려두고 혼자 가버리면 어떡해요. 차도 몰 수 없구. 자취방으로 돌아가긴 너무 멀구."

"멀다구요?"

나는 돌아선다. 경주씨가 주위를 살핀다.

"저기서 쉬어 갈까요? 경주씨 목소리가 떨린다.

나는 경주씨 눈길을 따라, 본다. 주유소 뒤쪽, 네온사인이 깜박이고 있다. 사층집이다. 아래층은 식당이다. 이층부터는 잠자는 데다. 경주씨가 다시 내 팔을 낀다. 우리는 사층집 쪽으로 걷는다. 그녀는 일층 식당으로 들어가지 않는다. 나를 끌고 이층 계단으로 오른다.

"아무 일도 없겠죠? 쉬었다 내일 아침에 가면." 경주씨가 내 팔에 매달려 묻는다.

"눈이 오니 오늘은 방이 꽉꽉 차는데요." 내 또래 종업원이 말한다.

종업원이 경주씨와 나를 안내한다. 삼층으로 올라간다. 방문을 열어준다. 종업원이 형광등을 켠다. 큰 침대 옆 작은 탁자에 스탠드와 전화기가 있다. 경주씨가 문을 닫는다. 핸드백과 목도리를 침대에 던지고. 방바닥에 앉아 다리를 뻗는다.

"눈길을 용쓰며 걸었더니, 피곤해요." 경주씨가 청바지 종아리를 주무른다. "왜 서 있어요. 앉지 않구."

나는 침대에 기대어 앉는다. 경주씨가 전화통 쪽으로 기어간다. 팽팽한 청바지 엉덩이가 동그랗다. 한쪽 살색 양말 뒷굽에 구멍이 나 있다. 경주씨가 송수화기를 집어든다.

"소주 한 병하고, 땅콩. 맥주요? 맥주 말고 소주로. 없다면 사다 줘요. 아래층 식당에 소주 있을 거 아녜요."

나는 일어나 깜깜한 창밖을 내다본다. 유리창에 눈가루가 부딪힌다. 날벌레 같다. 싸리골에 살 때, 여름밤이었다. 불빛을 보고 하루살이와 등애가 몰려들었다. 바깥에 내다 건 전등불에 날벌레들이 무수히 맴을 돌았다. "하루살이류는 세계에 약 천오백 종이 있다고 알려져 있지. 짧으면 한 시간이고, 길면 일주일을 살아. 유충 중 오래 자라는 건 삼 년 걸리는 놈도 있지. 삼 년에 걸쳐 자라 하루를 날고 죽다니. 태양계의 생성 과정에서 보자면 우리 삶도 하루살이야." 아버지가 말했다. 하루살이가 열심히 창에 부딪혀 죽는다.

"참, 시우씨 목욕 자주 안하지요?"

경주씨가 내 발을 본다. 맨발이 꺼멓다. 나는 목욕을 자주 하지 않았다. 업소에 있을 때, 키요가 사우나 가자면 나는 휴게실에서 놀았다. 알몸이 되는 게 부끄러웠다. 흥부식당에서는 인희 엄마가 나를 목욕탕으로 끌고 갔다. 그네는 나를 남탕에 밀어넣고 자기는 여탕으로 들어갔다. 경주씨가 목욕탕 문을 열고 불을 켠다.

"안으로 들어가 옷 벗어 저기 얹고, 저걸로 샤워해요. 시우씨한 텐 이상한 냄새가 나요. 빨간 꼭지는 더운물, 푸른 꼭지는 찬물, 섞어서 씻어요. 저기 수건 있네. 그걸로 닦구." 경주씨가 여러 말을 한다.

경주씨가 욕실 문을 닫는다. 나는 경주씨가 한 말을 다 욀 수가 없다. 나는 파카를 벗고 긴 목 셔츠를 벗는다. 인희 엄마가 사준 내복도 벗는다. 빨간 표지가 있는 수도꼭지를 틀다 뜨거워 혼난 적이 있었다. 나는 파란 수도꼭지를 튼다. 아래로 물이 쏟아진다. 높이 걸린 샤워기에서는 물이 나오지 않는다. 그쪽으로 물이 나오게 하는 방법을 알 수 없다. 나는 플라스틱 대야에 물을 받아 머리를 감는다. 찬물이라, 춥다. 찬물을 그냥 몸에 붓는다. 비누가 눈에 띄어 비누질을 한다. 바깥에 문 따는 소리가 들린다. 경주씨가 무슨 말을 한다. 몸에 때가 밀리지 않는다. 빨간 수도꼭지를 틀까 하다, 그만두고 발을 씻는다.

"샤워를 뭘 그렇게 오래 해요." 바깥에서 경주씨가 말한다.

나는 수건으로 얼른 몸을 닦고 선반에 얹어둔 옷을 입는다. 욕실문을 열자 경주씨 앞에 소반이 있다. 소주 한 병, 잔 두 개, 땅콩 봉지다.

"시우씨, 한잔해요."

경주씨가 잔에다 술을 친다. 건배, 하며 술잔을 든다. 나는 술을 잘 마시지 못한다. 구리시 업소에 도착한 날이었다. 신고식을 하던 그날 밤, 나는 반쯤 죽다 살아났다. 불곰 형님이 화채 그릇에 맥주를 부었다. 노란 양주도 섞었다. 나, 키요, 합죽이, 킹콩, 짱구 형, 쌍침 형님이 똑같이 잔을 받았다. 우리는 모두 회칼로 자기 손가락을 베었다. 피를 여섯 그릇 술에 섞었다. 그 술을, 원샷에 꺾어 하고 불곰 형님이 말했다. 나도 식구들처럼 단숨에 그 술을 마셨다. 잠시 뒤부터 어지러웠다. 술상이 천장으로 올라갔다. 쟤가 왜 저래, 하는 불곰 형님의 말을 마지막으로 들었다. 깨어 보니 이튿날 낮이었다. 그날, 우리 여섯은 오른쪽 팔뚝에 문신을 새겼다. 닻을 그리고 그 아래 MP라고 썼다. 내가 키요에게 이게 뭐냐고 물었다. "닻은 항구란 뜻이고 엠피는 그 항구의 영어 첫 글자야. 찡오 형님 덕분에 우리 식구가 물 설고 낯선 서울 변두리까지 올라오지 않았냐. 이제 우린 살아도 같이 살고 죽어도 함께 죽는, 동생 공사가 된 거야." 키요가 말했다.

"술 못 마셔요?"

"술? 못 마셔요."

경주씨가 자기 잔에 술을 친다. 나는 땅콩을 먹는다. 땅콩을 먹자 킹콩이 떠오른다. 그는 거인으로 뼈대가 억세고 힘이 세다. 지금은 국립호텔에 있다.

"내 나이 몇쯤 되어 보여요?"

나는 가만있다. 경주씨 나이를 알 수 없다.

"새해가 됐으니, 스물일곱. 참으로 고단한 이십대야. 내가 시우씨 누나 맞죠?"

"누나? 맞죠."

"자폐나 정박이 나이보다 어려 보이긴 하지. 남과 비교 능력이 없으니깐, 고민이 없지. 절망도 없어, 고뇌할 줄 모르니깐. 그걸 알면 정상이지. 만약 시우씨도 자신의 수준을 알게 되면, 절망을 깨닫는 순간, 그땐 고통이 시작되죠. 미치지 않음 자살해버릴 거야. 좋아요, 순수하니깐. 천사가 있다면, 당신 같은 사람이야." 경주씨가 읊조린다.

경주씨 안경알 안쪽 눈이 거슴츠레하다. 자기 잔에 다시 술을 쳐 잔을 비운다.

"여자하고 이런 데 들어와본 적이 있어요?"

"자본 적 있어요."

업소에 있을 때였다. 우리 조가 구리시로 왔을 때, 예리는 쇼걸이었다. 나는 예리와 여관에 간 적 있었다. 예리는 술에 너무 취해, 아무 데나 재워달라고 소리로 말했다. "아무데나 재워 줘. 사는 게 귀찮아." 예리가 주정을 했다. 우리는 업소 뒷골목 여관으로 들어갔다. 예리는 쓰러졌다. 나는 요를 깔고 예리를 눕혀 이불을 덮어주었다. 나는 지하 업소로 돌아가기 싫었다. 호스티스 대기실 긴 의자가 내 잠자리였다. 나는 옷을 입은 채 한켠에 누워 새우잠을 잤다. 예리가 나를 깨웠다. 눈을 뜨니, 창문이 희붐했다. 예리가 이불 속으로 나를 끌어들였다. "마두, 넌 불쌍해. 내 생각이 값싼 동정인지 모르지만. 오빠는 소아마비로 다리를 절었어. 엄마한테 업혀서 고등학교를 겨우 마치자, 여러 군데 이력서를 냈어. 컴퓨터를 잘 다뤘거든. 그러나 어디 한군데 채용해주는 직장이 없었어.

그러다 자살해버렸지. 열아홉에 이런 직업에 나섰으니 벌써 네 해째야. 따지고 보면…… 괴로움 없이 사는 인생이 어디 있겠어. 마두, 내가 안아줄게. 추운 데서 떨고 자다니." 예리가 나를 따뜻이 품어주었다. 가슴을 열어 내 찬 손을 데워주었다. 달라붙은 작은 젖이 따뜻했다. 예리가 내 옷을 벗겼다. 그날 새벽, 나는 처음으로 그 짓을 했다. 희붐한 빛 속에, 예리 눈이 젖어 있었다. 그녀가 눈을 감자, 눈물이 내 뺨에 떨어졌다. 밖으로 나와 우리는 해장국을 먹었다. 예리와 헤어져 나는 업소로 돌아갔다. 식구들은 내게 어디서 잤냐고 묻지 않았다.

"누구와? 어땠어요?"

경주씨가 술잔을 비우고, 웃는다. 나도 따라 웃는다. 경주씨가 묻는 말에 설명하기가 어렵다. 예리가 보고 싶다. 채리 누나와 함께 아직도 그 업소에 있는지 모르겠다.

"우리 그냥 자요."

경주씨가 쓰러진다. 경주씨가 갑자기 훌쩍이며 운다. 술에 취하면 여자들은 잘 운다. 업소의 아가씨들이 그랬다. 남자 이야기, 돈 이야기를 하며 세상을 욕질했다. 인희 엄마는 술을 잘 마시지 않았다. 손님이 술을 권하면 마시는 척만 했다. 그네가 우는 것을 보지 못했다.

"나는 지쳤어. 끝내 미금시 사기꾼 자선 단체까지 밀려와버렸지. 그러나 내 싸움은, 아직 끝나지 않았어. 시우씨, 당신들을 위해 싸울 테야. 팔십년대, 그 뜨겁게 타오르던 시대…… 휴학계를 내고 부평의 공장으로 들어갔지. 누군 군으로 끌려가고, 누군 감옥으로 가고…… 위장 취업으로 다섯 달을 지냈지. 이제 모두가 헤어졌어, 뿔뿔이. 팔십년대가 막 내리자 이념을 걷어치우고, 모두들 썩은 현장으로 뛰어들었지. 똥물에 익사도 하구, 저도 함께 구더기가 되구…… 그렇게 떠났지만, 난 안 그래. 난 할 일이 너무 많아. 이 일은 혁명도, 반체제 투쟁도 아니야. 끝없는 자기 헌신일 뿐이야. 장애자를 껴안고 살찐 자본주의, 부패한 자본 세력에 등돌려서, 아래로, 아래로 내려가서……" 경주씨가 횡설수설 지껄인다.

그 비슷한 말을 강훈 형도 내게 한 적이 있었다. 강훈 형은, 희망을 믿기에 무릎꿇지 않겠다고 말했다. 그때, 강훈 형은 막소주에 취해 있었다. 뱃전의 갈매기가 끼룩끼룩 울었다. 그 겨울밤, 예리도 오빠를 두고 주정을 했다.

경주씨의 숨소리가 낮아진다. 경주씨를 침대에 눕히고 이불을 덮어준다. 나는 창 쪽으로 가서 창밖을 내다본다. 막막한 어둠 속에 먼 불빛이 보인다. 눈이 차츰 그치고 있다. 하늘하늘 내리는 눈이 유리창에 빨려들어 금세 녹아 물이 된다. 맺힌 물방울이 눈물 같다. 예리는 자살한 장애자 오빠를 말하며 울었다. 손님과 긴 밤을 나가지 않겠다고 울었다. "감동이나 자극을 받으면 눈물샘에 모인 물이 눈물길을 통해 흘러내려. 약간 알칼리성의 맑은 그 물을, 사람들은 깨끗하고 아름답다고 말해. 왜냐하면 눈물이란 각막 보호를 위한 소독이 필요할 때를 제외하곤, 그런 마음을 가졌을 때만 나오거든." 아버지가 문상을 가서 한 말이었다. 옆집 풍구 할멈이 죽었을 때, 그 자식들이 슬피 울었다. 싸리골의 장례에는 아버지가 늘 호상(護喪)을 맡았다. 아버지 장례식 때는 군내 많은 선생

들이 싸리골로 들어왔다. 여량중학교 졸업생과 재학생들도 많이
왔다. 그들은 "선생님" 하고 목놓아 부르며 울었다.

　나는 침대 아래, 모로 누워 팔베개를 벤다. 방바닥이 따뜻하다.
새우처럼 옹크려, 한참 뒤 잠에 든다. 나는 좀체 꿈을 꾸지 않는다.

*

　무슨 소리에 눈을 뜬다. 창밖으로 먼동이 터온다. 화장실에서
세수하는 소리가 들린다. 경주씨가 화장실에서 나온다. 수건으로
얼굴을 닦는다.

　"시우씨, 어젯밤에 우리 별일 없었죠?"

　"별일? 없었죠."

　"그럼 나가요. 눈도 그쳤구, 난 출근길이 바쁘니깐. 차도 끌고
가야 하구."

　경주씨가 체크무늬 윗도리를 걸치고 목도리를 두른다. 우리는
이층을 내려온다.

　"기분이 묘하네요. 누가 봤담 우리의 순수함을 인정하겠어요?
억울할 것까진 없지만."

　우리는 네거리로 걸어 버스 정류장 앞에 멈춰 선다. 경주씨가
지폐 석 장을 준다. 내가 받지 않자, 주머니에 찔러준다.

　"건너가서 저기 서 있으면 모든 버스가 와부, 덕소로 가니깐, 버
스 오면 그냥 타세요. 식당에 들어가기 전에 어디서 해장국이라도
사먹구. 시간 나면 홍부식당에 한번 들를게요. 바빠서, 그럼 안녕."

나는 길을 건넌다. 다져진 눈이 미끄럽다. 차들이 빙판길을 엉금엉금 가고 온다. 체인을 감은 버스가 온다. 나는 타지 않고 길 건너에 선 경주씨를 본다. 키 작은 그녀가 손을 흔들고 버스를 탄다. 나는 걷기 시작한다. 비닐하우스 너머로 아침해가 솟아오른다. 맑은 하늘에 해무리가 붉게 퍼진다.

나는 걷고 또 걷는다. 언덕길을 오르고, 버려진 밭을 지난다. 산등성이를 넘는다. 멀리 강이 보인다. 강변길을 걷는다. 강바람이 차갑다. 오래 걸어 몸이 후끈후끈하다. 와부읍 신촌 네거리가 저만큼 보인다. 읍내로 들어선다. 신촌 네거리에는 먹고, 마시고, 노는 집이 많다. 일요일 덕소나루 쪽만큼 사람이 많이 꾄다. 홍부식당은 네거리 뒷길에 있다. 미화꽃집은 늦게 문을 연다. 직장인들 출근이 끝나서야 미미가 온다. 식당문을 열자 주방에서 인희 엄마가 그릇을 씻고 있다. 아침 손님이 대충 끝난 모양이다.

"시우 왔구나." 인희 엄마가 반기더니, 방에 대고 말한다. "인희야, 아저씨 왔어."

안방 문이 열린다. 인희가 달려나온다. 인희는 노란 베레모를 쓰고 학원 가방을 메었다.

"시우 오빠 왔어? 나 오빠 얼마나 보고 싶었다구."

"쟨 아저씨라 해도 늘 오빠야." 인희 엄마가 말한다.

인희가 달려와 내게 안긴다. 나는 아이들을 좋아한다. 아이들도 나를 잘 따른다.

"네 차비 줬는데, 버스 타고 왔니?" 인희 엄마가 묻는다.

"안 타고 왔어요."

"걸어서 여기까지? 밥 안 먹었겠구나. 난로 쪽에 앉아. 내 국밥 한 그릇 말아주마."

쉬지 않고 걷느라 내복이 땀에 젖었다. 인희가 어디 갔다 왔냐고 묻는다. 나는 경찰서라고 대답해준다.

"오빠, 그럼 도둑이야?"

"도둑? 아냐."

바깥에서 클랙슨 소리가 들린다. 학원 차 왔다, 하고 인희 엄마가 말한다.

"나 학원 갔다 올게. 오빠, 또 어디 가지 마."

인희가 손을 흔든다. 인희 엄마가 해장국을 내온다. 나는 깍두기를 뚝배기에 붓는다. 허겁지겁 국밥을 먹는다.

"네가 곧 나올 줄 알고 내가 사람을 안 썼지. 내일쯤 너 있는 복지원에 가보려 했다." 인희 엄마가 말한다.

전에는 이때쯤 식당 바닥을 비질했다. 나는 빗자루로 홀 바닥을 쓴다. 바닥 청소를 마치자 골목길도 비질을 한다. 꽃집 앞을 쓸 때, 목 긴 워커형 구두가 빗자루 앞에 멎는다.

"시우, 너 경찰서 갔담서? 언제 나왔니?" 미미가 묻는다.

미미는 빨간 운동모를 쓰고 있다. 퍼머한 긴 머리채를 갈색으로 물들였다. 눈화장을 자주색으로 했다. 입술엔 오렌지색 루주를 발랐다. 밀크색 반코트에 다갈색 목도리를 걸쳤다. 미미는 예쁘고 키가 크다. 미미를 보자, 경주씨는 오리 같다는 생각이 든다.

"그동안 고생했지? 커피 한잔 타줄게 들어와."

미미가 셔터문을 연다. 미미를 뒤따라 꽃집 안으로 들어간다.

72

식물의 향기가 흠씬 코로 들어온다. 깊은숨으로 그 향기를 맡는다. 장미, 튤립, 국화, 안개꽃이 눈에 띈다. 향기가 강렬한 재스민, 야래향도 있다. 화분째 심어진 동양란, 양란, 고무나무, 수국, 관음죽도 있다. 토종인 나리꽃이 뒤켠에 숨어 있다. 나는 아버지한테 배워 풀이름과 나무 이름을 많이 안다. 우리 집에는 온실이 있었다. 아버지는 우리나라 토종 야생화만 키웠다. 나는 아버지와 산속을 함께 다녔다. 아버지는 그 이름들을 내게 가르쳐주었다. 우리나라 풀이름은 참으로 이상했다. "풀이름에는 산에 사는 사람들의 삶이 그대로 나타나 있지. 풀이름은 산골 사람들이 생활 주변에서 흔히 볼 수 있는 모양새에서 따왔거든. 용둥굴레, 구슬붕어, 큰개별꽃, 애기똥풀, 피나물, 좀개갓냉이, 콩제비꽃, 삿갓사초, 며느리밥풀, 산괴불주머니, 바위떡풀, 북부쟁이, 메발통꽃…… 얼마나 그 이름들이 재미있니." 아버지는 눈에 띄는 대로 풀이름과 꽃 이름들을 말해주었다. "이게 콩제비꽃, 이게 산괴불주머니. 시우야, 봐. 정말 꽃 모양이 주머니처럼 생기지 않았니?"

나는 이 꽃 저 꽃의 향기를 맡는다. 아버지 말처럼, 꽃마다 향기가 다르다. 향기가 다르기 때문에 벌과 나비가 꽃을 구별한다고 아버지가 말했다. 사람도 냄새가 다르다. 나는 나의 냄새가 있다. 윤미미는 미미의 냄새, 경주씨는 경주씨의 냄새가 있다. 인희 엄마와 인희의 냄새도 다르다. 인희는 아직 젖내가 난다. 나는 사람마다 다른 냄새를 구별할 수 있다. 사람은 이산화탄소를 내뿜는다고 아버지가 말했다. 같은 향수를 쓰면 여자 냄새는 비슷해진다. 도시의 여자들은 모두 비슷한 냄새를 가졌다. 향수는 가짜 향기라고 아버지가 말했다. "사람은 이산화탄소를 내뿜고 산소를 마신다. 사람은 산소를 마시지 않으면 곧 죽어. 산소는 녹색 식물이 이 지구상에 나타나고부터 존재하기 시작했다고 봐. 약 삼십억 년 전이지. 공기 중 산소량이 이 할 정도 차지해. 산소량이 조금만 더 떨어지면 사람은 숨쉬기에 힘들어. 산소 결핍증이야. 지난여름, 신문에도 그런 기사가 났었지. 지하 술집에 불이 나서 많은 사람이 죽었다고. 불에 타서 죽기보다 독한 가스에 질식하는 거야. 카펫이나 비닐 벽지가 불에 타면 유독 가스를 내뿜고, 산소를 다 빨아들여. 돼지똥을 지하 구덩이에 채워놓아봐. 메탄가스가 산소를 다 빨아들이고 말아. 그 속에서 사람은 몇 분도 못 견디고 숨져."

"시우야, 커피 안 마실래?" 미미가 말한다.

탁상용 소형 전축에서 댄스 뮤직이 쏟아진다. 빠른 박자. 그 음악이 산소를 다 빨아들일 것 같다. 나는 콘트라베이스 연주 듣기를 좋아한다. 풍류 아저씨와 거지 짓을 할 때였다. 어느 날 시내 거리를 걷다 나는 그 소리를 들었다. 레코드 가게 앞에서였다. 그 둔중한 소리가 이상하게도, 시우야 하고 나를 부르는 것 같았다. 가게 앞에 내놓은 스피커 앞에 쪼그리고 앉았다. 웅숭깊은 소리라 내 마음에서 울려나오거나 내 마음속에 빨려 들어오는 소리 같았다. "너 콘트라베이스 소리가 좋은 모양이군. 많이 듣던 곡인데? 마누라가 음악 선생이거든." 풍류 아저씨가 말했다. 아저씨가 가게 안으로 들어갔다. 테이프 하나를 들고 나왔다. "게리 카신기의 콘트라베이스 연주집이야. 지금 연주곡은 슈베르트 곡이지." 아저씨가 테이프의 표지를 보며 말했다. 털보 연주자가 자기 키보다 큰 악기를 잡고 서 있었다. 아저씨는 주머니에서 '마이마이'를 꺼내 새 테이프를 끼웠다. 이어폰을 내 귀에 꽂아주었다. 그 뒤부터 나는 콘트라베이스 소리만 들리면 귀가 그쪽으로 쏠렸다. 여러 악기 소리에 섞여 있어도 콘트라베이스 소리를 가려낼 수 있었다.

작은 탁자에 두툼한 만화책이 포개져 있다. 미미는 늘 만화책을 읽는다. 커피포트 물이 끓는다. 미미가 커피에 물을 붓는다. 나는 들고 있던 빗자루와 쓰레받기를 놓고 의자에 앉는다. 나는 커피 맛을 모른다.

"너 구리시에서 갱단에 있었다며? 인희 엄마한테 들었어." 미미는 깡패란 말을 안 쓴다. "제법인데? 시우 너 전력이 그 정돈 줄은 몰랐어. 경찰서에서 안 맞았니?"

"안 맞아? 맞았어."

"장애복지원인가, 거기로 넘어갔담서?"

"복지원? 넘어갔어."

나는 커피를 반쯤만 마시고 잔을 놓는다. 빗자루를 들고 꽃집 안을 쓴다. 시든 이파리들이 널렸다.

"시우 너 여기 있었구나. 어쭈, 오자마자 미미네 청소부터 해주구." 인희 엄마다.

"제가 출소 기념으로 커피 한잔 대접했죠. 아줌마도 한잔하실래요?"

"난 커피 안 마셔. 시우 쟤도 사내라고 널 좋아하나봐. 넌 섹시하고 멋쟁이니깐."

"나 빨대 있어요. 쬐금 얼간이긴 하지만."

미미한테는 남자 친구가 있다. 헌규는 빨간 승용차를 몰고 꽃집으로 온다. 헌규는 무릎 아래까지 내려오는 검정 외투를 입고 털실로 짠 모자를 쓰고 다녔다.

"시우야, 가자. 미미는 놈팽이가 있어. 헛물켜지 마. 와서 콩나물이나 다듬자." 인희 엄마가 말한다.

나는 쓸어모은 쓰레기를 쓰레받기에 담는다. 꽃집에서 나온다. 매연이 코에 스며든다.

*

홍부식당 주식단은 소머리국밥이다. 우거지 해장국과 칼국수도 한다. 낙갈은 낙지와 쇠갈비를 섞은 찌개다. 김치볶음, 편육, 제육도 있다. 식당은 날이 뿌윰하게 새면 문을 연다. 그러자면 깜깜할 때 일어나야 한다. 내가 늘 인희 엄마의 잠을 깨운다. 나는 잠이 별로 없다. '아침식사 됩니다'라는 삼각 팻말을 바깥 길에다 세우는 일부터 시작한다.

신촌 네거리는 주차가 어렵다. 출근 시간대에는 이면 도로에도 차댈 곳이 마땅찮다. 인근 직장인들은 아침 일찍 차를 몰고 나온다. 아침밥도 거른 채다. 그래야만 어느 골목이든 빼꼼 트인 자리에 주차할 수 있다. 그 직장인들이 홍부식당 아침 손님이다. 밤새워 술을 마신 패나 화투를 치다 온 패도 있다. 아침식사에는 칼국수가 없다. 그들은 주로 출근 시간에 맞춰 사무실로 간다. 그때서야 우리 세 식구도 아침밥을 먹는다.

흥부식당은 점심시간이 가장 바쁘다. 소머리국밥이 많이 팔린다. 여사무원들은 칼국수를 주로 먹는다. 인희 엄마는 주방에서 퍼내는 일을 한다. 나는 테이블로 나르는 일을 한다. 나는 덤벙대다 음식을 엎지른 적도 있다. "뜨거워, 조심조심." 인희 엄마가 내게 늘 당부하는 말이다. 나는 그릇도 더러 깬다. "사람을 더 써야지, 이거 너무 늦잖소." 느긋이 기다리는 손님은 별로 없다. "예, 예, 그래야지요." 인희 엄마는 건성으로 대답한다. 손님에게는 화를 내지 않는다. 손님이 화를 낼수록 더 고분고분해진다. "손님은 왕이야. 이 주변에 식당이 오죽 많니. 단골을 떨구면 안 돼." 인희 엄마가 자주 하는 말이다. 음식이 나오면 재촉할 때가 언제였나 싶게 손님 얼굴이 금세 펴진다. 점심 손님이 뜸해지면, 인희 엄마와 나도 점심밥을 먹는다. 점심밥을 먹고 설거지를 한다. 식당 안을 한차례 쓴다. 저녁 시간까지도 바쁘다. 밑반찬용으로 나물을 무치고 조림도 만든다. 고기를 삶고 뼈다귀를 곤다.

직장인들이 퇴근할 때면, 손님이 밀려든다. 덕소 강변 유원지로 놀이 나왔던 가족들도 있다. 술손님들은 어두워져야 찾아든다. 그들은 낙갈이나 제육, 편육을 시켜 술을 마신다. 술은 소주가 으뜸이다. "어쭈, 「모래시계」 땜에 장사 안 된다고 아우성인데, 이 집은 그래도 손님 있어." 손님들은 그런 말도 한다. 모래시계는 티브이 연속극이다. 인기가 대단해 손님들은 그 이야기를 많이 한다. 홀에는 텔레비전이 있어 그 시간이면 텔레비전을 켠다. 인희 엄마가 열심히 본다. 조폭(조직 폭력배) 이야기가 나온다. 삼청교육대 이야기가 나온다. 광주항쟁 이야기도 나온다. "아이구, 처참해라.

어찌 저렇게 사람을 팹니까." 인희 엄마가 연방 탄성을 지른다. 연속극이 끝나면, 다른 말도 한다. "저것 때문에 손님이 많이 줄었어. 언제 종영되는지, 빨리 끝나야 해." 벽시계의 작은 바늘이 11에 있으면 손님이 뜸해진다.

흥부식당은 자정이 되면 문을 닫는다. "이제 문닫을 시간이에요. 우리도 잠을 자야지요." 주정꾼이 그때까지 있을 때, 인희 엄마가 하는 말이다. 인희 엄마는 자주 하품하며 "사는 게 뭔지" 하고 넋두리를 한다. 그럴 적마다 나는 그 짓이 생각난다. "이런 게 사는 재미야. 네가 없었다면 이 시간에 나는 외상 장부나 들치는 일밖에 더 있겠냐. 아니면 싱숭생숭해하다 잠이 들든지." 그 짓을 할 때, 인희 엄마가 그런 말을 했다.

흥부식당으로 돌아온 그날 밤이다. 손님이 끊기고, 식당에 형광등도 껐다. 인희 엄마가 나를 부른다.

"네 방엔 그동안 연탄을 넣지 않았어. 추울 거야. 오늘은 안방에서 자."

안방으로 들어가니 인희는 한잠에 든 지 오래다. 인희 엄마가 형광등을 끈다.

"오늘은 오래오래 하자. 천천히."

나는 인희 엄마와 그 짓을 한다. 천천히란 말대로, 인희 엄마는 내가 빨리 끝내는 걸 싫어한다. 내게, 이렇게 하라, 저렇게 하라, 주문이 많다. 주문이 까다로운 식당 손님도 있다.

이튿날, 점심때다.

미미가 소머리국밥과 칼국수 배달을 부탁한다. 미미는 꽃집을

78

비울 수 없기에 늘 칼국수를 시켜서 먹는다. 아니다. 미미는 북적대는 식당에 혼자 끼여 앉기가 싫다고 말했다. 점심을 시키지 않는 날은 혼자 라면을 끓여 먹는다. 김치나 깍두기를 조금 얻어갔다.

"국밥까지? 헌규라는 놈팽이가 온 모양이군. 걔 이모가 오면 칼국수 두 그릇일 텐데." 인희 엄마가 말한다.

인희 엄마가 소반에다 칼국수와 국밥 그릇을 담는다. 찬은 김치, 깍두기, 고추멸치조림, 시금치무침이다. 잘게 썬 쪽파와 고춧가루 양념도 있다. 나는 미화꽃집으로 소반을 나른다. 꽃집 앞에 빨간색 승용차의 깜박이등이 깜박거린다. 꽃집 문을 어깨로 밀자 산소가 와락 코로 스며든다. 국밥과 칼국수에서 피어나는 김이 깨끗한 공기를 얼버무린다. 알록달록한 털실 모자를 쓴 헌규가 있다. 검정 외투에 진홍 목도리를 늘였다.

"잠시 문닫으면 될 것 아냐. 한 프로 뛰자구. 놓칠 수 없는 영화야." 헌규가 미미에게 말한다.

"그럴 수 없어. 이모가 온다 했어." 미미가 새침하게 말한다.

미미의 이모는 날마다 오지 않고 사흘거리로 들른다. 미화꽃집은 미미 이모가 차렸다고 했다. 언제부터인가, 미미한테 맡기다시피 하고 있다. 라디오에서 댄스곡이 악을 쓴다. "내 곁에 맴도는 약속된 슬픔은…… 운명처럼 받아들인 이별의 눈물로……"

"야, 임마. 조심해!" 내가 국밥을 탁자에 놓자, 헌규가 말한다. 나는 국밥을 쏟을 뻔했다. 헌규가 미미를 본다. "그럼 가게문 닫을 때 올게. 구리시에 그 소주방 있잖아, 대형 스크린을 설치했어. 기똥차."

"피, 또 소주방? 무드가 없잖아."

"요즘 엄마가 짜게 굴어. 일 년쯤 더 놀려 했는데, 꼰대 대리점에나 나갈까봐."

"전자제품 배달꾼이나 되느니 차라리 군에나 갔다 와. 해군이 멋있더라."

"나 군에 가면 날아버리려구?"

"그럴 수도 있지 뭘. 요즘 세상에 이 년짜리 멍충이 기다리는 순정파도 있니?"

"짜샤, 너 안 가고 뭘 어물거려." 헌규가 나를 돌아보고 말한다.

"쟨 꽃을 좋아해." 미미가 말한다.

라디오의 노래가 그친다. "일본 간사이 지방을 뒤흔든 대지진 속보를 알려드리겠습니다. 진도 7.2의 강진으로 이미 사망자만 육천여 명에 이르고, 피해자는 수십만 명으로 추산되고 있습니다. 전일본 열도를 공포의 도가니로 몰아넣은 이번 천재지변은……" 아나운서가 지진 해설을 계속한다. "지진은 땅속의 불덩이가 지반이 약한 곳을 뚫고 나올 때 생기는 땅 갈라짐이야. 일본이 그 대표적인 나라지." 언제인가, 아버지가 말했다.

나는 빈 소반을 들고 꽃집에서 나온다. 식당으로 돌아오니 내할 일이 잔뜩 밀렸다.

"이젠 배달하지 마. 와서 처먹으라고 해. 톡 까진 게 버르장머리 없이." 인희 엄마가 눈을 흘긴다.

나는 식탁으로 음식을 나른다. 빈 그릇들을 거두고 행주로 상을 훔친다.

"올해부터 쓰레기 종량제잖아. 그건 여기다 버려. 넌 도대체 몇 번 말해야 알아듣니." 인희 엄마가 고함을 지른다.

인희 엄마는 일손 바쁜 화풀이를 내게만 한다. 손님이 부르면 금세 웃는다.

"아무래도 사람을 써야겠다. 돈도 좋지만 이러다간 골병들겠어."

인희 엄마는 전에도 그런 말을 했다. 그러나 사람을 쓰지 않았다. 일요일은 문을 닫기에 쉴 짬이 있다. 놀이 나온 소풍객들이 모두 덕소 강변 유원지로 몰린다. 김치와 깍두기는 일요일에 담는다. 나도 그 일을 거들어야 한다.

*

일요일이다. 나는 일찍 잠에서 깨어난다. 쉬는 날이라 멍청히 누워서 쉰다. 늦은 아침밥을 먹는다. 인희가 그림 공부책을 편다. 먹선으로 코끼리와 하마가 그려져 있다. 인희가 크레용을 가져와, 나랑 색칠놀이를 하자고 말한다. 인희는 코끼리를 회색으로 칠한다. 인희가 나에게는 하마를 칠하라고 한다. 나도 회색으로 하마를 칠하고 싶다. 회색 크레용은 하나뿐이다. 나는 검정 크레용을 쥘 수밖에 없다.

"코끼리는 뭘 먹게?" 방바닥에 엎드린 인희가 묻는다.

"먹는 것? 풀."

"그럼 하마는?"

"하마? 풀과 물."

"따라 묻지 마. 오빠는 왜 그래? 왜 말을 할 때, 물은 말을 다시 따라 해?"

"따라 해? 그럼 사람은?" 내가 인희에게 묻는다.

"풀도 먹고 고기도 먹지. 아이스크림과 초코렛도."

"시우 있어요?"

누군가 식당문을 열고 묻는다. 미미 목소리다. 일요일은 미화꽃 집도 문을 닫는다. 주방 쪽에서 세탁기 모터 소리가 난다. 인희 엄마는 그쪽에 있다.

"시우야, 우리 양평 쪽으로 드라이브 나가자."

미미는 검정 운동모를 썼다. 칼라에 털 있는 황갈색 가죽 점퍼를 입었다.

"드라이브? 안 돼. 시우는 바빠."

인희 엄마가 고무장갑을 벗으며 홀로 나온다. "우리 시우는 안 돼요. 누구 창피 주려구 데리고 가겠다는 거예요." 엄마가 마을 사람에게 말했다. 여량예식장에도 나만은 데려가지 않았다. 시애 학교 운동회 때도 나는 못 갔다. 엄마는 한사코 나를 집 안에 붙잡아 두었다. 나는 집에 남아 있는 게 좋았다. 사람 꾀는 데로 나가면 두려웠다.

"오늘 쉬는 날이잖아요?"

"쉬는 날이라도 안 돼."

"왜 안 되죠? 쟨 뭐 노는 날 놀 권리도 없나요?"

"넌 뭐야? 시우가 너한테 뭐가 되기에 가자 말자 하는 거야? 네가 월급 주니?"

"불쌍해서 그래요."

"불쌍해서? 놀고 자빠졌네. 네가 시우 인생을 책임져주겠다, 이 말이야?"

"그럼 아줌마가 책임져줘요?"

"그렇다. 당분간은."

헌규가 식당 안으로 들어온다. 영어 글자가 씌어진 빨간색 등산복 차림이다. 그가 말싸움에 끼어든다.

"미미가 보디가드로 저 멍충이를 쓰려는가봐요. 내가 말렸죠. 보디가드는 바로 나라구."

"넌 가만있어. 네가 왜 참견질이야." 미미가 인희 엄마를 본다. "아줌마, 시우가 조금 모자란다고 너무 부려먹지 마세요. 개한테도 인권이 있어요!"

미미가 확 돌아선다. 헌규가 따라나간다.

"인권? 별 미친 소리 다 듣겠군. 귀엽다구 봐줬더니 꼭대기에서 놀려 해."

인희 엄마가 밖으로 달려나간다. 인희 엄마가 떠나려는 빨간 승용차 옆에 선다.

"나이도 어린 것이, 너 까불지 마. 너 이모 오면 내 다 이를 테야. 싸가지 없는 너 같은 계집앤 혼이 나야 해!" 인희 엄마가 식당으로 돌아와서도 숨길을 가라앉히지 못한다. "이모 그분 말이 틀린 말 아냐. 머리가 얼마나 깡통인지 대학 시험도 숫제 안 봤다잖아. 저 놈팽이도 마찬가지구. 저렇게 싸질러다니다 일 내지. 벌써 가랑이 벌렸을 거야. 폭삭 썩은 것들. 요즘에 저런 미친것들이 왜 그렇게 많아. 쇼 녹화에 몰려가서 아우성이나 지르구. 텔레비전 농구 경기할 때 봐. 고함 지르는 오빠 부대 봤지? 황금 같은 시간에 그럴 짬이 어딨니. 그래서야 어떻게 대학에 들어가. 차라리 까지지 않은 네가 낫다."

아버지는 대학 말만 나오면 말이 많았다. "대학? 우리나란 그렇죠. 대학을 나와야 좋은 직장도 생기고 혼인발도 서죠. 그러나 꼭 대학을 나와야 할까요? 무슨 직업이든, 자기 직분에 성실한 사람이 대우받는 세상이 되어야지요. 탄광부든 환경미화원이든, 자기 맡은 일에 근면하고 책임을 다하는 사람이 기림을 받아야지요. 판검사나 의사나 대학교수와 동격으로. 그런데 이놈의 나라는 학벌 좋고 돈 많은 사람만이 존경을 받으니 개판이잖아요. 돈이 꼭 나쁜 건 아닙니다. 정직하게 벌어 보람 있게 써야지요. 그런데 우리나라는 졸부판입니다. 돈이 최고고, 그걸 누리는 계층이 상전 노릇을 하지요. 그러니 많이 배운다는 게 돈을 빨리, 많이, 쉽게 버는 방법을 익히는 도구로 전락해버렸죠. 협잡이든 사기든 뇌물이든, 더러운 돈을 챙겨 치부해야 행세하는 세상이 현실 아닙니까. 그까짓 달달 외는 공부 못하면 어때요. 나름대로 자기 인생의 길을 성실하게 살아나가면 되잖아요. 교육을 경쟁과 효율의 도구로 삼아서는 안 됩니다. 전교조 취지도 바로 그런, 인간화 교육이 목표입니다. 주입식 관제 교육을 타파하고 인성 교육을 시키자는 거죠." 아버지가 말했다. 여름방학 때, 집으로 놀러 온 동료 선생과 술을 마시며 했던 말이다.

"미미가 시우 네게 꼬리를 쳐도 네가 넘어가면 안 돼. 계집이 사내 맛을 알면 암캐처럼 꼬리를 쳐. 한강물 건너가기니, 이놈 저놈 골라가며 먹어보고 싶거든. 어차피 버린 몸, 재미나 보다 시집가자는 게지. 세상이 어찌되려는지, 너무 타락해버렸어. 정조가 그야말로 개값이야." 인희 엄마가 말한다.

아버지는 집에서 기르는 개를 팔지 않았다. 우리 집에는 늘 개가 있었다. 새끼가 너무 많을 땐 먹이가 달렸다. 아버지는 개를 이웃에게 나누어주었다. 나는 사람보다 개가 좋았다. 개는 학교에 가지 않았다. 내가 마지막 본 우리 집 개는 복실이였다. 복실이를 집에 두고, 나는 고물장수를 따라나섰다.

이튿날부터 미미는 홍부식당의 칼국수를 시켜먹지 않는다. 나는 여전히 미화꽃집으로 간다. 미화꽃집에는 갖가지 꽃이 있고 좋은 공기도 있다. 나는 꽃집 앞을 비질한다. 꽃집 안도 청소해준다. 점심때, 중국집 간짜장을 시켜먹는 미미를 본다. 미미는 내게 늘 친절하다. 미미는 초콜릿 조각을 내게 준다. "넌 무슨 재미로 사니?" 하고 묻기도 한다.

"너 정말 꽃집에 자주 갈 거니? 바보 주제에 심통은 있어갖고…… 내가 못 말려. 어쨌든 미미가 널 꼬셔낸다면, 그땐 내 가만있지 않을 테야." 인희 엄마가 말한다.

*

어느 날 아침이다.

나는 쓰레기 봉지를 밖으로 내간다. 꽃배달 차가 꽃집 앞에 서 있다. 일주일에 두세 번 꽃배달 차는 주문한 꽃을 배달해준다. 싱싱한 꽃다발과 화분이 미화꽃집으로 들어간다. 배달원이 개나리를 한 다발 안고 나른다. 싹을 막 틔우려는 줄기이다. 개나리 줄기 하나가 떨어져 그 줄기를 줍는다. 줄기에는 부푼 곁눈이 촘촘하게 매달려 있다. 나는 그 줄기를 식당으로 가져와 컵에 물을 붓고 개나리 줄기를 꽂는다. 두 밤쯤 자고 나면 노란 꽃이 필 터이다. 식물의 눈은 신비롭다. "사람의 눈은 사물을 보는 데 쓰이지. 눈이 있으므로 이 세상과 우주를 보는 거야. 식물에도 눈이 있어. 시우야, 시애야, 요 봉오리가 바로 눈이야. 특히 계절의 변화를 빨리 알아내지. 봄, 여름, 가을, 겨울을 정확히 맞춰내거든. 식물의 눈은 생기는 시기에 따라 겨울눈과 여름눈이 있어."

봄이 오고 있다. 지금쯤 아우라지에는 땅이 풀렸을 터이다. 부드러운 흙을 뚫고 싹이 나온다. 온갖 나무의 눈들이 싹을 틔운다. 잎눈은 잎이 되고, 꽃눈은 꽃이 된다. 아버지는 식물의 눈도 사람처럼 본다고 말했다. "식물인간이란 말이 있지? 숨만 쉴 뿐 보지도, 듣지도, 말하지도, 움직이지도 못하는 사람 말야. 그 사람이 뭘 못볼 것 같지만, 사실은 보고 있어. 보고 있다는 말을 못할 뿐이지. 식물도 그래. 식물도 말을 못할 뿐이지. 식물이 범인을 잡았다는 말 들었어? 맥스트란 미국 식물학자는 거짓말 탐지기를 식물에 이용해서 목격자가 없는 범인을 잡았지. 식물 화분만 있는 어느 방에서 사람이 무참하게 살해됐어. 그 방에다 범인과 범인이 아닌 사람을 넣어봤더니, 범인이 그 방에 들어왔을 때 식물에 장치해둔 탐지기의 바늘이 움직였다잖아. 식물이 그 범인을 알아보곤 무서움과 불안에 떤다는 증거가 아니겠어." 아버지가 내 또래 마을 아이들에게 말했다. 식물의 눈은 정말 사람 눈처럼 쏘옥 싹을 내민다. 그 눈이야말로 자기가 세상 밖으로 나올 때를 용케 안다. 봄눈이 내려도, 꽃샘추위가 심해도 자기가 세상 밖으로 나올 절기를 안다.

물컵의 개나리가 싹을 틔운다. 노란 싹이 꽃이파리가 된다. 물에 꽂아줘서 고마워요, 하고 꽃이파리가 내게 말한다. 식물은 자기를 사랑하는 사람을 사랑한다고 아버지가 말했다. 사랑하는 마음이 에너지가 되어 식물에게 전해진다는 것이다. 식물을 뽑아버리려 줄기를 잡을 때 식물은 너무 놀라 경련을 일으키고, 식물을 가꾸려 만질 때는 생기를 띤다고 말했다.

*

며칠 뒤, 저녁 무렵이다. 일요일이다.

인희 엄마와 나는 대파를 다듬고 있다. 흙 묻은 파 껍질을 벗겨내고 시든 잎과 줄기를 뜯어낸다. 식당문이 열린다.

"오늘은 장사 안합니다." 돌아앉은 인희 엄마가 돌아보지 않고 말한다.

"시우씨, 그동안 잘 있었어요? 아주머니도 안녕하셨구요."

경주씨다. 경주씨는 군청색 점퍼를 입고 핸드백을 멨다. 포장된 상자를 들고 있다.

"장애복지원 직원이구먼. 웬일로 여기까지? 설마 우리 시우를 다시 데려가겠다는 건 아닐 테지요?"

인희 엄마가 흙 묻은 손을 턴다. 나는 눈이 아려 손등으로 눈을 닦는다. 파 껍질을 벗길 때면 늘 눈이 아린다.

"아니에요. 일요일이라 복지원 들어가는 길에 찾아와봤어요. 시우씨가 어떻게 지내나 보고 싶기도 하구요."

"왔으니, 앉아요."

"시우씨, 설날엔 고향에 다녀왔어요?" 경주씨가 의자에 앉으며 묻는다.

나는 아우라지로 가고 싶다. 누구도 그곳으로 가라고 말하지 않았다.

"고향도 제대로 모르는데 어떻게 고향엘 다녀와. 고향엔 부모형제도 없고, 아마 할머니가 살았던 모양인데, 고향을 떠난 지 햇수로 꽤 되나봐요."

"시우씨가 정신장애자 아닙니까. 아주머니, 설날이나 추석 때 시우씨를 고향에 보내주셔야지요. 편지를 써서 그곳 인척에게 시우씨 주민등록증을 만들어 보내라고 부탁도 하시구. 고향 떠나 있는 근로자들을 추석과 설날이면 다 고향에 보내주잖아요. 강원도 정선군 아우라지 강마을이라니, 시우씨가 그곳에만 가면 살던 집을 찾을 거예요."

"보자 하니, 댁이 그걸 따지러 왔나요? 쟤가 혼자 고향엘 어떻게 찾아가요. 글을 읽을 줄 아나, 차푠들 제대로 살 줄을 아나. 동서남북도 모르는 어린애를 어떻게 강원도 정선 어디메까지 보내느냐 말이에요. 길 잃기 꼭 알맞은데." 인희 엄마가 역정을 낸다.

"시우씨야말로 자기 고향을 찾아야 해요. 아주머니가 쉬는 날

하루쯤 틈을 내어 시우씨와 함께 정선엘 다녀올 수도 있잖아요. 바람도 쐴 겸해서요."

"보자 하니 댁이 날 교육시키기로 아예 작정을 하고 왔군. 나도 고향 잊고 산 지가 수십 년이라우. 설날에도 식당이나 지키는 처진데, 뭐 날보고 시우 고향 찾아주라구?"

"실례지만 시우씨한테 월급을 얼마씩 줍니까?"

"시우야, 넌 뭘 멀거니 앉았니. 파 만지고 눈 비비면 눈 더 아프다고 내가 말했잖아. 기명통에서 수저 꺼내 마른행주로 닦아!"

"종업원 월급을 얼마씩 주냐고 제가 묻잖습니까."

"월급? 월급은 줘야지. 돈 셀 줄도 모르고, 셈도 못하니 내가 보관해요."

"그럼 시우씨 앞으로 통장을 만드셨나보죠? 그걸 좀 보여줄 수 없겠습니까?"

"듣자 하니 정말 형사 찜쪄먹겠다구 덤벼. 그래, 통장 보여주면 어쩌겠다는 거야? 네가 뭔데? 시우 누나라도 돼? 아니면 여편네라두. 별꼴 다 보겠군." 인희 엄마가 경주씨에게 삿대질을 한다.

안방에서 인희가 "엄마 왜 싸워" 하며 방문을 연다. 캔디야, 나랑 놀아 하는 말소리가 들린다. 어린이 만화영화다. 나는 기명통의 수저를 꺼낸다. 퉁퉁 분 손이라 갈라터진 손등이 쓰리다. 나는 수저를 플라스틱 바구니에 담는다. 마른행주로 수저의 물기를 닦는다.

"아주머니, 보세요. 전 사회복지사 자격증 소지자예요. 시우씨 같은 장애자를 보살필 임무가 있어요." 경주씨가 일어나 또박또박 대답한다.

"시끄러. 여기가 네 구역이니? 여긴 구리시고 거긴 미금시잖아. 다른 구역 밥집까지 찾아다니라든?"

"구역이 문제가 아니에요. 그런데, 저도 나이를 먹을 만큼 먹었어요. 너니, 이래라저래라 함부로 말씀하지 마세요."

할머니도 나를 두고 그런 말을 자주 했다. "얘들아, 우리 시우를 놀리지 마. 이래라저래라 함부로 말하면 못써. 부모 형제 없이 크는 것도 서러운데." 내가 싸리골을 떠나기 전이었다. 엄마는 집을 나갈 때 시애를 데리고 갔다. 자고 나니, 엄마와 시애가 없어졌다. 시애는 중학교를 졸업한 뒤, 집에서 놀고 있었다. 그즈음, 아버지는 학교에 나가지 않았다. 이웃 사람들은 아버지를 두고, 잘렸다고 했다. 전교조 탈퇴를 끝내 거부하다 잘렸다는 것이다. 윤이장이 아버지를 위로했다. 윤이장은 싸리골에서 아버지를 따르던 영농 후계자였다. 아버지는 술만 마셨다. 어느 날, 아버지가 집을 나갔다 며칠 만에 돌아왔다. "못 찾았어요. 서울과 청주, 가까이 사북, 영월, 제천, 원주까지 훑었죠. 그런 모녀는 못 봤대요." 아버지가 할머니께 말했다. 이듬해 봄, 아버지는 풀밭에 쓰러졌다.

"내 좋은 말로 타이를 때 돌아가요. 시우는 내가 책임질 테니. 이 밥장사 내 언제까지 하는지 모르겠으나, 시우는 내가 장가보내고 한 살림 차려줄 거요. 그러니 댁은 댁 일이나 열심히 해요." 인희 엄마가 목소리를 낮춘다.

"시우씨가 자기 권리를 찾을 줄 모른다고 아주머니가 시우 임금 안 주고 있는 게 분명하군요. 제 말이 맞죠?"

"그만둘 때 다 쳐주면 될 것 아냐!"

"정말 엿장수 마음대로시네."

"내가 엿장수냐?"

"아주머니하곤 말이 안 되네." 경주씨가 나를 본다. "시우씨가 쓰는 방이 어디예요?"

"내 방요? 저기." 나는 행주로 숟가락을 닦다 골방 쪽을 본다. 내 방은 그 골방이다. 물컵의 개나리꽃을 그 방에다 두었다. 경주씨가 주방 쪽으로 돌아온다. 골방 방문을 연다. 골방은 두 사람이 누우면 꽉 찬다. 골방은 창이 없어 늘 컴컴하다.

"아니, 이건…… 여기다 사람을 재워요? 이 냉돌에다? 저 누더기 이불하며…… 창고 같은 이런 방에 사람을 재우다니."

경주씨가 비닐 방바닥에 손을 대어본다. 인희 엄마를 돌아보는 얼굴이 기가 막히다는 표정이다. 인희 엄마는 할말이 없는지 그냥 서 있다.

"아주머닌 도대체 시우씨를 뭘로 취급해요? 근로기준법 위반으로 고발해야겠어요. 아니, 장애자 학대죄가 벌이 더 커요. 그럼 아주머닌 처벌을 받을 거예요. 벌금 정도가 아니라 체형 선고를 받게 될 겁니다. 감옥에 가게 돼요."

"내가 처벌을 받는다구? 날아가는 새가 다 웃겠다. 등신 바보를 먹여주고 재워줬으니 내가 표창이라도 받아야 해. 불우이웃을 돌보라며? 내가 바로 그런 일 하고 있어. 작년 늦가을을, 추위와 주림에 지쳐 식당 앞에 쓰러져 있는 재를 구해준 게 누군데? 내가 아님 굶어 죽었을 게야. 보자 하니 정말 이상한 여자로군. 요즘에도 골통 삐딱한 계집애들이 있다더니 네가 바로 그런 치 아냐? 너 뭐 그런 거, 맞아, 운동권 출신 맞지? 대학도 중도에 집어치우고 공장에 들어가거나, 숨어서 김일성 부자 연구하며 찬양하는 그런 출신들 맞지?"

"아주머니도 많이 아시네. 제가 그런 출신이람 어쩌겠어요?"

"고발은 내가 해야지."

"고발해보세요. 저도 고발할 테니깐요."

"내 좋은 말 할 때 돌아가. 가서 그 복지원 병신들이나 잘 거두라구. 나잇살 하나라도 더 먹은 내가 충고할 때 고분고분 말 들어. 그런 기관에서 일한담 사상이 똑바로 박혀야지. 네 뒷조사를 부탁할 데도 있어."

"제가 담담 일요일, 보름 뒤에 들르겠어요. 다음주에는 교육이 있어 출장 가야 하니깐요. 그동안 시우씨가 거처하는 저 창고 같은 방을 개선해주세요. 그리고 시우씨 앞으로 월급 통장을 만들어놓으세요. 시우씨가 아무리 정신장애자라 해도 근로기준법에 의거한 최저 임금은 지불해야 할 거예요. 그 금액은 동사무소에 문의하면 알 수 있어요. 구청 주민상담실을 찾아가시든지. 작년 늦가을이라면 십일월 하순인 모양인데, 십이월, 일월, 이월, 삼 개월치 월급을 은행에 저축해놓으세요. 저도 시우씨 본적지 조회를 경찰에 의뢰하겠어요."

"놀고 자빠졌네. 고발하든 고소하든 배짱대로 해봐. 나두 소금물 먹으며 험한 세월 여기까지 살아왔어. 그만한 배짱도 있구 할 말도 있어. 그리고, 마지막으로 말하는데, 당장 꺼져!"

인희 엄마가 안방으로 들어가버린다. 경주씨가 따라가서 방문을 연다.

"아줌마, 저도 마지막 한마디 하고 가겠어요. 우리 복지원에서 나간 분이 취업했는데, 시우씨처럼 권리 주장을 못해 불이익 당한 사례가 있었어요. 시청 사회과에 고발해서, 결과가 어떻게 나왔는지 아세요?"

"난 몰라도 돼. 정 무슨 일이 있다면 쟤를 내보내면 될 것 아냐."

"아주머니도 자식 키우며 그렇게 몰인정하면 안 됩니다. 제 말은, 시우씨의 최소한 인간적 권리를 인정해주라는 겁니다. 아주머니가 남을 고용한대도 그만한 지출은 해야잖아요?"

"듣기 싫어!"

인희 엄마가 방문을 닫는다. 경주씨가 내 쪽으로 온다. 나를 보고 웃는다.

"시우씨, 선물이에요. 이것 받아요."

경주씨가 식탁에 놓아둔 상자를 준다. 다음다음 일요일에 다시 오겠다며, 그녀가 떠난다.

선물 상자를 뜯어보니 러닝셔츠와 팬티 세 벌이다. 나중에, 인희 엄마가 그걸 보곤 "미친년, 그 쌍판에 저도 계집이라구…… 노는 꼬락서니 보자 하니……" 하며 피식 웃는다.

3. 강을 따라 오르면

꽃샘추위가 잦다. 이틀 동안 비가 질금거린다. 비가 끝나자, 날씨가 새초롬하다. 나는 우거지국에 쓸 배추를 씻는다. 고무장갑을 꼈는데도 손이 시리다. 인희 엄마가 전화를 받는다.

"큰길 뒷도로. 꽃집은 거기뿐이에요. 꽃집 옆 식당이라니깐. 은행 끼고 들어오면 돼요."

한참 뒤, 아주머니가 식당으로 들어선다. 아주머니라기엔 나이든, 젊은 할머니다. 앞이 트인 주황색 털스웨터를 입었다.

"사람 쓴다면서요?" 젊은 할머니가 인희 엄마에게 묻는다.

"생활 정보지 보고 왔어요?"

젊은 할머니가 그렇다고 대답한다. 인희 엄마가 젊은 할머니에게 이것저것 묻는다.

"아주머닌 안 되겠어요. 식당엔 우선 잘 방이 없어요. 이 청년이 골방을 쓰고 딸애와 내가 안방을 쓰는데, 아주머니를 홀에 재울

수야 없잖아요." 인희 엄마가 말한다. 젊은 할머니가 돌아간다. 인희 엄마가 혼잣말을 한다. "원 별꼴 다 보겠군. 며느리 박대가 심한가, 숙식까지 하겠다니. 손톱 밑에 때는 까맣게 끼여갖구. 잠은 안 된다구 광고를 내야 하는 건데."

늦은 점심 손님 둘이 들어온다. 인희 엄마가 국밥 두 그릇을 내간다. 나는 배추를 씻어 건져낸다. 씻은 배추를 플라스틱 그물 바구니에 담는다. "잘 흔들어 모래를 깨끗이 빼. 씹을 때 자금거리면 안 되니깐" 하고 인희 엄마가 내게 말한다. 식사 손님이 나간다. 잠시 뒤, 다른 아주머니가 들어온다. 이번엔 젊은 아주머니다. 코트를 입고 있다. 입술 연지가 빨갛다.

"사람 쓴답서요?"

"오전에 전화한 분이 맞구먼. 어디 이런 싸구려 밥집에서 일하시겠어?"

인희 엄마가 젊은 아주머니의 차림새를 훑어본다. 껌을 씹는 젊은 아주머니는 백화점용 종이백을 들었다.

"파트 타임으로 일할 수 있어요. 점심때 두 시간, 저녁때 세 시간쯤."

인희 엄마가 젊은 아주머니에게 이것저것 묻는다.

"안 되겠어요. 시간제 조건은 좋은데 보수가 안 맞아요. 싸구려 밥집에서 그만큼 줄 수 없어요."

젊은 아주머니가 돌아간다.

"애들 비싼 과외 시키려면 주부도 팔 걷고 나서야 한다더니, 이건 주분지 술상머리 출신인지 원." 인희 엄마가 구시렁거린다.

저녁밥 먹고 텔레비전을 보고 있는데, 다리를 잘록거리는 아주머니가 들어온다. 아주머니 말이, 교통 사고를 당했다고 한다. 인희 엄마가 면담을 하더니 안 되겠다고 거절한다.

"아무리 싸구려 밥집이라도 병신 둘을 둘 수는 없잖아. 내가 자선사업가도 아니구." 인희 엄마가 한숨을 내쉰다. "시우야, 바깥등 꺼라. 오늘은 종쳤어."

나는 외등 스위치를 누른다. 바람 소리가 세차다. "영등할멈이 얼어 죽겠다. 웬 늦추위가 이렇게 심할꼬. 이 추위가 끝나면 봄이 오려나." 이맘때쯤, 추위가 심한 날 할머니가 말했다.

"시우야, 외등 끄면 문 잠글 줄 알아야지. 내가 몇천 번 말해야 알겠냐. 너하고 일 년 살았담 나도 바보가 됐겠다." 인희 엄마가 짜증을 낸다.

나는 우두커니 서 있다, 어느 방에서 자야 할지 모르겠다. 오늘은 골방에서 자고 싶다. 인희 엄마가 자라고 말해야 잔다. 인희는 벌써 한잠에 들었다. 나는 식당문을 잠그러 간다. 바깥에 기척이 있어 문을 여니 젊은 아주머니다.

"저, 물을 게 있어서 왔습네다."

아주머니가 식당 안으로 들어선다. 푸른색 방한복 사파리를 입고 있다. 얼굴이 동그란 곱상한 생김새다.

"늦은 시간인데, 일자리 구하러 왔어요?" 인희 엄마가 묻는다.

"그렇습네다. 일하는 집 끝내고서 오니 늦었습네다."

"지금은 어디서 일하시는데?"

"저 아래쪽 강변 한양가든입네다."

"좋은 데 있구먼. 왜 자릴 옮기려 해요?"

"그럴 사정이 있습네다."

"말투가 이상하네. 혹시 중국서 온 교포 아니오?"

"맞습네다. 중국 연변에서 나왔습네다."

"그럼 연변댁이구먼. 앉아요." 인희 엄마가 연변댁에게 의자를 권한다.

"덕소에선 먹고 자고 일해요?"

"네, 그렇습네다."

"우리 집은 잠잘 데가 마땅찮은데. 서울에도 일자리는 많을 텐데, 어찌 덕소까지?"

"중국서 먼첨 나온 사촌언니가 이쪽에 일자리를 구해놔서 내려왔습네다."

"언니는 무슨 일 하우?"

"매운탕집에서 일하고 있습네다."

"거긴 잘 방 없구요?"

"여쭤봐야겠습네다."

"한국엔 언제 나왔수?"

"넉 달 되었습네다."

"그 언니와 함께 자면 되겠네. 보수 조건만 맞는다면 말이오."

"그럼, 몇 시부터 몇 시까지 일을 해야 합네까?"

"아침밥 손님은 쟤하고 내가 처리할 수 있으니 열시쯤 출근해서 저녁 열시쯤 퇴근하면 되는데, 우린 일요일은 놀아요. 거기선 얼마 받았수?"

"숙식하고 월급으로 칠십만 원 받았습네다."

"칠십만 원이라. 보자, 이틀 벌이를 몽땅 댁이 가져가겠구려. 인건비가 올라도 너무 올랐어. 하긴 요즘 사람은 쓴담 그렇게는 줘야겠지. 그런데 연변댁, 보다시피 우린 매운탕도 닭도리탕도 안 만드는, 싸구려 밥집이니깐."

나는 내 골방으로 들어온다. 썰렁하고 깜깜해 문을 열어놓고 요를 편다. 나는 이불 속으로 들어간다. 옷을 입은 채다. 온몸이 오싹해 모로 누워 다리를 오그린다. 꿉꿉한 이불을 머리끝까지 둘러쓴다. "아버지, 밤에는 왜 잠이 올까요?" 시애가 초등학교 다닐 적, 아버지께 물었다. "낮에는 일도 하고 공부도 하고 놀잖니. 그러니깐 밤에 잠을 자는 거지. 그렇게 쉬어야 다음날 일을 할 수가 있지." 아버지가 대답했다. "그런데 오빠는 왜 잠이 없죠? 잠자는 체만 하구, 아침에는 일찍 일어나구?" 시애가 물었다. 나는 이불 속에서 잠을 자는 체하고 있었다. "습관이지. 사람에 따라 잠이 별로 없는 사람도 있으니깐."

나는 아슴아슴 잠에 빠져든다.

"앤 왜 차가운 방에서 자. 안방에서 자지 않구. 모르겠다. 나도 오늘은 피곤해서 그냥 자야지." 인희 엄마가 말한다.

*

며칠 뒤부터다.

아침 손님이 끝나면, 연변댁이 식당으로 온다. 이제 네 식구가 아침밥을 먹는다. 저녁, 술손님이 끝날 때쯤 연변댁은 식당을 떠난다. 시계를 보면 작은 바늘이 10이나 11 사이에 있을 시간쯤이다. 연변댁은 부지런하다. 늘 웃는 얼굴이고 인사성이 밝다.

손님은 전보다 늘어났다. 점심때는 기다리는 손님도 많다. 저녁 술손님도 늘 자리가 찬다. 「모래시계」가 종영된 지도 오래다. 나는 전보다 덜 바쁘다. 연변댁이 주방 일을 맡았다. 인희 엄마의 짜증도 훨씬 줄었다. 그만큼 내게 하는 고함질도 줄었다.

주방일은 연변댁이 맡는다. 인희 엄마는 주방 입구에서 소반에다 음식을 담는다. 계산을 맡는다. 나르는 일은 내 몫이다. 내가 바쁠 때면 인희 엄마가 나름이도 한다. 낙갈의 가스불은 반드시 인희 엄마가 켠다. 인희 엄마는 이제 감색 블라우스에 연두색 우단 조끼를 입는다. 목걸이도 하고 있다. 진주 같은 방울 귀고리도 단다. 아침밥을 먹고 나면 화장을 공들여 토닥거린다.

"가꿔놓으니 인물 났는데. 인희 엄마도 기본 바탕은 있어." 단골 손님이 농담을 한다.

인희 엄마는 외출도 늘었다. 아침식사 끝나고 점심 사이, 점심과 저녁 사이이다. 그릇도 사오고 수저도 사온다. 냉장고도 대형으로 바꾼다.

"식당을 키웠으면 좋겠는데 장소가 나야지. 단골 두고 멀리 갈수도 없구." 인희 엄마가 더러 하는 말이다.

연변댁은 나란히 서서 설거지를 할 적에 내게 말을 건다

"총각도 고향이 그립겠습네다. 나도 가족을 두고 와서 연변 생각이 자주 나요. 열심히 돈 모아서 고향에 가야지요. 연길 시내로

이사 나와 애들 좋은 학교에 보내고. 입식 부엌에 전화도 놓고. 열심히 돈 모아서요."

"돈 모아서요?"

"그래요. 중국이 자본주의 세상이 되곤 모두들 돈 모으는 데 피눈이 됐다오. 한국 나갔다 온 사람들은 잘삽네다. 돈 벌어 새 집도 사고, 시골에서 도시로 나와 개체(개인영업) 장사도 합네다. 택시 사서 운전수도 하고요. 중국서는 택시 운전수가 인기 있어 총각 운전수한텐 처녀들이 줄을 섭네다."

엄마도 돈 벌어오겠다며 고향을 떠났다. "돈 모아서 온다더니 지아비가 죽어도 안 와. 어디서 무슨 짓을 하는지. 시애 고등학교에 보내겠다더니, 시애는 학교에 다니는지." 깻단을 거두며 할머니가 말했다. 어머니와 시애가 떠난 뒤, 온 산에 단풍이 곱던 절기였다. 편지가 왔다. 아버지가 편지를 읽었다. "서울 청량리 소인이 찍혔어." 아버지가 편지봉투를 보고 말했다. 이튿날, 아버지는 집을 떠났다. 두 밤을 자고 아버지는 혼자 돌아왔다. 엄마와 시애는 돌아오지 않았다. 그해 겨울, 아버지는 술만 마셨다.

봄이 오고 있다. 낮이면 햇살이 따뜻하다. 연변댁이 내 이불의 겉감을 빨아준다. 이불과 요를 뒤꼍 햇볕에 널어준다. 토요일 오후에는 늘 배추를 다듬고 무를 썬다. 배추와 무에 소금을 뿌려 재워둔다. 토요일 저녁은 술손님이 부쩍 줄어 다른 날보다 일찍 문을 닫는다.

"아주머니, 내일 나와서 김치 담그는 일 협동해드릴게요. 그럼 저는 갑네다."

연변댁이 깍듯이 인사를 한다. 시계 작은 바늘이 10에 있다.

"허긴 매운탕집은 일요일 소풍객 손님이 많겠지. 그럼 내일 와요. 점심이나 함께 먹게." 인희 엄마가 말한다.

이튿날이다.

인희 엄마는 고무장갑을 끼고 플라스틱 들통에다 김치 양념을 버무린다. 그 옆 들통에는 포기배추가 재워져 있다. 총총 썬 깍두기도 한 들통이다. 나는 숨죽인 배춧단을 인희 엄마에게 넘겨준다. 인희 엄마가 양념을 배추 속에다 바른다. 내 손등이 뻘겋게 부풀어 있다. 터진 손등으로 소금물이 배어 쓰리다.

"벌써 시작하셨네."

연변댁이 들어온다. 총각은 쉬라며 연변댁이 내 일을 맡는다. 안방에서 인희가 나온다. 인희는 동화책을 들고 있다. 내 맞은편 의자에 앉는다.

"시우 오빠, 내 동화책 읽어줄까."

"인희야, 시우를 아저씨라 부르라 했잖아. 너도 까마귀 골통이니? 왜 그렇게 잘 까먹어." 인희 엄마가 나무란다.

"알았어" 하며, 인희가 책을 펼쳐든다.

"시우 아저씨? 아저씨라 부르니까 이상하네. 아저씨, 앉아. 아저씬 글 잘 못 읽잖아. 내가 읽어줄게."

"시우야, 넌 마늘 까. 까면서 들어도 되잖아." 인희 엄마가 말한다.

나는 플라스틱 바가지를 가져온다. 물에 불려놓은 마늘이다. 물에 불려놓아야 껍질이 잘 까진다. 인희가 책을 읽는다.

"시골에 초등학교가 있었습니다. 집이 먼 어린이들은 학교 버스를 타고 학교로 갔습니다. 학교 버스 기사 일을 하는 할아버지는 머리카락이 하얗습니다. 이제 버스 운전 일도 그만두게 되었습니다. 어린이들이 그 소식을 들었습니다. '우리는 앞으로 다시 할아버지를 만날 수 없대.' '돌아오는 길에 들판에서 놀 수도 없게 됐어.' 그 소식을 듣고 우는 어린이도 있었습니다. 어린이들은 교장 선생님을 찾아갔습니다. 그래서 할아버지가 버스 운전 일을 계속하게 해달라고 부탁했습니다……" 인희가 침을 꼴깍 삼킨다.

"초등학교도 안 들어갔는데 책을 읽다니. 인희가 참 영특합네다." 연변댁이 말한다.

"입학 통지서가 나왔어요. 봄이면 입학할 겝니다. 내용도 잘 모르면서 저렇게 책읽기를 좋아한답니다."

"인희 아버지는 더러 옵네까?"

"나도 팔자가 기구하다우. 스물둘에 첫애를 낳지 않았겠수. 처자 있는 남자에 빠졌으니, 그 시절 나도 골이 비었지. 공장에 다닐 때라우. 삼 년을 질질 끌 동안 둘째애까지 낳았어요. 알고 보니 남자가 애를 얻기 위해 날 꼬신 거지요. 본처가 애를 못 낳는 여자래요. 그 사람, 심덕은 무던하게 좋았지요. 사 년 만에 남매를 뺏기고 헤어졌죠."

"그 애들이 보고 싶겠습네다."

"몇 달은 그랬는데, 이젠 아주 잊고 살아요. 생각 않고 살면 편하지 뭘."

"그러구 인희 아버지를 만났군요?"

"그 사람한테 애 값으로 돈을 얼마 타서 여기 와부읍으로 내려

왔답니다. 처음은 저 큰길 건너에서 만둣집을 냈죠. 거기서 인희
아비를 만나지 않았겠어요. 허우대는 멀쩡한데, 모주꾼이라 하초
는 늘 고드라졌구. 노름에 미친 사내라 내 지갑에 돈이 남아나야
지요."

인희 엄마가 우리 쪽을 돌아본다. 인희는 동화책을 계속 읽는다.
"교장 선생님은 학생들의 말을 듣고 어리둥절했습니다. '기사
할아버지는 편히 쉬실 연세가 되셨어. 이제 운전을 잘하는 젊은
새 기사 아저씨가 오실 거야.' 그러자, 한 어린이가 교장 선생님께
말했습니다. '오늘 공부 마치고 집으로 돌아갈 때, 교장 선생님께
서 저희와 함께 학교 버스를 타보세요. 그럼 기사 할아버지가 얼
마나 훌륭한 분인지 아실 겁니다.' 교장 선생님은 그렇게 하겠다
고 학생들과 약속했습니다. 공부를 마치자, 먼 곳에 사는 어린이
들이 학교 버스를 탔습니다. 교장 선생님이 버스를 타자, 기사 할
아버지는 깜짝 놀랐습니다. 평소에는 그런 일이 없었기 때문입
니다. '기사 아저씨, 제가 탄 걸 상관 마시고 평소대로 버스 운전
을 하십시오.' 버스는 학교를 떠났습니다. 화창한 봄날입니다. 들
판을 질러 강을 따라 버스가 달렸습니다. 댐이 저만큼 보이는 언
덕 앞에 버스가 멎었습니다. '모두들 조심해서 내려요.' 기사 할아
버지가 말했습니다. 어린이들이 버스에서 내렸습니다. 기사 할아
버지도 내렸습니다. 교장 선생님도 내렸습니다. 기사 아저씨가 여
기서 뭘 하자는 걸까, 하고 교장 선생님은 궁금하게 생각했습니
다……" 인희는 침을 꼴깍 삼킨다.

"……일본의 이민단(移民團) 모집 꾐에 빠져 할아버님께서 가솔

열여섯을 거느리고 만주로 들어온 게 1936년입네다. 경상북도 울진 땅에서 화물차 타고 기차 타고 밤낮 닷새 만에 목적지인 천교령에 도착했습네다. 우리 가족 말고도 수십 가구가 더 있었다 했습네다. 모두 찢어지게 가난한 농사꾼 집안들이었지요. 고향을 떠나 산 설고 물 선 그곳은 산나무가 꽉 들어찬 산골이었답네다." 연변댁이 인회 엄마에게 말한다.

"연변댁은 그때 태어나지도 않았겠구려?" 인회 엄마가 무를 양념에 버무리며 묻는다.

연변댁은 양념된 포기김치를 접는다. 플라스틱통에 차곡차곡 담는다. 나는 부지런히 마늘을 깐다.

"집도 있고 너른 들이 있는 무산 천리라는 이민단 모집 선전은 말짱 거짓말이었습네다. 척박한 첩첩산골이라 밭농사나마 도저히 지을 수가 없었습네다. 할아버님은 식솔을 이끌고 개활지를 찾아 밤낮으로 이레를 더 들어갔지요. 저는 화룡현 팔가자란 곳에서 태어났습네다. 땅을 개간한 개척민 일세대는 참말로 고생이 많았습네다. 마을 앞으로 해란강이 흐르지요. 「선구자」란 노래에도 있잖습네까. 백두산에서 시작되어 동해로 빠지는 해란강. 그 해란강은 우리 조선족 동포의 젖줄입네다."

"한양가든선 왜 그만뒀어요?"

"안할 말입네단만…… 주인남자가 자꾸 추접을 떨어서."

"사내란 다 그렇다우. 연장만 앞세워 덤비니."

나는 그쪽 이야기를 듣는다. 인회의 책읽기도 듣는다.

"기사 할아버지가 학생들을 모아놓고 언덕 쪽을 가리켰습니다.

'저기 무더기로 피어 있는 노란 꽃은 무슨 꽃입니까.' 기사 할아버지가 어린이들에게 물었습니다. '애기똥풀.' 어린이들이 입을 모아 대답했습니다. '맞아요. 애기똥풀의 줄기를 자르면 진노랑색 냄새 나는 물이 흘러나오지요. 그게 꼭 아기가 누는 똥을 닮았다 해서 애기똥풀이라 한답니다. 여기, 이상하게 생긴 꽃이 피어 있네요. 붉은 보라색 꽃잎이 우산처럼 아래로 처졌잖아요. 잎도 땅을 덮으며 누웠고요. 이 꽃의 이름은 처녀치마입니다. 잎이 조선옷 입은 처녀가 살풋 앉은 자태와 같다 해서 붙여진 이름이지요.' 기사 할아버지가 발 옆에 핀 꽃을 가리켰습니다. 호랑나비 한 마리가 날아와 처녀치마꽃에 앉았습니다. 기사 할아버지는 나비나 벌을 통해 꽃가루가 옮겨지고, 그래서 식물이 번식하는 것을 어린이들에게 설명했습니다. 자연을 관찰하는 방법도 말했습니다. 어린이들을 데리고 강으로 내려갔습니다. 맑은 물에 노는 참종개를 살펴보았습니다. 기사 할아버지는 참마자, 참종개, 꺽지, 둑중개, 금강무치, 열목어는 깨끗한 물에만 사는 민물고기라고 설명했습니다. 강이 더러워지면 이런 물고기들은 살지 못한다고 말했습니다. 그리고, 어린이들이 언덕과 냇가에 마음껏 뛰놀게 했습니다. 그제서야 교장 선생님은 머리를 끄덕였습니다. 기사 할아버지가 누구보다 훌륭한 선생님이었습니다. 기사 할아버지가 비록 연세는 많으나 계속 학교 버스를 운전하게 해야겠다고 교장 선생님은 생각했습니다."

아버지가 그랬다. 아버지는 무엇 하나 예사로 보는 법이 없었다. 동물, 물고기, 나무, 풀, 무엇이든 꼼꼼히 살폈다. 그것을 내게 설

명해주었다. "시우야, 이 나팔꽃 보렴. 꽃잎에 가느다란 선이 그어
져 있지? 나비나 벌이 안전하게 수술과 암술이 있는 곳으로 날아
들게끔 표시를 해둔 거야. 비행기의 활주로처럼. 곤충이 이 선을
따라 들어와 꽃가루를 수술에서 암술에 옮겨줘야 씨를 맺게 되지.
거기서 씨앗을 터뜨려." 아버지는 백목련, 머루, 광나무와 같이 새
나 동물에게 열매를 먹혀 똥에 섞여 나오게 해서 싹을 틔우는 씨
도 있다고 했다. "아버지, 씨가 채 익기 전에 새가 열매를 먹어버
리면 어떡해요?" 시애가 아버지에게 물었다. "좋은 질문이다. 식
물 역시 인간이나 동물처럼 후대를 잇기 위해서 참으로 지혜로운
방법을 썼지. 씨앗이 채 성숙되기 전에는 열매의 즙을 쓰거나 시
게 해서 과일맛을 고약하게 만든단 말야. 그럼 새나 동물이 그 열
매를 먹지 않을 게 아냐. 그 대신 씨가 완전히 발달하면 과즙을 먹
기 좋도록 달콤하게 하고 색깔도 탐스럽게 변화시켜 새와 동물을
유혹하지. 어서 먹어달라구. 그러면 먹힌 씨앗은 똥에 섞여 나올
게 아냐. 그 똥은 씨앗이 발육하는 데 좋은 거름이 되지. 인간도
식물의 그 의타 정신을 배워야 해." 아버지가 말했다.

"오빠, 아니 아저씨, 이 동화 재미없지?" 인희가 내게 묻는다.

"재미없어? 재미있어."

동화 속의 기사 할아버지가 아버지 같다. 아버지는 민물고기를
함부로 잡아서는 안 된다고 말했다. 여름철, 아버지는 천렵꾼에
끼이지 않았다. 시애와 내게도 동네 아이들과 함께 천렵을 못하게
했다. 우리 집 밥상에는 요리된 물고기가 오르지 않았다. "마선생
은 참으로 특별한 사람이야." 아버지의 그 점을 두고, 동네 사람들

이 말했다. "참스승이시지. 마선생은 싸리골의 자랑이야. 농촌 마을마다 마선생 같은 분만 계시다면 선진국 농촌이 부러울 게 없겠지." 윤이장이 말했다.

인희는 동화책을 들고 안방으로 들어간다. 인희 엄마와 연변댁은 김치 담그기를 끝낸다. 인희 엄마도 안방으로 들어간다. 연변댁이 인희가 앉았던 자리로 온다. 나와 함께 마늘을 깐다.

"아주머니 말씀이, 고향에 할머님이 계시다던데, 총각도 열심히 돈 모아 고향에 가야겠어요. 저도 그래서 한국에 나왔습네다."

나는 할머니가 보고 싶다. 할머니는 할미꽃처럼 허리가 굽었다. 지팡이를 짚고 다녔다. "북실댁이 일찍 꼬부랑 할미가 된 건 고기를 안 먹기 때문이야. 마선생이 안 먹으니 따라 안 먹는 게지. 아쉬운 대로 강에서 잡는 물고기라도 먹는다면 저렇게는 안 됐을걸." 도담댁이 말했다.

"연변댁, 텔레비 보다 애들하고 점심 먹고 가요. 내 잠시 나갔다 올 테니." 인희 엄마가 안방에서 나오며 말한다.

인희 엄마는 검정 바지에 진자주색 반코트를 입고 외출을 한다.

마늘을 다 깠을 때다. 식당 문이 열린다. 미미가 들어온다.

"시우야, 놀러 가자구. 밖에 차 있어."

미미는 흰 운동모를 쓰고 있다. 빨간 챙에 빨간 줄이 그어진 운동모다. 흰 점퍼에 검정 쫄쫄이 바지를 입었다.

"꽃집 처녀구먼. 안녕하십네까." 연변댁이 말한다.

"새로 온 아주머니시군. 중국 교포신가봐요?"

"네, 그렇습네다."

"시우야, 가자구. 인희 엄마 없잖아. 새마음슈퍼 쪽으로 걸어가는 걸 봤어. 빨간색 코트라 금방 눈에 띄더라."

미미가 내 팔을 잡아끈다. 인희 엄마의 화난 얼굴이 떠오른다.

"총각, 바람 쐬구 와요. 식당에서만 늘 지내는데 갑갑하잖습네까." 연변댁이 말한다.

"아주머니가 허락했잖아. 나오래두. 저치가 치사해서 너라도 끼여야겠어."

나는 미미에게 끌려 식당을 나선다. 바깥에는 빨간 승용차 운전석에 헌규가 앉아 있다. 그는 동그란 색안경을 끼고 있다. 모자를 쓰지 않았다. 미미가 뒷좌석 문을 열고 나를 밀어넣는다. 미미가 내 옆자리에 앉는다.

"어쭈, 미미 너 거기 앉을 테야?" 헌규가 말한다.

"왜 어때? 기사는 차나 몰아."

차가 흥부식당 앞을 떠난다. 큰길로 돌아나간다. 길이 훤하게 뚫렸다.

"어디로 가?" 헌규가 묻는다.

"팔당 쪽으로 쭉 뽑아봐." 미미가 대답한다.

"난 너 그 점을 이해할 수 없어. 이게 무슨 꼴이야. 멍청이까지 싣구 교외로 빠지자니."

"네가 이해 못하는 게 나하구 무슨 상관이야? 나는 난데. 네가 내 인생에 뭐게?"

헌규는 말이 없다. 라디오 스위치를 누른다. 록음악이 쏟아진다. 귀가 따갑다. 나는 대금과 콘트라베이스 소리 듣기를 좋아한다. 미미가 내게 마늘 냄새가 난다고 말한다. 차가 빠르게 달린다. 강변도로로 들어선다. 한쪽은 산이고 한쪽은 강이다. 강가 버드나무들이 연두색을 띠고 있다. 개나리가 노란 꽃을 튀밥처럼 터뜨렸다. 차가 너무 빨리 달린다. 차가 화를 내고 있다. 음악이 시끄럽다. 구리시 지하 업소의 음악이 늘 그랬다.

"시우, 너 고향이 정선이랬지? 이 강을 따라 끝없이 가면 너네 고향에 도착할 거야. 나 정선 가봤다. 읍내가 강에 폭 싸여 있더라. 산과 물이 너무너무 맑아. 거긴 정말 별천지야."

미미 목소리가 찢어지는 음악 사이로 흐르는 냇물 같다. "이 송천과 골지천은 아우라지에서 조양강과 합쳐지지. 거기서 정선을 거쳐 영월에 닿으면 남한강과 합류해. 충주호에 이르면 큰 호수를 이루고, 거기서부터 서북쪽으로 물길을 터서 내려가다가 경기도 양수리에서 북한강과 만나게 돼. 여긴 얼마나 물이 맑냐. 송천보다 골지천 물이 더 맑아. 송천은 구절리에 석탄광이 여러 개 있어. 아무래도 광업 폐수가 섞여든다고 봐야지. 아연, 구리, 납, 비소 따위의 중금속이 섞여 있을 테니깐. 송천에는 열목어가 서식하지 않는 게 그 증거거든. 구절리까지 철도가 놓인 게 석탄 운반을 위해서였으니깐. 구절리 위쪽 나락산에 이르는 송천 상류는 말 그대로 옥수지. 골지천이야말로 특일급수야. 상류에 공장은 물론 촌락도 없어. 그런데 조양강이 영월에 이르면 벌써 광산 폐수와 생활 오수가 흘러들고, 충주댐에 이르면 공장 폐수, 가축 배설물, 생활 오수가 대량으로 유입돼. 남한강은 이미 썩은 물, 죽은 물이야." 아우라지 강변 모래밭에 앉아 아버지가 말했다.

"시우야, 시원한 강바람 마시니 마음이 탁 트이잖아?" 미미가 말한다.

"미미, 너 그 멍충이 계속 상대할 거야? 날 뭘로 알아. 그 짜샤보다 내가 더 멍충이다 이건가? 내 신경 자꾸 자극시키면, 난 폭발한다구. 차째 강 속으로 다이빙해버릴까부다."

헌규가 화난 얼굴로 목을 꺾어 돌아본다. 앞에서 달려오는 차가 클랙슨을 울린다. 전조등을 켰다 껐다 한다. 맞은편 승용차가 정면에서 달려든다. 헌규가 핸들을 휙 꺾는다. "엄마!" 하며, 미미가 비명을 지른다. 얼굴을 감싸쥔다. 우리 차가 맞은편 차 옆을 가까스로 스쳐간다. 차가 한쪽으로 급격히 쏠린다. 미미가 내 앞으로 무너진다. 차가 급정거를 한다. 헌규가 음악을 끈다. 차가 비탈로 구르기 직전에 멈춰 선다.

"죽으려 환장했어, 개새끼!"

바깥에서 욕설이 들린다. 충돌을 겨우 면한 차가 건너 뒤쪽에 멈춰 선다. 검정색 중형차다. 그쪽 기사가 이쪽으로 뛰어온다. 헌규가 재빨리 아스팔트로 차를 올려 쏜살같이 달아난다.

"죽으면 너나 죽지 왜 우리까지 끌어들여? 물귀신이니!" 미미가 헌규에게 악을 쓴다.

"교외로 빠지면 늘 스피드 내라며?"

"누가 지옥까지 직행하랬어? 너랑 함께 죽긴 치사하고 억울해!"

"또 좀 밟아볼까. 기사 맘대로."

헌규가 액셀러레이터를 눌러 밟는다. 차가 세차게 달린다. 나는 어지럽다.

"너 이따위로 차 몰면 나 시우랑 내려버릴 거야. 똥차 가지구 뭘 빼겨."

"너 요즘 변했어. 내가 뭘 잘못했다고 심통이니? 오늘만 해도, 영화 보자니깐 껌껌해서 싫다, 볼링도 포켓볼도 싫다, 시내 백화점 나가자니깐……"

"모조 액세서리 따윈 이제 필요없어. 서랍 하나에 차고 넘치는 것, 다 돌려줄까? 너 다른 애들한테 선물할 수 있잖아. 그것 주고, 따먹구."

차가 갑자기 멈춰 선다. 헌규가 뒤돌아본다. 색안경을 벗는다.

"미미, 너 말 다 했어?"

"다 하지 않았다면? 좋게 말할 때 똥차 몰고 혼자 돌아가. 앞으로 너와 데이트는 고려해봐야겠어. 내한테 네가 끼어들 자린 이제 없을걸."

"너 정말 어찌된 것 아냐?"

"시우야, 내려. 우리 강 따라 걷자. 걷다 식당 나오면 점심 먹구."

미미가 차문을 열고 내린다. 헌규가 차의 시동을 끈다. 미미가 강변 쪽 비탈로 내려간다. 강변은 봄풀이 파릇하다. 주위에는 집이 없다. 강가에 낚시꾼 둘이 눈에 띈다. 나도 내리려 한다. 헌규가 재빨리 차에서 내린다.

"짜샤, 넌 여기 꼼짝 말고 있어. 밖으로 나왔담 죽어!"

헌규가 나를 차 안으로 밀어넣는다. 문을 세게 닫고 미미를 뒤쫓아 뛰어간다. 나는 차에 앉아 창밖을 내다본다. 핸드백을 든 미미가 풀밭으로 뛰어간다. 미미가 뒤돌아보며 내게 손짓을 한다.

헌규가 미미의 코트 자락을 나꿔챈다. 미미가 내 쪽을 보며 소리친다. 나는 차 문을 민다. 열리지 않는다. 이것저것 당겨보아도 문이 안 열린다. 경주씨의 꼬마차도 문이 잘 안 열렸다. 헌규가 미미와 실랑이를 벌인다.

"시우야, 빨리 와!" 미미가 외친다.

헌규가 미미를 껴안는다. 미미가 풀밭에 쓰러진다. 넘어진 미미 위로 헌규의 점퍼가 포개진다. 미미 두 다리가 버둥댄다. 헌규가 미미 가랑이 사이로 파고든다. 인희 엄마와의 그 짓이 떠오른다. 인희 엄마는 내 아래서 곧잘 다리를 쳐들었다. 나는 다시 문을 열려 한다. 문이 열리지 않는다. 앞자리 쪽을 보니 운전석 쪽 문이 조금 열려 있다. 나는 앞자리로 건너가, 가까스로 바깥에 나선다.

"시, 시우야!" 미미가 숨가쁘게 고함친다.

나는 언덕 아래로 내려간다. 키요나 짱구 형이 있었으면 좋겠다. 식구들은 싸움에 겁이 없었다. 식구들은 양말에 회칼을 꽂고 다녔다. 낚시꾼 둘이 뒤쪽을 힐끗거리며 구경만 한다. 미미가 어쨌는지, 헌규가 나동그라진다. 미미가 핸드백으로 헌규를 내리친다.

"나쁜 자식. 너 버릇을 내 모를 줄 알구? 그래서 내가 시우를 데려온 거야. 별것 아니지만, 너한테 주고 싶진 않아. 빼앗기긴 더욱 자존심 상하구. 개자식!"

미미가 핸드백으로 다시 헌규를 때린다. 헌규가 풀밭에 떨어진 안경을 찾아 낀다. 옆에 서 있는 나를 본다.

"너 임마, 차에 있으라 했잖아."

헌규의 주먹이 날아든다. 코와 왼쪽 뺨이 화끈하다. 나는 꼿꼿이 서 있다. "부동자세로 차렷! 이빨 나가기 전에 앙다물구. 주먹을 피하는 놈은 다섯 배다. 샌드백 알지? 맞으면 금방 원위치로." 지하실 슬리퍼 공장 감독 조씨가 말했다. 그는 육군 중사 출신이었다. 그가 주먹으로 턱을 칠 때, 쓰러지는 멍충이는 없었다. 쓰러지면 그때부턴 몽둥이질이었다. 그때부터, 나는 쓰러지지 않았다. 늘 꼿꼿이 서서, 원위치에 있었다.

"제법인데?"

헌규가 주먹으로 내 배를 친다. 나는 아픔을 참는다. 원위치만 생각한다. 헌규가 발길로 내 배를 찬다. 나는 엉덩방아를 찧었으나 곧 일어난다. 헌규 앞에 차려 자세를 취한다. 업소에 있을 때도 나는 더러 맞았다. 맞고 난 뒤엔 칭찬을 들었다. 자세가 돼먹었다고 식구들이 말했다.

"이건 순 볼링핀이잖아."

헌규가 킬킬 웃더니 더 때리기를 포기한다.

"왜 때려? 가만있는 시우를 왜 쳐. 너가 뭔데? 개자식, 또 한번 더 올라타보시지?"

미미가 핸드백을 열고 무엇인가 꺼낸다. 송곳이다. 미미가 그런 걸 가졌을 줄 몰랐다.

"찔러봐."

헌규가 미미 앞에 한발 나선다. 나는 얼른 미미와 헌규 사이를 막아선다.

"찔러? 안 돼!" 내가 미미한테 소리친다.

"시우 뒤엔 갱단이 있어. 너 찍혔다 하면 뼈도 못 추려. 아킬레스건을 잘라 병신을 만든다구. 꺼져, 개새끼!"

아킬레스건 이야기는 나도 업소에서 들었다. 송곳을 꼬나쥔 미미의 작은 손이 떨린다.

"두고 봐. 나도 생각이 있어. 쌍판을 확 그어버릴 테니."

"너가 긋기 전에 내가 네 상판에다 염산을 뿌릴 거야. 그따위 공갈에 누가 떨 줄 알구."

헌규가 풀밭을 떠나 혼자 비탈을 오른다. 그가 차를 타더니 차를 길 가운데로 꺾는다. 차가 왔던 길로 되돌아간다. 빨간 승용차가 야산 모퉁이로 사라진다.

"시우야, 안 아파?"

미미가 핸드백에 송곳을 넣는다. 손수건을 꺼내어, 코피 닦아하며 손수건을 준다. 손수건에는 포도 그림이 있다. 손수건에서 비누 냄새가 난다. 코피를 닦는다. 포도가 터져 손수건에 피색이 묻는다. 나는 손수건을 미미에게 준다.

"너 맞을 때, 자세가 이상하더라. 어디서 배웠니? 꼭 군바리 같았어."

나는 그저 웃고 만다. 업소 식구들도 그런 말을 했다. "군에도 못 갈 치가 군인 정신은 철저하군. 그런 부동자세 어디서 배웠니?" 쌍침 형님도 물었다. 나는 중사 출신 조씨를 생각했다.

"네가 힘은 더 셀 것 같은데 왜 맞고만 있었어? 오뚝이처럼 발딱 일어나 차려 자세로."

나는 누구를 때려본 적이 없다. 나는 사람을 때릴 수 없다. 때리는 게 더 겁난다. 때리기보다는 맞는 게 낫다. 맞고 나면 한동안은 때리지 않기 때문이다. "오빠야, 넌 왜 정수한테 맞기만 하니? 나한테도 슬슬 피하는 앤데. 내가 정수 때려줬다. 다시 우리 오빠 놀리거나 때리면 혼날 줄 알라고 했어." 시애가 말했다. 나는 정수를 때린 적이 없었다.

미미와 나는 강을 따라 걷는다. 강은 물결이 낮다. 오랫동안 가물어 수량이 적다. 강바람이 차갑다. 춥지는 않다. 찬바람 속에 무엇인가 스며 있다. 부드러움이다. "이런 바람이 계집 마음에 불을 질러. 봄바람이 나게 마련이지. 처녀애들은 이 바람에 몸살을 앓아. 이 바람이 허파를 채우면 그저 마음이 붕 들떠." 눈 녹는 소리가 사각사각 들리는 이런 봄날, 엄마가 말했다.

작은 새떼가 수면을 차고 난다. 흰목물떼새다. 목에 흰 띠가 있는 새다. 봄에는 아우라지에서도 저 새를 볼 수 있었다. "흰목물떼새는 봄과 가을에 우리나라 중부 지방을 지나가지. 나그네새야. 겨울이면 낙동강 하구에서 월동을 해. 온누리에 봄기운이 돌면 북으로 떠나." 아버지가 말했다.

"시우야, 팔짱 껴도 되지?" 미미가 묻는다.

미미가 내 팔짱을 낀다. 몸을 바싹 붙인다. 향수 냄새가 코를 쏜다. 눈 오던 날, 키 작은 경주씨는 내 팔에 매달렸다. 경주씨는 키가 작고 미미는 키가 크다. 미미가 콧노래를 흥얼거린다. 채종수가 부른 「사랑은 지칠 줄 몰라」이다. 그 노래는 목소리가 묘하다. 남자 같기도 하고 여자 같기도 하다. 따뜻한 그대 팔에 매달려 난 느낀다, 느낌은 늘 새롭다, 하고 부를 때가 그렇다.

"다리 아파. 우리 앉았다 가자."

미미가 풀밭에 주저앉는다. 나도 그 옆에 앉는다. 허옇게 마른 풀밭인데 속줄기가 파랗게 나오고 있다. 여러해살이풀 물레나물이다. 여기저기 쑥이 돋아나 있다. 들제비꽃풀도 있다. 나는 쑥을 뜯으며 쑥내음을 맡는다. 쑥은 냄새가 독특하다. 이른 봄철에 쑥으로 국을 끓여 먹는다. 쑥떡도 맛이 있다. 나와 할머니는 부지런히 쑥을 뜯었다. "숙취에는 쑥국과 고둥국이 일등이지. 쑥이 술병을 낫게 한대. 아비는 쑥국을 많이 먹어야 해. 시우 너를 봐서라도 아비가 오래 살아야 하는데. 늙은 내가 산들 얼마나 살겠냐. 내 죽고, 만약에 네 아비까지 어찌된다면 누가 너를 보살펴주랴. 천하에 외돌토리가 된 너를 누가 챙겨 거두어주겠느냐." 할머니가 서러운 목소리로 말했다. 땀을 흘리며 뜨거운 쑥국을 먹던 아버지가 떠오른다. 아버지의 얼굴은 깡말랐다. 쑥국을 너무 먹어 아버지 얼굴색은 쑥색이 되었다.

　"시우야, 넌 무슨 생각 하니?"

　미미가 두 다리를 싸안는다. 세운 무릎에 턱을 고이고 있다.

　"무슨 생각? 아버지."

　"아버지는 돌아가셨다며?"

　아버지는 나무관에 담겼다. 그 관을 뒷동산에 묻었다. 많은 사람들이 조객으로 왔다. "정선군내 진짜 선생님들은 다 모였군" 하고 누군가 말했다. 여량중학교 졸업생, 재학생들도 많이 왔다. "싸리골 생기고 사람들이 가장 많이 모였어" 하고 한서방이 말했다. 윤이장이 아버지 관 위에 첫 삽질로 흙을 부었다. 여량중학교 졸업생과 재학생들이, "선생님!" 하며 소리쳐 울었다. 학생 몇이 구덩이 속에 뛰어들었다. 관을 싸안고 통곡을 했다. 정선군 해직 교사 복직 대책위원장이 학생들을 구덩이에서 나오게 했다. 여러 사람들이 삽질로 구덩이를 메웠다. 흙을 다져 밟았다. 젊은 선생님들이 한목소리로「전교조 투쟁가」를 소리 높여 불렀다.

캄캄한 어둠을 깨고 / 지옥 같은 폭력을 깨고 / 참교육 민주주의의 / 전교조 깃발 높이 올렸다 / 아 아 전교조여 / 우리의 참사랑이여 / 이 땅에 참교육— 쟁취하는 날까지 / 아 투쟁하리라……

학생들과 젊은 선생들은 무덤을 둥그렇게 만들었다. 아버지가 죽어도, 엄마와 시애는 오지 않았다. 할머니가 섧게 울었다. "죽어도 눈 못 감았을 게다. 시우를 남겨두고 아비 먼저 가다니. 불쌍한 우리 시우 어떡하라구." 할머니가 무덤에 엎어져 일어날 줄 몰랐다. 도담댁, 실례댁, 춘배 어머니가 할머니를 위로했다. 아버지는 관속에 누워 있었다. 아버지는 옷을 입어 춥진 않겠다 싶었다. 아버지가 눈을 뜨면 어떻게 무덤에서 나올까, 그런 생각이 들었다. 그날 밤이었다, 나는 삽을 가지고 무덤으로 갔다. 둥그렇게 흙을 팠다. 아버지가 기어나올 수 있게 굴을 만들 작정이었다. "시우야, 무슨 짓이니?" 어느새 할머니가 등뒤에 있었다. 달이 밝았다. 넌 무섭지도 않냐, 하고 할머니가 물었다. 나는 무섭지 않았다. 아버지가 가까이 있기 때문이었다. "아비가 보고 싶어 그러냐? 네 아비는 이제 죽었어. 다시 볼 수가 없단다. 우리도 죽어야 저승에서 만날 수 있지." 할머니가 나를 안고 울었다. 날이 밝자, 나는 할미풀을 캐왔다. 꽃이 진 할미풀을 무덤 앞에 심었다. 할미풀은 아버지 옆에 있는데, 내 꽃이 없었다. 나는 진달래를 내 꽃으로 삼기로 했다. 진달래를 뿌리째 캐어와 할머니풀 옆에 심었다. 곧 여름이 올 테다. 아버지가 갑갑하고 덥겠다 싶었다. 집 안에 내 키만한 후박나무가 있었다. 후박나무는 잎이 컸다. 여름철에 좋은 그늘을 만들어주었다. 나는 그 후박나무의 새끼 후박나무를 파내었다. 내 허리께에 오는 어린 나무였다. 한서방이 도와주었다. 나는 후박나무를 아버지 무덤 옆에 심었다. 마을 사람들이 나를 보고 기특하다고 말했다.

"여기로 오기 전 구리에 있을 때 무슨 일 했니?" 미미가 묻는다.

"구리에서? 황금 지하."

"그럼 나이트클럽이게? 나도 그 클럽에 더러 갔었어. 그런데 넌 못 봤는데?"

나는 가만있다.

"갱단이 운영하니?"

"갱단? 최상무님이야."

"이제 가. 저기 무슨 식당이 있는 것 같아."

미미가 일어나 걷는다. 운동모 아래 미미의 긴 머리채가 바람에 날린다. 바람은 보이지 않는다. 머리카락이 날릴 때, 거기에 바람이 있다. 나뭇가지가 떨 때, 잎새가 흔들 때도 바람이 있다.

우리는 식당으로 들어간다. 쇠고기 굽는 냄새가 난다.

"나 냉면 먹을래. 넌?"

나는 가만있다. 식당으로 돌아가면 밥을 먹을 수 있다. "물냉면

둘" 하고 미미가 종업원에게 말한다. 나는 식당 종업원이 아니다. 손님이다. 미미가 물수건을 달라고 종업원에게 말한다.

"코피 묻었어. 닦아."

나는 코 주위를 닦는다. 왼쪽 윗잇몸이 부풀었다.

"지겨워. 자극이 없어. 시우 넌 무슨 재미로 사니?"

나는 대답을 못한다. 예리도 내게 그런 말을 물었다. 사는 재미는, 그냥 사는 것이다. 모두 그냥 산다. 먹고, 일하고, 잔다. 인희 엄마는 그 짓 재미로 산다고 했다. 그 짓은 즐겁다. 하지 않을 때는 잊어버린다. 안해도 그만이다. 밥을 먹을 때는 즐겁다. 끼니때가 되면 밥 생각이 난다. 밥 먹는 재미로 산다. 나는 늘 밥만 열심히 먹었다. 다른 사람들은 반찬을 두 가지, 세 가지씩 함께 먹었다. "시우야, 제발 반찬도 먹고 밥을 먹어. 넌 왜 반찬 먹을 줄 모르니? 반찬을 꼭 밥에 얹어줘야 먹니? 맨밥을 먹으면 싱겁지 않아?" 엄마도 할머니도 자주 그런 말을 했다. 그런 말을 들으면 나는 반찬만 열심히 먹었다. 봄철에는 대체로 봄나물 찬이었다.

종업원이 냉면을 날라온다. 미미가 수저통에서 젓가락을 꺼낸다. 내게 젓가락을 준다. 미미는 물냉면에 겨자를 타고 식초를 뿌린다. 나는 아무것도 섞지 않는다. 미미는 냉면과 냉면용 무김치를 번갈아 먹는다. 나는 냉면만 먹는다. 건더기가 너무 적다. 나는 금방 냉면을 먹어치운다. 남은 육수를 다 마셔버린다. 미미는 천천히 냉면을 먹는다. 입술을 오므려 냉면가락을 빨아들인다. 오렌지색 좁은 구멍 사이로 냉면가락이 빨려들어간다. 쪼옥, 소리를 내며 꼬리가 구멍 속으로 감춰진다. "시우야, 좀 빨아줄래?" 그 짓을 하기 전에 인희 엄마가 자주 그 말을 했다. 인희 엄마가 편한 자세로 무릎을 세웠다. 내 머리를 가랑이 사이로 눌렀다. 젓갈 냄새가 났다. 나는 숨이 막혔다.

냉면을 먹고 나자 미미는 핸드백을 연다. 콤팩트와 루주 케이스를 꺼낸다. 미미가 콤팩트의 작은 거울을 들여다본다. 오랜지색 루주를 입술에 바른다.

"이제 가자. 시내로 들어가 영화나 볼까, 볼링 한 게임 칠까." 미미가 지친 듯 말한다.

냉면집 앞은 강변도로다. 한참 있다 버스가 오자 미미가 손을 든다. 만원 버스는 그냥 지나간다. 한참 만에 다른 버스가 멈춰 선다. 미미와 나는 버스를 탄다. 버스는 강을 따라 간다. 강물이 낮 햇살을 받아 반짝인다. 강변 버드나무가 푸르다. 먼 산이 아지랑이에 존다. 그 산들도 은은한 푸른빛을 띠고 있다. 버스가 멈춰 선다. 소풍객들이 몰려 타더니 큰 소리로 떠든다. 버스가 덕소로 들어간다. 강변 유원지에는 매운탕집, 가든이 늘어섰다.

"구리시까지 나갈까? 황금나이트에 가보면 어때?" 미미가 묻는다.

"싫어!"

나는 머리를 흔든다. 키요, 짱구 형, 쌍침 형님이 떠오른다. 갑자기 머릿골이 아프다. 그들을 만나는 게 두렵다. "시우, 넌 두렵거나 무서울 때 골치가 아픈가봐. 얼굴을 찡그리고 머리를 흔드는 걸 보니. 스트레스에 민감한 그 점이 네 병일는지도 몰라." 아버지가 나를 보며 한숨을 쉬었다.

미미가 버스 문으로 간다. 나는 그대로 앉아 있다.

"뭘 해, 빨리 내리잖구." 미미가 말한다.

우리는 버스에서 내린다. 신촌 네거리는 사람들로 붐빈다. 오늘은 일요일이다. 제과점과 커피전문점 앞에 젊은애들이 꾄다. 외출 나온 사병들도 흔하다. 끼리끼리 몰려 서 있다.

"시우 너한테「포레스트 검프」를 보여주고 싶은데, 작년에 끝났으니. 난 서울에서 봤지만." 미미가 말한다.

볼링보다 영화가 낫겠다고 미미가 말한다. 미미가 극장 앞으로 간다. 와부읍에는 극장이 하나밖에 없다. 미미는 입구에서 표를 산다. 극장은 삼층이다. 삼층 대기실이 만원이다. 영화가 끝나기를 기다리는 사람들이다. 대체로 젊은애들과 군인이다. 미미가 팝콘을 사온다. 팝콘을 한주먹 내 손에 준다. 나는 팝콘을 먹는다. 벽에 붙은 포스터를 구경한다. 검정 그물 팬티만 입은 여자가 돌아서 있다. 허리가 잘록하고 엉덩이가 동그랗다. 여자와 마주보고 사내가 비껴서 있다. 올백 머리에 검정 신사복 차림이다. 한 손엔 권총을 들고 있다. 그 옆에도 외국 영화 포스터다. 두 남녀가 키스를 하고 있다.

사람들이 쏟아져 나온다. 미미가 내 손을 잡아끈다. 미미가 극장표의 좌석을 확인한다. 우리는 가운데쯤에 자리를 잡는다. 화면에는 선전 그림이 바뀌고 있다. 내복 선전이 지나간다. 컴퓨터 선전이 지나간다. 자동차 선전이 지나간다. 오디오 선전이 지나간다. 퇴근하면 곧장 가정으로, 하고 여자가 남자에게 애교 있게 말한다. 나도 빨리 돌아가고 싶다. 인희 엄마와 인희가 기다릴 것이다. 인희 엄마의 화난 얼굴이 떠오른다. 미미는 팝콘을 먹으며 화면만 바라본다. 나는 미미에게 가자고 말할 수가 없다.

 화면에 영어 글자가 나온다. 금발 여자와 남자가 침대에서 자고 있다. 금발 여자가 출근을 한다. 복잡한 사무실에서 금발 여자가 컴퓨터를 친다. 저녁이 된다. 사무실에 셔터가 내려진다. 직원 몇만 남았다. 여자와 잠을 잤던 남자가 뒷문으로 들어온다. 큰 가방을 들고 있다. 직원이 돈을 금고에 넣자, 가방 든 남자가 기관총을 꺼낸다. 그가 직원들을 한쪽으로 몰아세운다. 경비원이 권총을 들고 뛰어든다. 가방 든 남자가 연발로 총을 쏜다. 경비원이 쓰러진다. 그는 금고에 쟁인 돈을 가방에 담는다. 금발 여자가 남자 등에 의자를 내던진다. 가방에 돈을 담은 남자가 금발 여자를 나꿔챈다. 여자를 끌고 뒷문으로 빠진다. 비상벨이 울린다. 지하 주차장의 승용차를 탄다. 차가 속력을 낸다. 금발 여자 입에 재갈이 물려 있다. 경찰차가 따라온다. 승용차가 복잡한 거리를 이리저리 피해 빠져나간다. 머리가 아프다. 어지러워 눈을 감는다.

 누가 내 손을 잡는다. 내 무릎에 미미의 점퍼가 덮여 있다. 미미가 내 손을 만지작거린다. 미미의 손이 꼼꼼하다. 여윈 손이다. 살결이 부드럽다. 나는 숨을 죽이고 화면을 본다. 금고 돈을 훔친 남자가 샤워를 한다. 욕실에 등이 밝다. 건장한 어깨 뒤로 비누 거품이 흘러내린다. 거품이 근육질 등판을 탄다. 거품이 엉덩이에서 물로 풀린다. 물이 허벅지에서 장딴지로 흘러내린다.

 "내 손 꼬옥 잡아줘. 여자는 저런 장면에서 자극을 받아." 미미가 내 귀에 속삭인다.

 미미의 목소리에 단내가 섞여 있다. 나는 덤덤하다. 미미가 내 손가락을 끼더니 오므린다. 화면에는 욕실 문이 열려 있다. 침대 머리맡의 불빛이 은은하다. 침대에 큰 가방이 놓여 있다. 금발 여자가 침대 옆 의자에 다리를 꼬고 앉는다. 한쪽 허벅지가 드러나 있다. 창밖으로 밤풍경이 보인다. 도시 가운데로 큰 강이 흐른다. 강이 닿는 곳은 바다다. 부두에는 여러 척의 배가 멈춰 있고, 부두 쪽은 불이 밝다. 부드러운 음악이 흐른다. 바다는 군청색이다. 하늘과 강은 회청색이다. 거울을 통해, 남자가 면도를 하는 게 보인다. 면도기가 턱의 거품을 밀어낸다. 화면에는 남자의 윗몸만 보인다. 남자의 가슴에는 갈색 털이 무성하다.

"멋있지? 넌 가슴에 털 있니?" 미미가 묻는다.

"털? 없어."

미미가 잡힌 손을 빼낸다. 그 손이 내 청바지 지퍼에 머문다. 남자가 샤워를 마친다. 큰 타월로 허리를 두르고 침실로 나온다. 목 긴 글라스 두 개에 술을 따른다. 술잔 하나를 여자에게 건네준다. 한 모금씩 마신다. 남자가 술잔을 탁자에 놓는다. 달콤한 음악이 흐른다. 남자가 여자 금발 머리채를 만지더니 가운 옷깃 사이로 손을 넣는다. 여자가 신음하며 목을 의자 등받이 위로 젖힌다. 눈을 감은 여자 위로 남자가 엎드린다. 미미의 침 삼키는 소리가 들린다. 화면에서 남녀가 입맞춤을 오래 한다. 여자 가운의 느슨한 허리띠가 풀리자 터질 듯한 젖가슴이 드러난다. 남자가 여자를 부드럽게 안는다. 여자 손이 남자 가운의 허리띠를 푼다. 미미 손이 내 청바지 지퍼를 누른다. 여자 알몸이 남자 알몸과 붙는다. 미미 손이 내 청바지 지퍼를 내린다. 여자가 남자를 침대로 민다. 미미 손이 지퍼 안으로 들어온다. 여자가 남자를 침대에 넘어뜨린다. 미미 손이 내 내복 오줌 구멍으로 들어온다. 화면에서 큰 가방이 침대 아래로 떨어진다. 미미 손이 발기한 내 그것을 어른다. 큰 가방이 저절로 열린다. 미미 손이 더 아래로 내려간다. 가방에서 돈다발이 쏟아진다. 미미 머리가 내 어깨에 실린다. 남녀 몸이 엉킨다.

"너도 자극을 받았군." 미미가 침 마른 소리로 말한다.

나는 눈을 감는다. 인희 엄마가 떠오른다. 업소의 예리가 떠오른다. 미미가 손을 뺀다. 나는 감았던 눈을 뜬다. 화면에서 남자가 기관총을 들고 문 옆에 서 있다. 금발 여자는 돈가방을 들고 있다. 밖에서 문을 발길질한다. 밖에서 총 쏘는 소리가 난다. 총질에 문고리가 박살난다. 문이 왈칵 열린다. 남자가 연발로 총을 쏜다. 방으로 뛰어들던 경찰 둘이 쓰러진다. 남자가 복도에 총을 난사한다. 경찰 여럿이 숨는다. 남자가 금발 여자 팔을 나꿔채고 복도로 뛴다. 비상구 계단을 밟는다. 경찰 여럿이 쫓는다. 어두운 계단으로 남녀가 내려간다. 돈가방은 여자가 들고 있다……

뒤차가 앞차를 쫓는 장면이 나온다. 차에서 서로 총질을 한다. 남녀가 바다에서 모터보트를 탄다. 경찰도 모터보트를 탄다. 모터보트끼리 쫓고 쫓긴다. 여전히 금발 여자가 돈가방을 들었다. 남녀가 강물로 뛰어든다. 헬리콥터가 강 위로 낮게 난다. 헬리콥터에서 경찰이 총질을 한다. 남자가 총알에 맞아 허우적거린다. 여자가 돈가방으로 남자 머리를 물속으로 밀어넣는다. 남자가 물 위에서 사라진다. 남자의 누운 몸이 물 위에 떠올랐다 다시 가라앉는다. 헬리콥터에서 밧줄이 내려오자 금발 여자가 매달린다. 여전히 돈가방은 들고 있다. 재판받는 장면이 나온다. 금발 여자가 뭐라고 한참 말한다. 변호사가 뭐라고 설명한다. 나도 재판받는 장면을 본 적이 있었다. 식구들과 함께 갔다. 또식이 형과 칼치가 앞줄에 앉아 있었다. 둘은 솜 바지저고리를 입고 있었다. 둘은 찡오 형님 새끼로, 우리 업소 식구였다. 화면에서 재판이 끝난다. 변호사가 금발 여자에게 간다. 악수를 하며 웃는다. 파티 장면이 나온다. 금발 여자는 보석 달린 검정 드레스를 입었다. 그 여자가 상패를 받는다. 사람들이 박수를 친다. 남자들이 여자를 둘러싸 여자 손등에 공손히 입을 맞춘다. 극장 안이 환해진다. 화면이 사라진다. 관객들이 모두 일어선다.

"독한 년이야. 증권회사 턴 돈은 반납했지만, 포상금까지 받고 남자 은닉 재산을 그 수법으로 가로채다니. 매력 있어." 앞자리 사내애가 말한다.

"자기, 사랑은 맹물이고 돈만 밝히는 여자가 매력 있다구? 옆에선 계집애가 뾰로통하다.

"꿩 먹고 알 먹기 아냐."

계집애가 사내애 손을 뿌리친다. 미미가 내 무릎 위 점퍼를 걸어간다.

"자크 채워." 미미가 말한다.

내 청바지 지퍼가 열려 있다. 나는 지퍼를 올린다. 우리는 극장을 나선다. 어느새 밤이다. 거리가 환하고 네온등이 반짝인다. 통행인이 늘었다. 젊은애들이 밀려다닌다. 앰프의 음악 소리, 호객

소리가 시끄럽다. 끓이고, 볶는 냄새가 난다. 배가 고프다. 물냉면
은 양이 너무 적었다.

"날 따라와." 미미가 말한다. 나는 그 자리에 서 있다. 미미가
내 팔을 끈다. "인희 엄마가 걱정되니? 걱정 마, 오늘은 쉬는 날이
니깐. 문 잠그면 꽃집에서 자도 돼. 안석의자에서 자. 뒤로 젖히면
침대가 되니깐."

나는 꽃집 안에서 자고 싶다. 그 많은 꽃 속에서 꽃과 함께 잔다.
생각만 해도 기분이 좋다. "큰 온실을 짓고 싶어. 그런데 너무 산
골이라 시장성이 문제야. 정년 퇴직하면 한국 토종만으로 식물원
을 열 테야." 아버지가 말했다. 아버지는 여러 종류의 분재와 꽃
을 키웠다. 텃밭에 비닐하우스가 있었다. 겨울이면 화분들을 비닐
하우스에 넣었다. 비닐하우스 안은 연탄불을 피워 따뜻했다. 나는
그 비닐하우스에서 놀았다.

"너 여기 꼼짝 말구 있어." 미미가 말한다.

미미가 빠르게 어디론가 간다. 나는 식당으로 돌아가고 싶다.
여기서 식당은 아주 가깝다. 인희 엄마를 따라 비디오 상점에 간
적이 있었다. 인희가 졸라 인희 엄마는 산수 공부, 국어 공부 테이
프를 샀다. "그런 것 없어요. 재미있는 거." 인희 엄마가 종업원에
게 물었다. "포르노 말씀이죠? 우린 취급 안합니다." 종업원이 말
했다. "비디오 대여점엔 취급하겠죠?" "글쎄요. 숨겨놓고 빌려주
는지. 허긴 요즘 영화가 다 준포르노 아닙니까." 비디오와 테이프
는 내가 들고 왔다. "포르노란 걸 빌려 봐야지. 그게 아주 녹여준대.
너랑 보면 더 재밌을 거야." 인희 엄마와 그런 비디오를 봤다. 인

희 엄마와 그 짓을 하려 옷을 벗으면서였다. 한 여자가 남자 여럿과 그 짓을 했다. 한 남자가 여자 여럿과 그 짓을 했다. "아유, 징그러. 자기 할 땐 몰라도 남이 하는 것 보니 짐승 같다. 끄자. 우린 우리 식대로 해야 재미있지." 인희 엄마가 시큰둥하게 말했다.

나는 사방을 두리번거리며 미미를 찾는다. 젊은애들은 북적대는데, 미미는 없다.

"시우야! 봉 잡았어." 미미가 외친다.

와부읍 신촌 네거리에는 호텔이 하나 있다. 호텔 옆문에서 미미가 튀어나온다. 그쪽은 지하실이다. 입구에 네온사인이 껌벅인다. 시끄러운 음악이 바깥까지 들려온다. 나는 들어가기가 싫다. 시끄러운 건 질색이다.

"넌 암말 않구 가만있으면 돼. 너 장기잖아."

미미가 지하 계단으로 나를 끌어내린다.

"셔 옵쇼." 문지기가 말한다.

문지기는 내가 아니다. 빈대 아저씨도 아니다. 문을 열자, 색소폰이 흐느낀다. 홀 안이 깜깜한데 무대 쪽만 밝다. 황금나이트클럽도 그랬다. 잠시 있으면 잘 보였다. 무대에는 두 쌍이 블루스를 춘다. 사이키델릭 조명이 물처럼 흐른다. 홀엔 손님이 별로 없다. 황금나이트도 초저녁엔 그랬다. 밤이 깊어야 손님이 몰려든다. 미미가 내 팔을 끌고 의자 사이로 빠져나간다. 구석자리 테이블에 젊은 녀석 둘이 앉아 있다.

"달고 다니던 꺽정이는 어쩌구?"

라운드 티가 미미에게 묻는다. 그는 영어 글자가 잔뜩 갈겨진 얼룩덜룩한 티셔츠를 입었다. 흰 목도리를 걸쳤다.

"깼어, 파싹. 여긴 내 사촌오빠. 강원도 산촌서 왔기에 구경시켜 주려구."

"그렇게 보이는군. 앉으슈" 하며, 노랑조끼가 나를 훑어본다.

"초저녁부텀 웬일이니, 노랑 술병 까구?" 미미가 양주병을 보고 묻는다.

"정민이 쟤 보증금 챙긴 날 아냐."

"또 땅 팔았어?"

"전원주택 토지는 내 지갑이구. 쟨 꼰대 주차장 맡았잖아. 강변 나루터 앞에."

"심심한데 한 곡 비빌까." 정민이가 미미에게 말한다.

"목이나 축이구." 미미가 대답한다.

조끼가 양주잔을 비운다. 미미에게 잔을 건네 양주를 친다. 형씨도 한잔 꺾으슈, 하고 정민이가 내게 잔을 내민다. 나는 잔을 받는다. 마시지 않고 테이블에 놓는다. 미미가 한 모금에 술잔을 비운다. 조끼는 귀옥이가 안 온다며 투덜댄다. 정민이는 부모가 일본으로 온천 여행을 떠났다고 말한다. 오늘 밤엔 너네 집에서 포커나 해, 하고 조끼가 말한다.

"여기서 나이트해. 오늘 밤은 내가 꺾으마."

정민이가 바지 뒷주머니 손을 넣는다. 지갑을 꺼낸다. 두툼한 지갑을 흔들어 보인다.

"귀옥이년 안 되겠는데. 제 주제에 무슨 삼수야. 대학이 단가. 요리학원이나 패션학원이나 나가지. 개성 시대 아냐. 그쪽이 성공

128

의 지름길일 수도 있어. 많이 배움 뭐 해, 엉덩이 철판 될 텐데."
조끼가 시계를 보며 말한다.

"종길아, 내 세번째 말한다. 바꿔. 그 정돈 널렸어. 미미도 깼다 잖아. 미미, 나랑 쪼깐 지내볼까" 하며, 정민이가 미미 어깨에 손을 두른다.

"지금 지내고 있잖아."

"내일 어때? 재 주차장에 외제차 있어. 그것 몰구 설악산 안 갈래? 희자도 끼겠대."

"난 안 돼. 낮엔 일해야 해."

"꽃집이랬지? 집어쳐. 너 용돈 내가 댈 수 있어."

"미국은 아주 포기했군."

"온보현 그치 땜에 텄어. 일본 쪽을 알아보려나봐. 그래서 꼰대들 떠났지."

그들은 잔을 비우고 잔을 돌린다. 음악이 바뀌자 홀의 공기를 찢는 랩이다. 미미가 점퍼를 벗는다. 미미가 정민이와 무대로 나간다. 종길이도 따라나간다. 셋은 열심히 흔들어댄다. 미미는 춤을 잘 춘다. 운동모를 벗어 빙빙 돌린다. 음악이 너무 시끄럽다. 노래긴 한데 무슨 말인지 알아들을 수 없다. 앵앵거리는 어린애 목소리로 고함만 질러댄다. 귀가 아프고 머릿골도 아프다. 어지럽다. 나는 슬그머니 홀에서 나온다. 이미 밤이 깊었다. 썰렁한 극장 앞을 지난다. 큰길로 나선다. 불을 켜둔 은행 간판이 보인다. 은행 골목을 꺾어 들자 흥부식당이 나온다.

식당 홀엔 등이 꺼졌다. 인희 엄마가 두렵다. 꽃집 쇠막대 셔터가 내려져 있다. 나는 식당 앞을 왔다 갔다 한다. 꽃집 안도 들여다본다. 꽃들이 희미하게 보인다. 꽃집 안엔 전기 히터를 켜두어늘 따뜻하다. 바람이 세차다. 밤들고 겨울바람으로 변했다. 배가고프다. 물냉면은 밥이 아니었다. 나는 식당과 꽃집 사이에 쪼그려 앉는다. 두 손을 겨드랑에 꽂는다. 목을 한껏 움츠린다. 점퍼를 머리 위로 뒤집어쓴다. 턱까지 떨린다. 봄인데 왜 이렇게 추운지 모르겠다. 할머니는 꽃샘바람이라 춥다고 말했다. "꽃샘바람에 거지 얼어 죽지." 화롯불을 쬐며 할머니가 말했다. 할머니, 아버지, 엄마, 시애, 그 이름들을 차례로 불러본다. 그렇게 부르면 눈물이 난다. 나는 소리 내지 않고 운다. 슬리퍼 만드는 지하실에서도 그렇게 울었다. 식이는 젓가락처럼 말라 일을 못했다. 용태는 눈이 나빠져 헛것을 집었다. 사람을 알아보지도 못했다. 둘은 지하실을 떠났다. 그들이 떠날 때, 멍청이들이 모두 울었다. 부랑자 수용소에서도, 멍텅구리배에서도 나는 울었다. "외로워서 우는구나. 참지 말고 실컷 울어. 그러면 속이 후련해지지. 눈물로 먹는 밥, 그 밥의 진정한 의미를 알 날이 올 거야. 그러나 시우 넌 그런 날이 올지 모르겠다. 그 정돈 깨달을 머리는 돼야 하는데." 멍텅구리배에서 강훈 형이 말했다. 나는 아슴아슴 잠에 빠져든다.

"너 시우 맞지?"

누가 내 어깨를 흔든다. 나는 점퍼에서 머리를 빼낸다. 인희 엄마다.

"문을 안 잠갔는데, 왜 들어오지 않구. 문 잠그려다 혹시나 해서 보니……"

나는 일어선다. 오금이 저리다. 인희 엄마를 따라 식당으로 들어간다.

"미미년은 어떡하고? 밥이나 먹었니?" 인희 엄마가 묻는다. 나는 홀에 우두커니 서 있다. 나는 어느 방으로 가야 할는지 모른다. 인희 엄마가 홀에 형광등을 켠다.

"밥도 안 먹었구나. 네 꼴이 그래. 내가 뭐랬니. 그런 썩은 년하곤 놀지 말랬잖아. 너가 좋아서 데리고 다니는 줄 아니? 널 이용해먹는 게야." 인희 엄마가 혀를 찬다. 밥 먹으라며 보온밥통에서 밥을 푼다.

*

며칠이 지난다.

바람이 몹시 불던 날 밤이다. 그날 밤도 나는 안방에서 잠을 잔다. 인희 엄마와 그 짓을 한다. 인희 엄마의 청대로, 오래오래 한다. 내 무르팍이 성할 날이 없다. 늘 피딱지 앉는다. 인희 엄마 청을 거절할 수 없다. 내 몸에서 인희 엄마가 떨어져나간다.

"이것도 밥 먹는 것과 다를 게 뭐가 있겠니. 안 그래, 시우야. 어쨌든 이것도 먹어야 사니깐. 그래야 살 힘이 생기니깐. 출장이 잦은 서방 두고, 밥만 먹여주면 다냐구 바가지 긁는 여편네도 따지고 보면 그걸 못 먹어 환장을 했기 때문이야. 밥 먹을 걱정 놓으면 다음으로 이게 중요하지. 주야로 그 생각만 난다니깐. 낮엔 옷차려입구 점잔들 빼지만 밤엔 너나없이 색정에 들떠서……" 인희 엄마가 하품을 한다. 시든 내 그것을 조물락거린다. 내 팔을 베고 있다. "끼니 때우기 힘든 시절엔 그저 밥술이나 양껏 먹여주면 원이 없을 것 같았어. 아버진 중풍으로 눕고, 야채장수 하던 엄만 교통사고를 당하구…… 열여섯에 봉제공장 시다로 들어갔을 땐 정말 그랬지. 별 보고 나가고 별 보고 들어오던 한 시절 고생담, 읊어봐야 뭐 하겠니. 다 지난 얘기야. 먹고사는 걱정 없어지면 담엔 뭐가 있겠어. 밥상도 밥상 나름이지. 된장국에 꽁보리밥도 맛 좋은 시절이 있구, 고기 반찬에 쌀밥도 시시해 보일 적 있어. 시우, 너야말로 물리지 않는 밥상이다. 야채도 있고, 고기도 있고, 밥도 있으니……"

인희 엄마 목소리가 졸음에 겨웁다. 손에 힘이 빠지더니 동작을 멈춘다. 인희의 숨소리와 장단을 맞춘다.

문 두드리는 소리가 들린다. 누군가 식당 문을 두드린다.

"봐, 문 열어. 문 좀 열라니깐."

식당 문을 흔든다. 늦은 밤중에 주정꾼이 더러 그랬다. 놓아두면 제풀에 지쳐 돌아갔다. 계속 문을 두드린다. 끈질긴 손님이다. 그날 밤을 생각한다. 형사일는지 모른다. 가슴이 뛴다. 갑자기 머릿골이 따끔하다. 몸을 일으키자 내 팔에 실렸던 인희 엄마 머리가 요에 떨어진다.

"왜 그래, 뭐야?" 인희 엄마가 묻는다.

"누, 누가, 밖에서……"

나는 어둠 속에서 옷을 찾는다. 청바지를 다리에 꿴다. 셔츠를 더듬는다. 어디 있는지 찾을 수가 없다. 바깥에서 연방 문짝을 흔든다. 술 취한 목소리다. 나는 홀로 나선다. 깜깜해서 신을 찾을 수 없다. 맨발로 홀을 질러간다.

"시우야, 문 열지 마!" 방에서 인희 엄마가 외친다.

나는 문 앞에서 걸음을 멈춘다. 방 안에 형광등이 켜진다. 밖에서 문을 열라고 계속 주절댄다. 인희 엄마가 옷을 입고 나온다.

"넌 골방으로 들어가. 그 작자가 분명해."

인희 엄마가 문을 연다. 추레한 사내가 홀로 들어선다. 사내는 검정 파카를 입었다. 낡은 가방을 들었다. 다리를 절룩인다. 수염이 텁수룩하고 까치머리다.

"인희 잘 있어?" 사내가 묻는다.

"잘 있어요."

사내가 주방에 서 있는 나를 보고 피식 웃는다. 나는 윗몸이 알몸이다. 춥고 부끄럽다. 나는 골방으로 들어간다.

"젊은 놈을 꿰찼군. 넌 워낙 그런 년이라 혼잔 못 잘 거야."

"남이야."

"소주 한 병 줘."

"왜 왔어? 다신 나타나지 않겠다고 했잖아."

"술 한 병 달라니깐."

주먹으로 탁자 치는 소리가 들린다. 나는 이불 속에서 귀를 기울인다.

"행패 부리러 나타났어? 안 보니 살 만하다 했는데."

주방에서 그릇 달그락대는 소리가 난다. 인희 엄마가 술상을 보는 모양이다. 갑자기 무서운 생각이 든다. 나는 인희 엄마와 조금 전에 그 짓을 했다. 그 사내가 골방으로 덮칠 것 같다. 머릿골이 아프다. 이불을 머리 위로 당겨 쓴다.

"나 그새 원양 어선을 탔어. 뉴질랜드 남쪽, 남극 가까이까지 갔었지."

"나와 상관없지만, 늦게 철들었나봐. 돈푼깨나 쥐었겠는데, 왜 그 꼴이야?"

"선상 난동죄로 석 달 살고 나오는 길이야. 다리도 배에서 다쳤어."

"술 달라니 주지만, 오늘은 그냥 돌아가. 그 꼴로 자는 애 깨우지 말구. 인희 놀라겠어. 내일 아침 이발하고 옷이라도 깨끗이 해서 와. 아비 없이 키우지만 상처 주기 싫어. 인희한텐 아버지를 미국에 계신 훌륭한 신사로 얘기하니깐."

"훌륭한 신사? 주둥아리는 까져 사람 웃기네. 너 주제에 언제부터 신사 찾았어? 젊은 놈팽이 끌어들여 씹이나 하며, 뭐라구, 인희 상처 주기 싫다구?"

와장창, 그릇 깨지는 소리가 들린다. 아무래도 인희가 깰 것만 같다. 나는 마음이 조마조마하다. 인희 아버지가 골방을 덮칠는지 모른다. 구석에서 홑점퍼를 찾아 입는다.

"깨라. 다 부숴봐!"

골방 앞으로 무엇인가 날아와 박살이 난다.

"봐요. 여기 신촌 네거리 그린은행 안쪽, 꽃집 옆 흥부식당이에요. 경찰차 빨리 좀 와줘요! 난리가 났어요!" 인희 엄마 목소리가 급하다.

"이년이 어따 대고 전화질이야!"

전화기가 박살난다. 뺨 갈기는 소리가 난다. 인희 엄마가, 나 죽는다며 소리친다. 안방에서 인희 울음이 터진다.

"시우야, 파출소 빨리 가!" 인희 엄마가 외친다.

나는 골방에 계속 숨어 있을 수만 없다. 머리가 아파 비틀대며 일어선다. 주방으로 나서니 인희 아버지가 인희 엄마 멱살을 쥐고 있다. 인희 엄마 코에서 피가 흐른다. 인희 아버지가 나를 본다. 이제 내게로 달려든다.

"넌 웬 놈이야. 언제부터 붙어먹었어!"

인희 아버지가 주먹으로 내 얼굴을 친다. 나는 그대로 맞는다. 인희 아버지가 내 멱살을 틀어쥔다. 서너 차례 뺨을 때린다.

"걘 왜 때려? 네가 뭔데. 무슨 권리로 쳐!"

인희 엄마가 인희 아버지와 나 사이에 끼어든다. 인희가 제 엄마 치맛자락에 매달린다. 인희 아버지가 구둣발로 내 촛대뼈를 찬다. 나는 그대로 서서 맞는다.

"네놈부터 죽이겠어!"

인희 아버지가 주위를 두리번거린다. 요리대에서 식칼을 찾아 든다. 나는 몇 발 뒷걸음질친다. 바깥에서 사이렌 소리가 들린다. 차가 찌익 멎는 소리가 난다. 인희 아버지가 식칼을 떨어뜨린다. 식당 문이 열리고 경찰 셋이 뛰어든다.

"움직이지 마. 손 들어!" 점퍼 입은 경찰이다. 권총을 뽑아든다.

"저 사람이 식칼로 쟤를 찌르려 했어요." 인희 엄마가 코피를 닦으며 말한다.

권총 든 순경이 나를 보고, 비키라고 말한다. 허리에서 수갑을 꺼낸다.

"난 이 여자 서방이오. 좋소, 갑시다. 파출소로 가서 따집시다. 도망 안 갈 테니 수갑은 필요 없소." 인희 아버지가 말한다.

"서방 좋아하네. 언제 우리가 혼인신고 하고 살았어. 미친놈 다 보겠군."

인희 엄마가 말 콧숨 소리를 낸다. 인희가 어깨를 들먹이며 운다.

"세 사람 모두 파출소로 갑시다."

순경이 권총을 권총지갑에 넣는다. 수갑도 허리에 다시 찬다. 인희 아버지는 잠시만 기다리슈, 하더니 들고 온 가방을 연다. 포장된 큰 상자를 꺼낸다.

"인희야, 아버지가 네 선물 사왔어."

"인희야, 받지 마." 인희 엄마가 인희를 몸 뒤로 감춘다.

인희 아버지는 선물 상자를 탁자에 놓는다. 순경이 빨리 가자고 재촉한다. 우리는 홀을 나선다.

"엄마!" 인희가 발을 동동거리며 운다.

"혼자 집 지켜. 엄마 곧 올게."

순경이, 애를 볼 사람이 없냐고 인희 엄마에게 묻는다.

"쟤 혼자 두면, 불장난 치든, 파출소 찾아 나서 길을 잃든, 도둑이 들면 책임져야 해요."

"내가 데리고 가지. 인희야, 아버지하고 같이 가. 그새 우리 인희 많이 컸군." 인희 아버지가 말한다.

"인희한테 손대지 말아. 당신은 그럴 권리 없어. 아비 되기를 포기한 지도 오랜 사람이, 새삼 무슨 아버지라구."

순경이 인희 아버지 팔을 잡는다. 인희 아버지가 절룩거리며 바깥으로 나간다.

"저 청년은 뭐요?"

"우리 식당 종업원입니다. 저 사람이 오해해서 봉변을 당했죠." 인희 엄마가 말한다.

"마누라와 붙어먹은 놈이오. 제가 흥분 안하게 됐어요." 인희 아버지가 순경에게 말한다.

"당신은 어쨌든 가해자잖소. 파출소에서 따져요." 순경이 나를 본다. "그럼 청년은 남아요. 애나 돌보고 있어요. 필요하면 파출소로 부를 테니."

인희 엄마가 인희에게, 아저씨와 함께 있으라며 식당을 나선다. 식당 문이 닫힌다. 차 떠나는 소리가 난다. 머릿골이 비로소 아프지 않다. 나는 훌쩍이는 인희를 안방에 데리고 온다.

"아저씨, 아까 그 사람 정말 우리 아빠 맞아?" 인희가 묻는다.

"맞아."

"미국 있다던 아빠가 거지 같애. 다리도 쩔룩이고."

오른쪽 촛대뼈가 몹시 아프다. 뺨도 얼얼하다. 청바지 가랑이를 올리니 피멍이 들었다.

"왜 아빠가 엄마하고 아저씨 때려? 막 부수구. 술 먹었나봐." 인희가 발딱 일어난다. 홀로 나가 선물 상자를 들고 온다. 포장지를 뜯더니 뚜껑을 연다. "예쁜 곰이네. 너무 귀엽다!"

"귀엽지? 그건 코알라야."

"꼭 곰 같은데."

인희는 코알라를 품에 안는다. "코알라는 하루에 열아홉 시간 잠만 자는 게으른 동물이지. 느림뱅이라 곰으로 잘못 알려졌지만, 사실은 캥거루와 같은 유대류로 주머니에서 새끼에게 젖을 먹여 키워." 아버지가 들려준 말이다. 인희는 코알라를 품에 안고 이불 속으로 들어간다. 넌 아빠니 엄마니, 하고 인희가 코알라에게 묻는다. 잠시 뒤, 인희는 잠에 든다. 나도 그 옆에서 옹크리고 잠을 잔다.

날이 밝았다. 홀 문을 열고 한참 뒤, 인희 엄마가 돌아온다. 한쪽 뺨과 턱이 벌겋게 부풀어 있다. 인희 엄마는 인희가 안고 자는 코알라 인형을 본다.

"저것 그치가 사온 거야?"

"사온 거예요."

인희 엄마가 인형을 빼앗아 방구석에 패대기친다. 인희가 눈을 뜬다. 울음을 터뜨린다. 인희가 이불에서 빠져나와 구석으로 기어간다. 코알라 인형을 품에 안는다. 인희가 겁먹은 눈으로 제 엄마를 본다.

"손님 올 때 됐다." 인희 엄마가 냉랭하게 말한다.

인희 엄마는 앞치마를 두른다. 소매 걷어붙이고 주방으로 간다. 국솥이 얹힌 가스레인지에 불을 켠다. 나는 '아침식사 됩니다'라고 쓴 간판을 바깥에 내다놓는다. 아침식사 손님이 하나둘 들어선다. 부근 공사장 인부들이 몰려온다.

"아주머니, 훈장 붙였습니다. 어젯밤에 한판 붙은 모양이죠?"

공사장 인부가 묻는다.

인희 엄마는 대답하지 않는다. 나는 국밥과 찬을 소반으로 나른다. 아침 손님이 얼추 빠져나갔을 때, 연변댁이 온다. 연변댁이 인희 엄마를 보고 놀란다.

"어머, 웬일입니까. 밤늦게 주정뱅이가 행패를 부렸군요? 총각 두 뺨이 부었습네다."

"인희 아비가 왔어요. 파출소에다 넘겨버렸죠. 미친놈, 다리까지 절며 나타나선."

인희 엄마는 우리들 아침 밥상을 차린다. 인희야 밥 먹어라, 하곤 앞치마를 벗는다. 안방으로 들어간다. 인희가 인형을 안고 홀로 나온다. 연변댁, 인희, 내가 아침밥을 먹는다.

"아주머니, 식사합세다." 연변댁이 말한다.

"난 안 먹어요. 병원으로 가서 진단서 끊어야겠어요."

인희 엄마가 나들이옷을 입고 나온다. 연변댁에게, 병원에 갔다 오겠다고 말한다.

4. 지하조직 식구들

아침식사 손님이 한차례 다녀간다. 인희 엄마가 앞치마를 벗고 방으로 들어간다. 연변댁이 출근한다. 나는 홀 바닥을 비질하고 연변댁은 설거지를 한다. 인희 엄마가 바바리코트를 입고 나온다. 파출소에 갔다 오겠다며 홀을 나선다. 인희 엄마는 인희 아버지를 고소해서 파출소 출입이 잦다.

한참 시간이 흐른 뒤다. 인희 엄마는 돌아오지 않는다. 연변댁과 나는 마늘을 깐다. 출입문이 열려 그 쪽을 본다. 선글라스짜리 둘이 홀로 들어선다. 낯이 익어, 나는 나도 모르게 벌떡 일어선다. 손에 쥔 마늘이 저절로 떨어진다. 숨을 제대로 쉴 수 없다. 머릿골을 바늘이 찔러댄다. 키요와 짱구 형이 나를 본다. 키요는 여전히 여자 닮은 해사한 얼굴에 말총머리다. 각진 얼굴에 구레나룻 시커먼 짱구 형은 화난 표정이다. 둘이 문 앞 의자에 앉는다. 초록색 가죽점퍼 입은 키요가 선글라스를 벗는다.

"마두, 넌 기억력 하난 끝내주잖아. 설마 우릴 잊었을려구." 키요가 말한다.

나는 떨며 멍하니 서 있다.

"잘 아시는 사입네까?" 연변댁이 묻는다.

"알다마다. 우린 한식구요." 짱구 형이 말한다. 짱구 형은 땅땅하고 머리가 크다. 스포츠 머리에 코밑수염을 깎지 않아 늘 검추레했다. 목 있는 검정 스웨터에 검정 가죽점퍼 차림이다.

"마두, 나가자구. 할말이 있으니."

"커피점 갔다 올게요. 겁먹지 마슈. 우린 한식구였수다." 키요가 연변댁에게 말한다.

짱구 형이 내 어깨를 잡아챈다. 나는 둘에게 끌려, 밖으로 나온다. 우리는 은행 지하다방으로 들어간다. 키요가 구석자리 안쪽 의자로 나를 밀어넣는다.

"접때 말야, 경찰서에서, 네가 우릴 두고 쥐떼들 칼로 그렸다 했냐?" 짱구 형이 묻는다.

"칼로 그려?" 나는 머리를 흔든다. 머리가 더 아프다.

"네가 말했대도 그치들은 네 말 믿진 않았을 테지. 그건 그렇구, 식당에선 언제부터 일했어?" 키요가 묻는다.

"언제부터? 그때, 차, 차 못 타서 걸어서……"

짱구가 커피를 주문한다.

"쌍칼 성님이 널 보재. 우린 항구에서 올 때부터 한식구였잖아. 한번 식구는 영원한 식구. 그날 젖 마신 신고식 기억나지? 문신도 새겼구." 키요가 말한다.

식구들은 피 탄 술을 젖이라고 말했다. 쌍침 형님은 우리 조 리더다. 그는 몸이 건장하고 두꺼비 상판이다. 진짜 칼잡이다. 다트 게임에선 흑점을 명중시킨다. 항구에 있을 때, 잭나이프도 그렇게 꽂았다. 쌍침 형님을 떠올리자, 나는 무서워 울고 싶다. 커피가 온다. 나는 커피를 한 모금 마신다.

"식당서 그동안 마두 월급 줬을까?" 짱구 형이 키요에게 묻는다.

"마두가 월급 챙길 줄 알겠어요. 돈 쓸 줄도 모르는데."

"작년 십일월 하순이었지. 그렇다면, 십이월하고 일, 이, 삼월, 지금이 사월하고도 팔일이니, 네 달이 넘었잖아." 짱구 형이 손가락셈을 한다. "너 마두 데리고 먼저 떠나. 형님 기다리셔. 내가 식당 손 좀 보고 뒤따라가마."

짱구 형이 의자에서 일어난다. 우리는 커피점을 나선다.

"성, 마두 사물도 챙겨와요. 최소한 월 칠십씩은 쳐야 해. 요즘 사람 부리고 그 정도 안 주는 업소 어딨어. 쪽방 거리 애들 봐요. 일당 받는 중국집 배달도 한 달 치 모으면 월 백이에요." 키요가 짱구 형에게 말한다.

"알았어."

"우리 업소 다시 가는 데 유감 없지?" 키요가 묻는다.

나는 식구들과 함께 있기 싫다. 싫다는 말을 하고 싶다. 그 말을 할 수가 없다. 머릿골이 계속 아프다. 우리는 은행 앞으로 나온다. 이제 다시 인희 엄마를 못 볼 것 같다. 인희와 연변댁도, 미미도 볼 수 없다.

"너 울고 있잖아. 무언가 섭섭한 게 있는 모양이군."

키요가 은행 옆에 세워둔 오토바이 앞에 선다. 오토바이가 두 대다. 키요가 오토바이에 오른다. 나를 보고, 타라고 말한다. 나는 뒷자리에 앉는다. 키요가 선글라스를 쓰고 오토바이 시동을 건다. 오토바이가 네거리를 벗어난다. 차창 밖 들녘은 봄이 활짝 피었다. 가로수 벚꽃이 만발하다. 아우라지에는 산벚나무가 많았다. 강이 나선다. 강바람이 차갑다.

"마두, 우린 호텔서 달 반을 살았어. 집행유예로 빠지긴 했지만." 키요가 말한다.

최상무님, 쌍침 형님, 불곰 형님, 찡오 형님, 빈대 아저씨, 그 외 많은 식구들 얼굴이 떠오른다. 나는 다시 그들과 한식구가 될 터이다.

오토바이가 구리시 수택동 이촌 번화가로 들어선다. 오토바이가 백화점이 있는 네거리를 꺾어 돈다. 백화점 벽에 봄 세일 대형 현수막이 내리닫이로 걸렸다. 눈에 익은 거리가 나선다. 양품점, 가전제품점, 구둣방, 화장품점, 양장점, 식당, 커피점, 단란주점, 호프집, 극장, 노래방…… 온갖 점포들이 모여 있다. 밤낮으로 사람이 많이 꾄다. 황금호텔도 보인다. 이 구역이 최상무파 근거지이다. 황금호텔 나이트클럽은 낮에는 쉰다. 나는 그 업소에서 일했다. 나이트클럽 입구 코너에 구두닦이 알루미늄 박스가 있다. 박스 운영은 식구들이 맡았다.

"마두 아냐? 오랜만이다. 그동안 어디 있었어?"

구두닦이 박스 안에서 얼굴에 구두약 묻은 빈대 아저씨가 반갑게 말을 건다. 앉아 있을 때는 짧은 다리가 감추어진다. 나와는 지하 나이트클럽 기도를 같이 보았다. 이제 '닦슈'가 되었다. 벌렁코 형도 구두를 닦고 있다. 그도 나를 보고 손을 흔든다. 키요는 오토바이를 이촌가든 쪽으로 몰고 간다. 여관, 술집, 식당이 즐비한 골목으로 꺾어 돈다. 안동손칼국시 식당이 있는 건물은 삼층이다. 지하실은 카페, 일층은 식당, 이층은 전자오락장, 삼층에는 기원과 직업소개소가 있다. 식구들이 낮에는 오락장에서 시간을 보내기도 했다. 키요가 오토바이를 세운다. 나도 내린다.

"아저씨, 누가 왔어요?" 키요가 담배포 아저씨에게 묻는다.

"아무도. 새(경찰)들이 많이 얼쩡거려. 조심해." 담배포 명씨가 말한다.

명씨가 나를 보고 알은체한다. 따라와, 하고 키요가 말한다. 그는 국숫집 이층 계단으로 오른다. 전자오락장 소음이 바깥까지 시끄럽다. 삼층으로 오른다. 딱 하며 바둑돌 놓는 소리가 난다. 키요는 옥상으로 올라간다. 옥상 오르는 계단에는 폐품 의자들이 쌓여 있다. 키요가 옥상 철문을 두드린다. 한 번 두드리고 멈췄다 두 번을 연달아 두드린다.

"누구세요?" 안쪽에서 들리는 여자 목소리다.

"키요예요."

안에서 문을 딴다. 채리 누나가 문을 열어준다.

"마두 왔구나. 오랜만이야."

채리 누나는 황금나이트클럽 새끼마담이었다. 항구에서 구리시로 처음 왔을 때, 채리 누나는 쇼걸이었다. 쇼걸 중에서도 고참이었다. 채리 누나 몸매는, 나올 곳은 나오고 잘록한 곳은 잘록했다.

춤을 출 때, 잘 흔들고, 잘 벌리고, 잘 꼬았다. 나이를 먹어 쇼걸을 그만두고 클럽 새끼마담이 되었다. 채리 누나는 쌍침 형님의 '자기'이다. 채리 누나가 쇠문을 닫고 빗장을 지른다. 누나는 하늘색 원피스를 입고 검정 재킷을 걸쳤다.

옥상 뒤쪽에 조립식 철제 건물이 있다. 건축 공사 현장에 있는 임시 사무실 같은 거다. 한쪽 보호벽을 따라 간이 화단이 있다. 옥상에는 잡동사니들로 어수선하다.

"성님, 마두 데려왔어요." 키요가 쌍침 형님에게 말한다.

쌍침 형님이 휠체어에 앉아 있다. 나는 형의 옆모습을 차마 볼 수가 없다. 광대뼈에는 피딱지가 앉았다. 양쪽 팔은 붕대를 감았고 오른쪽 다리는 깁스를 했다. 사람 꼴이 아니다. 인희의 학습 교재 조각그림 맞추기 같다. "흉하지? 경찰봉에 맞았어." 나흘 만에 집으로 돌아온 아버지가 말했다. 머리와 손에 붕대를 감고 있었다. 함께 온 엄마가 아버지를 부축했다. 전국교원노동조합 교사들이 교육청 마당에서 농성을 벌였다고 엄마가 말했다. 경찰의 해산 명령을 어겨 모두 끌려갔다는 것이다. "안 끌려가려 버티니 다칠 수밖에. 저 양반하고 주동자 몇이 구류를 살았지 뭐예요." 엄마가 할머니에게 말했다. 얼마 뒤, 아버지는 학교에서 '잘렸다.'

나는 고개를 숙이고 쌍침 형님 앞에 서 있다.

"마두 널 찾아오라 했어." 쌍침 형님이 내 쪽을 보지 않는다. "여길 찾아올 줄 몰랐냐?"

"모, 몰랐어요."

"와부에서 식당에 있담서?"

쌍침 형님은 텔레비전 화면만 본다. 화면에는 조폭들의 칼질과 격투가 한창이다. 치고, 차고, 함부로 부순다. 쓰러지고, 떨어지고, 피 흘리고, 다치고, 죽는다. 죽으면 조각 그림처럼 맞춰도 살아나지 않는다.

"짱구는?" 쌍침 형님이 키요에게 묻는다.

"식당서 몇 달 일했는데 마두가 월급을 못 챙긴 것 같아 조지고 오겠대요."

"강변 쪽은 조용하구?"

"아침 시간이라……"

"채리, 넌 이제 마두한테 인계해. 그동안 고생 많았어."

"알았어요. 자주 들를게요."

"그럴 필욘 없어. 간호사 왕진도 끝났으니깐. 들랑거리면 찍혀. 나도 위험하구. 가봐, 키요두."

쌍침 형님이 처음으로 우리 쪽에 눈길을 준다. 두 눈 흰자위가 피색이다. 채리 누나가 핸드백을 챙겨든다. 조리 잘하세요, 하고 형님에게 말한다. 키요가 허리를 반쯤 꺾어 절한다. 식구들은 리더에게 늘 그렇게 절한다. 앞으로 나도 그렇게 절해야 한다.

"마두, 철문 잠가." 키요가 말한다.

채리 누나와 키요가 가건물을 나선다.

"간병 잘해드려야 한다. 넌 입이 무겁고 고분고분하니깐, 잘할 거야." 채리 누나가 말한다.

예리 잘 있어요? 하고 나는 채리 누나에게 묻고 싶다. 입술이 잘 떨어지지 않는다. "채리 언니가 날 동생으로 삼겠대. 그래서 예리란 이름을 지어주었어. 언니와 난 리자 돌림이니깐." 예리가 말했다. 예리도 쇼걸이었다. 예리는 본 이름이 순옥이다. 키요와 채리 누나가 옥상을 떠난다. 나는 철문을 닫고 빗장을 지른다. 가건물로 돌아온다. 쌍침 형님은 텔레비전 화면만 본다.

"아, 아파요?" 쌍침 형님에게 묻는다.

"이젠 참을 만하다. 죽다 살아났지. 쥐떼한테 보복을 당했어."

"다, 당했어요?"

"쥐떼가 그동안 날 계속 미행했어. 내 불찰이었지. 당할 땐 술에 취했구. 채리가 아니었담, 난 아주 갔을 거야."

강변파를 쥐떼라 부른다. 강변파는 미금시가 나와바리이다. 처음은 덕소 강변 위락장 일대를 무대로 삼은 조직이었다. 차츰 세력을 키워 도농동 해방촌을 관할 구역으로 확장했다. 남양군에서 미금시가 독립하자 시청이 들어선 금곡으로 진출했다. 강변파는 금곡, 도농동 해방촌 일대, 덕소가 나와바리이다. 그런 말은 키요와 짱구 형이 들려주었다.

텔레비전 화면에는 주인공의 활약이 대단하다. 맨손으로 혼자 싸운다. 여럿을 상대로 모조리 쓰러뜨린다. 등뒤에서 각목이 달려든다. 주인공이 머리를 맞고 쓰러진다. 각목이 다시 내리쳐지자, 주인공이 손으로 막는다. 다른 자가 긴 칼을 쳐든다. 주인공이 얼른 몸을 구른다. 칼끝이 다시 주인공의 허벅지를 '담근다.' 짱구 형이 저런 영화를 두고 '홍콩 누아르'라고 말했다.

"내가 당할 때가 저랬어."

"저랬어요?"

"여기 갇혀 있게 되자, 네가 보고 싶었다. 너는 조직에 맞지 않은 앤데, 네 생각이 나더구나. 어디서 뭘 하는지. 우린 그 항구에서 함께 올라오지 않았냐. 찡오 형만 믿구 낯설고 물 선 이곳으로." 쌍침 형님이 천천히 말한다. 화면만 보고 있다. "내가 나다닐 수 있을 때까지 날 지켜줘. 내가 키요와 짱구를 지켜주듯, 널 지켜줄테니. 내 허락 없이 여길 떠나면 안 돼. 허락 없이 옥상문을 열어주지 말구. 키요와 짱구가 달려갔다 나온 것 안담서?"

"알아요."

"넌 복지원으로 넘어갔담서?"

장애복지원에서 나는 독방에서 지냈다. 이제 옥상에서 나는 쌍침 형님과 함께 지낼 것이다. 머리 아픈 게 차츰 나아진다.

"나는 몸보다 마음이 더 아프다. 쥐새끼들한테 당한 게 분하기 때문이다. 너는 내 마음을 헤아리지 못한다. 이 세계가 찍고 찍히고, 폭력의 악순환을 되풀이하다 보면, 남는 건 사실 온몸의 상처뿐이지. 정열이 넘칠 나이엔 덤벼들 만도 해. 그러나 나이 들면 뭐가 남겠어. 피 냄새, 사내 세계의 의리 정도가 남을까. 누구에겐 화려한 청춘으로 기억되고, 누구에게 쓰라린 상처로 남아 잊고 싶기도 하겠지……" 화면에는 여전히 폭력이 난무한다. 쌍침 형님이 리모컨으로 화면을 지운다. "좀 쉬어야겠다. 날 부축해다오."

쌍침 형님이 휠체어를 안쪽으로 밀고 간다. 안쪽에는 스티로폼을 겹으로 깔아놓았다. 전기장판이 깔렸고 이불이 개켜져 있다. 나는 쌍침 형님의 양쪽 겨드랑이를 든다. 형님이 신음을 흘린다. 형님을 전기장판으로 내려 조심스럽게 눕힌다. 베개를 머리에 고여준다. 캐시밀론 이불을 덮어준다. 형님이 눈을 감더니 숨소리가 낮아진다. 이윽고 잠에 든 듯하다.

나는 옥상 마당으로 나온다. 옥상 마당이 허섭스레기로 어수선하다. 고물 책상과 부서진 철제 의자가 있다. 폐타이어, 페인트 통, 깡통이 있다. 비닐 뭉치, 썩은 판종이, 신문지 따위가 있다. 나는 그 물건들을 구석으로 옮긴다. 물탱크 뒤쪽에 수도꼭지가 있다. 수도꼭지를 틀자 물이 나온다. "와, 물이 나온다. 만세다! 마선생과 이장이 큰일을 해냈어. 수도꼭지에서 물이 나오다니. 이젠 우물도 두레박도 필요가 없게 되었어." 마을 사람들이 우리 집에 모여 좋아라 하며 먹자판을 벌였다. 시애가 유천초등학교에 입학했을 적이다. 솔바위오름개울 옆에 큰 물탱크를 묻었다. 수도관을 싸리골 집집마다 연결했다. 농촌 개량 사업으로 그 일을 아버지와 윤이장이 추진했다. 경운기가 다니게 농로 확장도 추진했다. 지붕 개량 사업 역시 아버지가 앞장섰다.

수도 옆에 빗자루가 있다. 대빗자루가 아닌 플라스틱 빗자루다. 나는 옥상 마당을 쓴다. 홍부식당이 생각난다. 나는 늘 비질을 했다. 식당 앞길과 미화꽃집 앞을 청소해주었다.

나는 간이 화단으로 간다. 키 작은 철쭉나무를 본다. 그 옆에 도장나무 두 그루가 있다. 도장나무는 말라죽었다. 도장나무 가지를 분질러본다. 물기가 없어 그냥 꺾인다. 철쭉나무는 가지가 번성하지 않다. 언제, 누군가, 옥상에다 흙을 붓고 나무를 심었다. 그는 떠나버렸다. 떠난 뒤, 옥상으로 올라오지 않았다. 나무는 사랑에 주려 시름시름 앓았다. 끝내 도장나무 두 그루는 죽었다. "나무도 혼자 있으면 외로움을 타. 외로움은 병이 되지. 나무들은 함께 어울려 있어야 잘 자라. 햇빛을 더 많이 받으려 경쟁적으로 키를 키우구." 울창한 산을 보며 아버지가 말했다. 철쭉나무는 겨우 살아 있다. 제대로 자랄 수 없는, 앓는 나무다. "아카시아나무 뿌리는 길게 뻗기로 유난한데 물이 있는 곳을 찾아 삼백 미터까지 뻗는 나무도 있어. 그런데 호밀 한 포기에 잔뿌리가 자그마치 천삼백만 개쯤 돼." 아버지가 말했다. 나는 흙을 만져본다. 흙이 메말라 까슬한 잔모래 같다. 물기는 물론 양분이 없는 흙이다. 철쭉나무는 겨울을 가까스로 버텨냈으나 꽃인들 제대로 필는지 알 수 없다. 나는 거름을 주어 철쭉나무를 잎 무성하게 살려내고 싶다. 꽃눈이 많이 달리게 키우고 싶다. 아버지가 있다면 그렇게 할 것이다. 옥상 화단에는 풀도 돋아나 있다. 명아주가 있다. 질경이가 있고 비름 무리도 있다. 메마른 땅에 풀들이 잎을 한껏 벌리고 있다. 이런 잡초는 생명력이 강하다고 아버지는 말했다. "식물은 동물처럼 걸어다닐 수 없지 않니. 그러나 식물도 움직여. 끊임없이 자리를 이동하지. 씨앗으로 대를 이을 때, 그렇게 옮겨 앉는 거야. 바람에 실려, 새나 짐승의 먹이가 되어, 물결에 실려 멀리 이동하지." 아버지가 말했다. 옥상의 잡초도 씨앗이 바람에 날려와 생겨났을 터이다.

할머니가 생각난다. 할머니가 있다면 이 옥상을 텃밭으로 가꿀 것이다. 상추씨, 고추씨를 심을 것이다. 내가 할머니가 되고 싶다. 옥상 화단에 푸성귀를 키우고 싶다. 키워서 쌍침 형님과 함께 먹고 싶다. 화단에 물부터 줘야지. 비가 너무 오랫동안 오지 않았다.

나는 페인트 통에 수돗물을 받아 화단에 물을 준다. 녹슨 모종삽이 버려져 있다. 모종삽으로 철쭉나무 밑 흙을 뒤집어준다. "식물은 공기 안에 있는 이산화탄소와, 뿌리로 빨아올린 물과, 햇빛의 힘을 빌려 양분을 만들지. 이를 광합성이라고 해." 아버지가 마을 아이들을 모아놓고 말했다. 나는 여러 차례 페인트 통으로 물을 받아 나른다. 흙이 물을 흠뻑 먹게 한다.

*

그날부터 나는 칼국숫집 옥상에서 산다.

쌍침 형님은 혼자 걸을 수가 없다. 내가 부축해서 휠체어에 앉히고 부축해서 잠자리에 눕힌다. 형님은 잠을 자다 끙끙 앓고, 어떤 땐 헐떡이며 땀을 흘린다. 내게 주사기를 찾아보라고 한다. 가건물에는 주사기가 없다. 형님도 없는 줄 알지만 더러 찾는다. 나는 주삿바늘을 찌를 줄 모른다. 바늘로 살을 찌른다는 게 겁난다. 차라리 내가 찔리면 참을 수 있다. 업소의 식구들은 그런 주사를 맞았다. 서로 찔러주었다. 중독은 피해야 돼, 하고 누군가 말했다. 늘 주사를 맞는 식구도 있었다. 그들은 자기 팔에 자기가 찔렀다. 주사를 맞으면 기분이 좋다고 말했다. 나는 어떤 주사든 한 번도 맞아본 적 없다.

나는 쌍침 형님의 피오줌을 깡통으로 받아낸다. 나는 깡통의 오줌을 페인트 통에다 모은다. 형님은 똥을 환자용 변기에다 눈다. 나는 그 똥을 화단의 흙에다 묻는다. 오줌도 삭혀 흙에 섞으면 거름이 된다고 할머니가 말했다. 통닭 뼈도 빻아서 흙에 묻는다. "뼈는 아주 좋은 비료란다. 인산석회가 풍부하기 때문이지. 인조비료의 시작은 18세기 영국에서 우연찮게, 뼈가 식물의 성장을 촉진시킨다는 사실을 아는 데서 힌트를 얻은 거야. 사냥개가 먹고 버린 뼈다귀가 있는 곳에 유독 잡초가 무성하게 자란다는 사실을 발견했거든. 뼈는 땅이 잃어버린 인을 회복시켜주기 때문이지." 여량중학교 학생들로 만들어진 '우리 식물 가꾸기회' 회원들에게 아버지가 말했다. 그 회원들은 방과 후 종종 아버지와 함께 싸리골로 들어왔다. 아버지는 화학비료를 쓰는 것을 극력 반대했다. "어머니, 땅이야말로 모든 생명체의 어머니입니다. 식물만 해도 그래요. 땅이 없다면 그것들이 어떻게 살아요. 죽은 식물이 땅에서 썩으면 그게 양분이 되요. 그런데 사람들이 더 많은 수확을 얻으려 땅의 양분을 다 뽑아내니, 땅이 메마를 수밖에 없습니다. 그래서 과학자가 생각해낸 꾀즉, 화학비료, 금비(金肥)랍니다. 금비는 일시적으로 수확량을 높이지만 땅의 자생력을 잃게 하지요. 땅을 원래대로 되돌려 오염되지 않는 수확을 얻자면, 자연비료를 써야 해요. 사람의 똥과 오줌이야말로 가장 좋은 자연비료 아닙니까." 아버지가 할머니께 말했다. 아버지는 농약에 대해서도 이야기했다. "어머니, 농약도 그래요. 진딧물 약을 뿌리다 팔배 형이 쓰러졌잖아요. 조심스럽게 뿌렸는데도 쓰러져 사흘 동안 몸을 추스를 수 없었으니. 종자 소독이니, 병충해 방제니, 제초제니 마구 뿌려대니 해충은 물론 익충까지 다 죽이잖아요. 풍뎅이, 방아깨비, 여치, 메뚜기, 사마귀, 베짱이가 사라져가요. 반딧불은 물론이구요. 다이옥신, 엘산, 다이센, 농약 이름을 셀 수도 없군요. 대부분 미제와 일 젠데, 그게 150종도 넘잖습니까. 그래서 제가 유기농법을 주장하는 거예요. 싸리골만은 화학비료와 농약을 쓰지 말기로." 아버지가 그런 걱정을 하기는 오래전이다. 싸리골 사람들은 아버지의 말을 따랐다. 이태 뒤 여름 밤, 그동안 보이지 않던 반딧불이 나타나고, 그해 가을부터 시애와 나는 논에서 메뚜기를 잡았다.

나는 날마다 쌍침 형님을 치료해준다. 그 일은 햇살이 쨍쨍한 낮 시간에 옥상 마당에서 한다. 나는 형님의 휠체어를 마당으로 끌어낸다. 붕대와 깁스를 풀어 상처를 햇살에 보인다. 햇살은 자연 소독이야, 하고 형님이 말했다. 나는 형님 다리의 깁스도 떼어낸다. 이걸로 닦아내고 저걸 발라, 하고 형님이 내게 말한다. 형님 머리 상처는 벌건 살이 보인다. 다리 상처는 곪아 고름이 찐득하다. 나는 요오드팅크로 소독해준다.

밥을 먹고 나면 쌍침 형님이 봉지약을 먹는다. 나는 끼니때마다 두 사람분 식사를 나른다. 칼국수 식당 옆은 가정식 식당이다. 내가 옥상을 떠날 때, 형님이 휠체어를 밀고 와서 쇠문 빗장을 채운다. 소반에다 내가 식사를 나르면, 형님이 옥상문을 열어준다. 쌍침이 이제 걸을 만하냐, 하고 식당 아줌마가 내게 소곤소곤 묻기도 한다. 잠은 쌍침 형님과 캐시밀론 이불을 함께 덮는다. 전기장판이 따뜻하다. 베개에는 향긋한 내음이 난다. 채리 누나 내음이다. 향긋한 머릿내를 맡으면 기분이 좋다.

쌍침 형님의 낮 일과는 비디오와 만화 보기이다. 형님은 홍콩 누아르 영화를 좋아한다. 미국 갱 영화도 보고 중국 무협 영화도 본다. 날마다 만화책을 읽는다. 미미도 만화책을 좋아했다. 비디오와 만화책은 키요와 짱구 형이 나른다. 쌍침 형님의 말이 떨어지면, 어디선가 금세 구해온다. "성님, 이거 사무라이 비디오인데, 끝내준대요. 「진(眞) 사울아비 투혼(鬪魂)」입니다. 복수극이 처절하대요." 키요가 비디오를 나르며 말했다. 국립호텔에 있는 합죽이, 킹콩과 함께, 우리 여섯은 항구에서 왔다. 업소 신고식 때 젖술을 함께 마셨다. 똑같은 문신도 새겼다. "동생공사래잖아, 우리는 영원한 식구야" 하고 키요가 자주 말한다.

어느 날, 짱구 형이 무슨 종이를 들고 온다.

"너 이름 쓰고 손도장 찍어." 짱구 형이 내게 말한다.

짱구 형이 글씨 씌어진 종이를 내민다. 글자들 끝 뒤쪽을 가리킨다. 글자를 써본 지가 너무 오래되었다. 아우라지에서 살 때, 나는 내 이름 쓰는 것만은 열심히 익혔다. 엄마한테 꿀밤을 맞아가며 골백번을 썼다. 내 이름은 받침이 없다. 마시우, 라고 삐뚤삐뚤 내 이름을 쓴다. 짱구 형이 내 엄지손가락을 잡고 인주를 묻힌다. 내가 쓴 이름 뒤에 손가락 바닥을 눌러 지문이 만든다.

이튿날, 저녁 무렵이다. 키요와 짱구 형이 옥상으로 온다. 짱구 형이 봉투를 쌍침 형님에게 내놓는다.

"형님, 이백입니다. 싸구려 밥집이라, 짭다. 찍자 놓으려다 타협해줬죠. 마두 보내준다면 백 정도 더 주겠다던데. 그게 우리가 요구한 액수거든요." 짱구 형이 쌍침 형님에게 말한다.

"마두를 보낼 순 없어. 그 돈 채리에게 맡겨. 마두 이름으로 통장 만들라 해. 그런 건 우리가 챙겨줘야지, 쟤가 뭘 아냐." 쌍침 형님이 말한다.

키요와 짱구 형은 옥상에 올 때마다 쌍침 형님에게 쥐떼의 미금시 해방촌과 금곡동, 덕소의 강변 유원지 동태를 보고한다. 둘은 합죽이와 킹콩 면회를 다녀온 소식도 전해준다. "합죽이와 킹콩? 말이 좋아 수양이지. 볼 때마다 처량해. 언젠가 우리도 그런 신세가 되겠지." 키요가 내게 말했다. 영치금을 넣어줬다고 짱구 형이 쌍침 형님께 보고했다.

*

낮이 길어진다. 두 차례 비가 온다. 비 온 뒤는 겨울처럼 춥다. 그러다 날씨가 갑자기 따뜻해진다. 낮은 땀을 흘릴 정도로 덥다. 봄 없이 여름이 오는지 모른다고 사람들이 말한다.

어느 날 저녁 무렵이다. 나는 옥상에서 지는 노을을 본다. 붉은색이 도시 너머로 스러진다. 강 따라 저쪽으로 올라가면 서울 중심부가 나온다고 짱구 형이 말했다. "머잖아 우리 조직이 서울로 입성할 거야. 성님들이 그런 얘기 하는 걸 들었어." 키요가 말했다. 쌍침 형님은 비디오를 보고 있다. 가건물의 열려 있는 문으로, 무엇인가 터지는 소리가 들린다. 깨어지고 부서지는 소리도 들린다. 조폭끼리 격투가 있는 모양이다.

옥상 쇠문 두드리는 소리가 난다. 한 번 두드리고 멈췄다 두 번 두드린다. 식구가 보내는 신호다. 내가 빗장을 여니, 키요와 짱구 형이다. 그 뒤로 세 사람이 계단을 밟고 올라온다. 불곰 형님이 머리가 받힐까봐 허리 숙여 들어온다. 불곰 형님이 빠져나오려니, 문이 비좁다. 불곰 형님은 떠바리(덩치)로 씨름선수 체격이다. 스포츠로 머리를 짧게 깎았다. 체크무늬 윗도리에 검정 티셔츠를 입고 있다. 그는 최상무파의 둘째 보스다. 이어, 찡오 형님이 들어온다. 보통 체격에 어깨가 넓다. 눈이 작고 코가 뾰족하다. 옆 머리칼을 길게 길러 뒤로 넘겼다. 검정 바바리코트를 입었다. "발차기에는 당할 자가 없지. 쿠션 공격에 선수야. 한 발로 벽을 차며 다른 한 발로 상대 면상을 날려. 구두코에 철판을 붙였어. 그러니 턱이 날아가버리지." 키요가 말했다. 찡오 형님은 쌍침 형님과 의형제 사이다.

키요와 짱구 형이 차려 자세를 취한다. 마주보고 선다. 나도 얼른 키요 옆에 선다. 그 사이로 최상무님이 들어선다. 최상무님은 짙은 청색 윗도리를 입고 있다. 윗주머니에 진홍 손수건을 꽂았다. 최상무님은 깡마르고 얼굴이 깜조록하다. "보스는 사실 회장님이시지. 업소와 부동산을 여러 개 가지고 있으니깐. 이 건물도 상무님 소유구. 그러니 회장님이시지. 그러나 우리 식구들은 그냥 상무님이라 불러. 상무님도 그 호칭을 좋아하구. 나이트클럽 상무시절에 구리시를 나와바리로 잡았대. 일식이파를 해치운 거야. 일식이파를 정리할 때 불곰 형님과 찡오 형님이 양수겸장 행동대장으로 나섰대. 니뽄도(일본검)와 줄톱을 들고. 상무님은 저렇게 왕명탠데 태권도가 사단, 합기도가 오단이야." 내가 지하업소의 문지기를 할 때, 키요가 말했다. 가건물의 텔레비전 소리가 사라진다.

"상무님, 예의가 말이 아닙니다."

쌍침 형님이 휠체어를 바깥으로 돌려 머리 숙여 절을 한다. 불곰 형님과 찡오 형님이 최상무님 뒤에 두 손 맞잡고 선다. 그 뒤에 키요, 짱구 형, 내가 선다. 나도 키요와 짱구 형처럼 두 손을 맞잡는다.

"경과가 어때?" 최상무님이 쌍침 형님에게 묻는다. 탁한 목소리다.

"이제 많이 좋아졌습니다. 주말쯤 깁스를 뗄까 합니다."

"넌 언제나 미행꾼을 달고 다니잖아. 알면서 덕소까지 나가서 싸돌아? 당해도 싸."

"회복만 되면, 제가 해결하겠습니다." 쌍침 형님이 머리를 숙인다.

"사업이 바빠졌어. 지자체 선거 닥쳤잖아. 우선 자네 문제부터 해결할 겸 기관장을 조치했지. 자네 그 꼴 당한 사진도 보이구. 납득들 하더만. 저들도 부탁 건수가 있으니깐. 조용하면 낚아들이진 않겠다 했어. 이제 수배는 해제됐다구 봐." 최상무님 말이다.

"죄송합니다."

"너들은 나가 있어." 최상무님이 키요, 짱구 형, 나를 본다.

키요와 짱구 형이 최상무님에게 얼른 절을 한다. 나도 따라 한다. 우리 셋은 밖으로 나온다. 짱구 형이 가건물 문을 닫는다.

"중요한 밀담이 있나봐요." 키요가 짱구 형에게 낮은 소리로 말한다.

짱구 형이 머리를 끄덕이곤 문틈으로 귀를 기울인다. 소리가 들리지 않는 모양이다. 가건물 옆으로 돌아간다. 창문이 있다. 짱구 형이 폐타이어를 옮겨와 발을 딛고 올라섰다.

"성, 그러다 들키면 어쩔려구?" 키요가 짱구 형에게 말한다.

"안에 말이 들리지 않아." 짱구 형이 폐타이어에서 내려와 나를 본다. "마두, 넌 귀가 특별하잖아. 꼰대들이 안에서 무슨 말하는지 잘 들어봐."

남의 말을 엿듣는 일이 겁난다. 들키면 벌을 받는다. 가슴이 뛰고 머릿골이 아프다.

"뭘 해. 들어보라니깐." 짱구 형이 명령한다.

나는 폐타이어 위에 올라선다. 창문틀에 귀를 붙인다. 쉰 목소리가 들린다. 낮게 말해 잘 들리지 않는 말도 있다.

"털 나고 처음 있는 지자체 선거 아냐. 선거 전후로…… 놈들을 찍는 건 더욱 신중해야 하구. 꼬랑지를 아주 내리게 하는, 미금시를 먹든 결판을 내야 돼. 조직을 총 가동해서……" 최상무님이 말을 끊는다.

"명심하겠습니다." 쌍침 형님이 대답한다.

"이건 체력비로 써." 최상무님 목소리다.

"이젠 내려와." 짱구 형이 내게 말한다.

"넌 알아들었지? 무슨 말이든?" 짱구 형이 내게 묻는다.

"무슨 말? 털 나고, 미금시 먹자, 체력비 써라, 말했어."

"털 나고?"

"털 나고, 했어."

가건물 문이 열린다. 짱구 형이 앞쪽으로 돌아간다.

최상무님이 마당으로 나선다. 불곰 형님, 찡오 형님이 따라나와 절을 한다. 우리 셋도 머리를 숙인다. 키요가 쇠문을 연다. 최상무님과 불곰 형님이 계단을 밟는다.

"쌍침한테 할말이 있어서……" 찡오 형님이 말한다.

"오백칠호로 와. 오늘 판이 크대. 꽁지(뒷돈) 잘 챙겨두구." 불곰 형님이 말한다.

키요가 문을 닫고 빗장을 지른다. 찡오 형님이 가건물로 다시 가더니 간이의자에 앉는다. 가랑이를 한껏 벌린 자세다. 식구들 앉음새가 그렇다. 우리 셋은 그 뒤에 선다.

"통증은 어때?" 찡오 형님이 쌍침 형님에게 묻는다.

찡오 형님이 담배를 꺼내 입에 문다. 키요가 재빨리 라이터 불을 당겨준다.

"근지러워 미치겠어요."

"그동안 주사 안 맞았지? 주사 맞으면 상처가 오래가."

"용케 참은걸요. 상무님이 속전속결로 결판내겠다니 속이 후련합니다."

"근데 말야, 지자체 선거 앞두고 나라 안이 온통 시끌버끌해. 서울에선 다시 학생놈들 화염병 등장한 건 알지? 지난달 노점상 분신자살 사건 추모제에서 격렬한 시위 있었잖나. 이슈는 다르지만, 어째 팔십년대로 돌아가는 것 같아. 동구권이 무너져 이념논쟁은 그쳤지만, 각종 민원이 다발로 터져. 구리만도 시청 앞에서 연일 데모야. 불량주택 철거민 문제, 쓰레기 하치장 설치 문제, 노점상 생계 대책 문제, 한강 식수원 보호 문제, 거기다 장애자들 복지정책 전면 실시까지……" 찡오 형님이 말을 사리고 담배 연기를 뿜는다. "근데 말야, 너도 들었겠지. 도농동 굴집(철거촌) 내쫓는 데 쥐떼 동원시킨 것. 정말 쥐 같은 놈들이야. 몇 푼 먹자구……"

"새벽 기습이야 그렇다 치구, 애들한테까지 왜 각목을 휘둘러요. 굴집에 사는 것도 서러운데." 쌍침 형님이 맞장구친다.

"우리 사업장은 쇠(돈)가 괜찮으니 보리떡판(철거사업)까지 손댈 필요는 없지. 막가기 전에는. 조직이 털털이들 생존권까지 박살을 내는 건 갈 데까지 가버린 증거야. 아무리 쇠세상이지만. 게임에는 최소한의 룰을 지켜야지. 오너가 늘 강조하는 말 아냐."

찡오 형님과 쌍침 형님은 훈장이 두 개씩이다. 국립호텔은 자주 갔다 올수록 관록이 붙는다. 호텔 생활을 오래 해도 관록이 붙는다고 키요가 말했다. 키요는 훈장이 없다. 짱구 형은 국립호텔에서 일 년 반을 살아 훈장을 붙였다. "호텔 삼 년만 살고 나오면 학자가 돼. 쯩만 있는 먹물쯤이야 뺨치지. 최소한 쉰 권 책은 읽고 나온대. 운동권과 호텔 동기가 되면 실력이 부쩍 늘어 나오구. 쌍침 성님봐. 학자 다 됐잖아. 얼마나 유식해. 삼 년 반을 살고 나온 관록이지." 키요가 훈장이 부러운 듯 말했다.

"자네 사건으로 한동안 식구들 사기가 말이 아니었어. 애들이 당장 찍으러 가자는 의견도 냈구. 이번 일건이 애들 사기 문제와도 무관하진 않아." 찡오 형님이 말한다.

"그럴 테지요. 면목 없수다." 쌍침 형님이 머리를 숙인다.

"베틀고개 훈련장에 캠프를 차렸어. 강훈련에 돌입했지. 삼 개 조로 나눠서. 각 조가 스물댓 되나. 올해 고교 졸업한 새끼들을 받았거든."

"제가 빨리 회복돼야 할 텐데……"

"이번 찍는 데 넌 아주 빼겠대. 다시 팔찌 차면 넌 최소한 십오

년이야."

"십오 년이면 어떻고 무기면 어때요. 형이 말해줘. 내가 끝장을 볼 테니!"

아버지도 쌍침 형님처럼 그런 말을 했다. "내가 끝장을 볼 테야. 이런 교육으론 안 돼. 교육이 썩으면 나라 전체가 썩고 병들어. 봉투 챙기는 교사가 어떻게 학생에게 정직과 성실을 가르쳐. 달달 외게 하는 교육이 무슨 교육이구. 썩은 관료주의에 어떻게 인성 교육과 자율을 기대할 수 있어." 아버지가 붕대를 감고 집으로 돌아온 날이었다. "당신이 끝장을 보겠다면 학교에서 쫓겨나구 말 텐데요. 그럼 우리 식구는 흙만 먹고 살아요?" 엄마가 아버지께 대들었다.

"글쎄, 넌 안 된다니깐. 물론 나도 안 되구." 찡오 형님이 쌍침 형님에게 말한다.

"형님, 복수는 우리가 맡겠어요. 우리에게도 기회를 줘야지요. 오늘도 덕소를 한 바퀴 돌고 온걸요." 짱구 형이 끼어든다.

"짜샤, 미쳤어? 너희도 찍히려 환장했냐? 조직을 아예 망쳐먹 겠다구 작정했군!" 찡오 형님이 호통을 친다.

키요와 짱구 형이 고개를 숙인다. 나는 슬며시 밖으로 나온다. 어둠이 짙어오고 있다. 보호벽 뒤에 선다. 도시의 불빛이 살아난다. 네온사인이 반짝인다. 차 소리와 온갖 소음이 들려온다. 유흥가가 활기를 띤다. 거리의 통행인들이 내려다보인다. 집으로 돌아가는 사람이 있다. 먹을 집, 마실 집을 찾는 사람이 있다. 나는 문지기로 있던 업소를 찾는다. 칠층 건물이 눈에 들어온다. 옥상의 네온사인이 반짝인다. 앞건물에 가려 지하실 입구는 보이지 않는다. 예리가 아직 업소에 있는지 알 수 없다. 보고 싶다. 쌍침 형님이 가라는 말을 안했다.

"마두, 너 거기서 뭘 해?" 키요가 나를 부른다.

"끝조리 잘해. 수배 풀렸으니 이제 자주 들르마." 찡오 형님이 쌍침 형님에게 말한다. 몇 발 걷다 돌아선다. "그것 보관 잘해야 해. 뒤탈 나면 내 책임이니깐."

"알고 있어요. 형, 고마워요. 내게도 명예 회복할 기회를 줘요."

"쓸데없는 소리. 당분간 잠자코 있어."

찡오 형님이 옥상을 떠난다. 키요와 짱구 형이 고개를 숙인다.

*

두 밤을 자고 났다.

저녁밥을 먹은 뒤다. 나는 간이 화단에 물을 준다. 철쭉나무가 꽃을 피웠다. 연한 분홍색이다. 꽃송이가 많지 않고 가지마다 몇 개씩 피어 있다. 숨가쁘게, 겨우 피워낸 꽃이다. 꽃이파리가 저녁 바람에 흔들린다. 지금쯤이면 아우라지 일대는 온갖 꽃이 다투어 핀다. 꽃향기가 산과 들에 진동한다. "내 귀에는 꽃들의 자랑스러운 외침이 들린다. '내가 이렇게 예쁜 꽃을 피웠어. 벌들아, 나비야, 나를 찾아오렴.' 너희 귀에는 식물의 외침이 들리지 않니? 내면에서 발산되는 향기처럼. 꽃들은 저마다 다른 향기를 가졌지. 인간들이 어둠 속에서 목소리로 서로를 분별하듯이, 꽃들은 향기로 서로를 분별해." 아버지가 말했다.

쥐 한 마리가 화단 가장자리로 지나간다. 쥐떼가 아닌, 진짜 쥐다. 나는 끼니때마다 화단 옆에 밥 한 숟가락을 놓아둔다. 잠시 뒤 나와보면 밥이 없어졌다. 나는 그 쥐를 잡고 싶은데 좀체 잡히지 않는다. "우리를 두고 시궁창 쥐 같은 놈들이라 말하지. 더러운 곳만, 어두운 곳만 파고 다닌다구. 그런데 우린 두더지야. 강변파는 쥐구. 우린 짜샤들을 쥐라 부르지. 강변파는 쥐떼야. 따지고 보면 두더지나 쥐나, 밝은 데를 피해 다니긴 마찬가지지. 두더지가 덩치는 쥐보다 크긴 하지만. 만약 우리가 없다면 하수구가 막힐 테지. 우리가 늘 뚫어주니깐." 언젠가, 키요가 말했다.

누구인가 옥상 쇠문을 두드린다. 나는 쇠문 빗장을 연다. 키요가 비닐봉지를 들고 있다.

"마두, 썩은 꽁치가 널 찾아왔어. 장애복지원 여직원이래." 키요가 말한다.

복지원 여직원은 경주씨다. 키요가 가건물로 간다. 쌍침 형님은 텔레비전의 「긴급출동 119」를 보고 있다. 키요가 들고 온 비닐봉지는 비디오 테이프다. 두툼한 만화책도 꺼낸다.

"커피점에다 앉혀뒀죠. 혼잡니다. 성님, 어떡할까요?" 키요가 형님에게 말한다.

"따라붙은 껌은 없구?"

"혼자예요. 마두한테 줄 게 있대요."

"데려가봐. 마두 놓치면 안 돼."

키요가 나를 보고 나가자고 말한다.

"성님, 문은?" 키요가 쌍침 형님에게 묻는다.

"수배 풀렸어. 닫아두고 가."

키요와 나는 옥상을 나선다. 삼층 기원에서 바둑 두는 소리가 난다. 이층 전자오락장은 여전히 요란하다. 우리는 거리로 나선다. 어둠이 내리고 있다. 유흥가는 젊은이들로 붐빈다.

"안경쟁이 꽁치 말야, 마두 너한테 관심이 많나봐. 복지원에 있을 때, 무슨 관계 있었어?" 키요가 묻는다.

"관계 있었어?"

"함께 자거나, 키스 같은 것?"

눈 오던 밤이 생각난다. 경주씨와 나는 한방에서 잠을 잤다. 아무 관계도 없었다.

황금호텔이 바로 길 건너에 있다. 지하실 업소 입구가 보인다. 호스티스들이 출근할 시간쯤이다. 예리가 있다면, 출근할 터이다.

"뭘 꾸물거려. 들어오지 않구."

키요가 내 팔을 친다. 나는 업소에서 눈길을 거둔다. 커피점 앞이다. 내가 업소에 있을 때, 커피점이 없었다. 이 자리는 구멍가게였다. 돋보기 낀 할아버지가 주인이었다. 늘 라디오 이어폰을 귀에 꽂고 있었다. 풍류 아저씨도 그랬다. 풍류 아저씨는 내게 콘트라베이스 연주 테이프를 들려주었다. "날마다 뭘 그렇게 열심히 들으세요." 손님이 구멍가게 할아버지께 물었다. 목사님 설교 테이프라고 할아버지가 대답했다. "목사님이 할아버지를 천당에 보내준답니까?" 손님이 물었다. "목사님이 아니고 주님이 판결하지." 할아버지가 말했다. 할아버지는 돈을 셈하지 못하는 나를 두고, "배우지 마, 돈은 더러워" 하고 말했다. "마두 넌 착해. 주님은 어린아이 같은 마음이 돼야 천당에 들어갈 수 있다고 말씀하셨어. 넌 천당행 차표를 벌써 가진 거야. 주님만이 알아보는 차표를 마음에 붙이고 있어. 바코드 같은 표 말야. 똑똑한 사람들의 멸시를 받을수록 그 차표는 영광을 더하지." 그 어둑신한 구멍가게는 없어졌고 커피 전문점이 되었다. 실내가 밝고 깨끗하다. 차탁자와 의자는 철제로 다리가 곡선이고 가늘다. 음악이 톡톡 튄다. 김강모의 「잘못된 이별」이다. 젊은이들로 적당히 붐빈다. 쌍쌍도 눈에 띈다. 경주씨가 등을 보이고 앉아 무엇인가 먹고 있다.

"마두, 아니, 시우 데려왔수다." 키요가 경주씨에게 새소리로 말한다.

"시우씨, 오랜만이에요."

경주씨는 샌드위치를 먹고 있다. 점심을 굶어 배가 고파 먼저 먹는다고 했다. 키요와 나는 맞은편 의자에 앉는다. 경주씨 홈스펀은 팔꿈치에 가죽을 댄 마이다.

"제가 홍부식당에 가니 구리시 주먹패가 시우씨를 데려갔더군요." 경주씨가 말한다.

"우리가 마두를 데려왔수다. 주먹은 쓸 줄 몰라도, 연장은 다루지." 키요가 말한다.

"연장이라니요?"

"칼질 말이요."

여종업원이 온다. 마두 넌 우유 마셔, 하고 키요가 말하고 자기는 커피를 주문한다. 경주씨가 샌드위치 조각을 마지막으로 입에 넣는다.

"댁네가 칼솜씨 있든 말든, 시우씨가 고향 잃은 장애자인 줄 알고 계시죠?"

"어차피 우린 고향 떠나 사는 몸 아뇨. 장애를 따져도 그렇지. 밤에 땅만 파는 두더지들이 어디 정상인이겠수?"

"그래도 댁네는 일 년에 한 번쯤 고향을 찾겠죠. 그런데 시우씨는 고향 떠난 후 한 번도 못 갔어요. 혼자 찾아가기도 힘들 테지만, 시우씨에게 그 정도 도움은 줄 수 있잖아요."

"그래서?" 키요의 말투가 대뜸 시비조다. 새가 갑자기 놀란 소리를 내는 것 같다.

키요가 경주씨를 칠 것만 같다. 키요 눈매가 사나워진다. 갑자기 머릿골이 쑤신다.

"왜, 제 말이 틀렸나요?"

"누구한테 뭘 따져. 마두 고향에 못 간 게 우리 책임이야? 쌍판 확 그어버릴까부다!"

키요가 왼쪽 발을 오른쪽 허벅지에 얹는다. 그가 담배를 꺼내 물고 라이터로 불을 댕긴다. 나는 키요의 왼쪽 발을 본다. 식구들은 왼쪽 발 양말에 회칼을 꽂고 다닌다. 키요가 회칼을 뽑을 것만 같아 숨이 가쁘다.

"키요, 경주씨 조, 좋은 분이야." 말문이 막힌다.

"좋은 분? 씹 같은 소리 하네" 하며 키요가 나를 흘겨본다.

"쌍판을 긋다니? 당신네들은 아무한테나 쌍판을 그어요? 씹이 뭐예요? 댁도 누나가 있다면 그런 것 달고 있을 텐데?"

"어쭈, 제법 노는데?"

"당신네들도 이 사회 구성원이라면 최소한의 예의는 차릴 줄 알아야지요."

경주씨는 쬐그만 여자다. 어디에서 그런 용기가 나오는지 알 수 없다. 할머니는 작은 고추가 맵다고 말했다.

"정말 이거 심지에 불 댕겨. 못생긴 쌍판 그을 데두 없구, 니노지에 말뚝 박아버릴까부다. 너 오늘 잘 만났어. 성하게 꺼지긴 튼 줄 알아!"

키요가 점퍼 윗도리를 벗어젖힌다. 다른 손님들이 놀라 돌아본다. 서둘러 자리 뜨는 쌍도 있다.

"너 왜 반말 짓거리야. 몇 살이니? 나보다 댓 살은 밑이겠다. 그래, 말뚝 박아봐!"

경주씨가 의자에서 발딱 일어선다. 나도 따라 일어선다. 카운터 뒤에 있던 남자가 이쪽으로 온다. 뚱보 주인은 빨간 티셔츠를 입었다.

"형씨, 분위기를 봐서, 참아요. 아가씨도 참으시구. 이러심 영업 망칩니다. 조용히 말로 타협을 보셔야지." 주인이 말한다.

커피점 유리문이 열린다. 짱구 형이 이쪽으로 온다.

"뭐야, 무슨 일이야? 웃통까지 벗구." 짱구 형이 키요에게 묻는다.

"이 쌍년이 따지잖아요. 해방촌 너머 있는 장애복지원 직원이래요. 마두 찾아왔는데, 우리가 뭐 마두 고향을 못 찾아줬다나. 그게 어디 우리 책임이우?" 이어, 키요가 경주씨에게 닦달을 놓는다. "야, 이년아. 어따 대구 충고야. 우리가 충고 듣게 됐어!"

키요는 짱구 형보다 말발이 세고 성질이 급하다. 시비는 늘 키요가 건다. 뒤처리는 짱구 형이 맡는다.

"아가씨, 앉읍시다. 앉아서 얘기해요. 미금시 장애복지원이라면, 마두가 거기 갔다 왔죠? 그때 알았겠구먼." 짱구 형이 굵직한 목소리로 말한다. 경주씨 어깨를 눌러앉히고 자기도 앉는다. "마두한테 무슨 용건 있수?"

"난 당신네와 싸우고 싶지 않아요. 시우씨를 도와주고 싶어 찾아왔을 뿐이에요." 경주씨가 핸드백에서 서류를 꺼낸다. "이 내용도 알려드릴 겸."

"그건 뭐요?" 짱구 형이 경주씨에게 묻는다.

"시우씨 호적등본과 주민등록등본이에요."

"어디서 입수했수?"

키요는 잠자코 커피를 마신다.

"제가 시우씨 고향 읍사무소에 민원을 의뢰했죠. 거기서 시우씨 호적등본과 주민등록등본을 우송 받았어요. 아직도 시우씨 할머님이 생존해 계셔요. 올해 연세가 일흔아홉이세요."

할머니가 아직 살아 계시다니. 나는 깜짝 놀란다. 할머니가 보고 싶다. 아우라지로 돌아가고 싶다. 여량역에서 철길 따라 잠시 걷는다. 나루터가 나온다. 배를 타고 강을 건넌다. 싸리골이 나온다. 우리 식구가 살던 집이 있다.

"시우씨 부친은 다섯 해 전에 별세하셨구, 모친과 누이는 그해 이미 주민등록을 서울로 옮겨갔어요. 옮겨간 거주지가 동대문구 휘경동이라, 그쪽으로 편지를 냈더니 되돌아왔어요. 휘경동 동사

168

무소에다 다시 민원을 의뢰해놨어요. 시우씨 모친과 누이를 찾아주려구요." 경주씨가 주민등록등본을 짱구 형에게 보인다.

"가족을 찾아준다? 자식 버린 어미가 어디 어미요? 싸지를 땐 언제구, 짐승보다 못한 쌍년 같으니라구."

"부모님이 안 계신가보죠?"

"난 고아원 출신이오." 짱구 형이 말한다. 주민등록등본을 들여다본다. 짱구 형이 주민등록등본과 내 얼굴을 번갈아 본다. "마두, 너 칠이년생이네. 그럼 나보다 한 살 아래잖아."

"마두가 그럼 스물셋이게? 스물로 봐도 올려준 건데. 그거 출생신고 잘못된 것 아냐?"

키요가 짱구 형으로부터 주민등록등본을 나꿔챈다. 글자를 읽는다.

"너보다 세 살 위니 앞으로 마두를 형이라 불러." 짱구 형이 키요에게 말한다.

"서너 살 정도야 같이 가는 거지 뭘."

"시우씨 경우, 마음이 순수하기 때문에 나이보다 어려 보이죠. 정신적 발육이 느린 만큼 외모 또한 나이를 먹지 않아, 어린아이 같지요." 경주씨가 짱구 형에게 말한다.

"하, 할아버지 어디 갔어?"

구멍가게 할아버지가 생각난다. 그분은 나를 어린아이 같다고 말했다.

"할아버지라니? 무슨 뒷북치는 소리야?" 키요가 묻는다.

"뒷북 소리? 여기, 구멍가게."

"뎠어. 지옥이 만원이라 천당 갔을걸. 이어폰 꽂은 채."

"시우씨, 이제부턴 자기 나이를 똑바로 기억하세요. 시우씨는 누가 물으면 스물셋이라고 말하세요. 고향은 강원도 정선군 북면 유천 2리 41번지예요." 경주씨가 내게 말한다.

"아가씨가 왜 이런 일을 맡아 하슈?" 짱구 형이 묻는다.

"제 직업이 시우씨 같은 분 돕는 일이에요. 오늘이 토요일이라 근무 끝내고 장애자 노점상 농성에 동참하고 오는 길이에요. 시우 씨도 장애잡니다. 정신장애자예요."

"복지원 직원이 데모에 참가했다? 그건 말 안 되는데. 검사 나리가 검찰청에 몰려가 데모하면 되나?" 키요가 배시시 웃는다. 화가 풀린 얼굴이다.

경주씨는 대답하지 않는다. 키요가 윗도리를 입는다. 머릿골이 차츰 아프지 않다.

"마두는 어떤 장애가 있나요?" 짱구 형이 경주씨에게 묻는다.

"자폐증이에요."

"자폐쯩? 들어본 말 같기도 하네. 쯩이라면 병이 아니잖소. 그걸 설명해주슈. 마두를 볼 때마다 궁금한 점이 많으니깐. 어떤 부분은 기막힌 점이 있는데, 어떤 부분은 꽉 막혔어요. 알아듣는 것 같기는 한데, 말이 없으니 복장이 터져요."

"어쭈, 성 골통 굴리네. 이빨로 논설 까는 거 난 못 듣겠어. 꺼질 테야. 국시집 이층에 있을게. 성, 마두 놓치면 안 된다구 성님이 그랬어." 키요가 짱구 형에게 말한다.

키요는 전자오락실을 좋아해 심심할 땐 오락장에서 산다. 키요는「스트리트 파이터」시리즈를 좋아한다. 새소리로 킬킬거리며 열심히 기계를 작동한다. 그는「살인광 제트」게임도 좋아한다. 제트 혼자 무수한 적을 상대로 싸우는 게임이다. 끊임없는 싸움질로 제트는 많은 적을 쓰러뜨린다. 그러다 제트가 버튼 조작자의 실수로 죽게 되면, 게임기계를 주먹으로 친다. 여자 옷 벗기는 게임인 「토리대 투」「뉴 환타지아」「갈스파닉」에도 열을 올린다. 여자를 알몸으로 만들어야 직성이 풀린다 했다. 전자오락장은 너무 시끄럽다. 나는 전자오락장을 싫어한다. 기계 작동 소리는 무조건 싫다.

"우리 자리 달아두슈." 키요가 커피점 주인에게 말한다. 문을 열다 우리 쪽을 돌아본다. "복지원 꽁치, 미안해요. 다음에 내가 한턱 쓰지."

"키요가 아가씨한테 무례하게 대했다면 제가 사과하죠. 뒤는 깨끗한 앱니다. 그건 그렇고, 자폐증이라?" 짱구 형이 중얼거린다.

"자폐증은 의학적으로 그 원인이 아직 확실하게 규명되진 않았습니다. 치료 방법도 끊임없는 훈련 이왼 없구요. 원인으론 엄마가 임신했을 때, 산전이나 산후의 합병증에서 그럴 수도 있고, 아기의 뇌 손상이 원인일 수도 있습니다. 뇌에 어떤 손상이 있음은 규명되었지만, 뇌성마비의 복합 장애와는 구별되지요……"

"보다시피 골통만 컸지, 깡통이라. 쉽게 말해주슈."

"자폐증은 바깥 세상과의 접촉을 끊고 자기만의 세계에 틀어박혀 있는 게 특징이지요. 주위에서 일어나는 일에는 관심이 없어요. 접촉 대상에 주의를 기울이지 않다 보니 반응이 없습니다. 말을 걸어도 성실하게 대답하지 않게 됩니다. 엉뚱한 대답을 하거나 물어도 뚱한 표정을 짓지요."

"맞아요. 마두가 그래요."

"상대가 말을 걸 때, 다른 생각에 빠져 있다는 증거지요. 다른 생각을 하는데 상대방 말이 귀에 들릴 리가 있겠어요. 머릿속은 지금 눈앞에 있는 현실 세계가 아닌, 환각이나 망상을 헤매고 있죠. 하늘로 날아가서 별이 된다거나, 다른 연상을 하고 있다거나, 눈앞에서 윙윙대는 파리 따위만 골똘하게 보고 있기 십상이죠. 그런 의미 없는 엉뚱한 대상에 집착하지요. 그러므로 자폐증은 대인 기피증으로 나타납니다. 타인을 두려워해서 늘 혼자 있고 싶어하지요."

"마두도 혼자 있고 싶어합니다. 시끄러운 건 질색이구요. 소리에는 아주 빨라요. 쥐가 바스락대는 소리에 금세 그쪽으로 골통이 돌아가니깐요. 색깔 구별도 민감하구요."

자폐증은 나도 들어본 말이다. 복지원 복도에서 보았던 소년이 생각난다. 소년은 내게 새를 보았느냐고 물었다. 자기는 날개 없는 새라고 말했다. 나는 나를 새라고 생각해본 적이 없다. 보통 사람보다 모든 게 조금 늦을 뿐이다. 말을 잘 하지 않을 뿐이다. 할 말이 없기 때문이다. 말을 할 때, 에, 에 하고 되풀이하는 사람이 있다. 유난히 눈을 깜박거리는 사람이 있다. 말을 할 때 혀로 입술에 침을 바르는 사람이 있다. 코를 씰룩거리는 사람이 있다. 콧구멍을 자주 후비는 사람이 있다. 말을 더듬는 사람이 있다. 나 역시 말을 더듬는다. 나는 상대방이 말을 할 때 되묻는 버릇이 있다. 되물으며 상대방 끝말을 받는다. 어디 갔니? 하고 물으면, 어디 갔냐구요? 하고 되묻거나, 어디 갔어요 하고 말을 받는다. 말을 배운 뒤부터 오랜 습관이다. 그즈음이었다. "네가 생전 듣도 보도 못한 병에 걸렸대. 자폐증이래. 그 정신병은 치료약도 없대. 죽을 때까지 바보 멍충이로 살아야 한다니……" 엄마가 훌쩍이며 말했다. 아버지가 엄마 말을 꺾었다. "오늘의 세상은 자기만이 완전한 인간이라고 믿기 때문에 개인주의가 팽배해. 그래서 각종 범죄와 탈법이 횡행하는 거야. 이 세상을 순치하는 방법은, 내가 완전하다고 생각하는 사람이 줄어들어야 해. 내가 조금 모자란다고 생각하는 사람이 많을수록 협동이 이루어져. 그게 바로 바람직한 공동체 사회야. 선량하기 때문에 모자라 보이는 사람이 많은 사회일수록 바람직한 공동체 생활이 이루어져. 모든 일에 자기가 최고라는 착각에 빠진 사람이야말로 욕망의 덩어리지. 다가오는 세기야말로 인간의 교만이 겸손으로 순치되어야 해. 인간이 순박한 심성을 회복하지 않으면 안 돼." 읍내 큰 병원에서 테스트를 받고 온 날이었다. 그날, 아버지는 집에서 술을 마셨다. 너무 취해 혼잣말로 계속 소리쳤다. 엄마는 울기만 했다. "괜찮아. 시우는 여기서 살면 돼. 아비야, 걱정 마. 시우는 여기서 농사짓고 살 테니깐. 잘난 체하는 사람, 똑똑하다고 으스대는 사람 안 보구 우리끼리 살면 되잖아." 할머니가 아버지에게 말했다. 할머니가 그곳에 살아 계신다. 할머니가 보고 싶다. 아우라지 싸리골로 가고 싶다.

"시우씨는 자폐증 중에도 중증이 아닙니다. 중증이라면 이렇게 사회 활동을 할 수 없어요. 시우씨는 기본적인 사회 활동을 할 수 있잖아요. 지속적인 훈련을 받는다면 보다 나아질 수 있구요." 경주씨가 말한다.

"마두 아이큐가 몇 정도 될까요?"

"복지원에서 테스트를 한 결과 칠십 정도였습니다. 칠십이면 공동체 사회 생활이 가능하지요. 오십 이하의 중증이면 혼자 고함치고 끝없이 날뛰어, 약을 먹이지 않으면 흥분 상태를 가라앉힐 수 없답니다. 잠을 안 자니 약으로 재워야 해요. 그 반대로, 타인에게 무조건 공포를 느껴 침묵의 세계 속에서 혼자 살아가기도 합니다."

"아가씨께선 그 방면의 공부가 많수다. 자폐증은 정말 지랄 같은 정신병이군요. 마두가 그 정도는 아닙니다. 정직하고 온순하지요."

"테스트를 할 때, 시우씨는 동물의 이름과 색상은 정확하게 맞혔어요. 누가 가르쳐줬는지 그 방면의 기억력이 놀라워요. 계속 개발을 시켜줘야 하는데, 중도에서 중단되었기에 발전이 멈춘 거지요. 시우씨 경우, 농경 시대라면 아무런 문제없이 살아갈 수 있어요. 씨 뿌려 땅 갈고 짐승 키우는 일은 충분히 할 수 있으니깐요. 자연은 인간이 노력한 만큼 그 대가를 정직하게 돌려주지 않습니까. 시우씨 같은 장애자는 자연의 정직성과 상통하지요. 게으르거나 과욕을 부리지 않고 성실하게 일할 수 있죠."

"이름을 못 쓰고, 시계도 못 보고, 더하기 빼기조차 못하니……"

"머리 어느 부분의 산소 결핍증에서 자폐증이 발생한다는 의학적 보고가 있습니다. 자폐증 환자 수가 현대에 급격히 증가된 이면에는 약물 중독과 오염된 환경도 작용한다고 봐요. 오늘의 약과 음식물은 공해 성분을 많이 함유하고 있잖아요."

"설마. 사람들이 다 먹는데, 마두 쟤만 왜 저렇수?"

"태아에겐 그게 중요하지요. 산모의 자궁 안에 살 때 태아의 모든 기관이 그때 만들어지므로 십만 분의 일만 삐끗 잘못됐다 해도 그게 곧 결정적인 영향을 미치지요. 완전한 정자와 난자로 결합되지 않을 때, 산모의 스트레스·노이로제, 난산 때 의사의 무리한 기구 사용 또한 뇌의 한 부분에 치명적 손상을 입힐 수 있지요. 어릴 적에 열병을 심하게 앓거나 머리를 다쳐도 자폐가 되는 경우가 있어요."

"말이 어렵수다. 하여간 마두가 대답이라도 시원시원하게 했으면 좋겠는데…… 한식구로서 안타까울 때가 많수다." 짱구 형이 골치 아프다는 듯 이마를 친다.

"제가 보건대 시우씨 기억력은 정상인과 다를 바가 없어요. 오직 그걸 밖으로 표현할 줄 모를 뿐이지요. 지금 우리가 하고 있는 말을 시우씨는 뇌 속에 저장하고 있을 겁니다. 그 필름을 꺼내볼 수만 있다면, 우리가 깜짝 놀라겠죠. 그러므로 시우씨는 학습 훈련을 받을 필요가 있습니다. 먼저 언어 훈련이 중요합니다."

나는 경주씨 말을 알아들을 수 없다. 경주씨 말은 뜻도 모른 채로 내 머릿속에 남을 것이다. 아버지 말도 그랬다. 식물 이야기를 할 때 아버지는 어려운 말을 많이 썼다. "안 듣는 체해도 시우 쟤이 말을 죄 기억하게 될 겁니다. 짐승과, 심지어 식물까지 사람 말을 알아듣는데 하물며…… 시우는 다만 자신의 의사 표시를 제대로 못할 뿐이죠." 정말 아버지는 내게 많은 말을 했다. 내가 알아들을 수 없는 말도 했다. 그 말들은 그 뒤 간단없이 떠올랐다. 누가 새를 말하면, 아버지가 말한 새가 떠올랐다. 꽃을 보면, 그 꽃을 두고 말한 아버지가 떠올랐다. 할머니도, 엄마도, 시애의 말도 그랬다. 내가 세상에서 만난 사람들 말이 그랬다. 특히 아우라지에 살았던 적이 자주 떠올랐다. 머릿속은 늘 그 시절로 꽉 차 있다. 그 많은 말을 내 입으로 말하라면, 나는 말할 수 없다. 머릿속에만 있을 뿐이다. 말로 옮길 수가 없다.

"아가씨께서, 이거 자꾸 아가씨라고 해서 실례가 많수다. 이름이 어떻게 되우?"

"노경주예요."

"경주씨, 언어 훈련이라 하셨겠다. 경주씨가 마두에게 말 잘하는 훈련을 시켜줄 수 있겠수? 일주일에 두세 번, 한 시간 정도씩만. 뭐, 그 강습비야 우리가 마련해줄 수 있수. 마두가 지금도 쪼깐 해 두었구."

"지금은 그럴 시간이 없어요."

경주씨가 안쓰러운 눈길로 나를 본다. 나도 말을 잘했으면 싶다. 말을 하려면 목부터 멘다. 혀가 굳어진다. '집에 가요'라는 말을 하고 싶은데, '집에'와 '가요'가 머릿속에 뒤섞인다. 서로 입 밖에 먼저 나오려 한다. 나는 진땀을 빼다 입 안에 맴도는 말을 삼켜버리고 만다. 그 말은 머릿속으로 되돌아가서 사라진다. 차라리 말을 않는 게 편하다.

"그럼 일주일에 한 번은 어떻수? 토요일이나 일요일."

"생각을 해봐야겠어요. 전 출퇴근하잖아요. 요즘은 무척 바빠졌

176

거든요. 아시는지 모르지만, 구리시와 미금시를 아울러 '소외계층
공동위원회'가 조직됐어요. 지난 삼월에 분신 자살한, 노점상 최
정환씨 역시 장애자였습니다. 그 후 수도권 도시마다 장애자·노
점상·철거민이 연대투쟁을 벌여나가는 조직체가 만들어졌어요."

"잠깐만." 짱구 형이 경주씨 말을 막는다. "경주씨, 아까 키요가
말했잖소. 복지원 직원이 그런 죽판에 뛰어다녀도 되오? 장애복
지원도 시청 사회복지과에서 지원금을 받을 테고, 시에서 압력을
넣으면 당장 커팅될 텐데?" 짱구 형이 말한다.

"복잡한 사정이 있어요. 더 묻지 마세요. 제가 하고 싶은 말은
우선 시우씨 고향……"

"잠깐. 내 말 끝나지 않았수. 직원이 죽판에 뛰어든다? 그렇다
면 이중첩자 같은 것, 우리말로 하자면, 수박통 아니오? 우리가
그런 쪽으론 골통이 잘 돌지요. 비디오에 워낙 그런 예가 많아서.
그렇다면 시청에서 경주씨를 정보원으로 띄운 것 맞지요?"

"지난 2월, 도농동 난민촌 철거반 용역을 당신네들이 맡았죠?
어린애들한테까지 각목을 휘둘러대구." 경주씨가 성을 낸다.

"천만에. 강변파 쥐떼 짓이지. 우린 털털이들 죽사발까지 가로
채진 않는다우. 보슈, 마두 같은 멍청이도 데리고 있잖수. 우린 최
소한 인간적 의리는 지킵니다."

"어쨌든 당신네가 시우씨를 보호하고 있으니 조만간 고향에 데
려다주세요. 할머니와 상면도 시키구. 고향에서 살겠다면 놓아줘
요. 시우씬 지금 이런 생활이 맞지가 않아요."

"경주씨가 마두를 고향으로 모시고 가시지. 다시 데리고 온다는

조건으로."

"그럴 용의도 있어요. 그러나 당분간은 바빠서 시간이 나지 않아요. 시우씨 언어 학습도 그렇구."

경주씨가 탁자의 서류를 내게 내민다. 서류를 받는다.

"시우씨, 이걸 주민등록증 대신 간직하고 다니세요. 틈을 내어 제가 종종 들를게요. 황금나이트클럽 안내원만 찾으면 시우씨와 연락이 되겠죠."

경주씨가 의자에서 일어난다. 짱구 형과 나도 일어선다. 경주씨가 카운터로 간다. 주인이, 계산은 끝났다고 말한다. 우리는 밖으로 나온다.

"시우씨, 또 봐요. 열심히 살아요." 경주씨가 말한다.

회색 꼬마차가 길 옆에 세워져 있다. 경주씨가 차에 오르고 시동이 걸린다. 앞차와 뒤차 사이, 좁은 공간을 꼬마차가 빠져나간다.

"마두, 넌 좋은 선생을 만났어. 장애복지원 노경주라……"

나는 주위를 살핀다. 모처럼의 외출이다. 이때쯤이면 그런 장사꾼이 거리에 있었다. 꽃모종, 채소 모종을 파는 장사꾼이다. 나무 상자에 담아 길거리에 벌여놓고 팔았다.

"뭘 찾니?" 짱구 형이 묻는다.

"찾느냐구? 모종. 옥상에 고추 상추……"

그날, 나는 채소 모종을 산다. 부식토와 물뿌리개, 꽃삽도 산다. 마침 종이 상자에 병아리를 담아 파는 장사꾼이 있다. 병아리도 산다. 병아리 모이인 수수와 좁쌀도 산다. 그 돈은 짱구 형이 냈다. 나는 그걸 옥상으로 날라 화단에 거름으로 준다. 채소 모종을 심는다.

*

　나는 물뿌리개로 페인트 통의 물을 퍼낸다. 낮 동안 햇빛을 받아 물이 미지근하다. 옥상 화단에 물을 준다. 고추와 상추, 토마토가 잎을 늘이고 있다. 낮 동안 햇빛이 따가웠다. 어린 채소는 햇빛을 너무 많이 쬐어 지쳤다. 고추, 상추, 토마토는 이제 뿌리를 튼튼히 내렸다. 고추와 토마토는 줄기가 꼿꼿하다. 상추는 잎을 넓게 펼친다. 화단은 푸르름으로 가득하다. "물은 해거름에 주는 게 좋지. 하루나 이틀 정도 묵힌 물로. 그럼 낮 동안 식물은 햇빛과 대기 속에 있는 이산화탄소를 흠뻑 먹어. 저녁에 뿌리로 물을 빨아들이면 생기를 얻어. 늘어진 잎이 청청하게 살아나. 밤새 부쩍 성장하게 돼." 아버지가 말했다.

　"난 갯가 놈이라 어물전에 가면 고향 생각이 나." 쌍침 형님이 말한다. "넌 산골 놈이니 농사를 잘 짓는군. 옥상에다 채소와 가축을 키우구. 배를 타고 나갔던 아버지가 풍랑을 만나 돌아가셨지. 내가 얼굴을 기억하기도 전이었어. 어머닌 곧 먼 데로 재가해 갔어. 난 큰집에서 자랐어. 큰집은 미역 양식을 했는데, 중학교를 졸업하자 난 진학을 포기하고 그 일을 도왔지. 집을 뛰쳐나온 게 열여섯 살 때야. 무작정 도시로 나와 사흘을 굶으며 헤맬 때, 나를 잡아준 사람이 어판장 횟집 박씨야. 어판장 하꼬방에 자며 그 간이 횟집 허드렛일을 도왔지. 통신 강의를 받고 책도 제법 읽던 시절이 있었어. 내 나갈 길을 잡아 태권도 도장에 들랑거리기 시작한 건 횟집의 사시미 칼질을 배우기 전이야……"

쌍칩 형님이 목발을 옮겨 걸음 연습을 한다. 아령으로 팔힘도 올린다. 오른쪽 다리는 깁스를 뗐다. 그쪽 다리는 아직 힘이 없어 목발이 다리 구실을 한다. 목발이 옥상 바닥을 쿵쿵 울리면 병아리들이 놀라 삐악삐악 운다. 네 마리다. 헌 새장에 갇혀 있다. 세 마리는 사온 뒤 곧 죽었다. 네 마리는 제법 커서 노란 털이 갈색 털로 변해간다. 세 마리는 튼튼하다. 한 마리는 유독 몸집이 크다. 한 마리가 신통찮아 늘 비실거린다. 자주 졸고 몸집도 작다. "이제 네 마리만 남았군. 저 큰놈이 성님, 비실거리는 저놈이 마두로군. 마두, 잘 키워. 비실거리는 놈을 잘 돌보라구. 저놈이 바로 너니깐." 키요가 말했다. 좁쌀과 조를 주면 세 놈이 먼저 달려든다. 한 놈은 뒷전에서 어정거린다. 발에 차여 넘어지기도 한다. 세 놈이 실컷 먹고 물러난다. 그제서야 한 놈이 남은 걸 쪼아먹는다. 나는 병아리가 아니다.

채리 누나가 옥상으로 들어선다. 핼쑥한 얼굴이다. 검정 빵모자를 썼다. 이제 옥상 쇠문은 잠가두지 않는다.

"모두들 기다리나봐요. 마두와 내가 부축하죠."

채리 누나가 쌍칩 형님에게 자기가 쓴 모자를 씌운다. 핸드백에서 달걀 모양의 선글라스를 꺼낸다. 누나가 안경을 쌍칩 형님 귀에 걸어준다. 형님은 검정 티셔츠 검정 바지 차림에 구레나룻이 시커멓다. 영화에 나오는 주인공이 그랬다. 광고에서 본 적이 있다.

"레옹 닮았네요." 채리 누나가 말한다.

채리 누나가 쌍침 형님 한 팔을 낀다. 누나가 나를 보고, "너도 부축해" 하고 말한다. 나는 물조리개를 놓고 형님 한 팔을 낀다. 옥상 마당을 떠나 계단을 밟는다. 계단이 좁아 채리 누나가 앞에 서고 나는 뒤에서 부축한다. 형님이 계단으로 목발을 옮긴다. 바둑 두는 소리가 들린다. 이층 전자오락장은 시끄럽다. 가까스로 일층까지 내려온다.

"이게 누군가. 쌍침 아닌가. 자네 이렇게 나서도 괜찮은가." 일층 입구, 담배포 아저씨가 쌍침 형님을 알아본다.

"혼자 걸을 테야. 비켜서." 쌍침 형님이 말한다.

채리 누나와 내가 물러난다. 쌍침 형님이 목발을 짚고 걸어간다. 하늘엔 어둠이 짙다. 거리는 불빛이 밝다. 통행인이 많다. 맞은편에서 키요와 짱구 형이 온다. 목발 짚은 형님을 보자 부축하려 한다. 형님이 괜찮다고 말한다. 둘이 앞장을 선다. 우리는 큰길로 나온다. 황금호텔이 건너편에 있다. 길을 건너 호텔 일층 로비로 들어간다. 일층에는 한식점, 중국 음식점, 일본 음식점이 있다. 키요와 짱구 형이 중국집으로 형님을 안내한다.

"국화실로 모셔라." 카운터 앞에 있던 지배인이 웨이터에게 말한다.

"아래층에 있어. 끝나면 연락할게." 쌍침 형님이 뒤돌아보고 말한다.

우리는 로비에서 지하실로 내려간다. 지하실에는 나이트클럽, 빠찐코장, 호프집이 있다. 우리는 나이트클럽 입구로 간다.

"셔 옵쇼." 못 보던 문지기도 있다. 새앙쥐처럼 생긴 녀석이다.

채리 누나, 짱구 형, 키요는 클럽을 지나쳐 안쪽으로 걷는다. 안쪽에는 빠찐코장이 있었다. 구슬 튀는 소리, 구르는 소리가 시끄러웠다. 빠찐코장이 없어졌다. 그곳에서 흘러간 유행가가 흘러나온다. 셋이 문을 밀고 들어간다. 홀 안이 환하고 앞쪽에 무대가 있다. 가라오케가 무대에 설치되어 있다. 중년 남자가 마이크를 잡고 구성진 노래를 부른다. "내 고향에 봄은 가고 서리도 찬데, 이 바닥에 정든 사람 어디로 갔나⋯⋯" 앞벽엔 대형 스크린이 있다. 화면에는 서양 아가씨들이 모래톱에서 뛰어다닌다. 비키니 차림이다. 몸매가 늘씬하다. 큰 젖가슴이 출렁거린다.

"바, 빠찐코장 없어?" 내가 키요에게 묻는다.

"전국 빠찐코장이 된서리를 맞았잖니. 단란주점으로 바뀌었어. 우리 식구가 직접 운영해. 예전만 못해도 수입은 짭짤해. 신종 룸살롱이거든." 키요가 말한다.

홀에는 젊은 넥타이들이 많다. 중년 남자 노래가 끝나자 박수가 터진다. 구십 점이야, 하고 누군가 외친다.

"삼번 룸에 있어. 내 술 보내줄게." 채리 누나가 우리를 보고 말한다.

키요와 짱구 형이 홀 뒤쪽 룸으로 빠진다. 복도 양쪽에 룸이 있다.

"오랜만에 몸 풀었더니 어째 뻑적지근하다." 짱구 형이 의자에 앉아 주먹으로 어깨를 친다.

"요즘 새끼들은 물불을 안 가려. 찍기는 그렇다 치구, 찌르기는 왜 그렇게 휘둘러대." 키요가 말한다.

키요는 베틀고개 캠프장 훈련 이야기를 한다. 짱구 형은 듣고만 있다. 문이 열린다. 웨이터가 술잔을 나른다. 상고머리 돌쇠다. 돌쇠는 클럽의 삐끼(호객꾼) 노릇을 했다. 이제 단란주점 웨이터다. 돌쇠가 나를 보고, 마두 너 있었구나 하고 말한다. 돌쇠가 탁자에 진토닉 한 잔씩과 팝콘 접시를 놓는다. 돌쇠가 나간다.

"너도 들어." 키요가 내게 말한다.

잔 세 개가 부딪친다. 둘이 한 모금씩 마신다. 나는 입만 대고 놓는다. 진토닉은 솔잎 냄새가 난다.

"「모래시계」이후 입교생이 폭발적이래. 요번 신입 새끼들은 심사까지 했다잖아. 다들 붕 떴어. 따지고 보면 대학 못 갈 치들 할 일이 뭐가 있어. 삼디(3D)는 싫다니, 빈둥거리며 건달 흉내나 내는 길밖에." 키요가 말한다. "허긴 이 판이 꼰대들 간섭 없이 놀긴 좋지. 낮에 자고 밤에 설쳐도 누가 뭐래. 물찬 꽁치들 널렸겠다, 힘자랑하며 스트레스도 풀 수 있겠다, 더러 쇠도 만지겠다, 뽕(본드)도 마음놓고 마시니. 나도 그게 좋아 뛰어들었지만."

"폭력·섹스·마약·도박, 그 네 가지가 자본주의 꽃이라더라." 짱구 형이 말한다.

"성, 요즘 이빨 까는 소리 자주 한다. 영화 대사 좔좔 외구."

"따지구 보면 영화만 아니라 현실이 그래. 쪽방에 혼숙하는 꼬마들 봐. 땅콩(환각제) 안 먹구 뽕 안 마시는 애들 어딨어."

"영장은 나왔고, 입대는 닥치구. 국립호텔 구경이라도 해야 면제가 될 텐데. 왜 자꾸 뜸들이는지 몰라. 쥐떼들 판쓸이해버리지 않구."

"기회가 올 거야."

"광주 애들 오른손 장지손가락 잘라 입대에서 빠졌다대. 성 그 말 들었어?"

"리더가 시켰대. 새끼들 나라비 세워놓고 식칼로 내리치게 했다잖아. 신검(신체검사)에서 면제 통고 받는 게 당연하지. 넌 그런 짓 하지 마. 내가 있잖아."

"알았어, 성."

키요와 짱구 형은 사랑하는 사이다. 키요는 여자, 짱구 형은 남자다.

문이 열린다. 예리라 나는 깜짝 놀란다.

"정말 마두네. 채리 언니한테 얘긴 들었어. 쌍침 삼춘 간병하느라 수고 많았지?"

예리가 내 옆에 앉는다. 향수 냄새가 난다. 술 냄새도 은은하다.

"너들만 먹고 난 없네?" 예리가 말한다.

"얼마나 취하려고 초저녁부터 술타령이우." 키요가 말한다. 나는 내 잔을 예리 앞으로 밀어준다. 예리는 긴 생머리에 얼굴이 여위었다. 눈썹은 가늘고 길게 그렸다. 입술 연지는 꽈리색이다. 러닝셔츠 같은 미색 탱크탑이다. 가슴 사이로 고랑이 보이는 노브라다. 아랫도리는 진자주 미니스커트다. 예리가 서너 모금 만에 잔을 비운다.

"너희 오늘 납품날 아냐?" 예리가 묻는다.

"어제였어. 오늘 오전엔 수금차 한 바퀴 돌았지. 돈이 씨가 말랐어." 키요가 대답한다.

"요즘 임페리얼 많이 찾대?" 예리가 묻는다.

184

"외제가 덤핑 치며 가격파괴 하는데 국산이 언제까지 버티겠어. 죠니와 시바스를 쫙 깔았지. 수금은 성님이 일차 돌아줘야 쉬운데, 쫄따구는 말발이 서야지. 성 당한 소문은 구리 바닥에 쫙 깔렸겠다." 키요가 시퉁하게 말한다.

짱구 형이 허리춤을 본다. 그는 삐삐를 차고 있다. 짱구 형이 일어서더니 밖으로 나간다.

"마두 너 와부에서 식당에 있었담서?" 예리가 묻는다.

"식당? 있었어."

"나 마두하고 흔들고 올까? 다시 온 기념으로." 예리가 내 손을 끈다.

나는 키요를 본다.

"오랜만의 외출이니 기분 풀어. 어디로 튀지 마. 성님 모셔야 돼."

나는 예리를 따라나선다. 홀에는 손님이 늘어났다. 「사랑의 미궁」 신청한 손님 나오세요, 하고 돌쇠가 마이크로 말한다. 그가 가라오케 자키를 맡고 있다. 가라오케 화면에는 덕수궁이 나온다. 젊은 넥타이가 무대로 나간다. 예리가 내 손을 끈다. 우리는 단란주점을 나서 클럽 안으로 들어간다. 무대에는 사이키델릭 조명이 돌아간다. 아직 점등된 테이블은 반이 안 된다. 보이스 댄스곡 「떠오르는 너」가 흥청댄다. 귀가 따갑다. 젊은애들 몇이 몸을 흔들어 댄다. 예리가 나를 끌고 무대로 간다.

"난 양쪽에서 뛰어. 클럽하구 단란하구. 어떤 땐 세 탕이나. 속이 부대껴 미치겠어."

예리가 허리를 흔든다. 굽 높은 발을 비틀며 꼰다. 예리는 쇼걸 출신이라 춤은 선수다. 예리는 그새 더 말라 말라깽이가 되었다. 나는 고고를 잘 추지 못한다. 음악이 너무 시끄러워 귀가 아프다. 예리 청을 거절할 수 없다. 예리의 긴 생머리가 가슴 앞에서 출렁인다. 나는 무릎을 폈다 꺾었다 한다.

튀는 음악이 끝난다. 음악이 사라지자 속이 후련하다. 무대 춤꾼들이 흩어진다. 발라드가 흐른다. 녹색시대의 「사랑한다고」다. 아직 악단과 가수는 보이지 않는다. 중년 한 쌍이 무대로 나오고 다른 패도 나온다. 남자와 여자가 붙는다. 예리가 나를 껴안고 몸을 바짝 붙인다. 예리의 말랑한 살과 뼈가 느껴진다. 나는 예리의 발을 밟을 것만 같다. 예리가 내 몸을 끌고, 민다. 우리 옆에서 춤을 추는 쌍은 둘 다 꽁지머리에 청바지다. 재수생 같다. 한 녀석은 분명 남자다. 키요와 짱구 형이 생각났다.

"마두, 사랑이 뭐지?" 예리가 묻는다. 나는 대답하지 못한다. "섹스는 지겨워. 하고 나면 허무해. 취해 하는 건 더 싫구. 섹스가 왜 사랑의 전부가 됐을까."

예리 입김이 내 목덜미에 닿는다. 나도 예리와 그 짓을 했다. 겨울밤이었다. 나는 그 짓이 처음이었다. 예리가 내 몸을 받으며 울었다. 예리는 오빠는 다리 저는 장애자라고 했다.

"섹스가 지겨울 때, 너를 생각했지. 너하곤 섹스를 빼버린 사랑을 할 수 있을 것 같았어. 낮에 강을 따라 걷고, 등산도 하구. 그냥 그런 밍밍한 사랑. 헐떡이는 그 짓 말구, 안 오면 보고 싶어 기다려지는 사랑 같은 것. 그럼 너 뒤에 있는 맑은 하늘도 보이구, 나는 새도 보이구, 꽃도 예뻐 보일 거야. 하찮은 들꽃두……" 예리가 끝없이 속삭인다. 취한 목소리다. 아우라지에는 맑은 하늘이 있다. 하늘에는 새도 있다. 들꽃도 많이 핀다. 경주씨는 아우라지에 할머니가 계신다고 말했다.

"언제 네 고향에 같이 가. 강원도 산골이랬지? 이 시궁창을 빠져나가자구. 맑은 공기 쐬구 와. 걸레 같은 몸, 산골 물에 박박 치대고 두들겨서, 때 빼고 광내고 말야."

가까이에서 휘파람 소리가 들린다. 무대 옆에 이국인들이 앉아있다. 예리를 보고 웃는다. 가무잡잡한 치가 둘, 연탄(흑인)도 둘이다. 맥주 몇 병을 시켜놓고 있다.

"저치들 또 왔군. 한강 쪽 토평동에 작은 공장들 많잖아. 가구 공장, 플라스틱 사출 공장, 기계 부속품 공장들. 거기에 외국 노동자들 많이 쓰잖니. 거기서 일하는 치들이야. 불법 체류자들이지. 맥주도 꼭 한 사람에 한 병만 시켜. 안주도 안 시키구. 저 작은 병, 간에 기별이라도 가겠니. 두고 봐. 주머니에서 소주나 배갈을 꺼낼 테니. 맥주에 섞어 먹어. 취하곤 싶은데, 털털이들이니깐." 예리가 말한다.

깜조록한 말라깽이와 몸집 큰 연탄이 무대로 나온다. 둘이서 껴안는다. 블루스 곡에 맞춰 춤을 춘다. 킬킬거리며 웃는다.

"어찌 보면 불쌍해. 물 설고 낯선 땅에 몇 푼 벌어보겠다구 와서, 손가락도 잘리구, 매도 맞구. 고향엔 부모 형제, 처자식 굶주리며 기다리겠지. 돈 벌어 언제쯤 돌아오려나 하구. 우리도 저런 시절 있었다잖아."

예리가 춤추는 둘을 본다. 연탄은 곱슬머리에 눈이 크다. 예리를 보고 한쪽 눈을 찡긋한다. "돈 벌어 돌아온다구? 돈이 그렇게 쉽게 벌리나. 촌사람들 속기 꼭 알맞은 데가 대처 아닌가. 읍내만 나가도 촌사람들 등쳐먹는 게 중개상인데. 네 어미는 바람이 났으니 그렇다 치고, 시애가 고생하겠다." 할머니가 말했다. 할머니는 틈만 나면 나루터를 서성였다. 나도 엄마와 시애를 기다렸다.

"예리, 너 여기 있었구나. 손님 찾아." 돌쇠다.

지겨워, 하며 예리가 내게서 떨어진다. 예리가 무대에서 내려간다. 나도 클럽을 나서서 단란주점으로 들어간다. 홀 좌석은 자리가 거의 찼다. 예리가 보이지 않는다. 종식이 형, 작두 형, 동필이가 입구에 있다. 나를 보고 알은체한다. 최상무님 방탄조끼 보디가드다. 최상무님이 있는 곳에 그들이 있다. 무대에서는 앳된 계집애가 권진원의 「저 평등의 땅에」를 부른다. 나는 홀 뒤쪽으로 빠지다 돌쇠와 마주친다.

"다들 오셨어."

돌쇠가 엄지손가락을 꼽아 보인다. 예리가 어느 방으로 들어갔는지 궁금해 문을 연다.

"넌 뭐야!" 뚱보가 옆에 앉은 호스티스 가슴 깊이 손을 넣다 놀란다. 경숙이가 뚱보 손을 밀친다. 경숙이는 낮에 재봉공장에 다닌다. 아버지 수술비를 벌어야 한다고 말했다. 나는 방을 잘못 짚었다. 꾸벅 절을 하고 문을 닫는다. 다음 방문을 조심스럽게 연다. 키요, 짱구 형, 깡태 형, 창모 형이 있다.

"무슨 결정이 있나봐." 짱구 형이 말한다.

"소외계층궐기대회 대책 문제를 의논하나봐. 장애자·노점상·

철거민까지 합세했다더군." 깡태 형이 말한다. 그는 불곰 형님 자가용 기사다. 휴대폰을 들고 다닌다.

"아냐, 지자체 작전이야." 창모 형이 말한다. 그는 찡오 형님 보디가드다.

나는 문 입구에 앉는다. 셋은 나와바리 양주 납품에 대해 이야기한다. 씨티룸살롱, 광장호프집의 경영권에 대해 이야기한다. 성업공사 불하 물건이 어쩌구저쩌구 말한다. 신입 새끼 열둘을 술집·식당·당구장·오락장에 박은 이야기를 한다. 히로뽕 밀매 이야기를 한다. 강변파 쥐떼 이야기를 오래 한다. 미금시 먹는 이야기가 낀다. 지자체 선거에 대해서 이야기한다. 당국이 조폭을 선거에서 철저히 차단한다고 깡태 형이 말한다. 짱구 형이 재개발 지역 딱지 이야기를 한다.

한참 시간이 지난다. 그들은 자주 문께를 힐끗거린다. 이야기가 길어지는 모양이라고 키요가 말한다.

"참, 그 말 들었어? 권총 두 정 입수한 것 말야. 찡오 형님이 부산 갔다 왔어. 실탄도 서른 발. 이건 비밀이야." 창모 형이 목소리 낮춰 말한다.

"누가 그래요? 어디서?" 키요가 묻는다.

"돈가스가 그랬어. 사격 연습도 한 모양이야. 베틀고개에서. 찡오 성님이 부산 텍사스촌 러시아타운에서 구했대. 러시아 배편에 들어온다잖아. 선원들이 몰래 숨겨서. 한 정에 이백 달러만 주면 문제 없대."

"십육만 원? 공짜 아냐. 노랑 술 두 병 팔면 되잖아." 짱구 형이 말한다.

"러시아서는 큰돈이래. 백 달러면 한 가족이 두 달을 너끈히 산다나."

"어따 쓸까?"

"호신용이겠지 뭐. 일단은 폼나잖아. 권총 겨누면."

"권총 어딨어?"

"그걸 내가 어떻게 알아."

문득 찡오 형님이 쌍칭 형님에게, '그것 잘 보관해야 해' 하던 말이 생각난다. 국숫집 옥상 가건물에 최상무님, 불곰 형님, 찡오 형님이 왔을 때다. 나는 잠자코 있다.

짱구 형은 말이 없다. 나는 바깥의 무슨 소리를 듣는다. 가라오케 노래 사이로, 목발 짚는 소리다. 내가 일어서자 키요가 나를 본다. 문이 열리고, 목발 짚은 쌍칭 형님이다. 깡태 형, 창모 형이 바삐 나간다. 우리 셋이 꼿꼿하게 서 있다.

"앉으라구" 하며, 쌍칭 형님이 의자에 앉는다. 우리 셋도 건너 자리에 앉는다. 형님이 내게, 콜라 두 병 가져오라고 말한다. 나는 밖으로 나가 홀로 나선다. 최상무님 방탄조끼들은 사라지고 없다. 돌쇠가 주방에서 나온다. 맥주병을 소반에 얹어 나른다.

"콜라 둘."

"너가 가져가. 난 바쁘니깐."

나는 주방으로 들어간다. 일하는 아주머니 둘은 낯선 얼굴이다.

"뭘 찾아요?" 한 아주머니가 묻는다.

"찾아요, 콜라 둘."

"가서 기다려요. 몇 번 자리죠?"

"자리요? 저어기 룸……"

나는 내가 나온 룸이 몇 호인지 까먹었다. 마침 채리 누나가 주방으로 들어온다. 누나가, "오징어, 과일 하나" 하다가, 나를 보고 웬일이냐고 묻는다.

"콜라 둘."

채리 누나는 우리가 어느 룸에 있는지 안다. 나는 숨을 편하게 쉰다.

"마두야, 인사해. 이분은 필이 엄마, 이분은 운심댁. 마두는 우리 식구예요."

"난 손님인 줄 알았죠." 운심댁이 웃는다.

"먼저 가 있어. 내가 가져갈게." 채리 누나가 말한다.

나는 빈손으로 룸에 돌아온다. 아까는 룸을 찾는 데 실수를 했다. 그때, 식구가 있는 문에 붙은 숫자를 보아두었다. 귀를 닮은 3이었다. 이번에는 실수를 하지 않는다.

"……그러니 말야, 너 둘은 납품 없는 날엔 베틀고개로 올라가. 애들도 가르치구, 찡오 형 지시를 받아. 난 내일부터 대진에 출근하기로 했다."

말을 마친 쌍침 형님이 나를 본다.

"마두 넌 내일부터 돌쇠와 여기 일 거들어."

나는 잠을 어디서 자냐고 묻고 싶다. 옥상에서 내처 잤으면 싶다. 그래야 채소를 가꿀 수 있다. 병아리 모이를 줄 수 있다. 그것들을 지하실로 옮겨올 수는 없다. 지하실은 햇빛이 없다. 흙도 없다.

"쪽방은 오늘로 비워. 옥상에서 마두와 함께 자. 아침에 대진으로 들르구." 쌍침 형님이 키요와 짱구 형에게 말한다.

문이 열린다. 채리 누나가 소반을 들고 들어온다. 맥주 두 병, 콜라 두 병, 야채 샐러드다. 채리 누나가 그것들을 탁자에 놓는다. 누나가 쌍침 형님과 내 잔에 콜라를 따른다. 키요와 짱구에게는 맥주를 따른다. 우리는 콜라와 맥주를 마신다.

"꼬리곰탕 끓여놨어요. 회복기에 좋대요. 그거 들고 가세요." 채리 누나가 쌍침 형님에게 말한다.

"알았어. 나가 있어." 쌍침 형님은 채리 누나에게 늘 무뚝뚝하게 대한다. 채리 누나가 나간다. 쌍침 형님이 짱구와 키요를 본다. "너들 내 말 잘 들어. 이건 우리만의 약속이다. 구리로 올라와 젖함께 먹은 식구로서 하는 말이야." 쌍침 형님이 콜라로 목을 축인다. "내가 그렇게 당하고, 난 분해서 잠을 못 잤다. 이 복수만은 내 손으로 해치우겠다. 날 찍은 쥐 두 마리 있지? 롱다리와 땅개. 키요와 짱구는 두 놈 알지? 마두 너도 봤을 테구. 집어내야 돼. 봤다하면 아주 보내버릴 테야."

나는 그날 밤을 떠올린다. 해방촌 지하 업소에서 검은 양복이 먼저 뛰어나왔다. 이마에 피를 흘리고 있었다. 그 롱다리는, 당했다 하고 큰 소리로 말했다. 이어 와이셔츠가 뒤따라 나왔다. 땅개는 계단 앞에 쓰러졌다. 흰 양말을 적시며 피가 흘러내렸다. 잠시 뒤, 순찰차가 왔다. 롱다리가, 최상무파 짓입니다 하고 말했다. 땅개는 순찰차에 실려갔다.

"불곰 성님 말이 있곤 덕소 강변 순찰을 중단했는데요. 해방촌만 뒤져요." 키요가 쌍침 형님에게 말한다.

"다시 시작해. 다른 식구들 눈치 못 채게. 두 놈 노는 터를 잡아내야 돼."

"알겠어요. 집어만 내면 키요와 내가 책임지고 푹 담글게요." 짱구 형이 말한다.

"두 쥐도 쫓겨. 내 찍고 당분간은 미금에서 떴을 거야. 이제쯤 나타날 때가 됐지."

쌍침 형님이 반쯤 남은 콜라를 마저 마신다. 키요가 잔을 비워 짱구 형에게 넘긴다.

"점심 먹고 베틀고개에 들렀다 왔어요. 텐트 두 갠 철거되고, 스물쯤 남았습디다. 전부 새끼들이라요. 전위존지, 찡오 성님이 맹훈련을 시키데요. 모래 부대를 지워 정상을 두 탕이나 뺑돌이 시키구." 키요가 말한다.

"가봐. 당분간 행동 조심해." 쌍침 형님이 말한다.

키요와 짱구 형이 일어선다. 나도 쌍침 형님에게 절을 한다. 나는 옥상으로 돌아가고 싶다. 쥐가 새장을 들쳤는지도 모른다. 병아리는 쥐를 이기지 못한다.

"마두, 넌 아침엔 여기로 출근하구. 돌쇠가 여기서 자니깐." 쌍침 형님이 말한다.

나는 키요와 짱구 형을 따라나선다. 홀은 만원이다. 담배 연기가 자우룩하다. 가라오케가 시끄럽다. 우리는 지하실을 빠져나온다. 클럽 입구에 새앙쥐는 없다. 우리는 거리로 나선다. 새앙쥐가 지상 입구에서 삐끼질을 하고 있다. 짱구 형이 새앙쥐 어깨를 쳐준다.

"성, 쪽방 비우라니 사물 옮겨야지." 키요가 말한다.

"이제 우린 다시 한방 신세야."

우리 셋은 쪽방 거리 쪽으로 걷는다. 한참 가야 한다. 나는 그 골목 안, 쪽방들을 잘 안다. 키요와 짱구 형과 함께 지낸 적이 있었다. 항구에서 이곳으로 올라온 직후였다.

쌍침 형님은 채리 누나와 살림을 차릴 모양이라고 짱구 형이 말한다. 채리 누나가 애를 밴 것 같다고 키요가 말한다. "채리 누나가 쌍침 성님보다 나이가 두 살 위야. 리더들은 대체로 연상의 여인을 좋아하지." 키요가 내게 말했다. "외로우니깐 그래. 조직 리더들은 결손 가정 출신이 많아. 그러니 누님 같구 엄마 같은 여자를 찾지. 푸근하게 품어주거든." 짱구 형이 말했다.

우리는 쪽방 거리에 도착한다. 길가에는 음식점, 주점, 노래방이 깔렸다. 골목 안에는 여관이 많고 쪽방 집이 촘촘하다. 쪽방은 합판 두 장만하다. 쪽방에는 애들이 많이 뀐다. 학교 그만두고 집 나온 애들이다. 중학교를 그만둔 계집애도 있다. 사내애와 계집애가 혼숙도 한다. 사내애들은 낮 시간 동안 중국 음식점 배달꾼이 된다. 신문배달이나 주유소 주유원 노릇을 한다. 주유원은 가출한 계집애들도 쉽게 잡는 일터이다. 계집애들은 밤이면 주정꾼을 낚는다. 사내를 낚아 몸 팔고 그 돈으로 쪽방 찾는다. 군것질과 라면, 붕어빵, 떡볶이로 끼니를 때운다. 뽕도 마신다. 키요는 애들 돈을 뺏기도 했다. 그런 키요를 보고 짱구 형이 치사한 짓 말라고 나무랐다.

5. 휘발유와 폐유

"마두야, 너도 따라갔다 와. 라디오에서 오늘이 장애자의 날이래. 그런 날이 따로 있는 줄 몰랐어." 채리 누나가 말한다.

나는 가기 싫다. 지하에서 그릇 닦고 청소하는 게 좋다. 채리 누나는 시장 갈 때 나를 데리고 갔다. 사람 많은 곳은 싫다. 남들은 나를 장애자라 말한다. 경주씨도 그렇게 말했다. 나는 장애자가 아니다. 말을 조금 늦게 할 뿐이다. 남이 하는 말은 얼추 알아듣는다.

"데모 구경은 재밌어." 키요가 말한다.

아버지도 데모에 나섰다. "나이도 잊었나. 달린 식구 없구 혈기 찬 나이라면 또 몰라. 자기 나이 몇이라고 데모에 나서. 그것도 앞장서서." 엄마가 말했다. 아버지가 나선 데모를 구경하지 못했다. 아버지도 경찰서에 끌려갔다. 나는 끌려가는 아버지를 보지 못했다. 학교에서 잘렸다. 저 남쪽 항구에 있을 때, 나는 데모를 구경한 적 있었다. 광주 오월항쟁 계승 궐기대회라 했다. 많은 학생과 시민이 역 광장에 모여 행진을 했다. 머리띠 한 데모꾼은 주먹을 내두르며 외쳤다. 그 표정이 성난 황소 같았다.

"경주씨 만날지 몰라. 마두, 경주씨 알잖아. 복지원 여직원 말야." 짱구 형이 말한다.

"복지원, 경주씨?"

나는 짱구 형과 키요를 따라나선다. 일요일 아침이다. 한길이 한가하다.

한참을 걷자, 인도에 사람이 늘어난다. 우리와 나란히 몰려간다. 머리에 띠를 두른 사람이 있다. 어깨에 띠를 걸친 사람도 있다. 나잇살 먹은 양복쟁이들이다. 젊은 아줌마도 머리와 어깨에 띠를 둘렀다. 모두 멀끔한 차림으로 명랑하게 지껄이며 간다. 성난 황소 같지는 않다.

"중앙시장 앞이 비빔밥 되겠군. 저치들은 강당 빌려 성토대회 열면 될 텐데." 짱구 형이 말한다.

"양약국이 한약국을 뭘 어쩌겠다는 거요? 밥그릇 싸움 좋아하네. 어디 저치들 굶고 길거리 나앉았나?" 키요가 띠 두른 사람들을 보고 말한다.

"한약국도 마찬가지야. 먹고 살 만하니 자존심 싸움이지. 싸움 지고 웃는 놈 봤냐." 짱구 형이 말한다.

시장 가까이 오자, 사람들이 와글거린다. 차도까지 붐빈다. 차들이 경적을 울린다. 피켓과 플래카드가 우쭐거린다. 머리와 어깨에 띠를 두른 사람이 많다. 신사복이 있고 점퍼가 있다. 이쪽으로 모여 갑시다, 하고 누군가 확성기로 외친다. 휠체어 탄 사람, 목발 짚은 사람, 반신 마비로 손발 뒤틀린 사람도 있다. 시각장애자에 업혀 나온 사람, 노점상 아저씨와 아주머니도 있다. 행색 추레한 사람들이 몰려간다. 아이들도 데리고 나왔다.

우리는 네거리 어름에 도착한다. 구둣발 소리가 요란하다. 네거리 건너편에서 전투경찰들이 열 지어 온다. 헬멧을 쓰고, 방패를 들고, 방망이를 찼다. 경찰차가 사이렌 소리를 울린다. 저쪽 길에 도 전경들이 줄맞춰 서 있다. 나는 벌써 머릿골이 쑤신다. 업소로 돌아가고 싶다. 키요와 짱구 형은 사람들 사이를 헤집고 간다. 나는 둘을 놓칠 것만 같다. 슬리퍼 만드는 지하실에 있을 때도 그랬다. 놀이 갔다 돌아오는 길에 시장에서 일행을 놓쳤다.

"약사들은 이쪽으로, 광성약국 앞으로." 확성기 소리가 들린다.

우리 식구는 시장 입구를 지난다. 다리 저는 젊은이가 피켓을 들었다. 붉은 띠를 이마에 두른 아주머니 둘이 플래카드를 들고 간다. 짱구 형이 선글라스를 쓴다. 쥐떼가 있나 잘 살펴, 하고 짱구 형이 말한다. 키요도 선글라스를 쓴다.

"작년, 애마룸살롱에서 튀어나온 롱다리와 땅개 너도 봤지? 그 두 마리 쥐가 있나 잘 봐." 키요가 내게 말한다.

"소층위(소외계층위원회) 회원분들은 이쪽으로 모여요. 학생들은 몸이 자유롭지 못한 장애인들을 돌보세요." 차도에서 이마에 흰 띠를 두른 젊은이가 외친다. 팔에 완장을 찼다.

대학생 티 나는 젊은이들이 많이 보인다. 머리띠를 둘렀다. 앞 줄은 피켓을 들었다. 꽹과리와 징을 든 치들도 있다.

"마두, 저기 봐. 복지원 꽁치." 키요가 손가락질한다.

나는 차도 쪽을 본다. 경주씨 역시 머리에 흰 띠를 둘렀다. 그녀 주위에 지체장애자들이 몰려 있다. 경주씨가 그들에게 뭐라고 지시를 한다. 중년 남자가 사과 궤짝에 올라선다. 검정색 점퍼 차림이다. 그도 머리와 어깨에 띠를 둘렀다.

"우리의 농성은 평화적입니다. 동지들, 질서를 지킵시다. 생존권을 보장받을 때까지 우리의 투쟁을 멈추지 맙시다. 구호는 선창에 이어 후렴을 따라 외칩시다!" 검정색 중년 남자가 확성기로 외친다.

무엇인가 곧 폭발할 것만 같다. 머릿골이 아프고 가슴이 뛴다. 왜 데모를 하는지 알 수 없다. 아버지도 데모를 했다. "너 아비가 경찰서로 끌려갔어." 엄마가 말했다. 경주씨도 끌려갈 것이다. 지하 업소는 여기서 멀지 않다. 네거리 하나를 건너왔다. 여기에 오지 않은 돌쇠가 부럽다.

"너야말로 장애자 아냐. 마두, 오늘 실컷 스트레스 풀어." 짱구 형이 말한다.

앞쪽에서 빈대 아저씨가 불끈 솟는다. 빈대 아저씨까지 나올 줄 몰랐다. 깜짝 놀란다. 난쟁이 빈대 아저씨가 목말을 탔다. 벌렁코 형이 태웠다. 빈대 아저씨가 피켓을 흔든다.

"우리도 인간이다!" 빈대 아저씨가 외친다.

대학생패가 박수를 친다. 꽹과리가 자글자글 울린다.

앞쪽에서 고함 소리가 터진다. 안경 낀 중년 남자가 사과 궤짝 위에 선다. 오른팔이 없다.

"소외 계층 버려두고 세계화가 웬 말이냐!" 외팔이가 확성기로 외친다.

데모꾼들이, 세계화가 웬 말이냐 하고 따라 외친다. 데모꾼들이 함성을 지른다. 피켓을 흔들고 주먹 쥔 손을 쳐든다. 꽹과리와 징이 울려댄다. 사람들이 계속 모여든다. 나는 열심히 주위를 살핀다. 롱다리와 땅개는 눈에 띄지 않는다.

"노점상 강제 철거, 생존권 강탈이다!" "철거반 폭력배 동원, 건설업체 수사하라!" "삶의 질 추진 앞서, 장애자 대책부터!" "복지 입국 없이 선진 입국 없다!" 외팔이가 구호를 계속 외친다.

데모꾼들 외침도 드세진다. 우우, 하는 데모꾼의 함성이 터진다. 키요와 짱구 형도 야유를 내지른다. 전경들이 외팔이 앞에 벽을 친다. 경주씨는 보이지 않는다. 나는 데모꾼 사이에서 빠져나가고 싶은데, 빠져나갈 수가 없다.

"한약 처방 규제 정책, 당국은 각성하라!"

시장 건너편에서 확성기 외침이 들린다. 그쪽도 데모꾼들이 구호를 외친다.

"평화적 시위를 보장하라!" 앞쪽에서 누가 외친다. 검정색 중년 남자다.

앞쪽에 진을 친 대학생패에 전경들이 밀린다. 데모꾼들이 피켓 각목으로 전경들의 헬멧과 방패를 내리친다. 전경들은 방패로 막는다. 데모꾼 대열이 앞으로 조금씩 움직인다. 풍물 소리, 고함 소리가 요란하다. 귀가 따갑다. 다시 구호가 터지고, 확성기로 외친다. 데모꾼이 함성을 지른다. 기름 짜는 중간에서 삐라가 뿌려진다. 나는 뒷사람에 떼밀려간다. 갑자기 펑, 하는 소리가 난다. 연달아 터진다. 연기가 하늘로 오른다. 눈이 따갑고 목이 막힌다. 데모꾼 전진이 멈춘다. 기침 소리가 요란하다. 전경들이 공격을 시작한다. 고함 소리가 터지고 신음 소리가 잦아진다. 아이들 울음소리도 들린다. 앞쪽 대열이 흐트러진다. 전경들이 젊은이들을 끌어낸다. 뒤쪽에 있는 닭장차로 젊은이들이 끌려간다. 신음 소리가 낭자하다. 지체장애자들이 거기에 몰려 있다. 휠체어를 탄 사람에, 목발 짚은 사람에, 반신불수인 사람도 있다. 그 사이에 설핏 경주씨가 보인다.

"야, 마두, 빨리 빠져!" 누군가 외친다.

대진상사에서 일하는 새치다. 새치도 데모 구경을 나왔다. 키요와 짱구 형은 보이지 않는다. 내 주위가 훤하다. 나는 시장 쪽으로 뛴다. 그쪽에 짱구 형이 보인다. 머릿골이 아프고 재채기, 콧물이 쏟아진다. 차도 쪽은 난장판이다. 전경들이 젊은이들을 끌고가 닭장차에 태운다. 노점상 아저씨와 아줌마도 끌려간다. 시장 건너편 데모꾼은 구호만 외친다. 한약 제조권, 약국 말살 정책, 장관은 퇴진하라는 소리가 요란하다. 그쪽은 최루탄이 터지지 않는다.

"장애인 취업 보장, 장애인 시설 확장하라!" 외팔이 사내가 확성기로 외친다.

장애자들이 주먹을 흔들며 따라 외친다. 차도에는 장애자들만 남았다. 경주씨와 벌렁코 형이 있다. 그가 빈대 아저씨를 목말 태웠다. 그들이 도망가지 않자, 전경들이 에워싼다.

"삶의 질이 무엇이냐, 우리를 보라!" 외팔이가 외친다.

장애자들은 구호를 따라 외친다. 아이들이 울며 엄마, 아빠를 부른다.

"앉으세요. 모두 앉아요!" 경주씨가 소리친다.

경주씨 말에 따라 농성꾼들이 아스팔트 바닥에 주저앉는다. 벌 렁코 형도 빈대 아저씨를 내려놓는다. 빈대 아저씨는 앉으나 서나 마찬가지다.

"꽁지가 복지원서 잘렸나봐요. 그러지 않고서야 저럴 수 있나." 키요가 말한다.

"솜씨가 초범 아냐. 운동권서 놀던 가락이 있어." 짱구 형이 말 한다.

나는 눈물을 닦고 그들을 본다. 경주씨가 곧 닭장차로 끌려갈 것 같다. 경찰에 끌려가는 아버지가 떠오른다.

"분신 자살한 최정환 씨를 기억하라! 정부는 장애자 복지 정책, 고용 정책을 즉각 실시하라!" 외팔이가 확성기로 계속 외쳐댄다.

"최정환 씨를 기억하라." "복지 정책 실시하라. 고용 정책 실시 하라." 농성패들이 한목소리로 외친다.

외팔이가 갑자기 주머니에서 병을 꺼낸다. 병을 머리에 거꾸로 흔들자 물 같은 게 얼굴로 흘러내린다. 라이터를 꺼낸다.

"신나야. 분신 위협이군." 짱구 형이 말한다.

전경 둘이 외팔이에게 달려든다. 하나가 외팔이를 껴안고 넘어 뜨린다. 다른 하나는 외팔이의 허리를 몽둥이로 내리친다. 쓰러진 외팔이를 전경들이 답삭 들어. 닭장차로 옮긴다. 다른 전경 둘이 경주씨를 끌어낸다.

"겨, 경주씨!" 내가 외친다.

나는 그쪽으로 달려간다. 전경이 내 앞길을 막는다. 닭장차로 경주씨가 끌려간다.

"넌 누구야!" 전경이 다그친다.

"누구냐구? 경주……" 나는 말을 더듬는다.

나는 나도 모르게 차도까지 뛰어왔다. 어느새 짱구 형이 내 옆에 서 있다.

"형씨, 이 친구는 장애자요. 저기 끌려가는 저 여자 동생이구요."

짱구 형이, 홍분하지 말라고 나를 타이른다. 짱구 형이 내 팔을 끌고 데려간다. 뒤돌아보니, 경주씨가 닭장차에 실린다.

"인권의 사각지대, 미금시 장애복지원!" 경주씨가 버둥거리며 소리친다.

"마두가 제법인걸" 하고 키요가 말한다.

"서당개 삼 년 몰라" 하고 새치가 말한다.

"우리도 인간이다. 인간적 대우를 받고 싶다!" 농성꾼 중 누군가가 외친다. 주먹을 내두르는 빈대 아저씨다.

"오늘 삼총사는 단연 빈대 아저씨, 경주씨, 마두로군. 엔드 고다. 촬영 끝났어." 짱구 형이 말한다.

"끝났어. 가자구. 약국패도 벌써 끝났어. 회관 빌려 갈비나 뜯겠어." 키요가 말한다.

"경주씨가 달려가(잡혀가) 그렇게 홍분했냐? 뽕 마신 애들처럼." 짱구 형이 걸으며 묻는다.

*

    나는 단란주점 웨이터다. 단란주점에는 식구들이 많다. 채리 누나가 영업을 맡았다. 종업원에게 지시하고 계산한다. 채리 누나는 말이 없는 편이다. 혼자 있을 때는 조금 슬퍼 보인다. "아버지가 딴살림을 차리자, 이태 만에 이혼했지. 고이 때야. 공부가 안 돼. 엄만 신경질만 내구. 생활비는 아버지가 대줬지. 졸업하자 집을 나와버렸어. 이쪽과 연결된 친구가 있었거든. 엄만 동생들 데리고 외갓집 전주로 내려갔구. 난 집을 찾지 않았어. 사랑이란 게 그런가봐. 자식 셋 낳고 스무 해 가까이 몸 섞으며 살다 그렇게 헤어지다니. 지금도 이해가 안 가." 어느 비 오던 날, 채리 누나가 예리에게 말했다. 나는 그 말을 들었다.

    "골이 아파, 마두가 약 사올래" 하며 약 이름을 종이쪽지에 적어 심부름을 시킨 적도 있다. 늦은 시간, 쌍침 형님이 단란주점으로 오기도 한다. 채리 누나와 무슨 얘긴가 한참 하고 돌아간다. 아직도 목발을 짚고 다닌다. "카드놀이 가겠지" 하고 돌쇠가 내게 말한다. 그럴 때면, "돌쇠야, 이것 오백칠호로 가져가" 하며 누나는 계산기 서랍에서 돈을 꺼냈다. 돌쇠가 그 돈을 날랐다. "이틀째 눈 안 붙인 채 붙고 있어. 판이 크던데." 돌쇠가 돌아와서 말했다. 그 말을 들을 때, 채리 누나 표정이 어둡다. 일손이 잡히지 않는지 멍한 얼굴로 저녁을 보낸다. "뭐라구, 방금 뭐라구 말했어?" 채리 누나는 돌쇠에게 엉뚱하게 되묻기도 한다. 그럴 땐 나를 닮았다.

    주방에서 일하는 식구는 필이 엄마와 운신댁이다. 운신댁은 쉰

쯤이다. 날이 채 어둡기 전에 출근해서 퇴근은 자정 무렵이다. 필이 엄마는 마흔쯤이다. 조금 늦게 출근해 운신댁보다 조금 빨리 퇴근한다. 그리고 돌쇠와 내가 있다. 호스티스가 많다. 단란주점만도 여섯이다. 성씨만 따져도 최, 김, 서, 박, 허, 문이다. 성씨가 모두 다르다. 예전에 본 얼굴은 최경란과 이선화뿐, 나머지는 낯선 얼굴이다. 나는 호스티스 얼굴은 금세 익혔다. 얼굴과 이름을 함께 익히는 데는 한참 걸렸다. 나이트클럽에는 호스티스들이 많다. 두 손 손가락을 몇 번 꼽아야 할 터이다. 단란주점의 룸이 꽉 찰 때는 클럽 호스티스를 빌려온다. 빌려오는 호스티스들이 따로 정해져 있다. 예리도 그런 호스티스 중 하나다. 채리 누나는 예리를 좋아한다.

단란주점은 자정이 지나면 문을 닫는다. 닫는 시간은 카운터 뒤 벽시계를 보면 안다. 시계침 두 개가 하늘로 꼿꼿이 서서 포개져야 한다. 그때쯤이면 채리 누나가, 홀에 불 끄고 문 잠가 하고 말한다.

내가 국숫집 옥상으로 돌아올 때는 거리가 한산하다. 차도 별로 안 다닌다. 사람도 뜸하다. 가로등과 네온사인만 밝다. 서늘한 밤 기온이 나를 쓸쓸하게 한다. 그럴 때, 아우라지가 생각난다. 할머니가 아직도 아우라지에 있다고 경주씨가 말했다. 걸어서 고향까지 가고 싶다. 나는 할머니가 부르는 「정선아라리」를 읊조리며 걷는다. 남들은 나를 음치라고 말한다.

눈이 오려나 비가 오려나 억수 장마 지려나 / 만수산 검은 구름이 막 모여든다 / 아리랑 아리랑 아라리요 / 아리랑 고개고개로 나를 넘겨주게……

할머니는 아라리 노랫말을 많이 알았다. 불러도 불러도 끝이 없었다. 할머니는 젊어 홀몸이 되었다 했다. 징용에 끌려간 할아버지가 돌아오지 않았다고 했다. 아버지와 고모를 키우며 살았다고 했다. "나는 한이 많은 아낙이야. 네 할아버지는 키가 팔 척이고, 인물 잘난 장부였지. 그런데 청대 같은 나이에 그만 징용에 잡혀 갔단다. 대동아전쟁 끝나면 돌아온다며 저 남양군도 어디메로 갔지. 네 아비 손위 고모는 어릴 때 홍진을 앓아 얼굴이 곰보였어. 남 갈 때 시집 못 가구, 스물둘에 사북 금광 놈팽이의 후처로 들어 갔지. 자식이 다섯이나 달린 홀아비한테. 새벽에 나서서 산 넘고 물 건너 걷고 걸으면 밤중에 사북에 도착해. 딸애 만나러 내가 몇 차례 그렇게 걸었지. 네 고모는 시집간 이태 후에 딸애를 낳았단다. 그리고 어느 날 신새벽에 네 고모가 홀연히 아우라지로 돌아왔지 뭐냐. 얼굴이 퉁퉁 붓고, 다리는 절룩거리며. 보퉁이를 이고 딸애 를 둘러업고는. 무서운 산짐승이 득실대는 그 험한 밤길을 걷고 걸어 친정으로 돌아왔단다. 서방이 술만 마시면 너무 패서 도저히 살 수 없어 왔대. 얼마나 펑펑 울던지. 옷을 벗겨보니 온몸이 피멍 이라. 다시 사북으로 돌아가지 않고 아우라지에서 살았지. 애 업 고 억척같이 밭일을 하며. 네 고모부는 고모를 찾으러 오지도 않 았구. 네 고모가 사북 쪽 산 너머를 보며 혼자 눈물 닦는 걸 내 자주 보았지. 이태가 지났나, 애가 아장아장 걸을 만했으니. 애를 내 려놓고 콩밭을 매는데, 애가 어느새 송천으로 걸어가 물에 빠졌지 뭐냐. 애를 구하러 네 고모가 물에 뛰어든 게 그만…… 그때부터 내 입에서 아라리 노래가 떨어지지 않았어. 그걸 부르면 만고 시름이 사라지거든. 길쌈하며 콩밭 매며 입에서 떠나지 않는 게 그 노래라. 아우라지 뱃사공아 배 좀 건네주게 / 싸리골에 동백이 다 떨어진다 / 떨어진 동백은 낙엽이나 쌓이지 / 사시장철 님 그리워 나는 못 살겠네 / 아리랑 아리랑 아라리요 / 아리랑 고개고개로 나를 넘겨주게……" 할머니가 「정선아라리」를 읊었다. 할머니 목소리는 구성졌다. 농사철이면 할머니는 텃밭에서 살았다. 이맘때 쯤이면 텃밭에는 파꽃이 핀다. 흰 탁구공을 닮아 보송하다. 파꽃에도 나비와 벌이 찾아온다. 앞마당의 늙은 감나무에는 노란 감꽃이 핀다. 시애가 감꽃을 실에 꿰어 목걸이를 만들었다. 시애는 감꽃 목걸이를 내 목에도 걸어주었다. 들로 나가면 민들레꽃이 한창이다. 꽃대를 꺾어 후 불면 꽃가루가 하늘로 날아간다. 쬐끄만 우산 같은 것이 간들거리며 멀리로 날아간다. "풍매화(風媒花)는 아름다움을 자랑하지 않는다. 바람에 날리는 꽃치고 예쁜 꽃이 없지. 향기도 없구. 꽃답지 못해. 왜 그런 줄 아니? 나비와 벌한테 교태를 떨 필요가 없거든. 너희가 찾지 않아도 나는 씨앗을 만들 수 있어, 하고 말하거든." 들길을 걸으며 아버지가 말했다. "아버지, 꽃가루가 벌이나 나비한테 어떻게 말을 해요?" 시애가 물었다. "나는 민들레, 능수버들, 갯버들 꽃가루가 하는 말을 알아듣지. 난 곤충들을 유혹할 필요가 없으니 아무렇게나 생겨먹었다구, 그렇게 말하지. 바람에 날려갈 수 있게 가볍고 작으면 될 뿐이야, 하고 말하지. 소나무도 그렇고 벼도 그래. 갈대와 억새도 꽃가루를 바람에 실어 보내지. 자연의 이치란 참으로 오묘하지 않니? 풍매화는 충매화(蟲媒花)와 달리 나비, 벌, 개미보다 바람한테 이뻐 보이려구 꽃이 가볍고 작지. 그런 작은 꽃을 수십, 수백 개로 뭉쳐 한 송이로 만들어." 아버지가 말했다. 나는 민들레꽃을 열심히 입김으로 불고 있었다. 작은 우산을 자꾸만 바람에 날려보냈다. 재미있었다. 아버지는 시애를 상대로 이야기했다.

국숫집 옥상으로 돌아오면 키요와 짱구 형이 잠들어 있다. 더러 나보다도 늦게 돌아오는 날도 있다. 둘이 단란주점에 들러 함께 돌아오는 날도 있다. 둘은 늘 붙어다닌다.

어느 날 밤이다. 옥상 가건물 문을 열자 닭들이 뿍뿍거린다. 내 발소리에 인사하는 신호다. 가건물에 형광등이 켜져 있다. 나는 그 안에서 새어나오는 이상한 소리를 듣는다. 나는 귀가 밝다. 발소리를 죽여 가건물 옆으로 돌아간다. 폐타이어 위에 올라서서 창문으로 안을 들여다본다. 짱구 형과 키요가 알몸이다. 키요 머리가 짱구 형 사추리에 박혀 있다. 키요 머리가 열심히 상하로 오르내린다. 짱구 형이 키요 머리를 잡고 가쁜 숨소리를 흘린다. "그만…… 됐어." 짱구 형이 말한다. 키요가 짱구 형 옆에 모로 눕자, 짱구 형이 키요 등뒤에 모로 눕는다. 두 몸이 붙는다. 짱구 형이 키요의 허리를 안더니 엉덩이를 밀어붙인다. 나는 폐타이어에서 내려와 화단으로 간다. 어둠 속, 열심히 자라는 식물을 본다. 토마토, 고추, 상추다. 그 식물들은 밤에도 자란다.

나는 잠이 없다. 하품을 쏟다가도 잠자리에 들면 눈이 말똥해진다. 온갖 생각들이 끊임없이 떠오른다. 파꽃만 해도 그렇다. 파꽃을 생각하면 파와 관련된 여러 장면이 떠오른다. 할머니가 파 모종을 심었다. 엄마는 마지못해 도왔다. 이맘때면 텃밭에는 나비가 많이 찾아들었다. 파꽃, 배추꽃, 무꽃이 피는 절기였다. 호랑나비, 네발나비, 뱀눈나비 같은 알록달록한 나비는 잘 날아들지 않았다. 흰나비와 노랑나비, 배추흰나비가 많이 날아들었다. 꽃이 작기 때문에 작은 나비들이었다. 나비 이름은 아버지가 가르쳐주었다. 나비를 오래 보고 있으면 졸음이 왔다. 할머니는 물에 젖은 짚으로 파단과 무단을 묶었다. 여량장에 내다 팔 터였다. 생각이 여량장으로 옮겨지면, 장 풍경이 떠오른다. 이맘때쯤이면 햇감자가 시장에 나온다. 집에서는 감자와 고구마를 많이 쪄서 먹었다. 시애는 고구마 먹기에 질려 자주 짜증을 냈다. 시애는 고구마를 도막내어 장두칼로 도장을 파기도 했다. 주로 꽃과 나비였다. 도장을 잉크에 묻혀 공책에 찍었다. 많은 꽃과 나비가 만들어졌다. 밤이 되어도 나는 쉬 잠들지 않았다. "시우가 이제야 겨우 잠이 들었나보군. 쟤 왜 저렇게 잠이 없는지 몰라. 잠이 저렇게 없는 것도 병일 거야." 할머니가 말했다. 나는 잠들지 않았고 잠에 든 체했다. "자폐증이 그렇대요. 애 아버지가 그러더군요. 증세가 심하면 수면제를 먹여 억지로 잠을 재워야 한다구. 저렇게 잠을 안 자니 낮에는 머리가 띵하지 않겠어요. 정신이 또록하지 못한 거지요." 어머니가 말했다. 두 분은 전등불 아래서 팥을 까고 있었다. 시애는 잠든 지가 오래였다. 생각이 꼬리를 물고 떠올랐다. 할머니와 엄마가 잠이 든 뒤까지 나는 오랫동안 눈을 떴다 감았다 했다. 소리 나지 않게 꼼지락거렸다. 나중에는 생각조차 뒤죽박죽이 되었다. 그때쯤에야 나

208

도 모르게 잠이 들었다.

옥상 가건물에서도 나는 오랫동안 잠을 이루지 못한다. 그럴 때 나는 짱구 형과 키요가 그 짓 하는 소리를 듣기도 한다. "마두는 벌써 곯아떨어졌잖아." 짱구가 그런 말도 한다. 나는 못 들은 체 거짓 코를 곤다. 나는 늦게 잠을 자도 일찍 깬다. 눈을 뜨면 바깥이 희붐하게 밝다. 나는 밖으로 나온다. 옥상 화단부터 들여다본다. 고추, 상추, 토마토 잎이 청청하다. 이슬을 머금고 한껏 푸르다. 상추는 이제 겉잎을 딸 때가 되었다. 얼마 뒤면 채리 누나, 예리, 쌍침 형님, 키요, 짱구 형, 돌쇠와 상추쌈을 먹을 수 있다. 이슬을 머금은 흙이 부드럽다. 나는 페인트 통 오줌을 물뿌리개로 떠낸다. 잎에 닿지 않게 오줌물을 흙에 뿌린 다음 묵힌 수돗물을 준다. 저녁에 줄 수 없기에 흠뻑 준다. 그 일을 끝내고 나는 페인트 통에 오줌을 채운다. 병아리들을 보러 간다. 그놈들도 아침잠이 없다. 시계가 없던 시절에는 닭울음이 시계였다고 할머니가 말했다. "마을 장닭들이 여기저기서 울면 봉창이 희붐하지. 그러면 잠을 깬단다. 아녀자는 우물물을 길어오구. 새벽 처음 뜨는 우물물은 정기가 있단다. 그 맑은 물 한 사발을 부엌에 떠다놓고 조앙신에게 빌지. 제상 차릴 우리 손자놈 똑똑하게 해달라구. 그럼 건넌방에서 너 아비 기침 소리가 들려. 너 아빈 냉수 한 사발 마시구, 쇠죽부터 쑤어. 날이 밝으면 외양간에서 소가 여물 줘, 여물 줘 하고 음매음매 울구. 그제서야 네 어미가 꿈지럭거리며 부엌으로 나서지. 넌 일찍 깨어 눈을 말뚱거리며 누웠구. 시애가 늘 꼬랑지로 잠을 깨." 할머니가 말했다. 나는 새벽닭이, 꼬끼요 하고 울면 눈을 떴다.

이제 중닭으로 한참 자라는 병아리들도 언젠가 새벽을 깨울 것이다. 큰 닭이 되면 쌍침 형님부터 한 마리 잡아주고 싶다. 닭곰탕이 소꼬리 곰탕만큼 보신이 될 터이다. 세 마리는 잘 자란다. 한 마리가 비실댈 뿐이다. 키요는, 그놈이 나라고 했다. 나는 닭이 아니다. 닭처럼 일찍 잠을 깰 뿐이다.

도시 지붕 위, 해가 동쪽에서 솟아오른다. 그때까지도 키요와 짱구 형은 일어나지 않는다. 나는 옥상에서 길을 내려다본다. 출근하는 사람들의 발길이 바쁘다. 한참 뒤, 사람들이 뜸해진다. 키요와 짱구 형이 가건물에서 나온다. 나는 조바심이 난다. 키요가 페인트 통에 오줌을 눠야 거름으로 쓸 수 있다. 나는 손가락으로 페인트 통을 가리킨다. "알았어, 알아" 하며 키요와 짱구 형이 페인트 통에 오줌을 눈다. 아침밥은 안동국시집 옆 가정식 식당에서 먹는다. 콩나물국이나 시래깃국, 자반 한 토막에 나물 반찬이다. 돈은 내지 않고 치부책에 사인을 해둔다. 밥을 먹고 나면 우리 셋은 큰길로 나와 길을 건넌다. 호텔 앞에서 키요, 짱구 형과 헤어진다. 구두 박스에서는 식구들이 구두를 닦고 있다. 빈대 아저씨가 나를 보고 손을 흔든다. 키요와 짱구 형은 호텔 뒷길로 간다. 뒷길에 사층 건물이 있다. 대진상사가 삼층과 사층을 쓴다. 사층은 사무실로, 우리 식구 본거지다. 최상무님이 대진상사의 회장이다. 대진상사가 무엇을 하는 업체인지 모른다. 키요와 짱구 형은 사층에서 업무 지시를 받는다. 관할 구역 술집에 양주와 마른안주를 납품하는 일이다. 둘은 승용차로 그것을 나른다. 짱구 형이 운전한다. 키요는 운전할 줄 모른다.

나는 지하 단란주점으로 내려간다. 돌쇠도 아침밥을 먹은 뒤다. 그는 아침밥을 호텔 뒤 분식점에서 먹거나 간단히 햄버거로 때운다. 우리 둘은 의자를 탁자에 올려놓는다. 룸과 홀 바닥을 물걸레로 닦는다. 한참 걸려 청소를 끝낼 때쯤 전씨가 비닐부대를 들고 온다. 안주감인 채소와 과일을 배달해주는 도매상이다. 채리 누나도 그 시간쯤 출근한다. 단란주점은 낮에 찻집으로 문을 연다. 차 나르기는 돌쇠가 주로 맡는다. 손님이 셋만 되어도 나는 그들 주문이 헷갈린다. 누가 무슨 차를 시켰는지 까먹는다. 그래서 주방에서 찻잔과 스푼 씻기를 주로 한다. 손은 늘 축축이 젖어 있다. 점심은 늦게 채리 누나, 돌쇠, 내가 함께 먹는다. 채리 누나가 전기밥솥으로 밥을 짓고 국을 끓인다. 반찬은 주방 아줌마가 저녁에 만들어놓고 간다. 음식점에서 시켜 먹을 적도 있다. 식사 뒤, 채리 누나는 외출을 한다. 장을 보러 갈 때도 있다. 나는 낮에는 지하업소에서만 살아 두더지를 닮았다. 밤에는 옥상에서 별을 본다. 단골주점이 식구 업소이기에 형님 또래, 우리 또래 식구가 연락처 삼아 자주 들른다. 쌍칼 형님, 불곰 형님, 찡오 형님이 다른 손님과 함께 오기도 한다. 그들은 주로 룸에서 오랫동안 이야기하고 간다. 그럴 땐 보디가드들이 홀에 방패막이로 대기한다.

단란주점 영업은 저녁때부터 시작된다. 바깥이 밝은지 어두운지 나는 알 수 없다. 손님이 한두 패씩 들어오면 저녁때겠거니 여긴다. 운신댁이 먼저 출근하면 필이 엄마도 온다. 그때부터 바빠진다. 홀부터 손님이 차기 시작한다. 룸에는 한참 뒤에 손님이 든다. 홀에는 중간 크기 맥주병을 내놓고 룸에는 작은 맥주병을 들여놓는다. 나는 그걸 자주 혼동해 돌쇠에게 타박을 먹는다. 룸에 손님이 많을 때는 호스티스가 달려 클럽에서 빌려온다. 그럴 때 예리가 온다. 초저녁부터 알딸딸해 있기 일쑤다. "마두, 우리 깨끗한 연애 한번 해. 돈 주고받는 거래 말구." 예리가 해롱대며 자주 하는 말이다. 키요와 짱구 형이 삐끔 얼굴을 내밀기도 한다. 둘은 홀에서 진토닉을 한 잔씩 마시다 간다. 둘은 밤이면 바빠 두더지같이 열심히 쏘댄다.

*

일요일이다.

잠을 깨니 실비가 내린다. 닭들이 가건물 처마 아래 모여 있다 나를 보자 꼬꼬댁거린다. 옥상 닭은 늘 풀어놓는다. 그놈들은 중닭이 되었고 비실거리던 놈도 제법 자랐다. 나는 우동 그릇에 모이를 담아준다. 닭들은 온 데다 똥을 싼다. 나는 그 똥을 페인트 통에 모은다. 토마토는 탱자만한 열매가 달렸다. 넝쿨이 무성하게 뻗는다. 상추와 고추도 잘 자란다. 나는 상추 겉잎을 딴다. 고추도 많이 열렸다. 고추는 사람 고추를 닮아 고추라고 한다. 아이들 고추는 귀여운데 어른 고추는 귀엽지 않다. 어른 고추는 좆. 이건 욕이다.

나는 상추와 고추를 날마다 단란주점으로 나른다. 점심은 상추쌈을 먹는다. 상추잎이 싱싱해 이빨에서 사각거리며 부서진다. 고추는 막장에 찍어 먹는다. "넌 유기농법으로 농사를 잘 짓는구나."

채리 누나가 나를 칭찬한다. 내가 키운 상추와 고추는 모두가 좋아한다. 키요와 짱구 형이 점심을 함께 먹기도 한다. 둘은 상추쌈을 먹으러 나타난다. 쌍침 형님도 더러 점심때에 나타나 쌈밥을 먹는다. "마두가 닭 키워 성님 보신시켜준대요." 키요가 쌍침 형님에게 말한다. 나는 닭을 잡을 수 없다. 싸리골에선 옆집 한서방이 닭을 잡았다. 두 날개를 엇지게 꼬고 닭 모가지를 비틀면 날개와 발을 푸드덕거렸다. 칼날로 앙가슴을 찌르면 피가 쏟아졌다. 닭이 눈을 부릅떴다 눈을 감았다. 숨이 끊어지면 끓는 물에 닭을 담갔다. 닭살이 보이게 닭털을 말끔히 뽑았다. 칼로 배를 갈라 내장을 꺼냈다. 그런 닭 잡기가 너무 끔찍했다. 나는 할머니 치맛자락 뒤에 숨어 몰래 훔쳐보았다. 머릿골이 아팠다. 나는 닭고기를 먹지 않았다. 우리 집은 민물고기조차 먹지 않았다. 사람들은 아버지를 채식주의자라 했다.

밖에는 실비가 내려 포도를 적신다. 지하 단란주점은 후텁지근해 습기로 차 있다. 오늘 점심 역시 상추쌈을 먹는다. 뺨에 밥풀 붙었어, 하고 채리 누나가 내게 말한다. 밥을 먹고 나서다. 돌쇠가, 비도 오는데 영화나 보러 가자고 말한다. 나는 머리를 흔든다. 돌쇠가 어디로 전화를 건다. 꽁치 하나를 꼬셔냈다고 내게 말한다. 돌쇠가 휘파람을 불며 혼자 나간다. 채리 누나도 우산을 들고 외출한다. 단란주점에는 나 혼자 남는다. 나는 텔레비전을 본다. 외국 영화다. 텁석부리 사내들이 말을 타고 달린다. 짐마차를 총질로 공격한다. 짐마차가 불에 탄다.

문이 열리고 키요, 짱구 형, 깡태 형, 창모 형이 들어온다. 그들은 삼번 룸으로 가서 포커판을 벌인다. 나는 홀로 나와 텔레비전을 본다. 술집이다. 한 사내가 카운터에 기대서 있다. 뒤에서 슬그머니 권총을 뽑는 사내가 있다. 술병 진열대에 거울이 붙어 있다. 카운터에 기대 있던 사내가 재빨리 돌아서서 먼저 총질을 한다. 총을 뽑던 사내가 탁자에 꼬꾸라진다. 나는 텔레비전을 끈다. 그냥 멍하니 시간을 보낸다.

룸에서 나온 키요가 전화를 건다.

"여기 황금호텔 지하 단란주점. 해물잡탕, 탕수육, 배갈 세 병." 키요가 룸으로 걸음을 돌린다. "쇠 몽땅 털렸어. 음식 오면 너도 와서 먹어." 키요가 말한다. 한참 뒤, 음식이 배달된다. 나는 룸으로 들어가지 않는다. 나는 포커를 할 줄 모른다.

채리 누나가 돌아온다. 배부른 비닐봉지를 들고 있다. 장을 봐서 오는 길이다. 돌쇠도 돌아온다. 한참 뒤, 손님 셋이 들어온다. 바깥이 어두워진 모양이다. 일요일은 주방 아줌마들이 출근하지 않는다. 돌쇠가 술병과 마른안주 접시를 나른다. 한참 시간이 흐른다. 다시 손님 한 패가 들어온다. 그들은 가라오케 노래부터 시작한다. 나는 카운터 앞자리에 앉아 노래 부르는 손님을 본다. 뚱뚱한 중년치다. 뽕짝 「항구의 이별」을 부른다. 굵은 허리를 흔들자 일행이 킬킬거리며 웃는다.

출입문이 조금 열린다. 나는 놀라서 일어선다. 인희 엄마다.

"시우 있네. 너 보러 왔어."

인희 엄마가 방긋 웃는다. 남색 바바리코트에, 핸드백과 꽃무늬 우산을 들었다. 채리 누나가 인희 엄마를 본다.

"시우 와부 있을 때 제가 데리고 있었어요." 인희 엄마가 채리 누나에게 말한다.

"마두한테 들었어요. 웬일로?"

"마침 구리에 나올 일이 있어서…… 일요일엔 식당을 닫거든요. 시우가 어찌 사나 보고 싶기도 하구." 인희 엄마가, 시우와 어디 조용히 얘기할 데가 없냐고 채리 누나에게 묻는다.

"마두야, 일번 룸에 가서 아줌마와 얘기해." 채리 누나가 말한다.

인희 엄마가 앞서 걷고 나는 뒤따른다. 일번 룸에서 인희 엄마와 나는 마주보고 앉는다.

"오랜만이야." 인희 엄마 목소리가 사근사근하다. 흥부식당 단골손님 대하듯 한다. "여긴 어때? 흥부식당보다 재미있겠구나. 룸 있는 걸 보니 아가씨들도 있겠구."

인희, 연변댁, 미미가 떠오른다. 연변댁은 있습니다를 있습네다라고 말했다. 미미는 자극이 없다고 자주 툴툴댔다. 나는 와부에 가고 싶었으나 가지 못했다. 다시는 조직을 벗어나면 안 된다고 식구들이 말했다.

"잠은 어디서 자니? 여기서?"

"여기서? 저어기" 하며 천장을 올려다본다.

"얘가 웃겨. 설마 호텔방에서 자지는 않겠지. 그런데 시우야, 식당에서 일한 것 말야, 그 월급 전해 받았니? 넉 달을 계산해서 이백만 원을 건네줬어. 너 데리고 간 친구 둘 있었지. 키요하고 짱구라든가. 별명도 괴상해. 그치들한테 줬어. 돈 받았니?"

"돈 안 받아요."

나는 돈을 만져보지 못했다. 채리 누나에게 맡겨 은행에 적금을 해두라고 쌍침 형님이 짱구 형에게 말했다. "마두야, 너 여기서 일하는 것 내 적금 들어줄게." 채리 누나가 말했다. 돌쇠는 육십오를 받는다고 내게 말했다. 나는 돈을 생각해본 적이 없다.

문이 열리고 채리 누나가 소반에 주스 세 잔을 내온다. 채리 누나가 내 옆에 앉는다.

"저는 여기 마담이에요. 위탁받아 운영하죠. 마두는 원래 우리 식구였답니다. 빼내온 게 아니구요. 그럴 만한 사건이 터져, 마두가 잠시 피해 있었던 거지요." 채리 누나가 인희 엄마에게 말한다.

"알아요. 그런데 갑자기 데려가버려 일손 달려 혼났어요. 시우가 조금 모자라는 구석은 있지만 시키는 일은 잘했는데. 올해 초등학교 입학한 우리 딸애도 시우 따르며 좋아했구. 지금도 시우 아저씨 데려오라고 앙탈을 부린답니다."

"마두를 돌려보낼 수는 없어요. 우리도 마두가 필요하니깐요. 함께 고생했던 마두 친구들도 여기 있구요."

"나도 사람을 구했다오. 시우 대신 여자애를 썼지요. 신세대라 그런지, 얼마나 깍쟁인지 몰라요. 제 일만 하곤 일분 일초도 안 틀리게 퇴근한다우. 일손 달려 성질 좀 내면, 아줌마가 뭔데 이래라 저래라 하냐며 턱 쳐들고 따지지 뭐예요."

인희 엄마가 까르르 웃는다. 주스를 마신다.

"하루 볕이 무섭다는 어른들 말이 맞아요. 여기도 애들 쓰는데 세대 차가 금방 나요. 우리 땐 술 취해 속 부대끼면 보리차 없으면 수돗물 먹었죠. 애들은 죽어도 오룡차가 아니면 생수병만 딴답니다."

"나 시우와 얘기 좀 하고 가겠어요. 오늘이 쉬는 날이라⋯⋯"

"그렇게 해요" 하곤, 채리 누나가 밖으로 나간다.

"이 단란주점 깡패들이 운영하니? 네 친구들 여기 자주 오지?"

나는 문 쪽을 본다. 키요와 짱구 형은 다른 룸에서 포커를 한다. 키요는 쇠를 몽땅 털렸다고 말했다.

"키요와 짱구랬나. 이 동네서 놀 것 아냐. 그 친구들 불러줄 수 있지?"

나는 문밖으로 나온다. 어느 룸인지 알 수가 없어 귀를 기울인다. 사번 룸에서 말소리가 들린다. "트리플이야." 깡태 형 목소리다. 나는 사번 룸 문을 연다. 담배 연기가 자욱하다. 깡태 형이 트럼프를 섞는다. 모두 나를 힐끗 보곤 시선을 거둔다. 키요가, 안주 좀 먹고 가라고 말한다.

"찾아왔어."

"누구야? 무슨 일인데?" 키요가 일어선다.

키요가 담배와 라이터를 주머니에 넣는다. 나는 일번 룸으로 키요를 데려간다.

"아니, 이게 누구슈. 안면 있네. 웬일로? 얼굴 좋수다그려. 잔금 일백 가져오셨나? 장사 잘되나봐." 키요가 인희 엄마 맞은편 자리에 앉는다.

"계산은 벌써 끝났는데 무슨 딴소리야."

"그렇담 마두한테 볼일이 있소? 알 만해. 나도 머리 회전은 빠르니깐. 마두 연장이야 괜찮죠. 그걸 두고 토종 특산품이라 하지.

비 추줄추줄 따르는 날, 마음이 싱숭생숭할 땐 고구마 생각 날 법
도 하지. 이불 밑에서 먹는 뜨근뜨근한 왕고구마."

인희 엄마는 웃기만 한다. 키요가 담배를 꺼내 물고 불을 댕긴다.

"헛바닥엔 배터리를 달았군. 찾아온 용건은 다름이 아니라……"

"말해보슈. 우린 고객 편의주의 해결사니깐. 마두 시간 좀 달라
면 그렇게 해줄 수 있지. 화대 쪼깐 받아야겠지만. 뺀 만큼 재두
영양보충 시켜줘야지. 우리 계산은 늘 정당성이 첫째고, 담은 원
리원칙을 고수하죠. 그게 바로 꿩 먹고 알 먹는, 상호 이익 보장
아뉴."

"잡소리 치우고 내 말 들어봐. 이백 시우 줬지?"

"물론 줬죠. 잰 쇠 쓸 데가 없으니 통장 만들었수다. 재와 우린
한식구예요. 그 쇠 빼먹은 것 같소? 어떻게 번 쇤데. 우린 치사한
건 딱 질색이오. 그런데?"

"다른 뜻은 없고, 힘들게 번 몫돈이니 관리 잘해주라구."

"마담이 재 통장을 관리해요. 정 뭣하다면 확인해보시든지. 마
담 관상 봤죠? 착할 선자 그대로죠. 설마 그 말 하겠다고 여기까
지 오진 않았겠구? 난 척보면 착이니깐."

"자네가 키요라 했나? 키요, 다름이 아니라, 누구 한 인간 혼 좀
내줘. 다시는 내 앞에 얼씬두 말게. 귀찮아 죽겠어. 영업에도 방해
되구."

"무슨 말인지 감 잡았수다. 보자, 와부 신촌 네거리 나와바리 리
더가 누구더라?"

"이 바닥 기면서 것두 몰라."

"왜 모르갔소. 날마다 출장 가는데. 그냥 모른 체해본 거죠."

"구멍가게 밥집에 무슨 깡패까지 설치겠니."

"잔챙이들 푼돈이나 쓰려고 침 바르고 다니죠. 혹시 롱다리와 땅개 안 설쳐요? 참, 그랬담 마두가 알 테지. 거기서 일했으니깐."

"난 그런 거 몰라. 그게 아니구……"

"알았수다." 키요가 인희 엄마 말문을 막는다. "놈팽이가 붙었구면. 제비족한테 걸렸소? 그거야 껀수도 안 돼요. 바로 우리가 그런 일 청부업자 아뇨. 진작 말할 일이지. 아주 병신을 만들어주겠수. 아킬레스건을 싹둑 끊어버리죠 뭘. 그 골통 자주 나타나우?"

"내가 제비족한테 넘어갈 것 같냐. 그게 아냐. 우리 딸애 봤잖아. 걔 아비 되는 자야. 백수건달. 시우 쟤도 봤어. 원양어선 타다 왔다며 나타나선 행패를 부리기에 진단서 떼서 구속시켰지. 한 달 살고 나오더니 또 찍자 붙으니. 가택 침입으로 파출소에 신고하면, 딸애 보러 왔다는 걸 어떡해. 아침부터 술에 취해선……"

인희 엄마가 한숨을 내쉰다. 주스를 마저 비운다. 나는 인희 아버지한테 맞았다. 인희 아버지는 인희에게 코알라 인형을 주었다. 인희는 코알라를 안고 잤다.

"넌더리 난다, 이 말씀이시군. 넝마 같은 인간, 쓰레기 하치장에 보내달라는 말씀이죠? 그거야말로 죽 먹기지. 내 삐삐 번호 아르켜줬던가. 언제라도 연락하슈, 나타나면. 짱구 성과 같이 오토바이로 날아가서 그 꼴통 조용한 데로 모셔, 손 좀 봐드리지. 우린 그 방면에 전문가니깐. 쥐도 새도 모르게 푹 담가버리지. 와부와 덕소에는 얼씬도 못하게."

"그렇게만 해준담, 얼마 줄까?"

"물론 수고비는 챙기겠지만, 쇠에 신경 쓰지 마슈. 아무리 쇠 세상으로 돌았으나 우리가 쇠만 따지진 않소. 내 삐삐 호출번호 아르켜드릴까. 받아 적어요. 언제라도 연락 주슈."

키요가 삐삐 호출 번호를 불러준다. 인희 엄마가 핸드백에서 수첩을 꺼내어 숫자를 적는다.

"말이 너무 반지빨라 사기 당한 기분인데?"

"두고 보슈. 깨끗하게 시야게(마무리)될 테니. 다른 애로점 없어요? 봐주는 김에 화끈하게 봐드리지."

"없어."

"이것 뭐 미안한 부탁이지만, 착수금 쪼로 두 장만. 비도 오고 해서 친구들끼리 룸에서 한판 벌이거든요. 쫄쫄 빨려서." 키요가 뒤통수를 긁적거린다.

"국밥 팔아 무슨 떼돈 번다고 착수금을 두 장씩이나. 노름 뒷돈 대기야 모래땅에 물 붓기지" 하더니, 인희 엄마가 지갑에서 돈을 꺼낸다.

"한 장 여깄어. 착수금 조야. 며칠 안에 삐삐 칠게. 한칼로 조져 줘. 얼씬 못하게."

인희 엄마가 키요에게 수표를 건네준다. 핸드백과 우산을 들고 일어선다.

"되게 짜네. 급전 필요하니, 하여간 알았수다." 키요가 수표를 바지 주머니에 넣는다. "시야게 잘되면 큰 것 두 장 줘야지. 보통 석 장인데 마두 거둬준 것 생각해서 기본만 부른 거요."

"시우야, 저녁 안 먹었지? 내 저녁 살게. 잠시 나갔다 오자." 인희 엄마가 말한다.

나는 키요를 본다. 허락이 떨어져야 한다.

"나갔다 와. 멀리 가진 말구. 와부까지 따라갈 생각 아예 말아. 여기를 떴담 어떻게 되는 줄 알지? 젊은 아줌마가 뽕도 따구 임도 보자는 모양인데, 살다 보면 막간에 그런 재미도 있어야지."

키요가 내게 눈을 찡긋하며 내 어깨를 친다. 우리는 룸에서 나온다. 키요가, 연락해요 하며 인희 엄마에게 손을 흔든다. 포커판 룸으로 사라진다. 홀은 손님이 두 테이블이다. 돌쇠가 가라오케 자키를 맡고 있다. 채리 누나는 보이지 않는다.

인희 엄마와 나는 땅 위로 나온다. 밤이다. 비가 그쳐 포도가 물기로 번질거린다. 네온사인 색깔이 포도에 황칠을 했다. 한길에는 통행인이 별로 없다. 인희 엄마가 뭘 먹고 싶냐고 묻는다. 음식점은 문을 닫은 집이 많다. 인희 엄마와 나는 뒷거리로 돌아간다.

"고기는 냄새도 맡기 싫어. 저기 춘천막국숫집 문 열었네. 저기서 쟁반이나 먹자."

막국수는 메밀로 만든다. 아우라지에는 메밀을 많이 심었다. 메밀꽃이 필 때는 메밀밭이 온통 하얗다. 그 광경은 물보라가 하얗게 부서지는 파도와 같다. 그래서 '메밀꽃 일다'란 말이 생겼다고 아버지가 말했다. 벌이 많이 날아들었다. "메밀꽃은 꿀이 많아 벌의 밀원이 되지." 아버지가 말했다. 집에는 벌통이 두 개 있었다. 메밀꽃이 피면 벌떼들이 유난히 부지런을 떨었다. 하루 종일 벌통 앞이 장바닥 같았다. 꿀을 날라다놓고 다시 꽃을 찾아 떠났다. 어릴 적엔 꿀을 많이 먹었다. "메밀이야말로 강원도가 주산지지. 척박하고 건조한 땅에 잘 자라거든. 강원도가 그렇잖니. 산이 많고 땅이 척박하지. 그래서 온통 메밀밭이란다. 여기 정선만 해도 메밀을 오죽 많이 심니." 아버지가 말했다. 아우라지를 떠난 뒤 나는 메밀국수를 먹어보지 못했다.

나는 쟁반막국수를 처음 먹어본다. 메밀국수에 야채를 버무렸다. 쟁반의 국수와 야채를 앞접시에 덜어 먹는다. 미미와 함께 먹던 냉면 생각이 난다. 냉면보다는 양이 많다.

"미미, 꽃집 잘 있어요?" 내가 묻는다.

"글쎄. 꽃집에 나오다 말다 하는 것 같아. 통 못 봤어. 헌규란 애인도 떨어지구, 바람이 났나봐. 이모는 두어 번 봤지."

인희 엄마는 젓가락질로 국수가락을 입으로 옮겨 넣는다. 미미는 국수가락을 쪼옥 빨아먹었다. 그때, 인희 엄마와 그 짓을 생각했다. 인희 엄마 먹는 모습에서는 그 짓이 떠오르지 않는다. 우악스럽게 그냥 퍼넣는다.

"아이구 배터진다. 나머지는 너 다 먹어."

인희 엄마가 젓가락을 놓는다. 나는 쟁반의 국수와 야채를 앞접시에 쓸어 담는다. 먹을수록 아우라지 생각이 난다. 메밀꽃은 이제 졌다. 지금은 초여름이다.

인희 엄마가 카운터에 돈을 치른다. 인희 엄마는 밖으로 나오자 길 양쪽을 살핀다. 길 건너 아래쪽에 네온사인이 깜박인다. 온천 표시 마크가 있는, 금호장이다.

"시우야, 저어기 잠시 쉬었다 갈래?"하며, 인희 엄마가 길 건너 아래쪽을 본다.

인희 엄마가 내 팔을 끈다. 금호장 문을 열고 들어간다. 조직 리더들이 이용하는 숙박업소다. "금호장에다 처박았어. 이틀 동안 조졌지. 제놈이 인감 안 찍고 배겨." 불곰 형님이 하는 말을 들었다.

"침대방으로 줘요. 숙박부는 뭘. 삼십 분이면 나갈 텐데." 인희 엄마가 창구에 대고 말한다.

창구 안의 젊은 아주머니가, 선불이라고 말한다. 인희 엄마가 핸드백에서 돈을 꺼내준다. 젊은 아주머니가 소반에다 컵과 물주전자를 얹어 들고 이층으로 먼저 올라간다. 인희 엄마가 내 팔을 끌고 아주머니를 뒤따른다. 젊은 아주머니가 복도 가운데쯤 방문을 열고 형광등을 켠다. 옆방에서 울음소리가 새어나온다. 앓는 소리는 진짜 울음이 아니다. 젊은 아주머니가 돌아간다. 침대 옆 벽에 큰 거울이 붙었다.

"너 욕탕에서 얼른 씻고 나와. 거기만. 알겠지?"

인희 엄마가 바바리코트를 벗는다. 나는 화장실로 들어간다. 옷 벗고 들어가야지, 하고 인희 엄마가 등뒤에서 말한다. 나는 바지를 벗고 티셔츠를 벗는다. 나는 욕실로 들어가 문을 닫는다. 깜깜한데 어디에 전등 스위치가 있는지 알 수 없다. 문을 조금 열어 수도꼭지를 틀고 세수를 한다. 수건으로 얼굴을 닦고 밖으로 나오니 인희 엄마가 침대 위에 누워 있다. 어느새 알몸이다. 옷을 입고 있을 때보다 엄청 육중한 살덩이다.

"불 켜놓고 해. 우린 속속들이 아는 사이 아니니."

인희 엄마가 윗몸을 일으킨다. 큰 젖이 출렁인다. 옆방에서 남자 말소리가 들린다. 인희 아버지는 다리를 절었다. 키요가 그에게 연장질을 할는지 모른다.

"이럴 때 넌 꼭 멍청이 같애. 빨리 와."

침대로 다가가자 인희 엄마가 내 팬티를 벗긴다. 인희 엄마 음모가 눈에 들어온다.

*

며칠이 지났다.

길거리 담벽에 여러 얼굴이 나붙는다. 사람들이 선거가 본격적으로 불붙었다고 말한다. 온통 선거 이야기다. 단란주점 손님들도 그 이야기만 한다. 네 분야나 뽑는 지방선거는 단군 이래 처음이라고 말한다. 선거가 네 가지라 헷갈린다는 말도 한다. 풀뿌리 민주주의가 시작된다고 말한다. 지방자치 시대가 열렸다고 말한다. 세금 떼먹는 도둑놈이 안 되는지 모르겠다고 걱정한다. 이권 문제나 개입하고 외유나 다닌다면 뽑으나마나라고 말한다. 나는 선거에 대해서 모른다.

어느 날 낮이다. 날씨가 덥다. 가로의 플라타너스 잎들이 손바닥만해졌다. 돌쇠와 내가 짜장면을 먹고 오던 길이다. 채리 누나는 점심을 안 먹겠다고 했다. 요즘 채리 누나는 얼굴이 핼쑥하다. 화장을 해도 기미가 보이고 콧등과 뺨에 얼룩이 있다. 도무지 뭘 먹지를 못한다.

면상 좀 보고 가자며 돌쇠가 말한다. 우리는 벽보에 붙은 얼굴을 구경한다. 살찐 얼굴이 있다. 마른 얼굴이 있다. 안경 낀 얼굴이 있다. 대머리가 있다. 근엄한 표정이 있다. 살풋 웃는 표정이 있다. 머릿기름을 바르고 넥타이를 맸다. 모두 의젓한 면상이다. 몇 사람 건너 동그란 여자 얼굴도 끼었다.

"마두 너 주민증 없지?" 돌쇠가 묻는다.

나는 그걸 가지지 않았다. 경주씨가 준 서류는 넣고 다닌다. 누가 증을 보자고 한 적이 없다.

"그것 없으면 투표 못해."

나는 투표를 어떻게 하는지 모른다. 투표를 해본 적이 없다.

"나도 투표하러 고향 갈 수 없어. 하긴 모르는 면상인데 누굴 찍어." 돌쇠가 말한다.

투표도 누구를 찍는다고 말한다. 식구들은 롱다리와 땅개를 찍으려고 한다. 잡기만 하면 푹 담그겠다고 벼른다.

"돈을 못 쓰게 돼 있지만 안 쓰고 되나. 돈 안 좋아하는 놈 있어? 먹으면 찍게 되지. 모두 모르는 면상인데, 돈 주면 그놈 찍을 것 아냐." 돌쇠가 말한다. "가자구."

돌쇠가 벽보판 앞을 떠난다. 우리는 호텔 지하로 내려가 업소로 들어간다. 손님은 없다. "돌쇠, 빨리 와" 하고, 채리 누나가 주방에서 부른다. 채리 누나가 큰 냄비에 찌개를 끓인다. 구수한 된장 냄새가 난다.

"찌개까지 끓이시구. 누구 왔어요?"

"왔어, 큰형님들. 여기서 식사하시겠대. 중요한 얘기가 있나봐. 돌쇠야, 어서 냉장고에 찬 챙겨. 오이소박이하고 물김치 꺼내구.

멸치조림도 넉넉히 담아내.”

채리 누나가 숟가락으로 찌개 국물의 간을 본다. 갑자기 채리 누나가 헛구역질을 한다.

“몇이 왔어요?” 돌쇠가 묻는다.

“수저 네 벌 챙겨.”

출입문이 열리고 식구들이 온다. 깡태 형, 창모 형, 동팔이다. 짱구 형과 키요는 없다. 그들이 홀 입구에 진을 친다. 돌쇠가 소반에 찬을 나른다. 삼번 룸으로 들어갔다 나온다.

“쌍침 형이 삼번 룸 심부름은 너가 맡으래.” 돌쇠가 볼멘소리다.

채리 누나가 밥 네 그릇을 퍼서 소반에 얹는다. 끓는 찌개 냄비를 집게로 소반에 옮긴다.

“조심해서 들고 가.” 채리 누나가 내게 말한다.

나는 소반을 나른다. 채리 누나가 앞서가 삼번 룸 문을 열어준다. 룸 안으로 들어가니 네 사람이다. 쌍침 형님, 불곰 형님, 찡오 형님이다. 한 사람은 식구가 아니다. 턱이 뾰족하고 눈썹이 짙다. 운동선수나 형사 같다. 갈색 사파리를 입었다. 나는 소반을 탁자에 놓는다.

“이파전이야. 야당 표를 무시 못해. 구리시는 하청공장 많잖아. 종업원 수가 얼만데. 서울서 떠밀려 나앉은 털털이들도 많구. 다 버스에 짐짝 되어 서울 출퇴근하잖아. 모두 곽을 찍을 테지.” 불곰 형님이 말한다.

나는 밥그릇을 탁자에 놓는다. 무심코 찌개 냄비 귀를 잡다 깜짝 놀라 놓아버린다. 너무 뜨거워 손을 데었다. 쌍침 형님이 집게로 찌개 냄비를 든다. 사파리가 나를 쏘아본다.

"쟨 괜찮아요. 준 백치지. 그래서 저런 애도 조직엔 필요하죠." 찡오 형님이 말한다.

"구리시는 박이 이깁니다. 전 시장이겠다, 조직 있겠다, 자금 풍부하겠다, 선심 공약 그럴듯하겠다." 사파리가 말한다.

"시민들이 똑똑해요. 이젠 배경 보구 뽑는 시대는 갔어. 선심 공약 믿는 시민도 없구. 구리시 재정 자립도가 육십 프로도 되잖습니다. 중앙 지원인들 어디 구리시만 몰아줍니까. 우선 서울시가 빚투성입니다. 푸른 도시 가꾸기도 후보마다 내거는 공약인데, 여당이라고 무슨 프리미엄이 따로 있겠어요. 돈까지 못 쓰게 되어 있으니." 쌍침 형님이 말한다.

"먹어. 먹고 얘기해." 불곰 형님이 말한다.

"넌 나가봐. 부르면 와. 아무도 들여보내면 안 돼." 쌍침 형님이 말한다.

나는 홀로 나온다. 식구들이 주스잔을 앞에 두고 머리를 맞대어 속달거린다.

"스무 명 자원봉사 신청 끝났지?" 창모 형이 깡태 형에게 묻는다.

"새끼들로 몽땅 개별 가입시켰지. 조직 탄로가 안 나게끔. 일당도 나오지."

"그 쇠 출처가 어디요? 개인이오, 당이오?" 동필이가 묻는다.

"거래란 원래 꼬랑지가 안 보여. 그래야 쇠 찌르는 놈, 그 쇠 먹겠다구 골통 굴리는 놈, 계산 따로 하잖나. 딴 주머니 차는 싸움 재밌잖아. 포커판이나 카지노도 마찬가지야. 딜러 아무나 하나.

서로 상대 수를 오판으로 읽는 거지. 무슨 쇠든 그게 뭐 중요해." 깡태 형이 말한다.

"우린 굿이나 보구 떡이나 먹자는 건가?" 창모 형이 묻는다.

"누가 잡든 조직은 못 건드려. 음지에선 비합법이지만 양지에선 합법 아냐. 선거래야 이제 열이틀 남았잖아. 시키는 대로 뛰는 거지 별수 있어? 스무 명 풀 가동해서. 넷은 들러리고 맞수는 둘이니깐. 누가 되든 표차가 근소할 거야. 난 그렇게 봐." 깡태 형이 말한다.

삼번 룸 문이 열린다. 찡오 형님이 얼굴을 내밀고 커피 가져오라고 말한다. 채리 누나가 커피 넉 잔을 만든다. 소반에 담더니 나를 보고 가져가라고 한다. 내가 소반을 들자 채리 누나가 앞장선다. 채리 누나가 삼번 룸 문을 열어준다. 나는 소반을 탁자에 놓는다.

"……자원봉사자 교육은 내가 맡지 뭘. 애들을 대진 삼층으로 집합만 시켜. 매일 저녁 일곱시. 별도 봉사자도 그 시간에 합류할 거구." 찡오 형님이 말한다.

"그 얘긴 그쯤 거두고, 그쪽 사정, 착오 없겠지? 우리 쪽은 무장됐어." 불곰 형님이 도수란 사파리에게 말한다.

"조금만 연기해요. 오야붕 해외 뜰 때, 날 잡아줄 테니."

"형, 그 얘긴 조심해야지." 찡오 형님이 말한다.

"다져둘 건 다져둬야지. 너가 왜 나서?"

찡오 형님이 대답 않고 담배를 피워 문다. 쌍침 형님은 도수란 사내를 쏘아보고만 있다. 룸 공기가 무겁다. 나는 무슨 말인지 알 수가 없다. 도수가 뭘 하는 사람인지도 모른다.

나는 홀로 나온다. 홀 식구들이 담배를 피우고 있다.

"포켓볼이나 한 게임 칠까요?" 동필이가 말한다.

"난 안 돼. 회의 끝날 때까지 기다려야 해." 깡태 형이 말한다.

"창모 형, 갑시다. 퀸에 있을게요. 그리로 삐삐 쳐요." 창모 형, 동필이가 밖으로 나간다.

룸 회의가 오래 끈다. 깡태 형은 스포츠 신문을 본다. 올해는 영 죽을 쑨다고 프로 야구팀을 두고 투덜거린다. 돌쇠가, 선수층이 늙은 호랑이들이라 이빨이 빠졌다고 거든다.

삼번 룸 문이 열리고 넷이 홀로 나온다. 깡태 형이 차려 자세로 선다. 그들이 밖으로 나간다. 쌍침 형님은 이제 지팡이를 짚고 다 니며 절룩걸음을 걷는다. 인희 아버지가 그랬다. 깡태 형도 따라 나간다.

그날부터 도수란 사파리가 단란주점에 나타난다. 불곰 형님과 는 자주, 쌍침 형님, 찡오 형님과는 더러 온다. 저녁 시간이라 삼 번 룸은 비워둔다. 그들은 술을 많이 마시지 않고 양주 한 병이다. 호스티스를 부르지 않는다. 내가 그 방 심부름을 맡는다.

손님들은 선거 이야기만 한다. 기초의원, 광역의원, 기초단체장, 광역단체장 선거다.

6. 칼을 갈다

점심 먹고, 한참 시간이 지났다. 키요가 단란주점 문을 열고 헐레벌떡 들어선다.

"마두, 빨리 나와!" 키요는 헬멧을 들고, 선글라스를 꼈다.

"무슨 일이니?" 채리 누나가 묻는다.

"나중에 얘기할게요. 급해요."

키요가 내 팔을 잡아채 출입문을 밀고 뛴다. 우리는 지하에서 거리로 나온다. 오토바이는 시동을 건 채다. 키요가 빨리 타라고 재촉한다. 나는 오토바이 뒷자리에 엉덩이를 얹고 키요 허리를 껴안는다. 오토바이가 빠르게 달린다. 직진 신호가 빨간불로 바뀐다. 오토바이가 그대로 통과한다. 엉덩이에 무엇이 배긴다. 손으로 엉덩이 아래를 만져본다. 칼 같은 게 쿠션 속에 있다.

"어, 어디 가?"

"덕소 강변 유원지."

"유원지?"

"쥐떼를 발견했어."

덕소는 쥐떼 관할 구역이다. "덕소 유원지에서 세력을 키웠지. 그래서 강변파라 부르는 거야." 짱구 형이 말했다. 오토바이가 센 바람을 일으키며 달린다. 네거리 신호를 무시한다. 가로수와 선거 현수막이 휙휙 지나친다. 오토바이가 사고를 칠 것 같다. 키요가 허리에 찬 삐삐를 들여다본다.

"짱구 성이 쳤어. 토꼈겠는걸."

"토껴?"

"마두, 너 기억하지? 롱다리와 땅개. 그날, 해방촌 애마룸살롱 습격할 때 말야."

"습격할 때?"

"형님 빠갠 두 쥐를 발견했어. 모터보트 선착장에서."

"선착장?"

"한 놈은 갔구, 롱다리는 있어. 땅개는 짱구가 쫓고 있어."

나는 무섭다. 가슴이 뛰고 머릿골이 쑤신다. 강변도로는 차가 밀린다. 소풍객들이 많이 나와 있다. 오토바이가 차 사이로 빠진다. 한쪽은 강이 넓게 펼쳐져 있다. 화창한 날씨라 물결이 비늘같이 튄다. 먹자빌딩 애마룸살롱 습격 날이었다. 나는 이 길을 걸어 와부로 갔다. 가을밤이었다.

오토바이가 철길을 건넌다. 와부 신촌 네거리가 나온다. 그린은 행이 보인다. 모퉁이를 돌면 흥부식당, 미화꽃집이 있다. 오토바이가 강변 쪽으로 빠져 둑 아래로 내려간다. 가설 텐트 아래, 소풍

객이 많다. 나무 그늘마다 만원이다. 주차장에는 승용차들이 찼다. 매운탕집이 즐비하고 가든도 있다. 넓은 잔디밭에서는 청소년들이 축구를 한다. 아이들이 공놀이를 한다. 길 따라 난 보도에는 하이 킹패도 있다. 쨍쨍한 하늘에 풍선도 많이 떴다. 모터보트 선착장에 서는 스피커로 가요를 틀어댄다. 모터보트가 물살을 가른다.

"조심해. 찍히면 안 돼. 넌 쪽이 안 팔려 괜찮을 거야."

나는 오토바이에서 내린다. 주위를 두리번거린다. 젊은 치들이 많다. 짱구 형은 없다. 롱다리와 땅개도 눈에 띄지 않는다.

"그치들 저쪽에 있었어." 키요가 턱짓을 한다.

포장마차, 노점상 장사치들이 널렸다. 오뎅과 떡볶이를 판다. 아이스크림을 판다. 음료수와 빙과류도 판다. 키요가 오토바이를 세운다.

"롱다리, 그새 꺼졌어." 키요가 파라솔 쪽을 본다.

파라솔이 여러 개 있다. 젊은 치들이 파라솔 두 개를 점령했다.

"마두, 나 짱구 성 찾아올게. 너 꼼짝 말고 여기서 기다려. 롱다리나 땅개가 나타나면 잘 봐둬. 저기 저치들 동태도 살피구. 내 말 알겠지? 두 놈 나타나나 살펴보구." 키요는 오토바이 운전대를 뒤로 꺾는다.

나는 얼마 동안 서 있었는지 모른다. 땀이 비 오듯 흐른다. 나는 둑 쪽으로 걷는다. 둑 아래쪽에 호박 구덩이가 있다. 호박꽃이 피었다. 햇살이 너무 따가워 꽃잎은 힘이 없다. 벌이 호박꽃 속을 파고든다. 호박꽃은 새벽에 활짝 핀다. 못생긴 여자를 호박꽃 같다고 말한다. 호박꽃은 호박꽃대로 아름답다. 지붕 위 박꽃은 저녁에 핀다. 예쁜 여자를 박꽃 같다고 한다. "어스름녘에 보는 박꽃은 새악시같이 예쁘지." 나전댁이 말했다. 나전댁은 윤이장 마누라다. 나는 둑에 앉아 파라솔 쪽을 본다. 내 또래들이 파라솔 두 개를 차지했다. 깡통 맥주와 콜라를 마신다. 잔디밭 축구 경기를 구경한다. 소풍객인지, 강변판지 알 수 없다. 그들이 나를 발견하고 다가올 것만 같다. 잡아다 어디로 넘길지 모른다. 혼자 있을 때, 나는 늘 당했다. 아우라지 집에서 고물장수한테도 그랬다. 멍텅구리배를 타게 된 것도 혼자 있을 적이었다.

시간이 한참 흘렀다. 어느새 머릿골이 아프지 않다. 해그늘이 강 건너 산 쪽에 내리고 있다. 강 건너 미루나무 잎새가 기우는 햇살에 반짝인다. 키요도, 짱구 형도 오지 않는다. 주차장에는 차들이 반 넘게 빠져나갔다. 왁실거리던 소풍객도 자리를 떴다. 잔디밭 축구 시합은 벌써 끝났다. 모터보트도 물살을 가르지 않는다. 파라솔도 빈자리가 생겼다. 젊은이 한 패는 떠나버렸다. 나는 둑에서 내려온다. 강가로 가보고 싶다. 모터보트한테 빼앗긴 터로 새떼들이 돌아왔다. "새들은 해거름에 주로 먹이 사냥을 하지." 아버지가 말했다. 강가에는 아직도 사람들이 많다. 중학생 또래들이 물수제비를 뜬다. 돌이 물을 차며 난다. 토끼 뛰듯 서너 차례 뛰다 가라앉는다. 나도 송천에서 시애와 물수제비를 떴다. 처음에 나는 아무 돌이나 물에 던졌다. "오빠, 납작한 둥근 돌을 골라야 해. 그래야 가라앉지 않고 멀리 날지." 시애가 말했다. 나는 납작한 돌을 골라 강에 던졌다. 돌은 금세 물에 가라앉았다. "옆으로, 수평이 되게 던져봐. 물과 나란히 날아가게 던져야 돼." 시애가 말했다.

강에는 물떼새와 도요새가 많다. 물떼새와 도요새는 나그네새다. 해오라기도 보인다. 해오라기는 텃새다. 나는 강가에 쪼그리고 앉는다. 손바닥에 물을 받는다. 물에 담뱃재 같은 부유물이 떠 있다. 가장자리 물은 뿌옇고 기름띠가 보인다. 물밑으로 자잘한 이물질이 흘러간다. 송천과 골지천은 물이 맑았다. 깊은 곳도 강바닥 조약돌이 보였다. "이 강을 따라가면 아우라지에 닿을 수 있지." 미미가 말했다. 나는 다시 강을 보며 새떼를 구경한다. 새들이 낮게 난다. 물떼새와 도요새는 생김새가 비슷하다. 도요새가 조금 더 크다. "물떼새와 도요새는 먹이 사냥의 도사지. 물고기, 갯지렁이, 심지어 바위 밑에 숨어 있는 게까지 잡아내. 부리가 사냥하기 좋게 길잖니." 아버지가 말했다.

강 아래쪽에 퇴적된 작은 섬이 있다. 갈대와 수초가 우거졌다. 새떼들이 그곳을 터 삼아 모여 있다. 해오라기도 작은 새떼 사이에 섞여 있다. 몸집이 크고, 흰털이다. 움직이지 않고 꼿꼿이 서 있는 놈이 있다. 긴 부리로 물속을 입질하는 놈도 있다. 작은 새떼와 자리 싸움을 않는다. 평화스럽다. 나는 새떼의 비상을 구경한다. 날개가 있는 새가 부럽다. 나도 날개가 있으면 아우라지로 날아갈 수 있다. 아우라지에도 많은 새가 살았다. 산에는 뻐꾸기, 솔딱새, 박새가 살았다. 뻐꾸기는 낮이면 종일토록 울었다. "뻐꾸기는 멧새, 때까치, 종달새, 노랑할미새 둥지에 알을 낳아. 남의 알 하나를 둥지에서 밀어뜨린 다음, 자기 알을 살짝 낳지. 뻐꾸기 새끼가 알에서 깨어나면 다른 새끼를 둥지 밖으로 밀어내어 떨어뜨리기도 하구. 그러면 작은 어미 새는 뻐꾸기 알을 자기가 낳은 알로 알고 길러. 자기 몸집보다 더 큰 뻐꾸기 새끼에게 먹이를 잡아다 먹이지." 아버지가 말했다. "뻐꾸기는 나쁜 새야. 멧새, 종달새, 노랑할미새는 바보 새구. 자기보다 더 큰 뻐꾸기 새끼를 왜 못 알아봐요?" 시애가 말했다. "그래서 뻐꾸기가, 내 새끼 잘 키워줘 하고 저렇게 목청이 닳도록 울겠지." 할머니가 말했다.

갑자기 오토바이 소리가 난다. 머릿속의 새들이 날아가버린다. 뒤돌아보니 짱구 형이다. 헬멧에 선글라스를 끼고 있다.

"널 찾으려구 한바퀴 돌았다. 마두, 가자구. 어서 타. 형님이 기다리셔."

나는 오토바이 뒷자리에 앉는다. 짱구 형 허리를 껴안는다. 오토바이가 강변도로로 올라선다.

"키요는요?" 내가 묻는다.

"업소로 갔어."

"업소로? 잡았어요?"

"뭘?"

"쥐, 쥐떼."

"잡을 수 없었어. 놈들이 다섯이라 맞짱뜰 분위기가 아니었어. 수확은 적잖아. 놈들 터를 알아냈거든."

"알아냈어요?"

"원진레이온 건너쪽 언덕배기에 굴집들 많잖아. 너는 모를 거야. 왕숙천 지나 도농동 들머리에 폐차장 있구, 그 뒤쪽이야. 이제 죽어봐! 식구들 동원해서 박살낼 테야. 형님 허락만 떨어지면 롱다리와 땅개 두 놈은 키요와 내가 맡겠어." 짱구 형이 이빨을 간다.

"형님을 그 꼴로 만들다니. 형님이 채리 누나와 이쪽으로 드라이브 나왔다 당했잖아. 그래서 키요와 내가 늘 이쪽 순찰을 도는 거야. 두 놈만은 살려둘 수 없어!"

"살려둘 수 없다 했지요?"

"그래. 난 자루꾼(칼잡이)이니깐." 한참 있다 짱구 형이 말한다. "마두, 꽁치 경주 봤다. 폐차장 뒤 굴집 동네에 살더만. 사회복지사로 뛰고 있다나. 너 잘 있냐고 묻더라. 무지무지하게 바빠 널 찾아올 틈이 없대."

"바쁘다구요?"

"그래. 바쁘대. 오갈 데 없는 장애자를 집에다 받았나봐."

오토바이가 시내로 들어온다. 짱구 형은 키요보다 오토바이를 천천히 몬다. 네거리 신호도 잘 지킨다. 짱구 형이 호텔 코너 구두박스 옆에 오토바이를 세운다. 빈대 아저씨와 벌렁코 형이 구두를 닦고 있다. 짱구 형과 나는 호텔 지하로 내려가 단란주점으로 들어간다. 홀엔 손님이 오기에는 시간이 이르다. 카운터 앞자리에 채리 누나와 예리가 있다. 예리는 담배를 피운다. 무슨 이야기를 하다 우리 쪽을 본다. 돌쇠는 텔레비전을 본다.

"형님 계시지?" 짱구 형이 돌쇠에게 묻는다.

"키요와 함께 있어요. 사번 룸에."

"마두, 무사히 왔구나. 짱구야, 앞으론 마두 어디다 혼자 두고 다니지 마. 너희 찾는다고 헤매다 길 잃잖아." 채리 누나가 말한다.

"알았어요" 하곤 짱구 형이 룸으로 간다.

"언니는 시우를 너무 몰랑하게 봐. 말을 안해 그렇지 생각은 깊어요." 예리가 말한다.

"생각 깊은 줄 네가 어떻게 아니?"

"그냥. 그럴 것 같아요. 발랑 까진 새내기들보단 낫잖아요. 순한 종마 같애. 말은 달리다 사람이 엎드려 있으면 밟지 않으려고 멈춘다잖아요."

짱구 형이 사번 룸에서 얼굴을 내밀며 나보고 오라고 손짓한다. 나는 룸으로 간다. 키요가 있다. 쌍침 형님 앞에 셋이 나란히 앉는다.

"마두, 내 말 잘 들어. 넌 내일부터 여기 일 보지 마. 여긴 새끼 하나 붙이겠어. 넌 당분간 키요, 짱구와 함께 행동해. 알았지?" 쌍침 형님이 담배 연기를 내뿜고 키요와 짱구 형에게 말한다. "이젠 됐어. 더 이상 덕소 쪽으론 나돌지 마. 날마다 폐차장 쪽 굴집으로 나가봐. 아침저녁 놈들이 나가고 들어올 시간 맞춰서. 거기 계속 사는지 살펴야 해. 마두는 쪽 안 팔렸고 눈썰미가 있어. 여차하면 박아둬도 적격이야. 공격 계획은 라인에서 세우겠다. 오더 떨어질 때까지 너들이 먼저 손쓰면 안 돼."

"요즘 단속이 심합디다. 짭새들이 쫙 깔렸어요. 선거에 조폭이 끼어든다나 어쩌나 하면서요." 키요가 말한다.

"선거 끝나고 칠지, 끝나기 전에 칠지는 라인에서 결정한다니깐. 애들한텐 절대 나발 불지 마. 우리 넷만 알고 있는 거야." 쌍침 형님이 담뱃불을 재떨이에 끈다.

"형님, 두 놈은 우리한테 맡겨주십시오. 명령만 내리면 언제라도 맞창 내겠습니다." 짱구 형이 말한다.

"성님, 손가락 안 자른담 전 사고쳐야 해요. 그래야 군에서 빠져요. 몇 년 콩밥 먹죠 뭘." 키요가 거든다.

"제발 촐싹대지 마. 이 일이 네 입대하고 무슨 상관이 있어? 중
대사에 개인 사정은 왜 껴붙여. 오더 떨어지기 전에 절대 손쓰면
안 돼." 쌍침 형님이 말한다.

짱구 형과 키요가 고개를 숙인다. 누가 출입문을 두드린다.

"형님, 손님 왔어요." 돌쇠가 말한다.

두 사람이 들어선다. 사파리와 낯선 얼굴이다. 도수라는 사파리
는 턱이 뾰족하고 눈썹이 짙다. 너흰 나가봐, 하고 쌍침 형님이 우
리 셋에게 말한다. 문을 닫으려는데 나를 부른다.

"마두, 마실 것 좀 내와."

나는 채리 누나에게 간다. 마실 걸 달란다고 말한다. 나도 목이
마르다. 낮에 땀을 많이 흘렸다. 주방에서 수돗물을 세 컵이나 거
푸 마신다. 채리 누나가 콜라 두 병과 잔 세 개를 소반에 얹는다.
나는 소반을 사번 룸으로 나른다.

"……우리가 파악한 여론조사로는 곽이 빠른 속도로 박을 따라
잡고 있습니다." 도수가 말한다. 연갈색 윗도리에 하늘색 라운드
를 받쳐입었다.

나는 콜라병 마개를 따서 세 잔에 콜라를 따른다. 그동안 도수
가 말을 멈춘다. 나는 홀로 나온다. 키요와 짱구 형이 머리를 마주
대고 속달거린다. 롱다리와 땅개에 대한 이야기다.

"마두야, 너 이제 여기 일 안 본다며? 그래도 자주 와." 채리 누
나가 말한다.

"그럼 무슨 일 해?" 예리가 묻는다.

238

"우리와 같이 놀게 돼." 키요가 말한다.

"마두, 여기 와봐." 짱구 형이 나를 부른다. 나는 키요 옆자리에 앉는다. "넌 이제 경주씨 자주 만나게 됐어. 우리가 그쪽으로 늘 출동할 테니깐. 앞으로 우리가 시키는 말 똑똑히 들어야 해. 지금부터 시작이니깐."

"성, 나선 김에 꽁치도 꼬셔봐요. 한동네 사니깐 동태 파악 정도는 해줄 거요." 키요가 짱구 형에게 말한다.

"들어줄까. 깐깐하던데. 우리 목적이 뻔한데, 피 보겠다고 말려들겠어. 마두 쟤를 중간에 끼워 활용시키지 뭘. 우린 몰라도 경주씨가 마두는 좋아하는 것 같으니. 우린 쪽이 팔려서 설칠 수가 없잖아."

"경주씨 만나요?" 내가 짱구 형에게 묻는다.

"넌 운 텄어. 경주씨한테 학습지도도 받을 수 있을 거야."

"성, 오늘 밤에 꽁치를 찾아가보자구요. 그래서 쥐떼 정보 수집해보는 게 어떻수?"

"그것도 괜찮지. 경주씨 차 알지? 그날, 커피점 앞에 세워둔 티코 봤거든. 그 차만 찾으면 사는 집을 알 수 있어."

"마두 데려갈까요?"

"일차 우리만 뛰지. 마두는 미끼로 삼구."

둘은 휑하니 밖으로 나간다.

시간이 됐는데도 손님이 별로 없다. 토요일은 그렇다. 근처 직장인들이 일찍 퇴근하기 때문이다. 룸 손님도 없다. 필이 엄마는 물론, 운신댁도 일찍 퇴근한다. "나 먼저 들어갈게, 너희도 조금 있다 문

닫아" 하더니, 채리 누나도 퇴근한다. 채리 누나가 요즘 무척 피곤
해한다. 채리 누나가 임신을 했다고 돌쇠가 내게 말했다. "쌍침 형
님이 애를 떼라는데 안 떼겠다잖아" 하고, 엿들은 말을 들려주었다.

　나는 다른 날보다 일찍 옥상으로 돌아간다. 날씨가 무척 덥다.
본격적인 여름이 오고 있다. 키요와 짱구 형은 아직 오지 않았다.
둘은 경주씨를 만나러 간다고 했다. 나는 가건물 옆으로 돌아가
본다. 닭들이 처마 아래 옹송그리고 있다 내 발소리에 날개를 푸
드덕대며 꼬꼬댁거린다. 닭들은 도망칠 수 없다. 내가 비닐끈으로
닭의 한쪽 발을 묶어놓았다. 닭들이 상추를 마구 쪼아먹었다.

　상추는 너무 많이 자랐다. 나는 날마다 상추와 고추를 단란주점
으로 날랐다. 상추는 우리 식구들이 다 먹지 못해 겉잎이 억세어
졌다. 억센 겉잎은 닭 모이로 주었다. 닭이 상추 겉잎을 잘 쪼아먹
었다. 고추도 자지만큼 커졌다. 나는 상추와 고추를 주방 아줌마
에게 나누어주었다. 토마토 열매도 오리알만큼 커졌다. 붉은빛이
돈다. 키요가 세 개를 따먹었다. 토마토 줄기가 휘어져 버팀목을
세웠다. 철쭉나무도 잎이 무성하다. 나는 화단에 물을 흠뻑 준다.
그 일을 마치자 가건물로 들어온다. 텔레비전을 켠다. 마지막 뉴
스 시간이다. 아나운서가 선거 이야기를 한다. 각 지방 선거 소식
을 전한다. 많은 입후보자의 얼굴이 나온다. 그들이 시민들과 웃
으며 악수한다. 허리 숙여 절을 한다. 식구들이 형님들한테 하듯
한다. 그들 연설 장면이 나온다. 주먹을 휘두르며 소리친다. 선거
뉴스가 끝난다. 다른 뉴스다. 머리통에 붉은 띠를 두른 사람들이
나온다.

"현대자동차는 노조 찬반 투표에서 팔십오 프로 찬성으로 시한부 파업을 결정했습니다." 아나운서가 말한다.

머리에 띠를 두른 수염 텁석부리가 화면을 채운다. 나는 깜짝 놀란다. 목을 빼고 얼굴을 보니 강훈 형이 틀림없다.

"노조 집행부의 최후 통첩을 밝힙니다. 노조 간부 복직, 잔업수당 팔 프로 인상이 사흘 안에 타결되지 않으면 파업을 연장할 수밖에 없습니다." 강훈 형이 말한다.

화면이 바뀐다. 이마 벗겨진 중년 남자가 나온다. 뚱뚱한 그는 작업복을 입었다.

"해고된 노조 간부 복직은 절대 타협할 수 없습니다. 잔업수당은 타협 대상이 되지만, 해고된 이들은 합법적인 노동운동과 상관없이 공공기물 파손, 무단 결근, 근무 방해를 저질렀습니다. 불법을 저지른 노조 간부까지 받아들일 수는 없습니다."

화면이 바뀐다. 노조원들이 운동장에 모였다. 머리띠를 매고 어깨띠를 둘렀다. 노조원들이 주먹을 흔들며 노래를 부른다. 뒤쪽에 붉은 깃발이 나부낀다. 강훈 형은 보이지 않는다.

텔레비전 뉴스가 끝난다. 애국가가 흐른다. 태극기가 펄럭인다. 백두산 천지가 보인다. 화면에는 아무 그림도 나오지 않고 흰줄만 퍼뜩인다. 나는 텔레비전 화면을 없앤다. 할 일이 없다. 면바지를 벗고 구석자리에 눕는다. 면바지와 반소매 검정 셔츠는 채리 누나가 사준 옷이다. 팬티는 경주씨가 선물로 주었다. 인희 엄마가 생각난다. 금호장 이층방 형광등은 너무 밝았다. 나는 불을 꺼달라는 말을 못했다. 어느새 내 아랫도리 그것이 힘을 세운다. 홑이불을 끌어다 허리를 덮는다. 그날 이후, 인희 엄마는 오지 않았다. 나는 하품을 한다. 잠은 오지 않아 나는 내 그것을 만진다. 인희 엄마와 하던 그 짓을 떠올린다. 나는 내 그것을 조물락거린다. 키요와 짱구 형의 그 장면이 떠오른다. 나는 혼곤한 쾌락에 잠겨든다.

그 일을 끝냈을 때, 계단을 오르는 발소리가 들린다. 키요와 짱구 형 말소리가 들린다. 문을 열라는 키요 목소리다. 내가 빗장을 벗겨 문을 열어준다. 둘이 가건물로 들어온다. 키요가 비닐봉지에서 맥주병을 꺼낸다. 세 병이다. 콜라 한 병, 오징어 한 마리도 들어 있다. 둘의 얼굴이 불콰하고, 소주 냄새가 난다.

키요가 숟가락으로 병마개를 딴다. 뻥 하고 터지는 소리가 난다. 내가 따면 소리가 나지 않는다. 돌쇠도 병마개를 소리 내어 딸 줄 안다. 키요가 잔에 술을 친다. 내 잔에는 콜라를 따른다.

"의탁할 종교기관을 찾고 있다지만 그 병신들을 어떻게 부양하겠다구. 한마디로 독한 년이야." 키요가 말한다.

"내 그랬잖아. 별종 따로 있다구. 셋방서도 조만간 쫓겨나겠던걸. 아무리 굴집이라지만 궁상떠는 세입자를 누가 붙여줘. 주인 여자 불평이 여간 아니잖던." 짱구 형이 말한다.

"쫓겨나?" 콜라를 마시다가 내가 묻는다.

"꽁치 만나고 오는 길이야. 네 안부 묻데. 꽁치는 굴집 동네에서 병신 넷 데리고 살아. 사지 뒤틀린 애들 셋에, 기동 못하는 노인 하나와. 자기 자취방에서." 키요가 말한다.

짱구 형이 맥주잔을 비운다. 오징어를 찢어 먹는다. 나는 팔다리와 얼굴 뒤틀린 장애자를 많이 보았다. 걷지 못하는 장애자가

242

있다. 숟가락질을 하지 못하는 장애자가 있다. 시각장애자가 있다. 듣지도, 말하지도 못하는 장애자가 있다. 그들이야말로 할 수 있는 일보다 못하는 일이 더 많다.

"경, 경주씨가 그래?" 내가 떨며 묻는다.

"물론. 복지원서 쫓겨나 그 넷을 어디서 엮었나봐. 다음에 갈 땐 라면이라도 한 박스 들고 가야겠어. 너무 비참해." 짱구 형이 말한다.

"라면 박스 안긴다고 정보 빼내줄 것 같아요. 칼끝도 안 들어가겠수다. 독한 년이오. 그러나 마두한텐 인간적으로 대해줄걸. 꽁치 눈으로 보자면 마두도 보호 대상자 아뇨."

"난 경주씨 쪽 지원은 포기했어. 사는 게 너무 처참해서 해본 소리지."

"어쭈, 성님두 인정파셔. 그런 인생 한둘 봤수. 요즘 미시족들, 갈라서며 서로 자식 안 맞겠다고 콘돔처럼 버리잖아요. 병신 자식 거두기는 더 귀찮겠지. 늙은 부모 팽개치기도 마찬가지구요. 막가는 세상이라구요." 키요가 맥주를 마시고 잔을 돌린다.

*

내가 눈을 뜨는 시간은 일정하다. 눈을 뜨면 창으로 희붐한 빛이 밀려든다. 눈을 뜨면 곧 일어나 바지부터 입는다. 가건물 밖으로 나오면 닭들이 꼬꼬댁거린다. 닭들한테 물과 모이를 준다. 닭똥을 쓸어모은다. 밭을 살펴 상추와 고추를 딴다. 밭을 매고 거름을 주기도 한다. 일이 끝나면 세수를 한다. 그때까지 키요와 짱구 형은 일어나지 않는다. 나는 보호벽 앞에서 거리를 내려다본다. 중심가라 사람들은 출근 걸음이 바쁘다. 승용차가 밀려 띠를 이룬다.

키요와 짱구 형이 일어난다. 후다닥 세수와 양치질을 마친다. 우리는 옥상에서 내려온다. 우리는 가정식 밥집으로 간다. 식사를 마치면 호텔 쪽으로 간다.

"마두 넌 이제 단란주점으로 출근할 필요 없어. 우리 뒤만 따라다녀." 키요가 말한다.

짱구 형은 대진상사로 올라간다. 키요와 나는 짱구 형을 기다린다. 대진상사 지하는 중국음식점이다. 일층은 커튼점, 시계방, 약국이 있다. 이층은 당구장이다. 짱구 형이 건물에서 나온다. 간부회의 중이라 그냥 나왔다고 말한다. 우리는 호텔 뒤쪽 주차장으로 간다. 키요와 짱구 형이 타고 다니는 오토바이가 거기 있다.

"넌 꼴리는 대로 골라잡아 타." 키요가 말하곤 헬멧과 선글라스를 쓴다.

나는 짱구 형 오토바이 뒷자리에 탄다. 키요는 오토바이를 너무 빨리 몰았다. 짱구 형도 헬멧과 선글라스를 쓴다. 오토바이 두 대가 출발한다.

"어디 가?" 내가 짱구 형에게 묻는다.

"넌 여태 뭘 들었어. 폐차장 뒤 굴집 동네로 간다 했잖아. 경주 씨 사는 동네."

차도는 주차장을 이루고 있다. 오토바이가 차 사이로 빠져나간다. 오토바이가 중심가를 벗어난다. 길이 뚫리자 오토바이가 속력을 낸다. 아침 바람이 시원하다. 플라타너스 잎이 싱그럽다. 이맘

때면 아우라지는 경치가 좋았다. 산과 들이 살찌는 계절이다. 온 갖 푸나무 잎이 무성했다. 아침이면 강가로 산책을 나갔다. 물살을 가르며 튀어오르는 물고기를 볼 수 있었다. 오토바이가 다리를 건넌다. 다리 아래 수량 적은 왕숙천이 흐른다. 물이 꺼먼 폐수다. 그 물이 한강으로 흘러든다. 더러운 물가에 잡초가 자란다. "서식하는 물고기도 그렇지만, 자라는 식물을 봐도 물과 땅의 오염 정도를 알 수 있어. 미국자라공, 닭의덩굴, 싱아는 오염된 땅이나 더러운 물에서도 잘 자라. 머루, 달래, 조릿대, 우드풀, 띠, 둥글레는 깨끗한 땅에서만 자라지." 아버지가 말했다. 둑 아래 미나리 밭이 있다. 더러운 물을 먹고 자라는 미나리다. 아우라지에도 미나리 밭이 있었다. 미나리를 맑은 물에서 키웠다. 할머니는 비빔밥을 좋아했다. "미나리 무쳐 보리밥에 비벼 먹자. 고추장 한 숟가락 퍼넣고, 참기름 듬뿍 치고, 깨소금 뿌려." 할머니가 말했다.

폐차장이 보인다. 쭈그러진 차들이 집채같이 쌓여 있다. 창문이 깨어졌다. 전조등이 눈을 잃었다. 앞덮개가 쭈그러졌고 옆구리가 터졌다. 꽁무니가 내려앉고 뒷덮개가 떨어져나갔다. 일꾼들이 차를 부수고 있다. 내장을 통째 뜯어낸다. 건너편에 공장 건물이 보인다. 문을 닫아 이제 영화 촬영 장소로나 빌려준다는 원진레이온 공장이다. "폭격으로 폐허화된 전쟁 영화나 텔레비전 드라마 장면을 저기서 찍죠." 경주씨가 말했다. 장애복지원에서 나오던 날, 눈이 펑펑 내렸다. 공장은 긴 벽돌담이 쳐져 있다. 군데군데 구멍이 뚫리고 허물어졌다. 높은 굴뚝에선 연기가 나지 않는다.

"저기서 근무했던 공원 다수가 직업병을 앓고 있대. 인조견을 생산한 국내 유일의 공장이었는데, 화공약품에서 지독한 냄새가 나나봐. 중독되면 고통이 심한 모양이야. 그래서 '직업병 양성소'라 불리기도 했지." 짱구 형이 공장 쪽을 보고 말한다.

오토바이가 네거리에서 오른쪽 언덕길로 꺾어든다. 위쪽에 굴집 동네가 보인다. 폐차 같은 집들이다. 언덕배기에 다닥다닥 붙어 있다. 앞쪽에는 낡은 연립주택 여러 동이 있다. 버스 한 대가 굴집 동네에서 나온다. 버스가 옆으로 지나간다. 사람들이 짐짝처럼 실려 있다. 오토바이가 연립주택 사잇길로 들어간다. 공터가 나온다. 버스 종점이다. 키요 오토바이가 앞장을 선다.

"저거 꽁치 차 아냐. 아직 안 나갔나봐." 키요가 말한다.

회색 꼬마차다. 공터 한켠에 멈춰 있다. 소형 승용차들이 여러 대 서 있다. 오토바이가 골목길로 들어선다. 더 이상 차는 못 올라간다. 좁은 골목이 언덕을 탄다. 꽁치 집에 들렀다 갈까, 하고 키요가 말한다.

"내가 들르마. 넌 연립주택 망봐. 조금 있다 거기로 갈게." 짱구 형이 말한다.

키요가 오토바이를 꺾는다. 짱구 형이 연쇄점 앞에 오토바이를 세운다. 짱구 형이 연쇄점으로 들어간다. 짱구 형이 라면 한 박스를 들고 나온다. 라면 박스를 오토바이 뒷자리에 앉아 있는 내게 안긴다. 오토바이가 언덕길을 오른다. 언덕길로 연탄 실은 수레가 올라간다. 청소 수레가 멈칫거리며 내려온다. 환경미화원이 수레 바퀴가 미끄러지지 않게 발을 뻗댄다. 수레 뒤쪽에 댄 폐타이어가 비탈진 땅에 끌린다. 오토바이가 골목길을 이리저리 굽어돈다. 굴집들은 나지막하다. 골목길에는 연탄재가 쌓였다. 좁은 골목길에 아이들이 뛰논다. 어떤 굴집 마당으로 짱구 형이 오토바이를 밀어 넣는다. 짱구 형이 헬멧과 선글라스를 벗는다. 마당이 작은 기역 자 집이다. 칸마다 방문이 달렸고 쪽마루가 연결되어 있다. 수챗 가에서 경주씨가 소년을 씻기고 있다. 소년은 알몸이다. 다리가 수도관처럼 말랐다.

"안녕하슈. 또 왔수다." 짱구 형이 인사를 한다.

경주씨가 우리를 본다. 소년은 목이 삐딱하다. 얼굴 반쪽이 뒤틀려 있다. 찡그린 표정인데 웃는지 우는지 알 수 없다.

"시우씨도 왔네. 어떻게 시간이 났나봐."

경주씨가 안경을 밀어 올리고 소년을 씻긴다. 손수건에 비누질해서 소년 등짝을 민다. "추브다, 추웁타" 하며 소년이 떤다. "여름인데 뭘 춥니" 하고 경주씨가 말한다. 문간방 방문이 열리고 노인이 우리를 살핀다.

"어제 저녁엔 개미집처럼 복닥거리던데, 어째 조용합니다." 짱구 형이 선글라스를 벗는다. 집 안을 둘러본다. "마두도 박스 놓고 앉아."

"학생들은 학교 가고 어른들은 일터 나갔지요. 주인 아줌마까지 파출부로." 경주씨가 대답한다.

경주씨는 소년의 고추와 다리에도 비누질을 한다. 바가지로 물을 소년의 몸에 끼얹는다. 소년은 춥다며 진저리를 친다. 방문이 열리고 계집아이가 내다보며 히물쩍 웃는다. 컴컴한 방 안에 노인이 누워 있다. 가래 끓는 소리로 앓는다. 열 살쯤 된 소년이 긴 목

을 빼고 두 팔을 흔든다. 소년이 "지치지치, 코코코코" 하는 소리
를 거푸 낸다. 새소리 같다. "새들도 생각할 줄 알고 말을 한단다.
저희끼리 통하는 말을. 동물원 사육사가 두루미 어미와 새끼를 관
찰했대. '괴쾨괴쾨' 하고 어미가 울자, 새끼들이 어미 품으로 모여
들더래. 빨리 쫓아와 날갯죽지 아래로 숨어, 그렇게 말하는 거지.
그런데 어미가 부드럽게 '고코고코' 하고 울자, 새끼들이 어미 쪽
으로 오더란다. 사육사가 어미 울음소리를 녹음해서 새끼들을 실
험해보았대. 새끼들이 각각 다른 두 소리를 구별해서 행동하더래.
괴쾨괴쾨 하고 울 때는 위험하다는 신호구, 고코고코 하고 울 때
는 안심하고 놀라든가, 먹이가 있으니 모이라는 신호라잖아." 아
버지가 말했다. 소년은 팔을 흔들며 연방 새소리를 낸다. 경주씨
가 목에 걸친 수건으로 소년의 몸을 닦아준 뒤 안아들고 쪽마루에
올려놓는다. 소년은 제대로 서지를 못한다. 경주씨가 소년에게 옷
을 입힌다. 짧은 바지와 러닝셔츠다.

　"도움이 될까 해서 라면 한 박스 사왔수다." 짱구 형이 말한다.

　"고마워요. 점심 끼니로 여러 날 먹겠군요." 경주씨가 웃는다.
"이제 나가봐야죠. 미금복지관 거쳐 시청 사회과에도 들러봐야 하
겠구."

　"이 사람들 점심은 누가 먹이슈?"

　"교회 집사님이 도와주신답니다. 점심때쯤 올 거예요."

　소년이 방으로 기어간다. 노인의 눈은 눈동자가 흰자위 천장에
붙었다.

　"저 아래 버스 정류장 옆 연립주택 십이동 삼백삼호에 강변파

다섯 놈이 숙식을 하고 있수다. 그들 감시 임무를 맡아서 나왔죠. 마두도 마찬가지구. 앞으로 마두 자주 볼 거요." 짱구 형이 말한다.

"시우씨가 그런 일을 제대로 하겠어요? 그 패한테 걸리면 혼날 텐데. 순진한 사람한테 왜 그런 위험한 일을 시켜요."

경주씨가 방으로 들어간다. 잠시 뒤에 경주씨가 옷을 갈아입고 나온다. 하늘색 반소매 블라우스에 청바지 차림이다. 핸드백을 멨다.

"시우씨, 아직도 아우라진가, 거기 못 갔다 왔죠? 시간이 나면 같이 가주련만. 나도 하루이틀쯤 그런 자연 속에 묻히고 싶은데. 난 어릴 적부터 도회지가 싫었어요. 늘 빈민촌에만 살아서 그런지. 나무 많고 강물 맑은 산골을 동경했지요."

경주씨가 운동화를 신는다. 그때, 대문께로 사내 둘이 들어선다. 나는 깜짝 놀란다. 장애복지원의 한종씨와 뚱보 하마다. 하마는 방망이를 들었다. 그는 복지원에서도 방망이를 들고 다녔다. 가슴이 뛰고 다리가 떨린다. 머릿골이 쑤신다. 나를 잡으러 왔는지도 모른다.

"제대로 찾긴 찾았군. 노경주 씨, 오랜만이오. 자폐증 친구도 와 있군." 한종씨가 말한다.

그들을 보는 짱구 형 눈매가 날카로워진다. 짱구 형이 슬며시 일어선다. 그가 두 사내와 경주씨를 번갈아 살핀다.

"왜 왔어요? 퇴직금에 착오라도 있었나요?" 경주씨가 묻는다.

"몰라서 물어? 당신이 투서해서 복지원이 어떻게 된 줄 알아?" 하마는 경주씨 머리끄덩이를 나꿔챌 기세다.

"투서했어요. 왜, 고발 내용에 거짓이라도 있던가요?" 경주씨가 대든다.

"원장이 구속됐어. 복지원이 문닫게 됐단 말이야! 네년도 월급 받아 처먹은 직장 아냐. 잘렸다고 고발해? 누가 운동권 출신 아니 랄까봐!"

하마가 경주씨 멱살을 틀어쥔다. 패대기라도 칠 기세다. 나는 싸움을 말리고 싶다. 짱구 형을 본다. 짱구 형은 하마를 쏘아보고 만 있다.

"시 보조금 떼먹고, 후원금 착복했잖아. 보육사, 영양사, 유령직 원 봉급 횡령하구 장애자들 배 곯렸으니 원장이야말로 구속돼도 싸지. 파렴치한보다 더 못한 종자 아냐. 그 밑에 빌붙은 기생충인 당신네들도 마찬가지구……"

하마가 경주씨 뺨을 철썩 때린다. 한종씨는 뒷전에서 보고만 서 있다.

"우리도 잘리게 됐어. 천주교 재단에서 복지원을 접수한대."

드디어 짱구 형이 나선다. 경주씨 멱살 쥔 하마 손을 치며 둘 사이에 끼어든다.

"야, 이 씹새끼야, 너 폭력 썼어? 어따 대고 손질이야?"

"넌 누구야?" 하마가 짱구 형의 쌍소리와 기세에 흠칫한다.

"누구든 말든, 왜 여자를 쳐! 이 새끼, 오늘 잘 걸렸다. 배때기 에 아주 바람구멍 내주마."

짱구 형이 큰 머리를 하마 턱밑에 들이민다. 짱구 형이 잽싸게 하마 뒤축을 걸며 면상을 밀어버린다. 눈 깜빡할 사이에 하마 큰 덩치가 뒤로 나자빠진다. 짱구 형이 발길질로 하마 손을 찬다. 방망이가 날아간다.

"마두야, 오토바이 쿠션 밑에서 사시미칼 꺼내와. 씹새끼, 양쪽 손가락 오리발로 만들어주마!" 짱구 형이 체크무늬 남방을 벗어 젖힌다. 그가 한종씨를 본다. "너 이 새끼 토끼지 마. 네놈도 그냥 둘 수 없어. 보자하니 복지원 원장 똘만인 모양인데, 네놈도 조져 버리겠어!"

하마가 엉거주춤 일어난다. 짱구 형 거친 기세에 놀라 아무 말도 못한다. 나는 오토바이 쪽으로 가지 않는다. 짱구 형은 쿠션에 회칼을 숨겼을 것이다. 키요 오토바이도 그랬다.

"이봐요. 그러심 안 돼요." 경주씨가 나선다. 뺨이 벌겋게 부풀었다.

"형씨, 우리 그만 가리다. 참으세요. 우린 노경주 씨가 시 사회 과에 투서한 내용을 알아보러 왔을 뿐이라요. 다음에 들르지요." 선겁 들린 한종씨가 말한다.

"다음에 들러? 이 새끼가 아직 정신 못 차렸군. 보자하니 장가는 들었겠군. 네놈 새파란 마누라 있지? 내가 그년 쌍판을 피자로 만들어줄까."

짱구 형이 몸을 돌려 한종씨 멱살을 쥔다. 경주씨가 둘 사이에 끼어들어 싸움을 말린다.

"마두야, 우리 식구 불러와. 안 되겠어. 장애복지원부터 쳐야겠어." 짱구 형이 주먹으로 한종씨 배를 친다. "장애잔 굶기고, 많이 처먹어 똥살이 붙었군. 이 씹새끼야, 우린 한다면 하는 인간 말자야. 콩밥 한두 해 먹은 줄 아냐? 죽은 좆 같은 게 어따 대구 공갈이야!

경주씨 뒤엔 우리가 있어. 칼잡이들이 나라비 선 줄 몰랐지?"

짱구 형이 다시 한종씨 배에 주먹 한 방을 먹인다. 한종씨가 웅크린다.

"형님 갑시다." 하마가 한종씨에게 말한다. 짱구 형을 본다. "당신 기억해두겠어. 가만있지 않을 테야."

"야, 이 씹새끼야. 가만있지 않을 테면? 첫 대면이라 봐주려 했더니, 이거 안 되겠어."

짱구 형이 하마에게 달려든다. 하마가 몸을 피한다. 짱구 형이 태권도로 하마 옆구리를 걸어찬다. 하마가 비틀거린다.

"당신을 경찰서에 고발하겠어!" 하마가 말한다.

"고발? 그래, 고발해봐. 고발하고 조심해서 나다녀. 칼침 안 맞겠다면. 면상을 반쪽으로 아주 그어버릴 테니."

"하마, 가자구." 한종씨가 말한다.

한종씨와 하마가 대문께로 쫓겨 걷는다. 꼬리 사린 개 같다. 개한테 쫓기는 닭 같다. 개가 쫓으면 닭은 장독대나 담장 위로 도망쳤다. 닭은 날개가 있다. 둘이 언덕길로 사라진다.

"입버릇이 험해 이거 실례가 많았습니다. 괜찮으슈?" 짱구 형이 경주씨를 보고 피식 웃는다. 언제 그랬냐는 듯 손을 털며 뒤통수를 긁는다.

"정말 회칼 가지고 다녀요?" 경주씨가 묻는다.

"회칼은 무슨 회칼. 그런 것 없어요. 우린 우선 말로 조져놓수다. 저런 맹물들이야 공갈 한 방에 떨어지니깐요. 저치들, 앞으론 경주씨 찾아오지 않을 겝니다. 만약 한번 더 걸음한담 정말 뼈다구를 분질러버리겠소."

경주씨가 더 묻지 않는다. 구석방을 들여다본다.

"나갔다 올게, 사이 좋게 잘 있어요. 할아버지, 애들 잘 거둬줘요. 조금 있음 집사님이 오실 거예요." 경주씨가 방 안에 대고 말한 뒤 방문을 닫는다. 그녀가 짱구 형을 본다. "할아버지는 오갈 데 없는 환자예요. 부인은 돌아가시고, 자식들은 뿔뿔이 떠나버리구. 이십 여 년 동안 원진레이온에 근무하다 직업병을 얻었죠. 고질적인 두 통에다 근육 마비로 기동이 불편해요. 이황화탄소 중독이죠. 원진 레이온 근로자 중에는 퇴사 후 직업병을 앓는 사람이 오백 명이 넘어요. 사망한 사람이 열여섯, 그중 두 명은 고통을 이기지 못해 자살했구요. 민사 배상금을 신청해놓았는데, 지금도 해결이 안 되고 있죠. 방직 기계와 설비 일체는 작년에 중국 단동화학섬유공사에 오십사억 원 상당에 팔렸지만, 공장이 문닫은 뒤 퇴직금 청산에도 턱없이 모자라는걸요. 십팔만 평에 이르는 공장 부지가 '매각 돼야 퇴사 후 직업병 앓는 환자들에게 배상금이 지불될 모양이에요. 형질 변경이다 뭐다 하며 미뤄지고 있어요."

경주씨가 대문께로 걷는다. 표정이 어둡다.

"그 정도 설명이면 알 만하오." 짱구 형이 헬멧과 선글라스를 쓴다. "마두, 우리도 가자. 키요가 기다리겠어."

짱구 형이 오토바이를 골목길로 끌어낸다. 짱구 형과 나는 경주 씨를 뒤따라 골목길로 내려간다.

"경주씨, 마두 언제부터 교육시킬 거요? 저녁때 여기 남겨둘 수도 있는데." 짱구 형이 말한다.

경주씨가 걸음을 멈추고 뒤돌아본다.

"당당히 걸을 수 있고, 제 손으로 밥 떠먹을 수 있는 것만도 축복입니다. 방에 있는 사람들 봤죠? 음지 식물처럼 웅크리고 있는 그 사람들. 그 복합 장애자에 비하면 시우씨 장애는 축복입니다. 더 고통받는 사람들이 제 옆에 있기에 시우씨를 위한 시간을 쪼갤 수가 없어요. 여기서도 조만간 이사 가야겠구. 가운동 쪽 비닐하우스를 알아보고 있는 중이에요." 경주씨가 나를 본다. "시우씨 그럼 또 봐요."

경주씨가 몸을 돌려 걸음을 빨리한다. 우리는 버스 종점으로 내려온다.

"티코 안 타슈?" 짱구 형이 경주씨에게 말한다.

"기름값이 없어요. 십만 원이나 받을는지, 저 차마저 팔아야겠어요."

"오토바이 뒷자리도 괜찮담 내가 시청까지 모셔줄 수도 있는데?"

"괜찮아요."

경주씨가 버스에 오른다. 짱구가 오토바이에 엉덩이를 얹는다. 나를 보고 타라고 말한다. 나는 오토바이 뒷자리에 탄다. 오토바이가 연립주택이 늘어선 뒷길로 달린다. 오토바이가 멈춘다. 짱구 형이 사방을 두리번거리며 휘파람을 길게 분다. 연립주택 모퉁이에서 키요가 나온다. 왜 늦었느냐고 키요가 짱구 형에게 묻는다.

"복지원 놈들이 경주씨를 협박하러 왔더군. 주둥이 쪼깐 놀렸지. 근데, 어찌 소식 있냐?"

"우리가 늦었나봐요. 나오는 놈이 없어. 뽕판(노름판) 붙었는지, 원 참."

오늘 노랑 술 납품날 아니냐는 짱구 형 말에, 키요가 빨리 돌아가야 한다고 말한다.

"마두, 너 여기 지키고 있어. 우리 한바퀴 돌고 올 테니깐. 롱다리와 땅개가 연립주택에서 나오는지 잘 감시해야 해." 짱구 형이 말한다.

키요가 내 팔을 끌고 연립주택 사이로 빠진다. 키요가 옆 연립주택 출입구를 가리킨다.

"십이동 입구를 잘 봐. 여기서 지켜. 놈들 눈에 띄지 않을 거야. 롱다리와 땅개 말고도 누가 들어오고 나가나 잘 봐둬. 그리고 삼층 저 창문 있지? 놈들 방이야. 저 창문도 살펴. 우리는 늦어도 두시쯤엔 올게. 그때까지 뜨면 안 돼. 알았지?" 키요가 말한다.

키요와 짱구 형이 오토바이를 타고 떠난다. 나 혼자 남는다. 나는 연립주택 옆면 그늘에 앉는다. 연립주택은 사층이다. 12동 출입문을 본다. 아무도 들랑거리지 않는다. 12동 앞마당에 아이 셋이 놀고 있다. 사내아이 하나와 계집아이 둘이다. 사내아이는 리모컨으로 장난감 자동차를 운전한다. 계집아이 둘은 흙을 모아 산을 만든다. 산마루에다 나무젓가락을 꽂는다. 사내아이가 자동차를 그쪽으로 가게 한다. 안테나 있는 자동차가 흙산으로 올라간다. 자동차가 흙산을 무너뜨리고 젓가락을 넘어뜨린다. 소년이 자동차를 자기 앞으로 불러들인다. 계집아이 하나가 무너진 산을 보며 울음을 터뜨린다. 따가운 볕이 마당에서 끓는다. 내 또래 정수가

생각난다. "넌 왜 울고 들어오니? 정수가 또 때렸니? 넌 왜 맞고
만 다녀. 저 병신 자식을 어찌 키울꼬. 부모가 무슨 죄를 져서 저
런 멍충이가 생겨나. 니 아비 술 탓이야. 젊을 때부터 술을 그렇게
퍼질렀으니 정자가 녹았지." 엄마가 말했다. 동네 아이들이 나를
때리거나 해코지했다. 나는 울보였다.

한참 뒤, 우체부가 출입구로 들어간다. 할머니가 들어간다. 아
이 둘이 나온다. 보릿짚 모자를 쓴 노인이 나온다. 노슬립 아가씨
가 나온다. 배꼽 보이는 흰 면셔츠다. 또 여러 사람들이 출입문을
들랑거린다. 내 또래 젊은이는 연립주택에서 나오지 않는다. 해가
하늘 가운데 걸려 있다. 확성기 소리가 들린다. 채소와 어물을 실
은 트럭이 온다. 차가 연립주택 마당에 멈춰 선다. "싱싱한 꽁치,
갈치, 배추, 무, 상추도 있습니다……" 확성기에서 흘러나오는 말
이다. 아주머니 서너 사람이 12동 출입문에서 나온다. 트럭에 실
린 물건을 구경한다.

그때, 젊은이 셋이 출입문에서 나온다. 주위를 살핀다. 그중 하
나가 땅개다. 밤송이머리에 검정색 티셔츠 차림이다. 가슴이 뛴다.
나머지 둘은 보통 키다. 헐렁한 맘보바지에 팔자걸음이다. 그들이
앞마당 건너로 간다. 분홍색 차를 탄다. 분홍색 차가 버스 종점 쪽
으로 떠난다.

키요와 짱구 형이 올 시간이 한참 지났다. 연립주택 건물 그늘
이 앞마당에 길게 내렸을 때다. 나는 그 자리에서 꼼짝하지 않았다.
오줌도 건물 벽에 누었다. 그동안 여러 사람들이 출입문을 들랑거
렸다. 나는 그 사람들을 다 셀 수 없다. 땅개 패는 돌아오지 않았다.

그때, 짱구 형과 키요가 온다.

"봤어? 롱다리와 땅개?" 오토바이를 세우며 키요가 묻는다.

"봤어. 땅개."

"어디로 가든?"

"갔어. 차 몰구."

"차?"

"분홍색 차."

"밤에 뛰고 아침에 자나봐요." 키요가 짱구 형에게 말한다.

"앞으론 단란 끝날 때나 낮에 오도록 하지."

짱구 형이 나를 보고 타라고 말한다. 나는 짱구 형 오토바이 뒷자리에 탄다. 오토바이가 연립주택을 떠난다. 폐차장 앞을 지난다.

"너 뭘 좀 먹었니?"

"안 먹었어요."

"한심한 친구."

짱구 형이 더 말하지 않는다. 나는 돈이 있다. 청바지 새끼주머니에 넣어두었다. 오래전 경주씨가 차비 하라며 준 돈이다. 채리 누나가 준 돈도 있다. 꼼짝 말고 있으라 해서 굶었다.

오토바이가 시내로 들어온다. 황금호텔 뒤로 간다. 주차장에다 오토바이를 세운다. 짱구 형이 나를 데리고 분식점으로 간다. 더러 와본 분식점이다.

"마두, 라면 곱빼기로 주슈." 짱구 형이 말한다.

짱구 형이 주머니에 돈을 꺼내 아주머니에게 준다. 짱구 형이 라면 먹고 단란주점에 가 있으라고 말한다. 나는 밖을 내다본다.

키요와 짱구 형이 대진상사로 들어간다. 나는 라면을 허겁지겁 먹는다. 국물까지 다 마셔버린다. 얼굴의 땀을 닦는다. 아주머니가 벽걸이 선풍기를 내 쪽으로 돌려준다.

"배가 몹시 고팠나봐." 아주머니가 말한다.

나는 분식점에서 나온다. 한길은 저녁 나절이다. 나는 지하 단란주점으로 온다. 홀 몇 테이블에 손님이 있다. 낯선 까치머리가 술병을 나른다. 돌쇠가 그 애를 내게 소개한다. 사고 치고 학교서 잘린 새끼라고 돌쇠가 말한다. 체격이 좋다. 빨간 티 안에 목걸이가 보인다.

"우종태라 합니다. 형, 앞으로 많이 지도해줘요." 종태가 내게 절을 한다.

"글쎄, 마두가 지도까진 힘들 거야." 돌쇠가 말한다.

손님이 밀려든다. 홀부터 자리가 찬다. 호스티스가 팔린다. 돌쇠는 가라오케 자키를 맡는다. 종태는 나름이를 하느라 바쁘다. 나도 그들을 돕는다. 손님들은 선거 이야기만 한다.

"내일이 뽑는 날 아냐. 그래서 오늘 터지는 거야." 돌쇠가 말한다.

룸과 홀은 손님을 더 받을 수 없다. 에어컨이 찬바람을 내뿜는다. 그래도 홀 안은 덥다. 가라오케까지 떠들썩하다. 카운터 앞 손님 셋도 선거 이야기다. 정당보다 인품 보고 뽑아야 한다고 말한다. 시의원과 도의원 선거는 누가 누군지 몰라 기권하겠다고 한 손님이 말한다.

쌍침 형님, 불곰 형님, 찡오 형님이 들어온다. 그들은 곧장 삼번 룸으로 간다. 채리 누나가 내게 삼번 룸을 맡으라고 말한다. 삼번 룸으로 간다. 문을 열고 차려 자세를 한다. 양주와 과일 안주를 가져오라고 쌍침 형님이 말한다. 나는 채리 누나에게 그 말을 전한다. 주방은 바쁘다. 필이 엄마와 운신댁이 구슬땀을 흘리고 있다. 경란이가 주방으로 온다. 육번 룸에 양주 한 병과 마른안주를 주문한다. 운신댁이 과일 접시를 만든다. 채리 누나는 아이스박스에 토막 얼음을 담는다. 필이 엄마는 낙지볶음을 만들고 있다.

나는 소반을 나른다. 죠니워커 한 병, 과일 접시, 우롱차 세 깡통, 아이스박스, 잔이 올려져 있다. 삼번 룸 앞에 소반을 놓는다. 문을 열고, 소반을 다시 든다.

"……내일 밤은 안 돼. 관심이 온통 개표장에 몰렸겠지만 비상경계령이야. 조폭 전담반까지 있어. 치타작전은 선거 끝나고, 선거사범 엮을 때가 좋아. 선관위(선거관리위원회)에서 재깍 발표가 있을 테니깐." 찡오 형님이 말한다.

"디데이를 선거 기점으로 잡을 필욘 없지요. 미루면 기회를 놓칩니다. 금곡동과 해방촌을 쓸면 당한 놈들이 삐삐 칠 테구, 굴집연립에서 튀어나올 때 그쪽을 덮치면 되지. 굴집 쪽은 내가 맡겠어요." 쌍침 형님이 말한다.

"찡오 말이 맞아. 내일은 피해. 불났을 때 도적질은 치사해. 보스 뜻도 그렇잖구. 선거 결과 보고 다시 얘기하자구." 불곰 형님이 말한다.

나는 상차림을 끝낸다. 빈 소반을 들고 문을 나선다. 나는 오는 사람과 부딪칠 뻔한다. 흰 양복 차림의 최상무님이다. 나는 얼른 허리를 꺾는다. 최상무님이 삼번 룸으로 들어간다. 나는 홀로 나온다. 식구들이 들이닥친다. 보디가드들로, 예닐곱이나 된다. 키요와 짱구 형도 있다. 그들은 자리가 없다고 투덜댄다.

"호프집에서 대기하자구." 깡태 형이 말한다.

식구들이 우르르 밖으로 나간다. 채리 누나가 나를 부른다. 양주잔, 얼음잔, 야채 한 접시가 소반에 담긴다. 마요네즈, 된장 종지도 오른다. 삼번 룸에 가져가라고 채리 누나가 말한다. 나는 그것을 룸으로 나른다. 최상무님이 안쪽 가운데 자리에 앉아 있다. 흰 양복 윗주머니에 빨간 손수건을 꽂았다.

"……선거 사범 무더기로 찍을 때 끼고 싶어 내일을 우기냐. 매스컴이 나발 불면 조직이 박살나. 치타작전, 내일은 절대 불가야." 최상무님이 목소리를 높인다.

치타는 동물 중에 단거리에는 최고 선수다. "고양이과에 속하지. 자동차보다 빨라. 맹순데 성질이 온순해 새끼 때 길들이면 사냥개처럼 이용할 수도 있어." 아버지가 말했다. 나는 홀로 나온다. 무선전화기를 든 채리 누나가, 애들 넷만 보내줘요, 하고 말한다. 호스티스가 달릴 때, 채리 누나는 보도(호스티스 공급업체)에 연락을 취했다.

한참 뒤, 아가씨 셋이 온다. 셋 다 새내기다. 노슬립에 초미니로, 늘씬하게 빠졌다. 넷인데 왜 셋이냐고 채리 누나가 묻는다. 노랑머리 애가, 다 팔렸다고 말한다.

"우리도 벌써 두 탕째예요. 언니, 한 시간 채우면 보내줘요. 오늘은 세 탕까지 뛰어야 한대요. 메뚜기도 한철이랍디다." 노랑머리가 말한다.

"제가 팔게요. 이번 룸에 둘, 오번 룸에도 둘인데." 종태가 쫓아와 새내기 셋을 갈마본다.

"오번 룸에 하나만 넣어." 채리 누나가 말하곤 나를 본다. "마두야, 클럽에 가봐. 예리 어느 방에 있나 알아보고, 여기 잠시 왔다가래."

"앞으로 나한테 잘 보여야 돼. 따라와요." 종태가 으스대며 아가씨들에게 말한다.

종태가 룸에다 애들을 넣는다. 나는 단란주점을 나선다. 지하 복도 더운 공기가 얼굴을 감싼다. 호프집과 나이트클럽 음악 소리가 더운 공기에 녹아 튄다.

클럽 안은 템포 빠른 댄스뮤직이 찢어진다. 사이키델릭 조명이 혼란스럽다. 발광을 떠는 댄스팀 옷차림이 야하다. 남자 가수들의 헐렁한 윗옷은 곧 벗겨질 듯하다. 여자 가수들은 배꼽티에 핫팬츠다. 엉치를 정신없이 흔들어댄다. 긴 머리채가 앞뒤로 출렁인다. 무대는 손님들로 만원이다. 무대 양쪽 원반 스탠드 위에서 쇼걸이 몸을 꼰다. 허리와 엉치가 따로 논다. 춤꾼들도 열심히 몸을 흔든다. 무대가 비좁게 오글거린다. 넓은 홀이 폭발할 듯 튄다. 음악, 불빛, 사람들이 함께 뜀박질한다. 나는 귀를 막는다. 여자 가수가 가슴과 엉덩이를 쓸어내린다. 쇼걸들이 가랑이 사이, 그것을 만지는 시늉을 한다. 테이블에서 기성이 터진다. 나는 어디로 가서 예리를 찾아야 할지 알 수 없다. 웨이터가 바쁘게 지나간다.

"예리, 어딨어요?" 나는 웨이터에게 묻는다.

"누구요?" 음악 소리 때문에 웨이터가 되묻는다.

"누구요? 예리. 채리 누나가 차, 찾아요."

"룸에 있어요. 보내줄게요."

나는 사이키 음향을 더 들어낼 수 없다. 귀청이 떨어질 것 같아 바삐 클럽에서 나온다. 누구인가 단란주점으로 온다. 도수와 그 패거리 셋이다.

이튿날이다.

옥상 가건물에 사는 식구는 투표를 하지 않는다. 투표하라는 종이쪽지를 가진 자가 없다. 객지 신세라 투표권이 없다고 짱구 형이 말한다.

우리는 옥상에서 내려온다. 거리가 휑하니 비어 명절날 아침 같다. 점포들이 모두 문을 닫았다. 우리 셋은 패스트푸드점을 찾는다. 컵라면과 우유로 아침을 때운다. 키요가 과자 봉지 여러 개를 집는다. 우리는 옥상으로 돌아온다. 새우깡을 질겅거리며 텔레비전을 본다. 투표소 앞에 유권자들이 띠를 이루고 있다. 방송 리포터가 아주머니 유권자와 인터뷰한다. 아주머니는, 지역 사회 발전에 힘써줄 양심적인 일꾼을 찍겠다고 말한다. 정당 대변인이 화면에 나온다. 정당 대변인은, 겸허한 마음으로 국민의 심판을 기다리겠다고 말한다. 어느 대변인은, 전쟁이 끝났다고 말한다. 등산복 차림의 삼십대 남자가 화면에 나온다. 아기를 목말 태우고 있다. 새벽에 투표하고 모처럼 가족과 들놀이에 나섰다고 말한다. 색색옷에 색색의 모자를 쓴 젊은 패거리가 배낭을 메고 간다. 리포터가 여자를 잡고, 투표를 했냐고 묻는다. 여자가 손으로 화면을 가리며 깔깔 웃는다.

키요와 짱구 형은 구리시 시장 선거에 관심이 많다. 텔레비전에 그 이야기는 나오지 않는다. 키요가 졸기 시작한다. 그는 전기장판에 눕는다.

낮쯤, 우리 셋은 옥상에서 내려온다. 오토바이를 타고 굴집 동네로 간다. 버스 종점 위 골목길에 회색 꼬마차가 보이지 않는다. 경주씨가 사는 집에 들른다. 경주씨가 없다. 주인 아주머니 말이, 경주씨가 방을 구하러 나갔다는 것이다.

"여기가 병신들 수용소가 아니잖아요, 비좁은 방에 다섯이나 구더기처럼 오글거리니." 주인 아주머니가 짜증을 낸다.

우리는 연립주택 쪽으로 간다. 짱구 형이 구멍가게에 들른다. 카스테라 봉지와 우유팩을 내게 준다. 우리는 연립주택 12동 모퉁이에서 멈춘다. 짱구 형이, 그것으로 점심을 때우라고 내게 말한다. 키요가, 출입구 망을 잘 보라고 말한다. 둘은 나를 남겨두고 가버린다. 나는 어제 그 자리를 떠나지 않고 지킨다. 출입문으로 많은 사람이 들랑거린다. 롱다리와 땅개는 볼 수 없다. 분홍색 승용차도 없다.

저녁 무렵이다. 키요 혼자만 오토바이를 타고 온다. 나는 오토바이 뒤에 실려 황금호텔로 돌아온다. 길거리에 사람이 늘어났다. 공휴일이라 단란주점은 하루를 쉰다. 키요는 나를 호텔 앞에 내려놓고, 옥상에 가 있으라고 말한다. 그는 오토바이를 몰고 어디론가 가버린다.

나는 혼자 옥상으로 돌아온다. 닭 모이를 준다. 채소밭을 본다. 토마토는 다 따먹었다. 줄기만 무성하다. 고추는 너무 많이 달렸다.

상추는 키가 너무 커버렸다. 이제 상추잎은 먹을 수가 없다. 씨 맺기가 한창이다. 나는 상추와 토마토를 모두 뽑아낸다. 토마토 줄기에는 비릿한 냄새가 난다. 상추는 줄기가 꺾일 때 흰 물이 나온다. 뿌리의 흙을 턴다. 가을용 배추씨라도 뿌렸으면 좋겠다. 어린 배춧잎은 겉절이를 해먹을 수 있다. 아우라지에 살 때, 할머니는 겉절이로 비벼 먹기를 좋아했다.

도시 지붕 위로 해가 진다. 서편 하늘에 긴 노을이 펼쳐진다. 낮 동안 찌던 더위가 한풀 꺾인다. 키요와 짱구 형은 돌아오지 않는다. 당구장에서 포켓볼을 칠지 모른다. 식구들은 그 게임으로 내기를 걸었다. 키요는 전자오락실을 좋아했다. 거기에 붙어 있을 수도 있다. 둘이 쪽방 동네로 갔는지도 모른다. 그곳에서 앳된 계집애들을 후릴는지 모른다. 둘이 살던 쪽방에는 우리 조 새끼 다섯이 자취한다는 말을 들었다.

할 일이 없어 텔레비전을 켠다. 화면에 강당이 나온다. 책상들 위에 투표함이 줄을 섰다. 개표 종사원과 참관인들이 와글거린다. 재미가 없어 냉장고 위에 있는 만화책을 펼친다. 조폭들의 패싸움 이야기 같다.

키요와 짱구 형이 돌아오기는 밤이 깊어서다. 둘은 술에 취했다. 키요가 비닐봉지에서 치킨과 소주 한 병을 꺼낸다. 그가 닭다리를 찢어 내게 준다. 저녁을 굶었으나 나는 먹지 않는다. 키요가 텔레비전을 켜자 숫자가 나온다. 아나운서가 서울시장 득표 현황을 읊는다. 포청천이 가장 우세하다고 말한다. 짱구 형이, 듣기 싫다며 텔레비전을 끄라고 말한다.

"여기까지 야당이 될 줄 누가 알았겠어. 국민이 현정권에 등을 돌렸어. 모두 너무 잘난 척해. 척하는 치 좋아하는 시민 어딨냐." 키요가 말한다. 텔레비전 화면을 지운다. 키요가 짱구 형을 본다. "성, 치타작전은 변동 없겠지요?"

"이럴수록 속전속결이야. 선거 결과 분석으로 어수선할 때. 여당 참패로 행정과 치안이 손 놓고 있을 때." 짱구 형이 말한다.

7. 살아남기

"마두, 타." 짱구 형이 헬멧을 쓰며 말한다.

"타? 안 타."

나는 빠졌으면 싶다. '치타작전' 출동 말을 듣고부터 내내 머릿골이 아프다. 다리만 아니라 온몸이 떨린다.

"넌 빠져도 돼. 거기서 오토바이나 지켜. 아주 빼줄 순 없어. 우린 동생공사니깐."

짱구 형이 오토바이 시동을 걸고 전조등을 켠다.

"출발." 승용차 창으로 얼굴을 내밀고 쌍침 형님이 말한다.

쌍침 형님은 운전석에 앉았고, 새끼 넷이 탔다. 나는 버틸 힘이 없기에 짱구 형 오토바이 뒷자리에 앉는다. 키요 오토바이 뒷자리에는 종태가 탔다. 지하 업소 입구를 본다. 채리 누나가 오도카니 서 있다. 두 손 모아 쥔, 기도하는 자세다. 네온사인 푸른빛이 얼굴에 스친다. 울 듯한 표정이다. 채리 누나 여윈 얼굴이 멀어지고,

오토바이가 앞으로 나선다.

"앞장서진 말아요. 조심해요!"

채리 누나 외침이 뒤쪽에서 들린다. 더운 바람이 얼굴을 덮친다. 오토바이가 속력을 낸다.

밤이 깊어 거리가 한산하다. 가전제품 상점 쇼윈도 앞에만 사람들이 모였다. 텔레비전 화면을 본다. 화면에 포크레인과 구조대원 모습이 보인다. 며칠 전 서울 강남 고급 백화점 오층 건물이 내려앉았다. 저녁 시간이라 백화점 안에는 천 명 가까운 사람들로 붐볐다. 생존자 구조와 시체 발굴 작업이 한창이다. 오토바이가 붉은 신호에 걸린다. 키요 오토바이가 바싹 붙어 선다. 조금 전, 우린 전쟁터로 간다고 짱구 형이 말했다. 신호등이 파란불로 바뀌자 오토바이가 빠르게 출발한다.

"애마룸살롱 때처럼, 차 놓치면 안 돼. 내가 오토바이 타면 너도 빨리 타야 해." 짱구 형이 말한다.

오토바이가 구리시를 벗어난다. 다리를 건너고 폐차장을 지난다. 건너편에 원진레이온 굴뚝이 어둠 속에 솟아 있다. 굴집 동네로 들어선다. 오토바이가 속력을 줄인다. 연립주택 쪽으로 꺾어 돈다. 짱구 형이 오토바이 전조등을 끈다. 승용차 전조등도 꺼진다. 오토바이가 연립주택 입구 공터에 멈춘다. 짱구 형과 키요가 오토바이에서 내린다. 승용차 쪽으로 간다. 쌍침 형님이 승용차에서 내린다.

"마두, 틀림없이 봤지?" 쌍침 형님이 절뚝거리며 다시 묻는다.

"바, 봤어요. 다, 다섯이."

"놈들 타고 온 분홍색 스쿠프까지 확인한걸요." 키요가 말한다.

나는 낮 동안 줄곧 연립주택 12동 모퉁이를 지켰다. 해가 지기 전이었다. 분홍색 승용차가 연립주택 마당에 들어섰다. 그들이 차에서 내렸다. 롱다리와 땅개가 있었다. 그들은 12동 출입구로 들어갔다. 잠시 뒤, 삼층 왼쪽 창문이 열렸다. 해가 진 뒤, 키요가 오토바이를 타고 왔다. 그때까지 다섯은 출입구로 나오지 않았다. 분홍색 승용차도 그대로 있었다.

"지금이 열시 사십오분, 열한시 정각에 일조가 금곡을, 이조가 해방촌 먹자빌딩을 칠 거다." 쌍침 형님이 손목시계를 본다. "양쪽 본거지가 당하면 이쪽으로 삐삐 칠 테지. 전화를 걸든가. 호출 받고 쥐들이 튀어나올 때, 오다구리(뭇매를 놓는 것) 태우는 거야. 십 분을 기다려도 안 나오면 방을 친다."

"요령은 전과 동." 짱구 형이 새끼들에게 말한다.

"짱구, 철수 때 교문리로 곧장 빠져. 팔팔당구장에 총집결이다." 쌍침 형님이 말한다.

쌍침 형님이 승용차 트렁크를 연다. 골프백에서 무기를 꺼낸다. 각목, 야구 방망이, 쇠파이프, 일본도다. 내 숨소리가 절로 커진다. 머릿골은 계속 아프다. 짱구 형이 면장갑과 마스크를 나누어준다. 나도 받는다. 모두 마스크를 쓰기에 나도 마스크를 쓴다. 나는 장갑에 손가락 다섯 개를 금방 끼지 못한다. 한 구멍에 두 손가락이 들어갔다. "어미야, 시우한테는 벙어리장갑을 떠줘. 갠 장갑을 잘 끼지 못하잖아. 장갑을 잘 흘리니 목걸이도 만들어주구." 어릴 적, 할머니가 엄마에게 말했다. 나는 장갑을 주머니에 넣는다. 짱구 형이 새끼들에게 무기를 나누어준다. 각목과 쇠파이프다. 내게는 각목을 준다. 짱구 형과 키요는 일본도다.

"훈련 받은 대로. 물불 가리지 마. 머리는 치지 않도록. 허리와 다리부터 연장질 해. 쓰러지면 맞창내버려. 머리통은 제 손으로 보호할 테니깐. 뒤처리는 키요와 내가 맡는다." 짱구 형이 새끼들에게 말한다.

"걱정 놓으세요. 작살내버릴 테니깐. 우리도 훈장 찰 각오 돼 있어요." 종태가 씩씩하게 말한다. 다른 새끼들도 한마디씩 한다. "솜씨 한번 보여드리지요." "여기 치구 해방촌 원정 갑시다." 말솜씨가 작작하다. 아직 벚꽃(여드름) 피고 강아지풀(솜털) 보송한 애들이다. "천지를 구별 못하니, 쟤들은 겁이 없어. 패라면 패고, 담그라면 담그지." 짱구 형이 새끼들을 두고 언젠가 말했다.

쌍침 형님이 차에 올라 천천히 차를 몬다. 키요와 짱구 형도 오토바이를 밀고 간다. 새끼 다섯이 그 옆을 따른다. 나는 꼬리에서 따른다. 승용차와 오토바이가 연립주택 뒤로 빠진다. 12동 뒷마당에 승용차가 서고, 오토바이도 그 옆에 세운다. 쌍침 형님이 휴대폰으로 어디론가 전화를 건다.

"벌써 떴어? 애마룸살롱? 그래, 알았어. 다시 연락해. 우린 시작이야."

키요와 짱구 형이 오토바이 뒤쪽 쿠션을 뒤진다. 회칼을 뽑아내 허리춤에 찌른다.

"시작이다." 쌍침 형님이 차에서 내리며 말한다.

"가자구" 하며, 짱구 형이 앞장선다. 키요와 새끼들이 따른다.

나와 쌍침 형님은 그 자리에 서 있다. 내가 망 보던 자리다. 키요가, 너도 와 할까봐 마음을 졸인다. 쌍침 형님이, 너도 가 하지 않는다. 나는 겨우 안심한다. 짱구 형 일행이 연립주택 모퉁이를 돌아나간다.

"마두, 어느 방이냐?" 쌍침 형님이 묻는다.

삼층 왼쪽 방을 손가락질한다. 등이 켜졌고 창문이 열려 있다.

짱구 형 일행이 12동 출입구로 간다. 짱구 형이 새끼들에게 지시한다. 새끼 셋은 출입구 안으로 들어간다. 출입구 앞에 새끼 둘과 키요와 짱구 형이 버텨 선다. 국숫집 옥상에서도 그런 연습을 했다.

쌍침 형님이 시계를 본다. 신호음이 울린다. 쌍침 형님이 주머니에서 휴대폰을 꺼낸다.

"작전 개시? 오케이. 끝내고 연락하죠. 우린 팔팔로 갈 겁니다."

쌍침 형님이 휴대폰을 주머니에 넣는다. 다리가 떨리고, 숨을 제대로 쉴 수 없다. 머릿골이 아파 어지럽다. 날씨조차 찌는데, 바람기가 없다. 등골과 가슴으로 땀이 흐른다.

그때다. 무슨 소리가 들린다. 삼층쯤, 문 열리는 소리다. 어지러운 발소리가 계단을 밟는다. 발소리가 아래층으로 이어지고, 지껄이는 웅성거림도 들린다. 이윽고, 출입구 안에서 비명이 터진다. 세 녀석이 머리통을 감싸쥐고 출입구 밖으로 튕겨져 나온다. 문앞을 지키던 새끼 둘이 쇠파이프와 각목을 휘두른다. 한 녀석은 쓰러지고 두 녀석이 달아난다. 그중 하나는 키가 작고 땅땅해, 땅개가 틀림없다. 새끼 하나가 쓰러진 녀석을 쇠파이프로 난장질 한다. 비명이 낭자하다.

"땅개 놓치지 마. 빨리!" 짱구 형이 소리친다.

키요와 새끼 하나가 달아나는 둘을 쫓는다. 쇠파이프를 든 새끼는 현관으로 뛰어든다. 연립주택 여러 방에 불이 켜진다. 잠을 깬 주민들이 창밖을 내다보며 출입구를 살핀다.

"왜 그렇게 사람을 패요?" 이층 창문에서 남자가 묻는다.

"도둑놈을 잡았소." 짱구 형이 대답한다.

새끼 둘이 두 녀석을 출입구 밖으로 끌어낸다. 쥐 둘은 넉장거리가 되었다. 짱구 형이 넉장거리가 된 녀석들을 살핀다. 그중 한 녀석이 롱다리를 발로 차도 꿈쩍 않는다. 짱구 형이 일본도로 다리를 내리친다. 내 다리가 휘청한다. 롱다리 몸이 용수철처럼 튄다.

됐어, 하며 쌍칼 형님이 연립주택 뒤로 절뚝걸음을 걷는다. 나는 공포에 질린다. 이곳에 더 있을 수가 없다. 우리 식구가 너무 두렵다. 나는 뛰기 시작한다. 각목을 들고 앞마당을 거쳐, 계속 뛴다. 식구들로부터 영원히 떠나고 싶다. 땀이 비 오듯 흐른다. 폐차장 앞을 지난다. 숨이 가빠 더 뛸 수 없다. 마스크를 벗어던지고 빠르게 걷는다. 아무도 나를 쫓아오지 않는다.

왕숙천 다리께까지 갔을 때다. 앞쪽에서 승용차가 빠르게 다가온다. 쌍라이트를 깜박인다. 불빛이 나를 쏜다. 차가 내 앞에서 급정거하더니 건장한 사내 둘이 차에서 내린다.

"넌 뭐야?" 곱슬머리 사내가 묻는다. 흰 남방셔츠에 피투성이다. 나는 숨이 막혀 대답할 수 없다.

"그건 어디서 났어?"

다른 사내가 내 손에 쥔 각목을 본다. 얼굴이 검고 눈썹이 짙은 말대가리다. 나는 아직도 각목을 들고 있다. 버려야 하는데 깜박 잊었다. 각목을 버리자 사내가 집어든다.

"십이동 치고 오는 두더지 새끼 아냐?" 운전석에서 내린 사내가 말한다. 뺨살이 두툼한 뚱뚱이다.

"너 최상무파 새끼지?" 하고, 곱슬머리 사내가 내 멱살을 쥔다.

"죽여버려!" 운전석에서 내린 뚱뚱이가 말한다.

곱슬머리 주먹이 턱을 갈긴다. 말대가리 각목이 등줄기를 내리친다. 뚱뚱이 발길질이 옆구리를 찬다. 각목이 다시 등판을 친다. 쓰러진 나는 머리를 감싸쥔다. 옆구리로 발길질이 날아든다. 각목이 어디 가릴 데 없이 패자, 나는 땅바닥에 뒹군다. 너무 아파 비명을 지를 수도 없다. 차츰 통증이 무뎌진다. 어디서 오토바이 소리가 들린 듯하다.

"온다! 놈들이다. 빨리 트렁크에 실어!"

내 몸이 들리더니 어딘가로 던져진다. 꽝, 하고 문이 닫힌다. 차가 움직인다. 오토바이 소리가 귀 옆에서 난다. 차체 철판을 세게 내리친다. 고함소리도 들린다. 짱구 형 목소리다. 오토바이 따라오는 소리가 들린다. 의식이 가물가물해진다. 더 이상 아무 소리도, 아무것도 떠오르지 않는다. 잠 같은 나락으로 떨어진다.

*

눈을 뜬다. 시간이 얼마나 흘렀는지 알 수 없다. 깜깜하다. 찌는 듯 덥다. 정신이 가물가물하고 기운이 없다. 천천히 팔을 움직이

자 어깨가 결린다. 어깨만이 아니라 온몸이 쑤신다. 손을 미처 들기 전에 천장이요 철판이다. 비로소 좁은 공간에 갇혔음을 안다. 승용차 트렁크 속이다. 고함 지를 힘이 없어 숨만 겨우 내쉰다. 눈을 감는다. 목이 몹시 마르다. 입 안이 타들어간다. 물을 마시고 싶다. 물을 달라고 고함 지를 힘도 없다.

목이 너무 말라 눈이 떠졌다. 깜깜한 한증막이다. 어디선가 가늘게 빛이 들어온다. 가장자리로 틈이 보이고 그 틈으로 빛이 스며든다. 차 트렁크 속에 갇혀 얼마를 지냈는지 알 수 없다. 잠이 들면 죽는다. 눈꺼풀을 열 힘조차 없다. 나는 다시 어둠 속으로 까라진다. "삼풍백화점 붕괴 참사 속보를 전해드리겠습니다. 사고대책반에 신고된 실종자 수는 오백 명을 넘어섰습니다. 현재까지 구조된 생존자는 서른다섯 명입니다. 나머지는 콘크리트 더미에 깔려 사망했거나, 지금도 애타게 구조를 기다리고 있는 실정입니다……" 멀리서, 아나운서 목소리가 가물가물 들린다.

나는 어둠 속으로 끝없이 떨어진다. 사방 멀리로 별빛만 보인다. "시우야!" 할머니의 목멘 외침이다. "돌아와. 이 늙은 할미를 두고 너마저 가면 어떡해." 나는 한없이 떨어져 내린다. "시우가 오는구나. 빨리 와. 너 목마르지? 우물이 있어. 물이 가득해." 아버지 목소리다. 무엇이 보인다. 우물이 있다. 아버지가 내게 손짓한다. "오느라 고생이 많았지? 여긴 살기가 좋은 곳이야. 너 같은 장애자들이 더불어 함께 사는 낙원이야." 아버지가 말한다. 아버지가 두레박질을 한다. 물을 퍼올린 두레박 모서리를 입에 대어준다. 물을 마시니 살 것 같다. 온몸에 물이 퍼지자 정신이 난다.

후드득. 떨어져 부딪치는 물방울 소리가 들린다. 마치 오동나무에 떨어지는 소낙비 소리 같다. 아우라지 집 뒤란에 벽오동나무에 후박나무가 있었다. 후박나무와 오동나무는 잎이 크고 넓다. 그 잎에 떨어지는 빗소리는 북소리 같았다. 여름이면 그 그늘이 좋았다. 오동나무 아래 평상을 내놓았다. 아버지는 밥상을 책상 삼아 무슨 글을 썼다.「구절리 폐광에 따른 송천 중금속 오염 실태」라는 논문이라 했다. 시애와 나는 평상에서 놀았다. 시애는 소꿉놀이를 좋아했다. 자기는 엄마, 나는 아버지라 불렀다. 비가 오는 날, 나는 평상에 가지 않았다. 그곳에서 두꺼비가 울었다. 두꺼비가 두려웠다. 나는 부엌 뒷문에 숨어서 두꺼비를 보았다. 두꺼비가 오동나무 밑에 버티고 있었다. 그놈은 작지만 험상궂게 생겼다. 두꺼비는 독을 뿜는다 했다. "두꺼비와 싸워 이기는 짐승은 없어. 어느 짐승도 두꺼비를 잡아먹지 못해." 할머니가 말했다. "뱀이 두꺼비를 잡아먹는다던데요." 시애가 할머니에게 말했다. "새끼 밴 두꺼비 암놈이 스스로 뱀에게 잡아먹히지. 날 잡아잡슈 하며, 뱀에게 대든단다. 그럼 뱀이 두꺼비를 낼름 먹어치우지. 그러면 뱀은 어미 두꺼비가 품은 독으로 죽게 돼. 그러면 두꺼비 새끼들이 뱀 뱃속에서 내장을 파먹으며 자란단다. 죽은 뱀 몸에서 통통하게 살찐 새끼들이 살아 나와." 할머니 이야기는 무서웠다. 쌍침 형님은 두꺼비를 닮았다.

후드득. 오동나무와 후박나무 잎에 빗발이 들었다. 아니다. 철판을 두들기는 빗소리다. 바깥에 소나기가 오고 있다. 더위가 한결 가시고 물이 똑똑 떨어진다. 콧등과 뺨에 물방울이 떨어진다.

흘러내리는 물을 핥는다. 빛이 들어오던 가장자리 틈이 생각난다. 천천히 손을 뻗는다. 어깻죽지가 떨어져나갈 듯 아프다. 손가락에 빗물이 닿는다. 적신 손가락을 핥는다. 몸을 움직여본다. 꼼짝할 수 없고, 통증만 느껴진다. 나는 다시 손을 뻗어 적신 손으로 얼굴을 훑어, 손바닥 물기를 입술로 빤다. 그 짓도 몇 차례 하자 지친다. 손을 뻗을 힘조차 없다. 틈 사이에 손을 밀어넣는다. 칼날 같은 것이 손등을 찢는다. 손을 때리는 빗줄기가 시원하다. 들린 팔이 무겁고 감각이 없다. 틈에서 손을 빼려 해도 손이 빠지지 않는다. 나는 팔을 타고 흘러내리는 빗물을 핥는다. 의식이 가물가물해지더니 다시 정신을 잃는다.

*

무슨 소리가 흐릿하게 들린다.

"어머, 손, 손이 보여요. 트렁크 속에 사람이 있어요. 찾았어요!"

"뭐라고요? 손이 있다고요?"

"트렁크 문을 열 수 없어요. 뜯어내야겠어요. 봐요, 연장 가져와요."

그 외침이 생시인지 꿈인지 알 수 없다. 환청을 들었는지도 모른다.

"손부터 밀어넣으세요……"

"언놈이 여기다…… 문짝을 꽝 쳐닫았군. 고물 문짝이라……"

나는 다시 정신을 잃는다.

내가 실눈을 뜨기는 다른 곳이다. 우선 환하다. 덥지 않아 숨쉬기가 편하다. 흰 벽과 흰 천장이 보인다. 다시 정신이 나간다.

어떤 자극에 나는 눈을 뜬다. 여자가 나를 내려다본다. 흰 가운을 입었다. 나는 눈을 감는다. 무슨 소리가 들린다.

"안 됩니다. 인터뷰할 수 없어요. 봐요. 중태예요. 아직도 의식이 없는 상탭니다. 말을 하다니요?"

"사진만 찍겠다지 않습니까."

"사진 찍어 뭘 해요? 온통 붕대 감았는데. 삼풍백화점이나 가봐요. 취재감이 더 많을 테니."

"사진 찍는 것조차 막을 이유는 없잖아요."

"봐요, 순경 아저씨, 이 사람들 내보내세요. 당신은 뭘 하는 사람이에요. 접견 막겠다 해놓곤, 왜 이 사람들을 들여보냈어요?"

"나가시오. 사건이 해결되기 전까진 면회 불헙니다."

찰칵찰칵 하는 소리가 나고 눈언저리로 빛이 지나간다.

"봐요. 환자가 놀라잖아요. 눈꺼풀 떠는 게 안 보여요? 모두 나가세요. 당신네들은 글자도 못 읽어요? 면회 사절, 절대 안정이란 팻말이 붙었잖아요."

의식이 다시 혼미해진다. 잠이 온다. 이렇게 끊임없이 잠이 오기는 처음이다. 도무지 정신을 차릴 수 없다.

얼마의 시간이 흘렀는지 모른다.

"시우씨!"

누군가 나를 부른다. 눈을 뜨자 형광등 불빛이 눈부시다. 경주씨가 나를 내려다본다.

"나를 알아보겠어요?" 경주씨가 묻는다.

목이 잠겨 말을 할 수가 없다. 다른 여자 얼굴이 보인다. 흰 가운을 입었다.

"이튿날, 미금시 활극 사건이 신문에 나고, 다음날부터 시우씨 실종사건을 신문이 다루기 시작했어요. 삼풍백화점 붕괴 사고 속보에 가려 조그맣게 기사화되긴 했지만. 신문에 조금씩 속보가 나오다, 나흘째부터 제법 크게 다뤄졌지요. 군경이 동원돼서 수색에 나섰구요. 납치범들은 잡히지 않았어요. 암매장이 틀림없다고 단정지었죠. 관음사 일대 야산과, 원진레이온 지하실까지 다 뒤졌죠. 저도 나섰구요. 그런데 시우씨가 납치되고 칠 일째였어요. 시우씨가 어디서 발견된 줄 아세요?" 경주씨가 묻는다.

나는 내가 어디에서 발견되었는지 모른다. 무수히 맞고 나는 정신을 잃었다. 차에 실린 것만 기억한다. 나중에 보니 차 트렁크였다. 살이 익었다. 더위가 물러가고 비가 왔다. 빛이 들어오던 틈새가 있었다. 그 틈새로 빗물이 흘러들었다. 나는 빗물을 핥았다. 그런 모든 기억조차 흐릿하다.

"폐차장이었어요." 경주씨가 말한다. "폭력배들이 시우씨를 찌그러진 폐차 트렁크에 처넣고 문을 닫아버렸죠. 폐차장 인부가 쇠지렛대로 문짝을 뜯어냈어요. 시우씨가 처참한 상태로 그 속에 방치되어 있지 뭐예요. 처음은 시첸 줄 알았어요. 인부와 함께 피투성이가 된 시우씨를 들어내고 보니, 숨이 겨우 붙어 있더군요."

"바깥조차 한증막 같은데, 트렁크에 갇혀 칠 일 동안을 버텨내다니." 경주씨 옆에 있는 여자가 말한다. 흰옷을 입은 간호사다.

"폐차 트렁크 철판이 구겨져 여기저기 틈이 있었던 게 다행이에요. 그 틈이 환기창 구실을 했을 테니간. 이런 점도 생각해볼 수 있어요. 시우씨는 생각이 단순하거든요. 야생적 본능이 시우씨를 살렸을 거예요." 경주씨가 말한다.

"시우씨는 트렁크에 방치되기 전에 이미 중태였어요. 그런 몸으로 칠 일이나 살아 있었다는 건 기적이에요. 삼풍백화점 지하에서 그저께, 박승현 양이 십오일 만에 구출되었지만 박양은 외상이 없었잖아요. 시우씨 경우는 출혈 과다에 우측 경골과 늑골의 골절, 극심한 영양실조, 무엇보다 탈수증을 어떻게 극복해냈는지. 닥터들도 그 점이 의문이래요. 삼풍백화점 생존자와는 상황이 다르죠."

눈꺼풀이 무겁다. 다시 눈을 감는다. 온몸이 쑤신다. 내 다리와 가슴을 딱딱한 무엇이 감고 있다. 머리와 손도 붕대에 감겼다. 몸 어느 부분도 움직일 수 없다. 오른쪽 다리에는 깁스를 했다.

"여기 계신 노경주 씨가 폐차장을 뒤져보자고 처음 제안했대요. 시우씨를 발견한 것도 이분이에요. 생명의 은인이지요. 빗물을 먹을 수 있었던 게 천만다행이에요. 하루만 늦었더라도 사망했을 거예요." 간호사가 말한다.

"신문에 났던데, 성금이 답지한다면서요?" 경주씨가 묻는다.

"시우씨 인간 승리가 신문과 텔레비전에 소개되는 바람에…… 시우씨가 고아에 장애자라고 소개되어 더욱 동정심을 유발했죠. 세상 인심이 각박하다지만 이번 경우를 보면, 아직도 온정은 살아 있어요. 병원비를 대겠다는 익명의 독지가도 나섰구요. 삼풍백화점 붕괴 때 기적적으로 생환된 최명석 군, 유지환 양, 박승현 양

경우와는 다르지요. 그쪽은 매스컴 너무 타 쇼적인 데가 있었잖아요?" 간호사가 말한다.

"정신지체 청년이 폭력배 이권 다툼의 제물로 희생양이 됐다는 내용은 그렇다 치구, 시우씨가 고아는 아니죠. 고향에는 할머니가 계세요. 참, 시우씨는 헤어진 어머니와 누이가 있는데, 그쪽 연락은 없었나요? 신문과 텔레비전을 봤다면 어디서든 연락이 있을 만도 한데?"

"시우씨가 일한 식당 아주머니는 다녀갔어요. 면회 안 된다니간 수박 한 통 놓고 그냥 갔죠."

간호사의 재잘거리는 말이 흐릿해진다. 나는 잠 속으로 빠져든다.

*

눈을 뜨니 낮이다. 사람들이 나를 둘러싸고 있다. 플래시가 터지고 질문이 쏟아진다.

"마시우 씨, 폐차 트렁크에서 언제까지 의식이 있었나요?" "트렁크에 감금되고 엿새째 되는 날 오후에 비가 왔는데, 그때 의식을 회복했나요?" "시우씨도 동성연립주택 사건 현장에 있었죠? 본인도 강변파를 치는 데 직접 가담했나요?"

온몸이 쑤시고 아프다. 간호사가 시우씨 대답을 기대하지 말라고 말한다. 답변을 할 수 있을 만큼 회복되려면 아직도 며칠을 기다려야 한다고 했다. 사람들이 물러가는 소리가 들린다.

다시 옅은 잠에 든다. 강이 흐른다. 강폭이 넓고 물살이 빠르다.

나뭇잎이 물살에 떠내려간다. "물살이 얼마나 빠른지는 나뭇잎을 던져보면 알 수가 있지." 나룻배로 강을 건너며 아버지가 말했다. "마선생, 난 물에 비친 미루나무 그림자만 보고도 물살의 속도를 알지." 팔배아저씨가 말했다. 나는 잠이 없다. 그런데 차 트렁크에 갇히고부터, 시도 때도 없이 잔다. 병실에서도 그렇다. 눈만 감으면 헛것이 보인다. 헛것은 잠에 들 때까지 눈앞에 어른거린다. 강이나 물이다. 트렁크 안에서 소갈증으로 반쯤 미친 탓인지 모른다. 잠이 들어도 물은 잠을 타고 넘어온다. 일렁이는 물이 꿈인지 환상인지 알 수 없다. 그럴 때, 더러 소곤거리는 말소리가 들린다. 그 말조차 꿈인지 생시인지 구별되지 않는다.

"글쎄, 이 친구를 잘 안다니깐요. 뇌성마비 후유증인지 자폐증인지, 하여간 정상적이지 못하다는 소견서도 가지고 있어요. 정초에 우리가 장애복지원에 마시우 씨를 위탁한 적이 있으니까요. 몇 마디 꼭 확인할 말이 있어서⋯⋯"

"자폐증이란 걸 안다면, 시우씨 증언이 무슨 참고가 되겠어요. 지금 상태론 대답도 불가능할뿐더러, 충격을 주면 안 됩니다. 여기가 경찰 지정 병원인 줄 아시죠? 시우씨 취조보다 가해자부터 잡으세요. 미수에 그쳤을망정 그놈들은 살인범 아닙니까. 시우씨에 관한 열쇠는 그자들이 쥐고 있어요. 근본적인 문제는 해결 않고, 벌써 몇 번쨉니까. 지금 상태를 보라니깐요. 아직도 관찰을 요하는 데가 여러 부윕니다."

나는 그런 말소리를 듣는다. 물살이 그 말소리도 쓸고 간다. 물 너울 속에 아버지 얼굴이 얼비쳐 보인다.

나는 눈을 뜬다. 창밖으로 어둠이 내린다. 창 앞에 은행나무는 잎이 무성하다. 잎사귀가 가볍게 떤다. 그 사이로 하늘이 보이고 노을이 아름답다. 여름철, 비 온 뒤에는 노을이 더욱 아름다웠다. 아우라지가 온통 붉은 기운에 취했다. 마음이 평온하다. 병원에 들고 처음 있는 일이다. 걸을 수만 있다면, 걸어서 아우라지로 가고 싶다. 조직과 식구를 영원히 떠나고 싶다. 그 세계야말로 무섭다. 몸을 움직여본다. 숨죽이던 통증이 금방 성을 낸다. 몸 곳곳을 찌르고, 당기고, 쑤시고, 찢는다.

간호사가 들어온다. 링거병을 들고 있다. 이제 보니 나이가 좀 들어 보인다. 둥글넓적한 얼굴에 눈썹을 길게 그렸다.

"특별히 아픈 데는 없나요?"

가만있으면 별로 아프지 않다. 간호사가 링거병을 새것으로 바꾼다. 병에 달린 줄을 팔에 꽂힌 주사침에 연결한다. 팔은 온 데 피멍이 들었다. 피멍을 보자 엉겅퀴꽃이 생각난다. "엉겅퀴꽃이야말로 야생화지. 이 보라색 꽃이 꼭 피멍 같잖아. 가진 자들에게 학대받는 민초들처럼. 그래서 엉겅퀴는 성난 가시를 세워." 아버지가 말했다. 엉겅퀴는 봄과 여름 사이, 더워지는 계절에 꽃을 피웠다. 솔바위오름에서는 지금도 엉겅퀴꽃을 볼 수 있을 터였다.

간호사가 링거병의 속도를 조절한다. 나는 링거주사를 처음 맞아본다. 병이 거꾸로 들린 게 이상하다. 병은 마개가 위쪽을 향해야 내용물이 쏟아지지 않는다.

"회복이 빨라요. 타고난 체질이 무척 건강한가봐요." 간호사가 말하며 웃는다.

경주씨가 왔다 갔냐고 묻고 싶다. 말이 잘될 것 같지가 않다. 나는 말을 잃어버렸다. 간호사가 나간다.

창 쪽으로 눈을 준다. 노을이 지고 있다. 지는 노을은 보라색이다. 엉겅퀴꽃도 보라색이다. 어둠이 천천히 내린다. 대전 지하 공장에서 함께 일했던 식이와 용태가 생각난다. 식이는 너무 아파 일을 못했다. 몸이 꼬챙이같이 말랐다. 용태는 앞을 보지 못했다. 둘은 어느 날 홀연히 지하실을 떠났다. 그 슬픈 얼굴이 눈앞에 스친다. 자꾸만 헛손질을 놀리던 용태의 얼굴이 스쳐간다. "시우야, 앞이 안 보여. 너가 희미하게 보여." 용태가 말했다. 용태는 끝내 장님이 됐는지도 모른다. 나는 옅은 잠에 든다. 꿈속에, 푸른 은행잎이 샛노랗게 물든다. 가을이 왔다. 은행잎이 새떼처럼 나부껴 강으로 떨어진다. 낙엽이 강물에 실려 물살을 타고 빠르게 흘러간다. "오빠, 은행잎을 책갈피에 끼워뒀어." 시애 목소리가 들린다. "은행잎을 문고리 옆 창호지에 붙여. 그럼 창호지에 구멍이 나지 않지." 할머니가 시애에게 말했다.

"마두."

누가 나를 부른다. 눈을 뜨자 쌍침 형님 얼굴이 앞에 있다. 방울눈이 나를 내려다본다. 두꺼비 얼굴이라 너무 놀란다. 뒤쪽에 찡오 형님이 서 있다. 찡오 형님은 양복 윗도리를 어깨에 걸쳤다. 나는 일어나려 애쓴다. 그들 앞에서는 차려 자세를 해야 한다. 몸이 꼼짝을 않는데 통증이 온몸을 누빈다. 머릿골도 바늘로 찌른다.

"그냥 누워 있어. 경과가 어때?" 쌍침 형님이 묻는다.

"마두, 너 매스컴 탔어. 기적의 생존이래." 찡오 형님이 말한다.

"왜 도망쳤어?" 쌍침 형님 말에 무서웠다는 말을 하고 싶다. "도 망치지 않았다면 이런 사고도 없었을 거 아냐. 네가 도망치자 짱 구가 오토바이로 널 뒤쫓았지. 네가 도망갔기 때문에 개떼를 다릿 목에서 만난 것 아냐."

나는 눈을 감는다. 가슴은 연방 펄떡인다. 나는 머릿골이 아파 얼굴을 찡그린다.

"한때, 네가 나를 간병해줬지만, 넌 배신자야. 조직 현장을 이탈 했으니깐. 배신하면 어떻게 되는 줄 알지?" 쌍침 형님이 묻는다.

"나쁜 놈들, 폐차 속에 유기하다니. 치사한 방법이야." 찡오 형 님이 말한다.

"마두, 너 경찰에 나발 불었어?" 쌍침 형님이 묻는다.

나는 눈을 뜬다. 힘들게 머리를 조금 흔든다. 정말이냐고 쌍침 형님이 다그친다. 나는 다시 머리를 흔든다.

"너와 나, 그리고 짱구는 현장에 없었던 거야. 내 말 알겠냐구?" 쌍침 형님이 윽박지른다.

순간, 찡오 형님이 무엇인가 불쑥 내민다. 찰칵하며 칼날이 나 온다. 잭나이프다. 칼끝이 나를 겨눈다. 나는 너무 놀라 숨을 멈춘 다.

"나발 불면 넌 죽어. 지금 죽일 수도 있구." 찡오 형님이 이빨로 말한다.

문이 열린다. 찡오 형님이 얼른 칼을 숨긴다. 간호사가 약봉지 를 들고 있다. 간호사가 쌍침 형님과 찡오 형님을 보고 놀란다.

"우리가 지키고 있었는데, 어디로 들어왔어요?"

"이거 죄송하게 됐수다. 간호사들이 젊은애 둘과 얘기하고 있기에, 우린 그냥 들어왔지요. 우린 시우와 한 식군데, 아직도 면회가 안 되나요?" 찡오 형님이 묻는다.

"어느 누구도 면회가 안 됩니다. 당신네들, 정신 있어요? 여긴 특수병실이에요. 경찰이 상주하고 있어요. 잠시 자리를 비운 모양이지만."

"마군은 부모가 없소. 우리가 보호자요. 치료비나 조금 보태주러 왔소. 죽다 살아난 식구, 얼굴이라도 봐야잖소?" 쌍침 형님이 말한다.

"가세요. 경찰이 어느 누구도 들여보내지 말랬어요. 어서 나가요!" 간호사가 소리친다.

나는 그들을 더 볼 수 없다. 찡오 형님이 잭나이프로 간호사를 찌를 것만 같다. 아니면 발차기로 면상을 날릴 것 같다. 찡오 형님은 구두코에 철판을 붙였다고 키요가 말했다.

"가요. 가면 되지, 뭘 그렇게 목청 높이셔." 찡오 형님이 쌍침 형님에게 머릿짓을 한다.

"얼굴이 못쓰게 됐군. 조리 잘해." 쌍침 형님이 내 눈을 쏘아보며 말한다.

나는 눈을 감는다. 발소리가 들리고 문 여닫는 소리가 난다.

"시우씨, 약 먹어요." 간호사가 말한다.

나는 실눈을 뜬다. 간호사가 내 목을 받쳐 들어준다. 입에 약을 털어 넣고 물컵을 준다. 사레가 들려 재채기를 한다.

"폭력배 맞지요?" 간호사가 묻는다.

284

어떤 말도 할 수 없다. 누가 묻더라도 말을 해서는 안 된다.

"카운터에서 부산스레 말 건 젊은애들은 바람잡이구, 그새 저 두 사람이 여기로 살짝 들어온 게 맞아. 시우씨가 잘 아는 사람들이죠?"

예, 하는 말이 목구멍에서 궁근다. 나는 거짓말을 할 수 없다. 말을 해서는 안 된다. 울고 싶다. 코가 맹맹해진다. 눈을 감자 눈꼬리로 눈물이 흘러내린다.

"어머, 우네. 울지 말아요. 더 묻지 않을게. 대답하기가 괴로운 모양이죠? 잘 자요. 어디가 몹시 아플 땐 거기 벨을 눌러요."

간호사가 나간다. 머릿골의 아픔이 차츰 진정된다.

이튿날 아침이다. 의사 여럿이 왕진을 다녀간 뒤다. 젊은 의사가 병실로 들어온다. 그 뒤를 따라 반소매 점퍼 둘이 들어온다. 아는 얼굴이다. 홍부식당으로 쳐들어왔던 형사들이다. 점잖은 형사와 운전사 형사다. 머릿골이 아파 오기 시작한다.

"어때요? 특별히 아픈 데는 없어요?" 안경 낀 젊은 의사가 묻는다. 나는 입을 다물고 있다. "묻는 말에 대답할 수 있겠어요?"

나는 여전히 입을 다물고, 젊은 의사가 형사 둘을 본다.

"지능에도 문제가 있는데다 쇼크가 큽니다. 아직도 상태가 좋지 않구요. 면담은 간단히 끝내주세요."

"자네, 날 알아보겠지?" 점잖은 형사가 앞으로 나선다. 나는 머리를 조금 끄덕인다. "그날 말야, 사건 터진 날 밤, 어디 있었어? 솔직히 말해." 나는 입을 꼭 다문다. "어디서 강변파에게 납치됐지? 폭행한 녀석들한테 어디서 붙잡혔냐 말야?" 나는 입을 열지 않는다. 속으로만, 다리 부근에서요 하고 대답한다. "동화중학교 뒤쪽 언덕배기 동성연립주택 알지? 사건 나기 전에 자네가 거기 자주 어정거렸다던데? 하루 종일 말뚝처럼 앉아 있는 자네를 봤다고 십이동 주민 여럿이 증언했어. 왜 거기 갔지?"

진땀이 난다. 간호사와 젊은 의사가 나를 본다. 젊은 의사는 팔짱을 끼고 있다.

"자네 패, 키요란 친구 있지? 그 친구가 오토바이로 자네를 연립 앞에 내려주고, 또 싣고 가고 했다던데?" 운전사 형사가 목을 내밀고 묻는다. 나는 입을 다물고 있다. 운전사 형사가 점잖은 형사를 바라본다. "주임님, 이거 묵비권 아닙니까?"

"글쎄. 기억 상실일 수도 있겠지" 하더니, 주임이 묻는다. "그날 밤, 연립주택에 몇이 갔어? 키요와 젊은애들과, 또 누가 갔더랬어? 승용차는 누가 운전했고? 오토바이가 두 대 동원됐다던데, 누가 오토바이 몰았어? 그것만 말해. 그 말만 하면 우린 갈 테니깐."

온몸이 땀에 젖는다. 머릿골이 너무 아프다. 쌍침 형님의 부릅뜬 눈이 떠오른다. 찡오 형님은 잭나이프로 나를 찌르려 했다. 땀에 젖은 가슴이 터질 것만 같다.

"덥다." 내 입에서 그 말이 나온다.

"덥다고?" 주임이 묻는다.

"덥다고. 아우라지 가고 싶다."

정말 덥다. 덥다고 말하자, 아우라지 송천의 시원한 냇물이 떠오른다. 그 물에 몸을 담그고 싶다. 쌍침 형님과 잭나이프로부터 멀리 떠났으면 싶다. 경주씨가 나를 아우라지로 데려다준다고 말했다.

"현선생, 체온계 꽂아봐요." 젊은 의사가 말한다.

간호사가 체온계를 내 겨드랑이에 꽂는다. 이 땀 좀 봐, 하며 간호사가 수건으로 얼굴을 닦아준다.

"자네, 짱구 알지? 자네 조 조장 쌍침이란 자도? 그자들이 그날 밤 연립으로 함께 갔지?" 주임이 내 눈을 똑바로 내려다본다.

나는 숨이 막힌다. 신열에 들뜬다. 어지럽다.

"아, 안 갔어요." 나는 나지막이 뱉는다.

더 할말이 없다. 그 말만 하면 된다. 그 말은 거짓말이다. 눈을 감는다. 몸이 파김치가 된 듯하다. 오한이 온몸을 휩싼다. 병원복이 땀에 젖었다. 간호사가 체온계를 뽑아간다. 여러 말소리가 들린다.

"주임님, 안 되겠습니다."

"그치들 내일 송치해야 하는데, 이거 문제 아냐?"

"일단락지어야 될 것 같은데요."

"열이 삼십구 돕니다. 그만 끝내주세요. 답변은 대충 듣지 않았습니까. 환자는 더 할말도 없는 것 같고, 열이 높아 정신이 혼미한 상탭니다."

발소리가 들린다. 문을 여닫는 소리가 난다. 환자를 계속 관찰해야겠습니다, 하는 말소리가 들린다. 안도의 숨을 내쉰다. 머릿골 아픔이 차츰 가라앉는다.

이튿날이다.

식판 점심밥을 막 먹고 났을 때다. 병실 문이 열리고 경주씨가 들어온다. 헐렁한 검정색 셔츠에 청바지 차림이다.

"이제 일어나 앉았네요. 많이 회복됐다면서요?"

경주씨 얼굴이 깜조록이 그을렸다. 내 무릎에 있는 식기판을 치우고 의자를 당겨 앉는다.

"고, 고마워요." 나는 벼르던 말을 한다.

경주씨가 오면 그 말이 하고 싶었다. 삼풍백화점 붕괴 참사로 501명이 사망, 실종되었다. 나는 그곳에 있지 않았다. 폐차 트렁크에서 죽을 뻔했다. 경주씨가 나를 살려주었다고 간호사가 말했다. 하루만 늦었다면 죽었다고 말했다. 만약 죽었다면 우물터에 있는 아버지를 만났을 것이다. 그곳은 이 세상이 아니라 꿈속 세상이었다.

"고맙긴. 내가 살던 동네라 늘 그 폐차장 앞을 다녔거든요. 그래서 문득 그런 생각이 들었던 거예요. 거기다 유기할 수도 있겠다 싶었지요. 그런데, 어느 폐차 트렁크에 삐죽이 나와 있던 손을 본 거예요."

"손?"

"그래요, 비가 온 다음날이었어요." 경주씨가 웃는다. "병원에서 퇴원하면 제가 시우씨를 고향으로 데려다줄게요. 시우씨가 연고도 없는 도시 생활에 적응하기는 힘에 부쳐요. 더욱 지금 같은 생활은."

경주씨를 보고 있는 것만으로도 마음이 편안하다. 병실 문이 열린다. 간호사가 들어선다. 경주씨가 말을 계속한다.

"정선으로 가면 할머니를 만나겠죠. 할머니와 함께 고향을 지키면, 언젠가 어머니와 누이도 만나게 될 거예요. 그분들이 이 땅에 살아 있다면 언젠가 한번은 고향에 들를 테니깐. 수구초심(首丘初心)이란 말이 있어요. 여우도 죽을 때는 머리를 자기가 살던 굴로 향한다는 말이죠. 모든 생명체는 다 태어나고 자랐던 곳을 잊지 못하는 법이에요."

"시우씨가 그런 말을 이해할까요?" 간호사가 경주씨에게 묻는다.

"이해가 부족하더라도 상관없어요. 머리가 모자란다고 그 수준에만 계속 맞추다 보면 발전이 없어요. 관심을 갖고 계속 말을 들려주고, 말을 시켜야 해요. 장애가 있는 사람에겐 애정 있는 관심이 중요한 교육이니깐요. 그 사람들은 그 점을 민감하게 느낀답니다. 장애자 교사들이 모여 자기네 생활에 관한 말, 예컨대 그 사람들과 관계없는 음식 얘기, 영화 얘기, 껄렁한 사랑 얘기를 하면 장애자들은 관심을 보이지 않아요. 그런데 얘기 내용이, 어려운 장애자 학습훈련 프로그램, 장애자 재활치료, 직업 훈련에 관한 토론 따위면, 그 얘기가 전문지식 의견 교환이라도, 그 사람들은 귀를 쫑긋 세워 듣는답니다. 내용을 이해하지 못해도 자기네 얘기를 한다는 것쯤은 본능적으로 느끼지요."

"재밌네요. 듣고 보니 그럴 것 같아요."

경주씨가 침대에 팔을 걸친다.

"시우씨, 난 고향이 서울 빈민촌 난곡동이에요. 낫골이라고들 말하죠. 그리운 추억을 남길 수 없는 삭막한 동네였어요. 그래도 그 좁장한 언덕길을 허기진 배로 타박타박 오르던 초등학교 저학년 적 하교길이 더러 생각나요. 라면이라도 한 개쯤 남아 있을까 하고 기대하며. 부모님은 시장통에 장사 나가고, 오빠들은 학교에 가고, 낮에는 집이 늘 비어 있었으니깐요. 방 두 개짜리 셋방에 다섯 식구가 살았어요. 동무들이 불던 풍선껌이 왜 그렇게 부럽던지……" 경주씨가 눈꼬리를 훔친다. "시우씨, 제가 재미있는 얘기 하나 해줄게요. 초등학교 삼학년 때였나, 오전 수업 끝나고 집으로 돌아오는 길이었어요. 판자촌 언덕길을 땀 뻘뻘 흘리며 올라갔죠. 위쪽에서 자전거가 쏜살같이 내려왔어요. 피할 짬도 없이 나는 자전거에 부딪혔죠. 배달꾼 아저씨가 어디 다친 데는 없냐며 쓰러진 나를 일으켜주었어요. 코피가 터졌죠. 아저씨가 목에 걸친 수건으로 코피를 닦아주고 휴지로 콧구멍을 막아줬어요. 그리고 학용품 사고 뭐라도 사먹으라며, 주머니에서 오백 원인가, 돈을 꺼내 제게 주었어요. 당시엔 애들이 만질 수 없는 큰돈이었죠. 나는 돈을 받자 너무 기뻐, 아픈 줄도 몰랐어요. 당황해하던 아저씨가 재빨리 자전거를 몰고 가버렸어요. 나도 절뚝거리며 신나게 집으로 달렸죠. 집에 와서 보니 무르팍이 까져 피가 나대요. 물로 씻었죠. 그 나이 땐 씻으면 피가 멎는 줄 알았어요."

"그 돈으로 풍선껌을 샀겠군요." 간호사가 웃으며 말한다.

"물론이죠. 부모님껜 얘기도 않구, 그 돈을 나 혼자 몰래 썼죠. 먼저 풍선껌을 사구요. 문방구에서 갖고 싶었던 색연필, 형광펜도 사구. 연초록 형광펜을 그때 처음 써봤죠. 책가방에 감춰두고 집에선 절대 쓰지 않았어요."

나는 그런 적이 없다. 학교를 다니지 않았다. 누가 내게 돈도 주지 않았다. 돈을 주고 뭘 사먹어본 적이 없다. 싸리골에는 구멍가게조차 없었다. 유천리까지 나가야 상점이 있었다. 경주씨가 손목시계를 보더니 이제 가봐야겠다고 말한다. 간호사가 경주씨에게 전화번호를 알려달라고 말한다. 시우씨는 보호자가 없으므로 무슨 일이 있으면 연락하겠다는 것이다.

"아직 전화도 없어요. 며칠 전 집을 옮겼죠. 쫓겨났어요. 와부로 나가는 쪽 가운동 비닐하우스 한 동을 얻었죠. 그것도 그 하우스 주인 따님이 자원봉사자라, 부모님께 말씀드려 당분간 쓰게 내준 거예요. 무의탁 장애자 일곱 식구와 비닐하우스 생활을 해요. 여름이라 그런대로 견딜 만해요."

"힘들지 않아요?"

"물론 힘들죠. 그러나 제가 아니라도 누군가는 해야 할 일인걸요." 경주씨가 말한다. "시우씨 퇴원은 언제쯤 가능할까요?"

"일주일, 아니 열흘. 그럼 목발 짚고 보행이 가능할 거예요."

"그때쯤 전화 내겠어요."

경주씨가 나를 보고 손을 흔든다.

채리 누나가 문병을 오기는 그 이튿날이다. 주스통을 들고 왔다. 검정 투피스를 입었다. 기미가 잔뜩 앉은 수척한 모습이다. 채리 누나는 배가 도도록하다.

"이젠 많이 좋아졌구나. 머리에 온통 붕대를 감고 있다더니, 붕대도 풀었구. 그동안 고생 많았지?" 채리 누나가 의자를 당겨 앉는다. "쌍침 형님이 안부 전하랬어. 고맙다구. 사건이 일단락됐어." 채리 누나가 문 쪽을 돌아본다. 나 이외 아무도 없다. 채리 누나가 작은 소리로 말한다. "너가 입다물어 쌍침 형님과 짱구는 무사하게 됐단다. 키요와 종태, 해방촌과 금곡으로 출정 나간 신입 애들 여덟은 검찰로 넘어갔지. 곧 재판을 받게 될 거야. 그쪽이 여덟, 도농동 연립 쪽에 셋이야. 연립 쪽 신입 둘은 도망갔어. 어디에 숨어 있겠지. 너를 차에 싣고 납치해간 패는 아직 안 잡혔구. 퇴원하면 다시 나랑 함께 일해야지. 여름이라 장사도 신통찮지만. 돌쇠혼자 있어."

"키요, 수갑 찼어요?"

"그래. 재판 받으면 키요는 서너 해쯤 감옥에서 살아야 할 거야. 칼질을 해서 중상을 입혔으니깐. 다른 애들은 초범이라 한두 해쯤 살겠지. 소년원에 넘어갈 애들도 있구."

칼질은 짱구 형이 했다. 롱다리가 연립주택 마당으로 끌려나왔다. 롱다리를 확인하자, 짱구 형이 일본도로 내리쳤다. 키요는 도망가는 땅개를 쫓아가고, 그 자리에는 없었다.

"나, 아우라지, 아우라지 살겠어요."

나는 조직을 떠나고 싶다. 아우라지로 돌아가고 싶다.

"시골에 가면 뭘 하니. 젊은이들은 모두 도시로 나와버렸는데. 할머니 보고 싶어?"

"할머니? 보고 싶어요."

"하긴 그래. 넌 농사를 잘 지을 거야. 옥상에다 채소밭도 가꾸고 닭도 쳤으니."

"닭요? 있어요?"

"너도 없는데 누가 모이 줄 사람이 있어? 키요는 자수해서 수갑 찼구, 짱구는 교문리에 숨어 있었구. 돌쇠가 며칠 뒤에 가보니, 닭이 모두 죽었더래. 닭다리를 붙잡아 매놔서."

"주, 죽었어요?"

"그래. 너가 닭 잡아 형님 보신시켜준다 했는데, 아깝게 됐지 뭐야."

트렁크에 갇혀, 나는 살았다. 옥상에서 닭들은 죽었다. 닭다리는 내가 묶어두었다. 밭을 망가뜨렸기 때문이다.

"나 그럼 갈래. 퇴원할 때 오마." 채리 누나가 일어선다.

채리 누나가 가고, 이튿날이다.

의사가 내 팔의 깁스를 뗀다. 병실을 옮긴다. 환자 넷과 함께 있는 병실이다. 나는 일어나 앉을 수 있다. 부축을 받고 화장실 출입도 한다. 다음날 저녁, 간호사가 휠체어에 나를 앉힌다. 오른쪽 다리에 아직도 깁스를 하고 있다. 간호사가 휠체어를 민다. 병원 뜰로 나온다. 오랜만에 싱그런 나무를 본다. 잔디밭에는 비둘기가 모이를 줍는다. 새소리도 듣는다. 쌍칼 형님도 휠체어를 탔다.

이튿날부터는 내가 휠체어를 밀고 다닌다. 너무 빨리 달리면 안 된다고 간호사가 말한다. 나는 천천히 휠체어를 민다. 조종을 잘못해 벽이나 사람과 부딪히기도 한다.

며칠이 지난다. 나는 목발을 짚을 수 있게 되었다. 병실에서 걷는 연습을 한다. 쌍칼 형님도 그랬다. 낮 더위가 한풀 꺾이는 저녁 무렵, 뜰로 나온다. 목발을 짚고 잔디밭을 걷는다. 비둘기는 도망가지 않는다. 소풍 나온 환자들이 비둘기 먹이를 던져준다.

*

다시 며칠이 지난다.

아침에, 의사가 다리의 깁스를 떼어준다. 다리가 가볍다. 간호사가, 오후에 퇴원을 하게 될 거라고 말한다.

"퇴원요?"

"이제 집으로 돌아가요. 한쪽 목발만 짚으면 걸을 수 있잖아요."

"집? 어느 집요?"

간호사가 어느 집을 말하는지 알 수 없다. 내가 갈 곳은 국숫집 옥상이 아니다. 아우라지 싸리골이다.

"연락이 닿았어요. 노경주 씨가 올 거예요." 간호사가 말한다.

병실 환자들이, 퇴원을 하게 돼서 좋겠다고 말한다. 경주씨가 빨리 왔으면 싶다. 간호사가 쇼핑백을 들고 들어온다.

"사복 갈아입으세요."

화장실로 들어가서 환자복을 벗는다. 풀색 남방과 청바지를 입는다. 화장실에서 나오니 경주씨와 채리 누나가 병실로 들어온다. 채리 누나가, 퇴원을 하게 돼서 기쁘겠다고 말한다. 경주씨는, 무사히 퇴원을 하게 되어 다행이라고 말한다.

"시우씨, 목발 짚고 혼자 걸어봐요." 경주씨가 말한다.

"마시우 씨, 잘 가요." 간호사가 말한다.

간호사는 친절했다. 이제 헤어지게 됐다. 목발을 짚고 병원 현관을 나선다. 더운내가 와락 얼굴을 감싼다. 경주씨와 채리 누나가 뒤따른다. 햇빛이 눈부셔 얼굴을 찡그린다. 나무 그늘 아래, 선글라스를 낀 쌍칼 형님이 이쪽을 본다. 가슴이 뛴다. 쌍칼 형님이 걸어온다.

"수고했어."

쌍침 형님이 내 어깨를 치곤 앞서 걷는다. 채리 누나가 나를 부축하려 한다. 경주씨가, 혼자 걷게 놔두라고 말한다. 쌍침 형님이 흰색 승용차 뒷문을 연다. 굴집 동네로 쳐들어갈 때의 승용차가 아니다. 쌍침 형님이 내게 타라고 말한다. 나는 조심스럽게 승용차에 오른다. 목발을 발치에 눕힌다. 채리 누나가 조수석에 앉는다.

"타슈." 쌍침 형님이 경주씨에게 말한다.

경주씨가 내 옆자리에 탄다. 승용차가 병원 정문을 빠져나간다. 모두 말이 없다. 차는 네거리에 멈춰 선다. 옆에 오토바이 한 대가 붙어 선다.

"고생 많았어."

오토바이를 탄 치가 나를 본다. 선글라스를 낀 짱구 형이다.

"우리가 항구에서 올라올 땐 여섯 식구였다." 쌍침 형님이 말한다. "여섯 식구가 이젠 세 식구로 줄었어. 셋은 이 무더운 날, 원생살이 하느라 답답해서 미치겠지. 우린 그 식구를 잊으면 안 돼. 마두, 내 말 듣고 있지?"

나는 키요, 합죽이, 킹콩을 떠올린다. "진짜 보스는 자기 식구들을 잘 챙겨야 해." 키요가 말했다. 사고 치면 군에서 빠진다더니, 수갑을 찼다. 짱구 형은 사고 쳐도 수갑을 차지 않았다. 오토바이를 타고 있다.

"시우씨를 고향으로 보내줘요." 경주씨 말에 쌍침 형님이 대답을 않는다. "시우씨는 지금 생활이 맞지 않아요."

"물불 안 가리던 스무 살 전후는 이런 생활도 괜찮았소. 반항기의 절정이니깐. 낡은 틀을 깨부수는 스릴도 있었구. 마음대로 하니 거칠 게 없었구. 그러나 지금, 맞지 않는 생활을 하고 있긴 나도 마찬가지요. 폭력배가 좋은 직업은 아니지요." 쌍침 형님 대답이 무겁다.

"모르긴 해도 시우씨가 그 조직에 반드시 필요한 일꾼 같지는 않은데요."

"그건 우리가 판단할 문제요."

"시우는 착한 청년이에요. 시키는 일 고분고분 잘하고 정직해요. 시우를 보면 안쓰러운 만큼, 마음이 편안해요." 채리 누나가 말한다.

"사람을 관찰하면 쓸모 있는 부분이 눈에 띄게 마련이지요. 시우씨는 제가 하는 일도 도울 수 있어요. 장애 정도가 심하지 않은 장애인이 중증 장애인 손과 발이 되어주는 사례는 흔하니깐요. 그러나 시우씨는 자연과 함께 사는 게 훨씬 적성에 맞아요. 그 길이 장애자 한 사람을 갱생시키는 옳은 길이라면, 주위에서 도와줘야지요. 시우씨를 진정으로 사랑한다면 말입니다." 경주씨가 말한다.

"생각해보겠소. 우린 동생공사하기로 맹세한 형제라 그렇게 쉽게 포기할 수는 없소." 쌍침 형님이 말한다.

쌍침 형님에게 아우라지로 보내달라는 말을 할 수 없다. 쌍침 형님이 넌 아우라지로 돌아가, 하고 말해야 한다.

승용차가 호텔 뒤 주차장으로 들어선다. 우리는 승용차에서 내린다. 짱구 형이 먼저 와 있다. 점심 안 먹었을 테니 냉면이나 먹자고 채리 누나가 말한다. 냉면은 양이 적다. 미미와 먹은 적이 있었다. 나는 목발에 의지하여 걷는다. 쌍침 형님은 이제 절뚝거리지 않는다. 짱구 형이 내 옆에 붙는다.

"미금시청이 있는 금곡, 해방촌, 덕소 유원지까지 몽땅 먹었어. 강변파 보스는 비행기 타고 입국하다 그 소식 들었지. 여기 발도 못 붙여 서울에 주저앉았구. 도수 형님이 우리 조직에 들어왔지. 도수, 그치 너 봤지? 선거 전에 단란주점에 자주 들랑거렸잖아."

"사파리?" 나는 그치가 누구인지 금방 안다. 각진 턱이 떠오른다.

"맞아, 사파리 입은 치. 강변파를 팔았으니 그쪽에서 보자면 배신자야. 도수 형님은 서열상 불곰 형님, 찡오 형님 다음으로 정해졌대. 당분간 해방촌 일대와 먹자빌딩을 계속 관장한다나. 말이 안 되는 소리야. 치타작전 일등공신이라지만 도수 그치는 적군 사단장 아냐. 간에 붙고 쓸개에 붙는 박쥐 같은 치를 중용하니 쌍침 형님이 심통이 날 수밖에. 쌍침 형님 서열이 도수 아래 아냐. 형님은 하부 조직이 없다나. 충성하다 모두 국립호텔 갔으니 그럴 수밖에. 보스께서 뭔가 우리 형님을 오해하는 것 같아. 하여간 강변파 쥐떼는 깨졌어. 구리시와 미금시는 이제 천하통일이 된 셈이야. 강변파 쥐들이 우리 쪽에 모두 붙었지. 땅개를 포함해서 잔챙이 칠팔 명만 토꼈어. 기회를 노리겠지만, 어림없어. 이제야 무슨 힘을 쓰겠니. 잡히기만 하면 병신 될 텐데." 나는 듣고만 있다. 짱구 형이 계속 말한다. "그날 밤 금곡역 주변, 해방촌 먹자빌딩 일대는 진짜 전쟁터를 방불케 했대. 우리 쪽에서 서른다섯 명이나 동원됐다잖아. 중무장해서. 놈들 아지트와 업소를 닥치는 대로 쳤대. 경찰도 출동은 했지만 기가 질려 수수방관했구. 금곡은 불곰 형님, 해방촌은 찡오 형님이 총지휘했는데, 작전 시작에서부터 삼십 분만에 상황이 끝났대."

우리는 냉면집으로 들어간다. 에어컨 바람이 시원하다. 쌍침 형님이 문 앞 가운데에 자리잡는다. "협박으로 조질 때 말구, 어디든 코너는 피해야 해. 코너에선 꼼짝없이 당하게 돼. 치고 튀기 좋은, 문 앞 중앙을 차지해야지." 언젠가 키요가 말했다.

채리 누나가 냉면 다섯 그릇을 주문한다. 고생한 마두 잘 먹여야 하는데, 하며 메뉴판을 본다. 왕만두 이 인분을 추가로 시킨다. 옆자리 손님들이 휴가 다녀온 이야기를 한다. "인차인해(人車人海)에, 해수욕장은 그야말로 물 반, 사람 반이야. 피서는커녕 몸살만 앓고 왔지." 줄무늬 티셔츠가 말한다.

"마두도 목발 떼면 휴가 겸해 고향에 한번 보내줘요. 어쨌든 너무 고생했잖아요. 강원도 정선은 산 깊고 물 좋은 고장이라던데." 하곤, 채리 누나가 쌍침 형님 눈치를 본다.

쌍침 형님은 대답이 없다. 늘 그렇듯 무뚝뚝하다.

"형님, 마두 할머니가 살아 계시대요. 일박 이일이면 돼요. 내가 오토바이로 데려갔다 데려올게요." 짱구 형이 말한다.

경주씨는 쌍침 형님을 보고만 있다. 무슨 말을 할 듯하다 참는다. 나는 할머니가 보고 싶다. 이맘때면 찐 옥수수를 자주 먹었다. 마을 주위에는 옥수수 밭이 많았다. 씨알 굵은 옥수수가 주렁주렁 달렸다. 주문한 음식이 온다.

"먹지." 쌍침 형님이 그 말만 한다. 형님이 냉면에 식초를 치다 짱구 형을 본다. "짱구, 우리가 시원한 데 앉아 냉면 먹을 때 키요, 합죽이, 킹콩은 뭘 하고 있겠어? 이 더위에 호텔방에서 썩고 있잖

아. 잠잘 때 빼고 우린 그 식구를 잊으면 안 돼. 휴가가 어디 당할 소린가."

짱구 형이 고개를 숙인다. 냉면 그릇에 면상이 빠질 것 같다. 아무도 말이 없다. 채리 누나가 왕만두 두 개를 내 앞접시에 덜어준다. 우리는 말없이 냉면을 먹는다. 냉면 육수가 송천 냇물처럼 시원하다. 그 냇물에서 멱 감던 생각이 난다. 내 몸이 쌀알이라면 좋겠다. 냉면 육수에 멱 감을 수 있다.

냉면을 먹고 나자 경주씨가 먼저 떠나며, 시우씨 조리 잘하세요 하고 말한다.

"마두는 목발이 필요 없을 때까지 옥상에서 지내. 짱구가 돌봐주구." 쌍침 형님이 말한다.

우리 식구는 냉면집에서 나온다. 쌍침 형님과 채리 누나는 호텔 지하 업소로 간다. 짱구 형과 나는 국숫집으로 걷는다. 목발을 짚고 옥상 계단 오르기가 힘들다. 짱구 형이 부축해준다.

"저녁때 올게. 햄버거 사오면 되지? 그동안 푹 쉬어."

짱구 형이 떠난다. 나는 옥상에 혼자 남는다. 뙤약볕이 뜨거워 시멘트 바닥이 후끈하다. 화단 쪽으로 목발을 옮긴다. 상추는 키만 자랐다. 잎은 불볕에 녹아버렸다. 고춧대는 쓰러졌다. 잎은 바싹 말랐다. 토마토 줄기는 땅으로 누웠다. 꽃삽과 물뿌리개가 시멘트 바닥에 나뒹군다. 철쭉나무도 마르고 있다. 상추 줄기 사이로 잡초가 자란다. 여뀌와 질경이이다. 나는 여뀌를 본다. 가느다란 줄기 끝에 꽃이 피었다. 꽃 같지 않은 꽃이다. 수수처럼 빽빽이 붙은 씨앗이다. 이삭이 고개를 숙였다. 가을이면 바람 따라 날려갈 풍매화이다. "시우야, 들풀의 생명력은 대단하단다. 환경의 어떤 악조건도 이겨내지. 일 년에 삼십 분 정도 여우비가 내리는 사막에도 자라는 풀이 있어. 삶이 괴롭고 견디기 어려울 때, 나는 이 들풀을 보지. 그러면 풀이 내게 말한단다. '우리를 봐요. 우리를 보고 이겨내요. 고통 속에 생명의 진정한 가치가 있다오.' 그래서 나는 화사한 꽃보다 거친 땅에 자라는 이런 꽃이 더 아름답게 보여." 어느 가을날, 아버지가 길섶 강아지풀을 보고 말했다. 여뀌와 질경이가 그렇다. 나는 여뀌나 질경이다. 폐차 트렁크에서 살아났다. 옥상에서 할 일이 없어 걸음을 돌린다. 개미떼가 열심히 한쪽으로 몰려간다. 닭 네 마리가 죽었다. 닭 발목에 노끈이 매였다. 닭은 형체가 없어져 뼈와 털만 남았다. 구더기가 썩은 살에 오물거린다. 개미들이 열심히 남은 살을 뜯어낸다. "시우야, 개미는 정말 부지런해. 농사를 짓는 개미도 있다니깐. 나뭇잎을 잘라 굴 속으로 나르고, 그 나뭇잎을 잘게 썰어 거름을 만들고, 그 거름으로 버섯을 키우지. 그 버섯을 양식으로 삼아." 아버지가 말했다. 꽃삽으로 형체만 남은 닭의 시체를 화단으로 옮긴다. 흙 속에 묻는다. 뼈는 좋은 거름이 된다.

*

이튿날부터 나는 옥상에 혼자 남는다. 화단을 정리한다. 고춧대와 토마토 줄기를 뽑아낸다. 빈 화단에 거름 주고 씨앗을 심고 싶다. 그 일 외, 옥상에서 다른 할 일이 없다. 쥐도 보이지 않는다. 쌍침 형님이 늘 그랬듯, 목발을 짚고 걷기 연습을 한다.

가정식 밥집에서 아침밥 먹던 때다. 짱구 형에게 말한다.

"형, 거름 있지? 거름하고 씨, 배추씨 사다줘요."

"화단에다 김장감 갈게? 잘될까?"

"잘, 돼요."

"그러지 뭐." 짱구 형이 한참 뒤 말한다. "요즘 바빠. 새끼 여섯을 뽑았거든. 우리 조야 이제 너와 나밖에 더 있냐. 형님과 내가 새끼들 훈련시키지. 셋은 집에서 출퇴근, 셋은 쪽방에서 살아. 사건 나고 형님 뿔났어. 해방촌 먹자빌딩은 찡오 형님이 맡더라도, 덕소 유원지 정도는 맡아야 하는데, 아무것도 못 넘겨받았잖아. 새끼 둘 호텔 보내고, 털털이지 뭐냐. 요즘 도수 형님과 암투가 심해. 조직 안에서도 꺾기를 잘해야 실력자가 되거든. 넌 그런저런 사정 몰라도 되지만 말야."

그날, 해가 진 뒤다. 짱구 형은 돌아오지 않는다. 나는 배가 고프다. 점심은 아침에 사다둔 도넛으로 때웠다. 배가 고플 땐 물을 먹는다. 수돗물로 배를 채우고 텔레비전을 본다. 뉴스 시간이다. 말복을 넘겨도 더위는 계속된다고 아나운서가 말한다. "……오늘 대구 낮 기온이 이십팔 도였습니다. 그러나 계절의 순환은 어쩔수 없어, 동해 해수욕장은 벌써 철시가 되어 한산해졌습니다." 화면은 썰렁한 해수욕장 풍경이다. 물결이 모래톱을 핥는다. 시커먼스티로폼과 신문지가 모래톱에 쏠리고 있다. "……지난달, 태풍으로 인한 유조선 시프린스호의 난파로 남해 청정해역이 온통 기름띠로 덮였던 기억이 새롭습니다. 아직 청정해역 남해안에는 그 상처가 곳곳에 널려 있습니다. 자연은 우리가 소중히 가꾸고 지킬 때, 그 혜택을 인간에게 되돌려줍니다."

문께에서 인기척이 느껴져 바깥을 본다. 어둠 속, 철문이 살며시 열리고 여자가 들어선다.

"총각 있어요?" 홍부식당 연변댁이다. "마씨 여기 있네." 연변댁은 물색 원피스를 입었다. "총각이 크게 고생한 사건, 텔레비전에서 봤습네."

"아, 안녕하셨습니까."

"아직도 목발 짚나보네요. 그동안 얼마나 고생 많았습네까."

연변댁이 다소곳이 의자에 앉는다. 여윈 얼굴에 머리칼이 부스스하다. 비닐백에서 비닐봉지를 꺼낸다. 찐 옥수수 두 개를 내놓는다. 노란 옥수수와 회색 점박이 옥수수다. 먹읍세다, 하며 연변댁이 한 개를 내민다. 따뜻한 옥수수를 받는다. 옥수수가 먹고 싶었다. 아우라지 시절, 시애는 줄 따라 옥수수를 파먹었다. 나는 기계총 난 머리처럼 옥수수를 여기저기 파먹었다.

"짱구란 청년, 아직 안 들어왔네요?" 연변댁이 가건물 안을 둘러본다. "여기서 짱구란 분과 함께 자요?"

"잡니다."

"총각이 저를 도와주세요. 전 빨리 연변으로 돌아가야 해요. 그런데 아주머니가 월급을 안 줍네. 식당에서 일한 지 다섯 달이나 됐는데, 이부 오리 이자를 쳐서 함께 주겠다고 하고선 여태껏…… 애아버지가 산판에서 벌채 노동하다 크게 다쳤습네. 겨우 목숨은 건졌는데 사경을 헤매고 있답네. 큰딸애 편지가 왔습네다. 달러 벌이도 집어치우구, 엄마가 빨리 와야 한다구. 서둘러 배 타려구 아주머니께 맡긴 돈 달라니깐, 당장 돈이 없다며……"

연변댁 말이 울음에 잠긴다.

연변댁이 손수건으로 눈물을 닦는다. 나 역시 흥부식당에서 일했다. 월급을 받아본 적 없다. 일하고, 먹고, 잤다.

"짱구란 청년이 동무와 함께 식당에 오고, 잠시 후 인희 아버지가 왔습네다. 두 청년이 인희 아버지를 협박질하더니, 데리고 나갔습네다. 그러곤 어찌된 일인지, 인희 아버지가 다시는 식당에 나타나지 않았습네다. 아주머니께 물으니, 주먹패를 돈 주고 샀답디다. 마씨 데려간 그 주먹패가 구리시 황금호텔에 있다는 걸 알았습네다. 공일날이라 낮에 여기로 와서 총각과 그 청년을 여태 찾았지 뭡네까. 구두 닦는 아저씨가 여기로 가보라구……"

나는 옥수수 한 개를 금방 먹어치운다. 연변댁이 손목시계를 본다. 연변댁이, 와부나 덕소로 가는 막차가 몇 시에 있냐고 묻는다. 나는 그 시간을 알 수 없다.

짱구 형이 옥상으로 오기는 한참 뒤다. 짱구 형이 철문으로 들어서서 무엇인가 철문 옆에 내려놓는다. 연변댁이 가건물 밖으로 나간다. 내게 했던 말을 짱구 형에게 되풀이한다.

"……제발 이 불쌍한 해외 동포를 도와주십세요. 애아버지가 피를 많이 흘려 다 죽게 되었습네다. 그 돈 받으면 내일이라도 인천에서 배 타야 합네다. 배만 타면 사흘 밤낮 걸려 길림성 화룡현에 들어갈 수 있습네다."

연변댁이 짱구 형에게 통사정을 한다. 짱구 형도 말없이 가건물로 들어선다. 봉지를 내게 던진다. 만져보니 빵이다. 짱구 형이 의자에 앉는다.

"나보고 그 돈 찾아달란 말씀이군?" 짱구 형이 묻는다.

"제가 열심으로 일해서 번 돈입네다."

"공갈 쳐달라는 말인데, 경찰을 찾지, 왜 날 찾수?"

"경찰서에도 갔습네다. 서로 타협하라고만……"

"그럼 타협해보슈." 짱구 형 말이 퉁명스럽다.

"아주머니와 타협이 안 돼 찾아왔습네다. 계 탈 때까지 두 달 기다리랍네다."

"그럼 기다리면 될 것 아뉴. 아줌마가 간다고 서방이 자리 차고 일어날 것도 아닌데."

연변댁이 무릎을 꿇고 짱구 형 바짓가랑이를 붙잡는다. 눈물 글썽한 눈으로 애원한다.

"이부 오리 이자 쳐준다기에 전에 일한 식당서 받은 돈까지 맡겼습네다. 이자는 관두고 원전만 오백만 원입네다. 제발 원전이라도 받아주십시오."

"은행에 넣어두면 되지 왜 개인한테 맡기긴 맡기슈. 중국에는 은행 없수?"

"우리 사는 마을에는 은행 없습네다. 경제가 자본주의 받아들이구 도시에만 은행 있습네다."

"그 보슈. 아줌마도 돈에 눈깔 뒤집혔구려. 이자 많이 준다니 털썩 맡겨? 돈도 눈이 있다우. 돈이 지남철이오? 막 붙게. 돈 터지는 놈이나 사채놀이로 돈 붙이지."

"잘못했습네다. 한푼이라도 더 벌어가려구…… 내 죄 많습네다. 총각, 제발 어떻게 도와주십세요. 객지 동포들 어려운 사정 이해 해주시구……"

"지난번 그 일을 키요가 맡아 내가 끼어들긴 했지만, 사실 그런 쩨쩨한 일에 나서긴 싫수다."

"은혜 잊지 않고, 사례하겠습네다."

"사례가 문제 아뇨." 짱구 형의 목소리가 눅어든다. "하여간 한 국 종자들은 알아줘야 해. 문둥이 콧구멍에 마늘 빼먹기지, 불쌍 한 해외 동포 돈 갈취하겠다니."

연변댁이 비닐백에서 편지를 꺼낸다. 딸애 편지라며 짱구 형에 게 내보인다. 짱구 형은 편지를 받지 않는다. 연변댁이 어깨 들먹 이며 흐느낀다.

"짜, 짱구 형." 내가 나선다.

"왜, 너가 해결해주겠다는 거냐?"

"해결? 내 돈……"

내 돈은 채리 누나가 보관하고 있다. 통장에다 적금 넣는다고 했다. 나는 그 돈을 연변댁에게 주고 싶다.

"짜샤, 웃기지 마." 짱구 형이 나를 보고 피식 웃곤 연변댁을 내 려다본다. "아줌마, 돌아가슈. 만약 내가 못 나서더라도 사흘 안에 해결해드리리다."

연변댁이 고맙다며 짱구 형에게 절을 한다. 사례를 하겠다고 말 한다.

"사례는 관두슈. 백두산 구경 갈 때 길안내나 해주슈. 그런 날이 올는지 모르지만."

연변댁이 짱구 형에게 거푸 절을 하고 옥상 마당으로 나선다. 짱구 형이 철문을 잠그고 돌아온다.

"서방은 마누라 기다리다 죽고, 여편네는 여기 주저앉아 샛서방 꿰차면, 중국 있는 자식들은 고아가 되겠지." 짱구 형이 혼잣말 하며 의자에 앉는다. "돌아갈 집과 가족이 있는 자는 행복해."

짱구 형이 내 손에 들린 빵봉지를 나꿔챈다. 왜 안 먹어, 하며 팥빵을 내게 준다. 자기도 빵을 먹는다. 짱구 형은 부모 얼굴을 모른다. 나는 부모 얼굴을 안다. 짱구 형은 고아원 출신이다. 나는 고아원이 아닌 아우라지에서 자랐다. 짱구 형은 빵 한 개를 먹고 만다. 나머지 빵 두 개는 내가 먹는다. 짱구 형은 멍하니 앉아 말이 없다.

"그 여편네 보니 마음이 안 잡혀. 잠도 올 것 같잖구. 마두, 바람이나 쐬고 올까. 넌 너무 갇혀 지냈어."

"바람? 바람 안 불어요."

"그 바람 말구, 운동해야 목발 떼지. 쪽방 한바퀴 돌자. 새끼들 숙소도 거기 있어."

짱구 형이 일어선다. 나는 나가기 싫고 쪽방 거리는 더욱 싫다. 뽕 마시는 애들이 많이 뀐다. 나가자구, 하며 짱구 형이 말한다. 나가지 않을 수 없어 목발을 옆구리에 낀다. 옥상 마당으로 나선다. 무엇인가 목발 앞을 휙 지나간다. 쥐다. 옥상 쥐는 사귈 수가 없다. 먹이를 놓아두면 어느새 먹고 사라진다.

"마두, 너 부탁한 것 사왔어. 닭똥 세 부대에, 배추씨."

짱구 형이 철문 옆을 가리킨다. 희끄무레한 부대 더미가 보인다. 어두운 계단을 내리 걷는다. 조심스럽게 목발을 옮긴다. 짱구 형이 내 겨드랑이를 잡아준다.

우리는 한길로 나선다. 밤 외출하기가 오랜만이다. 한길은 밝고 통행인이 많다. 음악 소리가 시끄럽다. 리어카와 좌판장사꾼들이 인도에 널렸다. 푸성귀 장수, 액세서리 장수, 과일 장수, 일용품 장수들이다. 늦은 시간까지 그들은 호객을 한다. "넌 장사를 못해. 셈을 못하니깐." 키요가 말했다. 그는 지금 국립호텔에 있다.

"여기서 기다려. 오토바이 빼내올 테니."

짱구 형이 호텔 주차장으로 간다. 잠시 뒤, 오토바이를 몰고 나와 타라고 말한다. 나는 뒷자리에 앉는다.

"경주씨가……" 나는 경주씨가 보고 싶다.

"나도 못 봤어. 내가 조만간 모시지. 널 비닐하우스로 데려다주든가. 거느리는 사람이 늘었나봐. 그 사람들 먹여 살리려면 경주씨도 바쁠 테지."

오토바이가 네거리를 지난다. 금방 쪽방 거리에 도착한다. 한창 성시다. 오토바이가 뒷거리로 꺾어든다. 술집, 밥집, 장급 여관, 노래방, 비디오방, 전자오락장, 패스트푸드점, 24시간 편의점이 촘촘하다. 색색의 불빛과 온갖 소리가 넘쳐난다. 컴컴한 그늘 아래 새내기들이 어슬렁거린다. "저 젖냄새 나는 것들? 저애들이 사슴이라면, 우린 하이에나야. 꼰대가 집에 데려다놓으면 또 뛰쳐나와. 자동 스프링이야. 구속 안 받는 이 생활이 좋대." 키요가 말했다. 대전서 몇 달을 함께 지낸 풍류 아저씨도 그런 말을 했다. 구속이 싫어 직장을 그만뒀다고 말했다. 자신을 자유인이라고 말했으나, 거지였다.

짱구 형이 오토바이를 천천히 몬다. 골목길에 널린 새내기들을 훑어본다. 아는 면상에게 고갯짓도 한다. 짱구 형이 오토바이를 멈춘다. 새내기 다섯이 모여 담배 연기를 내뿜는다.

"마두, 너 한코 할래? 키요 말 들으니 홍부식당 아줌마와는 그짓 한 모양이던데?" 나는 대답하지 못한다. "내가 꽁치 한 마리 붙여주지."

짱구 형이 오토바이에서 내리자 나도 목발을 짚고 내린다. 짱구 형이 새내기들에게 다가간다. 운동모 둘, 짧은 머리 둘, 젤로 머리카락을 세운 까치머리 한 녀석이다.

"오늘 쪼깐 빨았어?" 짱구 형이 까치머리 어깨를 건드리며 묻는다.

"형이슈." "짱구 오빠네." 운동모와 짧은 머리가 짱구 형에게 알은체한다.

"넌 한탕 뛰었어?"

짱구 형이 빨간 운동모 어깨를 친다. 눈화장이 짙다. 허벅지까지 잘라낸 청바지다.

"아직은요. 앞길로 나가볼래요. 뽕간 아저씨 잡아야지."

"어때, 이치?" 짱구 형이 나를 턱짓한다.

"방값 벌어야 하는데, 공짜?"

"내가 주면 될 것 아냐. 이치도 우리 식구야. 쥐떼 박살낼 때 칼침 맞아 다리가 쪼깐 뽀개졌지만. 알아두면 손해 볼 것 없어."

운동모가 나를 훑어본다. 넓적통통한 상판에, 배꼽티를 입었다.

"오빠, 공짜는 사양하고 싶어. 마수도 안했거든." 운동모가 소리 나게 껌을 씹는다.

"너 몇 살이야?" 짱구 형이 대뜸 시비조다.

"열여섯, 왜?"

"이 바닥서 놀려면 조심해."

"형, 왜 그래? 수희가 싫다곤 안했잖아" 하곤, 검정 운동모가 수희에게 말한다. "쪽방 비었잖아. 후딱 끝내줘."

"왠지 싫어. 내 맘대로지 뭐." 수희가 목발 짚은 나를 훑어본다.

나도 싫다. 나는 목발을 옮긴다.

"마두, 가지 마!" 짱구 형이 외친다. 짱구 형이 수희 청바지 허리춤을 나꿔챈다. 낮은 목소리로 윽박지른다. "좋게 말할 때 함께가. 여기가 어느 바닥인 줄 알아?"

수희가 움찔한다. 다른 넷은 말이 없다.

"하는 수 없지. 목발오빠, 같이 가요." 수희가 시들하게 말한다.

수희가 낭창하게 걸어와 내 팔을 낀다. 나는 그 짓을 하기 싫다. 목젖이 잠겨 말이 나오지 않는다.

"끝나면 추어탕집 뒷방에 보내줘. 새끼 셋 있는 방 알지? 거기오면 씹값 주마." 짱구 형이 말한다.

나는 수희란 새내기를 따라간다. 담과 담 사이, 골목길로 빠진다. 겨우 두 사람이 비켜갈 수 있는 컴컴한 골목이다.

"오빤 왜 말이 없지? 많이 굶었나봐?"

"굶어? 빵 먹었어."

"오빠, 돈 있으면 부탄가스 두 통 값만 줘."

"값? 없어."

"오늘 초장은 미꾸라지 잡았군. 어쨌든 좋아. 이번만은 공짜로 주지 뭐."

수희가 어느 집, 열린 철대문 안으로 들어간다. 마당이 없고 쪽 방들이 붙어 있다. 방 하나에서 랩음악이 쏟아진다. 손뼉 치며 노래 부르는 방도 있다. 수희가 깜깜한 방문을 열고 형광등을 켠다. 비좁은 방 안이 어수선하다. 벽에는 빨아 넌 옷가지가 알록달록하다. 서넛 누우면 꽉 찰 방은 발 디딜 틈이 없다. 책가방, 백, 휴대용 가스레인지, 홑이불, 만화책, 빈 컵라면이 어지럽다. 수희가 발길질로 그것을 치운다. 검정 배꼽티를 홀렁 벗는다. 볼록한 젖이 드러난다.

"오빠 안 벗어?"

수희가 청바지를 까내린다. 분홍색 삼각팬티를 입었다. 허리가 투실하고 배에 군살이 붙었다. 아직 앤데, 애 같잖은 몸이다. 젖통은 엎어놓은 밥그릇 같다.

"오빠, 나 비만이지? 난 아이스크림을 너무 좋아하거든."

수희가 허리에 손을 걸친다. 여자 레슬링 선수 자세다. 빨간 입술로 껌을 으갠다. 벗고도 부끄러움이 없다. 이제 오빠가 벗을 차례야, 하듯 나를 노려본다. 어느새 내 아랫도리가 뿌듯하다. 예리가 떠오른다. 나는 이 애와 그 짓을 하고 싶지 않다. 뻐덕한 다리로 할 수도 없다. 옷을 벗어야 하는데, 벗지 않기로 한다. 오른쪽 무릎을 쥐고 다리를 뻗대며 앉는다. 엉덩이에 무엇인가 배긴다. 부탄가스통이다.

"다리 많이 아픈가봐? 왜 그래. 옷 안 벗구?"

"벗어? 싫어."

"하기 싫어?"

"싫어."

내 그것이 쉬 죽지 않는다. 내쉬는 숨길이 거칠다. 방 안에 매캐한 본드 냄새가 난다. 벽에는 운동선수, 가수, 배우들 사진이 어지럽게 붙어 있다.

"하기 싫음 왜 따라왔지?"

"따라와? 넌 왜 나왔어?"

나는 그 말이 묻고 싶었다. 나는 아우라지 집으로 가고 싶다. 수희는 집에서 뛰쳐나왔다. 제 발로 집을 나오는 사람 마음을 알 수 없다. 키요가 그렇고 풍류 아저씨도 그렇다.

"집과 학교가 너무 갑갑해. 따분하고 지겨워. 머리 싸매고 공부하면 뭣해. 그런 것 안하고 싶은 애도 있잖아. 왜 모두 꼭 공부해야 하지? 난 나대로 살 테야."

"나대로?"

"지금 좋으면 됐지 뭐. 내일은 내일이구. 내일도 해가 뜰 테지. 그럼 또 사는 거지 뭐. 돈 없음 공기만 먹구. 근데 오빠 좀 이상해."

"이상해?"

"정말 최상무파야? 안 믿어져. 정말 안할 테야?"

수희가 두 손으로 제 젖을 훑어내린다. 젖통이 출렁거린다.

"왜 대답 못해? 그럼 나 옷 입어."

수희가 일어선다. 청바지를 풍선 다리에 꿴다. 배꼽티를 뒤집어쓴다.

"그럼 나가. 오빠가 하기 싫어 안한 거야. 딴소리하면 안 돼."

수희가 방문을 열고 슬리퍼를 신는다. 나는 세워둔 목발을 짚는다. 수희가 형광등을 끈다. 어둡고 좁장한 골목길을 나선다.

"날 따라와."

수희가 앞장을 서고 나는 뒤따른다. 뒷거리로 나온다. 룰리의 노래가 쏟아진다. 색색의 네온사인이 번쩍인다. 전자오락장 소음이 시끄럽다.

"여기야. 오빠, 또 봐. 다리 나으면 땅콩하고 아이스크림 한 통 들고 와. 그럼 공짜로 재미나게 해줄게."

수희가 상큼 웃는다. 얼굴에 붉은 네온사인이 타오른다. 나는 추어탕집 안을 기웃거린다. 식사하는 패, 술 마시는 패가 있다. 짱구 형은 보이지 않는다. 텔레비전에서는 스포츠 뉴스가 한창이다. 화면에 홈런이 터졌다. 주인 아저씨가 나를 본다.

"장, 짱구 형은?"

아저씨가 가리킨 식당 안 옆문으로 나간다. 컴컴한 뒷마당에 쪽방들이 나란히 붙었다. 첫 방문을 연다. 역한 냄새가 코를 쏜다. 사내 녀석 둘이 늘어져, 한 녀석이 몽롱한 눈으로 나를 본다. 계집애는 부탄가스통을 얼른 감춘다. 나는 방문을 닫는다. 나도 진해 거담제를 몇십 알씩 먹은 적 있었다. 저 남도 항구에 있을 적이다. 킹콩은 상습 복용자였다.

"투 고다."

"바가지 쓸 텐데?"

312

"쓰면 풀지요."

"당해봐 새끼. 광박으로 조질 테니."

짱구 형 목소리다. 방문을 연다. 이번은 실수하지 않았다. 짱구 형과 새끼 셋이 나를 본다. 고슴도치 머리들이다. 두 녀석은 티셔츠, 한 녀석은 윗몸이 맨살이다.

"벌써 끝냈어? 들어와." 짱구 형이 말한다.

나는 목발을 벽에 세우고 방으로 들어간다. 새끼 하나가 맥주잔에 소주를 붓더니 단숨에 들이켜곤 잔을 돌린다.

"쓰리 고까지 밀어붙여야지." 각진 얼굴이 말한다.

"너들 인사 올려. 티브이서 봤지? 그 유명한 마두야." 짱구 형이 새끼 셋에게 말한다.

"형철이에요." "빠갑니다." "람보라 불러주세요." 새끼들이 눈은 화투판에 두고 건성으로 목례를 한다.

"이 새끼들, 아직 정신 못 차렸군. 그게 형님한테 하는 인사법이야?" 짱구 형이 소리친다.

"놀 때라서……" 우람한 근육질의 람보가 대답한다.

"일어섯!"

짱구 형이 화투판을 엎는다. 분위기가 살벌해진다. 새끼 셋이 일어선다. 내게 정중하게 허리를 꺾는다.

"모두 등돌려 벽에 붙어!"

짱구 형 명령에 셋이 벽에 손을 짚는다. 짱구 형이 거칠게 방문을 열고 나간다. 야구 방망이를 들고 온다. 짱구 형이 셋 엉덩이를 사정없이 내리친다. 짱구 형은 롱다리 발목을 일본도로 내리쳤다.

*

두 주일이 후딱 지난다. 그동안도 옥상에서 살았다. 연변댁이 인천에서 배를 탔다고 쌍구 형이 말했다. 나는 화단 농사를 지었다. 닭똥 거름을 주고 배추씨를 뿌렸다. 씨를 뿌린 뒤, 젖은 신문지로 흙을 덮었다. 참새가 씨를 쪼아먹기 때문이다. 자주 물을 주자 닷새 만에 싹이 나왔다. "씨는 심는 대로 싹을 틔워. 씨를 품은 땅 또한 거짓말을 하지 않지." 아버지가 말했다.

나는 드디어 목발을 뗀다. 목발을 버렸으나 다리를 전다. 그날부터 단란주점으로 나간다. 돌쇠가 나를 반긴다.

이튿날 초저녁이다. 아직은 손님이 들지 않았다. 텔레비전 뉴스에는 프랑스 핵실험 반대 데모 행렬이 나온다. 플래카드를 든 데모꾼들이 해골 가면을 쓰고 있다. "전세계적인 비난을 무릅쓰고 프랑스는 남태평양 무르로아 섬에서 핵 실험을 강행했습니다. 환경 파괴의 심각성을 인정하면서도 강행한 프랑스의 이번 핵 실험이야말로 지구 장래에 검은 그림자를 던졌습니다……" 아나운서가 말한다.

예리가 단란으로 들어선다. 검정 노슬립 원피스 차림이다. 의자에 앉자마자 채리 누나를 부른다. 술을 달라고 소리친다. 채리 누나가 냉수잔을 가져다준다. 예리가, 마두 여기 앉아봐 하고 말한다. "나 취했어. 낮부터 홀짝거린 소주가 세 병이야."

예리는 혀가 굳었다. 옥상에 있는 동안, 예리가 보고 싶었다.

"마두, 욕하지 마. 너 병원에 있을 때나 퇴원한 후에 가보려 했지. 마음은 그랬어. 미안해."

예리 눈에 눈물이 맺혔다. 뺨이 팬 여윈 모습에 화장도 하지 않았다.

"너와 함께 강변으로 드라이브하고 싶었어. 강바람 쐬며 손잡구 걷고 싶었지. 물처럼 말없이 어디론가 가고 싶었어. 너처럼 단순한, 보고 들어두 말할 수 없는 벙어리가 되어……"

채리 누나가 주방에서 나온다. 임신복을 입었는데도 배가 부르다. 얼굴은 기미가 끼었다.

"예리야, 너 왜 이러니? 초저녁부터 취해선. 작두도 이젠 널 쓸수 없대. 자르겠다더라." 채리 누나가 짜증을 낸다.

"자르려면 잘라. 작두니깐 잘 자를 테지. 추석 쉬면, 나오래도 관두겠어."

"무슨 이유야? 이유가 있을 게 아냐? 밥도 안 먹고, 너 정말 죽으려 환장했니?"

"언니, 마두 잠시 빌려줘. 한 곡 돌고 보낼 테니. 마두한테 할말이 있어."

예리가 내 손을 나꿔챈다. 비틀거리며 의자에서 일어선다. 나는 채리 누나를 본다.

"제 몸도 못 가누면서 마두는 왜 끌어들여. 다리도 불편한데. 마두야, 따라가지 마."

"언니, 왜 그렇게 빡빡해? 정신 말짱해. 걸음 똑바로 걷잖아."

예리가 무작정 내 손을 당긴다. 나는 예리에게 끌려간다. 예리와 나는 나이트클럽으로 들어선다. 클럽 안이 한산하다. 무대는 비었다. 사이키델릭 조명만이 춤을 춘다. 느린 음악이 흐른다. 시끄럽지 않아 좋고 북적대지도 않는다. 예리가 내 손을 끌고 무대로 나간다. 절뚝거리며 끌려간다. 예리가 나를 껴안고 가슴에 얼굴을 묻는다. 곡에 맞춰 느리게 발을 옮긴다. 나는 쓰러질 것 같다. 예리 허리에 손을 두른다. 미끄러운 실크옷이라 맨살이 느껴진다. 살이 아니라 척추뼈다. 예리는 훌쩍거리며 내 셔츠에 얼굴을 비빈다.

"마두 넌 남의 말, 늘 듣기만 하지? 듣고도 말 않지?"

"말 않아."

"마두, 에이즈 알아?"

나는 텔레비전에서 그런 말을 들은 적이 있다. 그 병으로 죽은 서양 배우도 있다고 아나운서가 말했다. "십 년 전, 록 허드슨이 에이즈 환자로 밝혀져 처참한 꼴로 사망하자, 전세계가 큰 충격을 받았습니다. 에이즈는 현재 미국에서만도 이십오만 명, 매년 사만 명의 새로운 환자가 생겨납니다." 텔레비전 화면은 옷을 벗은 에이즈 환자 등을 보여주었다. 흉한 반점이 있었다. 예리가 내 몸을 민다. 나는 쓰러지려다 겨우 발을 바로잡는다.

"나 아무래도 걸린 것 같애. 마두 너한테만 처음 하는 말이야." 예리 말이 또록하다. "에이즌 치료약이 없대."

"없어? 죽어?"

"인생이 너무 짧았지만, 후회는 안해."

예리가 죽는 꿈을 꿨는지도 모른다. 나야말로 폐차 트렁크에 갇혀 죽다 살아났다. "시우야, 네 아빈 환갑이 멀었는데 얼마 못 살

거야. 얼굴색이 겨자색이야. 허긴 그래. 학교서 잘렸겠다, 마누라
는 도망을 갔겠다. 취하지 않고 맨정신으로 어떻게 배겨." 옆집 도
담댁이 말했다. 아버지는 끝내 풀밭에서 일어나지 못했다.

"마두 넌 내 병을 몰라. 난 알아. 언젠가 춤출 때, 연탄 봤지? 산
업체 흑인 근로자 말야. 불쌍해서, 자꾸 추근대서 외박했지. 그치
가 에이즈 감염자래. 쫓겨날까봐 이름까지 바꿔 취업했대. 그치가
그 병으로 죽었어. 신문에도 났지.「피디수첩」에 방영됐구. 그치
관광비자로 입국 후, 마지막 취업한 곳이 여기 프레스 공장이야."

그 멀대 연탄은 우리 옆에서 저들 남자끼리 춤을 추었다. 예리
를 보며 키들거리고 웃었다. 나는 그 얼굴을 안다.

"난 운이 나빴어. 어쩔 수 없지 뭐. 내 인생 각본이 애초 그랬으
니깐. 난 이 생활에 지쳤어. 세상이 너무 재미없구."

예리가 눈물을 닦는다. 나는 예리와 처음으로 그 짓을 했다. 그
때도 예리는 내 몸을 받으며, 오빠 이야기를 했다. 다리 저는 장애
자 오빠는 자살했다고 말했다. 경주씨 아버지는 팔과 다리가 불편
하다고 했다.

"정기 검진 받을 때가 됐어. 난 안 받을 테야. 확인까지 하고 싶
진 않아. 여기서도 그만둘 거구. 그럴 때, 마두 너 생각했지. 느린
속도로 살고 있는 너 말야. 트렁크에 갇혀 일주일을 굶고도 살아
났잖아. 한때는 너가 뭣 땜에 사는지 궁금한 적 있었어. 너 사는
게 너무 재미없어 보였거든. 느리게 나이 먹는 너 말야. 난 너무
빨리 나일 먹었어. 마두 너 두 배로 빨리 살았지. 빨리 모든 걸 알
았구. 그러니 빨리 죽는 게 당연하지. 더러운 세상, 더러운 꼴 보

이기 전에 죽는 거야."

예리가 헛구역질을 한다. 예리 발이 움직이지 않는다. 허리 율
동도 멈춘다.

"나 정말 취했나봐. 안 취하면 약 먹어야 돼. 낮에도 약 먹고 술
마셨어. 염산알부민. 마두, 그 땅콩 좀 사줄래?"

"사줄 수, 없어."

"마두, 나와 여행 안 가겠어? 멀리로. 그래서 나 죽는 걸 지켜봐
줘. 죽고 나면 네가 경찰서에 신고해. 그리고 내 몫까지, 아주 천
천히 살아줘……" 예리 말이 입술에서 궁근다.

허물어지는 예리 몸을 내가 받는다. 예리를 무대에서 끌어내린
다. 웨이터가 달려온다. 낯선 얼굴이다. 웨이터가 예리를 인계받
아 의자에 앉힌다. 냉수를 가져오겠다며 뛰어간다.

클럽 안으로 누군가 뛰어든다. 짱구 형이 누군가를 찾다, 나를
본다.

"마두, 드디어 형님 허락 받았어. 이번 추석에 너랑 갔다 오래.
정선 말야."

"아우라지?"

"그래, 아우라지로."

테이블에 머리를 박고 있던 예리가 고개를 든다. 눈을 훔치며
짱구 형을 본다.

"오빠, 나도 데려가. 강원도 정선 맞지? 나도 가고 싶어."

"넌 빠져."

"오빤 왜 가?"

"마두가 혼자 갈 수 없으니깐. 다시 데려와야 해."

"그럼 나도 갈 수 있잖아." 예리가 일어선다. "따라붙을 테야!"

"마두, 가자. 왜 이 미친년하고 어울려. 앤 뿅간 애야."

"날 빼놓기만 해봐. 칼침 맞을 줄 알아. 이 짱구 대가리야!" 등 뒤에서 예리가 바락바락 악을 쓴다

짱구 형이 못 들은 체한다. 우리는 호프집 앞을 지난다.

"시우 아냐?"

뒤에서 내 이름을 부른다. 뒤돌아보니 미미다. 배꼽티에 핫팬츠를 입고 있다. 호프집에서 젊은애가 나온다. 와부 호텔 나이트클럽에서 본 정민이다. 고슴도치 머리에 젤을 발랐다. 검정 반소매 라운드티에 헐렁한 미색 면바지다.

"미미 너 멍청한 사촌오빠잖아." 정민이가 나를 본다.

"누구야, 아는 치니?" 짱구 형이 성깔 있는 목소리로 내게 묻는다.

"아는 치? 미미야."

"오빠, 여기 나이트에 있다기에 들러볼까 했는데. 나 티브이에서 오빠 봤어."

"마두는 바빠." 짱구 형이 내 팔을 나꿔챈다. "너들, 어서 꺼져."

"아는 사이라 했잖소." 정민이가 짱구 형에게 불퉁거린다.

"씹새끼, 꺼지래두. 너 어느 바닥에서 인상 그려. 면상 확 찢어버릴까부다."

"정민아, 가자. 시우 오빠 바쁜가봐. 담에 들르지 뭐."

짱구 형 말에 미미가 겁에 질린다. 둘이 서둘러 자리를 뜬다. 나는 멀어지는 미미 뒷모습을 본다. 짱구 형과 단란주점으로 돌아온

다. 그새 손님이 세 테이블로 늘었다. 가라오케를 이용하는 손님은 없다. 반주음악이 혼자 흐른다.

"마두가 드디어 고향에 가게 됐구나." 채리 누나가 말한다. "짱구도 잘됐네. 명절이 되어도 늘 갈 데 없어 쓸쓸해하더니. 마두 집에서 며칠 쉬다 와."

"마두를 책임지고 데려올게요. 마두 고향 가기 전에 애들 면회나 다녀오구."

"짱구 형, 겨, 경주씨를……" 나는 참았던 말을 꺼낸다.

"경주씨라고? 얘가 웃겨. 경주씨 좋아하나봐. 누나, 그렇죠? 마두가 경주씨와 함께 갔음 하는 걸 보니, 짝사랑하는 게 틀림없어요. 나 이거 미쳐. 예리가 따라붙겠다고 나서질 않나. 늘씬한 꽁치년이 인사 걸지 않나. 그런데 앤 경주씨와 가고 싶다니." 짱구 형이 너털웃음을 웃는다. 오랜만에 짱구 형 얼굴이 밝다. 미미를 보낸 게 섭섭하다.

"마두 갈 때 새 옷 입히구, 제 할머니 선물이라도 들려 보내야지. 고향이 있다는 건 그래서 좋아. 마두 통장 헐어야겠어. 이럴 때 쓰려구 저축한 거 아냐." 채리 누나가 말한다.

8. 강은 산을 껴안고

날씨가 맑고 바람이 시원한 한낮이다.

왜 이렇게 늦는지 모르겠다며 예리가 안달을 낸다. 예리는 화장을 하지 않았고 단풍무늬 원피스에, 생머리를 뒤로 묶었다. 선물 상자는 채리 누나가 사준 할머니 옷이다. 전기밥솥도 있다.

"성수기라 렌터카가 동이 났나봐. 그럼 어떡하지? 정선 가는 버스는 자주 있지 않을 텐데, 버스푠들 쉽게 구하겠어. 고향에도 안 간다며, 쌍칩오빠가 자기 차 내주면 될 텐데." 예리가 쫑알거린다.

난생처음 넥타이를 매봐 목이 갑갑하다. 구두를 신어보기도 처음이다. 넥타이는 예리가 샀는데 목에 매주었다. 와이셔츠와 양복도 처음 입어봤다.

계단을 뛰어오르는 발소리가 들린다. 람보가 열린 철문으로 들어선다.

"형, 밑에 차가 왔어요." 람보가 내게 말한다.

예리가 할머니 옷 상자를 든다. 나는 전기밥솥 상자를 든다.

"번호판 바꿔 다느라 늦었죠." 람보가 계단을 내려가며 말한다.

"번호판 바꿔 달다니?" 예리가 묻는다. "그러다 잡히면 어쩌려구? 우릴 기다리게 해놓구. 가도 오도 못할 뻔했잖아."

"기똥차게 빼돌린걸요. 구이동에서 여기까지 강변 드라이브 잘 했죠. 쏘나타 투라 성능 좋고, 기름 만당꼬구. 어느 놈 고향 가려 다 쫄딱 망했어."

남쪽 항구에서 구리시로 올 때가 그랬다. 쌍침 형님은 먼저 구리시로 떠났다. 키요가 승용차로 떠나자고 말했다. 시장통 길가에 주차된 차들을 살폈다. 키요가, 시동 건 차 좀 빼달라고 소리쳤다. 임자가 나타나지 않자 짱구 형이 재빨리 운전석에 올랐다. 키요가 나를 뒷좌석에 밀어넣었다. 킹콩과 합죽이가 달려와 차에 합류했다. 우리 다섯은 남의 차를 타고 구리시로 왔다. 키요가 중고차 매매소에 그 차를 팔았다고 했다.

국숫집 앞에 쥐색 승용차가 대기해 있다. 검정 점퍼에 선글라스 낀 짱구 형은 운전대를 잡았다. 어서 타라는 짱구 형 말에 예리와 나는 승용차 뒷자리에 오른다.

"형, 잘 다녀오세요." 빠가와 람보가 절을 한다.

큰길로 빠져, 짱구 형이 호텔 앞에 차를 세운다. 지하 업소로 내려간다. 잠시 뒤, 짱구 형이 채리 누나와 함께 나온다.

"마두야, 잘 다녀와. 예리 넌 이번 기회에 마음 잡고 돌아와. 술 작작 퍼지르구." 채리 누나가 말한다.

"언니, 이번 일 고마워요." 예리가 말한다.

예리는 채리 누나에게, 정선 가는 데 끼게 해달라고 졸랐다. 추석날 집에 친척들이 모이면 쪽팔려 싫다고 했다. 채리 누나가 짱구 형을 다독거렸다.

"사고 치지 말구, 조심해서 운전해." 채리 누나가 차를 훑어본다. "쏘나타로군. 같은 값이면 그랜저를 훔치지."

"그럼 떠납니다. 형님께 말씀 잘해주슈. 무슨 일 있으면 삐삐 치시구."

짱구 형이 시동 걸고 안전벨트를 맨다. 채리 누나의 기미 낀 얼굴에 걱정기가 서렸다. 차가 출발한다. 네거리 신호등에 걸린다. 짱구 형이 선글라스를 벗고 주머니에서 지도를 꺼낸다.

"중부고속도로를 탄다. 영동고속도로로 들어서선, 새말인터체인지에서 평창 가는 지방도로로 빠진다. 평창읍에서 정선읍으로. 거기서 아우라지를 묻지 뭐." 짱구 형이 혼잣말을 하곤 나를 돌아본다. "채리 누나가 준 돈은 잘 챙겼지?"

양복 윗도리 안주머니에 손을 넣는다. 돈다발이 만져진다.

승용차가 시내를 빠져나가 널찍한 도로로 들어선다. 갑자기 차가 많이 밀린다. 예리가 중부고속도로 톨게이트가 가깝다고 말한다. 짱구 형이 라디오를 켜자 여자 아나운서가 교통 상황을 설명한다.

"추석 연휴를 하루 앞둔 오늘 정오 현재, 경부고속도로는 양재인터체인지부터 벌써 적체 현상을 빚고 있습니다. 대부분의 직장이 오전으로 근무를 마감할 예정이고 보면, 오후에는 체증 현상이 피크를 이룰 것입니다. 작년 추석 연휴 경우, 서울에서 대전까지가 일곱 시간, 부산까지는 열다섯 시간이 소요되기도 했습니다.

가급적 승용차보다 대중 교통 수단을 이용하시고, 고속도로보다 우회하는 지방도로를……"

"한국 종자들 알아줘야 해. 고향과 성묘가 뭔지. 너나없이 차 끌고 나서니. 길에서 버리는 시간 빼면 뭐가 남아. 고향 가서 밤새워 허풍이나 떠벌리다, 상경길에 졸음 운전으로 황천길 떠나구." 짱구 형이 기지개를 켠다.

"오빠 그런 고향도 없으면서." 예리가 말한다.

"고향? 고아원이 고향집이지."

차들 움직임이 굼벵이보다 느리다. 한정없이 지체한다. 겨우 톨게이트를 빠져나간다. 고속도로는 주차장이다. 짱구 형이, 이러다간 점심도 굶겠는걸 하고 말한다. 차는 아주 천천히 걷는다. 짱구 형과 예리가 짜증을 낸다. 들에는 벼가 익었고 야산은 단풍이 들기 시작한다.

승용차가 가까스로 고속도로로 들어선다. 차가 밀리기는 영동고속도로도 마찬가지다. 한참을 가자, 멀리 휴게소 간판이 보인다. 짱구 형이 승용차를 갓길로 뺀다.

휴게소 주차장에 세우자, 짱구 형이 앞장을 선다. 식당으로 들어가니 만원이다. 셀프서비스로군, 하며 짱구 형이 줄 꼬리에 붙는다. 그가 식판 하나를 든다. 장애복지원도 그랬다.

"난 싫어. 가락국수나 먹을래." 예리가 말한다.

"마음대로 해. 뭘 처먹든." 짱구 형이 대답한다.

예리는 밖으로 나간다. 짱구 형이 밥 담긴 접시를 식판에 얹는다. 나도 밥 담긴 접시를 식판에 얹는다. 짱구 형이 탕수육 접시를 식판에 얹자, 나도 그 접시를 얹는다. 짱구 형이 돼지볶음 접시를 식판에 얹자, 나도 얹는다. 짱구 형이 꽁치구이를 얹자, 나도 얹는다. 시래깃국을 얹자, 나도 얹는다. 고추졸임을 나도 얹는다. 짱구 형이 마지막으로 수저를 얹자, 나도 따라 한다. 장애복지원에서는 음식을 마음대로 식판에 얹을 수 없었다. 식당 아주머니가 퍼주는 대로 먹었다. 밥, 찬도 양이 적었다. 짱구 형이 계산대 앞에서 지갑을 꺼내다, 내 식판을 본다.

"마두, 너 왜 이러니? 나와 찬이 똑같잖아. 함께 먹을 건데, 넌 다른 찬 접시 집어야지." 짱구 형이 혀를 찬다. 계산대 아가씨를 본다. "잠시 기다려주슈. 다른 찬으로 바꿔올 테니." 짱구 형이 식판을 들고 돌아간다.

"아저씨, 비켜서요." 계산대 아가씨가 말한다.

식판을 들고 비켜서자 뒷사람이 돈을 치른다. 짱구 형이 돌아온다. 그 식판에는 밥 접시, 국그릇, 나물무침 접시만 얹혔다.

식사를 마치자, 짱구 형은 자판기 커피를 뽑는다. 나는 생수를 마신다. 승용차로 돌아오니 비닐봉지를 든 예리가 먼저 와 있다.

"마두, 내 옆에 타." 짱구 형이 말한다.

"왜 그래, 질투 나?"

"포식해서 졸릴까봐."

운전석 옆자리에 앉는다. 짱구 형이 안전벨트를 맨다. 나도 안전벨트를 당긴다. 고리를 연결하는 구멍을 맞출 수 없다. 짱구 형이 도와준다. 승용차가 휴게소를 빠져나가자 고속도로는 정체가 더 심하다. 차들이 아주 천천히 걷는다.

짱구 형이 하품을 하더니 담배를 피워 문다. 운전대에 이마를 떨군다. 뒤차의 클랙슨에 짱구 형이 깨어난다. 뒷자리에 앉은 예리가 깡통을 딴다. 오빠들 먹으래, 하며 깡통을 내민다. 짱구가 깡통 맥주를 받는다. 나는 땅콩만 받아먹는다.

원주인터체인지를 지난다. 고속도로 타고 세 시간 반이나 지났다고 짱구 형이 말한다. 고속도로가 이차선으로 줄어든다. 정체가 더욱 심해 차들이 건다 못해, 힘들게 긴다. 예리는 깡통 맥주를 몇 통 비우더니 곯아떨어졌다. 숫제 길게 누워버렸다.

승용차가 드디어 고속도로를 벗어난다. 어느덧 해가 서산마루에 걸린다. 지방도로로 나서자, 길이 뚫린다. 차가 제법 속력을 낸다. 주위로 높은 산이 불끈불끈 솟는다. 협곡으로 차가 속력을 보탠다. 상수리나무, 물푸레나무, 들메나무, 느릅나무가 차창으로 지나간다.

"할머니 만날 생각하니 어때?" 짱구 형이 묻는다. "할머니가 널 안고 반가워 우시더라도 넌 울지 마. 사내가 울면 안 돼."

"울고 싶을 땐 울어야지. 남자라고 눈물도 없나 뭐. 눈물만큼 진실한 게 어딨어." 어느새 잠이 깼는지 예리가 대꾸한다.

"열두 살 땐가, 고아원 뛰쳐나올 때, 난 울지 않기로 결심했어. 목에 칼이 들어와도 절대 눈물 안 흘리기로."

"그 맹세 지켰어?"

"키요 처음 면회 가서…… 나도 모르게 눈물이 왈칵 쏟아지데."

"오빤 키요와 호모 사이 아니니?"

"키요가 나보고 자기 나갈 때까지, 사랑하지 말랬어."

"지킬 테야?"

"지켜야지."

나는 자주 운다. 할머니 생각만 하면 눈물이 나온다. 할머니를 만나면 누구에게도 못했던 말을 하고 싶다. 고물장수를 따라나선 뒤부터, 대전 지하실 슬리퍼 공장, 부랑아 수용소, 풍류 아저씨와 거지 생활, 멍텅구리배를 타고 바다에 갇힌 생활, 거기서 만난 강훈 형, 항구에서의 조폭 생활, 구리시로 올라와서······ 길고 긴 사연이다. 말이 되어 풀릴 것 같지 않다. 그럴 땐 울 수밖에 없다.

차는 강을 끼고 달린다. 여름 끝물 비가 잦아, 물살이 힘차다.

"공기가 확실히 달라." 짱구 형이 말한다.

"어마, 저 우람한 소나무들 봐." 예리가 놀란다.

쭉쭉 뻗은 소나무가 키를 세운다. 솔 향기가 코에 흠씬 닿는다. "이 지방 소나무를 강송이라고 말하지. 금강송, 적송 중에서 유난히 줄기가 곧고 재질이 좋은 소나무가 강송이야. 잘 자란 놈은 밑둥이 어른 팔로 한아름이야." 아버지가 말했다. 하옥갑사를 지나 상원산으로 오르면 강송이 많았다.

"평창에서 쉬어 가. 화장실도 이용하구." 예리가 말한다.

"보리술깨나 마시더니 오줌통이 찼군." 짱구 형이 말한다.

짱구 형이 읍내 중심 거리에 차를 세운다. 우리는 연쇄점으로 들어간다. 음료수를 한 깡통씩 마신다. 짱구 형이 오징어를 한 마리 산다. 우리는 차례로 변소를 다녀온다. 승용차는 다시 출발한다. 어느새 산그늘이 길게 내려 차가 산속으로 빠져든다. 휘어진 오르막길로 계속 오른다. 짱구는 오징어를 줄곧 씹는다. "평창 나가는 비행기재는 정말 하늘에 걸렸단다. 그 재를 타박타박 걸어 넘어 평창에도 여러 차례 나갔지." 할머니 말이 생각난다.

"비행기재로군. 비행기가 넘던 산인가." 짱구 형이 길가 팻말을 보고 말한다.

아우라지 사람들도 그런 말을 했다. "비행기재 넘어 서울 갔다 왔지." "팔도 천지 험한 재도 많겠지만 비행기재만한 고개도 드물 거다." 그런 말을 듣다 창규 형이 물었다. "비행기가 발명 안 됐을 땐 재 이름이 뭐였어요?" 아버지가 대답했다. "성마령(星摩嶺)이라 했지. 잿길 마루에 오르면 별을 만질 수 있다는 뜻이야. 할머니가 부르는 아리랑 노래에도 성마령이 나오지 않니. 아질아질 성마령아 / 야속하다 관음베리 / 지옥같은 정선읍내 / 십년간들 어이 가리……" 아버지가 「정선아라리」를 읊었다. 관음베리를 꽃베리라고도 말한다. 베리는 벼랑이다. 베릿길은 벼랑을 끼고 있는 길이라고 아버지가 말했다. "조선 시대 어느 선비가 가마를 타고 여기를 지났대. 가도 가도 베릿길이 끝이 없자, 그 선비가 가마꾼한테 얼마를 더 가야 하냐고 물었단다. 선비가 몇 차례나 물어도 가마꾼은 곧 베리가 끝난다고 말했대. 그때부터 '곧 베리'로 불렸다가 나중에 '꽃베리'가 되었단다." 할머니가 말했다. 조양강이 말굽쇠 모양으로 굽어든 여량 들판이 꽃베리 앞에 펼쳐져 있다.

포장된 넓은 길을 승용차가 수월하게 오른다. 화물차와 버스를 가볍게 추월한다. 승용차가 굴 안으로 들어간다. 굴을 벗어나자 내리막길이다. 협곡은 그늘이 내렸다. 창으로 들어오는 바람이 차갑고 상쾌하다. 산 정상께로 질러 넘는 높드리다. 단풍나무, 복자기나무, 옻나무, 노박 덩굴은 벌써 붉다. 피나무, 고로쇠나무 잎은 누른색으로 변했다. 늘 푸른 잎새 사이, 빨갛고 누르게 단풍이 들었다. 날다람쥐 한 마리가 소나무에서 소나무로 건너뛴다.

"얼마 만에 보는 숲인가. 중학교 소풍 때, 광릉 수목원에 가보고 처음이네. 너무 좋아 여기서 죽고 싶어." 예리가 읊조린다. 에이즈 이야기할 때도 죽고 싶다고 말했다.

"팔자 좋은 소리 하네. 소년원에 처음 들어가 깡다구를 부렸어. 형들한테 다구리탈 때, 칼로 배를 갈라 죽으려 했지. 그래도 안 죽더라. 지금도 내 배때기엔 일자 흉터가 있어." 짱구 형이 말한다.

"그럼 내가 진짜 보여줄게." 예리가 말한다.

"재수 없는 소리 집어쳐!" 승용차가 급커브를 돈다. 바퀴가 찌익 끄는 소리를 낸다. 길가로 이정표가 지나간다. "정선읍이 팔 킬로밖에 안 남았군. 마두, 이 부근 눈에 익어?"

산 모양이 와본 것 같기도, 안 와본 것 같기도 하다. 산만 첩첩했지 들이 없다. 아우라지에는 강이 있고 들이 있다.

"강 있어요." 내가 말한다.

"이 산협을 빠져나가면 강이 나타나겠지." 짱구 형이 말한다.

송천과 골지천이 아우라지에서 만나 조양강이 되어 흐른다. "조양강이 정선 읍내를 거쳐 이 산 저 산 껴안고 굽이굽이 흘러가지. 산이 남성이라면 강은 여성이야. 어떤 이는 이를 두고, 강이 이 남자 저 남자를 품에 안고 흐른다고 말하지. 난 그렇게 보지 않아. 강은 여성 중에도 모성이야. 이 자식 저 자식 젖 물리며 흘러. 자식 굶을까봐 농사지을 들 만들고, 그 들에 물 대며 말야. 조양강이

다른 내와 합쳐 동강을 이루어 영월까지 내려가. 거기서 남한강과
합쳐져. 그 어름에 청령포가 있단다. 자연경관이 빼어난 장소에는
반드시 슬픈 전설이 있지. 청령포는 어린 단종 임금이 유배된 곳
이야. 그곳에 갇혀 지내다 끝내 사약을 받았지." 아버지가 말했다.

"아우라지가 무슨 뜻이야?" 예리가 내게 묻는다.

"아우라지? 새총이야."

"새총이라니. 무슨 말이지? 쟤 말은 통역이 필요해." 짱구 형이
혀를 찬다.

사람들은 두 물줄기가 합쳐지는 지점을 아우라지라고 말했다.
새총은 고무줄 달린 두 가지가 손잡이에서 합쳐진다. 어머니가 시
애를 데리고 가버린 그해 여름이었다. 대학생 여럿이 싸리골로 들
어왔다. 그들 중 하나가 아우라지 뜻을 물었다. "어원을 따지자면
아우러진다는 말에서 생겼을 걸세. 무엇인가 합쳐질 때, 아우러지
다라고 말하지 않는가. 송천과 골지천이 합쳐져 조양강이 되다 보
니, 여기 사람들은 그 합쳐지는 지점을 아우라지라 부른다네." 아
버지가 말했다. 대학생들은 「정선아리랑」의 본고장을 찾아 답사
차 왔다 했다. 비행기재를 넘어왔다는 것이다. "아찔했어요. 등골
로 식은땀이 흐르는데, 모두 겁을 먹었죠." 그 말을 듣고 아버지가
말했다. "전국 군청 소재지치고 아직 포장 안 된 데는 정선뿐일 거
요. 우선 평창 나가는 길이 포장돼야지. 비행기재도 굴을 뚫어야
정선도 오지를 면하지요. 국회의원도 공약을 했고, 말들은 무성하
지요. 그러나 그 세월이 언젤는지." 아버지는 굴이 뚫린 포장된 비
행기재를 보지 못했고 이듬해 봄, 풀밭에서 일어나지 못했다. 대

학생들은 아버지를 선생님이라 부르며 여러 가지를 물었다. 그들은 우리 집에서 하룻밤을 잤다. 밤에는 마당에다 모닥불을 피우고 둘러앉아 술을 마셨다. 아버지가 쑥대를 불에 얹어 모기떼를 쫓았다. 그날 밤, 대학생들은 할머니의 「정선아라리」노래를 들었다. 학생들은 녹음기로 할머니 노래를 채집했다. 하늘에는 별이 쏟아져내릴 듯 영롱했다. 은하수가 보석강을 이루었다. "저게 바로 우주군요. 우주를 이렇게 가까이 보기는 난생처음이에요." 한 여학생이 하늘을 쳐다보며 말했다. "우리 눈에 직접 보이는 별의 수효는 육천 개 정도지요. 도시에서는 천 개밖에 보이지 않구요. 그런데 눈에 보이지 않는 별까지 합친다면 대충 얼마쯤 될 것 같아요?" 아버지가 물었다. 대답하는 학생은 아무도 없었다. 모두 금싸라기 같은 별무리만 올려다보았다. "천문학자들의 말에 따르면 대충 사백억 개쯤 된답니다." 아버지 말에 학생들은 탄성을 질렀다.

승용차가 한쪽 산을 뒤로 물리고 협곡에서 벗어난다. 한쪽으로 하늘이 열린다. 길 아래쪽, 까마득한 절벽 아래 강이 흐른다. 강변으로 어스름한 푸른색에 감싸인 밭과 지붕들이 보인다. 그제야 사방이 눈에 익다. 높은 산들 뒤로 더 높은 산이 첩첩하다. 산을 싸안고 강이 길을 연다. 강변으로 좁다란 들을 만들어, 아우라지가 생겨났다. 아우라지에 있는 여량들은 제법 넓어 논농사를 한다. "여량(餘糧)이란 곡식을 재어둔다는 뜻이지. 정선땅 골짜기에 여량만한 들도 드물어. 그래서 여량은 곳간에 곡식을 비축해두는 살기 좋은 터란 뜻에서 붙여진 마을 이름이야." 아버지가 말했다.

"정선에 곧 도착할 것 같네. 금방 어두워지겠어. 뭘 먹어야지?"

예리가 말한다.

"가락국수로 때워 허기졌나보군. 나도 출출하다." 짱구 형이 말한다.

"난 안 먹어두 돼. 형과 마두가 할머니께 늦은 밥 지어달랄 수야 없겠지."

"너가 저녁 산다면 먹어야지. 매운탕집 있겠지. 얼큰한 찌개에 쐬주 한잔 걸치구."

승용차가 강 가까이로 차츰 높이를 낮춘다. 강을 따라 달린다. 한참을 가다 강을 버린다. 산등성이로 오르자 옥수수밭이 이어진다. 땅거미가 내리기 시작한다. 짱구 형이 전조등을 켠다. 속력을 늦추고, 이정표를 본다. 아래쪽 뚫린 길로 차를 몬다. 이제는 눈에 익은 풍경이다. 강녘이 달빛에 은은하게 살아난다. 강이 어느 쪽으로 흐르는지 알 수 없다. 잠시 뒤, 강 건너 멀리로 많은 불빛이 보인다. 나는 아버지와 함께 정선 읍내로 나가보았다.

"일단 읍내로 들어가 아우라지 가는 길을 물어. 저녁 내가 살게." 예리가 말한다.

승용차가 다리를 건넌다. 어느새 어둠이 짙게 내리고, 달빛이 살아난다. 승용차가 읍내 중심가로 들어선다. 짱구 형이 간판들을 살핀다. 음식점 앞에 차를 멈추자 우리 셋은 식당으로 들어간다. 아주머니가 물주전자와 컵을 가져온다. 짱구 형이 매운탕을 주문한다.

"매기, 쏘가리 적당히 섞고, 얼큰하게 끓여주슈. 공기밥 셋하구."

"소주도 줘요." 예리가 말한다.

"아주머니, 아우라지가 어딥니까?" 짱구 형이 묻는다.

"여량 말씀이군요. 조양강 옆 철길 따라 한참 올라가야 해요. 가다 보면 북평면 소재지가 나오구, 그다음이 여량이에요. 거기가 아우라집니다."

아주머니가 매운탕 냄비를 내온다. 가스레인지에 불을 켜 냄비를 얹는다. 나물 반찬, 소주병, 잔, 수저를 나른다. 예리가 잔 세개에 술을 친다.

"마두 귀향 축하로 꺾자."

짱구 형과 예리가 술잔을 비운다. 나는 조금만 마신다. 매운탕찌개가 끓는다. 공기밥이 나오자 밥부터 먹는다. 예리가 찌개를 앞접시마다 퍼낸다. 짱구 형과 예리는 술부터 마신다.

"예리, 왜 그렇게 빨리 마셔?" 짱구 형이 말한다.

"취하려구."

"주정했담 봐라. 강물에 처넣을 테니."

"아줌마, 소주 한 병 더 줘요."

나는 밥 한 그릇을 금방 비운다. 매운탕이 얼큰해 땀이 난다. 아우라지에 살 때, 우리 집은 매운탕을 먹지 않았다. 천렵해서 이웃집에서 끓일 때, 먹어보았다. 멍텅구리배를 탔을 땐 끼니때마다 매운탕이라 질렸다.

"내 밥 더 먹어." 예리가 자기 공기밥을 덜어준다. 그 밥까지 먹어치운다. 식사를 끝내자 할 일이 없다. 아우라지로 빨리 들어가 할머니를 만나고 싶다.

"계산하고, 기름값도 책임져." 짱구가 말한다.

"그건 안 돼."

예리가 계산하고 우리는 식당을 나선다. 짱구 형이 차를 왔던 길로 돌린다. 다리 건너 입구에 주유소가 있었다. 짱구 형이 주유소로 차를 몰아 기름을 채운다. 그는 주유원에게 아우라지 위치를 확인한다. 승용차가 건너온 다리를 건너, 왔던 길을 되돌아간다. 전조등이 앞길을 밝혀 차가 속력을 낸다. 벼랑 아래로 강물이 흐른다. 짱구는 술을 마셨다. 삐끗하면 차가 강물에 떨어진다. 승용차는 계속 달리자, 제법 큰 마을이 나온다. 북평인 모양이군, 하고 짱구가 말한다. 승용차는 다시 강을 따라 오른다. 드디어 모여 있는 불빛이 보인다. 여량은 면사무소와 초등학교, 중학교가 있다. 아버지는 여량중학교 생물 선생이었다. 주위로 산이 멀찍이 물러서고 강변 자갈밭이 넓다. 달빛 아래, 눈에 익은 아우라지 풍경이다. 승용차가 꽃베리를 돌아간다. 달빛 아래 들판이 펼쳐진다. 이제 집을 찾을 수 있다.

"높은 산으로 막혔고, 양 갈랫길이네. 마두, 어디로 가?" 짱구 형이 묻는다.

"어느 쪽? 아무 쪽이나."

싸리골은 송천을 따라가도 된다. 다리 건너 유천리에서 내려오면 싸리골이고, 여량읍내를 거쳐가도 된다.

"마두 데리고 다니자니 미쳐. 읍내로 들어가자." 짱구 형이 말한다.

읍내 입구에 주유소가 나온다. 시골에도 주유소가 많이 들어섰다. 짱구 형이 길가에 차를 세우고 주유소 건물로 간다. 주유소 사

무원에게 무슨 말인가 묻는다. 사무원이 손짓을 한다. 짱구 형이
돌아온다.

"다리 건너가면 된대. 마두 말이 맞아. 유천리 싸리골 맞대."

승용차가 출발한다. 널찍한 시멘트 다리를 건넌다.

"마두, 지금부터 길 잘 봐. 엇길로 빠지면 안 되니깐." 짱구 형
이 말한다.

오른쪽으로 빠지는 샛길이 나온다.

"이쪽, 이쪽으로." 내가 급히 말한다.

차가 샛길로 들어선다. 싸리골을 떠날 때는 포장이 되지 않은
길이었다. 강 쪽으로 버드나무가 줄줄이 늘어서 있다. 송천과 골
지천이 아우러지는 곳에 처녀 동상이 있다. 아라리 전설이 담긴
동상이다. "옛날에 여량리에 사는 처녀와 강 건너 유천리에 사는
총각이 연애를 했는데, 유천리 싸리골에 동백을 따러 간다는 구실
로 여량리 처녀가 남몰래 나룻배로 강을 건넜지. 어느 가을에 홍
수가 나서 강을 건널 수 없게 되자, 그 처녀는 총각을 만나러 가지
못하는 안타까움을 정선아라리에 실어 노래로 불렀단다." 할머니
가 말하곤, 아라리를 불렀다. "아우라지 뱃사공아 배 좀 건너주게
/ 싸리골 올 동백이 다 떨어진다 / 떨어진 동백꽃은 낙엽에나 쌓이
지 / 사시장철 님 그리워 나는 못 살겠네 / 아리랑 아리랑 아라리
요 / 아리랑 고개로 날 넘겨주오……"

"저기, 저기야."

푸른 달빛 아래 마을이 나선다. 함석집, 기와집 열두엇이 도란
도란 모여 있다. 마을 입구, 아름드리 느티나무도 그대로 서 있다.

나는 드디어 우리 집으로 돌아왔다. 목이 메고 코끝이 찡하다. 눈앞이 뿌예진다. 짱구 형이 동네 어귀로 차를 몬다. 마을회관 앞, 공터가 나온다. 느티나무 아래 차를 세운다.

"마두야, 이것 들고 가야지." 예리가 말한다.

예리가 선물 꾸러미를 차에서 내린다. 전기밥솥 상자와 옷 상자를 내게 준다. 가슴이 너무 뛴다. 할머니나 마을 사람들을 만나면 부끄러울 것 같다. 전선주 외등이 길을 밝힌 고샅길로 들어선다. 변하지 않은 예전 그 길이다. 창규 형 집 앞을 지나, 팔배아저씨 집 앞을 지난다. 건너편은 이장댁이다. 양쪽 집 텃밭을 지난다. 가을 배추가 함초롬히 달빛을 받고 있다. 싸리 담장, 돌담이 이어진다. 담장이 낮아 집 안이 들여다보인다. 춘길이 형 집이 나선다. 건너편이 길례댁 집이다. 우리 집이 나온다. 예전처럼 싸리울이다. 마을은 집집마다 싸리 대문이 있어도 닫지 않는다. 걸음을 멈추고 마당 안을 들여다본다.

"이 집이야? 불 꺼졌잖아?" 짱구 형이 묻는다.

"할머니가 잠드셨겠지." 예리가 말한다.

"마두, 할머니 불러봐." 짱구 형이 마당으로 들어선다.

"하, 할머니!"

대답이 없다. 귀뚜리 소리, 풀벌레 울음소리만 들린다.

"할머니 안 계십니까?" 짱구 형이 큰 소리로 부른다. 옆집 방문 열리는 소리가 난다. 창규 형네 집이다. 그 집은 불이 밝다. 누구인가 마루로 나서서 낮은 담을 넘겨다본다.

"누굴 찾소?"

창규 아버지 한서방이다. 목젖이 잠겨 말을 할 수 없다.

"이 집 할머니 안 계셔요. 마두 할머니 말입니다." 짱구 형이 말한다.

"이장네 집에 마실가는 것 같던데. 댁들은 누구요?" 큰 키에 꾸부정한 한서방이 묻는다. 어서 말해, 하며 짱구 형이 나를 본다.

"차, 창규 아버지, 시, 시우 왔어요." 막힌 숨길을 겨우 틔운다.

"시우라고? 너가 정말 시우냐?" 한서방이 마당으로 내려선다. 방문을 여는 창규 어머니 도담댁을 보고 한서방이 말한다. "시우가 돌아왔어. 저기 섰잖아."

"정말요? 이게 웬일이야. 몇 해 만에, 저애가……" 도담댁의 놀란 목소리다.

한서방과 도담댁이 황망히 삽짝을 거쳐 우리 집으로 돌아온다. 도담댁이 내 앞에서 내 얼굴을 가까이 본다.

"맞네, 시우가 맞아. 헌칠한 장골이 돼서." 도담댁이 울먹인다.

한서방도 내 어깨를 다독거린다. 나는 부끄러워 고개를 숙인다.

"시우야, 할머니가 얼마나 반기겠니. 자네를 잃고 허구한 날 눈물로 지새다……" 한서방이 감격한다. 뒷전에 서 있는 짱구 형과 예리를 본다. "시우와 함께 오신 분들이구먼요. 누추한 산골까지 귀한 걸음 하셨습니다." 한서방이 아내에게 말한다. "여보, 동네 경사가 났는데 이렇게 있다니. 불부터 켜. 두 분 우선 방으로 모셔야지. 내 얼른 이장댁에 다녀올게." 한서방이 부리나케 마당을 나선다.

"노친네 놀라 혼절하실라, 뜸들여 말해요." 도담댁이 서방에게 소리친다.

도담댁이 대청마루를 거쳐 안방으로 들어간다. 마루와 방의 등을 켜자 집 안이 환해진다. 도담댁이 짱구 형과 예리를 보고, 방으로 들어오시라고 말한다. 둘은 괜찮다며 쪽마루에 걸터앉는다. 나는 안방을 들여다본다. 낡은 이층농이 그대로 있다. 할머니가 시집올 때 해왔다는 농이다. "나를 낳고 아버님이 텃밭 귀퉁이에 벽오동나무 두 그루를 심었대. 내 시집올 때 그 나무를 베어선 읍내 소목에게 맡겼단다. 이 농과 예물함을 짰지." 할머니가 농 장식을 닦으며 말했다. 기와 빻은 잿물을 볏짚에 찍어 문질렀다. 놋쇠 장식이 반짝였다. "오동나무는 벌레 안 먹고 가벼워 예부터 가구감엔 일등 재목이야." 아버지가 말했다.

고샅길이 부산해지더니 여러 사람이 웅성거리며 몰려온다.

"시우라니. 시우는 내 친손주야. 걔가 어떻게 왔지?" 그렇게 그렸던 할머니 목소리다.

사람들이 집 안으로 몰려든다. 윤이장이 할머니를 부축하고 있다. 지팡이를 쥔 할머니는 허리가 굽어, 더 작아졌다. 할머니, 하고 부르고 싶은데, 말이 안 된다. 가쁜 날숨만 내쉰다. 마을 사람들이 나를 에워싸고 뭐라고 떠들어댄다. 모두 고개 빼고 내 얼굴을 살핀다.

"네가 시우 맞니? 정말 내 손주야?" 할머니가 묻더니 손으로 내 얼굴을 만진다.

"북실댁, 시우 맞잖아요. 양복 입고 넥타이 매서 못 알아보시나 봐." 길례댁이 말한다.

"하, 할머니!" 내 입에서 비로소 말문이 터진다.

더 참을 수가 없어 할머니를 덥석 껴안는다. 누군가 손뼉 치자 마당에 모인 사람들이 모두 손뼉을 친다. 나는 훌쩍이며 운다. 할머니를 안은 채 땅바닥에 주질러앉는다. 조그마해진 할머니다. 아이처럼 품에 안겨, 떤다.

"이 총각이 내 손주 시우란 말이오?" 할머니가 소리치며 둘러선 사람들과 눈을 맞춘다.

"망령기가 도졌어. 너무 흥분하셨나봐. 북실댁부터 방으로 모셔." 머리칼 희끗한 윤이장이 말한다. 그는 싸리골 영농 후계자로, 아버지와 함께 협동조합을 만든 분이다.

"시우 왔구나. 나 알아보겠지? 정수야."

정수가 맞다. 어릴 적, 나를 많이 골렸다. 정수가 할머니를 부축해 일으킨다. 할머니가 내 허리춤을 잡고 늘어진다. 늘어지며, 네가 정말 시우 맞냐며 되묻는다. 명치가 막혀 무어라고 말할 수가 없다. 윤이장이 나선다.

"시우야, 작년부터 할머닌 망령기가 있어. 멀쩡하다가도 헛소리하시구. 네가 돌아온다며 부득부득 마중을 나가잖아. 나룻배를 타고 나가는 걸 붙잡기도 여러 차례야. 어쨌든 네가 돌아와 반갑다. 자, 방으로 들어가자구."

정수가 버둥거리는 할머니 겨드랑이를 쳐들고 방으로 옮긴다. 나도 방으로 들어간다. 한서방이 짱구 형과 예리에게, 방으로 들어가자고 말한다. 시우가 왔다며, 삽짝으로 동네 사람들이 몰려온다. 작은 마을이 발칵 뒤집혔다.

방 안에 동네 사람들이 옹기중기 둘러앉는다. 할머니를 방 가운데 모시자 나는 할머니 옆에 앉는다. 형광등 불빛 아래, 오랜만에 할머니 얼굴을 본다. 작은 얼굴에 주름이 그물같이 얽혔다. 빠끔한 작은 눈을 연방 깜박거리며 나를 본다.

　"북실댁이 이제 여한을 풀었어. 그렇게 학수고대하던 손주가 돌아왔으니. 북실댁, 봐요. 손주가 의젓한 신사가 돼서 돌아오지 않았수." 명씨아저씨가 말한다. 짧은 머리카락이 하얗다. 예전에는 없던 콧수염을 길렀다.

　"저 총각과 처녀는 누군구?" 할머니가 건너 자리에 앉은 짱구 형과 예리를 본다.

　"시우와 함께 온 손님입니다." 윤이장이 말하곤, 짱구 형과 예리를 본다. "이 산골짜기까지 오시느라 수고가 많았습니다. 추석이라 차가 밀리고 길이 험했지요?"

　"뭘요." 짱구 형이 대답한다.

　"시우야, 그새 어디 있었어?" "뭘 하느라 아우라지엔 그렇게 걸음 안했지?" "정말 신사가 됐네." "너 엄마와 누이는 못 만났지?" "할머니가 날마다 나루에 나가 너 오기만 기다렸단다." "북실댁이 제정신 돌아오면 잔치라도 벌여야지." "도대체 어디서 오는 길이야?" 여기저기서 질문이 쏟아진다.

　얼떨떨하다. 둘러앉은 방 안 사람들은 모두 아는 얼굴이다. 할머니는 내 얼굴만 멍하니 바라본다. 윤이장이 나선다.

　"북실댁만 경사를 만난 게 아니라 우리 싸리골도 경사요. 잃었던 식구를 찾았으니. 손님도 왔는데 그렇게 질문만 해쌌기요. 집에 가서 뭐든 먹거리라도 내오시오. 손 대접을 하며, 차근차근 얘기 들읍시다. 고생이 오죽 많았겠소. 멀쩡턴 사람도 객지 나가면 고생인데."

윤이장의 말에, 그럽시다 하며 여자들 몇이 일어나 밖으로 나간다. 예리가 뒤에 두었던 포장된 선물 상자를 꺼내놓는다.

"시우씨가 사온 선물입니다. 할머니 옷과 전기밥솥이에요."

길례댁이 선물 상자를 푼다. 할머니 갈색 털스웨터와 군청색 누비 통치마다. 꽃무늬 내복도 있다. 모두 채리 누나가 사준 옷이다. 그 옷을 보며, 방 안 사람들이 탄성을 지른다. 전기밥솥 상자도 벗겨낸다.

"북실댁이 효손을 봤어." "아이구, 물색이 곱기도 해라. 할머니 겨울 따습게 나겠네." "신형 전기밥솥이네. 북실댁 부엌 일손 덜었어." "시우가 이렇게 출세해서 돌아올 줄 누가 알았겠어." "북실댁 이제 눈감으셔도 원이 없겠어." 모두 한마디씩 한다.

방에 둥글상이 차려진다. 오래된 밥상으로, 우리 식구가 차려 먹던 밥상이다. 도담댁이 행주로 상을 닦는다. 밖으로 나갔던 아녀자들이 하나둘 돌아온다. 감자 송편 쟁반이 상에 놓인다. 삶은 밤을 소복이 담은 소쿠리가 놓인다. 국자 띄운 식혜동이가 얹힌다. 묵사발에, 나물 그릇과 젓가락이 차려진다. 둥글상이 금방 먹거리로 가득하다.

"산골은 이렇습니다. 변변치 못한 손 대접입니다만 입맛대로 드십시오." 윤이장이 짱구 형과 예리에게 말한다.

"참말 시골 인심이 후합니다. 네 것 내 것 없이 가져오다니. 추석 밑이라지만 도시에선 상상도 할 수 없군요." 짱구 형이 밥상을 살피며 말한다.

"이런 인심을 시우 아버지가 만드셨죠. 그분이 싸리골로 들어와 '농촌 공동체 한살림 운동'을 일으켰지요. 솔바위오름 둔덕을 마을 공동으로 개간하여 협동농장을 만들고, 거기 수확을 기반 삼아 마을 공동 경비를 염출했어요. 마을에 길흉사가 있으면 그 경비로 충당하구. 참으로 아까운 분이셨는데······" 윤이장이 말한다.

윤이장이 할머니부터 먼저 식혜 한 그릇을 안긴다. 할머니는 그릇을 방바닥에 놓는다. 꼬부장히 숙인 몸으로 나만 본다. 여전히 나를 알아보지 못하는 표정이다. 내가 여기에 살 때, 팥죽할멈이 그랬다. 목에 팥죽 쏟은 홍이 있어 팥죽할멈이었다. 노망이 들어 옷에 똥오줌을 쌌다. 제집 식구도 알아보지를 못했다. 아무한테나 절을 했다.

"시우, 자네 엄마와 누이 소식을 들었는가?" 윤이장이 묻는다.

"모, 못 들었어요."

"제주도에 있다나봐. 편지가 왔었지. 시애한테서. 떠난 후 한번도 다녀가진 않았어."

"시우, 자네 지금 어디서 오는 길인가?" 한서방이 묻는다.

"구리십니다." 짱구 형이 대답한다.

"구리시가 어딨나요? 거기서 시우가 무슨 일 합니까?"

"구리시는 한강을 끼고, 서울특별시와 붙어 있어요. 시우는 거기 단란주점에서 일해요. 저도 함께요. 제 이름은 장명굽니다. 이 아가씨는 김순옥이구요. 저하고 약혼한 사이죠. 추석 연휴 맞아,

시우 고향으로 여행 왔죠. 시우가 길눈이 어두워 데려다줄 겸해서요." 짱구 형이 대신 대답한다.

둘은 약혼한 사이가 아닌데, 업소 식구들은 다른 때도 거짓말을 정말처럼 한다. 희자 누나가 예리에게 식혜 한 그릇을 떠준다. 어릴 적, 나를 불쌍히 여겼던 누나다. 어느 이른 여름날, 뽕잎에 오디를 가득 따서 내게 주었다. 한서방이 짱구 형에게 막걸리 한 잔을 따라준다.

"단란주점이라면, 술집인가본데?" 길례댁이 짱구 형에게 묻는다.

"아줌마가 산촌 사람 표 내네. 여량에 나가면 노래방 있잖아요. 그 비슷하지. 술 마시며 테레비서 나오는 곡에 맞춰 노래 부르는 데가 단란주점이랍니다." 윤이장이 말한다.

나는 할말이 너무 많다. 고물장수 아저씨가 이 집에 왔을 때부터 이야기를 해야 한다. 그로부터 그 많은 사연을 눈물 없이 이야기할 수 없다. 기쁠 적도 있었으나 그런 때는 잠시였다. 슬펐을 적이 더 많았다. 혼자 훌쩍이며 보낸 시간은 헤아릴 수가 없다. 그럴 적에 나는 아버지와 할머니를, 시애와 엄마를 생각했다. 아우라지를 떠올리며 울음을 참았다. "삶이란 그런 거야, 이겨낼 수 있는 자에게만 시련을 주지. 아픔은 참고 견뎌내야 해. 한대지방 나무가 더 단단하지 않니." 강훈 형이 말했다. "굶주림이나 헐벗음도 생각하기 나름이야. 그걸 괴로움이라고 생각하는 자에게는 정말 참을 수 없는 고통이지. 그러나 인생이란 배를 타고 건널 동안, 거센 폭풍우도 바다의 일상이라고 생각하면 그런 모험도 즐겁지. 인간의 욕망은 끝이 없어. 욕망이 채워지지 않을 땐 늘 불평과 고민이 따라. 온실에서 곱게 자라는 풀이 있고, 사막이나 툰드라에서 자라는 풀도 있어." 풍류 아저씨가 말했다. 그 말이 어려웠다.

"시우야, 돈 가졌잖아. 할머니께 드려." 짱구 형이 말한다.

양복 윗도리 안주머니에서 돈다발을 꺼낸다. 할머니에게 돈뭉치를 쥐어준다. 할머니는 돈을 받자 방바닥에 놓고 나만 본다. 돈인 줄 모르는 눈치다.

"오십만 원일걸요. 시우가 열심히 일해서 번 돈이죠. 다달이 적금도 붓고 있답니다. 예금액이 상당해요. 시우가 돈 많이 모아 할머니께 드린다고 했어요." 짱구 형이 말한다.

"북실댁이 정신이 아직 돌아오지 않았어. 손주가 주는 돈인지 모르는 걸 보니." "시우가 돈을 벌어와 할머니께 드리다니. 저런 신형 전자밥통은 싸리골 생기고 처음이야." "노친네가 늦복이 터졌어." 동네 사람들이 한마디씩 한다. 웃음소리가 만발하다.

"도담댁이 우선 챙겨둬요. 챙겨뒀다 북실댁 정신 말짱할 때 드려요." 윤이장이 말한다.

"윤이장이 맡아요." 도담댁이 말한다.

윤이장이 돈을 챙겨 옆에 앉은 아내 나전댁에게 건넨다. 한참 뒤, 할머니가 비스듬히 눕는다. 나전댁이 베개를 가져와 할머니 머리 아래 공근다. 너무 놀라 피곤하신 모양이라고 한서방이 말한다.

동네 사람들은 한참을 더 있다 돌아간다. 도담댁만 남는다. 도담댁이 큰방과 건넌방을 물걸레질해준다.

"모처럼 집을 찾아왔으니, 시우 너는 할머니와 함께 자. 친구분도 함께 자든가. 건넌방에 여자분이 자면 될 테지. 내가 건넌방 군불 넣어주고 가마. 이불이야 식구들 덮던 거로 충분할 테니깐." 도 담댁이 말한다. "싸리골이래야 마을을 통틀어 늙은이들만 열 남짓 남았지. 시우 너 있을 적만도 어른 애들 합쳐 서른 명 가까웠잖아. 그새 젊은이들은 산골이 싫다며 다 떠났어. 대처로 가솔 이끌고 이사간 집도 있구. 그래서 빈집도 여럿 생겼지. 싸리골이 이젠 양 로원이 돼가는 참이야. 그러니 여기 사람들은 이제 모두 한가족이 다. 네 것 내 것이 없어. 농사일도 같이 하고, 김치 담아도 나눠 먹 고 살지. 네 할머니도 동네 사람들이 모시고 산단다. 시우야, 이젠 아주 여기서 살 거지? 할머니 별세하실 때까지 네가 모셔야지."

"지금은 안 됩니다. 구리서 시우가 하는 일이 있으니깐요. 추석 날 쉬고 이튿날 함께 올라가야 합니다." 짱구 형이 나선다.

나는 아우라지에서 살고 싶다. 구리시 식구와 살기 싫다. 짱구 형이 놓아주지 않을 터이다. 짱구 형은 한다면 한다. 내가 구리로 안 가겠다면 내 다리도 일본도로 내리칠 것이다.

"시우야, 아침에 보자. 할머니가 푹 주무시고 나면 정신을 차리 실 거야. 아침밥 걱정은 말아라. 산골이라 찬은 없지만 내가 아침 상 보아주마." 도담댁이 방을 나서며 말한다. "손님들, 불편하신 대로 편히 주무시우."

"이제 해방이군" 하며 예리가 다리 뻗고 앉는다. "감동적이야. 정말 시골 인정이 다르군. 이런 정 난생처음 느껴봐."

"나도 털 나고 처음이야. 여기 사람들, 정말 네 것 내 것 없이 살 고 있구먼. 협박해서 네 것마저 내 것으로 챙기는 세상에." 짱구 형이 말한다.

할머니는 아랫목에 누워 잠들어 있다. 도담댁이 요를 깔고 이불을 덮어주었다. 할머니는 입을 반쯤 벌리고 새근새근 숨을 쉰다. 숱이 없는 흰 머리카락이라 단발머리를 했다.

"짱구오빠 여기서 자. 난 건넌방에서 잘게." 예리가 핸드백을 들고 방을 나선다.

"꼴릴 텐데, 내가 도와주지 않아도 돼?"

"키요가 깜방에서 썩고 있잖아. 난 병든 몸이구." 예리가 말한다.

짱구 형이 목침을 찾아, 방바닥에 벌렁 눕는다. 산골이 정말 좋군, 하며 하품을 한다. 나도 모로 누워 베개를 벤다. 짱구 형이 일어나 형광등을 끄자 마루 불빛이 방 안에 스며든다. 나는 잠이 오지 않는다. 뒤란 후박나무 잎이 바람을 탄다. 귀뚜리 소리가 들린다. 귀기울이니, 뒷산 싸리숲에 바람이 감긴다. 그 모든 소리들은 예전 그대로다.

*

"시우야, 네가 왔구야."

누가 부른다. 꿈인지 생시인지 알 수 없다. 폐차 트렁크에 갇혔을 때가 그랬다.

"하늘님 고맙습니다. 우리 시우 보내줘서. 정한수 떠다놓고 조앙신에 빌고 빌었더니 하늘님도 무심찮게 시우 살려 보내셨군요. 한가위 때 오려나 하고 빌었더니, 이토록 은덕 베풀어주시고……"

눈을 뜨니 머릿수건 쓴 할머니 얼굴이 앞에 있다. 할머니는 눈을 감고 열심히 기도를 읊는다. 무슨 말부터 해야 할는지 모르겠다. 바깥에서 인기척이 난다.

"북실 할머니, 밥물 잦아지구만. 어서 나와봐요." 이장 부인 나전댁이다.

"오냐, 나가마. 우리 손주 자는 얼굴 보느라구."

할머니가 밖으로 나간다. 나는 일어나 앉는다. 짱구 형은 한잠에 들었다. 부엌에서 말소리가 들린다.

"동네 두부는 우리 집에서 만들기로 해서 우선 찌는 대로 몇 모 가져왔어요." 나전댁이 말한다.

"손님 왔는데 고깃국 올려야지. 길례댁이 어제 여량 육간 들렀다더라. 한 근만 얻어주게."

"그러지요. 도담댁 보낼게요. 노친네가 무슨 음식 만들겠다구."

나전댁이 밖으로 나가는 발소리가 들린다. 나는 부엌과 연결된 쪽문을 연다. 꼬부장한 할머니가 무를 썰다 나를 본다.

"시우, 깼구나. 이 원쑤놈의 자식아, 객지 있으면 소식이나 전하지. 이 할미가 불쌍치도 않더냐." 할머니가 울먹이며 소매로 눈물을 훔친다.

마루로 나서자 어느새 날이 샜다. 동녘 하늘이 훤하다. 송천 둑에 늘어선 키 큰 미루나무는 아직도 푸르다. 미루나무 사이로 밝은 기운이 번진다. 그쪽 새떼들의 지저귐이 부산하다. 이맘때쯤부터 철새떼가 날아든다. 겨울이 올 때까지 두 달 동안, 강변은 철새들 이동으로 시끄럽다. 여름이 물러가면 북에서 먼저 찾아오는 새가 지느러미발도요다. "시우야, 시애야, 어서 일어나. 송천에 새떼

구경 나가." 아버지가 우리 남매를 깨웠다. 시애와 나는 손을 잡고 새벽 들길로 나섰다. 시애는 노래를 불렀다. "……우리 오빠 말 타고 장에 가시면 비단 구두 사가지고 오신댔어요." 이슬 맺힌 풀 숲에 발목을 적셨다. 송천은 새떼들의 물고기 사냥이 한창이었다.

나는 구두를 신고 마당을 나선다.

"시우, 잘 잤어?" 건넌방에서 예리가 나온다. "할머니, 안녕하세요. 시우 친구예요. 어젯밤엔 할머니가 시우 잘 알아보지 못하시대요?"

"내가 그랬수? 난 모르겠는데. 먼길에 우리 시우 데려오느라 수고 많았수. 세상에 이렇게 고마운 분들이 어디 있나."

삽짝으로 도담댁이 들어선다. 양손에 나물 접시를 들었다. 도담댁이 나와 예리에게 아침 인사를 한다. 뒤따라 길례댁이 들어선다. 신문지에 무언가 뭉쳐 싼 걸 들고 왔다. 나와 예리에게 인사를 한다. 두 분이 부엌으로 들어간다.

"곧 밥상 차려오마. 밥 먹고 네 아비 산소에 가야지. 동네 사람들이 벌초해주기 전에 시우 네가 그 일 해야 해." 할머니가 말하곤 바삐 부엌으로 들어간다.

아침 밥상이 그득하다. 쇠고깃국을 빼고도 두부 찬이 두 가지, 감자졸임, 도토리묵, 김치 두 가지, 나물찬이 세 가지다.

"나는 밥 짓고 국만 끓였다우. 우리 시우 왔다고 이웃들이 찬을 가져온 게지. 내일이 가윗날이라 집집마다 차례상 준비가 한창이라우. 오늘은 대처 나간 자식들도 가솔 이끌고 고향 성묘 올 겝니다. 시우 없어진 후, 오늘만 되면 나는 아침부터 나루터에 나앉았

다우. 손주녀석 이제나저제나 고향 찾아올까 기다렸지. 제수 음식
도 안 만들구." 할머니가 목멘 소리로 말한다. 할머니가 어서들 자
시라고 권한다.

"할머니도 함께 드셔야 우리도 먹지요." 예리가 말한다.

할머니는, 안 먹어도 배 부르다고 말한다. 가슴이 활랑거려 먹
을 수가 없다는 것이다.

"시우야, 많이 먹어. 네 옆에 앉아 있고 싶지만, 내가 나가야 손
들이 자실 것 같구나."

할머니가 밖으로 나간다.

"나물 반찬이 많기도 하네. 다 여기서 나는 자연산 산나물 아냐."
짱구 형이 젓가락으로 곰취나물부터 집는다.

"산나물 맞아. 이건 곰취, 이건 고비, 이건 참나물, 이건 고사리."
내가 말한다.

아우라지 일대에는 산나물이 많이 난다. 봄 한철은 나물로 났
지, 하는 말을 나는 자주 들었다. 이른봄부터 늦봄까지, 여자들은
산나물을 뜯으러 산으로 올라갔다. 허리에 큰 마대자루 두세 개씩
차고 아침 일찍 산으로 들어갔다. 해질녘이면 그 자루를 가득 채
워서 지고 이고 내려왔다. 참나물, 기름나물, 고추나물, 쑥부쟁이,
취, 고사리, 고비, 머위 따위였다. 더덕 뿌리, 약초도 캐왔다. 산
신령 도움으로 산삼 캐오는 횡재도 더러 있었다. 송천물이 풀리는
이른 봄날, 나는 시애와 들나물을 뜯었다. 쑥, 냉이, 왕고들빼기,
돌나물, 질경이 따위였다. 강둑과 뒷산에만 올라가도 반나절이면
한 소쿠리를 채울 수 있었다. 아우라지를 떠난 뒤, 나는 산나물을

먹지 못했다. 산나물은 향긋하고 그윽한, 산 향기가 난다.

"시우 너는 여기서 살아. 여기 사람들이 모두 너를 닮았어. 도시는 너 같은 사람 잡아먹는 순 식인종들이야." 예리가 말한다.

나는 짱구 형을 본다. 짱구 형도, 여기서 살아, 하고 말했으면 싶다. 짱구 형은 말없이 밥만 먹는다.

밥을 먹고 나서 부엌 쪽문을 여니 할머니가 없다. 내가 물 떠올게, 하며 예리가 부엌으로 나간다. 잠시 뒤, 지팡이 짚은 할머니가 삽짝으로 들어선다. 큰 전지가위를 들고 있다.

"할머니, 우린 산 한바퀴 돌고 올게요. 산천 경치가 기막혀요." 짱구 형이 말한다.

"우리 시우는 데려가면 안 돼요. 나랑 뒷산 시우 아버지 묘에 가야 해요."

"그럼 그렇게 하지요." 짱구 형이 씨억하니 대답한다.

우리 넷은 마당으로 나선다. 하늘이 푸르고 맑아 구름 한 점 없다. 선선한 바람이 불어온다. 할머니로부터 전지가위를 받아든다. 지팡이 짚은 할머니가 앞장을 선다. 우리도 조금 후에 선산으로 올라가마, 하고 한서방이 담 너머에서 말한다. 서리 앉은 수수밭을 지난다. 알알이 영근 수수 열매가 고개를 숙였다. 뽕밭을 지난다. 시애와 오디 따먹던 적이 떠오른다. 이 밭과 솔바위오름 밭은 아버지가 개간에 앞장섰다. 동네 사람들이 제 일처럼 나서서 아버지를 도왔다. 우리는 개울 따라 산길을 오른다. 돌 틈으로 냇물이 흐른다.

"들국화 맞지? 들국화가 많이 피었어."

예리가 들국화를 꺾으며 걷는다. 주위로 진달래, 옥잠화, 붓꽃, 피나물, 앵초, 얼레지, 하늘나리가 섞여 자란다. 이곳은 봄부터 여름까지 다투어 꽃이 피어 온통 꽃동산이 된다. 이른봄, 시애와 나는 이 동산에서 놀았다. 삘기와 싱아를 따먹었다. 동네 아이들은 숨바꼭질하고 말타기 놀이도 했다. 나는 끼여주지 않았다. 구경하는 게 더 좋았다. 우리는 개울을 멀리하고 산길을 오른다. 관목대가 나선다. 싸리나무, 다복솔, 철쭉이 자란다. 칡넝쿨, 다래넝쿨이 우거졌다. 발소리에 놀라 여치와 범메뚜기가 뛴다. 앞서 오르는 할머니의 걸음이 힘에 부친다. 지팡이를 짚었지만 허리를 너무 숙였다. 내가 할머니를 부축한다.

"시우야, 네 아비 산소 옆에만 나무가 있다. 후박나무가 있어. 후박나무만 찾으면 거기가 아비 묘다. 후박나무를 누가 심었는지 생각나냐?" 할머니가 헉헉대며 묻는다.

"아버지 나무요? 후박나무."

아버지가 무덤 속에 잠들자, 나는 나무를 심었다. 아버지가 심심해할까봐 심은 나무다. 짱구 형과 예리가 앞선다. 예리는 들국화 다발을 들었다. 미화꽃집에도 국화가 있었으나 들국화는 없었다. 싸리골산 양지녘에 여러 무덤이 있다. 소나무와 참나무가 차츰 키를 세워 숲을 이루었다. 나는 숲내음을 흠씬 들이마신다. 싸리봉 중턱에 소나무가 벌채된 훤한 더기가 나선다. 여기에 서면 아우라지 일대가 내려다보인다. 무덤들이 흩어져 있다. 싸리골 사람들이 죽어 묻히는 장소다. 아버지 무덤은, 아버지 나무를 찾으면 된다.

"저기야. 저기 섰잖니." 할머니가 손가락질한다.

한켠에 후박나무 한 그루가 서 있다. 넓은 잎을 펴서 우산 꼴이다. 검은 돌비석이 무덤 옆 받침돌에 덩그러니 얹혀 있다.

"올해는 윤팔월이 들어 아직 나뭇잎이 푸르구나. 뗏장도 시퍼렇구. 네 아비가 이제야 너를 맞는구나. 몇 해 만인가, 저승에 집 짓고 이승서 만나기가……" 할머니가 엉절거린다.

아버지 무덤에는 뗏장이 푸르다. 할머니가 후박나무를 잡고 걸음을 멈춘다. 짱구가 검은 돌 앞에 서서 돌에 쓰인 글자를 읽는다.

참사람, 참스승 마인표 선생님,
스승님 거룩한 뜻을 마음에 묻습니다.
여량중학교 졸업생 일동

"마두 아버지가 훌륭한 교사였나봐." 짱구 형이 예리에게 말한다.

"그런 것 같아. 제자들이 묘비까지 세워줬으니." 예리가 대답한다.

후박나무는 이제 내 키를 넘어버렸다. 집에서 옮겨 심을 때는 허리에 차던 어린 나무였다. 이제는 밑둥이 내 팔뚝만하고 곧게 자라 가지를 넓게 벌렸다. 무덤 가까이 오른쪽에 내 나무가 있다. 진달래 나무도 내 허리만큼 자랐다. 할머니 꽃인 할미꽃은 없다. 이른봄이면 허리 숙여 필 터이다.

"아버지 나무라며 네가 이 후박나무를 심고, 그해 여름 집을 나갔지. 고물장수 따라서. 팔배가 그 말을 전해줬지. 불쌍한 새끼,

아우라지 밖으로 영문도 모른 채 따라나서선……" 기어코 할머니가 울음을 터뜨린다.

"가위 이리줘. 내가 해볼게." 짱구 형이 점퍼를 벗어젖힌다.

"내가 해볼게." 내가 나선다. 나는 봉분 잔디를 가위질한다. 아버지 머리카락이 싹둑싹둑 잘려나간다.

"가위 달라니간. 넌 할머니 돌봐." 짱구 형이 전지가위를 내게서 빼앗아 든다. 나보다 솜씨가 민첩하다.

"벌초는 왜 할까. 겨울이 닥치면 추울 텐데." 예리가 혼잣말을 한다. 들국화 다발을 아버지 무덤 앞에 놓는다. "난 묻히지 않을 테야. 묻히는 건 싫어. 화장해서 뼛가루를 바람에 날려보내든지, 강물에 풀어버려. 자취 없이, 이 땅에서 사라지고 싶어."

할머니가 무덤 앞에 쓰러져 잔디를 쓰다듬는다. 할머니가 오열을 쏟는다.

"아비야, 네가 죽은 지 벌써 네 해째. 이제는 저승살이도 터가 잡혔을 테지. 집 짓고 밭 갈아 이 어미 오기 기다리겠지. 학교서 잘리구…… 네 제자들이 그렇게 찾아도, 넌 무덤에서 나올 수 없구, 그 좋아하던 약주 한잔 못 마시구…… 꽃 피고, 잎 지고, 한 해 두 해 가건마는, 이 어미는 너 보고 싶어…… 사시장철 여기 앉아 아우라지 바라보며, 서러운 한세상, 떠난 식구 새기며……" 할머니 넋두리가 끝없이 이어진다.

"마두, 아버지가 선생이었담, 왜 여태 말하지 않았지?" 짱구 형이 가위질을 하며 묻는다.

아래쪽에서 인기척이 난다. 한서방과 정수가 올라온다. 한서방은 낫을 들었다.

"손님이 벌초하시는구먼요." 한서방이 짱구 형에게 말한다.

"전 부모 얼굴을 몰라요. 고아원에서 자랐거든요. 벌초해보기도 처음입니다. 시우와 난 의형제라서, 시우 아버지가 제 아버지죠 뭐."

"마선생이 졸지에 아들 둘을 얻은 셈이군요."

한서방이 묘 앞에 앉아 담배를 꺼내다, 할머니를 본다. 할머니는 에이고, 에이고 하며 엎드려 울고 있다.

"좋아서 나오는 울음인 모양인데, 복실댁, 그만 우소." 한서방이 말한다.

정수도 한서방 옆에 앉아 멀거니 나루터 쪽을 내려다본다.

"시우 넌 대처로 잘 나갔어. 도시서 고생 겪다 보니 세상 물정도 익히고 똘똘해졌잖아. 여기 처박혀 땅이나 파뒤지면 뭘 해. 지난 팔월에 제대해서 집에서 잠시 쉬지만, 나도 서울로 갈 거야. 삼도 아저씨 식당일이나 봐주며, 어떻게 자리 잡아야지." 정수가 내게 말한다.

"또 바람든 소리 하네. 이놈아, 아우라지가 어때서 그래? 막국수 나르고, 그릇 씻고, 그게 땅 파뒤지는 것보다 뭐가 좋아? 요즘은 서울 사람도 뜨고 싶어하더라. 교통 복잡하고, 물가 비싸고, 공기 나쁘구. 아우라지가 오죽 좋아. 모든 걸 해결해주잖아. 여기도 이젠 고랭지 채소 재배로 도시살이만큼 넉넉해. 감자 옥수수에 나물만 먹던 시절이 아냐. 창규 오늘 온다 했으니 내 그 말 할 거야." 한서방이 담배 연기를 날린다.

"시우 너와 신검 받으러 읍내 나간 게 엊그제 같은데, 세월이 빠르군." 정수가 딴전을 피운다.

나는 정수와 읍내로 나갔다. 군인으로부터 불합격 판정을 받았다. 집으로 돌아가 놀라고 말했다. 정수는 어릴 적 나를 많이 골렸다.

"하, 할머니." 나는 할머니를 품에 안는다. 할머니가 실눈으로 나를 본다. 눈빛이 이상하다. 또 나를 알아보지 못하는 것 같다. "아저씨, 하, 할머니가……"

"또 도졌나?" 한서방이 할머니를 본다. "또 도졌군. 네가 와서 충격이 큰가봐." 할머니를 흔든다. "북실댁, 정신차려요. 손주 못 알아봐요?"

"이번 가윗날에는 시우 와서 벌초하겠지?" 할머니가 눈을 깜박이며 묻는다.

"허허, 시우 여기 있잖아요. 이거 큰일났네." 한서방이 나를 본다. "시우야, 네가 할머니 업고 먼저 내려가. 한숨 푹 주무시게 해. 그럼 깨어나실 거야."

할머니를 등에 업고 지팡이를 집어든다. 할머니 몸이 가볍다. 내가 따라갈게, 하며 예리가 나선다. 짱구 형은, 벌초 마치고 내려가겠다고 말한다.

"아저씨, 우리도 벌초 시작합시다." 정수가 말한다.

나는 언덕길을 내리 걷는다. 등으로 할머니 체온이 따뜻하게 전해온다. 아기처럼 내 등짝에서 잠이 들었다. 할머니는 아침밥도 먹지 않았다. 나는 개울 따라 내려온다. 뒤에서 따라오는 기척이 없다. 돌아보니 예리가 솔바위 쪽으로 넘어간다. 토끼풀밭과 피나

물밭이다. 술에 취한 아버지가 그 풀밭에 누워 종다리 노래를 들었다. 해가 서산으로 기울도록 일어나지 않았다.

"그, 그쪽 길 없어." 내가 외친다.

그 아래쪽은 고랭지 채소밭으로 동네 사람들이 공동관리했다. 돌밭은 아버지가 앞장서 개간했다. 나는 할머니를 업고 예리를 쫓아갈 수 없다. 예리 자태가 싸리숲에 가려버린다. 나는 마을 쪽으로 내려가 집으로 돌아온다. 할머니를 안방에 눕히니 할머니는 이미 잠이 들었다. 할머니 머리를 베개로 고이고 이불을 덮어준다. 왕치산 위로 해가 높이 솟았다. 고추잠자리떼가 마당에서 맴돈다. 건넌방 문을 열어본다. 책꽂이에 낡은 책들이 가득 꽂혔다. 아버지가 책 읽던 모습이 떠오른다. 앉은뱅이책상도 그대로다. 서랍을 열어본다. 만년필과 안경집이 있다. 책꽂이에서 책을 꺼내어 아무 쪽이나 펼친다. 장수하늘소 그림이 있다. 장수하늘소는 힘이 세다고 아버지가 말했다. 다른 서랍을 열어본다. 공책이 재어져 있어 첫 권을 꺼내어 펼쳐본다. 깨알 같은 글자가 빽빽하다. 곤충, 식물 따위가 글자 옆에 그려져 있다. 공책 갈피에서 사진이 떨어진다. 학교 소풍 땐지 바위 앞에 학생들이 서 있고 아버지가 앞줄 가운데 앉아 있다. 한 장은 아버지 혼자 찍은 사진이다. 학교 교실로, 책상에 식물 표본철이 펼쳐져 있다. 아버지는 의자에 앉아 얼굴만 돌렸다. 우묵한 눈을 동그랗게 뜨고 사진은 왜 찍어, 하는 표정이다. 그 사진을 와이셔츠 주머니에 넣는다.

방을 나서서 마당을 질러 아래채로 간다. 헛간, 봉당, 골방이 있다. 골방문을 열어본다. 채와 소쿠리들만 걸려 있다. 헛간문을 열자 돌쩌귀가 삐그덕 소리를 낸다. 농기구, 멍석, 종가리, 자리틀, 헌 문짝 따위들이 있다. 한켠에 판자로 만든 썰매가 뒤집어져 있다. 송천에서 내가 타던 썰매로 아버지가 만들어주셨다. 집 뒤란으로 돌아간다. 오동나무와 후박나무가 우뚝 섰다. 아직도 푸른 잎을 한껏 떨치고, 예전 자태로 나를 반긴다. 평상에는 붉은 고추를 늘어놓았다. 두꺼비는 보이지 않는다. 두꺼비는 비가 와야 나타난다. 텃밭에는 무와 배추가 자란다. 텃밭 뒤쪽, 비닐하우스는 뼈대만 앙상하다. 아버지가 온실로 사용하던 비닐하우스였다. 겨울에도 화분마다 온갖 야생화가 피어 있었다. 이제는 잡초만이 수북이 자랐다. 나는 문득, 예리가 없음을 알고 고샅길로 나선다. 걸음을 서둘러 수수밭을 지나 개울을 따라 오른다. 예리가 올라간 솔바위 쪽이다.

"예리!" 하고 외쳐 부른다.

대답이 없다. 예리는 죽고 싶다고 말했다. 솔바위 꼭대기에는 절벽이 있고 뛰어내리면 죽는다. 나는 허겁지겁 산길을 오른다. 싸리숲을 지나자 키 큰 솔밭이 나온다. 절벽 바위 앞까지 올라간다. 벼랑 모롱이를 돈다. 솔바위에 올라서서 아무리 살펴도 예리는 보이지 않는다. 발밑을 내려다보니 아찔하다.

"예리야!"

대답이 없다. 솔바위에 주저앉아 땀을 훔친다. 눈 아래는 솔수펑 너울이 이어졌다. 바람에 푸른 솔잎이 물결쳐, 솔바람이 달다. 솔잎 너머로 아우라지 일대가 훤히 내려다보인다. 읍내 지붕들 주위로 펼쳐진 논에는 벼가 익어간다. 그 너머, 멀리로 반륜산이 솟앉고 산맥이 파도를 이루다 우뚝한 상청바위에 이른다. 천 미터가 넘는 산들이라고 아버지가 말했다. 아우라지에서 합쳐진 조양강이 산을 가르며 흐른다. 꽃베리를 끼고 강은 유역에 들을 푼다. 나와 시애는 아버지를 따라 자주 솔바위에 올랐다. 언제였던가. 내가 앉은 이 자리에 아버지와 시애가 나란히 앉아 있었다. "일반적으로 강은 산을 넘지 못한다고 말하지. 강물이 산으로 오르지 못하기 때문이야. 물은 낮은 데로만 흐르니깐. 그러나 사실은, 산이 강을 넘지 못하지. 산이 강을 만나면 높이를 낮출 수밖에. 강에 이르면 산맥조차 끊겨버려. 강을 건너 다시 산을 세워야 해. 그래서 강은 산을 껴안고 흐르는 거야." 아버지가 아우라지를 내려다보며 말했다. "사람의 몸은 칠십 프로가 물로 차 있어. 산은 흙, 모래, 바위, 초목으로만 차 있는 것 같지? 그러나 산도 많은 물로 차 있단다. 비가 오지 않을 때도 산은 물을 쏟아내. 큰산일수록, 나무가 많은 산일수록 더 많은 물을 품지. 가뭄이 심해도 끊임없이 물을 쏟아내. 그 물이 개울을 만들고, 개울이 모여 강을 이루지. 초목도 산이 품은 물이 먹고 자라. 뿌리로 물을 빨아들이니깐. '사람은 물이다, 산도 물이다' 이렇게 말하면 이상하지? 그러나 물을 뽑아낸 사람, 물을 품지 않은 산은, 사람도 산도 아니야. 죽은 사람, 죽은 산이지." 아버지는 그런 말도 했다.

내가 한동안 솔바위에 앉아 있어도 예리는 오지 않는다. 땀을 식히자, 솔바위에서 내려온다. 소나무숲을 걸어 내려간다. 솔내음이 싱그럽다. "시우야, 시애야. 지구의 식물이 산소를 만들어낸다고 내가 말했지? 산소 중에 피톤치드라는 물질이 있어. 나무들이 각종 박테리아로부터 자신을 보호하려 발산하는 방향성 물질이지. 소나무에 상처를 내면 평소보다 많은 양의 송진을 분비해. 송진에는 침입하는 병원균을 죽이는 물질이 있어. 그게 피톤치드야. 나무가 스스로 치료하는 셈이지. 피톤치드를 가장 많이 뿜어내는 나무가 소나무, 잣나무, 편백, 삼나무야. 모두 바늘잎나무지. 피톤치드는 특히 사람의 몸과 마음을 맑게 해준단다. 피톤치드를 마시면 기분이 상쾌해져." 아버지 말이 생각난다. 소나무 겉뿌리가 땅 위까지 용틀임을 한다. 아버지는 그 겉뿌리를 가리키며 이런 말도 했다. "나무도 서로 말을 한다면 어떻게 생각해?" 시애가, "그건 거짓말이에요. 선생님한테 그런 말했담 혼나요" 하고 말했다. "나도 선생인데? 나무는 나무끼리 대화를 나눠. 그 증거를 대볼까. 뿌리로 대화를 나누는데, 땅 밑을 살펴보면 나무들 뿌리가 서로 얽히지 않아. '이쪽은 내 터이니, 이쪽으로 네 뿌리를 뻗지 마' 하고 말하니깐. 실뿌리가 그렇게 많아도 서로 얽히지 않지. '그쪽으로 뿌리를 뻗으면 안 돼. 바위가 있어. 나도 혼났지. 이쪽으로 뻗어봐. 물기가 있어. 아마 저 아래쪽에 지하수가 지나가나봐.' 나무 뿌리가 다른 나무 뿌리에게 이런 소식도 알려줘. 그래서 어떤 곳에 땅을 파보면 모든 나무 뿌리들이 한쪽으로만 질서 있게 뻗어 있어. 물기나 양분이 있는 쪽으로 말야. 그래도 내 말이 거짓말이냐?" 아버지 말에 시애는 말하지 않았다. "사람은 뇌수가 죽으면 다른 부위가 아무리 건강해도 죽는다. 그러나 나무는 사람보다 단순하다. 많은 부분이 죽어도 한 부분만 살아 있으면 성장하지."

수수밭 사잇길을 지날 때이다. 동네 쪽에서 짱구 형이 나를 부른다.

"어디 갔다 와?"

"갔다 와? 솔바위."

"할머니가 깨어나 널 찾아. 울며불며 야단이야."

"울어? 괜찮아요?"

"이제 정신이 돌아왔어."

"예리, 어딨어요?"

"너와 함께 있잖았니?"

"저기로." 나는 솔바위오름 쪽을 손가락질한다.

"어딜 갔을까. 미친년, 오나가나 말썽이야. 빼버리는 건데."

짱구 형이 집 쪽으로 걸음을 돌린다.

점심을 먹은 뒤에도 예리가 안 온다. 어떻게 된 것 아냐, 하며 짱구 형이 걱정한다. 해가 상원산 중턱 옥갑사 쪽으로 기운다. 그때까지도 예리가 안 온다.

"나 읍내에 나갔다 올게."

짱구 형이 마을회관 공터로 간다. 땅거미가 내릴 때야 짱구 형이 돌아온다. 예리를 못 찾았다는 것이다. 예리 대신, 여러 사람이 싸리골로 밀려들었다. 고향에서 추석 쇠러 돌아왔다. 어른들은 눈에 익고 아이들은 낯설다. 한서방 아들 창규 형 내외와 손자들이다. 팔배아저씨 동생 칠배아저씨 내외들이다. 명씨아저씨 아들 춘길 형도 왔다. 종순이도 왔다. 동네가 갑자기 객들로 부푼다. 모두 나를 보고 반긴다.

"네 어미야 어디 오겠냐. 올해도 시애는 오지 않나보다. 더 바라 무엇하랴. 시우 너 온 것만도 고마운데." 할머니가 말한다.

밤이 깊다. 우리 집으로 마실 온 사람들이 얼추 돌아간다. 안방에는 춘길 형, 창규 형, 정수만 남는다. 부엌에서 음식 만드는 소리가 그치지 않는다. 다지고, 지지고, 볶는 소리다. 할머니는 혼자 추석 차례상 준비에 바쁘다.

"장 형, 한잔 드십시오. 목 축이고 얘기 계속해요."

춘길 형이 짱구 형에게 빈 잔을 넘긴다. 쌀알 뜨는 걸쭉한 막걸리다. 용담댁이 빚은 가양주다. 예전에도 마을 길흉사 때면 용담댁이 술을 맡아 빚었다. "용담댁이 빚은 술이라야 제 맛이 나지." 동네 어른들이 말했다. 용담댁은 팔배아저씨 모친이다. 용담댁은 내가 아우라지에 있을 때 돌아가셨다. 뒤를 이어 용담댁 며느리인 춘길 형 엄마가 술을 빚는다.

"……예전에는 그랬죠. 하나가다(花肩)가 조직의 왕초를 했수다. 하나가다란 뛰어난 주먹을 말하죠. 영어로는 루키라 합니다. 그래서 하나가다 아래로 주먹 라인이 만들어집니다."

짱구 형이 사발술을 들이켠다. 파전 부침개를 간장에 찍어 입에 걸머 넣는다. 짱구 형은 최상무파가 강변파 먹은 이야기를 했다. 셋은 귀를 세워 그 이야기를 듣는 참이다. 싸움 이야기는 모두가 좋아해 솔깃해서 듣는다. 나는 싸움 이야기가 무섭다.

"주먹가다가 이젠 맥을 못 춘다는 말씀이군요. 허기사 김두한 시절 얘기지요. 주먹 하나로 팔도를 누비던 시절." 포항제철소에서 일한다는 춘길 형이 말한다.

"맞짱뜰 땐 쌍주먹이 날렸수다. 그래서 주먹들은 새도복싱 도장에 나가 몸 만들기에 열심이었죠. 그게 다 낭만파 주먹 시절 얘깁니다. 이젠 칼잡이 세상이지요. 칼을 잘 써야 합니다. 작은 칼은 사시미칼, 긴 칼은 니뽄도. 그걸 잘 다뤄야 해요. 기술을 익혀 칼 쓰는 연습을 하죠. 나무에다 모래부대를 묶어놓고 상단, 하단 담그기 연습을 해요."

"담그다니요?" 정수가 묻는다.

"찌르기를 말한다오. 푹 담갔다면, 푹 찔렀다는 뜻이죠. 그런데 담그기 연습만 잘하면 뭘 합니까. 실전에서 잘 담가야죠. 첫째 담력, 둘째 민첩성입니다. 몇 년 전, 그런 예행 연습이 있었수다. 훈련장 산중턱에서. 돼지새끼 두 마리를 산중턱에 풀어놓았죠. 출전 선수 는 일곱 명. 돼지새끼를 붙잡지 않고, 사시미칼로 담그기죠. 뒷다 리 담그기가 일등, 앞다리가 이등, 멱따기를 꼴등으로 정해놓구. 실전에서 목을 담그면 안 돼요. 즉사시키면 국립호텔서 평생 썩잖 수. 돼지새끼들은 꿀꿀거리며 도망 가겠다, 잡지 않고 담그기가 여간 힘들어야죠. 여기 시골이니 잘들 아시잖수. 날으는 삼겹살이 란 말이 있듯, 돼지새끼들이 오죽 똘똘해요. 그 시합에서 내가 일 등했수다. 그날 밤, 산중턱에서 돼지 바비큐 왕창 먹었죠."

"아까 하신 말씀, 발목을 찍어버렸담, 롱다리 그 친구는 병신 됐 겠네요?" 창규 형이 묻는다. 창규 형은 서울의 자동차 정비업소에 서 일한다고 했다.

"물론. 우족처럼 뭉텅 끊기진 않았수다. 아킬레스건을 절단냈으 니 병신 됐겠지요. 우린 한다면 반드시 해요. 특히 나는 독종이요. 고아원 출신이니깐. 지옥까지 따라가서 끝장보고 맙니다. 롱다리 는 애초부터 멱 따기로 안했으니깐, 그쯤서 봐줬수다. 땅개를 놓쳐 안됐지만. 그놈도 잡히고 말거요. 제 놈이 물 건너지 않는담 반드시 찍힙니다."

짱구 형 말에 머릿골이 바늘로 찌른다. 폐차장 트렁크 속이 생각난다. 너무 더웠고 목이 너무 말랐다. 식혜 한 모금을 마신다.

"대신 옥살이하는 분이 안됐습니다. 삼 년 육 개월이면 짧은 기간이 아닌데."

"그 정도 훈장이야 보통이죠. 그 대신 군댄 빠지게 되니 호텔서 놀며 지낼 만하죠. 내가 직접 팔찌 찰 수도 있었수다. 못 찰 것 뭐 있수. 라인에서 난 빼내줘 이렇게 활보하지만. 조직도 그래요. 국립호텔 안 보내고 보디가드로 두고 싶은 똘만이는 라인에서 키우죠. 일류 칼잡이를 골라서 말입니다."

짱구 형이 창규 형에게 술잔을 돌린다. 창규 형, 정수, 춘길 형은 말이 없다. 서로 빈 술잔만 넘기고 채운다.

"여자분이 혼자 구리시로 돌아간 것 아닙니까. 아침에 나가 이때까지 안 돌아오다니." 춘길 형이 말한다.

예리는 여량으로 나가 버스를 탔는지 모른다. 아님, 예리 말처럼, 정말 어찌됐는지 알 수 없다.

"난 걱정 안해요. 여량까지 나갔다 왔으니 내 할 일은 했수다. 어린애도 아니구, 뛰어봤자 벼룩 아니겠수." 짱구 형이 담배를 입에 문다.

"장 형 약혼자라 했잖아요?" 정수가 말한다.

"어르신들 앞이라 그냥 해본 소리죠. 그런 썩은 년하고 누가 살림 차려요. 이번 여행에도 안 붙이려 했는데, 그년이 부득부득 따라나서지 뭡니까. 무슨 고민이 있는 모양인데, 계집애들 고민이란 뻔할 뻔자죠. 푼돈 집어주는 놈팽이한테 차였거나, 카드 결제할 돈이 바닥났거나, 아랫도리에 병이 있거나, 그런 거겠죠."

정수가 빈 잔을 짱구 형에게 넘겨 술을 친다. 정수가 아까 이야기를 다시 꺼낸다.

"강변파를 작살내고 천하 통일했담, 장형도 계급이 오르겠군요. 일등공신이니깐."

"평정해도 문제는 따르죠. 우리 조 리더는 쌍칼 형님인데, 진짜 칼잡이죠. 그런데 나와바리 문제로 불만이 많수다. 형님으로선 강변파 주요 수입원인 미금시 해방촌 일대를 인계받을 줄 알았는데, 그게 꼬였거든요. 덕소 유원지 인계도 물 건너가구."

"수입원이라면?" 정수가 묻는다.

"해방촌 네거리 일대가 유흥가 밀집지역이지요. 술집 납품업만 해도 수입이 쏠쏠하죠. 뜯을 업소도 많구. 그런데 강변파에서 투항한 도수 형님이 해방촌을 계속 맡고 있지 뭡니까. 보스, 즉 우리 큰형님이 그렇게 결정을 했다더군요. 그러니 우리 형님 밸이 꼴릴 수밖에요."

"하여간 시우가 출세했어. 시우가 그런 조직체에서 활동하다니." 한수가 나를 보고 감탄한다. 그는 어릴 적 나를 많이도 골렸다.

"사람은 모름지기 도시로 나가야 돼. 아우라지에 눌러 있다간 마냥 그 꼴이지. 나이 먹어 귀향하면 그래도 도시에서 장만한 아파트라도 떨어지잖아." 창규 형이 말한다.

바깥에서 노랫소리가 들린다. 내 귀는 유난히 밝다. 예리 목소리라 얼른 방문을 열고 나간다. 예리가 비틀거리며 걸어온다. 구름 사이로 둥근 달이 모습을 드러낸다. 내일이 한가윗날이다. 예리 원피스가 물에 흠씬 젖었다. 예리가 노래를 흥얼거린다.

"어디 갔다 늦게 오우. 모두들 걱정하며 기다렸는데." 할머니가 부엌에서 나오며 말한다.

"할머니, 나 술 먹었어. 많이 취했어요." 예리가 해롱댄다.

예리는 양손에 샌들과 비닐봉지를 들었다. 마루에 걸터앉더니, 번듯이 눕는다.

"예리, 왜 이래? 여기가 어디라구 추태야. 못 일어나!" 짱구 형이 마루로 나선다.

"짱구, 네가 내 약혼자라며? 미친 소리 다 듣겠군. 시우가 약혼자라면 또 몰라." 예리가 몽롱하게 지껄인다.

"너 말 다했어? 어따 대고 반말이야!" 짱구 형이 예리를 걸어찬다. 형도 취했다.

"형씨, 참으슈. 여자분이 취한 것 같은데." 춘길 형이 끼어든다.

"왜 쳐! 네가 뭔데 쳐, 이 개자식아. 폭력배면 다야?" 발딱 일어난 예리가 악을 쓴다.

"뒈진다더니 왜 살아왔어? 차 타고 올 때 뒈진다 했잖아!"

춘길 형이 둘 사이를 뜯어말린다. 짱구 형이 씩씩대며 물러선다. 춘길 형이 예리를 부축한다. 예리가 춘길 형을 뿌리치고 짱구 형에게 달려든다.

"죽기로 하구 산으로 올라갔어. 못 죽고 내려왔어. 이번에는 강으로 갔지. 억울해서 못 죽겠더라. 그런데, 나 죽는 것하구 너하구 무슨 상관 있어? 너가 뭔데, 개새끼!"

예리가 비닐봉지를 뒤집는다. 핸드백과 소주병이 쏟아진다. 예리가 소주병을 집는다. 마루 기둥에 박살을 내자, 소주와 병조각이 튄다. 예리가 깨진 병을 휘두르며 나선다.

"짱구, 너 죽이고 나 죽지. 넌 날 인간 취급 안했어. 넌 악당이야!"

정수가 예리 팔을 잡는다. 춘길 형이 예리로부터 깨진 병을 빼앗는다. 할머니가 마당에서 발을 동동거린다. 싸움 소리가 이웃까지 퍼진다. 한서방 내외가 삽짝으로 들어선다. 길례댁도 고샅길을 뛰어온다. 달빛 아래, 동네 사람이 모여든다.

"시우야, 넌 싸, 싸우지 마. 그 옆에 있지 마!" 할머니가 헐떡이며 외친다.

쓰러지려는 할머니를 도담댁이 부축한다. 춘길 형과 정수가 예리를 건넌방으로 데리고 들어간다. 예리는 계속 악을 쓴다. 창규형이 장형이 참으라고 짱구 형을 말린다.

"죄송합니다. 예리 저 애, 새파란 나이에 알코올 중독자가 됐지요. 하는 짓 봐요. 계집애들 취해서 막 나오면 말릴 수가 없죠. 어디 건드릴 데가 있나요."

짱구 형이 손을 털고 마당에 선 동네 사람들에게 꾸벅 절을 한다. 소란을 피워 죄송하다고 말한다. 건넌방에서는 훌쩍이는 소리가 들린다. 창규 형이 핸드백을 건넌방에 넣어준다. 길례댁이 마루로 올라와 걸레질을 한다. 송편 만들다 뛰쳐나왔다며, 동네 사람들이 흩어진다.

"형씨들, 나갑시다. 여량에 호프집이 있던데요. 내가 한잔 사리다. 이런 기분으로 그냥 잘 수야 없잖습니까. 내일이 추석인데."
짱구 형이 말한다.

"그만 됐습니다.""모처럼 고향에 왔는데, 식구들과 밀린 얘기
나 나눠야지요.""내일 또 봐요. 윷놀이 시합이 있다던데." 셋이
한사코 사양한다.

그들도 총총히 제집으로 가버린다. 달이 구름 속에 들어가버렸
다. 건넌방의 예리 울음소리가 잦아지더니 흐느낌이 고즈넉해진다.

"할머니, 읍내에 나갔다 올게요. 기분 잡쳐 그냥 못 자겠어요.
시우야, 내 나갔다 오마." 짱구 형이 댓돌의 신을 신는다.

짱구 형이 마당을 나서더니 삽짝을 빠져나간다. 잠시 뒤 차 엔진
거는 소리가 들린다. 짱구 형은 술을 마셨다. 술에 취해 운전한다.

"저 청년 싸움패 맞지? 저 여자도 한패구? 거세더라. 말씨도 험
하구. 네가 저 사람들과 한패거리라니. 아서라, 다시 어울리지 마."
할머니가 말한다.

"안 어울릴 거예요."

"옳은 생각이다. 어서 방으로 들어가. 자리 깔고 누워. 할미도
다 했으니 곧 들어가마."

안방으로 들어온다. 술자리가 어수선해 주전자, 잔, 안주 따위
를 치운다. 걸레를 가져와 방을 닦는다. 요와 이불을 편다. 할머
니 자리, 내 자리, 짱구 형 자리를 마련한다. 예리가 안에서 문고
리를 잠갔으면 싶다. 짱구 형이 돌아와 시비를 거는지 모른다. 나
는 옷을 벗고 잠자리에 든다. 부엌에서는 그릇 달가닥대는 소리가
들린다. 뒤란에서 오동나무와 후박나무가 바람을 탄다. 싸리숲이

쏴 하며 운다. 잠이 오지 않는다. 할머니가 어서 들어왔으면 싶다.
할머니가 방으로 들어오기는 한참 뒤다. 형광등이 꺼지고 옷 벗는
소리가 들린다.

"시우 자냐?"

"자지 않아요."

"넌 잠이 없었지. 내 말했던가? 시애한테 편지 온 것."

"펴, 편지요?" 나는 그 말을 윤이장한테 들었다.

"작년 가을할 때지. 제주서 온 편지더라. 제주도가 어딘지 아
니?"

"알아요." 멍텅구리배를 탔을 적이다. "이 바다 건너 남으로 내
려가면 제주도야. 아주 큰 섬이지." 강훈 형이 말했다.

"서울에서 살다 거기까지 갔대. 네 어미가 점원 일하다 샛서방
을 만났나봐. 그 서방 따라서 섬에 갔겠지. 시애는 그 섬에서 어미
와 떨어져 있다더라. 공장서 먹고 자며 밤학교에 나간대. 이 할미
와 오빠가 보고 싶다구. 어린것이 얼마나 고생이 많겠냐. 내 나이
엔간해도 시애 데려오러 나섰겠건만…… 내가 글을 모르니 이장
이 편지 냈지. 거기 공장 주소로. 답이 없었어. 이장이 또 편지를
냈는데, 소식이 없어." 할머니가 코를 훌쩍이며 운다.

*

무슨 소리가 들린다.

"시우야, 시우야." 할머니가 나를 부른다.

눈을 뜨자 어느새 밤이 지났다. 문살이 희붐하다. 오늘은 추석 날이다. 옆자리에는 짱구 형이 언제 왔는지 자고 있다.

"시우야, 그 처녀가 없어졌어." 부엌 쪽문을 열고 할머니가 말한다. "신발이 안 보여 건넌방을 들여다봤지. 신새벽부터 어디로 갔는지……"

"어디로 갔어요 형."

짱구 형을 흔든다. 짱구 형이 이불을 걷고 머리를 내민다.

"걘 싸도는 애 아냐. 산책 나갔겠지 뭘."

짱구 형이 다시 이불을 둘러쓴다. 옷을 입고 마루로 나선다. 할머니가 부엌에서 나온다.

"어딜 나가려구?"

"어디요? 예리요."

"나가지 마. 길 잃어."

"길 안 잃어요."

"안 돼! 제사 모셔야 돼." 할머니가 내 신발을 집어든다. "교자상 펴고, 사과 배 깎고, 밤도 쳐야지. 네 아비가 했듯, 너도 해야 해."

나는 마루로 물러선다. 마루 시렁에 얹힌 교자상을 내린다. 할머니가 과일 담긴 광주리를 준다. 사과와 배를 장두칼로 깎는다. 과일 깎기는 밤 치기보다 쉽다. 업소에서 과일을 더러 깎아보았다. "마두 넌 껍질을 너무 두껍게 깎아. 아무래도 안 되겠다, 칼 이리 줘." 채리 누나가 말했다.

어둠이 걷혔다. 날이 훤하다. 강변에서 새떼 우짖는 소리가 들린다. 한서방네 집도 부산하다. 날이 흐려 비가 올 것 같다.

"북실댁, 나 좀 봅시다." 나루터 사공인 팔배아저씨가 삽짝으로 들어선다. 아저씨 손에 여자 샌들이 들렸다. "아주머니, 이 신발 혹시 시우와 함께 온 처녀 신발 아닌가요?"

"신발요? 맞아요." 내가 말한다. 진홍색 예리 신발이 틀림없다. 차에서 나란히 앉았을 때 그 신을 보았다.

"이거 큰일났네. 그 처녀가 물에 빠지지 않았나 몰라. 나루터에 신발만 놓였지 뭡니까." 팔배아저씨가 말한다.

"처녀는 없구요?" 할머니가 묻는다.

"없으니 신발만 남았지요."

"그게 무슨 말인가. 신발 벗고 고둥 줍는 것 아냐." 한서방이 담 너머로 참견한다.

"그 처녀, 어젯밤 죽겠다는 말 해쌌잖았나. 샅샅이 찾아봐." 할머니가 말한다.

안방에서 짱구 형이 나오며 점퍼를 걸친다.

"강변에 신발만 남았다고요? 놀래주려 깜짝쇼 아냐. 하여간 말썽이야. 찾아봐야죠."

팔배아저씨가 샌들을 댓돌에 놓고 짱구 형과 함께 삽짝을 나선다.

"넌 나가지 마. 집에 있어." 할머니가 내 앞을 막아선다.

"집에 없어. 예리 아파요."

"할머니 말씀대로 시우 넌 집에 남거라. 내가 이장께 말하마. 젊은애들 동원해서 수색해봐야지." 담 너머에서 한서방이 말한다.

한서방은 동저고리 바람으로 삽짝을 나선다. 잠시 뒤, 확성기로 이장 목소리가 들린다.

"동민 여러분, 차례상 차리기에 바쁘실 줄 압니다. 드릴 말씀은 다름이 아니라, 에또, 시우군 일행 되는 여자분이, 새벽에 나루터 나간 모양인데, 행방이 묘연합니다. 젊은 남자들은 나루터로 나와서, 에또, 수색에 협조 부탁드립니다." 확성기 소리가 그친다.

할머니와 나는 추석상을 차린다. 할머니가 부엌에서 음식 담은 그릇을 내주면 그것을 마루 교자상으로 옮긴다. 떡 접시를 나르고 적 접시와 전 접시를 나른다. 나물 접시를 나르고 포 접시도 나른다. 탕국과 메를 상에 올린다. 탕국과 메는 두 그릇이다. 수저도 두 벌이다. 날라다놓은 접시와 그릇을 할머니가 진설한다. 메와 탕을 벽 쪽에 놓는다. 적, 전, 포, 나물 접시를 가운데 놓는다. 과일 접시는 앞쪽에 놓는다.

"시우야, 얼른 낯 씻고 와."

우물터로 간다. 수도꼭지를 틀어 합성수지통에 물을 채워 낯을 씻는다. 할머니가 안방 다락에서 향안, 촛대, 향료를 꺼낸다. 향안을 교자상 앞에 놓는다. 건넌방에서 초와 향을 찾아온다. 초 두 개에 불을 켜 촛대에 꽂고 향을 촛불에 댕긴다.

"중요한 걸 빠뜨렸구나. 네 아비가 좋아했는데."

할머니가 부엌에서 주전자와 잔을 들고 온다. 할머니가 옷을 갈아입으려 안방으로 들어간다. 나도 양복 윗도리를 입는다. 넥타이는 맬 줄 몰라 매지 않는다.

"너부터 절을 해. 두 번 큰절하고, 반절을 하면 돼." 할머니가 말한다.

차례를 지낼 때 아버지도 그런 말을 했다. 나는 넙죽 엎드려 절을 한다.

"잔에 술 쳐. 네 아빈 약주를 좋아했지. 윤달 들어 올해는 귀한 햇곡으로 빚은 술이다."

사발에 막걸리를 따른다. 할머니가 사발을 받아 교자상에 올린다.

"아비야, 올해 가윗날엔 네 아들이 술잔 올린다. 이렇게 장성해서 돌아왔어. 네가 살아 이 자식을 봤다면……" 할머니가 물코를 들이켜고 눈자위를 훔친다. "네 할아버지한테 나도 절해야지" 하더니 절을 한다.

나는 할아버지를 본 적 없다. 일제 때 징용 가서 돌아오지 않았다고 했다. 할아버지는 무덤이 없다. 갑자기 고샅길이 시끄럽다. 나는 까치발로 담장 너머를 기웃거린다.

"이 좋은 날에 무슨 액변인가." "새파란 나이에 왜 죽었을까." "이장님, 어서 지서에 신고해야지요." 마을 사람들이 까마귀가 우짖듯 떠든다.

나는 댓돌로 내려선다. 신발을 신고 부리나케 마당을 나선다. 춘길 형, 윤이장, 팔배아저씨가 고샅길로 걸어온다.

"시우야, 예리란 그 여자, 죽었어. 시신을 막 건졌어." 춘길 형이 말한다.

"건졌어요? 어디요?"

"마을회관 마당에. 거기 사람들이 있어."

나는 고샅길로 내닫는다. 공회당 마당에 사람들이 몰려 있다. 한켠에 승용차가 여러 대 있다. 짱구 형이 몰고 온 차도 있다. 둘러선 사람들이 떠들어댄다. 나는 사람들 너머로 안을 들여다본다.

비닐로 무엇인가 덮어두었다. 비닐 끝으로 발톱에 매니큐어 바른 푸르죽죽한 발이 보인다. 예리가 죽었다. 죽겠다더니, 아우라지에서 죽었다.

"아까운 목숨 왜 끊었을까. 젊디젊은 나이에." "헤엄 못 쳐 익사한 게 아닐까." "오늘 윷놀이 시합은 못해. 사람이 죽었는데 무슨 윷놀이야." 동네 사람들이 한마디씩 한다.

"시우야, 예리 자던 방 봤어? 유서 같은 거 없었어?" 짱구 형이 묻는다.

"유서?"

"가보자. 유서를 남겼을지 몰라."

짱구 형과 나는 집으로 걷는다. 짱구 형이 옆구리에 찬 삐삐를 들여다본다.

"채리 누나야. 어젯밤에 읍내 술집서 구리로 전화 걸었지. 안 받더군. 형님 휴대폰도 연결이 안 되구."

"연결 안 돼? 왜 걸어?"

"심심해서. 채리 누나가 연락할 게 있나봐. 전화 줘야 하는데, 너네 집 전화 없지? 이장집 전화 한 통 쓰지 뭐."

맞은편에서 할머니가 쫓아온다. 지팡이를 안 짚었다. 넘어질 듯 꼬부장한 허리다.

"그 처녀가 죽었다며?" 할머니가 묻는다.

"자살한 모양입니다. 여기 올 때부터 죽고 싶다고 말했어요. 명절에 이런 불상사가 나서…… 걔를 안 데리고 오는 건데." 짱구 형이 말한다.

우리는 집으로 온다. 할머니가, 밥 먹고 성묘나 가자고 말한다. 짱구 형이 건넌방으로 들어가려다 걸음을 멈춘다. 마루에서 나를 본다.

"잘못함 이 사건에 말려들겠는걸. 경찰이 타살로 우길 수 있잖아. 그럼 너와 내가 덤터기 쓸 수 있어. 너 건넌방에 들어가지 마. 경찰 와서 유서를 찾든 말든. 신원조회나 차 조회한담, 이거 일이 꼬이는데……" 짱구 형이 고개를 내젓는다.

날씨는 구름이 무겁다. 할머니, 짱구 형, 나는 마루에서 추석 아침밥을 먹는다. 반찬이 푸짐한데 밥이 잘 넘어가지 않는다. 나는 예리만 생각한다. 예리는 쇼걸이었다. 몸이 너무 말라 무대에서 내려왔다. 술만 취하면 살기가 지겹다고 말했다. 에이즈 이야기도 했다.

경찰차 사이렌 소리가 멀리서 들려온다. 사이렌 소리가 동네로 들어선다. 마을회관 앞에서 소리가 멈춘다. 묵묵히 밥그릇을 비운 짱구 형이 마당으로 나선다.

"나 전화 한 통 걸고 올게."

"전화? 채리 누나?"

"조금 전에도 삐삐가 왔어."

짱구 형이 바삐 삽짝을 나선다. 나도 밥그릇을 비운다. 마을회관 앞으로 나가보고 싶다. 순경이 겁난다. 순경이 우리가 타고 온 차를 조사할지 모른다.

"시우야, 죽은 그 처녀 잘 알지. 뭐 하는 애니?" 할머니가 묻는다.

"뭐 하다니? 클럽 일 해요."

"거기가 뭐 하는 데니?"

"술 마시는데? 춤추구."

"넌 순경이 무슨 말 물어도 모른다고 대답해" 하더니, 할머니가 숟가락을 놓는다. "어서 음식 챙겨 성묘나 가자."

"주인 계십니까."

삽짝으로 순경이 둘이 들어온다. 윤이장과 춘길 형, 한서방이 뒤따른다. 동네 어른, 추석 쇠러 온 아이들이 몰려든다. 나는 축담에 우두커니 섰고, 할머니가 부엌에서 나온다.

"할머니, 그 여자 여기서 숙식했담서요?" 땅땅한 순경이 묻는다. 허리에 권총을 찼다.

"저 건넌방에서 혼자 잤지요. 우리 손주와 함께 온 청년은 나하구 잤어요."

"며칠 밤 잤습니까?"

"이틀요."

"그 여자 여기 출신 아니죠?"

"장씨란 청년과 함께 왔어요." 윤이장이 대답한다.

"방을 좀 봐도 되겠지요." 안경 낀 순경이 묻는다.

안경 낀 순경이 신발을 벗고 건넌방으로 들어간다. 땅땅한 순경도 따라 들어간다. 한참 뒤, 두 순경이 나온다. 땅땅한 순경이 예리 핸드백을 들었다. 짱구 형이 마당으로 들어선다.

"시우씨, 나 좀 봐요." 땅땅이가 나를 부른다.

"우리 시우는 아무것도 몰라요. 저기, 장씨란 청년이 처녀를 잘 아나봐요." 할머니가 내 앞을 막고 말한다.

"일행이지요? 이름이 뭐요?" 안경쟁이가 짱구 형을 상대한다.

"장명굽니다."

"그 여자와 어떤 사이요?"

"그냥 아는 사이죠. 시우와 난 단란주점에서 일하구, 예리는 나이트클럽 호스티숩니다. 시우 고향에 간다니깐 추석에 집밖 안 붙는다 껴붙었죠."

"이름이 김순옥인데?" 땅땅이는 주민등록증과 수첩을 들고 있다.

"예리는 클럽에서 부르는 이름이죠. 여기 올 때도 살기 싫다는 말 자주 했어요. 자살 얘기하길래 농담인 줄 알았지요." 짱구 형이 말한다.

"두 분, 지서로 가줘야겠어요." 땅땅이가 말한다.

"우리 시우는 안 돼요!" 할머니가 땅땅이 소매를 잡는다. "동네 사람한테 물어봐요. 그 처녀가 어젯밤에 혼자 엉망으로 취해 들어왔어요. 옷이 젖어선, 강에 갔다 못 죽고 왔다며. 죽겠다며 술병을 깨고 난리 피운 걸 다 봤어요. 춘길아, 내 말 맞지?"

"맞아요. 시우 할머니 말씀 그대롭니다." 춘길이가 말한다.

"이장님도 잠시 동행해주셔야겠습니다." 안경쟁이가 말한다.

할머니가 땅바닥에 퍼질러앉아 울음을 터뜨린다. 시우 가면 나도 따라가겠다며 패악을 친다. 한서방과 춘길 형이 할머니를 달랜다. 나는 짱구 형을 따라나선다. 머릿골이 바늘로 쑤신다. 경찰서로 가기가 두렵다. 순경은 짱구 형과 나를 팰는지 모른다. 짱구 형은 롱다리 다리를 일본도로 내리쳤다. 짱구 형은 잡히지 않았다. 춘길 형, 정수, 창규 형이 짱구 형의 그 말을 들었다. 대문을 나서며,

할머니 쪽을 돌아본다. 할머니가 손을 내저으며 울부짖는다. 손주 데리고 성묘 가야 한다고 응절거린다. 따라나서려는 할머니를 춘길 형이 붙잡는다. 사이렌 소리가 들린다. 강둑길 따라 앰뷸런스가 온다. 날씨는 곧 비라도 쏟아질 듯 하늘은 구름이 무겁다.

우리는 마을회관 마당으로 온다. 경찰차가 주차해 있다. 동네 사람 너덧이 모였고 예리 시신은 여전히 비닐에 덮여 있다. 내 또래 의경이 시신을 지킨다.

"박의경, 자넨 앰뷸런스 타고 와. 사망자 주민증 여기 있어. 사망진단서 끊어오구." 땅땅이가 의경에게 예리 주민등록증을 넘겨준다.

"무릎, 어깨, 이마에 타박상이 있는데요." 박의경이 말한다.

"의사가 부검하겠지 뭘." 땅땅이가 안경쟁이에게 말한다.

땅땅이가 경찰차 운전석에 오른다. 안경쟁이가 옆자리에 탄다. 윤이장, 짱구 형, 나는 뒷자리에 탄다. 경찰차가 출발한다. 앰뷸런스가 동네로 들어온다. 승용차가 아우라지를 지난다. 강변의 미루나무가 강물에 그림자를 던지고 있다. 미루나무숲이 흔들린다. 미루나무의 까치집도 흔들린다. 꼬마물새떼들이 강변에서 날개를 턴다.

승용차가 다리를 건넌다. 경찰차는 저만큼 앞서 여량면사무소로 꺾어진다. 승용차가 지서 안으로 들어간다. 안경쟁이, 짱구 형, 나는 승용차에서 내린다. 빗방울이 후드득 듣는다. 우리는 건물 안으로 들어간다. 가슴이 뛰고 머릿골이 다시 아프다. 지난겨울, 나는 구리시 경찰서로 끌려갔다. 그 이후, 경찰서는 처음이다. 순경이 여럿이다. 윤이장이 땅땅이와 무슨 이야기를 하다, 나를 본다.

"마씨는 거기 앉구, 장씨랬나, 여기 앉아요. 주민등록증 꺼내구."

땅땅이가 타자기에 종이를 끼운다. 짱구 형이 맞은편 의자에 앉는다. 나는 벽 쪽 대기용 긴 의자에 앉는다. 지난겨울, 구리시 경찰서에서는 내가 조사를 받았다. 이런 의자에 키요와 짱구 형이 앉아 있었다. 둘은 수갑을 차고 있었다. 안경쟁이는 전화를 걸고 있다.

"……사망 시간 금일 새벽으로 추정. 성명 김순옥. 주민등록번호 칠공일일공삼에 이공칠이육사삼. 수첩 찾았으니, 연락이야 되겠죠. 네, 부검 의뢰했습니다."

땅땅이는 자판기를 두드린다. 짱구 형에게 이것저것 묻는다.

"김순옥, 언제부터 호스티스로 일했소?"

"삼 년은 넘은 것 같은데, 업소가 달라 예리 신상은 자세히 몰라요. 시우가 조금 모자라는 데가 있어, 그 애가 시우를 무척 동정했죠."

윤이장이 내 쪽으로 와서 내 옆에 앉는다.

"자넨 말이 어둔하다 했지. 물어볼 게 있으면 장씨가 똑똑하니 그쪽을 상대하라구. 그 여자분은 자살이 분명하다구 말했구."

나는 땅땅이에게 그 말을 하고 싶다. 클럽에서 춤을 출 때, 예리가 말했다. 에이즈에 걸린 것 같다고. 에이즈는 죽는 병이라고 했다. 짱구 형은 땅땅이를 상대로 한창 떠벌리고 있다.

"……글쎄 말입니다. 저는 벌초를 하고 있었죠. 시우가 할머니 업고 예리와 같이 내려갔는데, 그때 사라졌나봐요. 그게 아침 열시경이니, 그로부터 밤 열시쯤까지 행불이었어요. 모두들 걱정했

조. 밤이 깊었어요. 방에서 마을 청년들과 얘기하고 있을 때야 나타났어요. 술에 취해서. 자살을 하려다 못했다며 횡설수설하대요. 옷이 물에 쫄딱 젖었구. 내가 충고를 하자, 비닐봉지에서 소주병을 꺼내더니 그걸 박살내 날 죽인다구…… 마을 청년들이 말려 겨우 재웠죠. 저기 이장님도 잘 아실 겁니다. 걔가 발광 떨 때, 마을 사람들이 죄 모였으니깐요."

"그렇담, 장씨는 김양 자살 원인을 뭐라고 판단하오?"

"예리가 병이 있다고 말했어요. 나이트클럽 호스티스니 외박 나갈 날이 많잖아요."

"성병 정도로 목숨을 끊어요?"

"그걸 왜 나한테 물어요?"

나는 의자에서 벌떡 일어선다.

"성병? 예리가 에, 에이즈…… 주, 죽을병이라구." 내가 숨차하며 말한다.

"에이즈?" 땅땅이가 나를 본다.

"에이즈. 추, 춤출 때, 말했어요."

"사망자 삼촌인데, 뭐라고 말할까요?" 안경쟁이가 전화를 받다 말고 땅땅이를 본다.

"교통사고 중상이라 해줘. 위급하니 보호자나 빨리 여기 지서로 오라구. 와 보면 알겠지 뭘." 안경쟁이가 수화기에 대고 그 말을 전한다. "짐작이 가누만. 정순경, 여기 보건소 에이즈 감염 여부 판정할 수 있을까?"

"글쎄요, 시골이라. 물어보지요."

윤이장이 땅땅이에게 다가간다.

"차례도 못 지내고 와서 집으로 가보야겠어요. 내 다시 말하지만, 여자분 행실로 보아 제정신이 아니었는데…… 자살이 틀림없어요. 잠이 깨자 충동적으로 강변으로 나간 겁니다. 장씨 저 청년과 시우는 그 시간에 한잠 들어 있었구."

"알았어요. 그럼 이장님은 가보시요." 땅땅이가 허락한다.

조사 마치고 오라며, 이장이 나와 짱구 형에게 말한다. 나도 이장과 함께 나가고 싶다. 할머니 노망기가 도졌을는지 모른다.

"장씨는 추석날 고향에 안 가오?" 땅땅이가 묻는다.

"고아원 출신입니다. 거기, 주민증 호주는 고아원 원장이구요."

"정순경, 보건소 전화 넣어봐. 타박상도 알아보구."

"타박상? 술 취해 진종일 헤매고 다녔으니 오죽 자빠졌겠어요." 짱구 형이 말한다.

"당신, 뭘 좀 아는구먼."

"고아원 이력이니 눈치로 살아온 세월 아닙니까."

땅땅이가 짱구 형에게 이것저것 묻고, 짱구 형이 열심히 대답한다. 나는 떨고 앉았다.

시간이 많이 흘렀다. 짱구 형이 일어선다. 무슨 종이에 손도장을 여러 번 찍는다.

"싸리골로 들어갈 거지요?" 땅땅이가 짱구 형에게 묻는다.

"시우 재 성묘하러 먼길 왔는데. 우린 내일 아침에 떠날 겁니다."

"참고할 일 있으면 이장댁에 연락하리다. 또 봐요."

짱구 형과 나는 지서 마당으로 나선다. 비가 추줄추줄 따른다.

우리는 비를 맞으며 싸리골로 돌아온다. 주머니에 손을 꽂고 걸으며 짱구 형은 말이 없다. 무언가 곰곰이 생각하는 눈치다. 나는 말이 없는 짱구 형이 두렵다.

"쌍년, 왜 하필 여기 와서 뒈져. 그것도 추석날에 말야." 짱구 형이 투덜거린다. "쌍침 형님이 찾나봐. 채리 누나가 빨리 올라오라는데……"

"빨리 와?" 내가 묻는다.

"도수 형님하고 쌍침 형님이 한판 붙었대. 내 그럴 줄 알았지. 우리 형님이 참고 있을 인품이 아냐. 하면 한다는 배짱 있잖아. 너도 그쯤은 알지?"

마을회관 앞에 이르자 여러 차들 속에 우리가 타고 온 쥐색 승용차가 있다. 짱구 형이 우리 집이 아니라 차 쪽으로 간다. 비가 와서 그런지 회관 주위에는 사람이 없다.

"빨리 타." 짱구 형이 세모눈을 하고 명령한다.

"빨리 타?"

나는 집으로 가서 할머니를 보고 싶다.

"빨리 타라니깐."

짱구 형이 나를 차에 밀어넣는다. 누가 나를 못 가게 잡았으면 싶다. 할머니가, 시우를 왜 데리고 가냐며 나타나지 않는다. 나는 가슴이 뛰고 머리가 너무 아파, 아무 말도 할 수 없다. 짱구 형이 시동을 건다. 승용차가 출발하자 와이퍼가 작동된다. 차가 속력을 내자 싸리골이 빠르게 뒤로 물러난다. 나는 아우라지 쪽을 돌아본다. 비가 강물에 떨어진다. 예리가 죽은 강이다. 예리 얼굴이 차

창에 어린다. 빗방울이 눈물처럼 창에 맺힌다. 와이퍼가 빗방울을 밀어낸다. 나는 참았던 울음을 터뜨린다.

9. 죽은 자와 산 자

구리시로 올 때까지 줄곧 비가 내렸다.

"추석날 오전이라 길 한번 시원히 뚫렸군." 짱구 형이 말했다. 짱구 형은 빗길에 무서운 속도로 차를 몰았다. 고속도로 순찰차에 걸렸으나 그냥 내뺐다. 순찰차는 뒤쫓아오지 않았다. 휴게소에서 한차례만 쉬었다. 짱구 형은 공중전화로, 채리 누나한테 예리가 자살한 걸 알렸다고 말했다.

구리시 이촌 네거리 일대의 모든 점포는 문을 닫았다. 슈퍼, 구멍가게만 문을 열었다.

공중전화 박스에서 짱구 형이 나온다.

"이쪽이 아냐. 한 블록 뒤래. 방을 자주 옮기니 찾을 수가 있어야지."

차가 아파트 한 블록을 지난다. 사층짜리 서민아파트다. 약국 앞에 차가 멎는다. 검정 우산 쓴 채리 누나가 기다리다 차 뒷자리에 탄다.

"백오동 앞으로 가." 채리 누나가 짱구 형에게 묻는다. "예리가 에이즈 걸린 게 사실이야?"

"지레짐작인지 모르지만, 마두가 들었대요. 마두가 지서에서 그 말을 해 쉽게 풀려나왔죠."

"아무렴, 그토록 쉽게 목숨 끊다니" 하더니, 채리 누나가 차를 세우라고 한다. "이백구호야. 나 내리고 주위 살펴보구 올라와."

"강변파 뽀개졌는데도요?"

"그렇게 됐어."

배불뚝이 채리 누나가 차에서 내린다. 우산을 펴들어 얼굴 가리고 아파트 입구로 들어간다. 잠시 뒤, 우리도 내린다. 주위를 살펴보니 아무도 없다. 이층으로 올라간다. 짱구 형이 초인종을 누르자 채리 누나가 문을 열어준다. 거실에는 술판이 벌어졌다. 쌍침형님, 빈대 아저씨, 돌쇠, 람보가 둘러앉았다.

"마두, 고향이 좋지?" "짱구 형, 안녕하세요." "형들, 추석 아침 밥 잘 잡쉈어요?" 빈대 아저씨, 돌쇠, 람보가 한마디씩 한다. 쌍침 형님은 말이 없다. 늘 그렇듯 표정이 무겁다.

"형님 손 왜 그래요?" 짱구 형이 붕대 감은 쌍침 형님 손을 본다.

쌍침 형님은 대답이 없다. 빈대 아저씨가 맥주를 마신다. 형님께 한잔 올리라며 짱구 형에게 빈 잔을 넘긴다. 짱구 형이 두 손 모아 쌍침 형님에게 잔을 건넨다.

"너들은 이제 가봐. 내일 열시 반까지 단란에 집합하구." 쌍침 형님이 새끼 셋에게 말한다. 돌쇠, 넙치, 람보가 일어선다. 셋이 차려 자세로 허리 숙여 절을 하고 현관으로 나간다.

"이젠 사방이 적이야. 언제 거세될지 몰라. 아무래도 내가 덕이 모자란가봐." 쌍침 형님 목소리가 침통하다.

"도수 형님이 계속 긁나보죠. 큰형님은 왜 도수 형님만 끼고 돌아요?" 짱구 형이 말한다.

"요즘 심정 같아선 차라리 항구로 다시 내려가고 싶다. 조용히 묻혀 살고 싶어."

"어디 그럴 수야 있나. 터 잡느라 얼마나 고생 많았는데. 손발 다 잘려가며." 빈대 아저씨가 말한다. "기회가 올 거야. 찡오한테 내 그런 귀띔했다구. 우리야말로 동향 아니니. 느긋이 기다려." 빈대 아저씨는 쌍침 형님과 한 고향 출신이라고 키요가 말했다.

"원생살이 하는 애들한테 면목이 없어요. 어제 오전 면회 갔지만, 할말도 없습디다."

"형님, 동생공사 아닙니까. 나와 마두는 어떡하구요. 이대로 주저앉을 수 없습니다. 쇼부 내야지요. 제 할 일이 뭐예요?" 짱구 형이 발끈해한다.

"땅개를 봤어. 겁도 없이 박스 앞을 지나가. 그날 토낀 쥐떼 잔챙이들 있잖아, 그놈들도 덩달아 설쳐. 도수 밑에 다시 붙었나봐. 해방촌에서 활개친대." 빈대 아저씨가 말한다.

"땅개를 봤다구요? 야, 이거 세상 우습게 돌아가네. 그 쥐새끼, 여기가 감히 어디라고 활보해. 형님, 우리가 아무리 손발 잘렸다지만, 눈뜨고 그 꼴 봐야 합니까? 환장하겠네."

짱구 형이 점퍼를 벗어젖힌다. 안방 문이 열리고 채리 누나가 내다본다.

"시우 넌 방으로 들어와." 채리 누나가 말한다.

안방으로 들어간다. 삼단 장롱, 화장대가 있다. 살림이 단출하다. 은은한 향내가 난다. 여자 방 내음이다. 채리 누나가 소반을 내 앞으로 민다. 과일접시와 송편접시가 얹혔다. 채리 누나가 먹으라고 말한다. 나는 휴게소에서 국수를 먹었으나 쑥송편을 집어든다.

"얼마나 울었으면, 눈이 부었구나. 할머니 두고 떠나오자니 섭섭했지?"

나는 머리를 끄덕인다. 나는 할머니한테 떠난다는 인사조차 못했다.

"예정대로라면 하룻밤 더 자고 와야 하는데, 급한 마음에 내가 불렀다. 짱구가 형님을 지켜야 하기에. 마두 너한테 미안하구나."

채리 누나가 숨결을 고른다. 누나 배가 많이 부르다. 쇼걸 시절, 누나는 날씬했다.

"참, 경주랬나, 어제 저녁 단란주점에 다녀갔어. 추석 어찌 보내나 싶었던지, 너 보러 왔더라. 짱구와 고향에 갔다니 좋아하더군. 네가 다시 올 거라니깐, 조만간 들르겠대. 장애인들 데리고 고생 많은 것 같아 내가 얼마 보태줬지. 후원회 들어달라 해서 회원으로 가입했구. 경주씨 말이, 널 아주 고향에 보내주라더라. 내가 형님께 말은 하겠지만, 어디 내 말 듣는 분이니."

"아우라지 가고 싶어요." 내 목소리가 울음에 잦아든다.

"이번 일만 잘 수습되면, 널 고향으로 보내주마. 내가 약속할게." 채리 누나가 한숨을 내쉰다. "일이 왜 이렇게 꼬이는지 몰라. 출산 가까워 단란에 나가기가 어렵잖니. 당분간 예리한테 맡기려 했더니, 그 일도 텄구. 경란이한테 맡겨야지. 걘 손버릇이 어떤지 몰라."

방문이 열리고 짱구 형이 큰 머리통을 들이민다. "아저씨 가신대, 인사해" 하고 내게 말한다. 나와 채리 누나가 거실로 나온다. 빈대 아저씨가 현관을 나선다. 아저씨는 서나 앉으나 키가 비슷하다. 아저씨 다리는 너무 짧다.

"속 끓이지 마. 몸만 버려. 내가 도수 쪽 동태를 살펴 자주 알려주마." 빈대 아저씨가 쌍침 형님에게 말한다.

"아저씨, 이것 가져가요. 한과예요. 애들하고 드세요." 채리 누나가 종이팩을 건네준다.

"이러지 않아도 되는데. 고맙게 먹겠어."

빈대 아저씨가 나간다. 채리 누나가 현관문을 잠근다. 쌍침 형님이 채리 누나에게, 방에 들어가 있으라고 말한다. 잠시 침묵이 흐른다. 쌍침 형님이 짱구 형을 본다.

"도수를 꺾어야 해. 그 길밖에 대안이 없어."

"어떤 방법으로요?"

"이 바닥 뜨도록 만들어야지."

"그럼 큰형님 허락을……"

"일 치고 나중에 보고할 수밖에. 말로는 안 될 테니깐."

"담그는 건 문제없죠. 제가 맡을게요."

"도수가 혼자 다니진 않잖아. 걔 주위에도 스물네 시간 똘만이들이 지켜. 나를 두고, 아직 정신 못 차리는 꼴통이니 혼내줘야 한다는 말이 공공연히 나돌아. 도수가 똘만이들한테 그런 말 했대."

"싸가지없는 새끼들. 누가 그럽디까?"

"찡오 형이. 그 형이야말로 우리 뒷배 아니니."

찡오 형님은 우리가 떠나온 항구 출신이다.

"그럼 불곰 형님은 도수 형님과 찰떡이 됐단 말입니까?"

"붙었다기보다, 보스 눈치 살필 수밖에. 양다리 걸치는 셈이지."
쌍침 형님이 담배를 피워 문다. "그건 그렇구, 구리와 미금 나와바
리가 깨졌다 보니 이제 도수 똘만이들이 구리에 깔렸어. 여기 방
도 내놨다. 채리 출산이 한 달도 남지 않았는데, 여기도 찍혔다고
봐야지. 언제 습격 당할지 몰라. 어제 저녁, 도수한테 나도 막말했
어. 토낀 쥐떼 비호 말라구. 술판 쓸고 법석 떨었지. 불곰 형이 말
려 유야무야됐지만, 두고 보자며 도수가 룸 박차고 나갔어. 홀에
보디가드 둘이 망을 치고 있더군."

"형님, 연장질은 제가 맡죠. 우리 애들 망보게 하고 내가 나설게
요. 그러곤 당분간 숨겠어요. 마두 고향 아우라지는 잠적하기 그
만이에요."

안방 문이 열린다. 채리 누나가 부른 배를 앞세우고 나온다.

"이번만은 제발 좀 참아요. 태어날 아기를 봐서도. 당신이 아
량만 가진다면, 도수 그분 봐줄 수 있잖아요. 나이도 두 살 위구."
채리 누나 눈에 눈물이 글썽하다.

"방에 못 들어가! 남자들 하는 얘기에 왜 끼여. 해산할 때까지
전주 내려가 있어. 당장 짐 싸!" 쌍침 형님이 고함을 지른다.

쌍침 형님이 담뱃불을 재떨이에 비벼끈다. 채리 누나가 울음 터
지려는 입을 손으로 막고 방으로 들어간다. 나는 불안하다. 잠시

침묵이 흐른다.

"아직은 빨라. 찡오 형은 우리 편이니 걱정 없지만, 최소한 불곰형 묵계가 있어야 돼. 그렇지 않담, 도수 제거하고도 우린 매장이야. 이 바닥서 아주 떠야 돼. 기회를 보자구. 몸조심하며. 넌 특히 땅개 조심하구. 그놈이 연장 갈고 있을 거야. 애들 훈련 잘 시켜둬. 마두는 업소 부근 경계 맡기구."

"겨, 경계요?" 내가 쌍침 형님께 묻는다.

"넌 땅개와 도수 알잖니. 널 트렁크에 실은 쥐떼도 기억할 테구. 그놈들이 이 바닥까지 얼쩡거려."

나는 다리 부근에서 만난 쥐떼 셋을 기억한다. 쌍라이트 불빛에 얼핏 스치던 얼굴들이 떠오른다. 와이셔츠에 피칠갑을 한 녀석은 곱슬머리였다. 얼굴이 검고 눈썹 짙은 녀석은 말대가리였다. 뺨살 두툼한 녀석은 운전석에서 내렸다.

"너도 쪽팔렸지만 괜찮아. 멍청인 줄 쥐떼도 알 테니깐. 티브이에 소개됐잖아." 짱구 형이 말한다.

"마두, 너 옥상 찾아갈 수 있어?" 쌍침 형님이 묻는다.

"오, 옥상요?"

민망한 웃음을 띤다. 국숫집 옥상을 찾아갈 수 없다. 이 아파트 단지가 어디인지 알 수 없다. 나는 구리시로 들어올 때까지 내내 홀쩍거렸다.

"마두 옥상에 데려주고 와. 넌 앞으로 밤낮 내 옆에 있어야 해." 쌍침 형님이 말한다.

짱구 형이 나를 보고, 뜨자며 현관으로 나선다. 채리 누나가 안방에서 나온다. 퉁퉁 부은 눈이다. 잠시 기다리라고 말한다. 채리 누나는 주방에서 무엇인가 뭉쳐 싸더니 종이팩에 넣는다. 가져가 먹으라고 말한다. 짱구 형과 나는 아파트 건물에서 나온다. 비가 그쳤고 구름이 빠르게 이동한다. 짱구 형이 아파트 사잇길을 살핀다. 아이들이 자전거를 타며 놀고 있다. 우리를 지켜보는 쥐떼는 없다.

"앞으로 주위를 잘 살펴. 언제 오다구리 당할는지 모르니깐."

짱구 형이 승용차 문을 열고 차에 오른다. 나도 탄다. 차가 한길로 나선다. 네거리 여러 개를 지나자 낯익은 거리가 나온다. 호텔 지하 업소가 나선다. 추석날이라 셔터가 내려졌다. 국숫집으로 들어가는 코너에 짱구 형이 차를 세운다. 짱구 형이, 간단히 저녁 요기나 하자고 말한다. 24시간 편의점은 문을 열었다. 우리는 편의점 안으로 들어간다. 짱구 형이 컵라면 두 개를 산다. 온수기의 끓는 물을 컵에 받는다.

"넌 이게 저녁이야. 내일 아침에 단란으로 나와. 난 당분간 형님 보디가드 해야 하니 잠은 너와 못 자. 형님께 말해 새끼 하나 붙여 주지. 너 어디로 토끼지 마! 아우라지 가겠다고 나서지 말란 말야. 만약 사라졌다면, 발목 찍어 절름발이 만들 거야. 형님 뿔난 것 봤지?"

우리는 라면을 먹고 편의점을 나온다. 짱구 형은 승용차를 몰고 가버린다. 국숫집 현관문이 열려 있다. 종이팩을 들고 옥상으로 올라간다. 옥상문을 밀고 들어간다. 화단을 보니 비가 내려 어린 배춧잎이 파릇하다. 시우 왔네, 하고 배춧잎이 내게 말을 건다. 식

물은 자기가 사랑해주는 사람에게 자기도 사랑을 준다고 아버지
가 말했다.

가건물로 들어온다. 종이팩을 열어보니 크린랩으로 싼 송편이다.
사과도 두 알 들었다. 추석날, 나는 혼자 옥상 가건물에서 자게 됐
다. 와이셔츠 주머니에서 아버지 사진을 꺼내 본다. 아버지는 죽
어 사진으로 남았다. 죽었어도 내게 늘 말을 한다. 예리도 죽었다.
예리 사진을 갖고 싶다. 사진을 보며 말을 나누고 싶다. 비 끝이라
밤 기온이 차갑다. 홑이불이라 춥다. 옹송그려 이불을 둘러쓴다.

이튿날 아침이다. 배추는 씨를 뿌린 대로 너무 밀생했다. 솎아
주어야 뿌리를 튼튼히 내린다. 어린 잎, 솎은 잎을 종이팩에 담는다.
겉절이해 먹기에 알맞다. 옥상을 나서서 큰길로 나온다. 황금호텔
코너 구두박스는 문을 열었다. 빈대 아저씨와 벌렁코 형이 아침부
터 바쁘다.

"마두, 고향 갔다 왔담서? 예리 송장 치게 돼서 김샜겠지만." 벌
렁코 형이 말한다.

"이런 시간대를 삼박자라 그래. 연휴 끝이겠다, 전날 비 왔겠다,
출근 시간대 아냐. 닦슈 안했는데 콧등 광나는 구두 있음 나서보
라 그래. 오전에 적게 잡아 백 켤레다." 빈대 아저씨의 흥이 오른
말이다. 헝겊에 구두약을 찍는다. 구두 콧등에 약을 바르는 솜씨
가 잽싸다. 금세 구두 콧등이 반질반질해진다.

"무슨 비닐봉지야?" 빈대 아저씨가 묻는다.

"봉지요? 배추."

"돌쇠한테 그 말 들었어. 옥상에서 농사지은 배추란 말이지?"

"배추 맞아요. 겉절이 먹어요."

비닐봉지를 빈대 아저씨에게 준다. 빈대 아저씨가 비닐봉지를 들여다본다.

"한 끼는 착실히 먹겠는걸. 고맙다. 무공해라, 집사람이 좋아하겠어."

빈대 아저씨 집사람을 나는 보지 못했다. "곱사등이야. 키가 비슷하지. 밤에 그거 할 때, 윗목에 누구 있소 하는 말은 안 듣게, 사이즌 맞겠지." 돌쇠가 말했다.

"마두, 추석 잘 쉬었어?" 오토바이를 타고 온 멍게다.

멍게가 구두 나르는 간이신발대에서 여러 짝 구두를 내려놓는다. 흙 묻은 구두, 먼지 앉은 구두다. 여자 구두도 있다. 멍게가 슬리퍼를 챙겨 오토바이를 몰고 떠난다.

호텔 지하실 셔터가 열려 있어 지하 업소로 내려간다. 나이트클럽과 호프집은 오후에 문을 연다. 단란주점 문은 잠겼다. 그 앞에서 한참 기다리자 새끼 둘이 나타난다. 낯선 얼굴이다. 주걱턱과 인중 짧은 메기입이다. 돌쇠가 온다. 돌쇠가 열쇠로 문을 딴다. 홀로 들어오자, 돌쇠가 새끼 둘을 내게 소개한다.

"너들, 처음 뵙는 모양이군. 마두 형님이셔. 말 많이 들었지? 잘 모셔야 해."

새끼 둘이 내게 절을 한다. 잠시 뒤, 새끼 셋이 나타난다. 람보, 빠가, 형철이다. 쪽방에서 동거하는 식구다. 쌍칩 형님, 채리 누나, 짱구 형이 오기는 한참 뒤다. 쌍칩 형님에게 모두 허리 숙여 절을 한다. 쌍칩 형님이 일번 홀로 들어간다.

"모두 들어와. 돌쇠 너도." 짱구 형이 말한다.

우리는 홀로 들어간다. 쌍침 형님 맞은편 자리에 나란히 앉는다. 짱구 형이 쌍침 형님 옆에 지키고 선다.

"내 말 잘 들어, 너들 신고식 때 기억하지. 마두는 병원에 있었지만, 동생공사하기로 맹세한, 젖 먹을 때 말야." 쌍침 형님이 무겁게 입을 뗀다. "조직이란 리더 밑에 뭉친다. 우리 조직 보스는 최상무님이시다. 이 바닥에서 기반을 잡은 지 이십 년, 갖은 고생 끝에 성공한, 명실상부한 대부시다. 지역 발전에 일조하는 사업가시고, 신중할 때와 결단할 때를 분별하는 판단력을 겸비한 분이시다." 쌍침 형님이 잠시 말을 끊는다. 룸 안이 조용해 숨소리도 들리지 않는다. "어느 조직체나 보스 아래 조가 있고, 조 리더가 부하를 총괄한다. 보스는 리더만 관장할 뿐 아래 선은 접촉하지 않는다. 우리 조직 리더는 한 가지씩 업소를 관장하며, 내게 맡겨진 업소는 이곳 단란과 납품이다. 리더는 책임지고 부하를 보살피고, 그들과 생사를 함께한다. 동생공사란 그래서 생긴 말이며, 우리는 젖을 함께 먹은 형제다. 형제 중에 넷, 킹콩, 합죽이, 키요, 종태는 지금 국립호텔에 있다. 그들은 조직을 위해 싸운 형제들이다. 형제를 배반하면 안 된다. 목에 칼이 들어와도 맹세한 비밀은 지켜야 한다. 의리란 어느 조직체든 이 지하 세계의 으뜸 교훈이며, 이를 위반할 때 처벌이 가혹하다. 의리를 배신할 때, 잔혹한 연장질은 너들도 영화에서 봤지? 결코 활극이 아니다. 강변파를 깨부술 때, 너들은 직접 가담하지 않았지만 그 실화를 익히 들었을 것이다. 우리 조는 지금부터 비밀리에 한 가지 사업을 추진키로 했다. 이

사업을 박쥐라 부르기로 한다. 박쥐란 우리 사업 명칭이며 목표물을 가리킨다. '박쥐 잘되어간다' '박쥐 새끼 봤다'라고 말할 땐, 사업이 잘된다, 박쥐 똘만이를 봤다라고 알아들으면 돼. 그 일 추진은 짱구가 설명할 것이다. 짱구는 박쥐 박살 행동책이다. 모든 지시는 짱구로부터 받기를. 이상이다."

쌍침 형님이 일어선다. 모두 일어서자 나도 일어난다. 쌍침 형님이 홀로 나간다. 모두 허리 숙여 절한다. 짱구 형이 쌍침 형님을 따라나간다.

"대진에서 전화왔어요. 거기로 갔을 거라 했어요." 채리 누나가 쌍침 형님에게 말한다.

쌍침 형님이 단란주점을 나선다. 짱구 형이 따라나간다. 채리 누나가, 너희 뭐 마실래 하고 묻는다. 람보가, 커피 줘요 하고 말한다.

"형, 박쥐가 누굽니까?" 주걱턱이 내게 묻는다.

"박쥐? 박쥐는 새 아냐."

박쥐는 짐승이다. 밤에만 활동하는 눈먼 포유류라고 아버지가 말했다. 아버지는 마을 아이들에게 박쥐 이야기를 해주었다. "밤중에 박쥐가 어떻게 먹이 사냥을 하는 줄 알아? 특별한 귀로 초음파를 쏘지. 초음파가 물체에 부딪혀 되돌아오는 소리가 바로 박쥐 눈이야. 귀가 곧 초음파 레이더야. 박쥐가 변신술 부린다고 싫어하지만 우리나라 박쥐는 해충을 잡아먹기 때문에 유익한 동물이란다." "마선생님, 피 빨아먹는 박쥐 얘기도 해주세요." 춘길 형이 말했다. "아메리카 열대지방에 사는 흡혈 박쥐 말이로군. 흡혈 박쥐는 소, 새, 심지어 사람 몸까지, 잠이 깨지 않을 정도로 가볍게 내려앉는 기술을 가졌어. 그러나 흡혈 박쥐는 드라큘라처럼 피를 빨아먹진 않는다. 날카로운 이빨로 피부에 작은 상처를 내지. 박쥐 침에는 피가 굳는 것을 방지하는 성분이 들어 있어. 피가 일정 시간 굳지 않고 계속 흘러나오게끔 말야. 흡혈 박쥐는 피를 빠는 게 아니라 흐르는 피를 핥아 먹어." 아버지가 말했다.

짱구 형이 돌아온다. 돌쇠가 커피잔을 나른다. 짱구 형이 룸 문을 잠그고 쌍칼 형님 앉았던 의자에 앉는다.

"커피 마시며 내 말 들어." 짱구 형이 말을 시작한다. "도수 형님 알지? 강변파 리더로 있다 조직 팔고 우리 쪽에 붙은 강변파 배신자 말야. 그 형님이 우리 형님을 아주 깔아뭉개려 들어. 원래 최상무파는 보스 아래 불곰 형님, 찡오 형님, 쌍칼 형님이 삼총사 아냐. 거기에 도수 형님이 껴붙어 판을 깼다 이 말이야. 거기다 도수 형님은 우리 형님 코를 깨겠다고 벼르거든. 강변파에서 항복한 새끼들 세력만 믿구. 판이 이렇게 돌아가니 형님이 언제 린치 당할지 모르는 처지에 몰렸단 말야. 형님 당하는 날이면 우린 그냥 작살나는 거야. 오다구리 탈 수밖에. 리더 없는 새끼들이야 물새는 잠수함 아냐. 그래서 자구책을 세워, 도수 형님과 그 새끼들 동태를 우리가 감시하자는 거야. 박쥐작전이 뭔지 이제 알겠지?"

새끼들이 모두, 네 하고 대답한다.

"이건 우리만의 비밀이야. 절대 말이 새면 안 돼. 비밀 깨는 놈은 반드시 연장질로 담근다. 앞으로 도수 형님을 우리끼리 암호로 박쥐라 부른다. 그놈은 정말 박쥐다. 짐승도 아니고 새도 아닌, 인간 쓰레기야."

"쓰레기 아니고, 짐승이에요." 내가 끼어든다.

"알아. 마두 넌 듣기만 해." 짱구 형이 새끼들을 갈마본다. "도수 그치가 남들 앞에선 형님이지만, 우리에겐 어디까지나 박쥐다. 박쥐 발과 꼬리를 우리가 잘라야 한다!"

짱구 형이 커피를 마신다. 우리도 커피를 마신다. 새끼들은 말이 없다.

"지금부터 조직 분담하겠어. 람보, 빠가, 형철은 일조다. 박호하고 메기가 이조, 단란에 일하는 마두와 돌쇠가 삼조, 이렇게 세 조로 나눈다. 일조 연장자가 누구야? 주민증들 꺼내봐." 짱구 형이 말한다.

셋이 바지 뒷주머니에서 지갑을 꺼낸다. 지갑 속 주민등록증을 꺼내어 테이블에 놓는다. 짱구 형이 주민등록증을 살핀다.

"역시 람보가 한 살 위로군. 너 정학 당해 일 년 꿇었지?"

"꿇는 바람에 자퇴했어요."

"자퇴해서 복싱 도장 나가며 도끼파 조직했냐?" 짱구 형 말에 람보는 대답이 없다. 고개만 숙이고 있다. 짱구가 셋의 주민증을 돌려준다. 박호와 메기 쪽을 본다. "너들도 주민증 꺼내봐."

"생년월일은 메기보다 제가 일곱 달이 빠른걸요." 주걱턱이 지갑을 꺼내다 말고 대답한다.

"그럼 됐어. 이조는 네가 선임이다. 이번 박쥐작전을 위해 휴대폰과 삐삐를 하나씩 구입했다. 조장에게 한 대씩 주마. 오늘날은 정보 통신 시대다. 빠른 정보 교환이 작전이 중요하다. 돌쇠, 메모

지하고 볼펜 가져와."

돌쇠가 홀로 나가 볼펜과 메모지를 가져온다. 짱구 형이 메모지에 숫자를 여러 개 적는다. 그 메모지를 람보, 박호, 돌쇠에게 나누어준다.

"전화번호를 익혀두도록. 휴대폰은 내가 늘 지참한다. 무슨 일이 있을 땐 지체 말고 연락해. 연결이 안 될 땐 일차 단란 쪽으로 연락하고, 돌쇠가 내게 신속히 중계한다. 내가 자주 너희 삐삐로 연락 칠게. 공공칠오, 내 휴대폰 뒷자리다. 이걸 보면 내가 치는 전환 줄 알도록. 그럼, 작전 구역을 분담하겠다. 일조는 박쥐 나와바리인 해방촌 네거리 맘모스 빌딩 감시다. 먹자빌딩이라고들 말하지. 식당, 주점, 당구장, 노래방, 사우나가 일층부터 사층까지 들어차 있다. 지하는 룸살롱, 나이트클럽이다. 그 지하 애마룸 살롱이 박쥐와 그 새끼들 주무대다. 먹자빌딩 동태를 일조가 감시 보고한다. 새끼들 용모, 이동 경로, 숙식지도 파악하도록. 다음 이조. 이조는 나와 납품업에 함께 뛰며, 직접 내 지시를 받는다. 난 우리 형님 보디니간 둘은 나와 함께 뛰지 못할 때도 있다. 그때마다 내가 별도 지시를 내린다. 그리고 삼조. 삼조는 대진상사, 호텔 일층, 여기 지하 업소를 맡는다. 지하는 돌쇠가, 호텔 주변은 마두가 담당한다. 삼조는 박쥐와 땅개가 이 근방에 나타나는지 잘 살펴봐."

"형님, 박쥐 면상부터 알아야 할 게 아닙니까." 람보가 묻는다.

"물론이지. 곧 알게 돼. 대진에서 날마다 아침 열시에 리더들 회합이 있다. 이제 회합 마치고 나올 때 됐어. 마두와 돌쇠는 박쥐 면상 봤어. 모두 나가자구."

짱구 형이 문을 열고 먼저 나간다. 모두 뒤따라 나간다. 나는 박쥐를 기억하고 있다. 그 사파리는 치타작전 전에 리더들과 함께 단란에 들렀다. 일행은 지하에서 땅 위로 나온다. 호텔 뒷길로 돌아간다. 삼 개조로 흩어진다. 일조와 돌쇠는 대진상사 건너편 분식점 앞에 얼쩡거린다. 짱구 형과 나, 이조는 세탁소에서 대기한다. 대진 주위에 리더들 보디가드들이 보인다. 깡태 형, 창모 형, 족제비도 있다. 한참을 기다리자 대진 출입구로 쌍침 형님, 찡오 형님이 나온다. 뒤따라 검정 양복에 푸른 남방을 입은 박쥐가 나온다. 스포츠머리에 얼굴이 깡마르다.

"저 검정 껍데기가 박쥐야." 짱구 형이 말한다.

*

이튿날부터 나는 단란주점으로 출근한다. 저녁 시간까지는 별로 할 일이 없다. 낮 동안 호텔 로비를 몇 차례 돌고 그릴을 기웃거린다. 호텔 뒷길로 돌아가 대진상사 주위도 왔다 갔다 한다. 구두 박스 옆에 쪼그리고 앉아 빈대 아저씨 닦이를 구경한다. 나는 아무리 배워도 빈대 아저씨와 벌렁코 형처럼 구두를 닦지 못할 것 같다. 흙투성이 구두를 잠깐 사이에 새 구두로 만들어낸다. 빈대 아저씨는 내게 친절하다.

"너도 열심히 돈 모아서 장가가야지." 빈대 아저씨는 내게 그런 말도 한다.

그 말을 들으면 왠지 부끄럽다. 그런 말을 들을 때, 죽은 예리가 떠오른다.

박쥐는 낮 시간 동안 대진상사나 호텔에 오지 않는다. 아침에 대진상사에서 나오면 대기한 검정 승용차를 타고 떠난다. 승용차는 새앙쥐 닮은 기사가 몬다. 보디가드도 달렸다. 보디가드는 콧수염을 길렀다, 얼굴이 네모돌이다. 박쥐가 대진에서 나오면, 콧수염이 얼른 승용차 문을 열어준다. 짱구 형은 늘 쌍침 형님 뒤를 따른다.

저녁 시간에는 나도 바쁘다. 돌쇠와 함께 여전히 나름이 노릇이다. 룸과 홀로 술과 안주를 부지런히 나르고 거두어들인다. 필이 엄마는 주방일을 그만두었다. 컵, 접시, 재떨이 씻기도 내가 맡아, 늘 손이 꿉꿉하다.

채리 누나는 쌍침 형님, 짱구 형과 함께 출근한다. 채리 누나는 안주감과 술 사입이 끝나면 낮에 퇴근이다. 채리 누나는 배가 너무 부르다. 마감 시간쯤 나타난다. 그동안 장사는 경란이가 대신한다. 경란은 내가 단란주점에서 처음 일할 때부터 있던 아가씨다. 수다쟁이에 웃음이 헤프다. 채리 누나가 올 시간쯤이면 일조와 이조가 단란주점에 모인다. 짱구 형도 나타난다. 그들은 대체로 일번 룸에서 회의한다. 하룻 동안 있었던 박쥐작전 보고다. "박쥐가 저녁 아홉시에 지하에서 나와 이층 일식집으로 갔어요. 뚱뚱이와 콧수염을 달고." "땅개는 못 봤습니다." "낮에 덕소 쪽으로 나갔어요. 뚱뚱이가 새끼 넷 달고……" 이런 보고들이다.

나는 늘 할말이 없다. 낮 동안 아무도 보지 못했다. 굴집 동네

입구 연립주택에 살던 치들도 못 보았다. 나를 승용차 트렁크에
처넣은 치들도 못 보았다. 예전 강변파 치들은 황금호텔 주위에
얼씬도 하지 않았다.

쌍침 형님은 영업이 끝날 무렵쯤 단란주점에 들른다. 쌍침 형님
은 일번 룸에서 짱구 형과 둘이서 밀담을 나눈다. 쌍침 형님, 채리
누나, 짱구 형은 늘 함께 퇴근한다. 쌍침 형님은 단란주점에 오지
않을 때가 있다. 그들이 나가면, 돌쇠가 단란주점 문을 잠근다. 이
제 돌쇠와 내가 국숫집 옥상에서 잠을 잔다.

어느 날 밤이다. 자정이 가까운 시간이라 손님도 떨어졌다. 짱
구 형은 오지 않는다. 어디로 전화를 걸더니, 새끼 다섯도 나간다.
쌍침 형님과 짱구 형이 단란주점에 들르지 않는다. 전화도 없다.
채리 누나가 기다리며 걱정한다. 돌쇠가 전화를 건다. 짱구 형 휴
대폰이 불통이라고 말한다. 채리 누나가 어디로 전화를 건다. 통
화가 된다.

"해방촌 먹자빌딩에서 리더 회합이 있대. 걱정 말고 들어가래.
너들도 문닫고 퇴근해." 채리 누나 목소리가 어둡다. 채리 누나는
핸드백을 들고 퇴근한다.

"먹자빌딩이라면 박쥐 소굴이잖아. 괜찮을까?" 돌쇠가 셔터를
내리며 말한다.

우리는 땅 위로 나온다. 바람이 쌀쌀하다. 낙엽이 포도에서 바
스락댄다.

이튿날 아침, 쌍침 형님, 채리 누나, 짱구 형이 단란주점에 나온
다. 어젯밤은 모두 무사했다.

그날 저녁이다. 왠지 단란에 손님이 터진다. 룸과 홀이 만원이다. 더러 그런 날이 있다. 호스티스 넷이 다 팔린다. 클럽에서 셋을 빌려온다. 나는 나름이 노릇이 바쁘다. 주방일도 바쁘다. 운신댁 혼자 안주를 만들고 돌쇠가 부지런히 나른다. 흐르는 수돗물에 컵을 헹군다. 접시를 닦고 행주를 빤다. 재떨이를 씻어 내놓는다. 운신댁은 과일을 깎는다.

"큰 접시가 모자라네. 마두야, 찬장마다 뒤져봐." 운신댁이 말한다.

헹군 컵들을 마른행주에 엎어놓는다. 가스레인지 위 찬장을 연다. 조리기구 따위만 있다. 그 옆 찬장을 연다. 식용유, 간장, 설탕과 조미료 부대다. 구석 찬장을 연다. 믹서, 얼음통이 있다. 얼음통에 비닐봉지가 담겼다. 문을 닫으려다 다시 본다. 검정 봉지에 양주병 주둥이가 보인다. 술병 같지 않아 꺼내본다. 봉지 안에서 권총이 나온다. 깜짝 놀라 얼른 그 봉지를 얼음통에 넣는다. 찬장을 닫는다. 권총 이야기를 들은 적이 있었다.

채리 누나가 오기는 손님이 얼추 빠졌을 때다. 홀로 들어오자마자 주방으로 간다.

"오늘 간조 제법 올렸어요. 아직 룸은 세 개나 찼구." 경란이가 채리 누나에게 말한다.

홀에는 아직 여러 테이블에 손님이 있다. 가라오케도 쉴 틈이 없다. 운신댁이 퇴근한다. 나는 주방으로 들어간다. 구석 찬장을 열어본다. 그새 검정 비닐봉지가 없어졌다.

*

　권총을 본 며칠 뒤다.

　경란이 내게 심부름을 시킨다. 담배 '하나로' 한 보루를 사오라
고 한다. 한길로 나오니 어스름이 내렸고 바람이 차갑다. 담배가
게로 가려 한길을 건넌다. 그때, 나는 얼핏 말대가리를 봤다. 분명
다리에서 내게 각목을 휘두른 녀석이다. 그가 커피점으로 들어간
다. 경주씨가 나를 기다리던 커피점이다. 커피점 유리벽 귀퉁이에
붙어 서서 커피점 안을 살핀다. 입구 자리에 운동모 쓴 땅개와 상
고머리가 앉아 있다. 그들을 보자, 나는 숨을 제대로 쉴 수 없다.
심장이 연방 방아를 찧는다. 그길로 뛰어, 단란주점으로 들어선다.
홀에는 손님이 없다. 경란이는 카운터 앞에서 화장을 하고 있다.

　"돌쇠, 여, 여기 와봐." 나는 텔레비전을 보는 돌쇠를 부른다.

　"봤어. 커, 커피점 왔어."

　"뭐가 왔다는 거야?"

　"왔어. 박쥐 새끼."

　놀란 돌쇠가 재빨리 카운터 송수화기를 집어든다. 어디론가 전
화를 건다. 신호가 갈 동안 그는 내게, 가서 망을 보라고 말한다.
경란이가 담배 사왔냐고 묻는다. 나는 담배 사오는 걸 깜박 잊었다.
밖으로 달려나간다. 한길을 건너 커피점 앞으로 간다. 유리벽 안
을 들여다본다. 그새 상고머리가 없어졌다. 땅개와 말대가리가 무
슨 이야기를 한다. 돌쇠가 내 옆에 붙어 선다.

　"어디 있어? 누구야?" 돌쇠가 묻는다.

402

"누구? 저치. 땅개." 내가 말한다.

"운동모? 저게 그 유명한 땅개?"

"땅개 맞아."

"짱구 형한테 전화했어. 곧 올 거야."

땅개가 일어선다. 돌쇠와 나는 얼른 유리벽을 떠난다. 땅개와 말대가리가 커피점에서 나와 주위를 살핀다. 우리는 정류장 옆에 돌아서 있다. 커피점 앞에 승용차가 있다. 검정색 차다. 땅개가 운전석에 오른다. 말대가리가 옆자리에 타자, 차는 떠난다.

짱구 형이 승용차로 오기는 한참 뒤다. 박호, 메기가 오토바이 편에 나타나기는 그 다음이다.

"형이 한발 늦었어요." 돌쇠가 짱구 형에게 말한다.

"그새 토겼어?" 짱구 형이 묻는다. 돌쇠가, 그렇다고 대답한다. 짱구 형이 나를 본다. "정말 땅개 맞든?"

"맞아요. 상고머리와 말대가리도."

"땅갠 운동모 쓰고 있었어요. 나도 봤죠. 엘렌트라 타고 토겼어요." 돌쇠가 확인한다.

"마두가 봤담 정확하겠지. 놈들이 이젠 코앞에서 설쳐. 시한폭탄인걸."

짱구 형이 커피점 앞을 떠난다. 한길을 건너며 휴대폰으로 전화를 건다. 우리 셋은 단란주점으로 들어간다. 경란이가 담배 사왔느냐고 묻는다. 담배 이름조차 까먹었다. 경란이 혀를 찬다. 돌쇠에게 대신 심부름을 보낸다.

한참 뒤, 식구들이 모여든다. 쌍칭 형님도 나타난다. 채리 누나는 출근하지 않았다. 식구들이 일번 룸에 집합한다. 돌쇠는 망보기꾼으로 홀에 남는다. 짱구 형이 안에서 잠금단추를 누른다. 쌍침 형님 앞에 식구들이 나란히 앉는다. 짱구 형은 문 앞에 지키고 선다.

"박쥐 새끼들이 이쪽에 떴다는 보고를 들었다." 쌍침 형님이 입을 뗀다. "놈들의 행동 개시로 봐야지. 먼저 손쓰지 않음, 우리가 당한다. 지금은 마주보고 총 뽑던 고전 서부극 시대가 아냐. 뒤에서 까거나 담근다. 일조는 셋이랬지, 누구야?"

"접니다." "저예요." "네." 람보, 빠가, 형철이가 대답한다.

"너희 셋이 땅개와 그 새끼들을 뽀갠다. 마두가 땅개 면상 알고 있으니 마두를 달고 뛴다. 기한은 나흘이다. 놈이 이 바닥에 활개 치니깐 추적하라구. 대낮 한길서도 상관없다. 내일부터 나흘 안에 담가버려. 새끼들 붙더라도 목표는 땅개다. 뒤책임은 내가 진다. 일 끝내면 즉각 짱구나 나한테 연락해. 알았냐?"

"예." 람보가 대답하며 머리를 숙인다.

"세부 지시는 짱구가 할 것이다. 그럼 셋은 나가 있어."

일조 셋이 밖으로 나간다. 짱구 형이 다시 문을 잠근다. 쌍침 형님이 박호와 메기를 본다.

"너희 둘이야말로 짱구와 함께 박쥐작전에 운명을 건다. 주임무는 짱구 방패다. 일 터질 때, 무조건 짱구를 결사적으로 보호해야 해. 짱구 주위를 싸고 짱구가 튈 수 있는 길을 터주라구. 보디 임무 알지?" 둘이 함께, 예 하고 대답한다.

"짱구가 구체적인 지시를 할 것이다. 그럼 너희 둘도 나가 있어."

둘이 밖으로 나간다.

"짱구, 내 말 잘 들어. 박쥐 뽀갤 때, 네가 나서지 않았으면 좋겠다. 박호 그놈을 내세워. 네가 마두 고향으로 피신한대도 일 년 넘게 숨어 있어야 할 거야. 만약 잡힌다면, 넌 이제 십 년이다. 십 년 좋이 썩어야 해. 그럼 항구에서 올라온 식구래야 마두와 나밖에 안 남아. 너희들 호텔에 다 넣어버리구 내가 무슨 낙으로 거리를 활보해. 그동안 내가 이 바닥에서 살아남는다는 보장도 없어." 쌍침 형님 목소리가 축 처진다.

"형님, 왜 그렇게 마음이 약해져요. 너무 신경쓰지 마세요. 제게도 생각이 있으니깐요."

"불곰 형과는 얘기 텄어. 박쥐작전에 반대야. 만약 일 내면 여기서 뜨래. 그냥 뜨라는 게 아니겠지. 손보겠다는 것쯤 왜 몰라. 하지만 내가 말했어. 뜨겠다구. 뒤돌아보지 않고 항구로 내려가겠다구. 이판사판인데 고개 꺾을 순 없잖아. 짱구, 네 생각은 어때?"

"형님 말씀 맞아요. 시아게 깨끗이 하면 상황이 달라질 수도 있어요. 어쨌든 내일부터 출동할래요. 이조한테 오토바이 두 대 내주고, 전 승용차로 뜰게요. 박쥐야 소재 확인도 필요없으니 기회만 잡으면 되구, 먼저 땅개를 찍을게요."

나는 아까부터 떨고 있다. 마주 쥔 두 손이 풍 맞은 듯 떨린다. 머릿골이 쑤신다.

"내일 아침 호텔 가자꾸. 사건 전에 걔들 보고 싶어. 날씨도 추워질 텐데 옷도 차입하구."

"마두도 데리고 가요. 키요가 마두 보고 싶대요."

"얜 주민증도 없잖아."

"다른 녀석 것 빌리죠 뭐. 얼굴 대조 안할 적도 있던데."

"그렇게 하지." 쌍침 형님이 자리에서 일어나며 짱구 형에게 말한다. "나 호텔 일식부에 있을게. 찡오 형 만나기로 했어. 애들하고 얘기 나누고, 거기로 와." 쌍침 형님이 홀로 나간다. 홀에는 가라오케 노래가 시끄럽다.

"형, 박쥐 뽀개요?" 내가 짱구 형에게 묻는다.

"넌 여태껏 무슨 말 들었니? 넌 땅개를 박호한테 찍어만 줘. 박호가 해치울 테니깐. 너무 걱정 마. 일이 잘 풀릴 거야." 짱구 형이 내 어깨를 가볍게 친다.

*

짱구 형이 승용차 트렁크를 연다. 채리 누나가 비닐봉지 여러 개를 트렁크에 싣는다.

"들어가서 쉬어. 조심하구." 쌍침 형님이 채리 누나에게 말한다. 선글라스를 쓰고 있다.

"단란에서 기다릴게요." 채리 누나가 말한다. 채리 누나의 배가 폭발할 것 같다.

쌍침 형님이 승용차 뒷좌석에 탄다. 짱구 형이 운전석에 탄다. 나는 짱구 형 옆자리에 탄다. 차가 출발한다.

"어디 가요?" 내가 짱구 형에게 묻는다.

"수원 국립호텔. 합죽이는 이감됐어. 넌 키요나 만나봐. 주민증 없으니 다 만날 순 없어."

차가 출발한다. 반쯤 내린 창으로 바람이 밀려든다. 가로수 버
즘나무 잎이 진다. 가을이 깊다. 출근시간이 지나 차가 잘 빠진다.
강에 걸린 긴 다리를 지난다. 강물이 아침 햇살에 반짝인다. 물새
한 마리가 긴 포물선을 그리며 난다. 차가 고속도로로 들어선다.
한참을 달리자 인터체인지가 나온다. 짱구 형이 차를 오른쪽으로
꺾는다. 아무도 말이 없다. 도시가 나선다. 승용차가 주차장으로
들어간다. 주차장에 차를 세운다. 우리는 차에서 내린다. 트렁크
에서 비닐봉지들을 꺼낸다. 식구들 겨울 내복이라고 짱구 형이 말
한다. 면회자 휴게소에는 사람들이 붐빈다. 신사복에 넥타이짜리
는 별로 없다. 점퍼때기에 아녀자들이 많다. 짱구 형이 쪽지에 뭘
써서 창구 안에 들이민다. 쌍침 형님이 돈을 꺼낸다.

"이십이야. 오만 원씩 넣어줘."

짱구 형이 돈을 들고 다른 쪽 창구로 간다. 한참 뒤, 짱구 형이
명찰을 들고 온다. 쌍침 형님에게 하나를 준다. 자기 가죽점퍼 윗
주머니에 명찰을 단다. 내 점퍼 칼라에 명찰을 달아준다. 명찰에
는 집게가 달렸다. 스피커로 사람들 이름이 불린다. 이름 불린 사
람들이 급히 접견장 쪽으로 간다. 나는 교도소 면회에 여러 차례
따라왔다. 면회는 한 번도 하지 않았다. 주민증이 없었다. 우리는
의자에 앉아 대기한다.

"구상모, 장명구, 박호 대기하시오." 스피커에서 말한다.

쌍침 형님과 짱구 형이 접견장 쪽으로 간다. 박호는 여기에 오
지 않았다. 짱구 형이 내게 오라고 손짓한다.

"네가 박호야. 박호 주민증 제출했어. 박호 이름 부르면 넌 줄 알라구." 짱구 형이 말한다.

접견장 앞도 사람들이 북적거린다. 간수 둘이 문 앞을 지킨다. 벨소리가 들린다. 면회장 안쪽에서 사람들이 쏟아져 나온다. 간수가 면회자에게 창구를 지정해준다. 박호가 아니라서 가슴이 뛴다. 짱구 형 뒤에 붙어 선다.

"구상모 씨, 장명구 씨, 박호 씨, 저쪽 십일번 창구로 가시오." 간수가 말한다.

우리는 복도를 따라간다. 문마다 번호가 붙어 있다. 쌍침 형님이 십일번 문을 연다. 작은 방인데 앞쪽에 철망이 있다. 간수가 잡책을 들고 앉아 있다. 철망 뒤쪽에서 발소리가 들린다. 키요가 나타난다. 빡빡머리에 푸른 죄수복이다. 얼굴이 헬쑥해 여승을 닮았다.

"성님, 고마워요." 키요가 웃으며 쌍침 형님에게 말한다.

"고생 많다. 다른 일 없구?"

"운동시간에 식구들 만나요. 저야 편하죠." 키요가 짱구 형을 본다. "성, 어때요?"

"그저 그렇지. 예리 자살했어. 조만간 건수 올릴 일도 있구. 잘될 테지 뭐. 밖에 있음 바쁘구, 안에 있음 심심하겠지. 겨울 오는데, 건강 조심해."

"마두, 오랜만이야. 넌 늘 여전하구나." 키요가 말한다.

"여전해. 아우라지에, 짱구 형, 예리와……"

"그년, 술 너무 처먹더니. 인생이 그런 거니깐. 깡다구 경주씨 자주 만나?"

"자주 안 만나."

"부모님은 다녀갔어?" 쌍침 형님이 키요에게 묻는다.

"엄마가 한번 왔다 갔어요."

"건강 조심해. 필요한 건 없어? 뭐든지 말해."

"없어요."

"형님이 오만 원씩 차입했어. 내복도 함께." 짱구 형이 말한다.

"도수 새끼 잘 있어요?" 키요가 묻는다.

"비행기 태워 보내야지. 우리도 살아야 하니깐." 짱구 형이 간
수 쪽을 힐끗 본다.

"끝내지. 시간 됐어." 간수가 말한다.

"건강해." 쌍침 형님이 키요에게 말한다.

"성님, 조심하세요. 짱구 성도. 마두는 엉뚱한 일 치지 마. 죽다
살아났잖냐."

쌍침 형님이 돌아선다. 짱구 형이 키요에게 손을 흔든다. 나는
키요를 본다. 맑은 얼굴로 샐쭉 웃는다.

"내 나갈 때까지 독수공방 잘해!" 갑자기 키요가 외친다.

"걱정 마. 난 너뿐이야." 짱구 형이 뒤돌아본다.

우리는 휴게소로 나온다. 짱구 형이 명찰을 거두어 창구로 간다.
잠시 뒤, 명찰 두 개를 새로 받아온다. 쌍침 형님에게 하나를 준
다. 둘이 다시 접견장으로 가기는 한참 뒤다. 둘은 킹콩을 면회하
고 돌아온다. 다시 명찰을 반납한다. 그동안 나는 의자에 앉아 기
다렸다. 휴게소 안은 연방 북적댄다. 잡화점에도 손님이 많다. 칫
솔, 치약, 타월을 판다. 삶은 돼지족까지 파는 식당도 달렸다. 국밥,

우동을 판다. 그 안에도 식사 손님이 많다.

"가자. 면회 끝났어. 종태는 다음에 면회하기로 했어." 짱구 형이 말한다.

주차장으로 걸으며 나는 교도소 건물을 돌아본다. 담장이 높다랗게 쳐졌다. 키요, 킹콩, 종태가 그 속에 산다. 나는 국립호텔에 들어가보지 못했다. 장애복지원, 부랑아 수용소에는 있었다. 사람들은 그곳을 교도소와 같다고 말했다. 여름이면 너무 덥고 겨울이면 너무 추웠다. 새우잡이 멍텅구리배에서도 갇혀 있었다. 왜 사람들을 꼭 가둬놓아야 하는지 모른다. 자유란, 마음대로 돌아다니는 거라고 풍류 아저씨가 말했다.

그날 오후부터 일조와 함께 뛴다. 람보와 짝이 되어 람보 오토바이를 탄다. 빠가와 형철이가 탄 오토바이와 조를 이룬다. 오토바이 두 대가 미금시를 누빈다. 도농 네거리, 해방촌 네거리, 먹자빌딩 주위를 맴돈다. 금곡역 앞, 시청 주변도 한바퀴 돈다. 덕소까지 달려가 강변 매운탕집을 훑는다. 와부읍 홍부식당에 들러보고 싶다. 그런 말을 할 수 없다. 오토바이 옆구리에는 방망이가 든 야구백을 매달았다. 더러 박쥐를 쫓는 짱구 승용차를 만나기도 한다.

"못 봤어?"

"못 본걸요."

"분명 이 바닥에 있을 텐데."

이런 대화를 나누고 헤어진다. 땅개와 그 새끼들을 좀체 발견할 수가 없다. 해방촌 먹자빌딩에서 박쥐는 두 차례나 보았다. 땅개는 눈에 띄지 않았다.

410

단란주점에서 박쥐작전 회의는 날마다 계속된다. 아침 시간과 문닫기 전이다. 쌍침 형님도 빠지지 않는다. 돌쇠도 낀다. 돌쇠는 황금호텔 주변을 감시한다. 돌쇠도 땅개의 얼굴을 알고 있다. 람보와 박호가 안달을 낸다. 이제 하루밖에 남지 않았다고 말한다. 빠가와 형철이도 초조해한다. 그들은, 우선 보아야 푹 담글 게 아니냐고 툴툴거린다. 그럴 때마다 왜 찾지 못하냐고 나를 원망한다. "형, 똑똑히 살펴요. 한눈 팔다 놓칠 수도 있으니깐." 박호가 말한다. 땅개가 없기 때문에 그를 볼 수 없다. "마두 너무 족치지 마. 마두 눈 하나는 밝아. 개 불찰 아냐." 짱구 형이 그런 말도 한다.

불안하여 늘 공포에 질려 있다. 곧 무슨 일이 터질 것만 같다. 머릿골이 묵직하다. 때때로 바늘로 쑤신다. 나는 옥상 가건물에서 자다 자주 잠을 깬다. 잠을 깨면 철문 문고리부터 확인한다. 문을 잠그고도 다시 보곤 한다. "너, 불안한가봐. 너무 신경쓰지 마." 부스럭대는 소리에 잠이 깬 돌쇠가 말한다. 한번 잠을 깨면 다시 잠을 이루지 못한다. 낮에는 늘 머리가 무겁다. 불안해하기는 채리 누나도 마찬가지다.

그날 밤이다. 단란주점 손님도 거의 끊겼을 때다. 식구들이 일번 룸에 모인다. 그날따라 쌍침 형님 얼굴이 어둡다.

"땅개를 담그는 게 내일까지다. 아직 땅개를 찾지 못했다. 땅개를 포기하기로 한다. 날 다구리 태운 그 새끼야말로 운 좋은 놈이다. 지난번도 그랬지. 키요가 그놈을 놓쳤다." 쌍침 형님이 말한다. 눈에는 불꽃이 인다. 두꺼비가 뱀과 맞설 때는 눈에 불꽃이 튄다고 할머니가 말했다. "이번 박쥐작전에는 내가 직접 나선다. 찡오 형과의 약속 기한이 내일이다. 찡오 형 묵인 조건이 내일 자정이다. 내일까지 일을 끝내지 못하면 포기하기로 했다. 그러므로 내일 저녁에는 치지 않을 수 없다. 박쥐놈은 내가 직접 맡는다."

쌍침 형님이 일어서자 짱구 형이 문을 열고, 형님은 홀로 나간다. 짱구 형이 문을 닫는다.

"내 말 잘 듣도록." 짱구 형이 나선다. "내일 저녁 일곱시 반에 여기서 출발한다. 해방촌 먹자빌딩 집결이 여덟시다. 람보와 메기가 애마룸살롱으로 먼저 뜬다. 그 시간쯤 박쥐는 대체로 살롱에 있다. 룸을 확인하면 곧 연락 취한다. 우린 그 룸살롱을 그렇게 쳤다. 운동장이 아닌 다음에야 숫자는 상관없다. 목만 잘 지키면 하나가 새끼 열도 작살낼 수 있어. 형과 나는 박쥐 공격이 목표다. 공기총은 내가 쥐고 뛴다. 어쩜 땅개가 있을는지 몰라. 너들은 박쥐 새끼들을 친다. 작전 끝나면 일차 집합지가 교문리 시네마극장 옆 팔팔당구장이다."

"정말 내일 밤 일 치는 거예요?" 빠가가 묻는다.

"넌 빠질래? 빼주마."

"아뇨. 쳐야죠. 그냥 묻는 거예요."

"오늘은 모두 합숙이다. 국숫집 옥상에서 자라구." 짱구 형이 우리를 하나하나 갈마본다. 그 눈길이 두려워 머리를 떨군다. "오늘은 알코올 빨지 마. 일 나기 전날 빨면 안 돼. 뽕도 마시지 말구. 불안한 놈은 내일 저녁, 내가 주사 한 대씩 찔러주마. 오늘은 푹 쉬어. 아침에 여기 집결이다." 짱구 형이 말을 마친다.

우리는 홀로 몰려나간다. 카운터에 쌍침 형님과 채리 누나가 있다.

"당신 두곤 떠날 수 없어요." 채리 누나의 겁에 질린 목소리다.

"내일 아침에 뜨라구. 하라는 대로 하라니깐. 밤에 거기로 전화 걸게."

"내일 무슨 날 맞죠?"

"따지지 마. 어쨌든 친정에 가 있어."

쌍침 형님이 짱구 형에게 고갯짓을 한다. 둘이 단란주점을 나선다.

"이 밤중에 어딜 가요?" 채리 누나가 출입문을 밀며 묻는다.

"찡오 형한테. 일이 있으니 먼저 들어가."

쌍침 형님 목소리가 들린다. 채리 누나가 바삐 주방으로 들어간다. 핸드백을 들고 나온다.

"나 먼저 가. 너희도 퇴근해." 채리 누나가 단란주점을 나선다. 배가 너무 불러 뒤뚱거리는 걸음이다.

"못 빨게 했지만 안 빨 수 있냐. 우리도 전야제 해야지." 람보가 말한다.

"쪽방 가자구. 거기서 빨다 옥상에 가." 박호가 말한다. 나를 보고 눈을 찡긋한다. "형, 비밀 지켜줘요. 돌쇠 형도."

그때, 날카로운 소리가 난다. 바깥 계단 쪽에서 난 비명소리다. 나이트클럽 음악에 섞여, 분명 여자 비명을 들었다.

"채, 채리 누나다!" 내가 소리친다. 온몸이 떨린다.

"뭐야?" 하더니, 식구들이 우르르 단란주점을 뛰쳐나간다.

"왜 그래, 사고났어?" 손금고 돈을 셈하던 경란이가 묻는다.

"형님들, 당했어!" 박호가 홀로 뛰어들며 외친다.

박호가 주방으로 뛰어든다. 야구백을 들고 나와 복도로 띈다.

삼번 룸에 있던 호스티스와 손님들이 홀로 나온다. 한길에서 고함소리, 비명소리가 들린다. 모두 바깥으로 뛰어나간다. 나도 엉겁결에 복도로 나선다. 나이트클럽 웨이터들이 계단으로 뛴다. 호프집 손님들이 밖으로 몰려나간다. 나도 계단을 밟는다. 머릿골이 쑤신다. 지하를 나선다. 구두 박스 옆에 쌍침 형님이 쓰러져 있다. 채리 누나가 쌍침 형님 목을 받쳐든다.

"구해줘요. 우리 그이 칼 맞았어요. 어서, 누가 구해줘요!" 채리 누나가 울먹이며 외친다.

그쪽으로 뛴다. 차가 뜸한 한길은 패싸움이 한창이다. 야구 방망이, 각목이 난무한다. 일본도를 휘두르는 녀석은 키가 작다. 운동모에 마스크를 쓴 땅개가 틀림없다. 채리 누나 옆에서 나는 어찌할 바를 모른다. 무릎을 꿇고 다짜고짜 쌍침 형님 앞에 등을 내민다.

"누나, 어, 업어줘요."

누군가 쌍침 형님을 받쳐든다. 클럽 문지기 새앙쥐다. 그가 내 등에 쌍침 형님을 싣는다.

"아이쿠!" 짱구 형 목소리다.

앞쪽을 본다. 짱구 형이 상대편 각목에 머리를 맞는다. 짱구 형이 한 손으로 머리를 싸쥐고 회칼을 휘두른다. 짱구 형 얼굴에 피가 흐른다. 짱구 형이 상대 각목을 잡아챈다. 비호같이 달려든다. 상대는 말대가리다. 짱구 형이 말대가리 옆구리로 파고든다. 말대가리 허리가 갑자기 꺾이더니 무릎을 꿇는다. 짱구 형이 회칼을 버리고 말대가리 각목을 집어든다.

414

"형님, 쌍침 형님!" 짱구 형이 외치며 두리번거린다.

짱구 형, 여기요! 내가 외친다. 말이 되어 입 밖으로 나오지 않는다. 쌍침 형님을 업고 짱구 형 쪽으로 간다. 내 앞으로 갑자기 누군가 달려든다. 일본도를 들었다. 마스크를 한 땅개다. 너무 놀라 엉겁결에 무릎을 꿇는다. 등줄기로 무언가가 내리친다. 채리 누나가 비명을 지른다. 총소리 두 방이 난 것이 그 순간이다. 너무 가까이에서, 고막이 터질 듯한 파열음이다. 땅개가 일본도를 버리고 달아난다.

갑자기 사방이 조용하다. 총소리에 패싸움이 그쳤다. 모두 야구 방망이, 각목, 칼을 버리고 달아난다. 사람과 건물들 사이로 숨어버린다. 구석구석에 숨었던 구경꾼들이 몰려나온다. 경찰차 사이렌 소리가 요란하다. 여기저기서 전경들이 방망이를 들고 들이닥친다. 한길과 호텔 앞에 여럿이 쓰러져 있다. 그들이 박쥐 새끼인지 우리 식구인지 알 수 없다.

"이봐요. 사람이 죽어가요. 빨리 병원으로, 응급실로 옮겨줘요!" 채리 누나가 울부짖는다.

나는 쌍침 형님을 업고 선 채 어디로 가야 할지 알 수 없다. 땀이 눈을 찌른다. 짱구 형은 보이지 않는다. 식구들도 없어졌다. 전경 여럿이 뛰어온다. 경찰도 섞였다.

"많이 다쳤어? 어서 옮겨. 뭘 해."

경찰이 전경대원에게 명령한다. 전경대원이 쌍침 형님을 받아 안는다. 다른 전경대원이 쌍침 형님 다리를 든다. 둘이 경찰차 쪽으로 뛴다. 채리 누나가 그쪽으로 뛰어간다. 배가 불러 굴러가는 듯하다.

"누가 쏘았어? 방금 총소리가 났잖아." 뚱뚱한 점퍼가 달려오며 묻는다.

"모르겠어요. 우리도 총소리 듣고 달려온걸요." 전경대원이 대답한다.

"저기 뻗은 놈들 빨리 차에 태워."

순찰차 여럿이 비상등을 번쩍이며 모여든다. 사이렌을 경쟁하듯 울려댄다. 순찰차들이 호텔 앞에 바퀴 끌리는 소리를 내며 멈춘다. 경찰들이 쏟아져 내린다. 구경꾼들이 물러선다.

"튄 놈들 쫓아. 관내에 비상망 치구. 업소 샅샅이 뒤져." 뚱뚱한 점퍼가 말한다. 휴대폰으로 어디에다 전화를 건다.

쌍침 형님이 경찰차에 실린다. 채리 누나가 차에 함께 탄다. 그쪽으로 걷다 걸음을 멈춘다. 그쪽으로 가서는 안 된다는 생각이 든다. 구경꾼 사이에 묻힌다. 국숫집 좁은 도로로 걷는다. 아무도 나를 따라오지 않는다.

깜깜한 옥상 계단을 밟는다. 옥상 철문을 연다. 가건물은 기척 없이 깜깜하다. 돌쇠는 오지 않았다. 철문 쇠고리를 잠근다. 가건물로 들어와 형광등을 켠다. 손이며 점퍼 소매가 피칠갑이다. 점퍼를 벗자 점퍼 등판이 온통 피다. 피가 미처 마르지 않아 번들거린다. 쌍침 형님이 죽었는지 모른다는 생각이 든다. 목울대로 설움이 치받친다. "두꺼비는 작은 짐승이지만 어느 짐승도 두꺼비를 잡아먹지 못해. 두꺼비가 뱀한테 잡아먹힐 때는 새끼 밴 암놈이 스스로 잡아먹혀." 할머니가 말했다.

밖으로 나와 수돗가로 간다. 손을 씻고 가건물로 돌아온다. 멀리서 사이렌 소리가 들린다. 조금 전 장면들은, 생각만 해도 무섭다. 형광등을 끈다. 옷을 입은 채 이불 속으로 파고들어 머리끝까지 둘러쓴다. 경찰이 철문을 두드릴 것만 같다. 옥상 계단 발소리에 귀를 기울인다. 눈앞에는 쌍침 형님, 짱구 형, 말대가리, 땅개가 떠오른다. 채리 누나 울부짖음이 귀에 쟁쟁하다. 총소리가 고막을 찢는다. 단란주점 주방 벽장에서 본 권총이 생각난다. 돌쇠나 식구가 옥상에 끝내 나타나지 않는다. 경찰도 오지 않는다. 나는 아우라지로 돌아가고 싶다.

나는 잠을 자지 못한다. 멀리서 자동차 소리가 들린다. 이불 끝을 밀어 내린다. 창문이 희붐하다. 날이 샌다. 추워 이불을 머리 위로 끌어올린다. 전기 장판 스위치를 누르지 않은 게 생각난다. 모두 나를 버리고 갔다. 나는 옥상에서 영원히 나가지 못할 것 같다. 단란주점도 문을 열지 않을 터이다. 옥상을 나서기가 겁난다. 경찰에 잡힐 것만 같다. 머릿골이 쑤신다. 한기와 함께 비로소 나른한 잠이 찾아든다.

눈을 뜨자 이불을 내린다. 바깥이 훤하다. 옆자리에 돌쇠가 없다. 어젯밤, 철문을 잠갔다는 생각이 난다. 시간이 어떻게 됐는지 알 수 없다. 배가 고파 이불에서 빠져나온다. 가건물을 나서서 수돗가로 간다. 수돗물을 실컷 마신다. 화단에는 배추가 많이 자랐다. 겉잎이 손바닥보다 커서 겉잎을 묶어줄 때가 되었다. 가건물로 돌아온다. 피 묻은 점퍼가 의자에 걸쳐져 있다. 쌍침 형님이 흘린 피다. 동생공사란 말이 생각난다. 수돗가로 가서 점퍼를 빤다.

비누질을 해서 핏자국을 없앤다. 가건물 의자를 밖으로 내와 점퍼를 의자 등받이에 펴서 넌다. 배가 고프지만 옥상에서 나갈 마음이 없다.

해가 기운다. 따뜻한 낮이 지나고 찬바람이 분다. 의자에 널어둔 점퍼가 말랐다. 피가 빠진 점퍼를 입을 때다. 누구인가 문을 두드린다. 머릿골이 갑자기 바늘로 쑤신다. 경찰인지, 돌쇤지 알 수 없다. 지난겨울, 홍부식당에서도 그랬다. 그때는 깊은 밤이었다.

"아무도 없냐. 돌쇠, 마두 없어?" 계단에서 나를 부른다. 빈대 아저씨 목소리다. "이상한데? 안에서 문을 잠갔잖아."

철문을 연다. 빈대 아저씨 코밑에 구두약이 묻었다.

"너 있었구나. 여기서 뭘 해?"

"뭘요?"

"널 찾는 짭새는 없어. 가자구. 하루 종일 밥도 굶었겠구나."

"굶었어요."

"내려와. 내가 안 찾았으면 굶어 죽었겠어."

빈대 아저씨를 따라 계단을 밟는다. 국숫집 건물을 나선다. 거리는 예전과 다름없다. 어젯밤 사건이 언제였나 싶다. 아저씨 구두 박스로 간다. 나를 본 벌렁코 형이 흐물쩍 웃는다.

"멍게야, 마두 떡만둣국 한 그릇 시켜줘." 빈대 아저씨가 말한다.

빈대 아저씨가 구두를 닦기 시작한다. 그 옆에 쪼그려 앉는다.

"짱구한테서 연락이 왔어. 여자더라. 널 찾아. 만둣국 먹고 가봐." 빈대 아저씨가 말한다.

"가보라구요?"

418

"와부 나가는 강변 쪽, 비닐하우스촌에 짱구가 있대. 비닐하우스를 샅샅이 뒤져봐."

전경 둘이 구두 박스 앞을 지나간다. 쌍침 형, 채리 누나 소식이 궁금하다.

"쌍침 형님은요?"

"앤 소식이 깡통이군. 아침에 신문과 티브이를 황칠했는데. 너 어제 현장에 있었잖아?" 벌렁코 형이 구두를 닦으며 묻는다.

"현장요? 봤어요."

"쌍침은 죽었어. 병원에 도착하자마자 숨이 끊겼대. 채리는 무기 불법소지로 달려들어갔구. 너희 조는 이제 박살나버렸어." 빈대 아저씨가 말한다.

"형님, 쌍침 형님이 왜 그렇게 깡통이었을까요. 칠 줄만 알았지, 자기 당할 줄은 왜 몰라." 벌렁코 형이 말한다.

"운이 없었어. 조직 세계가 그렇잖니. 당하는 건 순간이야. 쌍침한테 문제가 있다면, 성격이 너무 외곬이라 타협을 몰라. 제 생각이 옳다면 그냥 돌진하는 스타일이지."

배달꾼이 소반을 들고 온다. 박스 안 도마의자에 떡만둣국, 김치, 단무지, 수저를 내려놓는다. 배고플 테니 어서 먹으라고 빈대 아저씨가 말한다. 나는 만둣국을 퍼먹는다.

"형님, 채리는 어떻게 될까요?"

"임신 중이니 집행유예 정도로 빠지겠지. 권총이야 어디 자기가 구입했겠어. 쌍침이 맡아두라니 맡았을 게구. 죽은 자는 말이 없는 법이지. 채리야 신고 안한 죄밖에 다른 죄 뭐 있어. 총질해도 헛방 쐈잖아. 가해했다 해도 정당방위가 성립되겠지."

"형님은 변호사 같습니다."

"임마, 그 정도는 상식 아냐."

"채리가 불쌍해요. 아비 없는 유복자를 어떻게 키우겠다구."

"그 흔한 교통사고도 있잖아. 애야 입양시키면 되겠지. 상처에
는 세월이 약이야. 세월 지나면 잊혀져. 그 사람 없으면 곧 죽을
것 같아두, 시간이 해결해줘. 눈물도 언젠가는 마를 날이 있구. 눈
물로 빵을 먹었다는 과거야 누구나 있잖아. 나를 보라구. 그게 삶
의 이치야."

왕만둣국에 눈물이 떨어진다. 쌍침 형님이 죽었다. 죽는다는 건
슬프다. 그를 볼 수 없기 때문이다. 쌍침 형님은 내게 늘 말을 할
것이다. 왕만둣국을 국물마저 마셔버린다. 국물 속에 내 눈물이
섞여 있다. 눈앞이 휜해지는 느낌이다.

"다 먹었니? 넌 세상이 다 아는 바보라 그럴 리 없지만, 짭새가
구리시에 깔렸어. 여기서 빨리 떠. 달려들면 또 장애복지원에 처
넣을 거야." 빈대 아저씨가 일어선다. "내 차 잡아줄게. 그냥 가라
면 넌 엉뚱한 데서 헤맬 테니깐."

빈대 아저씨가 지나가는 택시를 세운다. 택시 기사에게, 와부로
빠지다 왕숙천다리 넘어 가운동 입구 비닐하우스촌에 내려주라고
말한다. 빈대 아저씨가 내게 돈을 준다.

"잔돈 거슬러 받구, 비닐하우스를 뒤져. 못 찾음 다시 여기로 와."

빈대 아저씨가 택시 뒷문을 열어준다. 나는 택시를 탄다. 택시
가 시내를 빠져나간다. 경주씨와 걷던 눈이 펑펑 오던 밤이 생각

420

난다. 차가 남쪽으로 빠진다. 하수종말처리장을 지난다. 다리를 건너자 아래쪽 멀리로 강이 보인다. 비닐하우스촌이 나선다. 택시가 비닐하우스촌 입구에서 멈춰 선다. 나는 쥐고 있던 돈을 준다. 차문을 열려고 내가 낑낑댈 때, 기사가 거스름돈을 돌려주며 차문을 열어준다.

건너편에 시커먼 잿더미가 보인다. 비닐하우스 여러 동이 불에 타버렸다. 비닐하우스부터 안을 들여다본다. 하우스에는 철쭉꽃, 진달래꽃이 만발하다. 봄이 아닌데도 꽃이 핀다. 어느 하우스엔 관음죽, 행운목, 벤자민이 푸르다. 하우스 안이 한여름 같다. 분재들만 가꾸는 하우스도 있다. 땅으로 눕는 땅땅한 고목을 보자 땅개가 생각난다. 그는 일본도를 쳐들고 내 등을 내리쳤다. 쌍칼 형님을 업지 않았다면, 내가 죽었다. 형님은 내 등에 업혀 칼을 맞았다.

갑자기 은은한 향기가 코끝을 스친다. 은은하면서도 강렬한, 신비로운 향기다. 강한 자극이 없는데도 향기는 짙다. 문이 열려 있는 비닐하우스 안을 들여다본다. 난을 재배하는 하우스다. 양란과 동양란이 들어찼다. 양란은 키가 크고 꽃이 화려하다. 동양란은 잎이 가늘고 꽃이 소담하다. 난들이 긴 받침대 위에 줄줄이 진열되어 있다. 향기를 흠흠 맡는다. 아카시아, 국화, 장미 향기는 눈에 보이듯 코로 달려든다. 난 향기가 은근하게 코에 스민다. 짱구 형 찾을 생각도 잊고 하우스 앞에 서 있다.

"학생, 뭘 찾아요?" 안쪽에서 동양란 분갈이 하는 아주머니가 묻는다.

비닐하우스 앞을 떠난다. 다음 하우스에는 행운목이 많다. 또

다른 하우스에는 엄청 큰 소철이 눈에 띈다. 건너편을 본다. 그쪽
은 소채류를 재배하는 비닐하우스가 많다. 나는 비닐하우스 앞에
나앉은 노인을 본다. 석양볕을 쬐고 있다. 체머리를 떨며 무엇인
가 오물오물 먹는다. 눈에 익은 노인이다. 언덕배기 굴집 동네, 경
주씨 방에서 보았던 노인이다.

"겨, 경주씨는?"

"경주씨? 선생님?"

노인이 뒤쪽을 가리킨다. 비닐하우스 옆으로 길이 나 있다. 골
목길로 들어가자 비닐하우스 지붕에 헌 담요를 씌운 가건물이 나
선다. 문 앞에서 안을 살핀다. 반투명 비닐을 통해 사람 모습이 얼
쩡거린다. 살그머니 문을 연다. 흙마당이 제법 넓다. 창을 낸 한
켠은 노천 부엌이다. 세간살이들이 어수선하다. 청바지 처녀 둘이
저녁식사 준비가 한창이다. 끓는 국에 간을 보던 경주씨가 나를
본다.

"시우씨네. 용케 찾아왔네요."

콩나물을 무치던 앳된 처녀도 나를 본다. 경주씨가 흙마당을 거
쳐간다. 공사장에서 쓰던 합판으로 벽을 세워 방을 내었다. 경주
씨가 문을 연다.

"장씨, 시우씨 왔어요."

나는 방 안을 들여다본다. 컴컴한 방 안에 사람들이 많다. 대체
로 장애아들이다. 많은 눈동자가 내게로 쏠린다. 그들이 해코지
를 않아도, 두렵다. 구석에 누구인가 이불을 덮고 누워 있다. 경주
씨와 나는 신발을 벗고 비닐 깐 방으로 들어간다. 장애아들이 찡

그려 우는 얼굴로, 빙그레 웃는 얼굴로, 무심한 얼굴로 나를 본다.
누워 일어나지 못하는 아이도 있다. 나는 그들 눈길을 피한다.

"마두, 어서 와." 짱구 형이 끙끙 앓으며 말한다.

짱구 형은 머리에 붕대를 감았다. 머리맡의 라디오에서는 청취
자 퀴즈 게임이 한창이다.

"형, 마, 많이 다쳤어요?"

짱구 형 얼굴을 보자 목이 멘다. 뺨이 찢어졌고 입술과 턱은 멍
게다. 피멍이 들었다. 키요를 따라 국숫집 옥상으로 갔을 때, 쌍침
형님이 그랬다.

"형님이 죽었어." 짱구 형의 목멘 소리다. 손과 팔을 붕대로 감
았다. "마두야, 우린 어떻게 살지? 이젠 누굴 믿고 살아?" 쌍침 형
님에게, "형님, 왜 그렇게 마음이 약해져요" 하고 말했던 짱구 형
이다. 이제 그가 약해졌다. 각목을 맞으며 말대가리 옆구리를 파
고들던 짱구 형이다. 그런 짱구 형도 울고 있다. 울지 않겠다고 맹
세했다던 형이다.

"여기 사람들을 봐요. 사지 멀쩡한 사람이, 어떻게 산다니. 말
같잖은 소린 치워요." 경주씨 말이 냉담하다. 양손을 청바지 허리
에 걸치고 서 있다. 무너지지 않을 당당한 자세다.

라디오가 시간 알림 신호인 딩동댕 소리를 낸다.

"여섯시 간추린 저녁 뉴스를 알려드리겠습니다. 노태우 전대통
령에게 의혹이 쏠린 사천억 비자금 파문이 일단 진정 기미를 보입
니다. 현 정부의 실세 서석재 전 장관의 폭탄성 발언에 노 전대통
령이, 그런 돈의 임자를 알고 싶다며 허위사실 유포로 법정 대응

도 불사하겠다고 말했습니다…… 다음, 구리시 조직폭력배 집단 난투극 살인사건 속보입니다. 이번 사건을 수사 중인 구리경찰서는 이 사건이 조직폭력배간의 세력 확장에 따른 패싸움이 아니라, 지난 팔월 미금시 일대를 장악하고 있던 구강변파를 타도하고 구리시와 미금시 지하조직을 평정한 최상무파 조직 내부의 갈등으로 빚어진 사건이란 결론을 내렸습니다. 이제 공기총이 아니라 권총까지 등장한 폭력배 패싸움은 더 이상 방치할 수 없는 선에까지 도달함으로써 시민들에게 큰 충격을 주고 있습니다. 이번 난투극에 사용된 권총은 러시아제로 밝혀졌는데, 러시아 선원이 부산에 상륙하여 밀매한 무기로, 부산 암거래상을 통해 조직폭력배에게 유통된 권총으로 파악되고 있습니다. 피습 사망한 최상무파 중간 보스 구상모 씨는 밤 열한시 사십이분, 황금호텔 지하업소 단란주점에서 부하들과 함께 나오다 반대파로부터 기습을 받고, 병원으로 이송 중에 사망했습니다. 경찰은 살인범으로 지목되는 구강변파의 중간 보스 김봉태 연고지를 추적하고 있습니다. 땅개란 별명의 김봉태는 구강변파 중간 보스로 그동안 덕소 유원지 등에서 자릿세 명목으로 금품을 갈취해왔는데……"

"어느 시댄데 텔레비전두 없어. 텔레비전이 있담 땅개 몽타주라도 나올 텐데." 짱구 형이 투덜거린다.

"곧 중고품 한 대 들어올 거예요. 하우스 빌려준 집사님이 갖다준댔어요. 여기 사람들이야말로 텔레비전 보는 게 유일한 낙인데……" 경주씨가 방 안의 장애자들을 둘러보더니, 손뼉을 친다. "자. 저녁식사 시간이에요. 모두 나와서 손 씻고 저녁 먹을 준비를

424

해야죠."

경주씨가 형광등을 켜자 어둑신한 방 안이 환해진다. 목을 옴츠리고 방 안을 둘러본다. 방 가운데 안전 철망을 친 난로가 있다. 난로에 얹힌 주전자에서 물이 끓는다. 경주씨 말에 장애아들이 뒤뚱거리며 일어선다. 대체로 뇌성마비 아이들이다. 얼굴을 찡그리고, 고개를 삐딱하게 틀고, 뒤틀린 손발을 흔든다. 침을 흘리는 아이가 있다. 누운 채 일어나지 못하는 아이도 있다. 아이들이 예닐곱, 어른이 둘이다. 어른 둘도 어기적거리며 마당으로 나선다. 경주씨도 밖으로 나간다. 짱구 형이 힘들게 일어나 앉는다.

"방송 들으니 내가 담근 말대가리가 중탠가봐. 배때기를 정통으로 담글 수 있었는데, 살려주려 옆구리에 연장질했어. 출혈이야 심했겠지. 새끼가 죽으면 안 되는데. 안 죽어야 정당방위가 성립되거든."

짱구 형이 담배를 피워 문다. 나는 할말이 없다. 잠시 생각하니 할말이 있다.

"채리 누나 아기, 호텔서 낳아?"

"글쎄다. 그런데 권총이 어디서 났을까. 왜 총질까지 해. 땅개를 보내지도 못하면서 말야. 형님도 그렇지만 채리 누나가 큰일이야. 우리 마음이 이런데, 형님 죽고 그 비통이 오죽하겠니. 면회 갈 처지도 못 되구."

마당으로 나갔던 장애아들이 하나둘 방으로 들어온다. 한 장애아가 물 적신 수건으로 누워 있는 장애아를 닦아준다.

"가마 이쳐. 닦아주마. 이르수야, 어이 차악하다." 수건 쥔 장애아가 어르듯 말한다. 나처럼 말을 잘 못한다.

누워 있는 장애아가 얼굴을 안 닦으려 도리질을 한다. 앳된 처녀가 호마이카 밥상을 들고 들어온다. 접힌 상다리를 펴자, 밥상두 개가 차려진다. 한길에 나앉았던 노인이 수저통을 들고 들어온다. 경주씨가 콩나물 무침, 김치 대접과 국그릇을 나른다. 시래깃국 내음이 그윽하다. 처녀가 밥그릇을 나른다. 장애자들이 입맛을다시며 밥상 주위에 둘러앉는다.

"장씨, 시우씨도 같이 먹어요." 경주씨가 말한다.

"먹었어요." 내가 말한다.

짱구 형이 밥상 쪽으로 무릎걸음을 한다. 경주씨와 처녀가 누운장애아를 품에 안는다. 수건으로 턱받이를 해서 그들에게 밥을 먹여준다.

"꼭꼭 씹어 먹어. 성민이 밥 잘 먹네. 밥 잘 먹고 운동하면 일어나 앉게 될 거야." 처녀가 말한다. 동그란 얼굴에 동그란 눈이 귀염성스럽다. 대학생 같아 보인다.

식사를 마치자, 장애자들 운동 시간이다. 누워 있는 장애자를빼고 모두 밖으로 나간다. 설거지를 마치자 처녀는 돌아간다. 방안에서 장애자들 놀이와 유희 시간이 시작된다. 선생은 경주씨다. 한참을 그렇게 놀다, 모두 잠자리 준비를 한다. 경주씨가 바닥에스티로폼을 깔고 요를 편다. 장애자들이 눕는다.

"마두야, 소주 한 병 사 와." 짱구 형이 주머니에서 돈을 꺼낸다.

"술 마시면 안 돼요. 상처가 덧나요." 경주씨가 말한다.

"사오라니깐." 짱구 형이 내게 윽박지른다.

"그럼 돈 줘요, 내가 사올게."

경주씨가 돈을 받더니 밖으로 나간다. 잠시 뒤, 경주씨가 소반에다 소주 한 병, 김치, 종이컵, 젓가락을 얹어온다. 그걸 짱구 형과 내 앞에 놓는다. 잔이 세 개다.

"경주씨도 한잔하겠다구?" 짱구 형이 묻는다.

"왜, 난 마시면 안 되나요?" 경주씨가 종이컵 세 개에 술을 치곤 짱구 형을 본다. "장씨는 앞으로 어떡할 작정이세요? 계속 여기 숨어 있을 수만은 없잖아요?"

"나도 그 문제 땜에 한잔 꺾기로 했수. 이럴 때 고아 출신이 서럽군요. 연고지는 저 남쪽 항군데, 형님 잃고 거기 가면 뭘 하겠수." 짱구 형이 한 잔을 비운다. "머리 붕대라도 풀게 되면 일단 마두 고향 아우라지로 가겠어요. 숨어 있기는 거기 만한 데 없을 거요. 거기서 시간 죽이며 장래 계획을 세워볼래요. 그동안 내 밥값은 내리다."

"시우씨를 고향으로 보내야 하니 잘됐군요" 하더니, 경주씨가 빙긋 웃는다. "장씨, 우리한테 낼 밥값은 있어요?"

"참, 어음 와리깡할 수 있을까. 양주 납품하고 받아둔 건데. 입금시키느니 내가 쓰지 뭘."

"그것 바꿔 쓰면 단박 추적당할 텐데. 범인들 그러다 꼬리 잡히는 것 못 봤어요?"

"관두슈. 내가 알아 처리할 테니. 내일 알 만한 데 전화 걸래요. 걔들이 꺾어줄 겁니다. 와리깡하면 내가 여기 얼마 정도 자선할 수도 있수다. 됐죠?"

"선심 쓰시네. 정선 아우라지 갔던 이야기나 해줘요. 어릴 적부터 난 농촌, 아니 산골을 동경하며 자랐어요. 빈민촌을 떠나 그런 곳으로 가고 싶었어요. 거긴 어때요?"

"우리가 도착한 날이 추석 전날이기도 했지만, 산골 인심 한번 푸짐합디다. 싸리골이 예닐곱 가구밖에 안 되는데, 네 것 내 것 없이 한집안 식구처럼 살아요. 이장인가 하는 분이, 마두 돌아오고 손님 왔으니 먹거리들 가져오라고 말하자, 우르르 나가더니 부침개며 떡이며 과일이며 술이며 막 내옵디다. 찬밥 신세로 자란 나 같은 놈한텐 정말 감동적인 장면이었수다." 짱구 형이 술잔을 비워내며 떠벌린다. 끙끙 앓던 조금 전이 언제였나 싶다.

"거긴 아직 농촌 공동체가 남아 있나보군요. 우리가 시급히 회복해야 할 문제가 바로 공동체 사회의 건설입니다. 여기 이렇게 희망 없이 고단하게 잠든 이 사람들을 봐요. 국민소득 만 달러를 구가한다는 풍요로운 사회가 이 사람들을 방치한다는 게 말이나 되는 소리예요. 이런 이웃을 버려두고 나만 잘살면 뭘 해요. 장씨, 그렇잖아요?"

"말해서 뭘 해요."

"시우씨 할머니는 어때요? 잃었던 손자 찾았다고 무척 반가워하시지요?"

"노망기가 있었수. 어느 순간 정신이 깜박 나가면 마두도 못 알아봐요. 그러다 정신이 돌아오면 알아보구. 참, 마두 아버지는 중학교 생물 선생이었대요. 살아 있을 땐 존경을 받아, 마을 사람들이 훌륭한 선생이었다고들 말합디다. 묘지에는 제자들이 세워준비석도 있구요. 학교에서 퇴직당하구, 마두 모친이 누이를 데리고 가출하자, 술로 몸을 망쳤나봐요."

"퇴직당하다니? 그럼 전교조?"

"뭐, 그런 거겠죠."

"알 만하군요. 그래서 복지원서 테스트할 때 시우씨가 동물 이름을 훤히 꿰뚫었군요. 아버지한테 배워서."

나는 점퍼 안주머니를 더듬는다. 아버지 사진이 만져진다. 자주 들여다보던 사진이다. 슬며시 그 사진을 꺼내든다. 경주씨가 술잔을 들다 말고 사진 쪽에 눈을 준다. 제가 봐도 될까요, 하며 경주씨가 사진을 받아든다. 사진은 아버지가 식물 표본철을 보다 힐끗 얼굴을 돌린 모습이다.

"시우 아버진 학자시네. 시우씨는 언제부터 이 사진을 넣고 다녀요?"

"사진요? 고향 갔다……"

"요즘 농촌은 젊은이가 죄 떠나고 빈집도 많다던데. 장씨, 그 싸리골은 어때요?"

"추석이라 고향 찾아 사람들이 내려오긴 했지만, 마찬가지죠. 노친네들뿐이구, 빈집도 있구." 짱구 형이 소주병을 들고 자기 잔에 술을 따른다. 몇 방울 떨어지다 멈춘다. "벌써 바닥났네. 술 한 병 더 사와야 되겠는데."

"그럴 줄 알구 내가 미리 두 병 사왔어요."

경주씨가 밖으로 나간다. 짱구 형이 내 잔 소주를 마셔버린다. 경주씨가 소주 한 병을 들고 들어온다. 짱구 형이 경주씨 잔에 술을 채워준다.

"마두 고향엔 왜 그렇게 관심이 많수?"

"겨울은 닥치는데 이 식구들 데리고 저도 고민이 많아요. 마룻바닥에 스티로폼 깔고 버티지만 겨울엔 그럴 수도 없잖아요. 온돌을 놓든가, 전기 장판을 구하든가 해야겠죠. 벽도 전혀 보온이 안되니 이대로 겨울을 날 수야 없죠. 그러나 이 임시 거처인들 계속빌려 쓸 수도 없어요. 여기가 아파트 단지로 고시되었거든요. 아파트 서면 한강 훤히 바라다 보이고, 경관이 오죽 좋아요. 철거반대 생존권대책위원회가 조직되어 있지만 내년 해동되면 철거 바람이 불어닥칠 거예요. 며칠 전에는 저쪽 비닐하우스에 원인 모를불이 나서 다섯 동이나 타버렸어요. 노친네 한 분이 미처 못 나와죽구. 연탄 과열이란 말도 있구, 철거반의 고의적인 방화란 말도나돌아요. 만약 이 비닐하우스에 화재라도 발생한다면, 모두 장애자들이라 문제가 심각해요. 그래서 영구적인 정착지가 없나 하고물색 중에 있어요. 님비 현상인지 뭔지, 집단이기주의가 팽배해이 사람들 받아줄 그 어떤 터도 없긴 하지만……"

경주씨가 술잔을 비우고 잔을 짱구 형에게 넘긴다.

"이런 장애자들을 그 산골짜기에 데려다놓고 어찌 살겠다구. 농사일도 못할 게 뻔하잖수. 아무리 인심 좋다기로서니 어디 이 사람들까지 먹여 살리겠소?"

"그래서 후원회를 계속 늘려나가고 있어요. 그 일로 저와 자원봉사원이 아침부터 뛰잖아요. 구좌당 월 이천 원부터 만 원까지예요. 이 사회가 위로는 썩었지만 그래도 중산층 이하로 내려오면 오히려 온정이 살아 있어요. 여기 비닐하우스촌만도 벌써 일곱 구좌나 들어준걸요. 장애도 그래요. 여기 사람들은 선천성이나 유아 때의 질병에 따른 장애아와 산업 공해에 희생된 노인 장애자지만, 멀쩡한 사람도 어느 날 갑자기 장애자가 될 수 있어요. 날마다 수백 건씩 발생하는 교통사고와 산업체 안전사고를 봐요. 약물 중독은 물론, 노인성 마비 장애자도 계속 느는 추세구요. 후천성 장애가 전체 장애자의 팔십팔 프로에 이른다잖아요. 그들이 가족에게 버림받으면 갈 곳이 없어요. 수용 시설은 태부족한 현실이구. 우린 그런 점을 호소하며 후원회 가입을 권유하지요. 누구나 돌연 장애자가 될 수 있다구. 한편, 장애자들에겐 물리치료를 겸한 운동기구는 물론 욕탕이 필수인데, 비닐하우스엔 그 시설을 마련할 수도 없잖아요? 그래서 여러 곳을 알아보고 있지만 그만한 넓이의 장소를 마련할 수가 없어요. 지금도 '활천사회복지관'에 임시 수용된 갈 데 없는 장애아 서넛을 더 받아야 하는데, 여기 수용에도 한계가 있구……"

"허긴 육교나 시장 입구, 지하철 역에 가면 구걸하든 좌판 벌였든 널린 게 장애잡디다."

"빈민층 생계비 정부 지원은 계속 확대돼야 하고, 사회복지사 양성에 정부나 민간 단체는 과감한 투자를 해야 해요. 그늘진 곳에서 사랑을 실천하는 사람들에게도 희망을 줘야지요." 경주씨가 잠에 든 아이의 이불깃을 여며준다. "정호 앤 척추결핵을 앓고 있답니다. 걷지 못하죠. 일주일에 한 번씩 업고 병원엘 가야 해요. 몸이 아픈데도 늘 웃음이 떠나지 않지요. 자라는 새싹처럼 생명력이 넘치는 애들을 보면 피곤도 달아나고 용기가 막 솟는 거 있죠."

"애들을 홀트아동복지횐가, 거기로 넘기지 무슨 고생 사서 하우. 유럽 쪽으론 불구애들도 해외 입양이 곧잘 된다던데."

"장씨도 많이 아시네."

"고아 출신 아니오."

"왜 외국으로 보내야 해요. 고아 수출국이란 멍에를 언제까지 쓸는지 모르지만…… 우리나라에도 부유층 많아요. 그들이 이런 아이들을 맡지 않는다면 저라도 맡아야지요."

"경주씨, 내가 만 원 구좌에 들까요? 마두를 위해서두."

"쫓기는 몸인데, 장한 용기를 내는군요." 경주씨가 웃는다. "시우씨는 자립할 수 있는 장애자랍니다. 고향에 돌아가면 충분히 자립할 수 있잖아요. 시우씨에겐 자연과 함께 살 그런 보금자리가 필요해요." 경주씨가 술잔을 비운다. 잔을 짱구 형에게 넘기고 김치를 집어먹는다. "참, 시우씨는 이제 폭력 세계에서 완전히 떠났잖아. 그러니깐 마두라 부르지 마세요. 본이름을 돌려줘야지요."

"나도 그럼 한마디 하겠수. 날 장씨라 부르지 마시오. 장씨라니 홀아비나 아저씨 같잖수. 내게도 이름이 있수. 장명구라구, 고아원 원장이 지어준 이름이오. 명구라 부르시오. 명을 구한다는 뜻으로 이름을 지었다는 말을 보모한테 들었어요."

"그럼 명구씨, 한잔 듭시다." 경주씨가 잔을 든다. "어서 들고 자야죠. 내일 또 할 일이 많으니깐. 명구씨에게 한 가지 부탁할게요. 여기에 시우씨 이외 그쪽 식구들 출입을 삼가주세요. 우리 쪽 불편보다 명구씨를 위해서 하는 말입니다."

"알았어요. 그 점은 염려 마슈."

술자리가 치워진다. 나는 짱구 형 옆자리에서 잠을 잔다. 이불을 짱구 형과 함께 덮는다. 경주씨는 가장 끝쪽 장애아 옆자리에서 잠을 잔다.

이튿날, 아침밥을 먹고 나자 경주씨가 반코트를 입고 핸드백을 메고 나선다. 식구들 점심밥은 비닐하우스 안주인 박집사가 와서 차려줄 거고 오후에는 자원봉사 여학생 둘이 올 거라고 한다.

"저는 시청 사회과에 들렀다 서울 좀 다녀오겠어요. 장애자들에게 재활교육을 시켜야 하는데 이렇게 수용만 하고 있으니 미치겠어요. 부지런히 대책을 마련하려 동분서주하지만 다리품만 팔고 다니니."

경주씨가 방 안을 둘러본다. 올망졸망 앉아 있는 장애자들이 경주씨를 쳐다본다. 안경알 안쪽, 눈꺼풀이 씀벅인다. 안경을 벗고 눈꼬리를 훔친다. 짱구 형에게, 난로 연탄불을 보아달라고 부탁한다.

"경주씨, 나도 부탁 좀 합시다. 요즘 세상에 전화 없는 집은 처음 보우." 짱구가 휴대폰의 충전지를 뽑아낸다. "휴대폰이 불통이오. 전화 올 데도 있구 연락할 데도 있는데. 전파상에 가서 충전된 걸로 교환해 오든지, 이걸 충전하든지 해줘요."

짱구 형이 주머니에서 지폐 두 장을 꺼낸다. 충전지와 함께 경주씨에게 넘긴다. 경주씨가 받아 핸드백에 챙긴다.

"아저씨, 나갔다 올게요. 얘들아, 언니 다녀오마. 하우스 마당은 괜찮은데, 한길엔 나가지 마." 경주씨가 장애자들에게 이르곤 방을 나선다.

짱구 형이 머리 붕대를 풀며, 소독을 해야겠다고 말한다. 그 일을 돕는다. 머리통은 깨져 상처가 벌겋게 부풀었다. 상처 부위에 머큐로크롬을 발라준다. 손등에 새 붕대를 감아주자, 할 일이 없다.

"아쩌씨, 노올자."

빡빡머리 사내아이가 내 옷을 당긴다. 머리가 작고 이마에 파란 심줄이 보인다. 생글생글 웃는다. 이제 두렵지 않다. 장애복지원이 아니다. 방망이 찬 한종씨와 하마가 없다.

"놀자. 밖에 나와."

아이들을 데리고 방을 나선다. 아이들이 뒤뚱거리며 따라 나온다. 바깥은 바람이 몹시 분다. 하우스 안마당에서 놀기로 한다. 함께 놀 아무 기구가 없다. 공조차 없다. 다섯 아이가 나를 에워싼다. 사내아이가 셋, 계집아이가 둘이다. 세 살에서 너덧 살쯤 된 아이들이다.

"노래 놀자. 불러봐."

나는 손뼉을 치며 「산토끼」 노래를 부른다. 나는 곡은 물론 가사조차 제대로 부르지 못한다. 아무렇게나 부르며 제자리걸음 걷기를 한다. 아이들이 좋아하며 따라 부른다. 말이 되지 않는다. 그래도 신이 난다. 나를 따라 하는 아이들도 있기 때문이다. 다른 노래는 생각이 나지 않는다. 나는 「산토끼」 노래만 계속 부른다. 아이들도 열심히 따라 한다.

"미안한 말이지만, 병신들끼리 잘들 놀고 있네." 짱구 형이 방문을 열고 웃으며 말한다.

낮에는 박집사란 분이 김치 한 보시기를 가져온다. 식구들에게

라면을 끓여준다. 전기밥솥에 쌀을 안치고 설거지까지 하고 돌아간다. 나는 오후에도 아이들과 하우스 안마당에서 논다. 동그라미를 그리고 돌며, 「산토끼」 노래를 부른다. 숨바꼭질 놀이도 한다. 나는 수건으로 눈을 가린 술래가 되어 아이들을 잡으러 다닌다. 아이들이 즐거워한다. 제대로 걷지도 못하면서 놀이에는 열심이다. 기성을 지르고 손뼉도 친다. 방 안에 엎드려 내다보는 아이들도 재미있어한다.

"그 젊은이, 딱 어울리게 놀아주는구먼." 두통 타령을 하던 노인이 숨바꼭질을 구경하며 말한다. 두 다리를 못 써 변소 출입이 어려운 노인이다.

한 노인은 우리 할머니를 닮아 정신이 오락가락한다. 한 노인은 줄곧 한길에 나앉았다 끼니때만 들어온다. 지린내 나는 바지가 늘 축축하다. 벙어리에 가는귀먹은 노인이다.

숨바꼭질이 한창일 때다. 자원봉사 여대생 둘이 들어온다. 한 여학생은 어제 왔던 처녀. 둘은 공동 수도로 가서 양동이 물을 나른다. 나는 그 일을 돕는다. 둘은 빨래를 한다. 물을 데워 장애 아들을 씻긴다. 식구들에게 저녁밥을 챙겨 먹이고, 두 여대생은 돌아간다.

경주씨가 돌아오기는 밤이 깊어서다. 걷지 못하는 노인이, 저녁밥 먹었느냐고 경주씨에게 묻는다. 버스 정류장에서 풀빵 사서 먹으며 걸어왔다고 말한다.

"땅개란 친구는 안 잡히구 졸개만 서넛 엮은 모양입디다."

경주씨가 짱구 형에게 신문을 던져준다. 핸드백에서 꺼낸 휴대폰 충전지도 넘긴다. 짱구 형이 휴대폰에 충전지를 꽂는다. 전화질을 시작한다.

"조심해요. 위치 확인 안 당하려면." 경주씨가 말한다.

"어디 나까지 수배하겠수. 우린 당한 쪽 피해잔데."

짱구 형은 몇 차례 만에 통화에 성공한다. 사건 뒤 분위기를 묻는다. 어음할인 문제도 꺼낸다. 통화가 끝나자, 금방 전화가 걸려온다.

"박호구나. 이 새끼 땅개 왜 놓쳤어! 내가 네게 삐삐 쳤지. 람보와 형철은 달려들었다구? 알았어. 난 입원까진 필요 없구…… 뭐라구, 자살? 언제야, 그게 정말이야?" 짱구 형 얼굴이 굳어진다. "그래, 나도 튈 거야. 제주도쯤 고려하고 있어. 그럼 끊어." 짱구형이 나를 본다. 노랗게 질린 얼굴에, 눈물이 그렁해진다. "두 시간 전, 채리 누나가 경찰서 화장실에서 목을 맸대. 뱃속 아기가 불쌍해."

10. 아우라지의 희망

"이틀 밤 자고 올는지 몰라. 그동안 잘 부탁해." 경주씨가 안전 벨트를 매며 말한다.

자원봉사 여대생 둘이 손을 흔든다. 뒤쪽에 선 장애노인, 장애 아들도 손을 흔든다. 승용차가 비닐하우스촌을 떠난다. 자원봉사 여대생이 빌려온 꼬마차다. 짱구 형과 나는 뒷자리에 앉아 있다. 짱구 형은 검정색 빵모자를 눌러썼다. 아무 말이 없다. 왕숙천을 비껴, 차는 곧 강변으로 들어선다. 강물이 가을볕에 반짝인다.

"이 강을 따라 계속 거슬러오르면 정선에 닿게 돼요." 경주씨가 말한다. 미미도 그런 말을 했다. 우리는 아우라지로 간다. "넌 정 말 도시로 다시는 나오지 마. 더욱 밤의 세계에는 발 들여놓지 마." 비닐하우스에서 짱구 형이 말했다. "시우씨는 자연과 닮은 자연인 이에요. 모든 인간이 자연으로 돌아갈 수 없다면, 시우씨가 선발 대로 먼저 자연 속으로 들어가야 해요." 경주씨가 말했다. 나를 놓아주지 않던 쌍침 형님은 죽었다. 우리 조 식구는 흩어졌다. 우리는 함께 젖을 먹었고 팔뚝에 문신을 새겼다. 짱구 형은 물론, 나도 이제 조직원이 아니다.

승용차가 와부 신촌 네거리를 지난다. 푸른 간판이 걸린 은행 앞을 지난다. 골목을 꺾어들면 흥부식당이 있다. 식당 옆은 미화 꽃집이다. 차를 잠시만 정차시켜달라는 말을 못한다.

승용차가 강변으로 빠진다.

"경주씨, 여자는 왜 자살할까요?" 짱구 형이 갑자기 묻는다.

"그건 왜 물어요? 자살은 남자도 하는데."

"임신한 여자는 자살 못한다지 않수. 동물도 그렇습디다. 티브이「동물의 세계」를 보니깐 그렇대요. 짐승도 그런데, 하물며 사람이 저 죽고 싶다구 뱃속 자식까지 죽여요? 이해할 수 없수다. 실형 살지도 않을 건데 말입니다. 형님 죽었다고 목을 매다니. 여자는 정말 믿을 수 없수. 이제 곧 태어날 아기가 무슨 죄가 있어요? 달리 생각하면 나처럼 고아로 만들 바에야 잘한 일이긴 하지만."

채리 누나, 애리는 스스로 목숨을 끊었다. "이 세상의 생명체 중에 자살할 수 있는 건 인간밖에 없다고들 말하지. 절망이나 고통에서 헤어나는 방법 중에 스스로 목숨을 끊는 수단도 있다는 걸 인간만이 터득했다구. 거짓말이야. 짝을 잃은 새나 짐승이 슬피 울다 스스로 굶어 죽기도 하구, 고래떼가 뭍으로 올라와 집단 자살을 감행하구, 코끼리도 때가 되면 죽을 장소로 찾아가지. 그들도 절망과 고통을 해결하는 방법을 터득하고 있는 거야." 언젠가 아버지가 말했다.

"이해하는 만큼만 사랑한다는 말이 있죠. 상대에 대한 이해가 엷을수록 이기적인 생각이 그 빈자리를 채운다는 뜻이죠. 함께 생활하는 장애자들을 볼 때마다 저는 늘 그 생각을 하죠. 내가 얼마나 이 사람들을 이해하고 있냐구. 채리씨 경우, 쌍침이란 분을 송두리째 이해했기에 사랑 또한 그만큼 뜨거울 수도 있지 않았겠어요? 순애보가 드문 현실이지만서두. 사랑의 완성을 위해 목숨도 아깝지 않다는 말이 그 말이죠." 경주씨가 말한다.

아버지도 그런 말을 했다. "숲을 이해한다는 건 생태계의 거대한 질서를 이해한다는 뜻이지. 식물은 초식동물의 먹이가 된다. 초식동물은 육식동물의 먹이가 된다. 육식동물이 죽으면 미생물이 이를 분해한다. 식물이 그 분해 물질을 거름 삼아 성장하거든. 생태계는 이렇게 생산자, 소비자, 분해자로 이루어져 있지. 식물은 생산자고 인간은 소비자지. 인간이 죽으면 분해자들이 육신을 낱낱이 분해해서 생산자에게 돌려줘. 그 순환 운동이야말로 신비롭고 경외스러워. 그러므로 생산자로서 자신을 아낌없이, 대가 없이 소비자에게 주어버리는 숲의 의타 정신을 이해하면 숲을 진정으로 사랑하게 돼."

"무슨 말인지 알갔수다. 그러나 그 결과가 너무 비참하잖수. 결과적으로 땅개 그 쥐새끼가 세 명 목숨을 작살냈으니 말이오." 쌍구 형이 이빨을 간다. "채리 누나가 불쌍하지만 자살이야말로 너무 무책임했수다. 그래서 내가 여자를 철저히 무시하는 거요. 철들고 결혼 같은 건 안하기로 맹세했지. 물론 자식도 안 두기로. 그 맹세는 지금도 변함 없어요."

"그럼 명구씨는 아직 숫총각이시겠네?"

짱구 형은 대답이 없다. 짱구 형은 키요를 사랑한다.

승용차가 강변도로를 내닫는다. 코스모스와 갈대가 바람에 나부낀다. 단풍놀이 관광버스가 이따금 지나갈 뿐, 길은 한적하다. 카스테레오 음악에 귀를 기울인다. 음악 소리가 시냇물같이 돌돌 흐른다. 강을 보니 기분이 좋다. 철새들이 많이 난다. 기러기, 청둥오리, 왜가리, 농병아리, 도요새, 물떼새다. 물 위로 낮게 난다. 자맥질하며 먹이를 쫓는다. 그 강물 위로 채리 누나, 예리 얼굴이 떠오른다. 예리는 잘 울었다. 물에 뜬 낙엽처럼, 술에 취해 흘러갔다. 채리 누나는 늘 근심 띤 얼굴이었다. 쌍침 형님을 쳐다볼 때 불안해했다.

"경주씨, 고속도로 타지 말고 국도로 갑시다. 여주에서 제천 쪽으로." 짱구 형이 말한다.

"검문이 있다면 오히려 국도 쪽일 텐데?"

"검문 걱정은 왜 하슈. 난 엄연히 피해자인데. 국도변 단풍이 좋찮수."

"이제 그런 게 눈에 봬요? 일단 고속도로 타고 원주에서 제천으로 빠져요."

승용차가 한강을 건넌다. 잠시 달리자, 옆으로 빠지는 길이 나온다. 고급 승용차들이 그쪽으로 줄을 잇는다.

"골프장이 터져나가는군. 배 터져 죽을 놈들." 짱구 형이 말한다.

"좁은 국토에 골프장이 이백 개가 넘다니. 노와 전 시절에 비자금 챙기고 마구잡이로 허가했으니. 지금도 백 개 넘게 건설 중이라잖아요. 골프장이 전국 택지 면적의 절반이 넘고, 공장 면적보다 더 많은 땅이 초지라니. 그것도 목축을 위해서가 아니구. 가진 자들이 레저 핑계로 그 푸른 융단을 가꾸는 데 사용되는 농약이 모두 전답이나 하천으로 흘러들구." 경주씨가 말한다.

아버지도 그런 말을 했다. 중학교의 '우리 식물 가꾸기회' 회원들을 싸리골로 데려왔을 때였다. 아버지 말로는 산림이 베어지면 초지만 남는다는 것이다. 가뭄이 심하면 그 풀마저 마른다고 했다. 홍수가 지면 산사태로 강 하상이 높아진다 했다. "골프장 건설은 사막이 되는 지름길이지."

승용차가 고속도로로 들어선다. 시원하게 뚫린 길로 차가 내닫는다.

승용차는 영월에서 멈춘다. 점심때라 우리는 식당에 들러 설렁탕 한 그릇씩을 먹는다. 짱구 형은 소주 한 병을 비운다. 나와 경주씨는 마시지 않는다. 돈은 짱구 형이 지불한다. 그저께 점퍼때기 중년사내가 비닐하우스로 찾아왔다. 내가 본 적이 없는 면상이었다. 그는 짱구 형이 가진 어음종이를 받고 돈을 건네주었다.

영월을 지나면서부터 승용차는 산길을 타기 시작한다. 주위로 큰 산들이 우뚝우뚝 나타났다. 산등성의 억새꽃이 장관을 이룬다. 바람결에 흰 이삭이 너울거린다.

"지구 심장부로 들어오는 것 같군. 인간의 심장이 도시라면, 대지의 심장은 산이요 숲이야." 경주씨가 감탄한다.

짱구 형을 보니 어느새 잠이 들었다. 지난번 아우라지로 갈 때가 생각난다. 그때는 짱구 형이 운전을 했다. 예리는 술 마시더니 잠을 잤다. 예리 기분이 좋지 않았고, 짱구 형 기분도 좋지 않다. 짱구 형마저 아우라지에서 자살할는지 모른다.

경주씨는 열어놓은 창틀에 한 팔을 걸치고 운전을 한다. 부드러운 바람이 한껏 들이친다.

"단풍나무가 불붙듯 타오르네." 경주씨가 감탄을 한다.

"단풍나무? 복자기나무예요." 내가 말한다.

아버지가 가르쳐주었다. "저렇게 유독 빨갛게 물든 단풍을 대체로 단풍나무라고들 말하지. 사실은 단풍나무 사촌인 복자기나무야. 단풍은 복자기나무가 으뜸이지."

"아버님이 생물 선생이셨다더니 시우씨도 박사네. 아버지 얘기 좀 들려주세요."

"아버지요? 풀밭에서 잠자다 죽었어요. 아니, 살아 있어요."

"돌아가셨다 해놓곤 살아 계시다니?"

"살아 계셔요. 늘 말해요."

"아버지가 무슨 말을 해요?"

"단풍은 복자기나무 으뜸이지, 말해요."

"다른 때는요?"

"나무요. 풀 얘기, 물고기 얘기, 짐승 얘기……"

"그런 얘기 하는 걸 시우씨도 남한테 얘기해야 해요. 마음속에 넣어두지만 말구. 그래야 억압된 감정도 풀고 표현력도 늘지요."

승용차는 골짜기를 굽이굽이 돈다. 짱구 형이 깨어나기는 읍내가 저만큼 보일 때다.

"정선읍이로군. 여기서부터 길안내는 내가 하지. 읍내로 들어가

442

다 좌회전해서 다리 건너 철길 따라 북으로 곧장 직행합시다." 짱구 형이 말한다.

승용차는 북평읍을 거쳐간다. 꽃베리를 지나면 아우라지다. 차가 여량읍내로 들어선다. 빈손으로 시우씨 집에 들어갈 수가 없다고 경주씨가 말한다. 짱구 형이 육간 앞에 차를 세우라고 말한다. 승용차가 멈춰 서자 짱구 형이 육간으로 들어간다. 신문지에 뭉쳐 싼 것을 들고 나온다. 차가 골지천에 걸린 여량 2교를 건너 비포장도로로 들어선다.

"참으로 아름다운 고장이네요. 이런 땅이 아직도 이 나라에 남아 있음은 축복이에요." 경주씨가 말한다.

강변에 미루나무가 늘어서 있다. 비낀 햇살에 노란 잎이 반짝인다. 멧새떼들이 강변 갈대밭 위로 난다. 승용차가 마을회관 앞 공터에 멈춰 선다. 느티나무도 낙엽이 지고 있다. 우리들은 차에서 내려 고샅길로 들어간다. 저쪽에서 머릿수건 쓴 아주머니가 걸어온다. 소쿠리를 든 길례댁이다.

"시우구나. 그렇게 말없이 훌쩍 떠나더니, 돌아왔네. 어서 가봐. 할머니가 목이 빠지게 기다리신다. 너무 울어 눈이 멀 지경이야."

나는 대답을 못한다. 창규 형 집 앞을 지나고 팔배아저씨 집 앞을 지난다. 건너편은 이장댁이다. 양쪽 집 텃밭을 지난다. 가을 배추가 탐스럽다. 또식이네 집은 빈집으로 남았다. 건너편이 길례댁 집이다. 우리 집이 나온다. 우리는 마당으로 들어선다.

"하, 할머니?" 할머니를 목청껏 부른다.

방문이 열리고 꼬부장한 할머니가 마루로 나선다. 나를 보더니 깜짝 놀란다. 신발도 신지 않고 달려온다.

"왔구나. 이놈아, 왜 그렇게 할미 속을 썩여. 추수 끝내면 이장과 너 찾아 나서려 했다."

할머니가 내 가슴에 얼굴을 묻고 훌쩍인다. 짱구가 인사를 하지만 할머니는 관심이 없다. 나는 목이 메어 아무 말도 할 수 없다.

"할머니, 안녕하세요. 시우씨는 정말 고향으로 돌아왔어요. 다시는 할머니 곁을 떠나지 않을 겁니다. 할머니 모시고 살 거예요." 경주씨가 말한다.

할머니가 그제야 경주씨와 짱구 형을 본다. 빵모자 쓴 짱구 형을 보더니, 지난번에 왔던 그 젊은이로구나 하며, 알아본다. 할머니는 정신이 또록하다.

"이 처녀는 누구야?"

"시우씨 동무예요. 듣던 대로 싸리골은 참말 산자수명한 곳이네요." 경주씨가 말한다.

짱구 형이 들고 온 신문지 뭉치를 내놓으며, 쇠고기를 조금 사왔다고 말한다. 도담댁과 나전댁이 집으로 들어온다. 다시 돌아온 나를 반긴다.

도담댁과 나전댁이 추석날 이야기를 한다. 예리란 처녀가 죽어 마을이 발칵 뒤집혔다고 말한다. 지서에서 나왔는데 왜 그냥 가버렸느냐고 도담댁이 묻는다. 나는 대답을 못한다. 짱구 형이 뒤통수를 긁적이며 변명한다.

"그 처녀 가족에게 빨리 알려야 했기에 곧장 구리시로 차를 몰았죠. 시우를 고향으로 데려다줘야 한다고 마음은 먹었지만, 거기서 수습할 일이 남아 늦었습니다. 어쨌든 시우가 고향으로 왔잖습니까."

추석날 밤중에야 예리란 처녀의 모친과 외삼촌이 아우라지로 들어왔다고 나전댁이 말한다. 화장을 하겠다며 시신을 수습해서 이튿날 돌아갔다는 것이다. 할머니는 내 손을 잡고 놓지 않는다. 둘러보니 경주씨가 없다. 이야기를 할 동안 어디론가 사라져버렸다.

"처녀가 어디 갔어? 지난번 처녀처럼 또 강가로 나갔나?"

도담댁이 주위를 둘러본다. 나전댁이 뒷간을 다녀온다. 거기에도 없다고 말한다. 이번에는 뭐 하는 처녀며, 왜 여기에 왔냐고 도담댁이 짱구 형에게 묻는다.

"경주씨라고, 자살한 처녀와는 달라요. 아주 다른 직종 여잡니다. 똑똑 떨어지는 처녀라구요. 뭐랄까, 그렇지. 사회사업을 하지요." 짱구 형이 말한다.

"사회사업이라구?" 나전댁이 묻는다.

"오갈 데 없는 장애자들을 보살핍니다. 요즘 세상에 보기 힘든 처녀지요."

도담댁과 나전댁이 돌아간다. 한참 뒤 경주씨가 삽짝으로 들어선다. 어디를 다녀왔냐고 짱구 형이 묻자 마을을 한바퀴 둘러보았다고 대답한다.

"빈집이 네 채나 되더군요. 이장님 만나뵙고 말씀드리기 전에 면사무소부터 다녀와야겠어요. 면내 장애자 수용시설이 어떤지 현황을 파악해보고 오겠어요."

경주씨가 삽짝을 나선다. 경주씨는 할머니가 저녁밥을 지을 때야 돌아온다. 그동안 윤이장을 비롯한 마을 사람들이 집을 다녀갔다. 모두들, 이제는 싸리골에서 떠나지 말라고 말했다. 나는 싸리골에서 할머니와 함께 살 것이다.

"할머님은 이래라저래라, 제게 지시만 하세요. 제가 밥상 보아올릴게요."

경주씨가 팔을 걷어붙이고 나선다. 도마와 칼을 찾아 쇠고기를 썬다. 프라이팬에 쇠고기를 볶는다. 멍석의 고추를 거두어들이며, 휘뚜루마뚜루 설친다. 할머니는 꼬부장한 몸으로 보고만 있다. 부뚜막에 앉아 경주씨 일솜씨를 찬찬히 살핀다. 도담댁이 나물 반찬을 가져온다.

가을 들면 산골은 낮이 짧아 해가 빨리 진다. 저녁밥 먹고 나면 금세 어둑발이 내린다. 바람 소리가 스산해진다. 새떼들이 숲속으로 찾아든다.

"처녀는 손도 날래고 부지런도 하우. 고향은 어디메요?" 저녁밥 먹을 때, 할머니가 경주씨에게 묻는다.

"저는 서울에서 태어났어요. 아버님 고향은 평안도구요. 어머님 고향이 호남이니, 저는 우리나라 가운데서 태어났지요."

"양친은 다 살아 계시구?"

"아버님은 별세하셨어요. 몸이 불편한 상이용사셨거든요. 저는 다섯 형제 막내예요."

"처녀는 대처에서 뭘 하우?"

"몸이 불편한 아이들과 어른들을 돌보고 있지요. 그런 분들과 함께 생활해요."

"그래서 우리 시우도 알게 됐수?"

"그렇다고도 말할 수 있어요. 한때 저는 장애복지원이라구, 몸과 정신이 온전하지 못한 사람들을 돌보는 기관에서 근무했지요. 시우씨가 잠시 그곳에 있게 되어 알게 되었습니다."

"허기사, 어릴 적에 애 아비가 시우를 그런 데 맡겨놓았던 적이 있었지."

"할머니, 고기 드세요. 연세가 드실수록 고기 잡수셔야 힘이 생겨요. 이빨이 좋지 않으실 것 같아 먹기 좋게 손질했어요."

경주씨가 할머니 밥그릇에 불고기를 얹어준다.

"우리 집은 육질을 안 먹었다우. 시우 아비가 풀음식만 먹어서. 아비가 죽자, 마을 사람들이 권해 어쩌다 조금씩 먹지만, 맛을 제대로 모른다오. 젊은 사람들이나 많이 들어요."

"할머니, 한 가지 상의 말씀 드릴게요. 제가 장애자 열 명을 데리고 여기 싸리골로 들어오면 안 될까요? 빈집이 네 채나 되던데. 물론 그 사람들 먹고 입을 건 제가 다 마련을 하겠어요. 시우씨도 그 사람들과 동무가 될 수 있고요. 아니, 선생이 될 수 있어요. 시우씨도 많이 깨치게 되고 큰 보람을 느낄 거예요." 경주씨가 나를 본다. "시우씨, 그렇죠?"

"그렇죠? 예." 나는 엉겁결에 대답한다.

"시우 할머니 허락만으로 되겠수? 장애자가 들어오면 동네 버린다고 어디 호락호락 허락할 것 같아요? 아무리 인심 좋은 마을이라도." 짱구 형이 참견한다. 그는 밥 한 그릇을 비우고 물러앉는다.

"내일 아침, 이장님을 설득해볼 거예요. 읍내에 나간 김에 중학교를 찾아 시우씨 아버지 얘기를 들었어요. 시우씨 부친은 참교육의 스승이요 농촌운동가였다고 존경하더군요. 제가 시우씨 아버님 뒤를 잇겠어요. 시작해보는 거죠. 저는 안 될 게 없다고 보는데요?"

저녁밥 먹기를 마친다. 짱구 형이 경주씨에게 차 키를 달라고 말한다. 읍내에 나가 뭘 좀 사오겠다는 것이다.

"술이겠죠 뭘" 하며 경주씨가 차 키를 넘겨주고 할머니를 본다. "할머니는 시우씨와 밀린 얘기나 하세요. 제가 설거지할게요."

"집에 온 손님을 그렇게 부려도 되겠소. 내가 할 테니 그냥 쉬시구려."

"괜찮아요. 하고 싶어 하는 일인 걸요."

경주씨가 밥상을 들고 밖으로 나간다. 바깥은 어둠이 내렸다. 바람에 낙엽 구르는 소리가 들린다. 섬돌 밑 귀뚜리의 울음이 애잔하다. 아우라지로 돌아왔음을 벅벅이 느낀다.

"시우야, 이젠 정말 안 떠날 거지? 이 할미하고 살 거지? 지난번에 왔던 젊은이가 또 와서 가슴이 덜컥 내려앉았어. 또 널 데리고 가버릴 것만 같구나."

할머니가 내 손을 잡고 어룬다. 주름진 눈꼬리에 눈물이 잡힌다.

"아, 안 갈 거예요. 할머니 함께, 아우라지 살 거예요."

"생각 잘했다. 내가 살면 얼마나 살겠느냐. 네가 네 아비 산소 옆에 날 묻어줘."

할머니 손을 놓고 일어선다. 할머니가 놀라서, 어디 가느냐고 묻는다. 경주씨가 잘 방에 군불을 때고 싶다.

"집 밖으로 나가면 안 돼."

부엌을 들여다보니 형광등 불이 환하다. 경주씨가 콧노래 부르며 설거지를 한다. 뒤란으로 돌아간다. "내 방은 연탄 아궁이로 바꾸지 않겠어. 재래식 아궁이도 우리 마을에 하나쯤 있어야지. 재거름도 이용할 수 있구." 새마을 사업을 할 때, 아버지가 말했다. 보름을 막 넘긴 달빛이 푸르다. 땔감나무가 쟁여 있다. 나뭇단을 건넌방 아궁이로 나른다. 건넌방은 아버지 서재였다. 경주씨가 잘 방이다. 예리가 그 방에서 잤다. 부엌으로 가서 불쏘시개 솔가리와 삭정이를 긁어모은다.

"뭘 하려고 그래요?" 경주씨가 묻는다.

"불, 불 때려 그래요."

"제가 할게요. 설거지 마쳤어요."

경주씨가 부뚜막 성냥통을 들고 나선다. 건넌방 아궁이 앞으로 온다. 할머니가 마루에서 지켜본다. 경주씨가 솔가리에 불을 지펴 아궁이 삭정이에 옮겨 붙인다. 삭정이가 타닥타닥 소리를 내며 불꽃을 피운다. 나는 마른 장작을 불꽃에 얹는다. 따뜻한 불기가 얼굴에 닿는다.

"나무 타는 냄새가 참 좋네요."

경주씨가 나를 보고 웃는다. 아궁이 불빛을 받아 발갛게 익은 얼굴이다. 나무나 낙엽을 태우면 그윽한 향기가 난다. "도시 쓰레기는 악취를 풍기며 썩는다. 그러나 숲의 나무나 낙엽은 향기를 뿜으며 삭아들지." 아버지가 말했다.

"시우야, 집 밖에 나가지 마." 할머니가 마당으로 나선다. 할머니가 경주씨에게 말한다. "처녀요, 우리 시우 꼭 데리고 있어요."

"할머니, 어디 가시게요?"

"볼일이 있어서…… 이장집에 다녀오리다."

"잘 다녀오세요." 경주씨가 삽짝 나서는 할머니를 배웅한다. 나를 보고 말한다. "시우씨, 저 달 봐요. 달이 저렇게 우리 가까이에 있는 줄 몰랐어요."

달을 본다. 높은 산 위에 달이 덩실 떠 있다. 달 속에 계수나무가 서 있고 토끼가 방아 찧는 모양이라고 시애가 말했다. 시애가 보고 싶다. 시애는 제주도에 있다.

"산이 높네. 시우씨, 내일 산 중턱까지만 올라가요. 낮에 단풍이 너무 고왔잖아요."

"저 산요? 상원산요?"

"저기, 산 쪽으로 날아가는 게 기러기떼 맞죠? 한 줄로 늘어서서."

"맞아요, 기럭기럭 울어요."

상원산을 넘어 기러기떼가 내려온다. 기러기는 북쪽에서 가을이면 산을 넘어 내려왔다. 봄에 북으로 떠나는 겨울 나그네새다. "제비, 독수리, 솔개는 낮에 이동하는 나그네새고, 갈매기나 기러기는 밤에 이동하지. 가을 한철 둥근 달을 질러 한 줄로, 또는 시옷자 모양으로 이동하는 기러기떼를 보고 있으면 생명체의 살림살이가 신비로워. 왜 저 새는 그렇게 먼 거리를 가고 오고 하는지. 계절의 변화를 어떻게 그토록 용케 알아맞히는지……" 어느 해

가을이던가, 평상에 나앉아 아버지가 말했다. 기러기떼가 둥근 달을 비껴 시옷자로 날고 있었다.

기러기떼가 사라진 상원산을 본다. 달빛 아래 옥갑산봉과 상원산 능선이 뚜렷하다. 웅장한 산이 검푸른 하늘을 찌를 듯하다.

삽짝으로 도담댁이 들어선다. 소반에 무언가를 담아온다.

"그렇게 나란히 앉았으니 꼭 신랑 각시 같네. 군불 때나봐." 도담댁이 말한다. "북실댁은 방에서 뭘 해요?"

"할머닌 이장님 댁에 가셨는데요." 경주씨가 말한다.

"시우 다시 왔다고 오늘 저녁 여기 몇이 모이기로 했는데……"

도담댁이 소반을 마루에 놓는다. 할머니를 데려오겠다며 삽짝을 나선다. 고샅길에 발소리가 들린다. 도담댁이 다시 삽짝으로 들어선다.

"시우야, 할머니가 또 실성증을 보여. 이장과 얘기하다 갑자기 횡설수설한다지 뭐냐."

내가 나서자, 함께 가자며 경주씨가 따라온다. 이장댁 안방으로 들어가니 똥내음으로 가득 찼다. 할머니가 윗목에 엉거주춤한 자세로 앉아 있다. 윤이장이 할머니 어깨를 흔들며 나를 알아보겠느냐고 묻는다. 할머니는 화가 난 표정으로 윤이장을 흘겨본다.

"왜 안 돼? 무엇 때문에 안 돼? 내 자식 살았으면 그러겠어?" 할머니가 윤이장에게 삿대질을 한다.

"북실댁 말에 내가 난색을 표하자, 갑자기 욕설을 하시더니…… 지금 보라구. 나한테 퍼붓지를 않는지." 윤이장이 물러나 앉으며 상대 못하겠다는 듯 머리를 젓는다

"시우야, 할머니 모시고 나와. 똥을 쌌으니 씻겨드려야지." 축담에서 나전댁이 말한다.

"제가 할게요." 경주씨가 할머니를 부축해서 일으킨다. "할머니, 화내시지 마세요. 우선 몸부터 씻어야죠."

경주씨가 버둥대는 할머니를 껴안고 수돗가로 간다. 도담댁이 쫓아와 경주씨를 거든다. 경주씨가 할머니 치마 안 고쟁이를 벗겨 내린다. 도담댁이 할머니를 부축해서 세운다. 경주씨가 할머니 고쟁이를 벗겨 대야물에 흔들어 빤다. 경주씨가 빤 고쟁이를 뭉쳐 할머니 치마 안으로 넣는다. 엉덩이를 닦는다. 달빛 아래, 희붐한 그런 장면을 마루에서 본다. 경주씨가 버둥거리는 할머니를 업고 대문을 나선다. 나도 신발을 찾아 신는다.

"내 조금 있다 집으로 감세." 윤이장이 마루에서 말한다.

나는 경주씨를 뒤쫓는다. 나전댁과 도담댁도 따라온다.

"정말 대단한 처녀네. 지난번에 왔던 처녀하곤 생판 달라." "요즘 처녀가 아냐. 도회지에도 저런 처녀가 다 있나." 나전댁과 도담댁이 조그맣게 한마디씩 한다.

경주씨가 할머니를 안방 아랫목에 눕힌다. 어느새, 할머니는 절인 푸성귀처럼 늘어진다. 경주씨가 이불을 덮어주자 할머니는 혼곤한 잠에 빠진다.

마을 사람들이 집으로 들이닥친다. 윤이장, 한서방, 팔배아저씨가 온다. 길례댁, 춘길이 엄마가 온다. 아녀자들이 먹거리를 방 가운데 내놓는다. 묵 대접, 삶은 밤에 홍시를 소복이 담은 광주리다.

"노망든 노친네를 많이 다뤄본 것 같소." "이력이 난 솜씨던데?"

"처녀가 똥싼 노친네 속옷을 아무렇지 않게 빨다니." "자, 홍시 먹어요." 마을 아주머니들이 한마디씩 한다.

경주씨가 춘길이 엄마로부터 홍시를 받는다. 미소만 띠다 말문을 연다.

"제 전공이 시우씨 할머니 같은 분들 돌보는 일인걸요. 제 이름은 노경주예요."

"집에 노망 난 할머니라도 있소?"

"없어요. 아버님은 육이오 때 홀로 남한으로 내려오셨거든요. 제가 고등학교에 때 별세하셨는데, 한쪽 팔을 잘 쓰지 못했고 다리를 절었죠. 몸이 불편하니 어디 취직인들 제대로 할 수 있었겠어요. 제가 태어나기 전에는 어머니와 함께 시장에서 국숫집을 했고, 그 후에는 내복이나 양말 파는 가게를 내어 우리 다섯 형제를 공부시켰죠. 막내인 저는 몸이 불편하신 아버님을 보고 자라며, 장차 아버님 같은 분을 위해 봉사하며 살기로 했지요. 그래서 대학도 사회복지학과를 선택했구요."

"장하구려. 요즘 젊은이들하곤 생각이 다르네. 기특도 하우." 한서방이 말한다.

"경주양 보니 내가 자식 농사 잘못 지은 것 같구려. 큰놈은 지난 추석 때 바쁘다는 핑계로 고향도 찾지 않았다오. 둘째놈은 중국에 무슨 합자공장 기술자로 나가 있구. 딸들이야 출가외인이라 기대도 않았지만." 윤이장이 말한다.

"허구한 날 땅 파뒤져봐야 희망이 없으니 자식들 도시 나갈 때는 여기 사람들도 좋아라 했지요. 그러니 이 산골에는 중늙은이들만 궁상스레 남았다우. 더 늙고 병들면 돌봐줄 사람조차 없으니 앞일이 걱정이우." 나전댁이 한숨을 쉰다. 삶은 밤을 깨물어 터뜨린다.

"앞으로 그 점이 문제예요. 통계 자료에 따르면 예순다섯 살 이상 노인의 일할이 치매환자라잖아요. 열 명 중 한 명이 노망에 들었다는 거죠. 일흔 살 이상을 따지면 다섯에 한 명은 됩니다. 평균 수명이 길어질수록 환자 수는 더 늘어난다고 봐야지요. 치매는 노인병으로 누구에게나 닥치는 병입니다. 치매에 걸리면 특별한 치료약이 없어요. 뇌의 미세혈관이 막힐 때 치매가 오지요. 대혈관이 막히면 사망하거나 중풍으로 반신불수가 되구요."

"아이구, 무서워. 우린 제발 노망 안 들고 중풍 안 걸리고, 그저 자던 잠에 죽어야지. 하루이틀도 아니고 그 수발을 누가 감당해." 길례댁이 치를 떤다. 묵을 젓가락으로 집어먹는다.

"그게 어디 마음대로 되나. 어떤 꼴이 될는지 아무도 몰라." 길례댁이 말한다.

"양지말 두독댁이 혈압으로 쓰러져 풍이 왔대요. 구십 다 된 시어머니를 십수 년 똥오줌 받아내며 고생했는데 이제 장본인마저 기동 못하게 됐으니, 쯔쯔. 자식들은 다 고향 떠나 사니 송장 된 두 노친네 앞길이 막막하답디다. 연락이 돼서 큰아들, 둘째아들이 내려왔는데, 아무도 모셔갈 뜻이 없었대요. 동네 어른들이 거둬달라며 이장한테 돈을 얼마 내놓곤 도망치듯 가버렸다우." 도담댁이 말한다.

"가축보다 못한 처지란 게 그를 두고 하는 말이오. 그렇다고 예전처럼 고려장 시킬 수도 없구." 한서방이 말한다.

"치매는 보통 세 단계로 진행되지요. 처음에는 깜박 잊어버리는 건망기가 있고, 다음에는 무엇을 잘 구별하지 못하는 혼동기가 오고, 마지막에는 완전히 정신이 가버리는 치매기지요." 경주씨가 말한다.

"테레비에서 봤어요. 똥을 싸서 벽에 바르고 금세 밥 먹고 밥 달라며 소리치는 망령든 노친네들 말이에요." 춘길이 엄마가 말한다.

"관둬라. 듣기 싫다." 길례댁이 손을 내젓는다.

"우리 처지도 남의 일이 아니라요. 시우 할머니 꼴 안 되라는 법이 어딨어요. 그래도 시우 할머닌 정신 멀쩡할 때도 있잖아요. 이제 시우가 효손 노릇할 테니."

나전댁 말에, 모두 나를 본다. "시우야, 이제 할머니 잘 모셔." "새옹지마라더니, 시우야말로 늦깎이다." 모두들 한마디씩 한다.

경주씨는 말없이 나를 보고 웃는다.

"양로원에 갈 처지도 못 되니 싸리골 우리들은 더욱 뭉쳐 한가족으로 살아야 해요. 아픈 사람 서로 돌봐주고, 앞으로도 네 것 내 것 없이 삽시다그려." 윤이장이 말한다.

"맞는 말씀이에요." 경주씨가 다시 나선다. "우리나라는 아직 노인 복지 대책이 후진국 수준입니다. 노인들만 남은 농촌 현실은 정말 딱합니다. 농촌 인구 노령화가 급속히 진행되니깐요."

"경주양은 정말 노인 문제 전문가시구려. 사실은 조금 전에 시우 할머니가 경주양 문제로 찾아왔어요. 경주양이 장애자를 볼보는 모양이지요? 북실댁 말씀이, 그 장애자들을 우리 마을에 받아들이자더군요. 아닌 밤중에 홍두깨라구, 나는 무슨 말인지 영문을 몰랐다우. 함부로 타지 사람을, 그것도 장애자를 받아들인다니. 그래서 내가, 우리 살기도 힘든데 무슨 소리냐며 거절했지요. 그랬더니 그만 퍼렇게 넘어가며 욕설을 퍼붓는 게 아니겠어요."

"제가 말씀드리죠. 저는 장애인과 장애 노인들을 돌보고 있지요. 세 살부터 여섯 살까지 어린이가 일곱, 할아버지가 세 분이시죠. 아이들은 정신박약아가 다섯, 중증 지체장애자가 하나, 자폐아가 하나입니다." 경주씨가 열심히 설명을 한다. "모두 부모가 버린 고아들이지요. 할아버지 세 분은 원진레이온이란, 이제 문을 닫은 화학섬유 공장에서 오래 근무하다 직업병을 얻은 환자들입니다. 두 분은 치매 초기를 보이구요. 무의탁 노인들인 셈이지요."

"그런 사람을 우리 마을에 들이면 안 돼요. 첩첩산골이라 크게 배운 사람 안 났어도 아우라지는 인심 좋은 아라리 고장이지요. 그런데 병신들 들이면 금방 병신마을 소리 듣게요." 춘길이 엄마가 손을 내젓는다.

"암, 안 되지. 우리 죽고 이 마을 없어지면 몰라도 그런 장애자를 받을 수는 없소. 읍내 나가면 등신 마을 사람이란 소리 들을 텐데. 왜 우리가 그 수모를 당해야 하우." 한서방이 머리를 흔든다.

"어르신네들, 오늘 내 몸이 건강하다고 죽을 때까지 건강하란 법은 없습니다. 어르신네 자녀들이 모두 도시로 나가 살지만 그분들 역시 마찬가집니다. 교통사고, 각종 공해병 등, 재난은 뜻밖에 찾아옵니다." 경주씨 말에 모두 시큰둥한 표정이다. 경주씨가 잠시 말을 중단하다 말을 바꾼다. "나보다 불행한 사람을 돕는다는 게 우리가 이 세상을 사는 동안 가장 큰 보람 아니겠어요. 나라 교육 정책도 그런 방향으로 가고 있어요. 학교 공부만 해도 자원봉사 과목을 신설해서 그 점수를 성적표에 기록하고 상급 학교 진학에도 반영한대요. 제가 낮에 면사무소에 갔는데 여기 북면에는 공공 사회복지기관이 한 군데도 없어요. 북면에 난치병 환자를 수용하는 사설 기도원이 있더군요. 싸리골에 복지원을 세운다면 읍내 학생들의 불우이웃 자원봉사 실습 현장도 될 겁니다. 우리 사회가 이제서야 그런 일에 관심을 갖게 되었으니, 그런 복지시설이 있는 게 흉이 될 수 없습니다. 그런 시설이 많은 곳이 오히려 선진화가 빨리 된 고장이지요. 몸 성한 사람들이 장애인을 돌보는 봉사활동은 이 세상에 그 어떤 일보다 가장 거룩한 일입니다. 기독교와 불교 또한 근본 이치는, 불행한 자, 병든 자를 돌보라는 것 아닙니까. 그래야 죽어 천당과 극락에 갈 수 있다고 가르치잖습니까."

"경주양 말씀은 좋은데 우리 싸리골은 그런 장애자를 수용할 능력이 없소. 보다시피 중늙은이 열 정도가 마을을 지키고 텃밭 일구며 근근이 살아가고 있소. 몇 해 전만 해도 봄이면 산으로 들어가 산나물과 약초도 캐고 가을이면 송이도 땄으나 힘에 부쳐 그 수입마저 반으로 줄었어요. 우리끼리 그냥 살게 놔두고 다른 장소를 물색해보우." 한서방이 몸을 반쯤 틀어 앉는다.

"그들이 여기로 온다 해도 어르신네 처지는 조금도 나빠지지 않도록 하겠습니다. 쉰여 분의 후원회가 조직되어 있어 그분들이 다달이 제 저금통장에 입금시켜주는 후원금만으로도 장애인들 의식주는 해결할 수 있어요. 자원봉사를 원하는 후배도 함께 올 수 있

구요. 이런 말을 앞질러 드려도 될는지 모르지만, 시우 할머님은
물론이고 어르신네들 연세 자셔 건강이 여의치 못하실 때 수발해
드릴 수 있습니다. 우리나라 장애자 중에 후천성 장애자가 팔십팔
프로에 이르는데 그중 뇌졸중 질병, 즉 중풍으로 인한 장애가 오
십삼 프로에 이른다잖아요. 어르신들도 조금 전에 그런 장애가 무
섭다고 말했잖습니까. 그러므로 어려운 처지에 있는 사람들이 자
연에 묻혀, 한가족으로 공동체를 이루어 살 수 있습니다." 경주씨
가 힘주어 말한다.

"우리까진 필요없소. 우린 몸 움직일 수 있을 때까지 일하다 죽
으면 그만이지. 내 죽는다고 연락하면 자식들 올 테구, 이웃들이
장사 지내 뒷산에 묻어줄 테구." 실례댁이 일어설 채비를 한다.

"잠시만 제 말 더 들어보세요. 조금 전까지 앞날 걱정하시더
니 제가 장애자 열 분을 모시겠다니깐 말씀들이 아주 달라지셨는
데…… 어른신네들은 병신을 수용하는 마을로 소문이 날까봐 두
려워하고 있군요. 절대로 그렇지가……"

"잠깐만 경주양, 이제 내 말 들어보우." 윤이장이 경주씨 말을
막는다. "티브이를 보자니 서울 경기고등학교 안에 장애아 특수
학굔가 뭔가를 세우려 하니 동창회에서 반대했답디다. 신문에 나
고 티브이에도 방영이 됐어요. 그곳 출신들이라면 이 사회에서 한
자리하는 사람들 아니오. 그런 명사들조차 반대하는 마당에, 말해
뭘 하겠소."

"배운 자들의 집단이기주의를 어르신네와 저의 힘으로 깨부수
면 어떨까요. 많이 배워 똑똑한 사람들, 재물 넉넉하고 지위 높은

사람들, 자기 이익을 한 치도 양보하지 않겠다고 담을 높이 치는 사람들 말이에요. 그 사람들 역시 죽으면 썩어질 육신 아니에요. 죽음은 누구에게나 평등하게 찾아온다는 걸 알아야지요. 그렇게 죽으면 그 육신이 한 평 땅도 차지하지 못하고 결과적으로는 흙으로 돌아갈 텐데, 말로만 불우이웃, 장애자를 돕자는 그 잘나고 똑똑한 사람들과 다르다는 걸 우리가 왜 못 보여줍니까. 여기 시우씨가 있잖아요!" 경주씨 목소리가 울먹인다.

나는 목이 멘다. 금방 먹은 홍시가 올라올 것 같이 가슴이 답답하다.

"시우야 원래 여기 출신이니 아무 문제없지요. 시우를 우리는 진심으로 환영합니다. 북실댁이 날마다 조왕신에 기원한 덕분이긴 하지만." 한서방의 무르춤한 대답이다.

"장애자 시설이 들어선다면 집값 떨어진다고 주민들이 반대 데모한다는 얘기도 들리는데, 그런 수용 시설이 들어선다고 쌍수 들어 반기는 마을이 어딨겠소. 경주양 취지를 이해 못하는 건 아니지만 그건 이상론이오. 우리에겐 무리구. 시우 할머니나 환영할까, 여기 사람 모두 반대하고 있지 않소. 나오지 않았지만 팔배, 춘길이 아비, 명서방, 곽서방도 환영은 안할 거구." 윤이장이 담배 한 개비를 꺼내어 라이터불을 댕긴다. "참, 내 한 가지 경주양한테 묻고 싶소. 꼭 우리 마을로 들어오겠다는 이유가 뭐요?"

꿇어앉은 경주씨가 말이 없다. 방 안에 침묵이 감돈다. 한참 뒤, 경주씨가 말을 시작한다.

"너무 아름다운 고장이기 때문입니다. 여기로 들어와 맑고 깨끗한 이 자연을 오염되지 않게 보전하고 싶어요. 사실 장애인들은 의외로 마음이 자연만큼 맑고 깨끗합니다. 그들은 세속적인 욕망을 가지고 있지 않기 때문입니다. 그들이야말로 욕심이 없으므로 천사나 부처를 닮았습니다. 시우씨한테서도 저는 그런 점을 보았습니다. 남을 미워할 줄도, 속일 줄도, 심지어 돈의 가치조차 모릅니다. 시우씨가 자연인인 만큼, 그 장애인들도 자연인들입니다. 이 좋은 자연 속에서 자연을 보호하며 그들과 함께 살고 싶다는 게 제 소원입니다. 저 역시 도시를 떠나 농촌에 살고 싶구요. 어릴 적부터 고향이 산골이었으면 하고 바랐거든요."

경주씨가 안경을 벗고 눈물을 훔친다. 그제야 나도 뭔가 한마디 해야겠다고 큰숨을 내쉰다. 가슴이 터질 것만 같다. 말이 잘될 것 같지가 않다. 말이 터진다.

"겨, 경주씨 말 맞아요. 난 자, 장애아 선생 할래요. 함께 살아요."

방 안 사람들이 모두 나를 본다. 놀란 표정이다. 어느새 내 눈에 눈물이 고인다. 폐차 트렁크에 갇힌 나를 경주씨가 구해주었다.

"제가 여기로 오고 싶은 이유가 한 가지 더 있죠. 바로 시우씨가 여기에 산다는 겁니다." 경주씨가 말한다. 눈물 흐르는 눈으로 나를 똑바로 바라본다.

경주씨 말에 방 안 사람들이 더욱 놀라워한다.

*

경주씨는 수돗가에서 빨래를 한다. 할머니 입은 옷을 죄 벗겨

내어갔다. 내 옷도 죄 벗겼다. 할머니가 장롱에서 내가 입을 옷을 찾아주었다. 아버지가 입던 옷이다. 할머니는 부엌에서 찬을 만든다.

"시우씨, 명구씨 깨워요. 속옷 벗어달라 하세요." 수돗가에서 경주씨가 외친다.

"형, 형"하고 짱구 형을 흔든다. 신음을 흘리며 돌아눕는다. 짱구 형은 어젯밤 늦게 돌아왔다. 마을 사람들이 제집으로 돌아가고 한참 뒤였다. 억병으로 술에 취해 있었다. 취해서 차를 몰고 왔다. 나는 짱구 형을 흔든다. 꿈쩍을 않고 신음을 하며 돌아눕는다.

마당으로 나서니 왕재산이 높아 아직 해가 떠오르지 않았다. 강변 쪽, 새떼의 지저귐이 소란스럽다. 나는 아침 공기를 한껏 들이켠다. 푸나무 내음이 스민 고향 대기다. 경주씨가 빨랫줄에 빨래를 넌다. 할머니 스웨터, 치마, 고쟁이, 러닝셔츠가 줄에 널린다. 내 점퍼, 청바지, 러닝셔츠, 팬티도 줄에 널린다.

"부지런도 해라. 언제 일어나 그렇게 빨래를 다 했소. 김칫국부터 마신다고, 이런 말해도 될란가 모르지만, 복덩이 새댁이 따로 없네." 도담댁이 담 너머로 넘겨다본다.

"편히 주무셨어요? 날씨가 너무 좋군요. 오늘도 가을걷이로 바쁘시겠어요. 제가 도울 일이라도 없나요?" 경주씨 목소리가 밝다.

"놀며 하는 일인데 뭘. 시우 친구분은 들어왔나요?"

"읍내에서 늦게 들어왔나봐요."

"여기는 언제까지 계실 거요?"

"내일 아침 떠나려 해요. 그쪽 식구는 자원봉사원들이 돌봐주지

만 빨리 올라가야지요. 참, 우리 식구 여기 오는 일 마을분들과 상
의하겠다고 이장님이 말씀하셨는데, 좋은 결과가 나왔으면 좋겠
어요. 어르신네들 신세는 일절 지지 않겠다는 각서는 써놓고 가겠
어요. 올라가면 구리에서 이장님 댁에 전화 넣어봐야죠. 좋은 결
과가 나오면 자원봉사원과 함께 일차 다시 내려오겠습니다. 빈집
하나를 우선 빌려 도배도 새로 하고 청소도 해야 하니깐요."

"글쎄…… 경주양 심성을 보니 무조건 반대할 일도 아니라는
생각이 들긴 해요. 바깥양반 말씀도 그렇구."

할머니가 부엌에서 나온다. 꼬부장한 허리로 경주씨 쪽으로 간다.

"창규 어미야, 이 색시 말대로 해. 외롭고 병든 사람들끼리 의지
하며 살지 뭘 그래. 우리끼리 살면 너무 쓸쓸하잖나. 손님 아침밥
챙겨주고 이장 만나러 갈란다. 가서 또 따질란다."

"시우 할머니 마음은 마을 사람들이 다 알아요. 따지시지 않아
도 다 안다니깐요." 도담댁이 웃는다.

"시우야, 친구분 깨워라. 속풀이 시레깃국 끓였다. 웬 술을 그렇
게 마셔."

"밥상 들어와요. 명구씨 일어나요."

경주씨가 짱구 형을 깨운다. 짱구 형이 잠투정을 하다 마지못해
일어난다. 짱구 형은 옷을 입은 채 잤다. 경주씨가 밥상을 들여온
다. 할머니가 소반에 국과 수저를 나른다. 네 사람이 둥근상에 둘
러앉아 밥을 먹는다. 할머니와 경주씨는 재미있게 이야기를 한다.
아우라지에 대해, 아버지를 두고 이야기한다. 경주씨가 묻고, 할
머니가 대답한다. 짱구 형은 말이 없다. 찌무룩한 얼굴로 시래깃

462

국에 밥을 말아 먹는다. 할머니가 밖으로 나간다.

"경주씨, 밥 먹구 나 읍내까지 차 태워주슈. 구리로 올라가게."
짱구 형이 말한다.

"왜요? 내일 아침에 함께 올라가잖구."

"아니. 어젯밤 술 마시며 결심했소. 아침에 올라가기로."

"무슨 결심을 했는데요?"

"이대로 있을 수 없다구. 죽은 좇처럼 이대로 주저앉는담 나도
죽은 거요. 형님이나 채리 누나처럼. 살아 있어도 산 게 아니오."
짱구 형이 숟가락을 놓고 경주씨와 나를 본다. 눈에 핏발이 섰다.
"구리로 돌아가 땅개를 손보겠소. 지옥까지 가서라도 그놈 푹 담
그고 말겠수다. 형님 따라 그 쥐새끼도 황천길 보내겠소."

"꼭 복수를 해야 할까요?"

짱구 형은, 한다면 반드시 한다. 짱구 형은 롱다리 발목을 일본
도로 내리쳤다. 말대가리를 회칼로 찔렀다. 나는 어깨를 떨다 숟
가락을 놓는다.

"시우, 우린 젖을 함께 먹은 형제야. 우리 식구는 모두 호텔에
있어. 형님은 죽었구. 그들이 호텔에서 나와 형님 원수 갚을 수 없
어. 너 역시 그런 일을 할 수 없잖니. 어차피 내가 나서야지. 땅개
를 그냥 둘 수는 없어. 그냥 뒀단 난 살아 있어도 산목숨이 아냐.
형님한테도, 호텔 식구한테도 면목 없구. 의리가 뭐니. 그렇게 처
리하는 게 의리 아냐."

"그건 의리가 아녜요. 주먹 세계에선 통할는지 모르지만 복수로
살인한다는 건 악순환이에요. 죄악이구요." 경주씨가 말한다.

"안 통할 말 더 이상 않겠수." 짱구 형이 일어선다.

"제 말 더 들어봐요. 명구씨, 제 말 듣구⋯⋯"

할머니가 숭늉 그릇을 들고 들어온다.

"경주씨, 차 관둬요. 걷겠수다." 짱구 형이 할머니를 본다. "할머니, 안녕히 계세요. 언제 다시 뵈올지 모르겠습니다. 이제 시우는 안 데려가겠어요. 시우는 영원히 여기에서 살 겁니다. 할머니 절 받으세요."

짱구 형이 넙죽 엎드려 할머니께 절을 한다. 정수리에는 가제를 붙이고 반창고로 눌렀다. 짱구 형이 점퍼 주머니에서 빵모자를 꺼낸다.

"제가 읍내까지 태워다줄게요." 경주씨가 나선다.

"괜찮수. 날 설득하려 들지 말아요. 모처럼 시골길 걷죠 뭘. 시우야, 잘 있어. 경주씨가 널 좋아하는 것 같은데⋯⋯ 어쨌든 넌 여기서 이제 떠나지 마. 누가 꼬셔두 따라가지 마."

짱구 형이 삽짝을 나선다. 그의 뒷모습이 보이지 않는다. 나는 갑자기 목이 멘다. 나는 신을 신고 나선다. 뒤에서 할머니가 나를 부른다. 삽짝을 나선다. 짱구 형이 고샅길로 저만큼 가고 있다.

"형, 짱구 형!" 내가 외쳐 부른다.

짱구 형이 걸음을 멈춘다. 뒤돌아본다.

"시우, 경주씨를 놓치면 안 돼. 행복하게 살라구."

짱구 형이 손을 흔들고 다시 걷는다. 그의 등뒤로 은행나무 노란 잎이 시나브로 떨어진다. 짱구 형이 골목길을 돌아들더니 뒷모습이 보이지 않는다. 눈물이 앞을 가린다. 할머니가 내 팔을 잡는다.

"시우야, 들어가자. 친구는 이제 갔다. 지난 추석날 성묘도 못했잖니. 네 아비 산소에나 다녀오자. 저 처녀도 네 아비 산소에 가보고 싶다는구나. 산소에 다녀와서 나하고 이장 한번 더 만나보기로 했다."

할머니가 내 팔을 끈다. 나는 눈물을 닦고 집으로 발길을 돌린다. 이제 짱구 형을 영원히 만날 수 없을 것 같다. 키요도 마찬가지다.

경주씨가 부엌에서 설거지를 한다. 설거지를 마치자 연탄불을 간다.

"처녀, 이제 나서도 될란가?" 할머니가 새 옷으로 갈아입고 지팡이 들고 나선다.

"네, 가요. 다 끝났어요."

셋이 집을 나선다. 우리는 마을 뒤로 돌아간다. 솔바위로 길을 잡는다. 해가 왕재산 위로 떠올랐다. 서리 앉은 갈잎들이 하얗게 반짝인다. 수수밭을 지난다. 수수 열매는 이미 거두어들였다. 개울물 소리가 돌돌 흐른다. 길섶 억새꽃이 아침 바람에 너울거린다. 여기저기 들국화와 개쑥갓꽃이 무리지어 피었다. 산길을 오르자 지팡이 짚은 할머니 걸음이 처진다. 경주씨가 할머니를 부축한다. 내가 앞장을 선다. 쌓인 낙엽에 발이 빠진다. 날다람쥐 한 마리가 개암나무에서 빠르게 내려온다. 개암 열매 도토리를 물고 있다.

"날다람쥐는 열매를 저장했다가 나중에 먹는 지혜를 가졌지. 솔방울, 도토리, 밤, 각종 열매, 버섯까지도 저장해. 땅을 파고 묻거나 나무 구멍이나 빈 새 둥지에 저장해. 저장한 양식으로 추운 겨울을 나지. 그런데 날다람쥐는 땅을 파고 묻은 씨앗을 나중에 다 찾아내지 못해. 사람만큼 영리하지 않거든. 그러면 땅에 묻힌 열매가 이듬해 봄에 싹이 트지. 그게 바로 식물의 지혜야. 생산자로서 자기 열매를 소비자에게 주고, 그 나머지 열매로 후대를 잇게 되지." 언젠가, 아버지가 마을 아이들을 모아놓고 말했다.

온 산이 단풍색으로 붉고 누렇다. 적단풍은 복자기나무, 단풍나무, 옻나무, 화살나무, 노박덩굴이다. 황단풍은 느릅나무, 고로쇠나무, 피나무, 버즘나무다. 소나무만 푸르름을 자랑한다.

"시우씨, 산이 너무 조용하네요. 새소리, 낙엽 밟는 소리, 바람소리밖에 안 들려요. 말하기조차 조심스러워요." 경주씨가 말한다.

여긴 도시가 아니잖아요, 하고 나는 말하고 싶다. 도시는 건물과 차와 사람이 너무 많다. 사람들은 말을 많이 한다. 이곳은 산과 강과 나무가 많다. 산과 나무는 말을 하지 않는다. "사람〔人〕이 나무〔木〕와 함께 있으면 쉰다〔休〕는 뜻이고, 사람〔人〕이 산〔山〕에서 살면 신선〔仙〕이 된단다. 산이 숲을 키우듯, 산은 사람을 신령한 품성으로 만들지." 아버지가 말했다.

"장영감 살았을 땐, 내가 아라리를 부르면 장영감이 북채를 잡았지." 할머니가 지팡이를 짚고 헉헉대며 말한다. "처녀, 내 아라리 한 곡 부를까."

"그러셔요. 할머니 노래 듣고 싶어요."

할머니가 걸음을 멈춘다. 땀을 씻으며 아우라지 쪽에 묽은 눈길을 준다. 송천과 골지천이 합친 조양강이다. 강물이 꽃베리로 굽이돌아 흐른다.

할머니가 숨차게 「아라리」를 읊조린다.

산나무야 들풀아 산짐승아 집짐승아
천년 만년 동무하여 우리 함께 살자
아리랑 아리랑 아라리요
아리랑 고개 고개로 날 넘겨주오
마을 앞은 송천이요 왕재산은 뒤울이라
앞뜰에 과수 심고 뒤뜰에 텃밭 가꿔……

소설과 현실이 만나는 길

김나영(문학평론가)

　이 소설 이전의 김원일의 소설을 말할 때, 6·25전쟁은 빼놓을 수 없는 사실이었다. 6·25전쟁과 그로 인한 분단국가의 현실은 작가에게 마치 소설을 쓸 수밖에 없게 하는 무엇, 쓰고 또 써도 마르지 않는 글쓰기의 원인이자 동력처럼 보였다. 실제로 작가는 6·25와 4·19를 체험하고 산업화를 경험한 세대로서, 그 시대를 살아온 인물의 삶을 소설적으로 기술해내는 데 작가의 개별적인 경험이 중요한 역할을 했을 것이라는 추측도 가능하다. 아니, 그러한 개인의 구체적인 체험은 글쓰기에 중요한 역할을 하는 데 그치지 않고, 한 개인의 삶이 그 자체로서 갖는 고유함을 형성하고 유지하게 한다고 말하는 것이 더 옳겠다. 너무나 즉물적인 것이었을 낱낱의 체험은 개인의 육체에 기록되고, 지워지지 않고 남아 그 육체로부터 끝내 발화되는 이야기는 이토록 보편적인 역사를 증언하는 일이 된다. 김원일의 소설이 한국 소설사에서 하나의 자리를 차지한다면, 그 이유는 아마도 여기에 있을 것이다. 잊어버리지 않고 기억하는 일이, 한낱 개인의 지극히 사소해 보이는 이야기가 어떻게 이전의 고귀한 삶들을 담보로 하여 이후의 삶들이 누려야 마땅할 고귀한 자리를 비출 수 있는지를 그의 소설은 한국의 구체적인 실례를 통해 보여준다.

이 소설 역시 한국 사회에 실재했던 구체적인 사건들과 실재하는 장소를 소설적 요소로 삼는다는 점에서 이전의 김원일 소설이 취했던 사회 비판적인 태도를 그대로 간직하는 듯하다. 1990년대 중반의 구리시와, 지금은 남양주시로 통합된 미금시 일대가 강원도 정선의 아우라지와 함께 이 소설의 주된 배경이 된다. 그 양쪽을 아우르는 인물, 이 이야기의 주인공인 시우는 선천적인 자폐증 환자이다. 단순하게 요약하면, 이 소설은 타지에서 온갖 시련을 겪고 살던 시우가 자신의 의지와는 상관없이 떠나올 수밖에 없었던 고향 아우라지로 돌아가는 과정을 그린다고 하겠다. 시우는 자기의 의사를 표현하는 일에 서툴고 판단이나 행동이 지극히 수동적이다. 단지 그 이유만으로, 그러니까 장애인이기 때문에 그는 낯선 도시의 고물상에 팔려 노예처럼 살아가게 된다. 그때부터 고향에 돌아가기 전까지 그의 삶은 말 그대로 그의 삶이 아니었다. 낯선 도시의 지하실에 갇혀 유독성 물질을 만지는 일을 하면서도 힘들다는 내색을 표하는 것만으로도 두들겨 맞는 사람, 겨우 탈출하듯 그곳을 빠져나오면 다른 누군가에 의해 또 다른 곳으로 끌려가서 똑같이 착취의 시간을 견디는 사람이 있다는 것을 온몸으로 증언하는 인물이 시우다. 자폐증세로 인해 말을 잘하지는 못하지만 그 대신에 보고 들었던 것들을 모두 기억하는 범상치 않은 능력을 갖고 있기에 시우의 삶은 그 자체로 일종의 취재의 연속이다. 학생운동을 하다 수배자의 신분으로 멍텅구리배에 올랐던 강훈 형처럼, 휴학계를 내고 공장에 위장 취업을 했던 경주씨처럼 시우 역시 현실의 구체적인 삶들 속으로 직접 뛰어들어가서 직접 그 삶에 내장된 폭력들에 지난하게 맞서 살았던 것이다. 물론 시우의 맞섬이 의식적으로 이뤄진 게 아니라는 점에서 사회와 집단이라는, 개인이 자신을 둘러싼 삶의 조건들을 구체적으로 경험하고 종합하는 과정에서 인식되는 개념까지를 시우의 말에서 도출해내는 것이 무리라고 여겨질 수도 있겠다. 하지만 이 지점이 중요한 것 같다. 별다른 의식 없이, 다시 말해 어떤 이념이나 편견도 개입되지 않은 순수한 관찰자의 것이라는 점에서 시우의 말은 우리가 귀담아들을 만한 소중한 이야기가 된다. 그렇지 않을까. 무식해 보일 만큼 맹목적인 삶, 살아남기 위해 살아가는 동어반복 같은 생은 다만 시우의 것이 아니다. 이 소설은 한편 살림이라는 행위의 민낯을 조명한다. 살아 있는 것들을 다만 계속 살아 있도록 보살피는 일은 누가 하는가. 그것은 살아가는 데 필요한 기본적인 욕구에 충실하며 그 외의 일들에는 무심한 인물을 통해 역설적으로 최대한 가능하다는 것을 이 소설은 보여준다(이런 구체적인 장면들은 소설의 곳곳에 쉼표처럼 배치되어 있다. 흥부식당에서 인희 엄마와 인희에게 정서적인 위안이 되어주었던 것도, 최상무파의 일원들의 아지트인 국숫집 옥상을 지키며 쌍칼 형님의 간호를 하고 텃밭을 일구어 다른 이들에게 먹였던 것도 살림의 행위들이었다고 볼 수 있지 않을까).

자연에 가까운 인간 본연의 생리는 그것을 유지하기 위한 것 외의 의식적인 요구들이 개입하지 않을 때 최적의 상태를 이룬다. 자기 바깥의 일들에는 무심한 듯, 허나 매 순간 차별 없이 세상을 제 몸에 기록하는, 자폐증을 앓는 시우의 그 묵묵함을 보자. 그가 몸소 행하는 그 '다른 말'의 가능성을 읽어내는 것이 이 소설을 읽는 중요한 목적이다.

1. 기억하는 자

이 긴 이야기는 강원도 산골의 작은 마을, 그 마을을 구성하던 일원들, 시우의 가족들이 그러하듯 서로 엮여 있는 사람들이 저마다의 이유로 뿔뿔이 흩어져 살게 되며 겪는 수많은 사연의 집합체다. 시우라는 초점화자의 이야기가 전체 서사의 주축이 되긴 하지만, 역설적이게도 이 개인의 이야기는 타의에 의해 구축된다. 자신의 이야기를 마치 남의 이야기를 하듯 수집하고, 남의 이야기를 전할 때처럼 공평한 시선과 감정으로 담담하게 들려주는 태도는 자폐증 때문에 가능하다. 소설 속에 살아 있는 또 하나의 작가처럼, 시우는 자신이 경험한 시간과 그동안 만난 다른 사람들의 경험들을 거대한 하나의 기억으로 통합하는 자이다. 그뿐만이 아니다.

'말하기'에 서툰 시우는 자기가 겪은 수많은 일들을 각각의 인과 관계를 통해 설명할 수는 없지만, 그렇기에 그는 자신의 삶을 덮치는 부조리를 고스란히 전달할 수 있다. 설명 불가능한 것, 이해할 수 없는 것을 언어화하려는 시도가 도리어 그 이상한 것의 핵심을 잘라내고 감추는 일이 될 수도 있다는 것을 우리는 안다. 시우는 말하지 못하는 것들을 모두 기억한다. 모든 것들의 고유명, 그 이름에 얽힌 또 다른 이름들, 명사에 얽힌 동사들, 동사가 불러온 부사들, 박제된 사물들 사이로 끊임없이 움직이는 이미지들. 시우는 자신이 경험한 것들을 지나칠 정도로 세세하게, 그로써 모든 것에 대한 기억이라고 할 만한 이야기를 들려준다. 이것은 대문자 역사가 행하는 기록과는 근본적으로 다르다. 역사의 기록이 취하는 단일하고 편협한 관점과 태도는 그 바깥의 일을 알지 못하게 하여 그 자체로 모종의 폭력을 예비한다. 시우의 기억은 그에 맞서 좀더 생생해지고 단단해진다.

그만 물어요, 하고 말하고 싶다. 사람들은 뭘 꼬치꼬치 알고 싶어한다. 그냥 나를 나로 보면 될 터이다. 이름을 묻는다. 나이를 묻는다. 고향을 묻는다. 뭘 하는지 알고 싶어한다. 나는 아우라지를 떠난 뒤, 슬리퍼와 온도계 만드는 지하실에서 일했다. 풍류 아저씨와 거지 노릇을 했다. 부랑아 수용소에서 가을과 겨울을 났다. 그 뒤, 먼바다로 나가 멍텅구리배에서 새우를 잡았다. 강훈 형이 빼내어주었다. 버스 정류장에서 키요를 만났다. 항구에서 쌍침 형님 아래 새끼로 있었다. 우리 조직 여섯이 구리시로 올라왔다. 그걸 다 경주씨에게 말할 수 없다. 머릿속에 그 시절들이 사진처럼 떠오를 뿐이다. (59~60쪽)

기록하는 자는 기억을 훼손한다. 장애복지원에서 근무하는 사회복지사인 경주는 시우에게 기록을 위한 질문을 거듭한다. 어떤 질문은 이렇게 형식적인 기록을 위한 것이 되어서 생생히 살아 있는 삶으로부터 어떤 거부감을 불러일으킨다. 이 거부감이야말로 생을 억압하는 느낌에 대한 일종의 본능적인 방어가 아닐까. 시우라는 삶, 살아왔고 살아갈 그 생의 유일함에 대해서 저 몇 줄은 아무것도 말해주지 않는다. 저 몇 줄로 갈음되는 삶이란 그 자체로 얼마나 폭압적인가. 대상을 해석하고 장악하려는 욕망으로 인해 기록은 쉽게 삭제의 다른 이름이 되지 않던가. 기록하는 자는 자신이 마련한 항목 바깥의 것들을 지우고 왜곡하면서 기록한다. 시우를 향한 질문들은 결코 그 지하실의 공기를, 거리의 시선을, 수용소의 허기를, 바다 한가운데에 닻을 내린 배의 절박한 고독을 기록하지 못한다. 기록은 항상 기록하는 자가 이미 아는 것들에 대한 기록이다. 반면에 사진이 함께 찍힌 모든 것들을 담듯, 기억은 그저 간직되는 것들 모두를 기억한다.

기억이 그러하므로, 기억하는 자인 시우는 이 소설의 주제를 좀더 확장시키는 역할을 하기도 한다. 아우라지에 닿아 있는 그의 내면(기억)과 도시의 지하 주점과 옥탑에 매여 있는 그의 외부(기록)는 개인의 생이 공정하고 엄밀하게 기록되거나 훼손 없이 온전하게 기억될 수 없다는 것을 보여준다. 도시의 사람들과 더듬거리며 나누는 대화나 어색하게 주고받는 몸짓, 그 속에서 불현듯 튀어나오는 아우라지의 추억은 다 함께 시우의 현재를 이룬다. 그 도시의 풍경 속에 문득 아우라지가 스며들고, 삭막한 도시의 일상이 아우라지의 추억을 더욱더 아프게 벼린다. 게다가 가난을 피해 남편과 자식을 버리고 도망간 엄마가 있는 아우라지와 어린 시절 부모에게 버림받은 짱구 형이 있는 지하조직은 묘하게 겹쳐지기도 한다. 한평생을 교육과 식물학에 헌신했던 아버지가 있는 아우라지와 장애인의 인권을 위해 살아가겠다고 결심한 경주가 있는 도시도 마찬가지다. 이처럼 기억은 기록으로부터 불려 나오고, 기록은 기억에 의해 고발되는 방식으로 만나고 공존한다. 시우의 모습은 개인의 고유한 일화가 '어떤 영원성'을 획득하게 되는지, 그로써 어떻게 공시태적인 삶뿐만 아니라 통시태적인 삶까지도 지시하는 보편적인 이야기가 될 수 있는지를 비유한다. 그런데?

2. 마두 혹은

시우의 삶. 자기 자신의 생각과 느낌을, '나'라는 개인의 고유성을 자발적으로 표현하지 못하는 삶. 누구나 그를 향해 명령하고 순종을 강요하는 게 자연스럽게 보이리만큼, 선천적으로 억압된 것만 같은 그의 자유는 다만 자폐증에 그 원인이 있는 것일까. 이렇게 달리 물어볼 수도 있겠다. 그가 이토록 비굴하고 비참한 일들을 겪으면서도 천진하게 제 삶을 계속해서 긍정하며 살아갈 수 있는 이유는 무엇일까. 이 질문은 소설을 읽기 시작할 때부터 있었고, 다 읽고 나서도 해소되지 않고 남아서 어떤 불편함을 느끼게 한다. 한국 사회를 살아가는 독자라면 누구라도 이 불편함을 초래한 혐의에서 자유롭지 못할 것이다. 상식이라는 이름의 단단한 편견들, 그리고 끊임없이 만들어내는 정상과 비정상의 구별들. 마시우라는 이름은 우리가 자신의 편의를 도모하기 위해 애써 무시하고 외면했던 어떤 사람, 어떤 시간, 어떤 장소의 그것이기도 하다. 또한 평범한 개인이 아니라 '이상한' 사람인 시우는 우리가 일상을 지속하다 예기치 않게 맞닥뜨리게 되는 사건의 이름이기도 하다. 그러니까 우리가 이 이름을 부를 때, 이미 어떤 폭력의 기미가 엿보인다. 시우를 공감하는 입장에서조차 우리는 이 이름이 되지 않고 이름을 부르는 사람의 자리에 있기 때문이다.

자기가 보고 듣고 느낀 것들, 외부에서 수집한 이야기들을 내면화한 다음에 다시 바깥으로 표출하지 못하고 그대로 간직하는 태도는 누구의 것인가. 실상 별로 공론화될 만한 일이 아니더라도, 아니 사소하게 보인다는 이유로도 사람들은 어떤 것에 대해 이야기하기를 즐긴다. 굳이 현대 사회의 소통 방식을 대표하는 SNS의 문제들을 거론하지 않더라도, 자신이 보고 듣고 느낀 것들을, 자신의 경험을 충분히 내면화하지 않고 손쉽게 발설해버리는 태도는 '우리'의 이기심을 반영한다. 편협한 이유로 편을 갈라 상대를 공격하는 식의 언행은 말이 넘쳐나는 이 시대의 불편한 지점들을, 불행한 사람들을 계속해서 생산하는 듯하다. 이럴 때 이야기는 개인을 하나의 인격으로 형성하는 일을 방해하기도 한다. 개인의 고심을 거치지 않고 전해지기만 하는 이야기는 마치 개인마저도 수많은 이야기가 그저 지나가는 하나의 하수관처럼 기능하게 하기 때문이다. 이야기를 통해 자신의 경험을 공동체의 그것과 통합하지 못하고, 오히려 낱낱으로 분절되어 소실되는 자신을 전시하는 개인들의 모습은 결국 사회라는 외부가 개인에게 미치는 폭력의 한 양상을 보여준다. 다시 시우의 경우로 돌아가서 말하면, 그는 자기 내면에 고여드는 경험을 곧장 표출하지 않는 자를 장애인으로 취급하고 그의 말에 귀기울이지 않는 사회와 그런 집단의 판단에 편승한 사람들을 고발하는 화자라고 할 수 있다.

마찬가지로 이 소설은 전교조의 일원으로 평생을 참교육이라 할 만한 지침들을 마련하고 몸소 실천하는 데 바친 한 교사의 안타까운 죽음을, 자신의 삶을 오로지 장애자의 삶에 바치겠다고 결심한 한 복지사의 고투를 중계하는 이야기로도 읽을 수 있다. 사회의 다수가 그 교사와 복지사의 행동에 동의하지 못한다. 그들은 왜 안타깝게 죽어야 하고 외롭게 투쟁해야 하는가. 그들의 정당한 요구와 실천이 어째서 특이한 사례로 치부되는가. 하물며 사회와 정치의 표층 아래에 감춰진(것이라 믿어 의심치 않아야 하는) 다툼들, 쉽게 해소해버릴 수 없을 정도로 복잡다단하게 현실 정치에 결탁해 있는(거의 현실 정치의 일부분이 된) 폭력의 생리는 왜 있지만 없는 것으로 치부되어야 하는가. 그들은 이 사회에서 어떤 식으로 조직되고, 조직의 일원은 구성원의 목록에서 어떻게 말소되어버리는가. 시우는 이 질문들에 답하거나 판단하지 않고 그 모든 것들과 함께 산다. 때문에 소설을 읽는 독자는 단순히 이 소설에 기록된 90년대 한국 사회의 일면들을 정보를 수집하듯 편견 없이 받아들일 수만은 없게 된다.

단순하게 말하자면, 시우와 그 주변 인물들 각자의 삶은 비단 그들의 것만이 아니기에 더욱 고약해 보인다. 형편이 넉넉하지 못하다는 이유로 가족과 생이별을 하고, 태어날 때부터 장애를 갖고 있다는 이유로 유일한 핏줄인 부모로부터 버림을 받는 사람들은 소설 속에만 있지 않다. 자신의 경우가 아니라는 이유로 쉽게 말하고 쉽게 잊어버리며 외면했던, 그로써 나 자신의 삶을 평범한 것으로 유지해왔던 자들에게 이 소설은 그 평범성이라는 믿음에 균열을 낸다. 대체 무엇이 평범한가. 시우의 말이 겉으로는 발화되지 않아도 언제 어디에서나 계속되었으며, 그것이 결국 이 모든 이야기를 진행시켰다는 점을 독자는 안다. 그 앎은 곧 우리의 평범해 보이는 삶도 평범의 기준에 미달되는 것으로 치부되었던 존재로 인해 겨우 지탱되어왔다는 깨달음이기도 하다.

3. 이분법

하지만 마치 어린아이와 같은, 인간 사회를 구성하는 복잡하고 가변적인 선택과 판단의 조건들을 충분히 경험해보지 못한 순진무구함을 그대로 간직한 시우의 태도를 그대로 받아들이는 데에는 분명 무리가 있다. 그의 태도뿐만 아니라 시우의 아버지나 경주의 희생이 전제로 하는 순진한 믿음까지를 고스란히 긍정하는 듯한 서술자의 관점이 거슬린다고 말할 수도 있다. 그 거슬림은 분명 자연스럽다. 하물며 이 소설은 그 거슬림을 유도하고 독자의 거슬림을 바탕으로 삼아 세상을 읽는 단순한 논리를 거스른다. 옳거나 그른, 이분법적인 잣대로 평가하는 순진무구한 시우의 관점

을 따라 세상을 읽어내는 일은 어쩌면 옳거나 그르다는 양극단의
판단 사이에 위치한 수많은 결정 불가능한 지점들을 자기 안에서
읽어내는 일이기도 하다. 그래서 이 길지만 단순해 보이는 서사는
결코 쉽게 해독되지 않는다. 때문에 이 소설은 독자에게 독자적인
기준을 마련하고 그에 따라 선택하기를 요구한다. 하나의 단순한
장면을 제시함으로써 독자를 불편하게 하고, 이 장면이 어째서 단
순한가, 단순하다는 판단은 어떤 복잡한 경우를 내포하는지 독자
스스로에게 질문을 던지도록 한다. 이 소설의 초점화자인 시우는
침묵과 더듬거림을 통해 그렇게 한다.

존재 자체로 모든 질문들을 담지하는 인물이라 할 시우에게는,
그러나 역설적이게도 질문에 나름의 해답을 제시해주어야 마땅할
선생이자 아버지라는 존재가 겹쳐 있다. 그는 희귀 식물을 채집하
고 그 표본을 만들어 이름을 붙여주던 식물학자이자, 교육의 목적
이 무엇인가를 근원에서부터 질문하고 실천했던 교사이고, 말로
써 소통하지 못하는 아들에게 끊임없이 이야기를 들려주었던 아
버지이다. 시우의 모든 말, 사물의 의미와 개념은 그로부터 온다.
그런데 그는 그야말로 이분법을 대표하는 인물로 보인다.

"식물 잎사귀 뒤쪽마다 약 백만 개의 공기 구멍이 있어. 공기 구멍으
로 식물은 향기를 내뿜어. 그 향기가 산소야. 은은한 향기에서 강한 향
기까지, 이 세상 모든 향기는 식물이 만들지. 동물 몸에서 나는 건 향
기가 아니라 냄새일 뿐이야." 아버지가 말했다. 산이 첩첩한 산골이었
다. 강이 흘렀다. 두 갈래 내가 합치는 여울목을 아우라지라 불렀다.

나루터가 있는 조그만 마을이 싸리골이었다. 우리 식구는 그 마을에서 살았다.(7~8쪽)

향기 아니면 냄새. 과연 이런 구분이 가능할까. 후각은 지극히 개별적인 감각이다. 어떤 이에게 좋은 것이 다른 어떤 이에게는 나쁜 것일 수 있다는 판단이 저 구분에는 없다. 누군가의 짙은 향수 냄새가 다른 누군가에게 두통을 유발하는 악취일 수 있다는 점은 어떻게 설명할 것인가. 소설 속의 식물학자는 식물이란 모든 생명의 순수성을 표방하는 것이고 동물을 포함해 식물 이외의 것은 그 순수성을 훼손하는 것이라는 이해와 판단을 또 다른 순수성을 해치는 방도로 쓰는 게 아닌가. 작가가 이 점을 간과했을 리 없다고 본다면, 이는 또 다른 서사적 전략으로 이해할 수 있다. 전체적으로 선과 악, 순진한 자와 교활한 자, 지상과 지하 등의 대립적 구도 속에 인물의 캐릭터와 사건의 양상과 배경 같은 요소들을 듬성듬성 펼쳐두는 이 소설의 전체적인 구성은 그 사이의 세부적인 삶의 조건들, 불가피하거나 어려운 결정들이 자리한 지점들을 채워 넣어 현실적이고 실감 나는 것이 되게 하는 일을 결국 독자의 몫으로 남겨둔다.

읍내로 나갈 적마다 나는 낯선 세계가 두려웠다. 아버지는 읍내 어느 큰 건물로 나를 데리고 갔다. 그곳에서 테스트를 받았다. 테스트가 끝났을 때, 아버지 표정이 참담했다. 아버지가 나를 데리고 나오며 분개했다. "이따위 지능지수 검사를 믿을 수 없어. 비네는 단순히 장애아의 학습 능력에 도움을 주기 위해 비네 척도를 만들어냈을 뿐이야. 그런데 망할 놈의 생물학자, 심리학자들이 이를 인종 차별, 인간 차별주의로 몰아간 거야. 어떤 작자는 백인종은 침팬지 후예구, 황인종은 오랑우탄 후예구, 흑인은 고릴라 후예라구? 웃기구 자빠졌네. 한술 더 떠서 모롱(정신박약자)이 범죄자가 될 확률이 많다구? 인종과 지능이 범죄와 상관 관계가 있다니? 우생학적 유전 좋아하네. 착각이 오류를 범하고, 오류를 인정하려 들지 않는 고집이야말로 무엇보다 완강한 법이지. 시우야, 넌 너대로 삶의 길이 있어. 내가 너에게 그 길을 가르쳐줄테야. 이따위 지능지수 검사가 엉터리임을 내가 증명해 보이겠어!"

(28~29쪽)

이때 말하는 자는 누구인가. 고집불통의 식물학자인가, 좌절한 아버지인가. 아니면 이도 저도 아니라 절망감에 사로잡혀 이성을 잃은 사람인가. 단언하건대 시우의 아버지야말로 세상의 이분법에 희생된 자다. 셀 수 없이 다양한 식물을 채집하고 그 표본을 만드는 일은 끝이 없는, 완성할 수 없는, 그러므로 계속하는 것에 의미가 있을 뿐이다. 시우의 아버지에게 아마도 교육이 그랬을 것이고, 공교육 이전의 그 모든 크고 작은 사회적 조건들이 그랬을 것이다. 시우의 아버지가 그것을 몰랐을 리가 없다. 어떤 사소한 제약에 맞서서 차라리 순진해 보이는 이분법을 도구 삼아 싸웠던 이유는 그것만이 유일하게 싸움을 지속할 수 있는 근거라는 점을 알고 있었기 때문일 것이다. 아버지는 시우가 이 사회에 안전하게 편입하기 위해서는 사회가 마련한 테스트를 거칠 수밖에 없다는 것을 인정했기에 손수 아들의 손을 잡고 도시의 어떤 건물 속으로 들어가기도 했다. 물론 그는 그 행위 다음에 "앞으로 이따위 테스트로 너를 재단하려는 모든 세력에 나는 반대한다. 한 인간의 인격이 몇 장의 설문지로 규정되지는 않는다. 식물까지 포함해서, 모든 생명체는 누구도 풀 수 없는 신비 그 자체야. 하물며 식물도 정신을 가졌는데"(30쪽) 하는 반성을 덧붙인다. 이같은 자기분열은 생명의 다양성을 누구보다도 잘 알면서도 사회의 단순한 논리에 고지식하게 맞설 수밖에 없었던 자의 숙명처럼 보인다. 그리고 이 숙명이야말로 소설 속 한 캐릭터를 초과하여 독자의 세계로, 지금 여기의 어떤 억압들 속으로 바람처럼 불어온다.

4. 자유를 말하는 것

두려운 사람들을 피해서 차라리 혼자 있고 싶어하는 것. 반사회적인 시우의 욕망은 역설적으로 이 사회를 유지하는 구성원들의 본능이기도 하다. 다시 말해 자유롭고자 하는 개인의 본능을 쉼 없이 유발하면서 스스로 그 본능을 열심히 거스르도록 하는 이상한 시스템이 이 사회를 구성하고 개인의 본능을 억누르고 감추는 것이 잘사는 삶의 조건이라는 거대한 역설이 지배하는 사회는, 시우가 집을 떠나 겪은 모든 국면들에서 볼 수 있다. 시키는 대로 일하지 않으면 맞고, 맞지 않기 위해 시키는 대로 일하는 시우의 단순한 태도는 이 사회를 살아가는 군상의 대표적인 인격을 떠올리게 한다. 사람들은 모두 자유롭다고 말하지만, 그 말 속에는 자유에 대한 감각이 삭제되어 있다. 자유는 무엇인가. 이 고리타분해보이는 질문에도 시우의 관찰이 닿아 있다. 짐승처럼 감금당하고 온갖 모욕적인 폭력에 힘없이 당하고도 반항하지 못하는 시우를보고, 이 인물이 비단 소설 속의 인물이 아닐 수 있다는 상상과 연민이 발휘된다면, 아마도 독자는 자유가 무엇인가 함께 궁금해해야 하고, 자신을 구속하는 조건에 대해서 거듭 질문해야 한다.

많이 맞고 많이 굶다 도망친 시우는 길 위에서 풍류 아저씨를만난다. 그는 자유를 얻기 위해서는 모든 것을 버리고 길에서 살아야 한다고 말하는 인물이 아니다. 그가 스스로 획득한 것이라말하는 그 풍류에는 초등학교 선생님인 아내와 돌아갈 집이 함께있다. 시우가 풍류 아저씨를 통해 본 것은 완전한 자유라기보다는거지가 아닌 사람의, '거지 생활'과 같은 유사-생활이다. 수배자신분으로 멍텅구리배에 오른 대학생 강훈 형이 말하는 자유는 또다르다. 그의 자유 역시 인간 본연의 그것일 수 없다. 강훈 형의자유는 그의 말에 의하면 의식주의 해결과 사회보장제도를 뺀 나머지 "행복권의 오 할"이고, 풍류 아저씨의 자유는 "슬픔, 고독 같은 것, 그러면서도 신명 같은 게 살아" 있는 산조의 가락 같은 것이다. 강훈 형의 자유는 행복권을 구성하는 다른 요소가 보장되지않는 한에는 결코 획득할 수 없고, 풍류 아저씨의 자유는 마이마이 로부터 흘러넘쳐서 더 이상 그것이 아닌 것처럼 보인다. 그리고 무엇보다도, 시우에게는 그러한 저마다의 자유가 전제로 삼는조건 중 어느 것도 없다. 그들에 의하면 시우가 엄연히 누려야 할 자유는 어떻게 있는지조차 말할 수 없는, 말할 수 없기에 가질 수도 없는, 또 다른 차별을 실감하게 하는 무엇이다.

밥을 먹고 난 푸른색들이 빈 식기판을 들고 간다. (……) 아직 식사를 하고 있는 푸른색들도 많다. 손을 제대로 못 놀리는 사람이 있다. 입가로 밥풀과 국물을 흘리는 사람이 있다. 찡그리거나 울며 먹는 사람이 있다. 먹지 않고 멍하니 앉아 있는 사람이 있다. 식기판을 옮기다 수저를 떨어뜨리는 사람이 있다. (……) 허기를 면하니 비로소 그런 모습이 눈에 들어온다. 밥을 먹기 전까지 그들을 자세히 보지 못했다. (41~42쪽)

장애복지원에서 시우는 관찰자가 된다. 그 역시 장애자로 판명되어 그곳에 머물게 되지만, 그는 자신이 입고 있는 옷을 묘사하지 못함으로써 스스로를 '푸른색'으로부터 제외하고 다만 그들을 관찰한다. 이름이 지워지고 똑같은 옷을 입은 군상이 있다. 하지만 시우는 그곳에 "사람이 있다"고 말한다. 이 단순한 말의 반복, 그곳에 사람이 있다는 당연한 것에 대한 가감 없고 집요한 관찰과 진술은 시우의 몸을 통해서 무감각하게 쓰인다. 장애인을 바라보는 일반인의 시선을 모르고, 온전히 그들의 입장에 섞여들지도 않은 채로 "허기를 면하니 비로소 그런 모습이 눈에 들어온다"는 시우의 말에는 감정이 없다. 타인의 모습이나 행위에 간섭하지 않고, 그저 있다고 말할 수 있는 시우의 무감한 태도는 자유를 모르지만 자유를 마주한 자의 그것이다. 그러니까 시우에게 자유란 자신이 보고 듣고 느끼는 일을 방해하는 온갖 감정이 소거된 순간일 것이다. 그 순간은 복지원 밖에 있다고 해서 가질 수 있고, 복지원에 있다고 해서 누릴 수 없는 게 아니다. 후에 장애복지원을 나서며 시우는 "나는 자유의 몸이 되었다"고 생각하는데, 이는 엄밀하게는 자유에 대한 생각이 아니라 감각이다. 복지원을 나서며 시우는 '자유의 몸'이라는 이성적 판단을 내리는 게 아니라 밥을 먹고 잠을 잘 수 있는 곳을 떠올릴 뿐이다. 그곳은 아우라지이거나 흥부식당이다. 시우의 바람은 그곳에 무사히 도달하는 것뿐이다.

"내가 처벌을 받는다구? 날아가는 새가 다 웃겠다. 등신 바보를 먹여주고 재워줬으니 내가 표창이라도 받아야 해. 불우이웃을 돌보라며? 내가 바로 그런 일 하고 있어. 작년 늦가을, 추위와 주림에 지쳐 식당 앞에 쓰러져 있는 재를 구해준 게 누군데? 내가 아님 굶어 죽었을 게야. 보자 하니 정말 이상한 여자로군. 요즘에도 골통 뼈딱한 계집애들이 있다더니 네가 바로 그런 치 아냐? 너 뭐 그런 거, 맞아, 운동권 출신 맞지? 대학도 중도에 집어치우고 공장에 들어가거나, 숨어서 김일성 부자 연구하며 찬양하는 그런 출신들 맞지? "
"아주머니도 많이 아시네. 제가 그런 출신이람 어쩌겠어요?"
"고발은 내가 해야지."
"고발해보세요. 저도 고발할 테니깐요." (91~92쪽)

흥부식당에 찾아온 경주는 인희 엄마에게 시우의 자유를 보장하라고 말한다. 식당에 고용된 "시우씨의 최소한 인간적 권리를 인정해주라"며 근로기준법에 따른 최저 임금과 복지 개선을 요구한다. 인희 엄마와 경주의 언쟁에 시우는 별 관심이 없다. 그에게 근로기준법과 최저 임금은, 그들의 말 속에서 간간이 튀어나오는 고향이나 아우라지 같은 단어들에 묻힐 뿐이다. 또 인희 엄마의 연민과 경주의 요구는 각자 타당한 데가 있다. 그런데 자유에 대한 나름의 감각이 또 다른 자유를 억압하고 구속하려는 시도로 이어진다는 점에 주목해야 한다. 자유는 자유이기 때문에 인희 엄마와 경주는 서로를 "고발"할 수도 있고, 그 자유의 요구 사이에서 시우의 자유는 침해될 수도 있다.

일면 감정의 과잉된 노출 없이 담담하게 진술되는 이 소설은 자유와 연관하여서는 잠시 머뭇거리며 무엇인가를 보류하고 유예하는 듯하다. 가난한 집안에서 태어나 장애인이었던 아버지를 일찍 여의고 사회복지사가 된 경주는 장애복지원에서도, 홍부식당에서도 사람들이 잘 모르는 법 규정을 알리기 위해서뿐만 아니라, 그들이 빗장을 걸어둔 마음의 문을 열기 위해서 고투한다. 홍부식당의 인희 엄마는 어떤가. 유부남을 사랑해서 어린 나이에 남매를 낳았지만 아이들을 빼앗기고, 그 후에 인희 아비를 만나지만 술과 노름에 빠져 가정을 건사하지 못하는 그로 인해 인희 엄마는 홀로 딸을 키우며 억척스럽게 산다. 그런 세월만큼 사람을 쉽게 믿지 못하고, 가난이나 외로움과 같은 자신의 약점을 자기처럼 약한 누군가에 대한 공격성으로 위장한다. 가난이 가난을 욕하고, 선의가 선의를 멸시하는 장면이 아무렇지도 않게 그려진 이 소설은 슬프다. 이 생경한 슬픔은 한 자유가 다른 자유를 고발함으로써 가능해진다는 삶의 논리를 품고 있다. 이것이 이 소설이 다만 사회의 부조리함과 그에 스스로 적응하며 억압을 숙명처럼 받아들이는 개인의 모습을 그리는 데 그친다고 말할 수 없는 이유다.

5. 지워지지 않는 장면들

"근데 말야, 지자체 선거 앞두고 나라 안이 온통 시끌벅끌해. 서울에선 다시 학생놈들 화염병 등장한 건 알지? 지난달 노점상 분신자살 사건 추모제에서 격렬한 시위 있었잖나. 이슈는 다르지만, 어째 팔십년대로 돌아가는 것 같아. 동구권이 무너져 이념논쟁은 그쳤지만, 각종 민원이 다발로 터져. 구리만도 시청 앞에서 연일 데모야. 불량주택 철거민 문제, 쓰레기 하치장 설치 문제, 노점상 생계 대책 문제, 한강 식수원 보호 문제, 거기다 장애자들 복지정책 전면 실시까지……"
(159쪽)

1995년. 한국의 사회상이다. 지자체 선거가 실시되고, 쓰레기종량제가 전국에 도입되었으며, 드라마 「모래시계」가 인기리에 방영되고, 삼풍백화점이 무너졌다. 이 소설은 당시의 크고 작은 실제 사건을 곳곳에 배치하여, 사실을 허구적 서사의 한 구성 요소로 취하는 역사소설의 형식을 띤다. 이 소설은 90년대라는 특정 시대에 집중할 뿐만 아니라, 일본의 이민단 모집에 혹해서 온 가족을 이끌고 만주로 들어간 개척민 일세대 할아버지를 둔 연변댁의 가족사를 통해 한국 사회가 어떤 과정을 거쳐 지금에 이르게 되었는가를 통시적으로 성찰하는 계기를 마련하기도 한다. 그뿐만이 아니다. 이 소설은 폭력조직의 세계를 통해서 폭력과 마약과 도박 등의 사회적인 문제들을 건드리고, 불법 체류 외국인 노동자, 동성애, '원진레이온'과 '현대자동차'로 대표되는 산업시설의 열악한 노동 환경과 그로 인한 문제에 관해서도 언급한다. 때문에 소설은 이 자체로 "소외계층궐기대회"의 한 양상처럼 보이기도 한다.

게다가 모든 것을 고백하지 못하는 화자를 통해 바라보는 소설의 진술 방식은 그 자체로 의미심장하다. '나는 누구인가'를 스스로에게 묻지 못하는 자를 내세워 구축해낸 소설의 서사는 표면적으로는 개인과 개별성의 회복에 주목하고 그것에 대한 과도한 긍정을 드러내는 듯하지만 실제로는 그렇지 않다. 가장 손쉽게 폭력에 노출될 수 있는 '나'는 누구인가를 소설은 독자에게 되돌려 묻는다. 과연 지금 여기에서, 여전히 무시무시한 일들이 아무렇지도 않게 일어났다가 잊히는 2014년에도 그 물음으로부터 자유로운 자는 누구인가를 말이다. 아니, 도대체 누구에게나 공평하게 주어지는 것으로서의 자유란 무엇이고, 그것을 아무렇지 않게 상상할수 있는 사람은 누구인가를 이 소설은 묻는다.

"생존자 구조와 시체 발굴 작업이 한창"(267쪽)인 어느 날, 그날도 지붕 위로 해가 지고, 밤이 깊을 것이다. 시우의 말에는 모든 구체적인 사건 현장 대신에 다만 해가 뜨고 낮이 되고 저녁이 되고 해가 지는 시간이 있다. 그리고,

"덥다." 내 입에서 그 말이 나온다.

"덥다고?" 주임이 묻는다.

"덥다고. 아우라지 가고 싶다." (286쪽)

놀랍게도, 틈틈이 표출되는 이 개별적이고 내밀한 갈증과 바람이 기나긴 서사를 생생하게 엮어낸다

김원일의 소설이 공통적으로 취하고 있던 관점은 한국이라는 특정한 사회의 생태와 그 속에서 살아가는 개인의 생생한 체험과 증언을 취재하는 데 있었다. 가령 『마당 깊은 집』은 6·25전쟁 직후라는 특정한 시대의 피폐해진 삶을 다루면서, 그 시절을 십대의 예민한 감각으로 살아낸 인물의 기억과 고백을 받아쓴다. 사회적인 조건들과 개인의 체험이 뒤섞여 사실적이고 구체적인 감각을 유발하고 궁극에는 문학과 사회가 어떤 식으로 교합할 수 있는지 거듭 질문하게 하는 소설적 효과는 『아우라지 가는 길』에서도 마찬가지로 발휘된다. 그렇기에 김원일의 소설이 "한국 사회가 잊어버리고 싶어하는 역사적 악몽 속의 한 장면을 불러낸다"[*]고 한 평은 여러모로 의미심장하다. 김원일의 소설은 '소설의 아우라지'가 있는 듯이 쓰인다. 말하기 어려운, 그러나 말할 수밖에 없는 시간을 소설 속으로 불러들여서 누군가로 하여금 그 시간을 묵묵히 견뎌내게 한다. 마치 악몽인 줄 알아도 그곳에서 빠져나갈 수 있는 유일한 방법은 그 꿈을 끝까지 다 꾸는 일이라는 듯, 악몽 바깥의 현실을 꿈속에서 꿈꾸게 하듯, 그의 소설은 집요하다. 현실에서

---

[*] 황종연, 「편모슬하, 혹은 성장의 고행」, 『비루한 것의 카니발』, 문학동네, 2001.

말할 수 없는 것들이 악몽으로, 어떤 소설의 한 장면으로 거듭 돌아온다. 다음 장면은 아마도 김원일의 소설에서뿐만 아니라 한국 소설사에서 지워질 수 없는 하나의 장면일 것이다.

나는 할말이 너무 많다. 고물장수 아저씨가 이 집에 왔을 때부터 이야기를 해야 한다. 그로부터 그 많은 사연을 눈물 없이 이야기할 수 없다. 기쁠 적도 있었으나 그런 때는 잠시였다. 슬펐을 적이 더 많았다. 혼자 훌쩍이며 보낸 시간은 헤아릴 수가 없다. 그럴 적에 나는 아버지와 할머니를, 시애와 엄마를 생각했다. 아우라지를 떠올리며 울음을 참았다. (343쪽)

작가의 말

　산과 물이 어우러진 산촌 아우라지에서 성장한 착하고 순진한 자폐증 소년 마시우가 도시로 끌려나온 뒤 고단한 세파를 헤쳐나가는 일상을 들여다본 소설이다. 그가 정박아 인력착취 업소, 부랑아수용소, 외딴섬의 양식장 인부, 식당 종업원, 지하 폭력세계의 심부름꾼으로 몸담았다가, 한 여성의 헌신적인 도움으로 우여곡절 끝에 그리던 고향에 정착하기까지의 과정을 따라다녔다. 정신 연령이 정상인에 미달하는 주인공의 의식 세계를 기술하려 초단문으로 호흡을 빨리했고, 생각이 짧고 자기 표현 방법은 서투르지만 과거 기억 인식은 생생한 일부 자폐증 환자의 특성을 활용했다. 주인공이 고향을 떠나기 전에 아버지나 할머니로부터 듣고, 자연 속에서 자라며 보고 느낀 순수한 세계를 현재의 도시 지하 생활과 대비하여 연상하는 기억력은, 문청 시절에 읽고 감동했던 윌리엄 포크너의 장편소설 『음향과 분노』에서 첫 화자로 등장하는

지적 장애자 '벤지의 의식'이 참고가 되었다. 주인공의 고향 강원도 정선 아우라지야말로 도시 생활에 찌든 우리 모두가 떠나온 원초적인 고향 정경이기 때문이다.

이 소설은 1995년 신문에 연재한 후, 이듬해 문학과지성사에서 단행본으로 출간할 때는 두 권 분량으로 2,400매였으나, 2006년 개정판을 낼 때 내용과 문장을 간추려 1,750장 한 권으로 압축했고, 이번 전집에서는 내용에 손대지 않았다.

2014년 6월

김원일

김원일 소설전집 6

아우라지 가는 길

1판 1쇄 발행　｜　2014년 7월 5일

지은이　　｜　김원일
펴낸이　　｜　정홍수
편집　　　｜　김현숙 박지아
펴낸곳　　｜　(주)도서출판 강
출판등록　｜　2000년 8월 9일(제2000-185호)

주소　　　｜　서울시 마포구 동교로17안길 21(우 121-842)
전화　　　｜　02-325-9566~7
팩시밀리　｜　02-325-8486
전자우편　｜　gangpub@hanmail.net

값 15,000원
ISBN 978-89-8218-193-1　　04810
　　　978-89-8218-133-7(세트)

이 도서의 국립중앙도서관 출판시도서목록(CIP)은 서지정보유통지원시스템 홈페이지
(http://seoji.nl.go.kr)와 국가자료공동목록시스템(http://www.nl.go.kr/kolisnet)에서 이용하실
수 있습니다.(CIP제어번호: CIP2014018641)

• 이 책은 대한민국예술원의 지원을 받았습니다.